John Lawton

Blackout

Roman

Aus dem Englischen
von Sabine Hedinger

Verlag Volk & Welt
Berlin

Titel der englischen Originalausgabe
BLACK OUT
Erschienen bei Orion Books Ltd., London 1995

Die Deutsche Bibliothek – CIP-Einheitsaufnahme

Lawton, John:
Blackout : Roman / John Lawton. Aus dem Engl. von Sabine Hedinger – Berlin : Verl. Volk und Welt, 1996
Einheitssacht.: Black out <dt.>
ISBN 3-353-01058-0

Lektorat: Joachim Meinert
Schutzumschlag-/Einbandgestaltung: rgb, Hamburg
Gesetzt aus der Sabon, Linotype
Satz: deutsch-türkischer fotosatz, Berlin
Druck und Bindearbeiten: Wiener Verlag
Printed in Austria
ISBN 3-353-01058-0

Für Patricia Angadi
Women's Auxiliary Police Corps
Oxfordshire 1941–1943
Malerin, Schriftstellerin und »Copper«

Februar 1944

1

Von der Cardigan Street im Londoner Bezirk Stepney war nur wenig übriggeblieben. Dasselbe galt für die Balaclava Street, die Alma Terrace und den Platz, den man einst voreilig Waterloo Place getauft hatte.

Deutsche Bomber hatten sie im »Blitz« Ende 1940 dem Erdboden gleichgemacht. Vier komplette Straßen zerbombt zu einer Einöde aus Geröllhalden und zerklüfteten Kratern. Im Frühjahr 1941 hatte die Natur dieses Fleckchen wieder in Beschlag genommen – Brombeer- und Holunderbüsche setzten sich im Schutt fest, Brennesseln bohrten ihre gelben Wurzeln zwischen den Ziegeln durch, Inseln aus Schmetterlingssträuchern und Winden breiteten sich auf den Ruinen aus. 1943 war die Kriegswildnis von einem Wildgarten überwuchert.

Winter. Die ersten Monate des Jahres 1944. Kinder hatten mit Kreide ein Hinkekästchenspiel auf die blauen und roten Kacheln gezeichnet, die einmal ein Küchenfußboden gewesen waren.

Der dicke Junge mit dem Pflaster auf der Brille war zu tolpatschig, um mitmachen zu dürfen. Zum bloßen Zuschauen verurteilt und zugleich gelangweilt von diesem Spiel, starrte er ab und an in den Osthimmel hoch. Die Bombenflugzeuge kamen wieder häufiger. Sie hatten ihm gefehlt. Wie alle Jungen in seinem Alter konnte er eine Dornier von einer Heinkel, eine Hurricane von einer Spitfire unterscheiden. Blieben sie aus, fehlte ihm eine Abwechslung mehr. Er warf einen Blick auf die niedrige schwarze Ziegelmauer, die das, was einmal Alma Terrace gewesen war, von den Überresten der

Cardigan Street trennte. Ein Straßenköter war über die Mauer gesprungen, mit etwas Langem und Schlaffem zwischen den Zähnen. Der dicke Junge sah den Hund losjagen, um das ganze Ruinengrundstück herum, dann kreuz und quer über Fußböden und Mauern, durch Fensterhöhlen, in offene Zimmer und wieder heraus. Ab und an schwang er dabei seine Trophäe hoch und schüttelte sein verfilztes braunes Fell in freudiger Erregung.

»Seht ihr den Hund da?« rief der dicke Junge seinen Freunden zu. Sie achteten nicht auf ihn; Geschrei übertönte seine Worte. Der Hund lief ununterbrochen im Kreis, er hielt nicht einmal, um das Bein zu heben. Die Kreise schienen immer enger zu werden, einem unbekannten Mittelpunkt entgegen. Sein Wahnsinn hatte Methode.

»Er hat was im Maul!«

Wieder beachteten die anderen ihn nicht. Der Hund schüttelte stolz seine Mähne, und als der dicke Junge sich umwandte, um sein immer konzentrierteres Kreisen verfolgen zu können, schoß das Tier plötzlich auf ihn zu, lief einmal blitzschnell um ihn herum und ließ ihm die kostbare Beute vor die Füße fallen. Der dicke Junge starrte darauf; er mochte kaum glauben, was er jetzt zum erstenmal deutlich sah. Der zottige Köter hatte ihm den zerfetzten Stumpf eines menschlichen Arms gebracht.

2

Troy stoppte seinen Wagen unterhalb der Eisenbahngleise auf dem Ludgate Hill. Es war stockdunkel und höllisch kalt. Die frische Narbe an seinem Arm schmerzte, die Finger waren taub, und bestimmt würde ihm gleich auch noch die Nase laufen. Er hätte doch lieber bei Tageslicht fahren sollen, dachte er, aber irgend etwas an dem verdunkelten London übte eine unerklärliche Faszination auf ihn aus. Einmal hatte er versucht, seinen Kollegen zu erklären, weshalb er die Nachtarbeit so gern mochte.

»Es ist, wie übers Wasser zu wandeln«, hatte er gesagt – und darauf war keine Reaktion erfolgt. »Das muß etwas Jungianisches sein – ich habe ein Gefühl, als würde man mich ins kollektive Unbewußte der Stadt hinausschicken.«

Gelächter. Die Gotteslästerung in Troys erster Bemerkung war nicht zu fassen, die zweite mit ihren hochgestochenen Ausdrücken einfach lächerlich. Wenn er nicht aufpaßte, würde er mit seiner Vorliebe für die Nacht noch mal ein alter Sittenstrolch oder vielleicht sogar ein Tippelbruder.

Draußen in der erdrückenden, riesigen Weite der Nacht, aber nicht allein. Das winzige Licht, das er schon längere Zeit gesehen hatte, wurde zum Strahl einer Taschenlampe. Ein Luftschutzwart schwenkte die Lampe in seine Richtung und trat auf den Wagen zu. Troy kurbelte das Fenster herunter und wartete auf das übliche, abgedroschene Frage-und-Antwort-Spiel.

»Sie können hier nicht weiter – die Kathedrale steht nur noch mit Ach und Krach. Sie hätten am Ludgate Circus abbiegen müssen.«

Troy erwiderte höflich: »Ist die Straße denn blockiert? Ich muß hier durch.«

»Das sagen alle.« Der Luftschutzwart war kurz angebunden. Gleich kommt das Unvermeidliche, dachte Troy.

»Ist Ihre Fahrt wirklich notwendig?«

Eines Tages, dachte Troy, würde er auf diesen Spruch gewalttätig reagieren.

»Ich bin Polizist. Scotland Yard. Ich muß zur Polizeiwache in Stepney.«

»Kann ich mal Ihre Papiere sehen?«

Troy hatte den Dienstausweis bereits parat. Jetzt hob er die linke Hand vom Schoß und streckte das Ding ins Licht der Taschenlampe. Die Augen des Luftschutzwarts wanderten zwischen Troys Gesicht und dem Ausweis hin und her.

»In Ihrem Alter war ich im Schützengraben.«

Troy sah dem Mann ins Gesicht. Er stand fast völlig im Schatten, aber sein Alter war leicht zu erraten; der getrimmte Schnurrbart, die gestochene Ausdrucksweise, die knackenden Gelenke ließen auf einen Mann in den Fünfzigern schließen. Diese Generation hatte Troy verabscheuen gelernt, weil sie ständig das rechtfertigte, was sie im Krieg getan hatte, und mit der hurrapatriotischen Überzeugung hausieren ging, daß ihre Söhne nun auch ihr Leben in diesem neuen Krieg gegen Deutschland riskieren sollten. Eine Generation von hemmungslosen Salonschmarotzern, blauäugigen Völkerbundanhängern, phrasendreschenden Geflügelzüchtern. Schon seit langem konnte Troy den Luftschutzwachdienst und die Bürgergarde nur noch als patriotische Plage ansehen.

»Ich bin Copper. Das sagt doch genug.« Innerlich gab Troy sich selbst einen Tritt. Weshalb den Schwanz einkneifen?

»Der Krieg ist da draußen, junger Mann!«

Nein, dachte Troy, während er den Anlasserknopf des alten Bullnose Morris drückte und den Rückwärtsgang reinknallte, der Krieg ist hier. Nicht nur der Frieden, sondern auch der Krieg düngt den eigenen Acker. Am Ludgate Circus bog er nach Süden ab und fuhr dann langsam die New Bridge Street entlang. Acht Jahre Polizeidienst, fünf davon fast ausschließlich mit Mordfällen beschäftigt, hatten ihn dazu gebracht, alle menschlichen Beziehungen als konfliktträchtig anzusehen. Rechts neben ihm gähnten die Bombentrichter von Blackfriars und Puddledock. Hier hatte 1938 eine Frau ihrem untreuen Ehemann eine Stricknadel durchs Auge gestochen. Die Upper Thames Street und die zerknickten Bögen der Cannon Street Station zogen vorbei. 1941 hatte ein aus dem Krieg heimkehrender Major einer Eliteeinheit seine angeblich auf Abwege geratene Gattin mit dem Bajonett zerstückelt. Angeblich, aber nicht wirklich – an den Galgen kam er als reuiger Mörder einer mustergültigen Ehefrau. Solche Fälle brauchte man nicht aufzuklären – die Mörder verließen den Tatort nicht, und wenn doch, dann stellten sie sich ein paar Tage später selbst auf der Polizeiwache. Im Süden hinter dem Tower Pier zerriß das dumpfe Krachen einer Bombe die Nacht über Bermondsey, und eine teuflisch helle Flammenzunge schoß senkrecht empor in den sternenlosen Himmel. Hier oder jedenfalls in der Nähe hatten die Londoner während der heißen Sommer zwischen den Kriegen im Brackwasser der Themse gebadet und gepaddelt, auf dem künstlichen, dem Fluß vorgelagerten Strand direkt bei der Tower Bridge. In den letzten Friedenstagen des Jahres 1939 war hier ein achtjähriger Junge ertrunken – von seiner elfjährigen Schwester unter Wasser gedrückt. Troy hatte dem Mädchen vor den Ohren der ungläubigen Eltern mit viel Geduld ein Geständnis entlockt und später dann dem scharfen Kreuzverhör als Zeuge standgehalten. Diese Reihe ließ sich endlos fortsetzen. Erst vor drei Wochen hatte ein Mann in Uxbridge den Liebhaber seiner Frau mit einer Axt zerlegt, und als Troy ihn verhaften wollte, hatte er sich auf ihn gestürzt, um ihm ein Stück Fleisch aus dem Arm zu hacken. Sobald das Auto die Spitze des Tower Hill umrundet hatte, schaltete er knirschend in den dritten Gang, und wieder erschütterte eine Kette von Bomben die Nacht über Bermondsey.

Fasziniert von Lärm und Licht fuhr Troy auf die verlassene Brücke und hielt an. Ganz London schien dichtgemacht zu haben. Er stieg aus und stellte sich auf die Fahrbahn. Flußabwärts, von Süden her, schwärmte die Luftwaffe heran, um ihren Bombenteppich auf Rotherhithe und die Surrey Docks zu legen. Dies war wohl einer der schwersten Luftangriffe des Jahres. Noch ein lauter Knall, noch eine Lichtsäule, die sich gen Himmel erhob, dann schoß eine Feuerwoge über dem Wasser nach oben. Sie zielten auf die Treibstofftanks an der Südseite und hatten offensichtlich die ersten Treffer gelandet. Benzin floß in die salzige Flutwelle und setzte die Themse in Brand. Blaue und orangerote Flammen tanzten wie kunterbunte Dämonen auf die Brücke zu, wo Troy stand und das scheußlich-faszinierende Feuerwerk des Krieges betrachtete, den verhexten Feuerball, der diese rabenschwarze Nacht in eine flimmernde Clair-obscur-Parodie des Tages verwandelte. Am Himmel knatterte das Störfeuer der Flakgranaten, die leise und nutzlos explodierten, wie Schreckschußmunition oder wie platzende Papiertüten in Kinderhänden. Leuchtspurgeschosse stiegen mit grellrotem Schweif auf. Vor einer Ewigkeit, während des »Blitz«, hatte Troy Hitlers Stahlregen zum erstenmal herunterkommen sehen, denn er hielt sich bei Luftangriffen lieber im Freien auf, als den zweifelhaften Schutz düsterer Keller oder Bunker zu suchen. Und der juwelengesprenkelte Himmel eines nächtlichen Luftangriffs faszinierte ihn noch immer. An Tagen, wenn Phantasie und Intuition weniger Macht auf ihn ausübten als Verstand und analytisches Denkvermögen, sah Troy durchaus ein, daß diese Faszination grotesk war, vielleicht die unheimliche Auswirkung einer häßlichen psychischen Störung, eines Wahns. Eines Wahns, der keineswegs nur ihn allein befallen hatte. Inzwischen kursierte das Gerücht, Churchill mache seinen polizeilichen Leibwächter verrückt, indem er sich auf Storey's Gate stelle, am anderen Ende der Horse Guard's Parade, um die Show zu beobachten – also genau das, was Troy auch gerade tat. Natürlich war das nur ein Gerücht, aber Troy hatte selbst miterlebt, wie sich Horden amerikanischer Soldaten auf dem Haymarket oder der Treppe zur National Gallery drängten und mit aufgerissenen Augen südostwärts starrten, fassungslos wie Eskimos beim ersten Aufflammen des Frühlingslichts. Er hatte mit einer Gruppe von Unteroffizieren auf dem Trafalgar Square gestanden und genauso verrückt wie sie reagiert. Einer von ihnen hatte Troy angesprochen.

»Nein, so was«, hatte er gesagt. »Nein, so was hab ich in Kansas noch nie gesehen.«

3

Selbst der diensthabende Polizist in Stepney sah aus, als hätte man ihn unter Mottenkugeln hervorgezogen, um die Stelle eines jüngeren Mannes auszufüllen, der jetzt in Aldershot oder Catterick seinen militärischen Schliff erhielt.

»Ja?« fragte er.

Weshalb, dachte Troy, nennt mich eigentlich nie jemand »Sir«? Warum zählt nicht einmal nur der Dienstrang, ohne Ansehen des Alters?

»Sergeant Troy. Ich möchte zu George Bonham.«

Wieder zeigte er seinen Dienstausweis vor. Der Wachtmeister blinzelte angestrengt darauf. Troy hätte ihm ebensogut einen toten Fisch hinhalten können. Dann drehte er den Kopf zur offenen Tür hinter sich und rief: »Sarge! Jemand für Sie!«

Ein Bär von einem Mann trat aus dem Nebenraum. In Stiefeln Größe vierzehn. Mit Helm gut zwei Meter groß.

»Schön, daß du mal wieder persönlich aufkreuzt, Freddie«, sagte Bonham mit breitem Lächeln. Er öffnete die Klappe am Tresen, kam heraus und packte Troys ausgestreckte Hand. Gleich darauf bekam Troy einen wohlwollenden Schlag auf die Schulter, der ihm fast die Wirbelsäule zerschmettert hätte.

»Trinken wir erst mal ne Tasse Tee. Du mußt ja ganz schön durchgefroren sein. Verdammt lange her, seit du zum letztenmal hier warst. Verdammt lange her.«

Leman Street, Troys erstes Ausbildungsrevier, war so etwas wie die Alma mater der Wachpolizei. Als Einundzwanzigjähriger hatte er unter George Bonham Dienst getan – heilfroh, daß er, obwohl knapp unter der Mindestgröße, eingestellt worden war. Bonham hatte ihn gefördert und beschützt, aus Gründen, die er nicht einmal erahnen konnte. Er hatte ihn zum Dienst in Zivil gedrängt. 1939 war Troy dann von Scotland Yard angefordert worden. Die schnelle Aufklärung eines verzwickten Falles und der Personalmangel während des sogenannten Sitzkriegs hatten ihm schon ein paar Monate nach Kriegsausbruch die Beförderung zum Sergeant eingebracht. Doch selbst jetzt, mit fast neunundzwanzig, fühlte er sich bei jedem Treffen mit Bonham noch fast wie ein Kind.

Im Nebenraum setzte Bonham den Kessel auf und nahm eine Teedose vom Regal. Troy wußte, daß Bonhams Vergnügen an altmodischen englischen Ritualen das Teekochen endlos ausdehnen konnte. Er blickte sich im Zimmer um. Während all der Zeit, die er nun schon beim Yard war, hatte es sich kein bißchen verändert: derselbe eierschalenfarbene Anstrich – Generationen von Zigaretten hatten ihn in jeder erdenklichen Schattierung zwischen Dunkelbeige und Ockerbraun gefärbt.

»Du mußt ganz schön durchgefroren sein«, sagte Bonham noch einmal.

»George«, begann Troy und hoffte, seine Ungeduld wegen des Tee-Rituals würde nicht durchscheinen. »Könnte ich ihn gleich sehen?«

»Der läuft schon nicht weg.«

»Trotzdem würde ich ihn gerne sehen.«

Bonham schlenderte zum Fenster hinüber, riß den Griff hoch und nahm ein langes, in braunes Papier gewickeltes Paket vom Sims.

»Weil wir kein Eis dahaben, dachte ich, das wär der beste Platz dafür. In so einer Nacht wird's schon nicht runterfallen, oder?«

Er legte das von Rauhreif glitzernde Päckchen auf den Tisch in der Zimmermitte und zupfte am Papier. Der steifgefrorene Inhalt rollte auf den Tisch. Es war der Arm eines Menschen, ein Männerarm, mit roher Gewalt direkt über dem Ellbogen abgehackt. Ein linker Arm einschließlich der Hand; am Ringfinger saß sogar noch ein Goldring. Der Unterarm steckte in einem wollenen Mantelärmel mit Hundszahnmuster. Darunter ragte eine gräulich verfärbte Hemdenmanschette heraus, die immer noch durch einen silbernen Manschettenknopf zusammengehalten wurde. Troy schaute genau hin. Dann ging er zweimal um den Tisch herum. Er blieb stehen, drehte den Arm um, so daß die Innenseite nach oben zeigte, und betrachtete die Hand. Ein paar Minuten vergingen schweigend. Als er an den Wandschrank zurücktrat und seinen Blick zum erstenmal von dem Arm löste, pfiff der Kessel in die Stille hinein. Bonham spülte die Teekanne aus und kratzte eine Portion von seiner schrumpfenden Teeration zusammen.

»Wer hat ihn gefunden?« fragte Troy.

»Ein Junge. Heute am späten Nachmittag.«

»Wo hat er ihn her?«

»Von einem Trümmergrundstück. Weiter östlich, Nähe Stepney Green. Kam bloß rein, knallte den Arm hin und rannte wieder raus. Aber das macht nichts. Den kannte ich schon, als er noch in den Windeln lag. Kein Problem, ihn zu finden. Seine Eltern wohnen im selben Häuserblock wie ich.«

»Ich muß mit ihm reden.«

Bonham stellte die Kanne und zwei Tassen neben den Arm und sah auf Troy hinunter.

»Aber doch nicht heute noch, Freddie? So dringend wird's wohl nicht sein.«

»Wie dringend kann ein Mord überhaupt sein?«

»Wer hat denn was von Mord gesagt?«

»Und wer hat Scotland Yard angefordert?«

»Das war bloß sicherheitshalber. Als sich rausstellte, daß der Arm zu keiner von unseren Leichen gehört, war ich etwas beunruhigt.«

»Keine Leiche ohne Arme?« fragte Troy.

»Ich hab Berichte über alle. Und damit meine ich alle. Der Arm kommt nicht von hier. Darauf könnt ich 'n Eid ablegen.«

»Den ganzen Monat über hat es schwere Luftangriffe gegeben. London ist mit Leichen übersät. Aus unseren Leichen könnten wir eine riesige Mauer hochziehen.«

»Das ist kein Hiesiger. Das weiß ich genau.«

»George, in ganz London kommen Leute ums Leben.«

»Aber der gehört nicht zu uns. Wir haben auch diese Woche wieder ein paar verloren. Arme Schweine, zu langsam oder zu dumm, um in den Bunker zu gehen. Über jeden gibt's einen Bericht. In meinem Bezirk fehlt keiner. Alle Leichen sind ausgebuddelt und identifiziert. Und da war keiner mit abgerissenem Arm dabei.«

»Dieser hier ist nicht abgerissen, sondern abgeschnitten worden.«

»Ich hab gar nicht erst so genau hingeguckt.«

»Mindestens vier Schnitte mit der Klinge.« Troy stützte die Ellenbogen auf den Tisch und beugte sich über den abgeschnittenen Armstumpf. »Mit etwas Schwerem, Breitem. Mit einer einseitigen Klinge. Spitz zulaufend.«

»Schlachterbeil?«

»Eher so was wie eine Machete oder ein Bowie-Messer.«

Bonham reichte Troy seinen Tee. Als er die heiße Tasse anfaßte, schoß ein schmerzhaftes Prickeln durch seine tauben Hände. Er zuckte zusammen, wandte sich aber gleich wieder dem Arm zu. Die Fingernägel waren sauber und gut geschnitten, weder abgebrochen noch abgekaut. Die Fingerspitzen waren gelb von Nikotin – Troy hätte schwören können, daß der Mann Capstans geraucht hatte –, aber am interessantesten waren die vielen dunklen, aufgerauhten Hautflecke. Möglicherweise Verbrennungen oder Verbrühungen. Die meisten gut abgeheilt, aber ein paar wirkten relativ frisch – höchstens einen Monat alt. Troy spürte einen stechenden Schmerz in seiner aufgesprungenen Daumenspitze. Er nippte an dem widerlichen Aufguß, der nur schwach an eine gute Tasse Vorkriegstee erinnerte. Er ging noch einmal um den alten Ulmenholztisch herum und stellte sich dann neben Bonham – Schulter an Schulter, nur daß Bonhams Schulter um einiges höher war.

»Ach ja«, fügte Troy hinzu, »und er war schon tot, bevor ihm der Arm abgeschnitten wurde, von wem auch immer.«

Bonham schlürfte geräuschvoll seinen Tee.

»Schwein gehabt«, sagte er leise.

»Wo liegt das Trümmergrundstück?« fragte Troy.

»Die Kinder sagen Garten dazu. Richtung Stepney Green. War früher fast alles Cardigan Street, vor Herrn Hitler.«

»Da bin ich doch selbst mal Streife gegangen.«

»Morgen kannst du wieder hin.«

»Der Junge wohnt bei dir im Haus?«

»Erdgeschoß hinten. Terence Flanagan. Wird auch Tub genannt. Hat meines Wissens bisher nie Ärger gemacht. Sein Alter hängt zwar an der Flasche, aber wenn er voll ist, verwöhnt er den Jungen eher, als daß er ihm eins mit dem Gürtel überzieht. Du kennst ja die Sorte. Wenn er in Stimmung ist, spendiert er den Gören alles, was er in der Tasche hat, vom Viertelpenny bis zum silbernen Threepenny. Aber die Mutter, die ist ne Seele von Mensch. Sorgt dafür, daß er nicht auf die schiefe Bahn kommt.«

»Kann ich morgen früh mit ihm sprechen?«

»Wenn du zeitig genug aufstehst. Bleibst du über Nacht?«

»Wenn es dir recht ist, George.«

»Kein Problem, ich hab massig Platz. Die Wohnung steht schließlich halb leer.«

Für Troy war das mehr als schöngefärbt. Bonham und seine Frau Ethel hatten drei Söhne in nur drei Zimmern großgezogen – zwei Durchgangszimmer und ein Wohnzimmer, nicht mal drei auf drei Meter groß, dazu eine klitzekleine Küche, die zugleich als Badezimmer diente. Bonham fand die Wohnung nur darum nicht beengt, weil er nie woanders gewohnt hatte, und er nannte sie nur darum halb leer, weil seine drei Söhne jetzt bei der Navy dienten und seine Frau 1940 beim »Blitz« umgekommen war. Ende der dreißiger Jahre hatte Troy oft bei George und Ethel Bonham gegessen. Er war in ihr Leben getreten, als sich der jüngste Sohn gerade für Portsmouth gemeldet hatte. Die Bonhams hatten ihn während seines ersten Jahres als Constable unter ihre Fittiche genommen, ihm was zu essen vorgesetzt und nach Troys Empfinden unendlich vieles beigebracht.

Bonham klemmte sich den Helm unter den Arm wie ein

Gespenst seinen Kopf und wollte losgehen. Troy nahm den Arm. »Soll das ein Witz sein?« fragte Bonham.

»Nein, wir nehmen ihn mit.«

»Na, meinetwegen.«

Troy wickelte den Arm wieder ins Packpapier und klemmte ihn sich wie ein Baguettebrot unter den eigenen Arm.

Bonham öffnete seinen Spind und stopfte ein kleines, mit blutgetränkten Zeitungen umwickeltes Päckchen in seinen Helm. »Was ganz Besonderes.« Er lächelte Troy an. Das Lächeln wurde zu einem vielsagenden Grinsen. »Der Fleischer is 'n Kumpel von mir. Kam die Woche vorbei. Müßte auch für zwei reichen.«

Er tippte an den Helm, wie mancher sich an die Nase tippt, wenn er jemandem ein großes Geheimnis anvertraut.

»Alles klar«, sagte Troy und klopfte auf den gefrorenen Arm.

»Jetzt machst du aber Witze«, erwiderte Bonham.

4

Bonham wohnte in den Cressy Houses, nur ein paar Schritte von Stepney Green entfernt. Ein ansehnlicher, wenn auch rußgeschwärzter Wohnblock aus rotem Backstein mit roter Kachelverkleidung, vier Stockwerke hoch und mit der stolzen Plakette der East London Dwellings Company versehen. An der Ecke zum Union Place war das Gebäude immer noch mit Balken und Gerüsten abgestützt – Erinnerungen an den Bombenangriff, der Ethel Bonham das Leben gekostet hatte.

»Dauert keine Sekunde«, sagte Bonham und warf Troy einen Schlüsselbund zu, während er seinen massigen Leib aus dem Auto hievte. »Geh ruhig schon mal vor und setz den Kessel auf. Ich will nur kurz bei den Eltern von unserem Flanagan vorbeischauen.«

Troy stieg in den zweiten Stock zu Bonhams Wohnungstür hinauf. Daß das Apartment halb leer sein sollte, schien Troy noch untertrieben zu sein. Es roch schwach nach gekochtem Gemüse und war so makellos sauber und aufgeräumt, daß es beinahe verlassen wirkte – eher belegt als wirklich bewohnt. Er trat in die winzige Küche und zündete das Gas an. Dann fiel sein Blick auf den ersten Gegenstand, bei dem er Ethel Bonhams Hand wiedererkannte: einen gestrickten Beutel für Wäscheklammern hinter der Tür. Dieser Beutel schien ein Symbol dafür, wie wenig übriggeblieben war – als hätte Bonham absichtlich alle Spuren seiner verstorbenen Frau getilgt. Die Glasvitrine hatte früher eine Figuren- und Porzellansammlung beherbergt – vom obligatorischen Gipshund bis zu einem Paar grauenhafter, mit roter und goldener Krone verzierter Jubiläumsteller aus Darby. Nun stand sie leergeräumt an der Wohnzimmerwand. Damals, im Frühjahr 1936, war Troy der blutigste aller blutigen Anfänger gewesen, so frisch vom Land, daß Straßenbahn und Taxi eine größere Bedrohung für ihn darstellten als jeder Kriminelle. Ethel hatte ihn in das Stadtleben eingewiesen, hatte ihm gezeigt, wo und wann und selbst wie man einkauft, wie man Socken stopft, wie man ein Ei mit einer Hand aufschlägt und wie man es in die Pfanne gibt, ohne das das Eigelb zerläuft. Im Oktober desselben Jahres hatte ihn Bonham von der Schlacht in der Cable Street nach Hause geschleppt. Damals hatte der Polizeipräsident die Straße bedenkenlos für einen Aufmarsch von Mosleys Faschisten räumen lassen wollen, und das zwar mit Hilfe der gesamten Reiterstaffel der Metropolitan Police, aber gegen eine erdrückende Übermacht von hunderttausend Londoner Bürgern. Ein nervöses, verängstigtes Pferd war durchgegangen, hatte ausgeschlagen und Troy mit dem Hufeisen direkt über dem linken Auge getroffen. Ethel hatte die Wunde gereinigt und verbunden. Nur eine kleine Narbe war geblieben; sie verlief fast unsichtbar entlang der Augenbraue. Ethel hatte ihm Selbständigkeit beigebracht, hatte ihn ganz ungewollt zum Leben eines eigenbrötlerischen Stadtmenschen ermutigt. Mittlerweile wußte er, daß das seiner eigentlichen Natur entsprach.

»Alles in Ordnung«, rief Bonham aus der Küche herüber. »Tub geht morgen früh nicht zur Schule, sondern zeigt uns, wo er den Arm gefunden hat.«

Bonham füllte den ganzen Türrahmen zwischen Korridor und Wohnzimmer aus und mußte sogar den Kopf einziehen, um hindurchtreten zu können. Er knöpfte die Uniformjacke auf und hängte sie über die Rückenlehne eines Eßzimmerstuhls. Schon in Hemd und Hosenträgern, band er seine Krawatte auf; die Polizeihose, vorschriftsmäßig hoch über den Bauch fast bis an den Brustkorb gezogen, betonte den zunehmenden Taillenumfang eines muskulösen Mannes jenseits der Fünfzig. Troy fühlte sich unwohl in Uniform, er zog die Anonymität seines Zivilmantels vor.

»Ein schönes Stück Rindfleisch«, sagte Bonham, während er seinen hinteren Kragenknopf aufschnipste. »Ich hau's gleich in die Pfanne. Ein paar Kartoffeln, bißchen Grünzeug dazu. Und solange es kocht, machen wir ne Flasche auf. Los, Freddie, zieh den Mantel aus.«

Er kniete sich vor den Gaskamin und setzte ihn mit einem Swan-Vesta-Streichholz in Gang. Die Heizung zischte und fauchte, während Troy achtlos an den Knöpfen seines Mantels drehte.

Bonham setzte sich vor den Kamin, die Knie bis fast zum

Kinn hochgezogen, die riesigen Hände behutsam um sein Glas Stout gelegt.

»Du hast noch niemanden verloren. Und ich wünsch dir, daß dir das auch nie passiert. Aber weil du noch niemanden verloren hast, kannst du das auch nicht kennen. Das ist bei jedem anders. Bei mir ... also, ohne all den Kleinkram und Schnickschnack fiel es mir einfach leichter, plötzlich wieder allein zu sein, nach dreiundzwanzig Ehejahren. Aber die Erfahrung fehlt dir ja, wie ich schon sagte.«

»Früher oder später werden wir alle diese Erfahrung machen«, erwiderte Troy.

Bonham faßte diesen Allgemeinplatz als konkrete Aussage auf.

»Du meinst, der Krieg geht immer weiter und weiter und weiter?« fragte er.

»Nein«, sagte Troy. »Ganz im Gegenteil. Der Krieg ist fast vorbei. London füllt sich mit Soldaten. Wenn man mit der Bahn auf einer Hauptstrecke fährt, sieht man mittlerweile überall Schlangen von Soldaten. Und immer öfter sind Amerikaner dabei. Daß Eisenhower in England ist, ist ein deutliches Zeichen dafür, daß bald die zweite Front eröffnet wird.«

»Wird auch Zeit«, knurrte Bonham in sein Glas. Er sprach für Europa.

»Und vielleicht hören die alten Knacker dann auf, mich ständig als Feigling hinzustellen.«

»Wie? Ist dir das schon passiert?«

»Nein, aber alle über vierzig finden, daß alle unter vierzig Uniform tragen sollten. Und das krieg ich tagtäglich zu hören.«

»Ein Copper ist ein Copper«, sagte Bonham mit dem Unterton der Endgültigkeit.

Troy hatte es nie gereizt, sich zum Militär zu melden. Es gab keinen starken Andrang auf die Rekrutierungsstellen.

So sklavisch folgte der Zweite Weltkrieg dem Muster des Ersten nicht. Nein, dieser Krieg schuf seine eigenen Wirren. Dazu gehörte eine Welle der Fremdenfeindlichkeit, die nach Dünkirchen und dem Fall Norwegens zur Internierung Tausender von Ausländern geführt hatte. Unter den Internierten war auch Troys ältester Bruder gewesen – acht Jahre älter als Troy und zu seinem Pech in Wien geboren und dadurch 1938 mit dem sogenannten Anschluß »heim« ins Reich gekommen – als Kind russischer Eltern, die damals im Schneckentempo ihren Weg durch Europa suchten, im Kielwasser anderer gewaltiger Wirren, die als Revolution von 1905 in die Geschichte eingegangen waren. Troys Bruder, der im Herbst 1940 freigelassen, zwei Monate später erneut festgenommen und im folgenden Winter wieder freigelassen worden war, diente mittlerweile König und Vaterland als Oberstleutnant der Luftwaffe auf dem neuentwickelten Tempest-Kampfflugzeug. Der Groll, den sein Bruder gegen die Wahlheimat nun aber keineswegs empfand, hatte sich mittels unbekannter Mechanismen auf Troy übertragen. Er kannte zwar gar keine andere Heimat, wollte ihr aber aus verschiedenen Gründen, die er außerhalb der Familie niemals diskutiert hätte, auf keine andere Weise denn als Polizist dienen.

»Ich versteh nicht, warum du das einfach so schluckst, ohne wütend zu werden«, hatte er seinem Bruder Rod gesagt.

»Was sollte das bringen«, war dessen Antwort gewesen. »Was sollte das bringen, wenn ich Großbritannien total ablehnen würde, nur weil man mich so behandelt hat. Sieh die Sache einfach als einen Betriebsunfall.«

»Betriebsunfall!« hatte Troy protestiert.

»Genau, ein gutgemeinter Fehler. Egal, wie ich subjektiv zu meiner Wahlheimat stehe«, er machte eine nachdrückliche Pause, »objektiv steht sie auf seiten der Engel.«

»Im gerechten Kampf gegen das Unrecht?« hatte Troy gefrotzelt.

»Wenn du so willst.« *Laissez-penser*, der charakteristische Wesenszug der Familie.

»Das hinterläßt aber einen ziemlich üblen Nachgeschmack, meinst du nicht?«

Darauf hatte der ältere Troy nichts geantwortet.

»Heimatlos.« Ein Nachsatz.

Rod hatte abgewartet, sich gefragt, worauf genau sein Bruder hinauswollte.

»Hat nicht viel zu bedeuten. Hat alles nicht viel zu bedeuten«, hatte Troy gesagt. »Heimat, Patriotismus. Nichts davon hat für Heimatlose viel zu bedeuten.«

»Ich weiß«, hatte Rod geantwortet und gemeint, nun würde Troy endlich auf den Punkt kommen.

»Heimatlos im Herzen«, hatte Troy nachgeschoben und damit die ganze Logik wieder zerstört.

»Was zum Teufel soll das nun wieder heißen?«

Diesmal war Troy seinem Bruder die Antwort schuldig geblieben.

5

Gekochtes Rindfleisch ohne Möhren und statt dessen mit Kartoffeln und undefinierbarem Grünzeug – Troy war Bonham durchaus dankbar für seine Großzügigkeit, fragte sich aber doch, weshalb die verstorbene Mrs. Bonham ihre Haushaltskünste nicht im selben Maße an ihren Mann weitergegeben hatte wie an Troy. Bonham holte eine zweite Flasche Stout und suchte gerade den Öffner, als jemand an die Tür klopfte.

»'n Abend, Mister Bonham.« Von der Türschwelle hörte Troy die Stimme eines Mannes, den Bonhams Rücken verdeckte. In einem Wohnblock voller Schauermänner, Straßenhändler, Textilarbeiter und Putzfrauen stand Bonham für Recht und Ordnung, für den bürgerlichen Anstand, den alle hochhielten, aber nicht unbedingt immer wahren konnten – einer von uns und eben doch keiner von uns. Die Stimme klang respektvoll, jedoch nicht unterwürfig. Der »Mister« war Bonhams unbestrittenes Recht.

»Ich hab gehört, Sie hätten was gefunden.«

Troy sprang auf, wie von der Tarantel gestochen. Bonham erklärte dem Besucher, er könne gern eintreten, sofern er nicht anderen Leuten die Zeit stehlen wolle. Ein kleiner Mann in abgerissenem Jackett und schweren Segeltuchhosen kam mit langsamen Schritten herein. Er war beinah so breit wie lang – ein Muskelpaket von eins fünfundsechzig mit neunzig Zentimeter Schulterbreite.

Bonham stellte Detective Sergeant Troy vom Yard und Mr. Michael McGee einander vor und bot dem Besucher einen Stuhl an.

»Ich hab gehört, Sie hätten was gefunden«, wiederholte McGee.

»Mick, Sie wissen verdammt gut, daß das bei uns nicht so läuft.«

McGee legte seine Mütze auf die Knie und strich sich die Haartolle aus dem Gesicht.

»Wolinski ist weg«, sagte er ohne Umschweife.

»Weg?« fragte Bonham. »Was meinen Sie mit weg?«

»Seit drei Tagen hat ihn keiner mehr zu Gesicht gekriegt.«

Bonham senkte den Kopf und schaute auf Troy hinunter, der neben ihm mit dem Rücken zum Kamin stand.

»Das hör ich zum erstenmal«, sagte er. »Bisher hat keiner Vermißtenmeldung erstattet.«

»Wer ist Wolinski?«

»Wohnt oben.« Bonham deutete mit seinem riesigen Zeigefinger Richtung Zimmerdecke.

Troy wandte sich direkt an McGee. »Warum haben Sie keine Meldung gemacht?«

McGee zuckte bloß mit den Schultern.

»Wolinski ist einer von den Genossen«, warf Bonham ein. »Arbeitet in den George-V-Docks, zusammen mit Mr. McGee hier, wenn's ihm grad in den Kram paßt. Und wenn's ihm nicht in den Kram paßt, macht er blau. Stimmt, ich hab keinen Mucks von oben gehört, aber nicht so drauf geachtet. Er lebt allein und macht nicht viel Krach.«

»Also ist er vor drei Tagen verschwunden, und keiner hat bis jetzt ein Wort drüber verloren?« Troy klang etwas skeptisch.

»Der ist nun mal so«, sagte Bonham. »Die sind hier alle so. Trauen der Polizei nicht. Wir sind Feinde des werktätigen Volkes, und all so 'n Quatsch.«

McGee tat diese Bemerkung mit einem Achselzucken ab.

»Es heißt, ihr hättet ne Leiche in der Cardigan Street gefunden.«

»Stimmt nicht ganz«, bemerkte Troy.

»Jedenfalls so was in der Art.«

»Und Sie glauben, das könnte Wolinski sein?«

»Wie soll ich das wissen, bevor ich mal 'n Blick drauf geworfen hab?«

Troy wechselte das Thema. »Wie lange sind Sie schon Schauermann, Mr. McGee?«

»Mit Unterbrechungen seit neunundzwanzig, seit im Baugewerbe nichts mehr los ist.«

»Und Mr. Wolinski?«

»Ich würd sagen, fast genauso lang. Er ist vierunddreißig oder fünfunddreißig aus Polen gekommen, denk ich.«

»Zeigen Sie mal Ihre Hände!«

McGee schaute Troy verblüfft an, befolgte aber die Aufforderung und legte seine Hände geöffnet auf die Wachstuchtischdecke. Aus den Augenwinkeln konnte Troy erkennen, daß auch Bonham seine Fragen mit skeptisch gerunzelter Stirn aufnahm. McGees Hände sahen schlimm aus: übersät von alten Narben, frischen Blasen und dicken gelben Hornhautschwielen, so groß wie die Hühneraugen an den Füßen eines Streifenpolizisten.

»Die Leiche ist nicht Wolinski«, sagte Troy. »Die Hand, die ich untersucht habe, hat keine Schwielen. Weder war der Tote Schauermann, noch hat er sonstwelche schwere körperlichen Arbeiten verrichtet – niemals. Mr. Wolinski könnte tot sein, aber genausogut noch am Leben – jedenfalls haben wir weder ihn noch einen Teil von ihm gefunden. Also – wollen Sie ihn offiziell als vermißt melden?«

Troys amtlicher Ton schien McGee zum erstenmal nervös zu machen. Hilfesuchend blickte er Bonham an.

»Vielleicht warten Sie lieber noch ein, zwei Tage, Mick. Peter ist schon ein dutzendmal weg gewesen und jedesmal wiederaufgetaucht. Diesmal ist es wahrscheinlich genauso, und er ist bestimmt nicht scharf darauf, daß Sie mich einschalten.«

Aber McGee schien sich nicht so leicht beruhigen lassen zu wollen; offenbar widersprach dieser Vorschlag seinem Sinn für Pflichtbewußtsein und Gerechtigkeit.

»Sie könnten sich ja wenigstens mal umschauen«, forderte er.

»Umschauen?« fragte Bonham. »Ja, wo denn?«

»In seiner Wohnung. Müssen Sie denn nicht nach Spuren oder so was suchen?«

McGee ließ einen Satz blinkender Schlüssel vor ihm baumeln. Bonham bekam endlich den Verschluß der Stout-Flasche auf. »Reine Zeitverschwendung«, brummte er, doch für Troy war McGees Angebot eine Einladung zum Schnüffeln, und dem konnte er schwerlich widerstehen, gerade weil es so schön als Pflichterfüllung verpackt war.

Flüchtlinge, fast egal welcher Herkunft, lösten bei Troy stets einen Schwall von Erinnerungen aus, Erinnerungen an Familienlegenden, an Kinderzimmergeschichten und jede Menge Unsinn über die alte Heimat. Der Teil von Troy, der diesen Unsinn einfach abtun wollte, war doch ständig der Macht solcher Legendenbildung unterlegen.

McGee setzte sich auf den erstbesten Wohnzimmerstuhl, um nicht im Weg zu stehen, oder eher, um nichts durcheinanderzubringen, was Troy vielleicht später als Beweisstück gebrauchen konnte. Vom Grundriß her war die Wohnung mit der von Bonham identisch, aber der Gegensatz in Einrichtung und Gestaltung hätte kaum auffälliger sein können. Schon auf den ersten Blick schätzte Troy, daß der Raum fünf- bis sechstausend Bücher enthielt, an allen vier Wänden vom Fußboden bis zur Decke hoch; nicht einmal die Fensterbretter waren ausgespart. Wo der Platz nicht reichte, hatte Wolinski Bücher zu ordentlichen Bündeln verschnürt und unter Stühlen verstaut. Unter dem Tisch häuften sich Hunderte von Zeitungen – *Daily Worker, Picture Post, Manchester Guardian* und eine einzelne *Prawda* –, alle sauber mit Bindfaden verknotet und so aufgestapelt, daß noch genug Platz für die Knie blieb.

Troy schaute sich die Regale an. Die gesamte *Comédie Humaine* von Balzac – auf französisch. Fast alles von Dostojewski – ebenfalls auf französisch. Die vierundzwanzig Bände der Tolstoi-Ausgabe von 1913 – im russischen Original. *Das Kapital* auf deutsch. Einzelne Bände Kropotkin auf englisch (für einen Marxisten fast schon Ketzerei, dachte Troy) und so weiter und so weiter. Es gab wohl kaum ein wichtiges

Werk der Literatur in irgendeiner europäischen Sprache, das Peter Wolinski nicht gelesen oder jedenfalls nicht in seinem Besitz hatte. Das zweite Zimmer beherbergte einen Schreibtisch – Federhalter, Tinte und Tintenlöscher waren mit geradezu militärischer Präzision angeordnet – und noch mehr Bücherregale. Physik, Chemie – alles böhmische Dörfer für Troy, aber schließlich ergab sich doch ein Muster, als Troy die Regale hinterm Schreibtisch durchging, wo statt der staubigen, lange nicht geöffneten deutschen Bände vorwiegend neuere englische Bücher standen, die sich zumeist mit der mechanischen Belastungsfähigkeit von Metallen und mit chemischen Triebwerken befaßten. An einer Wand hatte Wolinski Platz für Fotos gelassen. Zwei, drei Dutzend oder noch mehr Bilder hingen dort, einige nicht größer als Postkarten, andere im Format von Eßtellern. Junge Männer in Straßencafés, ein junger Mann in schwarzer Robe mit Doktorhut, eine Urkundenrolle in den Händen, eine Versammlung alter und junger Männer, in Positur wie zur Erinnerung an irgendeine akademische Zusammenkunft – die übliche Mischung aus geselligen Stunden und offiziellen Anlässen im Leben eines Vorkriegsstudenten, eines Polen im Deutschland der Weimarer Republik.

Troy starrte auf ein imposantes Foto des Führers im Höhenflug seiner Rage, mit himmelwärts gestrecktem Zeigefinger bei einem seiner bühnenreif einstudierten Auftritte. Es trug die Aufschrift: »He, ihr da oben auf den Rängen!« Mittlerweile wirkte es schon abwegig, wenn man an die Zeiten zurückdachte, als Hitler noch eine Witzfigur gewesen war. Daneben hatte Wolinski den Umschwung eingefangen: ein Schnappschuß, in dem verblüffende Leere sich mit einer Schönheit verband, bei der es einem kalt über den Rücken lief. Ein früher Sommermorgen auf der Straße in einer namenlosen bayerischen Stadt, keine Menschenseele zu sehen, nur die Häuser in ihrem Fahnenschmuck zogen sich ins Endlose – ein langer, stiller Tunnel aus Hakenkreuzen.

Troy rief zu McGee hinüber. »Was hat Wolinski eigentlich gemacht, bevor er hierherkam?«

»An irgendeiner deutschen Spezialschule unterrichtet.«

»Einer Universität?«

»Dasselbe in Grün. Ich glaub, das war in München. Bis Hitler ihn rausgeschmissen hat.«

Nun blieb nur noch das Schlafzimmer übrig. Nach den vorderen beiden Räumen, die auf einen peniblen, ordnungsliebenden Mann schließen ließen, wirkte dieses Zimmer auf Troy fast so, als wäre es durchwühlt worden. Zerknülltes und schmuddeliges Bettzeug, überall Staub und aufgehäufte Kleidungsstücke. Keine Sitzgelegenheit, kaum genug Platz zum Stehen und gerade genug zum Liegen. Anscheinend kümmerte sich Wolinski nur um sein Geistesleben. In so viel Staub und Dreck hätte Troy kein Auge zutun können. Auf dem Nachttisch lag aufgeschlagen Wolinskis Bettlektüre.

Troy lächelte – *Alter Adel rostet nicht,* der Roman von P. G. Wodehouse, in dem es Bertie Wooster auf der heißen Jagd nach Tante Dahlias Sahnekännchen gelingt, dem britischen Faschismus eine vernichtende Niederlage beizubringen.

»Mr. McGee, kommen Sie doch bitte mal.«

McGee rief aus dem vordersten Zimmer zurück: »Bring ich auch nichts durcheinander?«

»Viel mehr als ich geht wohl kaum. Geben Sie nur acht, daß Sie nichts anfassen.«

McGee kam ins Schlafzimmer geschlendert.

»Sieht es hier immer so aus?« fragte Troy.

»Ja. Er hat immer ein bißchen wie im Schweinestall gehaust.«

»Fällt Ihnen etwas auf: ob Kleidung fehlt oder ob er einen Koffer gepackt hat?«

McGee deutete auf einen Kleiderschrank mit rissigem und teilweise abgeplatztem Mahagonifurnier.

»Normalerweise liegt sein Koffer da oben drauf. Das heißt, wenn er da ist.«

Troy brachte McGee in die Küche zurück.

»Und sein Rasiermesser müßte hier liegen?« Troy deutete auf den gekachelten Streifen neben dem Waschbecken. »Mr. Wolinski hat sich doch keinen Bart wachsen lassen, oder?«

»Nein, nein«, sagte McGee. »Manchmal leistet er sich ne ordentliche Rasur beim Friseur in der Mile End Road, aber er hat auch 'n Rasierer. Da bin ich mir sicher.«

»Sehen Sie den irgendwo?« fragte Troy.

Wieder zuckte McGee die Achseln.

»Dann können wir davon ausgehen, daß Mr. Wolinski aus freien Stücken dahin gegangen ist, wo er jetzt ist. Entführer und Mörder fordern normalerweise ihre Opfer nicht auf, erst einmal ihre Sachen zu packen, bevor sie sie mitnehmen. Und der Luftwaffe ist es ziemlich egal, ob ihre Bomben auf Leute fallen, die rasiert sind oder nicht.«

»Also kommt Peter wieder?«

»In München hat er seine Büchersammlung nicht zurückgelassen. Also wird er das wohl auch in Stepney nicht tun.«

Troys Worte schienen McGee weniger zu beruhigen, als zu ernüchtern.

»Was soll ich jetzt also machen?«

»Geben Sie Sergeant Bonham die Schlüssel, und wenn Wolinski bis Ende der Woche nicht wiederkommt, erstatten Sie Vermißtenanzeige auf dem Revier Leman Street. In diesen Zeiten kann er sich wohl nicht allzulange in England rumtreiben.«

»Natürlich nicht«, sagte McGee nachdenklich. »Ist ja Krieg.«

»Das hab ich auch schon gehört«, erwiderte Troy.

6

Troy stand frierend im Freien vor der hinteren Erdgeschoßwohnung und beobachtete, wie sein Atem in der Luft Dunstwölkchen bildete.

»Und sei ja nicht frech zu Onkel George«, wies Mrs. Flanagan ihren Sohn Terence alias Tub an.

Beim Stichwort »Onkel George« grinsten Troy und Bonham sich an. Mrs. Flanagan knöpfte dem Jungen den Mantel zu und zog ihm die Strümpfe in der Knautschzone zwischen Knie und Knöchel glatt.

»Diese Rotznasen sind echt abgebrüht«, flüsterte Bonham.

»Wenn du meinst, Onkel George«, flüsterte Troy zurück.

»Sonst hätten wir den Arm nicht, stimmt's?«

Mrs. Flanagan wandte sich direkt an Bonham.

»Wenn er nicht pariert, knallen Sie ihm eine, George.«

»Wird gemacht, Patsy«, antwortete Bonham.

Der Junge schielte an dem mit Helm gut zwei Meter großen Bonham hoch wie ein Eichhörnchen, das einen Eichbaum begutachtet. Das eine, sichtbare Auge wanderte auf und ab, das andere war von einem frischen Pflaster verborgen. Dann marschierte er Richtung Straße los, ohne sich noch einmal zu seiner Mutter umzudrehen. Um die Ecke, am Union Place, erwartete Troy und Bonham dann eine böse Überraschung: Sieben kleine Jungen standen quer über den Bürgersteig aufgereiht, und alle schauten sie Bonham erwartungsvoll an.

»O nein«, sagte er. »Was meint ihr Bengels, was es hier zu sehen gibt?«

Keiner antwortete. Die erwartungsvollen Mienen wirkten wie eingefroren zwischen Jubel und Tränen. Sergeant Bonham besaß die Macht über das wichtigste, das geheimnisvollste Ereignis in ihrem kurzen Leben. Troy sah hinunter auf ein kunterbuntes Durcheinander von Gabardine-Regenmänteln, übergroßen Jacken mit Schnüren als Gürtel, braunen Stiefeln, Kochtopf-Haarschnitten, blaufleckigen und verschorften Knien. Eine erstaunliche Ansammlung schlecht passender, von größeren Geschwistern geerbter Kleidungsstücke. Nur die pfirsichfrischen Gesichter riefen das Bild der sieben Zwerge wach. Am Ende der Reihe warf sich ein schmuddeliger Rotschopf, der bestimmt Carrots, »Möhre«, gerufen wurde, eine qualmende Kakaobüchse von einer Hand in die andere: ein selbstgebasteltes tragbares Heizöfchen. Troy hätte selbst gern so ein Ding gehabt.

»Ihr solltet längst in der Schule sein, das wißt ihr doch!« rief Bonham. »Los jetzt. Haut ab.«

Doch die Jungs wichen nicht zurück. Die klassische Pattsituation im Western.

Tub hatte ein Leben in der Zuschauerrolle zugebracht, zumeist vom Geschehen ausgeschlossen, aber immer bereit, sich etwas abzugucken. Das hatte ihn gelehrt, wie sich wahre Führungsqualitäten äußern müssen, wenn die Gelegenheit danach verlangt. Und nun erkannte er die Gelegenheit und packte sie beim Schopf. Er trat zwischen Bonham und Troy heraus, und die Gruppe der Jungen teilte sich vor ihm wie das Rote Meer vor Moses' Stab. Er marschierte Richtung Cardigan Street. Die Jungen folgten ihm gemäß ihrer internen Hackordnung – keiner von ihnen überholte den gebieterisch vorwärts schreitenden Tub oder versuchte auch nur, zu ihm aufzuschließen. Tub sprach kein Wort, und er blickte sich auch nicht nach hinten um. Bonham und Troy bildeten das Ende der Reihe, sie kamen sich beide ein bißchen albern und ziemlich riesenhaft vor. Troy schob die Hände tief in die Manteltaschen, um seine Fingerspitzen vor dem stechenden

Frost zu schützen, und überlegte, ob er den Karottenkopf wohl mit einem Shilling überreden könnte, seine Erfindung mit ihm zu teilen.

An einer ebenen, mit frischem Schnee bedeckten Stelle blieb Tub stehen und wartete, während sich Bonham und Troy durch die Trümmer Richtung »Garten« vorarbeiteten. Die Jungen stellten sich auf, bemüht, dabei nicht auf ihr Hinkepinke zu treten; sie bildeten eine Gasse, durch die Troy Spießruten laufen mußte, um zu Tub zu gelangen. Troy stolperte bis zum Ende der Kolonne.

»Hier?« fragte er. »Hier hast du ihn also gefunden?«

Tub nickte. Troy blickte sich um. Unter der Schneedecke wirkte das Trümmergrundstück trotz seiner Hügel und Täler ziemlich gleichförmig, ohne erkennbare Orientierungspunkte. Bonham kam keuchend herangetrampelt.

»Wenn uns der Kerl an der Nase herumführt ...«

Troy schnitt ihm das Wort ab. »Woher weißt du die Stelle so genau?« fragte er Tub.

Tub kratzte mit der Stiefelspitze im Schnee und legte eine blaue Steinfliese frei. Wie auf ein unsichtbares Zeichen hin fingen plötzlich alle an, mit den Füßen auf den Schnee einzuhacken und den alten Fußboden freizuscharren. Troy bot dem Karottenkopf an, die Büchse zu halten, solange der arbeitete, aber der Junge drückte sie eng an seinen Regenmantel und warf Troy einen finsteren Blick zu, während er mit eisenbeschlagenen Stiefelabsätzen den Schnee wegkickte.

Troy sah hinunter auf den Küchenfußboden und die verblassenden Hinkekästchen-Quadrate.

»Hier?« wiederholte er.

»Hier war's«, sagte Tub.

»Ja, aber hast du ihn auch genau hier gefunden?« Troy wollte den Gegenstand nicht gern beim Namen nennen, doch acht Augenpaare forderten ihn dazu heraus. »Den Arm«, schob er nach, »hast du den Arm hier gefunden?«

»Nö«, erwiderte Tub. »Hier warn wir, als der Hund ihn mir gebracht hat.«

Troy hörte Bonham ein leises »Herr im Himmel« murmeln.

»Welcher Hund?« fragte er.

»Der Hund«, sagte Tub, als sei das Erklärung genug.

Troy blickte Bonham an, Bonham Troy – die beiden fühlten sich allmählich wie Dick und Doof.

»Das hör ich zum erstenmal«, meinte Bonham. Troy kam dieser Satz langsam allzu vertraut vor.

»Schöne Pleite, George«, flüsterte er zurück. Und dann: »Willst du damit sagen, ein Hund hat euch den Arm angebracht, während ihr hier gespielt habt?«

»Er hat nicht mitgespielt«, warf der größte Junge ein. »Wir lassen ihn nicht, weil er immer übertritt.«

»Also hast du den Arm gar nicht gefunden?«

»Doch, klar«, protestierte Tub. »Ich war's. Ich ganz allein. Keiner von den anderen. Der Hund kam angerannt und hat ihn mir gebracht. Nur mir. Er hat ihn mir gebracht!«

»Weißt du vielleicht noch, woher der Hund gekommen ist?«

Tub schien die Frage nicht zu verstehen.

»Wo hast du ihn zum erstenmal gesehen?«

Tub deutete auf die Mauer zwischen Cardigan Street und Alma Terrace: Dort standen nur noch ein paar vereinzelte Reste von Häusern, und höchstens ein paar Dutzend Steine lagen noch genauso da, wie sie der Maurer aufgeschichtet hatte.

»Zeig mir die Stelle«, sagte Troy. Nach demselben Ritual bewegte sich die Prozession nun in Richtung Alma Terrace. Troy schaute über den Mauerstumpf. Der frische Schnee bedeckte alle Spuren, die der Hund möglicherweise hinterlassen hatte.

»George«, murmelte er, »wir suchen eine gottverdammte Stecknadel im Heuhaufen.« Er merkte, wie Bonhams Schuh Größe vierzehn gegen seinen trat – eine Ermahnung, auf seine Ausdrucksweise zu achten. »Wir müssen das alles durchsuchen.«

»Freddie, du machst wohl Witze. Dafür hab ich nicht genug Leute.«

»Wie sollen wir sonst etwas finden?«

»Was willst du denn finden?«

»Den Rest der Leiche. Na ja, eher wohl Teile vom Rest der Leiche.«

Troy blickte auf die Jungen und fragte sich, wieviel sie mitgehört und wieviel sie verstanden hatten. Acht Engelsgesichter und sechzehn harte, unerbittliche Augen starrten ihn an. Kindliche Unschuld bewahren zu wollen war wohl ein aussichtsloses Unterfangen.

»Würdet ihr euch gern ein bißchen Geld verdienen?« fragte er.

»Wieviel?« fragte der größte zurück.

»Einen Shilling«, sagte Troy.

»Ne halbe Krone«, verlangte der Junge.

»Du weißt ja noch nicht mal, wofür!«

»Trotzdem kostet Sie's 'n halben Dollar«, erwiderte der Junge.

»Okay, okay«, erklärte Troy, »eine halbe Krone für den Jungen, der den Rest findet.«

»Um Himmels willen, Freddie«, mischte sich Bonham ein. »Das geht doch nicht!«

Er packte Troy an der Schulter und zog ihn beiseite, um wenigstens halbwegs Vertraulichkeit herzustellen.

»Bei dir piept's wohl.«

»George, fällt dir etwas Besseres ein?«

»Gott im Himmel, das sind doch Kinder. Sie gehören in die Schule.«

»Aber da wollen sie offensichtlich nicht hin. Und wie ängstliche Muttersöhnchen sehen sie auch nicht gerade aus, oder?«

»Herr im Himmel«, sagte Bonham noch einmal.

»Nun sei kein Frosch!« meinte Troy.

»Also schön, auf deine Verantwortung.«

Troy wandte sich zu den Jungen um, die sich vor ihm in einem weiten Halbkreis aufgestellt hatten. »Ich möchte, daß ihr ...«, er zögerte, weil ihm kein anderes Wort für Leiche einfallen wollte. »Daß ihr nach allem sucht, was irgend etwas mit Tubs Fund zu tun haben könnte. Klar?«

Sie nickten alle gleichzeitig.

»Und wenn ihr etwas findet – faßt es nicht an. Ihr kommt sofort her und sagt Mr. Bonham Bescheid, und keiner, ich betone keiner, geht näher ran, bis Mr. Bonham gesehen hat, was ihr gefunden habt. Kapiert?«

Sie nickten noch einmal.

»Oder die halbe Krone ist futsch«, schloß Troy.

Tub ergriff das Wort: »Und ein Shilling Finderlohn für mich und Sixpence für jeden von uns fürs Suchen, oder ihr könnt Leine ziehen.«

»Abgemacht«, erklärte Troy, froh darüber, daß sich nun alles auf klar vereinbarter geschäftlicher Grundlage abspielte.

»Ich muß raus nach Hendon«, sagte er zu Bonham. »Je schneller wir den kriminaltechnischen Bericht kriegen, desto besser.«

»Und ich soll allein mit dieser Bande fertig werden?«

»Tut mir leid, George.«

»Das ist ein Skandal, Freddie. Wenn die Mütter Krach schlagen ...«

»Du kennst sie doch, George. Kriegen die das fertig?«

»Weißt du, Freddie«, sagte Bonham leise, »manchmal möchte ich Scotland Yard verfluchen, weil man da innerlich versteinert.«

»Ich mach bloß meine Arbeit. Ruf mich heute nachmittag im Yard an, falls sich irgend etwas tut.«

Troy bahnte sich den Weg durch die Trümmer zu seinem Bullnose Morris mit dem makabren Päckchen im Kofferraum. Die Jungen verteilten sich in alle Himmelsrichtungen, träumten schon von ungeahnten Reichtümern. Hinter sich hörte Troy, wie Bonham dem Karottenkopf einen Sixpence für den Handwärmer anbot.

7

Ladislaw Kolankiewicz war Leiter der Pathologie am Polizeilabor in Hendon, seit es 1934 den Betrieb aufgenommen hatte. Als einen der ersten Adepten dieser schaurigen Wissenschaft, der zudem mit der Empfehlung keines Geringeren als Sir Bernard Spilsburys ausgestattet war, hielten ihn viele selbst für entsprechend schaurig. Troy hatte ihn 1937 kennengelernt und seitdem beobachten können, wie ihm das Haar langsam vom Kopf schwand, dafür aber um so kräftiger aus Ohren und Nasenlöchern sproß und sich von den Handrücken auf die Finger vorarbeitete. Er war korpulenter und auch krummer geworden, weil er sich Tag für Tag über die Toten beugte, doch sein Englisch hatte sich überhaupt nicht verbessert. Obschon er sich bei Fachthemen präzise und fehlerfrei auszudrücken vermochte, war seine Alltagssprache ein vulgäres, zusammengestoppeltes Kauderwelsch.

Polizisten aus ganz London und den angrenzenden Home Counties freuten sich über jede Dienstfahrt nach Hendon, weil sie dabei ihren Vorrat an Kolankiewicz-Anekdoten aufstocken konnten, vor allem an sinnlosen, zotigen Wortungetümen à la »Verpiß dich, verdammter Scheißluden-Copper« oder, wie er sich nun gerade Troy gegenüber äußerte: »Na, du Klugscheißerarsch, willste mir schon wieder auf'n Sack gehn?«

Troy sah mit Erleichterung, daß der Raum leer war. Zu häufig hatte er sich mit Kolankiewicz unterhalten müssen, während der an einem menschlichen Schädel herumsägte oder seiner Assistentin und Stenografin Anna, die auf ihrem Schemel in der Ecke hockte, im Stakkato die Analyse eines Mageninhalts hinüberbellte. Doch heute saß er selbst friedlich auf diesem Schemel, mit sauberer Schürze, ohne Blut an den Händen, aß ein Sandwich mit Frühstücksfleisch und las den *News Chronicle*. Eine fast angenehme Atmosphäre, trotz des allgegenwärtigen, todverheißenden Chemiegestanks.

Troy klatschte sein braunes Papierpäckchen auf den Sektionstisch und zog am losen Ende. Der Arm fiel heraus und rollte bis zur Mitte der Metallplatte. Kolankiewicz kam aus seiner Ecke geschossen wie eine Spinne, die quer über ihr Netz flitzt. Ein paar Sekunden lang schien er die Beute voller Gier zu betrachten, dann zuckte er die Achseln und sah Troy an.

»Was für'n Müll soll'n das sein?«

»Das ist ein Arm.«

»Mein lieber Herr Schlaumeiersack«, brummelte Kolankiewicz, dann brüllte er los: »Ich meine, wo der Rest davon ist, Klugscheißer.«

»Das ist alles, was wir haben.«

Kolankiewicz reckte die Arme gen Himmel. »Ach! Ach! Ach! Und was soll ich damit machen?«

»Alles, was sich machen läßt. Wir suchen gerade den Rest. Es ist ja auch eine Menge Stoff dran. Sogar ein Manschettenknopf.«

»Ach! Manschettenknöpfe mag ich. Feinsilbergehalt. Prägestempel. Goldschmiedeinitialen. Klare Angaben zum Silberanteil, damit kann man was anfangen – alles sehr informativ. Was ist über den Fundort bekannt? Worauf oder worin hat er gelegen?«

»Keine Ahnung.« Troy streckte die Hand aus, um den Arm festzuhalten, während Kolankiewicz eine große Schere am wollenen Ärmel ansetzte. Ein scharfer, stechender Schmerz durchzuckte seinen linken Oberarm. Er rieb mit den Fingern sacht über die betroffene Stelle. Kolankiewicz, der sich bereits über den Arm beugte, blickte unter seinen wilden, buschigen Augenbrauen hoch.

»Feine Arbeit«, sagte er. »Hoher Silberanteil. Was ist mit Ihrem Arm los?«

Diese Frage in perfektem Englisch brachte Troy fast aus dem Gleichgewicht. Das plötzliche Ausbleiben der gewohnten Kraftausdrücke ließ ihn einen kurzen Moment lang den verrückten Zwerg vergessen, als der Kolankiewicz bekannt war. Der richtete sich auf: »War der das? Der Arm, wo Sie den Schlag mit dem Beil abgekriegt haben? Schön blöd von Ihnen.« Er ging um den Tisch herum auf Troy zu.

»Zeigen Sie mal her«, sagte er.

»Ist schon in Ordnung. Ich war beim Arzt.«

»Ich bin Arzt.«

»Das weiß ich, aber im Gegensatz zu den meisten Ihrer sonstigen Patienten bin ich zufällig noch am Leben.«

»Verdammter Snobismus. Wenn's Ihnen weh tut, zeigen Sie's her. Spielen Sie hier nicht den Scheiß-Helden.«

Troy zupfte an seinen Mantelknöpfen und begann, seine Schultern vorsichtig aus der Kleidung zu schälen.

»Könnten Sie sich vielleicht erst die Hände waschen?«

»Was?«

»Ich weiß ja nicht, was Sie vorher angefaßt haben.«

»Ich hab 'n Sandwich gegessen und Tee getrunken.«

»Und davor?«

»Kruzitürken! Na schön, na schön.«

Kolankiewicz ging zum Waschbecken, krempelte die Ärmel hoch und führte vor, wie man sich vorschriftsmäßig die Hände schrubbt. Troy zuckte zusammen, als die stämmigen, haarigen, eisigen Finger seinen Arm untersuchten.

»Sie hatten wirklich ein Riesenglück, daß Sie das nicht den Arm gekostet hat, das wissen Sie hoffentlich. Die Wunde war sehr tief. Sie haben sich einen guten Chirurgen ausgesucht. Feine Arbeit.«

»Und warum tut es dann weh?«

»Da wäre Ihnen der Arm beinah in zwei Teile zerhackt worden, und Sie fragen noch, warum es weh tut?«

»Jetzt, meine ich. Warum tut es jetzt weh? Was stimmt da nicht?«

»Eine Schwellung an den Stellen, wo die Fäden gezogen worden sind – vielleicht haben sich die Stiche ein bißchen entzündet, die Wunde selbst jedenfalls nicht. Ich geb Ihnen etwas Wundbenzin, und damit reinigen Sie sie ein paar Tage lang. Das wird schon wieder. Wann sind die Fäden gezogen worden?«

»Vor drei Tagen.«

»Dann brauchen Sie sich keine Sorgen zu machen. Aber Sie sollten mal darüber nachdenken, wieso Sie sich mit einem amoklaufenden Hackbeilschwinger in einem Zimmer einschließen lassen.«

Kolankiewicz nahm ein braunes Fläschchen vom Regal über dem Waschbecken, gab etwas von dem Inhalt auf einen Tupfer und reinigte die gut zehn Zentimeter lange Narbe.

»Dieser Kerl«, meinte er, »der aus der Zeitung. Bringt den Hausfreund seiner Alten um. Hackt dem Briefträger zwei Finger ab. Bricht einem Constable das Handgelenk. Und Sie gehen in sein Haus und sagen ihm, er soll sich ergeben. Sie sind echt verrückt! Dieser Oxbridge ...«

»Uxbridge«, verbesserte Troy.

»Dieser Uxbridge-Axtmörder hätte Sie umbringen können.«

Kolankiewicz krempelte Troy den Hemdärmel herunter und knöpfte ihm mit einer fast väterlich anmutenden Geste den Manschettenknopf zu.

»Nein, das glaube ich nicht.«

»Immer den Scheiß-Helden spielen.«

»Das hat nichts mit Heldentum zu tun. Es ging nur um Menschenkenntnis.«

»Psychologie?«

»Wenn Sie so wollen.«

»Ein beschissenes Ratespiel, würd ich mal sagen.«

»Sagen Sie dazu, was Sie wollen. Aber sobald er mir den Kratzer verpaßt hatte ...«

»Kratzer. Troy, du hast nur Scheiße im Hirn.«

»Ja, Kratzer! – da war alles vorbei. Er hatte gekriegt, was er wollte. Blut sehen – das war für ihn das Höchste. Ab dem Moment war er befriedigt und sozusagen entschärft. Danach ging's bloß noch darum, einfach dazusitzen und ihn zu bequatschen. Er wollte mich nicht in Stücke hacken. In Stücke hacken wollte er bloß den Liebhaber seiner Frau.«

»Und während Sie, Herr Klugscheißer, ihn bequatscht haben, wo lag da die Axt?«

»Zwischen uns auf dem Fußboden.«

»Und was haben Sie gemacht? Dagesessen mit ner selbstgebastelten Aderpresse und gehofft, daß er aufgibt, bevor Sie verblutet sind?«

»Ich hab meine alte Schulkrawatte genommen. Das erste Mal, daß sie zu was zu gebrauchen war.«

Kolankiewicz schob ihm die Flasche hinüber. »Zweimal täglich, bis es nicht mehr weh tut. Und jetzt raus mit Ihnen. Sie kriegen meinen Bericht, so schnell es geht.«

8

Der Gasofen in Troys Dienstzimmer zischte ihn an, wollte sich aber einfach nicht in Gang setzen lassen. Überall in London ragten große Gasometer zwischen den Häusern hoch, gut sichtbar wie riesige Zylinder. Bestimmt hatte einer davon letzte Nacht beim Luftangriff einen Treffer abbekommen, dachte Troy. Er ruckelte am Hahn in der vergeblichen Hoffnung, das Ding würde doch noch anspringen. Dann hörte er an einem leisen Klicken, daß die Tür aufging, blickte hoch und sah sich seinem Dezernatsleiter, Superintendent Onions, gegenüber. Onions lehnte sich gegen Troys Schreibtischkante und verschränkte die Arme.

»Ich hab schon nach Ihnen gefragt«, sagte er in seinem sanften Bariton mit dem unverkennbaren Rochdale-Akzent.

Troy stand auf, klopfte sich die Hosenbeine ab und überlegte, ob dies ein offizieller Anschiß sein sollte. Onions war ein Bulle von einem Mann – ein Meter achtzig gebündelte Muskelkraft –, ebenso unberechenbar, stur und auf den ersten Blick wenig einnehmend wie ein Bulle. Wie alt er war, wußte Troy nicht genau, aber er schätzte ihn auf fünfzig. Das Haar, schon lange grau, war am Hinterkopf und an den Seiten so gnadenlos ausrasiert, daß nur oben auf dem Kopf ein stoppeliger Bürstenschnitt stehenblieb. Doch zwischen seinen markanten Falten glühten immer noch wachsame hellblaue Augen. Sein Blick war scharf und aufmerksam, und genau diese Intensität seiner Augen wollte nicht recht zu der massigen Gestalt und dem fast nachlässigen äußeren Erscheinungsbild passen. Er kleidete sich ostentativ im Stil der älteren Generation: schwerer zweireihiger Anzug in gedecktem braunrotem Ton, aufgefrischt nur durch die schmalen Streifen in hellerem Rot, was insgesamt einen herrlichen Kontrast zu den vorschriftsmäßigen schwarzen Stiefeln der Metropolitan Police abgab. Die Art Anzug, die auch Hitler bevorzugte, dachte Troy manchmal, nur daß es dem Führer anscheinend schwerfiel, gleich morgens in der Früh die passende Hose zu finden. Troy war überzeugt davon, daß in Onions' komplexem Charakter auch ein Quentchen Unsicherheit lag – er trug sowohl Gürtel als auch Hosenträger. Ihm, Onions, verdankte Troy seine Rettung aus der Leman Street und den Dienstrang eines Sergeanten. Und Onions hatte sich auch für Troys vorzeitige Beförderung zum Inspector eingesetzt, mit der mittlerweile täglich gerechnet wurde. Onions' Stimmungen und Absichten vorhersehen zu wollen war aussichtslos. Unter vier Augen, in seinem oder Troys Dienstzimmer, nannten sie sich meistens beim Vornamen. Aber es gab eben auch Tage, an denen das nicht galt. Und damit hieß es dann auch zurechtkommen.

»Ich war in Hendon, Stan«, fing Troy an, um Onions' Laune auszuloten. »Ich mußte zu Kolankiewicz.«

»Macht er Fortschritte?«

»Unflätig wie immer. Trägt nicht gerade die Seele auf der Zunge.«

Onions stützte die Hände auf Troys abgenutzte Schreibtischunterlage. Nachdem Troy nun die Lage sondiert hatte, unternahm er einen neuerlichen Anlauf mit dem Gasofen und brachte diesmal ein kümmerliches, aber um so lauter zischendes Feuerchen zustande.

»Der wird bald alle Hände voll zu tun haben«, meinte Onions.

»Ein Mord?« fragte Troy.

»Deshalb wollte ich Sie ja sprechen. Gestern nacht, während des Luftangriffs, wurde einem amerikanischen Soldaten nicht mal zweihundert Meter von hier die Kehle durchgeschnitten.«

Onions' Worte wirkten auf Troy wie ein Stromstoß.

»Wo?«

»Trafalgar Square. Ausgerechnet. Ein Infanterie-Corporal, kam gegen zehn aus einem Pub im West End, und eine halbe Stunde später fand ihn 'n Bobby auf Streife mit zerfetzter Kehle am Straßenrand liegen.«

»Eine Flasche?«

»Dem Opfer steckten noch grüne Glasscherben im Fleisch.«

Der Gasofen knallte und fauchte, als der Druck plötzlich wieder da war. Troy legte die Streichholzschachtel auf den Kaminsims und ging zur anderen Seite seines Schreibtisches neben dem Fenster. Dabei mußte er dem Balken ausweichen, der seit dem direkten Treffer von 1941 die Decke provisorisch abstützte. Er wußte schon, was jetzt kommen würde, und überlegte, wie er es am ehesten umgehen und zugleich sein Anliegen vorbringen könnte. Betrachtete man das Ganze als ein Glücksspiel, dann hielt Onions eine komplette Leiche als Einsatz, er dagegen nur einen Arm – noch nicht einmal ein Paar.

»Hier geht's auch um Mord, Stan«, sagte er.

»Wobei?«

»Bei dem Stepney-Fall. Deshalb war ich in Hendon. Ich hab Kolankiewicz den Arm gebracht.«

»Doch wohl eher ein Bombenopfer, oder?« meinte Onions und drehte den Kopf, um Troy im Auge zu behalten, der vor dem Fenster auf und ab ging.

»Nein. Mord. Raffinierter, brutaler Mord.«

Onions trat neben Troy ans Fenster und schaute hinaus. Wer mit Blick auf die Themse wohnt oder arbeitet, scheint ständig auf den Fluß zu gucken und mehr von der Aussicht zu erwarten, als sie jemals bieten kann.

»Raffiniert?« hakte Onions nach.

»Das Opfer wurde getötet und dann zerstückelt – ziemlich systematisch würde ich sagen –, um die Leiche einfacher beseitigen zu können. Das geschah nicht im Affekt, nicht aus blinder Panik, sondern kaltblütig und mit Berechnung. Aber irgend etwas muß schiefgelaufen sein. Der Arm ging verloren, oder der Hund hat ihn geklaut – wie auch immer –, zum Glück hat er ihn nicht gefressen, schon das ist ein kleines Wunder, und dann wurde der Arm bei uns abgegeben. Sonst wäre jetzt irgendein armes Schwein da draußen spurlos verschwunden.«

»Und was haben Sie in der Hand?«

»Nur den Arm. Bonham sucht gerade den Fundort ab. Heute oder morgen kriege ich den kriminaltechnischen Bericht und natürlich einen kompletten Satz Fingerabdrücke der linken Hand.«

»Nicht gerade viel.«

»Aber es ist Mord. Nicht das Werk irgendeines wütenden, verzweifelten Mannes, der auf jemanden losgeht und ihn umbringt. Sondern das Werk eines berechnenden Täters, der glaubt, daß er damit durchkommt. Ein Täter mit Eis in den Adern und einem Rückgrat aus Stahl, der imstande ist, sein Opfer in aller Ruhe zu zerlegen. Der mit seiner grauenhaften Tat gut leben kann. Jemand, der keine Angst vor dem Tod hat. Normalerweise kommt mir zugute, daß die meisten

Mörder verhaftet werden wollen. In gewisser Hinsicht sind das auch gar keine richtigen Mörder, sondern eher Menschen, die irgendeinen schrecklichen Unfall verursacht haben. Sie laufen weg, und dann stellen sie sich selbst, oder sie hinterlassen eine Spur, der ich blind folgen könnte. Sie brauchen mich. Ich bin ihre Erlösung. Sie brauchen mich, um das zu verarbeiten, was sie getan haben. Selbst wenn ich bloß eine Stufe auf ihrem Weg zum Galgen bin. Ich habe Männer gesehen, die mit der Leiche im Arm dasaßen und sie am liebsten wieder zum Leben erweckt hätten. Und Männer, die am ersten Tag ein Geständnis ablegen und am nächsten alles abstreiten. Sie würden alles tun, um die Tat ungeschehen zu machen, alles, um ihre Beichte wiederholen zu können. Aber der hier ist anders. Jeder, der so was einmal fertigbringt, schafft das auch noch mal.«

»Und das alles schließen Sie aus einem Arm?«

Troy zuckte die Achseln.

»Soll das heißen, bei uns läuft ein Irrer frei herum?«

Selbst aus Onions' Mund klangen diese Worte eindeutig nach Boulevardblatt.

»Keinesfalls, Stan. Bei uns läuft ein berechnender Killer frei herum. So was ist für mich kein Irrsinn.«

Onions ging zwischen Fenster und Schreibtisch auf und ab und fuhr sich mit beiden Händen an den Schläfen entlang, als hätte er statt der kurzen grauen Stoppeln eine dichte Mähne. Dies war eine seiner typischen Gesten, die meistens auf Nachdenken hindeutete.

»Und was ist mit dem Trafalgar Square?« fragte er schließlich.

»Ist der Amerikaner ausgeraubt worden?«

»Nein. In seiner Brieftasche waren mehr als fünfzig Pfund.«

»Schwarzer oder Weißer?«

»Weiß.«

»Alter?«

»Zweiundzwanzig.«

»Da gibt es zwei Möglichkeiten, würde ich sagen. Diese Amerikaner haben zwei schlechte Angewohnheiten: Sie verkaufen Waren aus ihren Armeeläden bei uns auf dem Schwarzmarkt, und sie bandeln mit englischen Frauen an. Beides könnte ein Motiv sein.«

»Schwarzmarkt?« Onions überlegte. »Wäre dieser Corporal Duvitski mit so einem schmierigen Typ aneinandergeraten, dann hätte der ihm irgendwo in einer Seitengasse aufgelauert. Ein Gauner würde selbst bei Verdunklung keinen Mord an einem so belebten Ort wie dem Trafalgar Square riskieren.«

»Dann sollte man am besten die Männer aus seiner Einheit befragen. Bestimmt halten sie erst einmal dicht, aber ziemlich bald werden sie erzählen, wer Duvitskis Freundin war. Und dann gibt es da einen Ehemann oder Liebhaber. Der wahrscheinlich dem Opfer vom Pub aus gefolgt, ja vielleicht schon einen oder zwei Tage lang nachgeschlichen ist, so daß es Zeugen gibt, die ihn identifizieren können.«

»Und damit wäre dann der Fall erledigt, was, Freddie?« Onions zog eine graumelierte Augenbraue hoch und zeigte damit deutlich, was er von dieser schnellen Aufklärungsarbeit hielt.

»Nein«, antwortete Troy, lehnte sich gegen die Fensterbank und schob die Hände in die Taschen. »Nicht erledigt. Aber eine Routinesache.«

»Für die wir keinen Detective abzustellen brauchen?«

»Doch ... schon, aber das brauche ja nicht ich zu sein.«

»Sie wollen lieber weiter an Ihrem Puzzle basteln, die Stepney-Leiche wieder zusammenflicken, wenn ich Sie recht verstehe.«

»Mit Ihrer Erlaubnis, Sir.«

»Meinen Sie nicht, daß Sie sich eines Tages übernehmen werden, Freddie?«

Troy zuckte noch einmal wortlos die Achseln. Onions klopfte ihm auf die Schulter, nannte ihn einen frechen Kerl und ging zur Tür. Dann hielt er inne und wandte sich um.

»Und falls es nun kein Verbrechen aus Leidenschaft ist? Falls es doch um schmierige Kerle und Gauner geht?«

»Dann frag ich meine Spitzel.«

Onions ging. Troy wärmte sich die Hände an dem Feuer, das wieder munter brannte, und überlegte, wieviel von dem, was er Onions erzählt hatte, tatsächlich zutraf, wieviel davon er nach und nach würde beweisen können. Instinkt und Verstand sagten ihm, daß es stimmte, trotzdem war es nach wie vor reine Vermutung.

9

Früher, als Troy erwartet hatte, meldete sich Kolankiewicz am Telefon.

»Mit eurem Arm hab ich alles angestellt, was sich nur anstellen ließ«, sagte er. »Ich geb Ihnen jetzt die Einzelheiten durch; den Bericht kriegen Sie morgen.«

Troy angelte nach einem Notizblock und knipste die Schreibtischlampe an. »Okay«, sagte er. »Schießen Sie los.«

»Er war schon tot, als ihm das angetan wurde. Es ist noch zu viel Blut in den Gefäßen, um andere Schlüsse zuzulassen. Obwohl offenbar auch ein beträchtlicher Blutverlust eintrat. Der Arm wurde höchstens eine Stunde nach Eintritt des Todes abgeschnitten, würde ich sagen, aber das will ich nicht beschwören. Und fragen Sie mich verflucht noch mal nicht, woran er gestorben ist. Jedenfalls nicht an dem abgeschnittenen Arm – aber das war's dann auch schon. Alter etwa fünfundvierzig, aber damit kann ich zehn Jahre danebenliegen, nach oben wie nach unten. Ein Arm ist nicht gerade das beste Organ für solche Schätzungen. Falls ihr seine Leber findet, sprechen wir uns noch mal. Körpergröße und Gewicht – dazu kann ich schon mehr sagen. Er war ein drahtiger kleiner Bursche. Etwa eins fünfundsechzig groß, unter sechzig Kilo. Nicht sehr muskulös, hat sich seine Brötchen nie mit den Muskeln verdient.«

Kolankiewicz machte eine Pause. Troy konnte Papier rascheln hören.

»Ah ja, die kleinen Narben. Die Flecken auf dem Jackett stimmen mit denen auf der Hand überein. Er hat sich wiederholt Verbrennungen oder vielmehr Verätzungen an der Hand zugezogen. Einige Narben sind mehrere Monate beziehungsweise Jahre alt. Eine oder zwei bloß ein paar Wochen. Verätzungen – das heißt, sie wurden durch Säure verursacht, nicht durch Feuer. Dafür sind die Ränder zu scharf. Haben Sie das?«

»Natürlich.«

»Und jetzt zur Kleidung. Das Jackett ist aus Wolle, guter Zustand, keine gestopften oder geflickten Stellen, am Ellenbogen nicht abgewetzt. So gründlich, wie die Leute heutzutage ihre Kleidung auftragen, muß die Jacke ziemlich neu gewesen sein. Wer kann es sich schon leisten, sein Jackett zu schonen, statt es zu tragen? Da müßte man schon die Bezugskarten selber drucken. Die Webart ist was ganz Spezielles. Ein Fischgrätenmuster, wie es die Bayern mögen. Der Manschettenknopf paßt zu der Vermutung. Trägt auf der Rückseite einen Münchner Prägestempel von 1907 und die Initialen W. W. L. Hätten wir nicht gerade Krieg, könnten wir einfach dort bei der Innung der Silberschmiede anfragen und feststellen, wer ihn gefertigt hat und für wen. Aber wie die Lage nun mal ist ...« Kolankiewicz ließ den Satz unbeendet.

»Der untere Manschettenrand am Handgelenk ist mit mikroskopisch kleinen Metallpartikeln übersät. Mehr kann ich nicht sagen. Irgendeine Legierung. Um sicherzugehen, müßte ich Tests machen, für die ich hier nicht eingerichtet bin. Der ganze Ärmel ist mit Kohlenstaub und Kohlenasche eingestäubt. Der Mann hatte Blutgruppe 0. Außerdem hab ich einen Satz schöne Fingerabdrücke für euch. Und jede Menge auffällige Narben. Das ist alles, was ich sagen kann. Soll ich den Arm hier auf Eis legen, bis ihr den Rest findet?«

»Wenn das ginge. Danke.« Er hätte am liebsten »Danke, Ladislaw« gesagt. Aber Troy hatte nie gehört, daß jemand Kolankiewicz mit Vornamen anredete.

»Wie geht es Ihrem Arm? Tut er noch weh?«

»Nein ... alles in Ordnung«, log Troy.

»Okay, das Stück Fleisch behalte ich hier. Den Bericht und die Fingerabdrücke lege ich in Gottes Hände oder vielmehr in die der Meldefahrer.«

Er hängte ein. Troy starrte auf seine Notizen, verblüfft über das, was er erfahren hatte. Ein Deutscher in Stepney? Es gab Hunderte, ja Tausende Deutsche in Stepney, aber keiner von ihnen konnte ein neuwertiges deutsches Jackett besitzen.

10

Bei Einbruch der Dunkelheit hatte Troy endlich das Gefühl, mit der Büroarbeit auf dem laufenden zu sein – der Papierberg auf seinem Schreibtisch war gehörig angewachsen, während er sich gemäß Onions' Anweisungen vom Angriff des Uxbridge-Axtmörders erholt hatte. Schon halb auf dem Sprung nach draußen, überlegte er gerade, ob er noch einmal nach Stepney fahren sollte, als Bonham anrief.

»Such schon mal Kleingeld zusammen, Freddie«, sagte er, »du schuldest einem von den kleinen Teufelsbraten einen halben Dollar.«

»George! Du hast etwas gefunden!«

»Also, erstens ist es kein Etwas, und zweitens hab nicht ich es gefunden. Der kleine Robertson war's. Der, den sie Shrimp nennen.«

»Und was genau? Leichenteile?«

»Noch schlimmer«, erwiderte Bonham, »alles ein einziges Scheiß-Puzzle. Komm her und sieh selber.«

11

Dasselbe Aufgebot von Großstadtcowboys wie am Morgen erwartete Troy diesmal an der verschwundenen Kreuzung Cardigan Street und Waterloo Place. Dieselben Kinderblicke voller Mißtrauen gegen jeden Erwachsenen erwiderten seinen Gruß. Sie waren acht Stunden älter, Ewigkeiten schlauer und erwarteten, nun auch um einiges reicher zu werden. Selbstverständlich hielt man nicht gleich die Hand auf – fast schon erniedrigend das, die Haltung eines Bettlers –, also blieben sieben Händepaare tief in den Jackentaschen, während das achte wieder mit der qualmenden Kakaobüchse jonglierte.

Bonham und Troy berieten sich kurz, mit dem Rücken zu den Jungen, und fingerten das Kleingeld aus ihren Taschen.

Dann marschierte Bonham mit einem Häufchen Sixpence-Stücke die Reihe entlang und teilte die Münzen aus wie ein Priester des Mammons bei der unheiligen Kommunion. Flink wie Eidechsenzungen schnellten Hände vor, sofort wurde die Beute eingesackt. Troy ging zu dem Jungen, den Bonham ihm gezeigt hatte, dankte ihm für seine Bemühungen und überreichte ihm eine abgenutzte halbe Krone mit dem Kopf von Edward VII. Shrimp Robertson fischte eine nur noch schwach glimmende Ever-Ready-Taschenlampe aus der Jacke und beleuchtete die Silbermünze auf seiner Handfläche. Dann fixierte er Troy – mit dem unerschrockenen und herausfordernden Blick direkt in die Augen, den Troy nur zu gern selbst beherrscht hätte. Mit so einem Blick wäre er in Null Komma nichts der harte Kerl bei Scotland Yard geworden.

»Ist echt«, sagte Troy, »bloß etwas abgenutzt.«

Unter Freudengeheul und Schenkelschlagen galoppierten die Cowboys auf ihren imaginären Pferden davon. Shrimp wanderte langsam hinterher und drehte sich immer wieder zu Troy um, als hätte man ihn übers Ohr gehauen. Troy sah das Licht seiner Taschenlampe über den Boden tanzen. Sicher würde ihn bald irgendein alter Knacker mit Luftschutzhelm auffordern, sie auszuschalten.

Bonham deutete auf ein Loch im Boden. Ein paar zersplitterte Türen waren zur Seite geschoben worden und gaben nun eine Steintreppe frei, die ins Erdinnere führte.

»Ich glaube nicht, daß ich das gefunden hätte«, sagte Bonham. »Um halb eins ging der kleine Robertson zum Mittagessen heim und kam danach mit seinem wertvollsten Besitz zurück – der Taschenlampe; dann räumte er den ganzen Schutt hier beiseite und kletterte runter. Der Bengel hat wirklich Nerven. Der Schornstein da …«, er deutete vage in die Richtung, wo der zwölf Meter hohe Stumpf eines rußgeschwärzten Fabrikschlotes aus den Trümmern ragte wie das Bein einer Revuetänzerin, »reicht bis in den Keller runter. Darauf wäre ich nie gekommen. Nie und nimmer.«

Er knipste eine große Chromtaschenlampe an und stieg als erster hinab. Ein kräftiger Karbidgeruch schlug Troy entgegen und verstärkte seinen Eindruck, die Treppe führe direkt zum ersten Kreis der Hölle. Bestimmt stank die Hölle ähnlich angesengt. Ein uniformierter Constable kniete neben einer Karbidlampe und versuchte, die Wasserzufuhr zu regulieren – ein halbes Dutzend solcher Lampen waren im Halbkreis auf dem Kellerboden aufgestellt; sie gaben ein verschwommenes, bläuliches Licht ab, das ständig im Luftzug flackerte. Die auf dem Boden verstreuten Steinbrocken – Trümmer der Kellerdecke – warfen gezackte, hüpfende Schatten an die Wände.

Der Constable nahm beinahe Habachtstellung ein – seine Hände klebten an der Hosennaht. Er konnte nicht älter als neunzehn oder zwanzig sein – ein großer, schlaksiger junger Kerl, dessen vorstehender Adamsapfel über dem obersten Uniformknopf auf und ab zuckte. Einen Augenblick lang sah Troy den Constable mit den kriegsdienstbesessenen Augen der älteren Generation: Jede Minute konnte dieser Mann, dieses Kind in Polizeiuniform, den Einberufungsbefehl für den großen Gegenschlag bekommen, für Calais oder die Normandie oder irgendeinen anderen Streifen Sand und Schlachtbank, den Eisenhower ausgewählt hatte. Im Grunde genommen hat der Tod ihn sich schon vorgemerkt, dachte Troy.

»Verdammt noch mal, Corker«, schimpfte Bonham los, »was Besseres war wohl nicht zu kriegen? Das ist ja vorsintflutliches Gerät.«

»Tut mir leid, Sergeant«, antwortete der Constable mit schriller Stimme. »Aber die Luftschutzwacht hat letzten

Monat unsere ganze gute Ausrüstung weggeschleppt. Das ist als einziges noch übrig.«

Der Geruch wurde Troy vertrauter, er besaß für ihn eher eine nostalgische als eine dämonische Note, erinnerte ihn an sein erstes Fahrrad 1926 und die erste selbstgebastelte Bombe seines Bruders im Jahr darauf.

»Schau mal«, sagte Bonham, »die haben sogar eine Kugel aus der Wand gepult.«

An der hinteren Wand, etwa auf halber Höhe, waren Dreck und Schimmel rings um ein kreisrundes, faustgroßes Loch weggekratzt. Troy faßte hinein und zerkrümelte den Ziegelstaub zwischen den Fingern.

»Saubere Arbeit«, sagte er. »Geradezu penibel.«

In der Ecke entdeckte er einen alten Messingwasserhahn auf einem gewundenen Kupferrohr. Es ragte an der Stelle aus dem Boden, wo eine steinerne Abflußrinne zu einem kleinen Eisengitter führte.

»Großer Gott«, sagte er zu Bonham, »dieser Ort ist ja wie maßgeschneidert für einen Mord. Ihr habt nicht zufällig auch die Patronenhülse gefunden?«

Bonham zeigte entschuldigend auf den Haufen Schutt, der einmal die Decke gewesen war und jetzt unter Schimmel, Staub und Rattenkot vor sich hin moderte. »Du machst Witze«, sagte er. »Selbst angenommen, es wäre eine automatische Waffe ...« Er ließ den Satz unbeendet.

So gut es ging, richtete Corker nacheinander die Lampen auf den großen, gußeisernen, viktorianischen Ofen, der fast die halbe Kellerwand einnahm. Dieser Dinosaurier aus der industriellen Frühzeit hatte einst eine kleine Fabrik mit Energie versorgt; noch immer trug er auf der Stirnseite die stolze schnörkelige Inschrift »Wrigley and Butterworth, Runcorn 1888«. Die Feuertür befand sich etwa auf Hüfthöhe. Bonham riß sie auf und drückte Troy die Ofenkrücke in die Hand, eine lange Eisenstange, die in einer angeschweißten, halbmondförmigen Platte endete.

»Sieh selbst nach«, sagte er.

Obgleich Bonham die Taschenlampe direkt auf das Loch richtete, ließ sich in der gemauerten Ofenkammer nicht das geringste erkennen. Troy stocherte blindlings herum. Ein paar Handvoll flockiger grauer Asche stiebten auf die am Boden ausgebreiteten Leinensäcke, besprenkelten Troys Schuhe und Bonhams Stiefel. Corker trat näher und schaute mit schmalem, nervös-gespanntem Lächeln vom Aschenhaufen zu Bonham und Troy. Plötzlich traf Troy auf etwas Festes im Bauch des Ofens. Er bekam es mit der Ofenkrücke zu fassen und zog kräftig daran. Ein Knochen flog aus dem Brennraum und zerbrach auf den Leinwandsäcken in zwei Teile.

Corker öffnete tonlos den Mund.

»Oberschenkelknochen«, klärte Troy ihn auf.

Corker gaffte ihn verständnislos an.

»Oberschenkelknochen«, wiederholte Troy.

Er stocherte weiter im Ofen herum und rührte eine neue Wolke feiner Asche auf, leicht wie Talkum und mit dem frischen, quälenden Geruch nach verbranntem Fleisch. Schienbein, Wadenbein, Schlüsselbein, Kniescheibe, Oberarmknochen und unzählige Wirbel und kleinere Knochen von Sprung- und Handgelenk ergossen sich in einem Schwall aus Staub und Tod auf den Boden, eingehüllt in den trügerischen Geruch eines Sonntagsbratens. Alles, was von einem Menschenleben übriggeblieben war, türmte sich vor Bonhams Füßen zu einem kleinen Häufchen.

Schweigend tauschten Troy und Bonham Blicke aus. Im Lauf der letzten Minuten war Corker ziemlich blaß geworden. Troy schien es, als dämmerte Corker – trotz der Erläuterung, mit der Bonham ihn hierhergeschickt hatte – erst jetzt der Zusammenhang zwischen diesem grausigen Gebröckel und einer Leiche. »Dann wollen wir hier doch mal zu Potte kommen«, sagte Bonham.

In weniger als einer Minute hatten sie ein fast vollständiges Skelett mehr oder weniger ordentlich auf dem Kellerboden ausgelegt. Viele Knochen waren zerbrochen oder halb verbrannt, andere allenfalls für das geübte Auge eines Anatomen auseinanderzuhalten. Dennoch war sich Troy sicher, daß alle Teile zu einer einzigen Leiche gehörten, und ihm war nichts aufgefallen, was ihn von der Theorie hätte abbringen können, daß es in dem Haufen nur einen Arm gab. Der Amateurchirurg hatte ganze Arbeit geleistet. Von der Kleidung des Opfers war außer Staub nichts übriggeblieben, und stabilere Beweisstücke wie etwa ein Goldzahn oder der zweite Manschettenknopf wären ohnehin zu formlosen Klumpen zusammengeschmolzen – nicht mehr identifizierbar, selbst wenn man sich Tag und Nacht mit dem Aschenberg beschäftigt hätte.

Etwas Hartes, sehr Hartes klemmte an der Rückwand der Brennkammer fest. Troy rüttelte an der Eisenstange und zog kräftig. Ein weißer Ball kam herausgeschossen. Instinktiv fing Corker ihn auf wie ein Rugbyspieler. Er warf einen kurzen Blick auf seinen Fang, und das zufriedene Grinsen über die sportliche Leistung verschwand aus seinem Gesicht. Er schrie auf, warf Troy den Schädel zu und rannte zum Eisengitter in der hinteren Ecke.

»Nicht da!« rief Troy. »Um Himmels willen, nein. Da haben sie bestimmt das Blut reingekippt!«

Corker änderte in letzter Sekunde die Richtung und kotzte in eine grünliche Masse aus vergammelten Latten und Putz.

Troy hielt den Schädel ins Licht von Bonhams Taschenlampe. Er fühlte sich immer noch warm an. Der Unterkiefer und ein Teil des Wangenknochens fehlten. Am Hinterkopf klaffte ein großes Loch, und ein kleineres vorn. Dünne Scheiben festgebackenen Gehirns klebten innen an der Schädeldecke, und die geschmolzenen Augen überzogen die Höhlen mit einem glänzenden Schleim.

»Mitten durch die Stirn«, erklärte Troy. »Beim Austritt wurde der Hinterkopf weggerissen.«

»Gräßlich«, sagte Bonham unbeeindruckt.

Die nachdenkliche Stille angesichts dieser Entdeckung wurde von Corkers Würgegeräuschen durchbrochen. Bonham musterte den jungen Mann – er war nicht mehr weiß, sondern grün im Gesicht – und schickte ihn hoch; er solle draußen auf sie warten und derweil frische Luft schnappen.

»Ist für ihn das erste Mal«, erklärte er Troy. »Ich hab versucht, ihn vorzubereiten, ... aber was bringt es schon, wenn ich ihm erzähle, daß er schon drüber wegkommen wird. Ich bin ja auch nie drüber weggekommen.«

Troy hielt den Schädel in der Hand, als gäbe er den Hamlet am Grab von Yorick. Ein Puzzle, so hatte Bonham es genannt. Das schien eine klassische Untertreibung zu sein und erinnerte ihn gleichzeitig an seine Äußerung gegenüber Onions.

»Weißt du, George, ich habe Onions gesagt, wir hätten es nicht mit einem Verrückten zu tun.«

»Du meinst, das war nicht das Werk eines Irren?«

»Für einen Irren wäre das die sorgfältigste Arbeit, die ich je gesehen habe.«

»Das heißt aber nicht, daß es solche Irren nicht gibt. Keine halbe Meile von hier und nur zehn Jahre vor meiner Geburt hat Jack the Ripper Frauen zerstückelt und ist ungeschoren davongekommen. Dazu war auch Planung nötig – sorgfältige Arbeit, wie du das nennst. Und ne Menge Leute in dieser Gegend erinnern sich noch daran.«

Troy probierte den Messinghahn aus. Er saß fest. Ein dünner Eiszapfen hing unter dem Auslauf. Er stemmte das Gitter hoch und steckte die Hand in den Abfluß. Als er sie wieder herauszog, war sie bedeckt mit einer braunen, klebrigen, faulig stinkenden Brühe.

»Herr im Himmel!« sagte Bonham.

Troy hob die Hand langsam vor die Augen, und Bonham richtete die Taschenlampe darauf. Zähflüssiger Schleim verschmierte die Hand von den Fingerspitzen bis zum Ballen und glibberte langsam Richtung Handgelenk weiter.

»Hahn eingefroren. Abfluß eingefroren. Nicht genug Hitze beim Verbrennen der Leiche, um den Keller auftauen zu lassen, also konnten sie das Blut nicht wegspülen«, erklärte Troy, lächelnd über seinen kleinen Erfolg, und streckte Bonham die Hand entgegen.

»Laß das, Freddie.«

»Das bedeutet, er wurde irgendwann während dieser Frostperiode umgebracht, also irgendwann in der letzten Woche.«

»Nicht mal so lange«, sagte Bonham. »Der Frost hat erst vor fünf Tagen eingesetzt.«

Vorsichtig angelte Troy sein Taschentuch aus der Manteltasche, wischte sich damit die Hand ab und ließ es in den Knochenbeutel fallen. Oben am Eingang zur Treppe trafen sie auf Corker, ohne Helm, Zigarette im Mund – er bekam langsam wieder Farbe. Er ließ die Zigarette fallen und versuchte, in Gegenwart der beiden Sergeants strammzustehen, geriet aber leicht ins Schwanken, weil der Beutel in Troys Hand seine Augen geradezu magisch anzog.

»Rauch erst mal fertig, Junge, und dann sammel deine Lampen ein«, sagte Bonham mitfühlend. »Wir haben alles getan, was sich im Moment tun läßt.«

Troy legte den Sack in den Kofferraum seines Bullnose Morris. Als er sich umdrehte, sah er nur drei Meter hinter sich Shrimp, der ihn immer noch eindringlich anstarrte, die Hände tief in den Taschen seiner kurzen Hosen vergraben.

Troy wußte schon lange, daß er keinen Draht, keinen Zugang zu Kindern hatte.

»Darfst du denn so spät noch draußen sein?« fragte er unbeholfen.

Mit der Spitze seines braunen Schnürstiefels drehte Shrimp ein zerbrochenes Stück Ziegel um und blickte zu Boden.

»Ich kann selber auf mich aufpassen«, antwortete er.

Das bezweifelte Troy nicht.

»War noch was?« fragte er sanft nach.

»Sie hörn sich an wie der blöde Komiker im Radio«, sagte der Junge.

»Welcher blöde Komiker?«

»Sam Costa.«

»Nun sag schon, willst du noch was von mir?«

»Kommt drauf an.«

»Worauf? Du hast deine halbe Krone bekommen. Und wenn du noch zehnmal draufguckst – es ist eine gültige Münze. Du kannst sie für Taschenlampen verpulvern, soviel euer Bezugskartenheft hergibt.«

»Stimmt schon«, meinte der Junge zögernd. »Das mit dem Geld geht in Ordnung.«

»Also mehr bekommst du jedenfalls nicht.«

Troy schloß die Autotür auf und wollte einsteigen.

»Wie ich schon sagte, es kommt drauf an«, wiederholte der Junge.

»Worauf kommt es an?« fragte Troy, bereits mit einem Fuß im Wagen.

»Ob Sie das haben wollen, was ich hab.«

Troy knallte die Autotür zu und baute sich vor dem kleinen Erpresser auf.

»Was ist das? Etwas, das du da unten gefunden hast? Ich habe euch doch gesagt, ihr sollt nichts anfassen.«

Der Junge zuckte die Achseln – so leicht ließ er sich nicht einschüchtern.

»Beweismittel zurückhalten ist nicht nur dumm, sondern auch gegen das Gesetz.«

»Und wenn schon. Was ich habe, kostet Sie noch 'n halben Dollar, oder Sie gucken in die Röhre. Und keine blöden Tricks ... Mein Alter futtert Copper schon zum Frühstück.«

Wie oft, dachte Troy, hatte er solche Sätze hören müssen?

»Dann muß es aber auch was wert sein.«

Der Junge zuckte wieder die Achseln.

»Lassen Sie erst mal die Pinke sehen.«

Troy hielt ihm mit ausgestrecktem Arm eine halbe Krone hin. Der Junge näherte sich so weit, daß er sie ihm aus der Hand reißen konnte. Troy zog den Arm wieder zurück. Langsam nahm der Junge die Hände aus den Taschen. Zwei geballte Fäuste, Knöchel nach oben. Er streckte die Arme vor, stieß die Fäuste leicht gegeneinander und öffnete die rechte. Sie war leer. Wieder stieß er mit den Fäusten aneinander. Öffnete die linke. Auch die war leer. Beim drittenmal machte er wieder die rechte Faust auf und grinste breit. Diesmal lag ein schnodderverkrustetes Kindertaschentuch zusammengerollt in der schmuddeligen Hand. Troy nahm das Bündel und faltete es auseinander. Darin glitzerte eine kupferfarbene Patronenhülse – ein großes Kaliber – auf den ersten Blick mindestens eine 45er oder 44er.

Troy legte dem Jungen die halbe Krone in die offene Hand. Mit affenartiger Geschwindigkeit verschwand die Münze in seiner Hosentasche.

»Sehn Sie«, sagte er. »Ich hab sie echt nicht angefaßt.«

Troy ließ die Hülse in einen Umschlag fallen und gab ihm sein Taschentuch zurück.

»Wo hast du sie gefunden?« fragte er.

»Neben der obersten Stufe«, antwortete Shrimp. »Deshalb bin ich überhaupt runtergegangen. Also bis dann.«

Und er drehte sich um und verschwand in der Nacht. Wenig später wurde irgendwo da draußen der Lichtstrahl seiner Taschenlampe sichtbar; er hüpfte auf und ab wie Corkers Adamsapfel. Troy hatte das Gefühl, daß ihm zugewunken wurde – ein spöttischer Gruß, der ihn durch ganz Stepney Green verfolgte.

12

Es war kälter geworden. Hendon lag dunkel und verlassen da. Troy mußte kräftig gegen die Tür schlagen, bevor der Nachtwächter aus seinem wohlverdienten Büroschlaf erwachte und sich mürrisch bereit erklärte, den Empfang des Beutels Knochen zu quittieren. Rückfahrt durch die Kälte. Troy stellte das Auto beim Yard ab und ging zu Fuß weiter, aber keineswegs direkt nach Hause, sondern auf den verschlungenen Pfaden des neugierigen Polizisten – geleitet nicht von seinem Verstand, sondern allein von den Füßen. Als er von der Lower Regent Street zum Piccadilly Circus einbog, wurde ihm bewußt, daß es ja Freitag abend war. Vor dem Eros Newsreel Theatre und dem London Pavilion standen lange Schlangen. Ein munteres Summen menschlicher Stimmen quoll aus dem Restaurant Criterion, und auch durch die verdunkelten Fenster des Lyon's Corner House – sozusagen am anderen Ende der gesellschaftlichen Skala – drang ein Gefühl von Leben und Leichtigkeit. Die Türen des Monico direkt neben Saqui and Lawrence, wo es Nachmittagstee für einen Sechstelpenny gab, klappten ununterbrochen im Strom der hinein- und hinausdrängenden Menschen. Eigentlich brauchte die Luftwaffe die Lichter von London gar nicht zu sehen, zu hören war die Stadt bestimmt allemal. Troy widerstand der Verlockung und wanderte Richtung Coventry Street weiter.

Erst vor zwei Tagen hatte er die Arbeit wieder aufgenommen, und deshalb war er noch gar nicht auf Wochenende eingestimmt. Doch dann fiel ihm siedendheiß ein: Wenn es tatsächlich Freitag war, mußte er ja in drei Tagen vor Gericht erscheinen! Und das ausgerechnet jetzt, wo er sich in den Stepney-Fall hineinknien wollte. Oben am Haymarket hinter dem Gaumont-Kino, neben dem schon seit langem geschlossenen und verrammelten Air-France-Büro, war ihm, als hätte ihn jemand beim Namen gerufen. Er wandte sich um, konnte aber niemanden erkennen in dieser Dunkelheit, wo die Menschen aneinander vorbeistolperten, bemüht, jede Berührung mit anderen zu vermeiden oder auch das Gegenteil – je nachdem, wie dringlich ihnen die Verheißungen einer Freitagnacht im Krieg waren. Neben der unvermeidlichen Zunahme von Verbrechen hatte der Krieg eine neue Art von Dunkelheit und eine neue sexuelle Freizügigkeit mit sich gebracht – Bedenkenlosigkeit in einer Hinsicht hatte auch viele andere Bedenken schwinden lassen. Simpel ausgedrückt: Genieße den Augenblick, morgen kannst du schon tot sein. Troy überquerte den Leicester Square beim Wyndham's Theatre, ging dann durch die kleine Gasse dahinter zur St. Martin's Lane und durch den Eingang von Goodwins Court – eine schon fast sprichwörtlich enge Pforte – zu dem kleinen Haus, wo er wohnte, seit er nicht mehr in Stepney Dienst tat. Noch ein Zeichen der Zeit: Die Prostituierte, die normalerweise an der Ecke zur St. Martin's Lane auf Freier wartete, schlenderte in Richtung Trafalgar Square, untergehakt bei einem Uniformierten, den Troy nur undeutlich sah, so daß er nicht hätte sagen können, ob er Pole oder Kanadier, Flieger oder Soldat war. Aber ihr aufreizender Gang, die wiegenden Hüften waren unverwechselbar, selbst bei Verdunkelung. Vor dem Krieg hatte jede Hure zehnmal mehr Diskretion an den Tag gelegt und zehnmal weniger Nachfrage gehabt als heute. Ruby verhielt sich, als fühle sie sich vor allen Anfeindungen gefeit – sie wußte verdammt genau, daß Troy Polizist war. Wenn sie nicht gerade selbst mit ihm anzubandeln suchte, bot sie ihm an, ihn mit einer Freundin zusammenzubringen, denn es sei doch schön, »wenn sich meine Freunde miteinander anfreunden« – und als einen solchen betrachtete sie Troy offensichtlich.

Die Frage des Abendessens war noch ganz ungeklärt. Kochen und Saubermachen konnte Troy besser als die meisten gleichaltrigen Männer. Das Junggesellenleben betrachtete er nicht als Wartezeit, während der man sich bequem im Dreck der eigenen Unfähigkeit suhlt. Als jüngstes von vier Geschwistern war er von klein auf daran gewöhnt, sich auf die eigenen Kräfte zu verlassen und mit sich selbst klarzukommen. Der sehr viel ältere Bruder war für ihn unerreichbar, und die Zwillingsschwestern lebten mehr oder weniger in ihrer eigenen Welt. So daß Ethel Bonham die Neigung zur Selbständigkeit, die ohnehin in seiner Natur lag, nur noch hatte fördern müssen. Doch auch die größte Selbständigkeit konnte aus südafrikanischer Hechtmakrele oder Walfleisch kein eßbares Gericht zaubern. Verglichen damit ließ sich aus fünf Laib Brot und dreizehn Fischen schon eher etwas machen. Der kriegsbedingte Mangel bedeutete für Troy wie für alle anderen Menschen ein ständiges Ärgernis. Je länger der Krieg andauerte, desto schlechter schien auch die Qualität der Lebensmittel zu werden. Das Brot auf Zuteilung, versicherte ihm sein Onkel, sei vom Nährwert her nahezu perfekt, aber schmecken tat es wie nasses Zeitungspapier. Ab und an belebte sich die Ernährungslage durch das kurzzeitige, unerwartete Angebot verschiedener Obstsorten. Einmal, vor Jahren, hatte es Kirschen gegeben, dann Orangen, und noch Tage später waren Londons Straßen mit Orangenschalen übersät gewesen, die an die Orgie erinnerten. Troy trat vor den Küchenschrank und fand die Rettung in Gestalt einer Packung Eier aus den Beständen seiner Mutter. Im Hügelland von Hertfordshire hatte Maria Michailowna noch am Tag der Kriegserklärung ihren Rasen zur Ostseite in einen Hühnerauslauf umgewandelt und ihren Küchengarten auf das Vierfache vergrößert. Im Frühjahr 1941 beschloß sie, für die Dauer des Krieges allen Extravaganzen zu entsagen, und übereignete das Orchideengewächshaus den Tomaten. 1942 opferte sie ihren oft prämierten Südrasen ab Hauskante bis zum Grenzzaun dem Kartoffelanbau. 1943 fand sie, nun sei fast nichts mehr übrig, was eine Frau noch aufgeben könnte. Regelmäßig beschenkte sie ihre Kinder mit einem halben Dutzend Eier, dazu im Herbst mit frischem Porree und den ganzen langen Sommer über mit wechselnden Sorten frischer, erdig schmeckender Kartoffeln. Zu den unerwartetsten und unpassendsten Zeiten erschien nun vor Troys Schwelle eine seiner Schwestern mit einer Schubkarre voller Gärtnerstolz – von gewöhnlichen Kartoffeln bis zu weniger gewöhnlichen Paprikaschoten direkt aus einem der Gewächshäuser –, lud das Gemüse bei ihm ab und ermahnte ihn, öfter anzurufen und zu Besuch zu kommen. Vor allem Mascha inspizierte bei solchen Gelegenheiten auch seinen Küchenschrank und schimpfte, weil der Inhalt ihren Ansprüchen nicht genügte. Troy fand, das sei nicht ihre, sondern ausschließlich seine Angelegenheit, und versicherte, er könne ganz gut selbst auf sich achtgeben.

Im Augenblick enthielt der Küchenschrank eine außen

schon leicht grünliche Zwiebel, ein paar dicke King-Edward-Kartoffeln und drei große, braungesprenkelte Eier. Diese Kombination, sagte sich Troy, verlangte geradezu nach einem spanischen Omelett – oh, wie schön wäre dazu Paprika außerhalb der Erntesaison! –, ein Gericht, das jedem Restaurant zur Ehre gereicht hätte, nur daß es jetzt bloß noch in wenigen Restaurants der Stadt Omeletts aus drei Eiern gab. Manche Restaurants servierten in ihrem verzweifelten Bemühen, überhaupt etwas auf der Speisekarte vorweisen zu können, sogar gebratene Krähe. Unter Troys Waschbecken lagerten mehrere Flaschen Wein aus einem Keller, den sein Vater vor dem Krieg angelegt hatte. Nach seinem Tod Ende 1943 war den Söhnen je die Hälfte des Kellers zugefallen. Bei zahllosen Anlässen hatte sein Vater früher versucht, aus Troy einen Weinkenner zu machen. Zumindest hatte er genug getrunken, um sich schwärmerisch über dieses Thema zu verbreiten, aber bei Troy war das alles verlorene Liebesmüh gewesen. Ob diese Erziehung bei seinem Bruder Rod angeschlagen hatte, wußte Troy nicht; er selbst versuchte nur, sich die guten Sommer zu merken und die Faustregel über Fisch und Fleisch zu befolgen – die allerdings nichts über Eier besagte. Er griff nach einem 1927er Pauillac, ohne sich auf das Wetter in dem Jahr besinnen zu können, aber dafür fiel ihm ein, daß in jenem Sommer sein Bruder mit einer aus Karbidgas und Kakaobüchsen zusammengebastelten Vorrichtung den alten Schuppen in die Luft gesprengt hatte.

Er hatte gerade das Gemüse in der Pfanne angedünstet und sein erstes Glas Wein ausgetrunken – ein so feiner Wein, daß er überzeugt war, in ein lange Zeit geheimgehaltenes Versteck seines Vaters vorgedrungen zu sein und sich gerade die Reserve für besondere Anlässe hinter die Binde zu kippen –, als es an der Tür klopfte. Ein Schwall kalter Luft drang herein. Auf der Schwelle stand Constable Wildeve, schnupperte den Gerüchen aus der Küche nach und lächelte erwartungsvoll.

»Dacht' ich's mir doch, daß du das warst. Gerade komm ich aus dem Joe Lyon's und denke, das ist doch Troy. Ich hab gerufen, aber du hast mich wohl nicht gehört.«

Troy schob die Tür zurück.

»Komm rein, bevor die ganze Wärme rauszieht.«

Wildeve folgte Troy, ostentativ schnuppernd und lächelnd, in die Küche. »Großer Gott: Eier. Richtige Eier. Seh ich da richtige Eier?«

»Ja. Und wenn du nicht gerade im Corner House gegessen hättest, würde ich auch sagen, das reicht für zwei.«

»Ah ..., weißt du, ich bin gar nicht essen gewesen. Sie hat mich versetzt, also hab ich meine einsame Tasse Schmuddeltee bezahlt und mich verzogen. Und dann hab ich dich gesehen.«

Troy holte einen zweiten Teller, stellte ein Glas vor Wildeve hin und schob ihm die Flasche zu.

»Wolltest du nicht erst Montag wieder Dienst schieben?« fragte Wildeve.

»Mir ging es soweit gut, und dann bekam ich einen Anruf aus Stepney. Mein alter Revier-Sergeant hat eine Leiche am Hals. Von Onions kam kein Einspruch. Trotzdem hat er versucht, mir einen anderen Fall anzudrehen. Ich dachte, ich würde dich im Büro treffen. Aber wahrscheinlich hattest du anderweitig die Hände voll zu tun.«

»Nein, nein, ich war bei Gericht. Zwei Tage lang durfte ich im Bailey Däumchen drehen.«

Troy schlug die Eier in die brutzelnde Pfanne. Wildeve nahm eine der leeren Eierschalen und streichelte sie.

»Echte Schalen!«

Wildeve konnte abwechselnd nervtötend und genial sein. Er konnte in einem Moment drauflosschwatzen, der höchste Konzentration erforderte, oder in ein Gespräch mit einer guten Idee hineinplatzen, als wäre sie ganz und gar unwichtig und höchstens eine beiläufige Bemerkung wert. Jetzt kratzte er andächtig an der feinen Haut der Eierschale.

»Guck nur mal, diese Punkte auf der Schale. So was habe ich seit ... also bestimmt seit Monaten nicht mehr gesehen. Und das ist ja eine echte Zwiebel!«

Troy beschloß, nicht gleich mit der Tür ins Haus zu fallen. Er setzte Wildeve das Omelett vor und ließ ihn essen, trinken, über die schöne Wren plappern, die ihn bei einer kalten Tasse Tee am Freitagabend versetzt hatte, und zwischendurch über den Fall, der ihn in den Zeugenstand von Old Bailey geführt hatte. Wildeve schob das Essen auf der Zunge hin und her, als sei es entweder kochendheiß oder so köstlich wie feinster roter Bordeaux, zugleich kippte er den feinen Bordeaux wie Ingwerlimonade.

Als er Troy sein Glas zum Nachschenken hinhielt, packte Troy die Gelegenheit beim Schopfe und gab ihm eine kurze Zusammenfassung des bisherigen Standes in seinem Fall. Wildeves zweites Glas Wein blieb unberührt stehen, während er zuhörte.

»Kurios«, sagte er. »Verdammt merkwürdig. Der Bobby hat mein vollstes Mitgefühl. Ich kann dir nicht garantieren, daß ich nicht auch gekotzt hätte.«

»Es gibt nur ein Problem«, fuhr Troy fort. »Ich muß nämlich Montag selbst im Gericht sein. Bernard Leahy wird wegen des Würgemords in Winchester angeklagt. Ich könnte mir gut vorstellen, daß er sich für nicht schuldig erklärt und sein Geständnis widerruft.«

»Aha«, sagte Wildeve. »Also willst du, daß ich dir ein bißchen unter die Arme greife?«

Er kippte das zweite Glas in einem Tempo runter, das den seligen Alexej Troy entsetzt hätte.

»Nicht ganz, Jack. Ich möchte bloß, daß du die Ausländermeldeliste bei B3 im Scotland House durchgehst. Und das Zentrale Melderegister. Du könntest es auch bei Flüchtlingsorganisationen versuchen – aber die wollen als erstes bestimmt genau das von uns, was wir von ihnen brauchen: den Namen. Von der Hand habe ich den kompletten Satz Fingerabdrücke. Liegt in meinem Schreibtisch – oberste Schublade links. Kolankiewicz hat sie mit dem Rad rüberbringen lassen, als ich in Stepney war.«

»Scheiße.«

»Nun tu mir schon den Gefallen, Jack. Ich weiß nicht, wo ich sonst ansetzen sollte.«

»O Gott, der ganze Papierkram. Man glaubt ja gar nicht, wie schwer es ist, einen Deutschen zu finden. Wenn man mal einen braucht, ist nie einer da.«

»Wenn er schon 1940 hier war, ist er bestimmt während der Internierungswelle nach der Invasion Norwegens festgenommen worden. Vielleicht war er sogar interniert. Dann muß es Fingerabdrücke geben.«

»Aber es ist doch wohl kaum anzunehmen, daß er erst später eingereist ist, oder?«

»Genau diese Möglichkeit macht mir ja solche Kopfschmerzen«, sagte Troy.

13

Als Troy den Zeugenstand verließ, erhob sich der Verteidiger und wandte sich an den Richter. Eventuell müsse er Sergeant Troy noch mal aufrufen – ob Mr. Troy sich daher bitte den Rest des Tages bei Gericht aufhalten und über Nacht in Winchester bleiben könne. Das traf den Ankläger unerwartet. Sir Willoughby Wright stand auf und brach in einen vorgetäuschten Hustenanfall aus. Dabei blickte er Troy über die Oberkante seines zeltplanengroßen weißen Schnupftuchs fragend an. Troy beschrieb mit dem Zeigefinger der rechten Hand eine Kreisbewegung, wie er sie Varieté-Inspizienten hatte machen sehen, wenn die Komiker in der Windmill die angesetzte Zeit überzogen.

»My Lord«, hub Sir Willoughby an. »Ich nehme an, Sergeant Troy hat bei Scotland Yard noch weitere, dringliche Fälle zu bearbeiten. Das Gericht kann schwerlich erwarten …«

»Aber genau das erwartet das Gericht, Sir Willoughby«, unterbrach ihn der Richter scharf. Er schaute Troy an und fügte hinzu: »Sie bleiben bitte hier, Mr. Troy, und ich brauche Sie wohl nicht darauf hinzuweisen, daß Sie nach wie vor unter Eid stehen und nicht mit Dritten über den Fall sprechen dürfen.«

Draußen im Warteraum fluchte Troy laut vor sich hin und schreckte damit einen kleinen Mann in schmuddeligem Mantel und Homburg hinter seinem *News Chronicle* auf. Es war Kolankiewicz. Troy warf einen Blick auf den Gerichtsdiener, der gerade durch den Türschlitz in den Gerichtssaal spähte, und setzte sich auf die Bank, wobei er einen Platz zwischen sich und Kolankiewicz frei ließ. Es konnte peinlich werden, wenn ihn ein Protokollfuchs von Gerichtsdiener im Gespräch mit einem anderen Zeugen erwischte.

»Was machen Sie denn hier? Ich dachte, den kriminaltechnischen Bericht hätte jemand vor Ort gemacht?« flüsterte er.

»Gegenpartei«, sagte Kolankiewicz geheimnisvoll, ohne in Troys Richtung zu blicken.

»Was meinen Sie mit Gegenpartei?«

»Bin für die Verteidigung hier.«

»Was? Sie sind doch der Polizeipathologe!«

»Privat darf ich Fälle wie Harley Street übernehmen. Leahy jedenfalls war's nicht. Kann die Hand schon seit Jahren nicht mehr benutzen. Ist damit vor zehn Jahren mal in eine Maschine geraten. Der kann keinen erwürgt haben. Und wir dürfen nicht miteinander reden, wie Sie verdammt genau wissen.«

Kolankiewicz vergrub sich demonstrativ hinter seiner Zeitung, als ein Gerichtsdiener vorbeiging. Die Saaltüren öffneten sich, und eine Horde pickliger Reporter mit Schlapphüten eilte hinaus und begann nach Telefonen zu suchen, die noch funktionierten.

»Mittagspause«, sagte Troy. »Kommen Sie, wir suchen uns ein Plätzchen zum Teetrinken und Reden.«

Troy entschied sich für das dritte Café, an dem sie vorbeikamen; es lag weit genug vom Gericht entfernt. Wie überall war es brechend voll von GIs, die in ihrer dienstfreien Zeit kettenrauchend mit den Kellnerinnen flirteten. Vor ihm in der Schlange stand ein gutaussehender blonder Infanteriesoldat und klagte charmant über die Kälte – er nahm wohl gerade die englische Sitte an, über das Wetter zu reden, bevor man zum eigentlichen Anliegen kommt. Er habe noch nie zuvor gesehen, daß einem im Zimmer der Atem vor dem Mund gefrieren könne. Er sprach mit melodisch-singendem Akzent, aber nicht ganz so schleppend wie die Südstaatler.

»Woher kommst du, Schätzchen?« hörte Troy die Kellnerin fragen, als er am Tresen stand.

»Raten Sie mal«, antwortete der Soldat.

Das Mädchen gab einen Schuß ins Blaue ab: »Dodge City?«

»Fort Smith, Arkansas, Ma'am.« Damit war sie auch nicht klüger als vorher.

Mit zwei großen Tassen schlabberigem Tee bahnte Troy sich den Weg zurück zum Tisch.

»Ich muß Sie was fragen«, begann er, während Kolankiewicz den übergeschwappten Tee von der Untertasse zurück in die Tasse goß und ihn gleich darauf geräuschvoll in sich hineinschlürfte.

»Äußerst inkorrekt.«

»Scheiß auf Leahy. Ich will nicht über ihn reden, aber wenn Sie meinen, er wäre nicht in der Lage, jemanden zu erwürgen, dann hätten Sie mal die blauen Flecken auf meinem Arm sehen sollen! Da, wo er mich gepackt hat, als ich ihn einlochen wollte. Der Abdruck auf der Haut war noch tagelang zu sehen. Für einen Mann mit einer unbrauchbaren Hand hat er ganz schön zugelangt.«

»Und haben Sie diese blauen Flecken vorsichtshalber auch fotografieren lassen?«

»Nein, aber um Leahy geht es mir gar nicht.«

»Das sagen Sie andauernd, und trotzdem reden wir die ganze Zeit von ihm. Ein Komplott von Rechtsverdrehern, nicht wahr?«

»Was Sie meinen, ist ein Komplott, um das Recht zu beugen. Aber eigentlich wollte ich mit Ihnen über den Deutschen reden.«

»Ach, über Herrn Manschettenknopf selig.«

»Genau«, sagte Troy. »Woher wußten Sie denn, daß der Manschettenknopf aus Deutschland stammt?«

»Hab ich Ihnen doch gesagt. Es war ein Prägestempel der Silberschmiedeinnung aus München drauf«, antwortete Kolankiewicz. Er winkte einer vorübereilenden Kellnerin: »Miss, Sie haben nicht zufällig so was wie ein Scone mit Butter?«

Die junge Frau sah ihn für einen Sekundenbruchteil an, während sie sich mit einem Teller voller Scones vorbeidrängelte. »Ganz recht«, sagte sie, »haben wir nicht.« Und sie knallte den ganzen Teller vor einem halben Dutzend lachender, anzüglich grinsender junger Amerikaner auf den Tisch. Kolankiewicz starrte unglücklich seinem verlorenen Hörnchen hinterher, registrierte dann aber genau, wie die Kellnerin für denselben Abend gleich mehrere Verabredungen festmachte. Troy klopfte auf den Tisch, um sich wieder Aufmerksamkeit zu verschaffen.

»In der Regel hätten Sie für so eine Auskunft doch Tage gebraucht. Wieso ging es diesmal eigentlich so schnell?«

»Ganz einfach. Ich hatte immer noch all die Handbücher und Unterlagen da, die ich letztes Jahr benutzt habe.«

»Letztes Jahr?«

»Bei dem anderen Deutschen. Den sie am Tower Beach gefunden haben, mit'm Einschußloch in der Backe. Deswegen hatte ich noch das ganze Zeug über Fasern, Feingehaltsstempel und so weiter. Den Mann hab ich ebenfalls anhand der Kleidung als Deutschen identifiziert. Die Etiketten waren zwar rausgeschnitten, aber das Gewebe hat ihn verraten. Und ich hab mir nie die Mühe gemacht, den Kram zurückzuschicken. Sie kennen mich ja: Ich arbeite am liebsten in einem gewissen Chaos.«

»Wann genau war das?«

»April, Mai. Weiß ich nicht mehr.«

»Warum hab ich nie etwas davon mitbekommen? Wo war ich zu der Zeit?«

»Woher zum Teufel soll ich das wissen? Mit der Sache war ja auch nicht die Metropolitan Police befaßt. Zuständig dafür war die City Police. Soweit ich weiß, haben die ihren Mann auf den Fall angesetzt: einen Idioten namens Malnick.«

»O Gott. Nicht Malnick.«

1939, während Troys erster Diensttage beim Yard, war Malnick uniformierter Inspector bei der City of London Police gewesen. Der Superintendent der City Police hatte Unterstützung vom Yard angefordert, als die Ermittlungen im Fall des ertrunkenen achtjährigen Jungen ins Stocken gerieten. Und Inspector Malnick hatte fast der Schlag getroffen, als der von Scotland Yard abgestellte Experte sich als ein vierundzwanzigjähriger Bursche entpuppte, noch dazu als ein bloßer Constable. Durch die Aufklärung dieses Falles innerhalb von achtundvierzig Stunden hatte Troy sich Malnicks ewige Feindschaft zugezogen.

»Im April war ich in Liverpool. War es vielleicht zu der Zeit?«

»Gut möglich. Außerdem haben sie den Yard gar nicht erst eingeschaltet. Der Mann von der City Police wollte die Sache unbedingt allein aufklären. Aber, wie gesagt, er war ein Idiot.«

»Haben sie jemanden geschnappt?«

»Soweit ich weiß, nein. Sollte der Fall jemals zur Verhandlung gekommen sein, dann haben sie jedenfalls nichts aus Hendon angefordert. Meine Akte ist immer noch nicht geschlossen.«

»Warum haben Sie mir das nicht schon Freitag erzählt?«

Kolankiewicz nahm einen großen Schluck Tee, spielte auf Zeit.

»Ich hab's vergessen«, erklärte er achselzuckend. »Aber meine Assistentin Anna hat mich daran erinnert.«

»Noch mehr Ähnlichkeiten außer der Kleidung?«

»Das müßte ich nachlesen. Wenn Sie von mir verlangen, daß ich eine komplette Leiche mit einem Arm und einer Tüte Knochen vergleichen soll, würde ich erst mal sagen: wenig Ähnlichkeiten.«

»Ins Gesicht geschossen, sagten Sie?«

»O ja, daran erinnere ich mich genau. Infam, wie ihr Engländer sagen würdet. Ziemlich unfair.«

»Ein schlecht gezielter Schuß auf die Stirn?«

»Da könnte ich nur raten. Und das ist bei mir in den Wind geschissen.«

»Hatte man versucht, die Leiche zu zerstückeln?«

»Nein. Die war komplett. Troy, fragen Sie doch einfach Anna. Sie sucht die Akte raus und sagt Ihnen alles, was Sie wissen wollen.«

Ganz hinten im Café fand Troy ein Telefon und kam auch nach Hendon durch. Aber Anna konnte die Akte nicht finden. Sie versprach, ihn zurückzurufen. Troy baute sich neben dem Telefon auf, damit es in der Zwischenzeit niemand belegen konnte. Er beobachtete, wie Kolankiewicz heimlich die eigene, leere Tasse mit Troys voller vertauschte, und als das Telefon klingelte, sah er ihn das begehrte Scone vom Tablett der Kellnerin stibitzen, als diese sich wegen einer provokativen Bemerkung zu einem Soldaten umdrehte. Hoffentlich blieb es ihm erspart, zwischen einem dieser selbstgefälligen Kerle und dem rechthaberischen Kolankiewicz vermitteln zu müssen.

»Nicht aufzufinden«, erklärte ihm Anna am Telefon. »Ich weiß nicht, was er damit angestellt hat. Sogar die Karteikarten fehlen. Wahrscheinlich wollte er Ihnen deswegen nichts erzählen, obwohl ich ihm gesagt habe, Sie würden danach fragen.«

»Welche Karteikarten?«

»Eine Methode von Spilsbury, die wir uns abgeschaut haben – alles, was in die Akte kommt, wird auch auf Karteikarten notiert. Ich fülle sie für Kolankiewicz aus. Aber entweder haben die Dinger sich selbständig gemacht, oder er hat sie rausgenommen und nicht wieder eingeordnet.«

»Erinnern Sie sich noch an Einzelheiten des Falles?«

»Ja. Vor allem daran, was für ein Blödmann dieser Malnick war. Kolankiewicz wurde ziemlich pampig, wie Sie sich denken können. Aber das nur am Rande. Die Leiche war ein etwa vierzigjähriger Mann. Normalerweise sehe ich die Kleidung und alle anderen Sachen selbst durch. Aber der hatte nichts in den Taschen, was uns hätte weiterhelfen können, und die Etiketten der Kleidungsstücke waren mit einer Nagelschere herausgetrennt. Der Schuß ins Gesicht hatte den sofortigen Tod zur Folge. Knochensplitter bis rauf ins Hirn, aber das war noch nicht alles. Da war noch eine besonders üble Schußwunde im Bein. Ich weiß bloß nicht mehr, in welchem.«

»Was meinen Sie mit besonders übel?«

»Als wäre er, nachdem er diesen Schuß abgekriegt hatte, noch ein ganzes Stück weitergelaufen oder vielmehr weitergehinkt. Es war ein direkter Durchschuß, so daß wir nicht wissen, ob man zweimal aus derselben oder aus verschiedenen Waffen auf ihn geschossen hat. Aber im umliegenden Gewebe fanden sich Faserrisse, was darauf schließen läßt, daß er die Beinmuskeln nach der Schußverletzung noch benutzt hat. Muß höllisch weh getan haben. Sagen Sie, warum erzählt Kolankiewicz Ihnen das eigentlich nicht selbst? Hat er sich dünngemacht, der Giftzwerg?«

»Nein, keineswegs. Er tut eher so, als würde er mich nicht kennen.«

Kolankiewicz hatte sich hinter seiner Zeitung versteckt und futterte das stibitzte Scone. Troy sah, wie die Kellnerin der fröhlichen Runde am Nebentisch den Rücken zukehrte und eine Hand energisch auf die Hüfte stützte. Er wußte, was jetzt kommen würde. Heutzutage konnte man wegen einer Zwiebel zu Tode kommen, wegen einem Stück Buttergebäck jemanden umbringen.

»Ich muß Schluß machen. Ich rufe wieder an, sobald ich kann.«

»He«, rief die Kellnerin in diesem Moment, »alter Langfinger. Wo haben Sie es?«

Sie riß die Zeitung herunter. Kolankiewicz' Backen waren vollgestopft wie bei einem Hamster. Obwohl er so den Beweis selbst lieferte, mampfte er unbeirrt weiter, erwiderte ungerührt den Blick der Kellnerin und rupfte ihr die Zeitung aus der Hand. Bis Troy sich durch die Tischreihen zu Kolankiewicz durchgekämpft hatte, war der junge Mann aus Arkansas schon aufgestanden und wollte sich für die Kellnerin ins Zeug legen.

»Er hat's geklaut. Hilfe, der kleine Scheißkerl hat mir das Scone geklaut!«

»Wen meinen Sie mit Scheißkerl?« fragte Kolankiewicz, der das Beweisstück nun endlich heruntergeschluckt hatte, mit verstärkt polnischem Akzent, der seine Trotzhaltung noch unterstrich. »Seit wann dürfen hier Schicksen die Gäste beleidigen?«

»He, jetzt halt aber mal die Luft an, Kumpel«, schaltete sich der Amerikaner ein. »Ich hab zwar nicht genau verstanden, was du gesagt hast, aber es klang nicht so, wie man eine Dame ansprechen sollte!«

»Eine Schickse«, erläuterte Kolankiewicz, »ist definiert als eine Person weiblichen Geschlechts, die um eine versammelte Schar von Männern buhlt in der Absicht, sexuelle Gefälligkeiten zu erhalten und zu gewähren. Sie haben vielleicht schon gemerkt, daß dies inzwischen der Lieblingszeitvertreib der Britinnen ist.«

Der Amerikaner schnappte nach Luft, hin und her gerissen zwischen Neugier und Wut.

»Was redet der da?«

Noch bevor die Kellnerin antworten konnte, schob Troy sich dazwischen, packte Kolankiewicz am Ellbogen und riß ihn hoch.

»Er meint, es tut ihm leid, wenn er Sie belästigt hat, und er hofft, dies wird für unsere Zeche reichen«, sagte Troy, warf ein Zweishillingstück auf den Tisch und schob Kolankiewicz zur Tür.

Erwartungsgemäß hörte er hinter sich die Kellnerin zetern: »Verdammte Unverschämtheit!« und »Laßt euch hier bloß nicht mehr blicken!«

Kolankiewicz machte sich von Troy los und zog demonstrativ seinen Hut gerade. Troy wußte, daß er selber mit Hut auch eher wie ein Polizist aussehen würde – oder aber genauso albern wie Kolankiewicz jetzt, als er mit gekränktem Stolz das sichtbare Symbol seiner Würde zurechtrückte.

»Die Kugel, die Ihren Deutschen getötet hat. Was für ein Kaliber hatte die?«

»Ach, Kaliber, Zinnober ... Fragen Sie mich nicht so was. Ich bin Experte für Fleisch und Blut. Einzelheiten über Kaliber und Drall behalt ich bloß so lange im Kopf, bis ich sie Anna diktiert hab. Fragen Sie mich nach der Leber einer Leiche, dann haben Sie gute Chancen, daß ich mich noch zwei Jahre nach dem Rausschneiden daran erinnere.«

»Können Sie mir was über die Patronenhülse sagen, die ich Ihnen dagelassen habe?«

»Fünfundvierziger Kaliber, ganz sicher.«

»Fünfundvierziger Automatik? Die amerikanischen Truppen haben einen fünfundvierziger Automatik-Colt als Standardausrüstung.«

»Ja, bloß vergessen Sie nicht den Schwarzmarkt heutzutage. Ich kenne ein Pub in Mill Hill, wo man sogar eine Haubitze übern Tresen kaufen kann.« Kolankiewicz gestikulierte zum Caféfenster hinüber. »Eure Vettern aus den Kolonien würden euch am liebsten alles verkaufen, von Nylonstrümpfen bis zum Schützenpanzer. Sie wollen eine gebrauchte Fliegende Festung? Versuchen Sie's mal beim Railwayman's Arms in Mill Hill. Und das Geld, das die Amerikaner dafür kriegen, geben sie dann aus, um sich alles Buttergebäck von Olde England untern Nagel zu reißen!« Der Mann aus Arkansas lächelte ihnen versöhnlich durch die Scheibe zu. Kolankiewicz gegenüber waren gute Manieren allerdings verlorene Liebesmüh, denn der drehte sofort die Hand um und zeigte dem Mann zwei Finger. Der Amerikaner hielt dies wohl für die typische Churchill-Geste und winkte mit dem Victory-V zurück. Kolankiewicz stapfte übers Trottoir davon. Troy hatte den Eindruck, eine internationale Auseinandersetzung *en miniature* mitzuerleben.

14

Erst am Donnerstagmorgen kam Troy wieder in den Yard. Kolankiewicz hatte die ganzen drei Tage lang praktisch nicht mit ihm gesprochen. Wildeve war unterwegs, aber auf dem Schreibtisch lag eine Notiz: »Anruf von Anna Pakenham. Kann Akte nicht finden. Auf den britischen Inseln gibt's mehr deutsche Flüchtlinge als Schafe. JW.«

Troy rief Anna an.

»Wie ist das Urteil ausgefallen?« fragte sie.

»Ich bin nicht bis zum Schluß dageblieben. Nach Kolankiewicz' Aussage stand ich da wie ein Trottel.«

»Nein, Troy, er ist der Trottel. Er soll mal erklären, wie sich eine ganze Akte in Luft auflösen kann. Ich hab bloß noch meine Stenonotizen und fürchte, die geben nicht viel her. Ich schreibe immer mit Bleistift, und in zwölf Monaten kann die Schrift ziemlich verschmieren. Außerdem hab ich damals gerade erst Steno gelernt, weil meine Vorgängerin zum Army Transport Service wechselte.«

»Das Kaliber würde mir schon weiterhelfen.«

»Fünfundvierziger. Ziffern werden ausgeschrieben.«

»Automatik?«

»Da bin ich nicht sicher. Aber bevor Sie danach fragen – die Kugel war bei der Kleidung und den persönlichen Gegenständen, und die sind auch weg.«

»Dann hat Kolankiewicz bestimmt nichts verlegt«, sagte Troy. »Klingt das nicht eher nach Diebstahl?«

»Ich weiß nicht. Hier gab es mal einen Einbruch, aber ich dachte, das wäre ein Schwarzbrenner gewesen. Das einzige, was er geklaut hat, waren sechzehn Liter reinen Alkohol. Und wen interessiert schon eine Akte über eine nicht identifizierte Leiche?«

»Höchstens jemanden, der sichergehen will, daß sie auch unidentifiziert bleibt.«

15

Das Wetter schlug um. Der Januar war zu mild gewesen, der Februar ungewöhnlich kalt, und nun schien der März den vorzeitigen Frühling anzukündigen, und zwar einen nassen. In der Zentrale der City Police saß Troy in einem feuchten Souterrainraum, während der diensthabende Sergeant im Archiv nach einer Akte aus dem Jahre 1943 über einen unbekannten Mann suchte, der tot am Tower Beach aufgefunden worden war. Troy sah, wie der Märzwind den Regen gegen die flaschenglasdicken, schmutzigen Fensterscheiben hoch oben an der Wand klatschte, während der schmelzende Schnee des Winters dröhnend durch die alten Eisenrohre Richtung Themse strömte.

Schon seit einer Weile hallten schwere, unregelmäßige

Schritte entlang der Aktenregale. Dann kam Sergeant Flint in sein Blickfeld gehumpelt.

Flint baute sich neben Troys Tisch auf und legte keuchend ein fast dreißig Zentimeter dickes Bündel gelber Aktenordner ab. Dann ließ er sich mit einem Seufzer der Erleichterung auf den Stuhl fallen.

»Letztes Mal, als wir uns gesehen haben, haben Sie noch nicht gehinkt«, bemerkte Troy.

»Schrapnellwunde«, antwortete der Sergeant. »1941. Die Ärzte meinen, ich werd nie wieder richtig laufen können. Vor dem Krieg wär natürlich mit dem Polizeidienst Schluß gewesen. Aber ... es ist eben alles nicht mehr so, wie's mal war.«

Er teilte den Stapel Ordner in zwei Haufen, als handelte es sich um überdimensionale Spielkarten.

»Wenn's Ihnen recht ist – ich hab's etwas eingegrenzt, aber direkt finden konnte ich's auch nicht. Merkwürdige Sache, ist doch noch gar nicht so lange her. Gut, daß Mr. Malnick nicht mehr da ist. Das war vielleicht ein Vorschriftenhengst. Wenn mir was durchgerutscht wär, hätte ich von dem nen kräftigen Anschiß gekriegt.«

Troy wühlte sich bereits durch den April und legte die Akten dreimal so schnell beiseite wie der Sergeant.

»Wohin ist Mr. Malnick eigentlich versetzt worden?« fragte er.

»Das war keine Versetzung. Die Royal Air Force hat ihn übernommen.«

»Was? In seinem Alter? Er muß doch schon fünfzig sein. Und als ich während der Invasion in Polen hier war, hatte die Air Force ihn doch bereits abgelehnt.«

»Und das nicht zum erstenmal. Aber jetzt hat er gekriegt, was er wollte.«

»Wie meinen Sie das?«

»Ich denk mir mal, jemand anders hat für ihn die Fäden gezogen. So schnell, wie der hier weg ist – also da waren wir alle platt. Sogar der Super hat so was gemeint. Freitag war er noch Copper, und Montag schon Lieutenant bei den Fliegern.«

»Wann war das?«

»Gleich nach dem Fall, den wir suchen. Das dürfte also Mai letzten Jahres gewesen sein.«

Troy war mit seinem Haufen fertig und beobachtete, wie Flint sich durch den Mai kämpfte. Er arbeitete quälend langsam, als überfordere es ihn, gleichzeitig zu suchen und zu reden.

»Wir waren alle überrascht, das kann ich Ihnen sagen. Allerdings tat's mir nicht leid, daß er wegging. Über acht Jahre hab ich für ihn gearbeitet. Na ja, Sie ham ja auch erlebt, was das für einer war: als der Yard Sie damals vorbeischickte, wo Sie noch nicht ganz trocken hinter den Ohren waren.«

»Danke«, meinte Troy.

»Tante Fanny, so haben wir ihn genannt. Ein Umstandskrämer vor dem Herrn. Und nicht mal ein tüchtiger. Ohne Taschenlampe konnte der kaum 'n Gummiknüppel in seiner eigenen Hose finden – na, Sie wissen ja selbst, wie im Umkleideraum so gequatscht wird.«

»Und gleichzeitig penibel?«

»O ja. Das schon.«

Flint leckte mittlerweile an Zeigefinger und Daumen, um die Seiten besser umblättern zu können, während er sich langsam gegen Ende Mai vorarbeitete.

»Also müßte alles, was er hinterlassen hat, auch in guter Ordnung sein?«

»Aber ja.«

Troy wartete ab, er wollte Geduld gegenüber dem Mann walten lassen, um dessen Gesundheit es wirklich nicht zum besten stand, und das offensichtliche Ergebnis nicht vorschnell artikulieren. Schließlich konnte es nicht mehr lange dauern.

»Komisch«, sagte Flint. »Es war nicht in Ihrem Haufen ...«

»Und auch nicht in Ihrem.«

»Na so was.«

»Es überrascht mich nicht, aber es macht mich neugierig. Sagen Sie, welche Befugnisse muß man haben, um jede Spur von einem Menschen verschwinden zu lassen?«

Flint zog pfeifend die Luft ein, als wolle er ernstlich eine Situation bewerten, die er noch nie erlebt hatte.

»Sie wissen nicht zufällig«, fragte Troy vorsichtig, »auf welchem Flugplatz Mr. Malnick dient?«

»Zufällig doch. Er hat uns letztes Jahr eine Weihnachtskarte geschickt. Schrieb, er dürfte uns nicht sagen, wo, aber er wäre mit einer Tätigkeit von nationaler Bedeutung befaßt.«

»Ja, sind wir das denn nicht alle?«

»Aber es war natürlich ein Poststempel drauf. Bradwell in Essex. Und ich weiß, daß es dort ne RAF-Einheit gibt, weil Henry, der Junge von meiner Schwester, da auch dient. Die meisten wären Polen und Kanadier, erzählt er. Und ein paar Engländer als Verbindungsoffiziere – ich glaub, so hat er gesagt.«

16

Troy brauchte fast den ganzen Vormittag, bis er den Fuhrpark überredet hatte, den Bullnose Morris aufzutanken, damit das Benzin bis Bradwell-on-Sea und zurück reichte. In der Garage von Scotland Yard hatte sich ein Mann in ölverschmiertem Overall seinen Dienstauftrag auf eine Weise besehen, als hätte Troy ihn selbst gedruckt.

Er war gerade wieder im Büro, um sich für die Fahrt die Aktentasche vollzustopfen, als das Telefon klingelte.

»Ah, endlich erwische ich Sie«, sagte Anna. »Die Blutgruppe ist mit Sicherheit identisch. Auf diesem ekligen Taschentuch, das Sie hiergelassen haben, klebt Blutgruppe 0. Kolankiewicz ist zwar immer noch nicht zu sprechen, aber ich soll Ihnen ausrichten, daß die Knochen in dem Beutel zur selben Leiche gehören könnten wie der Arm. Im Beutel waren keine Knochen vom linken Arm, und der rechte hat die gleichen Maße; allerdings fehlen viele von den übrigen kleineren Knochen. Vor Gericht müßte das jedenfalls ausreichen.«

»Gibt es Neuigkeiten über die Leiche am Tower Beach?«

»Nichts Gutes. Alles ist weg. Jedes verdammte Fetzchen Zubehör ist weg. Das einzige Überbleibsel ist die Leiche selber; also hab ich nachgefragt, ob wir sie exhumieren können. Vergessen Sie's. Der Friedhof hat vor sechs Wochen einen Volltreffer abgekriegt.«

»Und so was nennt sich dann: ›letzte Ruhestätte‹.«

»Ja, mit Friedhofsidylle hat das nichts mehr zu tun«, sagte sie, »eher mit Hieronymus Bosch: Beinhaus in Schlammwüste. Pech gehabt.«

»Wo ist eigentlich Kolankiewicz?«

»Wäscht sich für eine Obduktion. Die Polizei von Cambridgeshire hat ihm einen kniffligen Fall übergeben. Aber den halben Vormittag hat er Ihren Arm untersucht und dabei ständig was von Hosen gebrummelt.«

»Hosen?«

»So hab ich's jedenfalls verstanden.«

Troy hängte ein. Er hoffte, Kolankiewicz würde bald aus seiner polnischen Miesepetrigkeit auftauchen und etwas

Brauchbares liefern. Er wühlte die Schreibtischschublade durch in der Hoffnung, Zahnpasta und Rasierzeug zu finden, damit er notfalls übernachten konnte. Dann blickte er auf. Onions war leise eingetreten, Troys Dienstauftrag in der Hand. Er setzte sich auf den Stuhl vor Troys Schreibtisch und kratzte sich mit der Hand, die den Zettel hielt, an der Wange.

»Ich nehme an, daß Sie das nicht telefonisch erledigen können?« fragte er.

»Sie kennen doch Malnick. Wenn die Antwort, die ich aus ihm rausholen kann, einen Sinn ergeben soll, dann muß ich dabei sein Gesicht sehen.«

»Nennen wir unsere Polizeikollegen jetzt Lügner?«

»Nein. Aber der da ist in meinen Augen zugleich dumm und umständlich. Keine gute Kombination.«

Onions nahm einen Füllfederhalter aus der Brusttasche und krizelte seine Unterschrift auf den Schein. Troy klappte die Aktentasche zu, in der Hoffnung, nun endlich losfahren zu können. Seit neuestem konnten die Randbezirke von London jederzeit durch Truppentransporte verstopft sein, so daß die Fahrt doppelt so lange dauerte wie vor dem Krieg.

»Und was ist mit Hendon?« fragte Onions knapp, und Troy merkte, daß er so schnell doch nicht wegkommen würde.

»Alles verschwunden. Nicht mal eine Büroklammer mehr da.«

»Aha ... Sie wittern also ein Komplott?«

»Wittern? Stan, ich kann es förmlich mit den Händen greifen, da gibt's nichts mehr zu deuteln. Sollte Malnick daran beteiligt sein, was ich übrigens stark bezweifle, dann wird er sich aalglatt herauswinden. In jedem Fall dürfte er die gekränkte Unschuld spielen und so tun, als würde ich ihn direkt beschuldigen.«

»Was Sie gar nicht tun?«

Die Tür flog auf. Ein atemloser Wildeve kam ins Zimmer gestürmt und schnatterte drauflos, bevor er Onions' Anwesenheit bemerkte.

»Weißt du, wie viele Deutsche und Österreicher und diverse andere feindliche Ausländer es in diesem Land gibt?«

»Etwa fünfundsiebzigtausend«, antwortete Troy.

»Oh. Du weißt es ja tatsächlich.«

Onions stand auf. »Lassen Sie sich nicht stören«, sagte er.

Troy hätte schwören können, daß Wildeve blaß wurde, als Onions ihn direkt anschaute. Er erinnerte sich daran, wie völlig mysteriös Onions' Gorgonenblick ihm in der Anfangszeit erschienen war – konnte er doch genausogut reine Neugier ausdrücken wie wortlose Mißbilligung.

»Mein Bruder war interniert«, fuhr Troy fort. »Daher weiß ich das. Was hast du rausgefunden?«

»Also, Fingerabdrücke wurden nur von den 1940 Internierten genommen, und das sind überwiegend Leute in den Kategorien A und B, nicht mal ein Drittel der Gesamtzahl. Und selbst von denen sind ihnen nach eigener Schätzung mehr als fünfhundert durch die Lappen gegangen. Sie könnten die Suche nicht selber organisieren, hieß es, aber ich hab einen Uniformierten drangesetzt, also läuft das auch.«

»Und wie lange wird es dauern?«

»Ein paar Tage. Vielleicht eine Woche. Mindestens. Und im Zentralen Melderegister – Fehlanzeige. Wer immer der Kerl war – kein Formular über ihn aufzufinden.«

Onions schob Troy den Dienstauftrag hin und verließ kommentarlos den Raum.

»Hab ich ihn irgendwie verärgert?« fragte Wildeve.

»Nein – aber ich hab ihn vor eine Situation gestellt, die ihm ganz und gar nicht paßt. Ich glaube, Hitler und die Luftwaffe mal ausgenommen, kann an der Verschwörung wirklich jeder beteiligt sein.«

»Wie meinst du das?«

»Ich meine«, entgegnete Troy, »daß sich die Anzeichen für ein Komplott verdichten. Leider hängt jetzt allerhand von Malnick ab, und deshalb hab ich ihn auch nicht vorgewarnt. Wenn ich ihn anrufe, kann er auflegen und in aller Ruhe eine Geschichte ausbrüten. Stan gegenüber spiele ich das alles ein bißchen herunter, aber bei Malnick würde ich mich nicht mal darauf verlassen, daß er eine alte Dame heil über die Straße bringt.«

»Du glaubst doch nicht im Ernst, ein Polizist würde Akten vernichten?« Wildeve flüsterte seine Frage beinahe, als sollte er solche ketzerischen Gedanken lieber nicht laut aussprechen.

»Irgend jemand muß es gewesen sein.«

17

Wieder lenkte Troy den Bullnose Morris durch die zerbombten Außenbezirke von East London – eine Schleichfahrt in Schlangenlinien um Schlaglöcher und Trümmer, quer durch die Stadtteile beiderseits des Lea Valley, vorbei an ganzen Straßenzügen ohne Dächer und Fenster, an notdürftig mit Pappe und Planen geflickten Häusern, an Läden, die – wie es in einem der kurzlebigen Witze der Kriegszeit hieß – zuerst länger offen hatten als sonst und dann wohl für immer zu. Troy konnte den politischen Tagträumereien von den »Heimstätten für Helden« keinen Glauben mehr schenken – die Helden waren für ihn in erster Linie die Zivilisten. Über sechzigtausend Menschen hatten bislang schon den Tod gefunden, und weil Heldentum eine begrenzte Ressource war, waren viele vor dem »Blitz« geflohen, um nie zurückzukehren. Er fragte sich, welcher Anreiz – außer der vertrauten Umgebung und der illusorischen Sicherheit von Heimat – die Menschen jemals hierher zurücklocken sollte; er hielt es für ausgeschlossen, daß sich East London je wieder erholen könnte. An der Schnittlinie zwischen London und Essex gab es Orte wie Hornchurch, die von der RAF und der US-Air-Force mit Beschlag belegt worden waren; entlang der gesamten Ostküste lagen Militärflugplätze, die Nacht für Nacht die einstmals stillen Schlafstädte der dreißiger Jahre und die dörflichen Außenposten von Langham, Bentwaters und Bradwell aus ihrer Ruhe rissen. Das flache Land erdröhnte vom Lärm der Motoren.

Der Abend dämmerte schon. Das Pub-Schild vom Green Man schaukelte im Wind, der von der Nordsee hereinblies. Troy stieß die mit »Gesellschaftsraum« beschriftete Tür auf und sah sich an der Bar um. Sie war dicht umlagert von Fliegern, zumeist Kanadiern und Neuseeländern, zumeist mit den unverbrauchten Gesichtern von Schuljungen. Nur zwei waren über dreißig, und sie waren die leisesten in der Runde: der Barkeeper und ein mißmutig dreinblickender Mann, der allein mit einem Glas Sherry an einem Tisch im Erker saß. Seine ondulierten Haare kräuselten sich wie Wellpappe, und obwohl er anscheinend erst in den Vierzigern war, besaß er schon die Hängebacken eines schwermütigen Bluthundes. Er starrte Troy geradewegs an, schien ihn aber nicht zu erkennen. Troy war ihm zwar seit den Dinnerpartys seines Vaters vor dem Krieg nicht mehr begegnet, erkannte ihn aber sofort wieder. Damals hatte Troy senior sich bemüht, diesen Mann von seinem Arbeitsplatz bei Lord Beaverbrooks *Daily Express* für den eigenen *Evening Herald* abzuwerben: Tom Driberg, mittlerweile Parlamentsabgeordneter für irgendeinen Wahlkreis. Er hatte Alexej Troys Angebote ausgeschlagen, sich aber weiterhin fleißig umwerben und zum Dinner einladen lassen.

Troy konnte sich nicht vorstellen, was Driberg auf dem Fliegerstützpunkt Bradwell zu suchen hatte. Er ging zögernd auf ihn zu, da er Dribergs Ruf kannte. Allerdings war er selbst wohl schon zu alt und gehörte bestimmt nicht zu der Sorte von Männern, die Dribergs Geschmack ansprach.

»Kenne ich Sie?« fragte Driberg unverblümt.

»Ja«, antwortete Troy. »Frederick Troy. Ich bin der Sohn von Alex Troy.«

»Ach ja«, sagte Driberg nachdenklich. »Sind Sie auch bei der RAF?«

Er deutete auf den freien Stuhl gegenüber, und sein Gesicht verlor langsam den kaum verhohlenen trübsinnigen Ausdruck.

»Nein. Ich bin bei der Polizei.«

Troy meinte, Driberg zusammenzucken zu sehen; jedenfalls wich dem Mann die Farbe aus dem Gesicht. Zur Beruhigung setzte er schnell hinzu: »Ich will einen ehemaligen Kollegen besuchen, der jetzt bei der Air Force ist. Ich dachte, er wäre vielleicht hier.«

»Darf ich Ihnen etwas bestellen?« fragte Driberg. Offenbar hatte er sich wieder gefangen. »Der trockene Sherry ist ganz passabel, und sie haben extra für mich einen Rotwein besorgt – nicht, daß ich den empfehlen möchte –, aber es war ja nur gut gemeint. Gott weiß, wo sie den organisieren.«

Troy bat um ein Glas Indian Tonic und setzte sich Driberg gegenüber. Wenn er sich nur halb drehte, konnte er den Tresen im Auge behalten, und was er zuerst für einen großen Spiegel hinter der Bar gehalten hatte, entpuppte sich jetzt als der Durchblick zwischen den Zapfhähnen auf die Theke in der Gaststube. Dort drängte sich eine zweite Gruppe von RAF-Angehörigen, fast ein Spiegelbild der Gruppe an der vorderen Bar, nur daß ein älterer Mann den Mittelpunkt bildete. Offensichtlich ließ er sich gerade über ein Thema aus, das sein jüngeres Publikum zu heftigem Gelächter und spöttischem Kopfschütteln hinriß. Inspector Malnick war ein großer, kantiger Mann, mindestens zwanzig Jahre älter als seine Zuhörer. Er hatte den Blauton der einen Uniform gegen den einer anderen vertauscht und sein getrimmtes Oberlippenbärtchen so lange gehegt und gepflegt, bis es wie eine Parodie auf einen Schnauzer wirkte. Troy schaute fasziniert hinüber, so unverwandt, daß Driberg auf dem Stuhl hin und her rutschte, um den Grund für die schlechten Manieren seines Tischnachbarn auszumachen. Malnick hatte seine knochigen Arme wie die Tragflächen eines imaginären Flugzeugs ausgestreckt und bewegte sie mal himmelwärts, mal im Sturzflug, während er eine – nach Troys Überzeugung unwahrscheinliche – Geschichte erzählte. Troy meinte, durch das Stimmengewirr hindurch das Wort »Bruchlandung« zu verstehen, und versuchte angestrengt, Malnick die Worte von den Lippen zu lesen. Die meisten jungen Männer, die sich um ihn drängten, trugen auf der Brust das Schwingenzeichen der Piloten oder das geflügelte O für »Observer«, Beobachter; bei manchen hoben sich farbige Ordensbänder vom blassen Blau der Kampfanzüge ab. Doch Malnicks Feldbluse wurde von nichts dergleichen verziert. Er gehörte eindeutig zum Bodenpersonal, was ihm ebenso eindeutig gegen den Strich gehen mußte. Als seine Hände den nächsten Steilflug vollführten, traf sein Blick Troy und blieb mit einem Ausdruck von Furcht, Bedauern, Mißtrauen und purer Verlegenheit an ihm hängen. Seine Hand gefror in der Luft. Dann riß er sie zurück und schüttelte sie, als hätte er sich verbrannt. Er lief rot an, und die Traube der jungen Männer brüllte vor Lachen. Zwei oder drei klopften ihm auf den Rücken, jemand schrie: »Noch ein Glas für den alten Angeber!« Malnick starrte Troy weiterhin schweigend über die Bar hinweg an, fast unbeirrt von dem Tohuwabohu um sich herum, und in diesem Moment wußte Troy, wie er Mr. Malnick anpacken mußte.

»Bitte entschuldigen Sie mich«, sagte er zu Driberg. »Aber ich glaube, ich habe den Richtigen gefunden.«

»Lassen Sie sich von dem alten Schwätzer bloß nicht die ganze Nacht vollquatschen. Die RAF hat mich zwar aus der Lodge verdrängt, aber ich habe zur Zeit ein Cottage unten am Kai. Kommen Sie doch auf einen Schlummertrunk vorbei. Wenn Sie möchten, kann ich Ihnen auch ein Bett für die Nacht anbieten.«

Malnick wandte seinem Publikum den Rücken und steuerte auf die Tür zu. Troy traf ihn im Flur zwischen den Bars.

»Tut mir furchtbar leid, Mr. Malnick. Ich wollte Sie nicht aus Ihrem Gespräch reißen.«

»Das haben Sie aber geschafft. Ich hoffe doch, es handelt sich um etwas Wichtiges?«

Troy mußte sich zurückhalten, um diesem aufgeblasenen Kerl nicht in die Parade zu fahren. Denn Malnick bekam hier bestimmt keine Schmeicheleien zu hören, und ihm ein bißchen um den Bart zu gehen schien am ehesten Erfolg zu versprechen.

»Ehrlich gesagt, brauche ich in einer bestimmten Sache dringend Ihren Rat. Darf ich Ihnen etwas bestellen?«

»Nein«, sagte Malnick. »Es ist schon spät – ich muß zurück in die Lodge. Wenn es denn so wichtig ist, wie Sie sagen, kommen Sie am besten mit.«

Troy konnte die Kaserne hören, bevor er das Gebäude in der Dunkelheit sah. Dasselbe heisere Gebrüll wie im Green Man. Ein etwa neunzehn-, zwanzigjähriger Bursche kam ihnen die Auffahrt entgegengeflitzt, ohne Hose und gefolgt von einem halben Dutzend kopfkissenschwenkender Altersgenossen. Das Spiel war auch in Troys Schulzeit beliebt gewesen – ein Lebensabschnitt, an den er nur mit Schaudern zurückdachte; es wurde »Abmurksen« genannt. Malnick trat rasch aus dem Weg, ohne seine Tiraden über die strategische Bedeutung von Bodenpersonal und Towerbesatzung für die Kriegsanstrengungen der Nation auch nur einen Moment zu unterbrechen – von solchen Leuten schien es in England neuerdings nur so zu wimmeln. Troy begegnete tagtäglich Männern, die den Krieg als einen persönlichen Konflikt zwischen sich und Hitler betrachteten.

Kaum waren sie beim Vordereingang der Lodge angelangt, als die Verfolgungsjagd zu ihrem Ausgangspunkt zurückkehrte. Der Hosenlose flüchtete hakenschlagend durchs Portal, wo er gleich mit dem nächsten Witzbold zusammenstieß, der auf die spaßige Idee verfallen war, die antike Treppe auf einem Blechtablett herunterzurutschen.

»Und was noch schlimmer ist« – Malnick hatte anscheinend das Thema gewechselt – »ich weiß genau, daß diese Scheißkerle den ganzen Abend damit zugebracht haben, einen Nachttopf voll Bier kreuz und quer durch die Halle zu kicken.«

Troy dachte, Malnicks Entrüstung sei vielleicht nur darauf zurückzuführen, daß ihn niemand zum Mitmachen aufgefordert hatte. Wenn jemand so bedingungslos und mit aller Kraft seinem Vaterland dienen wollte, mußte es eine harte Gewissensprüfung sein, hier den fehlbesetzten und von niemand respektierten Hausmeister abzugeben.

Malnick riß die Tür zu dem Raum auf, der wohl früher einmal das Frühstückszimmer gewesen war, nun aber als sein Büro diente. Ein Holzschild draußen besagte »Küchenoffizier«, doch das Wort »Offizier« hatte jemand dick durchgestrichen und durch »Bulle« ersetzt.

Malnick machte es sich hinter einem ausladenden Doppelschreibtisch bequem, der die Hälfte des Zimmers einnahm, schaukelte sacht auf seinem Drehstuhl und genoß sichtlich die aufmerksame und respektvolle Haltung, zu der sich Troy immer wieder anhalten mußte. Er schnipste den Knopf an der Hüfttasche seines Kampfanzugs auf und zog eine Zigarettendrehmaschine und eine abgenutzte, flache, runde Dose mit losem Tabak heraus. Auch dieses Accessoire sollte wohl Jugendlichkeit vortäuschen. Als Troy ihm das letzte Mal begegnet war, hatte Malnick noch Black-Cat-Zigaretten mit Korkfilter aus der Schachtel geraucht. Jetzt bröselte er den Tabak in die Rille der Maschine und rollte ihn in weißes Papier ein. Jeder Schritt dieser Prozedur unterstrich, daß Troy auf seine Auskunft zu warten hatte. Troy wartete aber nicht. Er überlegte, wie er das Gespräch auf die nicht identifizierte Leiche bringen konnte.

»Sie waren Constable, oder täusche ich mich?« fragte Malnick.

»Ja. Inzwischen bin ich Sergeant. Vielleicht werde ich eines Tages Inspector.«

»Eines Tages«, versetzte Malnick. »Also schön, wo drückt denn der Schuh?«

»Na ja ... ich wußte nicht, an wen außer Ihnen ich mich wenden sollte. Ein ziemlich kniffliger Fall.«

Malnick platzte fast vor Stolz. Ein Druck auf einen winzigen Hebel am Rand seiner Maschine, und ein dünner, krummer Alptraum von einer Zigarette sprang heraus. Er steckte sie an, ohne mit der Wimper zu zucken.

»Es handelt sich um einen Fall, mit dem Sie bestens vertraut sind. Ein Mann wurde mit einer Schußwunde im Gesicht tot am Tower Beach aufgefunden. Vor etwa einem Jahr.«

»Wußte ich's doch«, rief Malnick. »Wußte ich's doch. Sie konnten den Fall nicht knacken! Sie mußten Scotland Yard einschalten.«

Malnick gluckste vor unterdrücktem Lachen. Troy war sich nicht sicher, wieviel von der Heiterkeit nur vorgetäuscht war, aber die Schadenfreude über das Scheitern anderer Leute schien nicht gespielt zu sein.

»Und jetzt kommen Sie zu mir!« feixte Malnick.

»Ja, jetzt komme ich zu Ihnen. Auf Ihrer ehemaligen Revierwache hat man mir gesagt, ich könnte Sie vielleicht hier finden, also bin ich ...« Troy ließ den Satz unbeendet in der Hoffnung, Malnick hinsichtlich seiner Absichten beruhigt zu haben.

»Genau, genau«, brummte Malnick und blies Rauch zur Decke hoch.

»Worüber ich mir Gedanken gemacht habe«, Troy bemühte sich um die richtige Mischung aus Hilflosigkeit und Schmeichelei, »sind Ihre Aufzeichnungen.«

Malnick glotzte ihn an. Das selbstgefällige Lächeln verschwand aus seinem Gesicht. Troy wußte sofort, daß er damit ins Fettnäpfchen getreten war, und schob schnell eine präzisierende Bemerkung nach.

»Wir wissen ja alle bestimmte Dinge, die wir nicht in den Unterlagen vermerken. Spezielle Eindrücke und Verdachtsmomente, die sich nicht zur Niederschrift eignen. Die Copper-Intuition, Sie wissen schon.«

»Sicher.« Malnick ließ sich Zeit. »Es gab da ein gewisses makabres Element.«

»Makaber?«

»Eine Spur Sadismus, würde ich sagen.«

»Sadismus?«

»Die haben zweimal auf ihn geschossen, wissen Sie. Die haben ihn ans Ufer gebracht und ihm zuerst durchs Bein geschossen. Bloß so zum Spaß, wenn Sie mich fragen.«

Troy dachte nach. War das nur blutrünstige Einbildung? Es hob sich deutlich von der kühlen, wissenschaftlichen Analyse ab, die Anna Pakenham ihm geliefert hatte.

»Als hätte einer von denen ihm weh tun wollen. Ihm mit Absicht Schmerzen zufügen wollen.«

»Woraus schließen Sie, daß es mehrere Täter waren?«

»Ich hab nur so ein Gefühl, mehr nicht. Wie Sie schon sagten, nichts in der Art, was man in Berichten festhält.«

»Keine Fußabdrücke?«

»Die Flut war schon dagewesen, bevor wir ihn überhaupt fanden. Es überrascht mich nicht, daß Sie vor einem Rätsel stehen. Das war einer der kompliziertesten Fälle, die mir je untergekommen sind. Praktisch kaum ein Anhaltspunkt.«

»Es würde mir enorm weiterhelfen, wenn Sie mir etwas über Ihre Reaktion auf den einzigen konkreten Anhaltspunkt mitteilen könnten, den wir haben – die Leiche.«

»Sie haben doch das Foto gesehen.«

»Klar, aber zwischen einem Foto und dem direkten Eindruck von einer Leiche liegen doch Welten. Ihre unmittelbare Reaktion darauf, als Sie sie entdeckt haben – das würde mir weiterhelfen.« Wennschon dennschon, befand Troy und schloß, so beiläufig er konnte, die einzige Frage an, die wirklich zählte: »Vielleicht könnten Sie mir die Leiche beschreiben?«

Dieser alberne Bluff hatte Malnick überzeugt. Er legte die armselige, feuchte Kippe ab und griff hinter sich, wo ein Berg Aktenmappen ordentlich gestapelt im Regal lag. Er zog einen Band heraus, der für Troy wie das Briefmarkenalbum eines kleinen Jungen aussah oder jedenfalls wie sein eigenes aus jener Zeit, dick und zerfleddert, eingebunden in grünes Kunstleder mit verblaßten Goldrändern auf Rücken und Deckel. Malnick legte das Buch auf den Schreibtisch, so daß Troy das Wort »Album« lesen konnte.

»Das bewahre ich nun schon etliche Jahre auf. Ich weiß nicht genau, welchen Wert es vielleicht einmal haben könnte, bin mir aber recht sicher, daß ein solcher Bericht über die anständige Arbeit eines Polizeibeamten eines Tages einen gewissen Beitrag zur Wissenschaft von der kriminalistischen Ermittlungstätigkeit zu leisten vermag.«

Er schlug den Buchdeckel auf. Troy mochte seinen Augen nicht trauen. Der Mann hatte doch tatsächlich ein Sammelalbum seiner Fälle angelegt. Welche Überheblichkeit! Zumal dieses Sammelalbum kaum Erfolge enthalten konnte, sondern vor allem Mißerfolge, die Malnick allerdings wohl kaum als solche betrachten würde. Er schlug die Seiten um, bis er zum Tower-Beach-Mord von 1939 kam – dem Fall des ertrunkenen Jungen. Dort klebte ein Zeitungsausschnitt aus einem Lokalblatt, der den stolzen Inspector Malnick vor dem Gerichtsgebäude zeigte. Der kleine Mann im Hintergrund mit dem Rücken zum Fotografen, dachte Troy, konnte nur er selbst sein. Seite für Seite zeugte von Malnicks Geltungssucht. Troy hoffte, seine Fassungslosigkeit hinter gespielt ehrfürchtiger Bewunderung tarnen zu können. Malnick blätterte weiter bis zu einem großen vergilbten Zeitungsartikel, in dem er mit der Beute eines Goldraubs aus dem Jahr 1941 abgebildet war.

»Momentchen«, sagte Malnick und schlug mehrere Seiten zugleich um. »Nun sehen Sie sich mal diesen Kerl hier an.«

Das zwanzig mal zwanzig Zentimeter große Schwarzweißbild des Polizeifotografen füllte die ganze Seite aus. Eine Nahaufnahme vom Kopf eines Mannes, dem man in die linke Wange geschossen hatte. Troy atmete mit zusammengebissenen Zähnen ein, bemüht, seine Überraschung zu verbergen. Er konnte kaum fassen, daß Malnick tatsächlich einen Abzug dieses Fotos aufgehoben hatte. Niemand würde so etwas aufbewahren, jedenfalls niemand, dem es darum ging, alle Spuren des Opfers aus den Polizei- und kriminaltechnischen Berichten zu löschen. Troy war sprachlos, aber weniger wegen Malnicks penibler Sammelleidenschaft und beruflicher Tüchtigkeit als wegen dieses einmaligen Glückstreffers. Malnick schwafelte weiter; er nahm Troy beim Wort und lieferte eine zusammenphantasierte Mutmaßung über den Charakter des Opfers, wo Troy doch nur um eine Beschreibung gebeten hatte. Aber der hörte schon gar nicht mehr zu, sondern blätterte eine Seite weiter. Dort fand sich eine Gesamtansicht der Leiche am Fundort, auf der linken Seite liegend, die Wange verdeckt, ein Arm hinter dem Körper ausgestreckt, ein Bein verrenkt unter dem anderen. Diese groteske Gliederpuppe war der Tod.

»Der Kerl in Hendon versuchte mir einzureden, es wäre ein Deutscher«, sagte Malnick. Troy sah zu ihm hoch. »Das ist natürlich absoluter Blödsinn. Seit ich an der Küste lebe, höre ich fast jeden Tag Gerüchte, die Jerrys wären gelandet. Und keins von diesen Gerüchten hat sich jemals als wahr erwiesen.«

Troy fiel auf, daß der zwanzig mal zwanzig große Abzug in gummierten schwarzen Fotoecken steckte. Ihn herauszuziehen und in den Mantel zu schieben würde keine Sekunde dauern.

»Genau«, antwortete er und wiederholte damit Malnicks Lieblingswort. »Ich sehe das ähnlich, aber trotzdem bleibt die große Frage offen: Wer war es?«

Er zupfte den Abzug an den Ecken los, warf Malnick dann einen stummen, zu weiteren Spekulationen einladenden Blick zu, wohl wissend, daß allein dieses Foto tausend abstruse Theorien und Beschreibungen aufwog.

»Jedenfalls war es kein landläufiger Mord.«

»Wie meinen Sie das?« fragte Troy.

»Das Verbrechen ist anders organisiert.«

Nicht gerade eine Enthüllung für Troy. Die Tatsache, daß sich das Verbrechen überhaupt organisierte, war ein zweifelhafter Tribut an die nach Effektivität verlangende Kriegssituation.

»Gangs«, erklärte Malnick mit melodramatischer Betonung. »Ich meine Banden. Ich bin mir ziemlich sicher, daß es sich hierbei um einen Bandenmord handelt.«

Troy klappte das Album zu und ließ das Foto sacht auf seinen Schoß gleiten.

»Ich brauche einen Namen.«

»Die Spinne.«

Troy war perplex. War der Mann etwa ein begeisterter Edgar-Wallace-Leser? Der Zinker, Der Hexer, Der Joker – Die Spinne?

»Die Spinne?« fragte er. Hoffentlich klang es nicht so, als wollte er Malnick nachäffen.

»Das Pseudonym von Alfred Maxwell Golding, wenn Sie so wollen. Noch an dem Tag, bevor meine Einberufung durchkam, hatte ich ein Gespräch mit ihm.«

Hatte Malnick wirklich keinen Zusammenhang zwischen dem Fall, den er bearbeitete, und seiner plötzlichen Abkommandierung zur Air Force gesehen? Hatte er sich etwa vorgemacht, es handle sich um ein rein zufälliges Zusammentreffen von Ereignissen?

»Er stritt das natürlich ab, aber grinste dabei wie die Katze, die an der Sahne genascht hat. Wiederholte ständig: ›Los doch, Copper, beweis es. Versuch's doch mal.‹«

Man konnte sich gut vorstellen, wie ungern Inspector Malnick sich Copper nennen ließ. Troy hatte das Wort schon lange als den freundlichsten und am wenigsten beleidigenden aller gängigen Ausdrücke akzeptiert – aber er war die Uniform ja auch in Rekordzeit losgeworden. Malnick hatte seine vom ersten bis zum letzten Tag Polizeidienst getragen, zweifellos mit Stolz. Er hatte das Kindergejohle und die Verachtung cleverer, gewiefter Krimineller über sich ergehen lassen, und das Uniformblau hatte auf seine Seele abgefärbt. Und dadurch war er so stocksteif geworden wie ein Polizeiknüppel – unbeugsam, nur eben auch unflexibel. Aber wer oder was war Alfred »Die Spinne« Golding? Handelte es sich dabei nur wieder um eine von Malnicks an den Haaren herbeigezogene Theorien, oder hatte er in zwanzig Jahren Polizeidienst doch einen gewissen Einblick in die Ganovenwelt seines Reviers gewonnen?

»Ein dicker Fisch vermutlich?«

»Der dicke Fisch. Hält fast jeden Abend im Cockle and Trumpet in der Cary Street hof. König der faulen Brüder, Hehler, Windbeutel, hat sich seit Kriegsausbruch um die Einberufung gedrückt und statt dessen all die Hohlköpfe rekrutiert, die meinen, Nylonstrümpfe zu verscherbeln und Bezugskarten zu fälschen ist patriotischer, als für die Heimat einzustehen. Sie sind besser organisiert als vor dem Krieg. Weit und breit kaum noch Konkurrenz, und die Polizei ist unterbesetzt.«

Bis hierher ergab alles einen Sinn. Troy schob das Foto unter seinen Mantel, dicht an das sichere Versteck unter der Achselhöhle.

»Ich habe zwar keine eindeutigen Beweise dafür, daß er Leute umbringt, wenn sie ihm in die Quere kommen, aber ich spür's in den Knochen, daß zwei Morde im City-District auf sein Konto gehen – ein Typ, der gern mal ein Exempel statuiert. Einen Mord, der sich rumsprechen soll, als Warnung für andere. Und in diesem Fall sehe ich alle Anzeichen für einen Fememord, um es mal so auszudrücken.«

Troy wagte die naheliegende Frage: »Warum haben Sie diesen Fall dann als so schwierig bezeichnet? Warum halten Sie es für normal, daß der Yard nicht weiterkommt?«

»Weil es für jeden, der den Bezirk nicht kennt, wie eine Suche nach der Stecknadel im Heuhaufen ist. Damals, neununddreißig, hatten Sie pures Glück. Bloß, in neunundneunzig Prozent der Fälle kann da ein Beamter vom Yard nicht einfach so reinspaziert kommen und gleich mit dem Finger auf die richtige Lösung zeigen. Nein, verdammt noch mal, meistens hängt die Aufklärung doch von einer genauen Kenntnis der örtlichen Gegebenheiten ab. Von der Sorte Wissen, die man sich mühsam ertippeln muß. Dieser Mann war ein kleines Mitglied irgendeiner Bande, einer Firma, wie die das nennen, der sozusagen seine gerechte Strafe bekommen hat. Und wenn es mir nicht gelungen ist, einen Namen zu dem Gesicht zu finden, dann einzig deshalb, weil London, wie Sie wissen, von neuen Gesichtern überschwemmt wird. An der Great North Road hängt ein Schild: ›Schickt her zu uns alle Halunken und Gauner‹.«

»Und Sie sind sicher, daß der Tote kein Deutscher war?«

»Ach, Quatsch«, antwortete Malnick im Brustton der Überzeugung.

Troy tat so, als müßte er sich jucken, und damit fand das Foto in sein sicheres Versteck. Er hatte bekommen, was er brauchte, ja, sogar mehr als erwartet. Und wenn Malnick dachte, er könnte sich über die beste Kriminaltechnik der Welt hinwegsetzen, dann war er ein noch größerer Idiot, als Troy geglaubt hatte. Malnick plapperte weiter und kam wieder auf sein Leitmotiv zurück.

»Als die Kerle sich das arme Schwein am Uferrand vorgeknöpft haben, da wollten sie ihm zuerst eine Lektion erteilen und ihn dann umbringen. Irgendwem aus dieser Firma macht es offensichtlich Spaß, anderen Menschen Schmerzen zuzufügen.«

Das war das einzige Bruchstück aus Malnicks Gedankengang, das Troy in gewisser Weise erwägenswert schien.

18

Driberg ließ den Toast anbrennen. Zweimal. Beim dritten Versuch übergab er Troy die Röstgabel und befand, er selbst sei viel besser geeignet, die Weinflasche zu entkorken.

»Und Sie sind der Jüngste, sagten Sie?«

»Ja«, antwortete Troy. »Rod ist acht Jahre älter als ich und die Zwillinge fünf. Ich bin der Nachzügler. Ihr einziges Kind, das in England zur Welt gekommen ist.«

»Kannten Sie Ihren Vater gut?«

Troy war nicht klar, worauf Driberg hinauswollte. Der Mann hatte eine Vorliebe für Klatsch und Tratsch, aber hinter dieser Frage steckte wohl mehr als die pure Lust, andere Leute durchzuhecheln. Driberg hatte nicht nur den Riecher eines Journalisten, für den keine müßigen Fragen existierten, nein, er stammte auch aus der Schule politischer Idealisten unterschiedlicher Couleur, die nach dem Ersten Weltkrieg so einflußreich geworden war und zu der auch Troys Familie zählte.

Troy wußte definitiv, daß Driberg seinerzeit eingetragenes Mitglied der Kommunistischen Partei gewesen war – weshalb aber alle Kommunisten ihre Parteibücher mit sich herumtragen mußten und nicht zu Hause liegenlassen durften wie die meisten Leute ihre Gasmaske, das hatte Troy nie begriffen.

»Ich habe ihn öfter gesehen, weil ich später eingeschult wurde als meine Geschwister. Ich war eins von diesen ständig kränkelnden Kindern. Immer hieß es, ich solle mich warm anziehen, selbst im Sommer. Aber ich glaube nicht, daß ich ihn besser gekannt habe als mein Bruder. Rod kannte ihn immerhin fünfzehn Jahre als Erwachsener. Die Chance hatte ich nicht.«

»Wissen Sie, was mich schon lange interessiert: Warum hat er diesen albernen Titel angenommen?«

Alberner Titel? Hatte Driberg diese Frage auch den Sitwells gestellt? Oder Beaverbrook? Wieso albern? Gerade Driberg bewunderte doch Titel und Zeremonien, vom imperialen Pomp der Krönungsfeierlichkeiten bis hin zum rituellen Arrangement des Bestecks auf dem Eßtisch – trickreich ersonnen, um die unteren Klassen einzuschüchtern. Troy hatte als Teenager einmal mit angesehen, wie die Hausgehilfin das Tafelsilber nach eigenem Belieben auf dem Tisch verteilte; sie wußte genau, daß sein Vater ein sechsgängiges Menü anstandslos mit ein und demselben Holzlöffel essen würde. Und just bei der Gelegenheit hatte Driberg das Silber an seinem Platz heimlich in die korrekte Ordnung umsortiert.

»Er hat den Titel nicht verliehen bekommen. Er hat ihn von Lloyd George gekauft, aber damals war ich erst vier oder fünf Jahre alt, kann mich also nicht daran erinnern. Und als ich dann alt genug war, um Fragen zu stellen, hat mich das Thema nicht besonders interessiert. Schließlich sollte Rod ja den Titel erben und nicht ich. Ich weiß nur noch, daß Rod den alten Herrn ein paarmal danach gefragt und immer dieselbe Antwort bekommen hat: Um als Ausländer in der Londoner Gesellschaft akzeptiert zu werden, braucht man eine gewisse Reputierlichkeit. Aber ich weiß, ehrlich gesagt, auch noch, wie er das Ganze als Augenwischerei bezeichnete. Denn man konnte ja trotzdem keine dieser unsichtbaren Trennlinien überschreiten, die für England so typisch sind. Bei seinem unverkennbar und unabänderlich ausländischen Akzent hätte ihn ein Peer-Titel nur zum Gespött gemacht. Er hätte ihn auf dieselbe Stufe wie die Juden von Westminster gestellt, die wegen ihres Reichtums in den Adelsstand erhoben und zugleich deswegen verachtet wurden. Also kam für ihn nur ein erblicher Titel in Frage: die Baronetswürde. Damit, so meinte er, konnte niemand behaupten, er habe sich in den privilegierten Kreis der Lords hineingedrängt oder er sei ein Parvenu wie irgendein in den Ritterstand erhobener Bierbrauer. Er ist – beziehungsweise war – Sir Alexej Troy, Baronet, Verleger, Zeitungsbesitzer, Engländer und Immigrant – und niemand schert sich groß darum. Die Macht kleidet sich in den Mantel der Respektabilität. Aber warum fragen Sie?«

»Ich war nur neugierig, welche Bedeutung der Titel in dem Spiel hatte. Welches Spiel auch immer Ihr Vater seinerzeit gespielt hat.«

Troy fühlte sich nicht gekränkt. Schließlich war ihm dieses Spiel nur allzu vertraut. Driberg hatte mit seiner Bemerkung großen Scharfsinn bewiesen, fand er. Genaugenommen traf sie die Haltung seines Vaters besser als die so häufig auf ihn gemünzten Ausdrücke wie »sprunghaft« oder »unergründlich«. Troy senior hatte nicht das Spiel der englischen Gesellschaft gespielt, sondern ein Spiel mit der englischen Gesellschaft. Troy erinnerte sich noch deutlich an das Essen, das sein Vater für den unerträglich brillanten Sir Oswald Mosley gegeben hatte – brillant nach dem einhelligen Urteil von seinesgleichen, unerträglich, weil er von dieser Wertschätzung wußte und damit Schindluder trieb. Oder für den aufgeblasenen, lauten, allerdings nicht uncharmanten Bob Boothby, der damals direkt von seiner Begegnung mit Hitler gekommen war. Und für den schüchternen, aber zielbewußten Harold Macmillan, einen Schwiegersohn des Duke of Devonshire. Mitten in der tiefsten Wirtschaftskrise hatte sein Vater mit aller Kraft versucht, Macmillan von der Konservativen Partei wegzulotsen, als dieser erkennen ließ, daß er sich nicht der Position der Nationalen Regierung fügen und Armut als eine unumstößliche Tatsache des Lebens akzeptieren wollte, die sich jedem Eingreifen entzog. Alex Troy war nämlich in allererster Linie Interventionist und fand, daß fast alle Interventionen der Regierung zu kurz griffen. Boothby und Macmillan kamen nie wieder zu Besuch, und soweit Troy wußte, wurde Mosley nie wieder eingeladen. Driberg schon. Im Haus der Troys fand man einen Querschnitt des politischen Lebens von Großbritannien vor – selbst wenn die Boothbys und Mosleys dabei fehlten. Wo sonst hätte Driberg Tischnachbarn kennenlernen können wie den gewissenhaften A. J. Cook, den Führer der Bergarbeiter, und auf der anderen Seite den leichtlebigen Chips Channon, einen Salonlöwen, der für die Konservativen im Parlament saß? Wo sonst hätte er sich mit der scheinbaren Widersprüchlichkeit eines Zeitungsbesitzers auseinandersetzen können, der Stalin wegen des Pakts mit Hitler verurteilte, dann aber umschwenkte und in einem selbstverfaßten Leitartikel allen aufrechten Menschen nahelegte, erst einmal abzuwarten. Und das zu einem Zeitpunkt, als diese aufrechten Menschen bereits ihre kommunistischen Parteibücher verbrannten und die Sympathisanten alles daransetzten, sich von einer Organisation zu distanzieren, der sie nie angehört hatten. Doch auch Alexej Troy hatte nicht dazugehört – damals in Rußland war er eine Art Plechanow-Anhänger gewesen –, sondern seinen eigenen Kurs verfolgt. Er hatte in Kauf genommen, daß die Auflage des *Evening Herald* nach diesem Artikel um zwanzig Prozent zurückging, sich dabei dennoch weiter für seine Sache eingesetzt und zugleich den Gegenstandpunkt abgedruckt. Bis zur Woche vor dem deutschen Überfall auf Rußland, als er in einem weiteren Leitartikel erklärte, nun sei es an der Zeit, »zu unserem neuen Verbündeten, der Sowjetunion, zu halten«. Die Geschichte hatte seine Haltung bestätigt, sogar schneller als erwartet. Das Spiel ging weiter. In seinem letzten Lebensjahr hatte er sich abermals als sprunghafter Kauz erwiesen. Ein mißtrauisch beobachteter Immigrant mit Adelstitel, der sich so schwer fassen ließ wie ein Flaschenteufel. Etliche Besucher kamen nur, um zu hören, was er als nächstes von sich geben würde. Für einen Sympathisanten hielt er sich außerordentlich gut und war außerordentlich gut betucht. Er pflegte scherzhaft zu sagen, die Abkürzung Bt. für Baronet hinter seinem Namen stünde für »better times« – bessere Zeiten.

»Wissen Sie«, sagte Driberg, »ich habe mich gefragt, was er wohl davon hielt, daß Sie zur Polizei gingen. Da stichelt und piekst er ein Leben lang gegen die Ordnung wie die Stechmücke auf dem Hintern des Dinosauriers, und dann entscheiden Sie sich für das Gesetz und damit für die Ordnung, die er so verachtet. Ich glaube, Ihre Entscheidung muß ihn sehr getroffen haben.«

»Wie kommen Sie darauf?«

»Einfach deshalb«, sagte Driberg, »weil er nie ein Wort darüber verloren hat.«

Damit hatte er Troy zweifellos eins versetzt – aber vielleicht hatte der Mann ja recht. Troy senior war verbale Zurückhaltung immer fremd gewesen. Er war zeit seines Lebens mit der klingenden Münze des Wortes so spendabel umgegangen wie ein irischer Seemann auf Sauftour, da mußte er wohl einen schwerwiegenden Grund für sein Schweigen gehabt haben. Er hatte ja auch nie Fragen nach der Herkunft seines Vermögens beantwortet. Was hätte die Wahrheit auch genutzt – daß er damals, 1905, Schmuck im Wert von über einer Million Pfund hatte mitgehen lassen? Das war doch wirklich nur eine Lappalie.

»Und außerdem frage ich mich«, fuhr Driberg fort, »ob das nicht auch ein Teil des Spiels war.«

Troy antwortete nicht. Er sah, wie die Scheibe Toast am

Ende der Gabel in Flammen aufging und ins Feuer fiel, hörte, wie Driberg »Scheiße« brummte und wie der Rotwein ins Glas gluckerte.

19

Am nächsten Tag, allein in seinem Dienstzimmer, lehnte Troy das Foto, das er von Malnick mitgenommen hatte – gedanklich vermied er das Wort gestohlen – gegen das Telefon und betrachtete es nachdenklich. Die letzte Nachmittagssonne strahlte das Gesicht des toten Mannes an und fiel blitzend auf den Messingrand des Tintenfasses. Ein Tag zum Nachdenken, zur Hälfte in der angenehm schweigsamen Gesellschaft von Driberg mit der Rückfahrt nach London verbracht, während der sich in seinem Kopf allmählich ein Deutungsmuster herausgebildet hatte. Der Yard wirkte friedvoll, samstäglich. Wildeve mochte sonstwo stecken und Onions wahrscheinlich draußen in Acton auf seiner Parzelle neben einem toten Abstellgleis. Troy hatte zwar keine Ahnung, wer diese Deutschen sein mochten, war jedoch davon überzeugt, daß beide Verbrechen zusammenhingen und daß die Erklärung gleich unter der Oberfläche der wenigen Anhaltspunkte zu finden sein mußte. Eine Zeitlang mochte es sogar sinnvoll sein, beide Leichen als eine zu betrachten – eine doppelköpfige Kreatur aus dem Schloß des Baron Frankenstein. Das Telefon läutete.

»Hab nachgedacht«, sagte Kolankiewicz maulfaul.

»Das sagte man mir.«

»Über Hosen.«

»Das sagte man mir auch.«

»Darüber, wie schön Hosen sind.«

»Ja, die perfekte Harmonie zwischen Form und Funktion. Zwei Löcher genau da, wo die Beine wachsen.«

»Doch das eigentlich Schöne an der Hose sind die Aufschläge. Die können ganz überraschende, leicht zu übersehende Dinge auffangen, aufbewahren und bei der Untersuchung wieder preisgeben.«

»Was haben Sie denn gefunden?«

»Was hätten Sie denn gern?«

Troy warf einen Blick auf die Notizen, die er auf die Rückseite eines Briefumschlags gekritzelt hatte. Unterschiedliche Bestandteile eines Gesamtbildes, das nur in seiner Vermutung existierte.

»Ich hab drüber nachgedacht, wie die Brocken, die uns vorliegen, zusammenhängen könnten. Vor allem das bißchen, was die Kriminaltechnik bisher ermittelt hat. Partikel einer Legierung, die an den Fasern des Ärmels klebten, sagten Sie. Verätzungen durch Säure. Und ich denke, was da noch fehlt, müßte in Zeiten des ruhmvollen Todes fürs Vaterland doch auf der Hand liegen.«

»Ja?«

Troy machte eine Pause, als fürchte er die Zauberwirkung einer unbedachten Bemerkung, als könne das Aussprechen eines bestimmten Wortes ein göttliches Dementi provozieren. »Kordit-Sprengstoff«, sagte er. »Bei Herrn Hose haben Sie Kordit in den Aufschlägen gefunden.«

»Ja, und es tut mir leid, daß das so lange gedauert hat. Aber wenn man so viele Tote zu sehen bekommt wie ich, dann verschmelzen die sozusagen alle zu einer kolossalen Leiche. Dem Weltenkadaver. Erst vor einer Stunde ist es mir wieder eingefallen. Da war so ein Geruch, der vom Komposthaufen des Nachbarn zu mir rüberwehte – und plötzlich war sie wieder da, die Erinnerung an Kordit, nur leicht überlagert vom Gestank des Themseschlamms, wo man den armen Teufel gefunden hat. Zwölf Monate alt und doch noch so frisch in der Nase wie eine Madeleine auf der Zunge. Wissen Sie, was der Kerl meiner Meinung nach war? Munitionsarbeiter. Säure, Metall, Kordit. Mischen Sie das zusammen, und schon knallt's.«

»Ein deutscher Munitionsarbeiter? Zwei deutsche Munitionsarbeiter?«

»Schon gut, schon gut. Das paßt alles noch nicht so ganz zusammen. Aber die Schlußfolgerungen überlasse ich Ihnen.«

»Haben Sie den Ärmel von Herrn Manschettenknopf bis ganz oben auf diese Metallpartikel hin untersucht?«

»Bis ganz oben.«

»Und haben Sie nach den ersten Zentimetern noch etwas gefunden?«

»Nein. Das sagte ich doch schon.«

»Und dasselbe gilt für Herrn Hose?«

»Ach – da würde ich von meinem heutigen Kenntnisstand aus was reininterpretieren. Begnügen Sie sich erst mal mit dem Kordit. Da bin ich mir ganz sicher. Meine Nase lügt nicht. Ich bin der Proust des Gestanks. Der Geruch einer verwesten Menschenleber steigt mir noch nach Jahren wieder in die Nase. Und ich sage Ihnen, deswegen kriege ich es kaum fertig, in einem englischen Restaurant zu essen.«

»Na schön. Aber betrachten wir die Sache doch mal folgendermaßen: Ein Munitionsarbeiter trägt einen Overall. Für die Fabrik wird er nicht seine beste Tweedjacke anziehen. Was tragen Sie denn die meiste Zeit?«

»Das wissen Sie verdammt genau.« Die Verärgerung brachte wieder den Polen in Kolankiewicz zum Vorschein. »Sie haben mich doch mindestens hundertmal gesehen. Einen weißen Laborkittel, Klugscheißer.«

»Der fünf Zentimeter von der Manschette herausstehen läßt. Die bekannte Tücke des Objekts: Der Toast fällt immer mit der Butterseite auf den Teppich. Laborkittel passen nie ganz genau. Unser Mann gehört Ihrer eigenen Zunft an. Manschettenknopf – und wahrscheinlich auch Hose – war ein Eierkopf. Einer aus der Bomben- und Knallbranche, aber kein einfacher Arbeiter. Können Sie diese Partikel für eine Analyse möglichst schnell fertigmachen?«

»Das habe ich bereits getan, und Sie können mir getrost glauben, es ist eine Legierung, die ich nie zuvor gesehen habe.«

»Sie meinen, sie ist …« Troy fand nicht das passende Wort.

»… neuartig?«

»Neuartig? Troy, die stammt praktisch von einem anderen Planeten! Ich schätze, sie ist direkt aus Flash Gordons Weltraumrakete geplumpst.«

Und plötzlich wurde Troy klar, was sie da gemeinsam entdeckt hatten und welche komplizierten und gefährlichen Folgen diese Entdeckung haben konnte.

20

Onkel Nikolai erinnerte Troy immer an eine Figur von Edward Lear – die geeignete Person für einen Limerick. Weil aber keiner genau auf ihn paßte, hatte er im Alter von zehn selbst einen gereimt, war allerdings nur zwei Zeilen weit gekommen: »Es gab einen Alten vom Rhein, sein Gesicht war unsäglich klein …« Natürlich war Nikolais Gesicht nicht unsäglich klein, es sah nur so aus, weil es unter einer Masse von Haaren, einem Vollbart und oft auch noch einer Brille verschwand. Doch insgesamt war klein schon das passende Wort. Mit seinen eins sechzig brauchte er nicht nur eine, sondern gleich zwei Seifenkisten, wenn er Sonntag morgens seine flammenden Reden an der Speakers' Corner hielt. Troy wußte, daß er sich immer noch auf die Zehenspitzen stellte, die paar Zentimeter extra brauchte er, um sich über das improvisierte Rednerpult lehnen und seinen Vortrag mit Gesten unterstreichen zu können.

Troy traf ihn mitten in einer solchen flammenden Rede an – und in der klassischen leninschen Pose: den linken Arm auf der Pultkante lehnend, den rechten in einer weit ausholenden Bewegung der Menge entgegenschwenkend, die er damit in einen Kreis einbezog, aus dem sich niemand herausstehlen konnte. Hin und wieder schloß er die Hand zur Faust und ließ nur den Zeigefinger herausragen, um einzelne Zuhörer direkt anzusprechen, als seien seine Worte ausschließlich an sie gerichtet.

»... und diesem Britannien der Nachkriegszeit müssen wir uns jetzt zuwenden. Nach dem letzten Krieg versprach man uns ...«

»Was meint der mit ›uns‹?« brüllte eine Stimme von hinten. »Der ist doch genauso englisch wie Froschschenkel und Sauerkraut!«

»Ich bin Russe, wie Sie sehr wohl wissen, Mr. Robinson. Sie selbst nahmen, wenn ich mich recht entsinne, im Sommer 1938 diese Tatsache zum Anlaß für derart beleidigende Äußerungen, daß ein Mitglied des Londoner Polizeikorps sich veranlaßt sah, einzuschreiten und Sie festzunehmen.«

Der besagte Polizist war Troy gewesen. Nicht im Dienst, aber in Uniform. An der Speakers' Corner hatte es zu viele Zwischenfälle gegeben in jenem Sommer, überall wurden Juden gehänselt und Ausländer verprügelt. Eine kleine Woge der Fremdenfeindlichkeit, eigentlich untypisch für die Briten und untypisch für diesen Krieg – ausgenommen die Mosley-Anhänger. Troy hatte sich vorgenommen, dem alten Mann privat einen gewissen Schutz angedeihen zu lassen, ohne daß der es ahnte. Es war kaum zu glauben, aber Nikolais Reden zogen all die Jahre einen festen Kreis von Zuhörern an, so als hätte er persönliche Anhänger. Doch dieser Robinson, eine moderne Version von Charles Dickens' Unhold Bill Sykes, der alle Ausländer mit unverhohlenem und undifferenziertem Haß verfolgte, hatte sich einen rechten Spaß daraus gemacht, Nikolai ständig durch Zwischenrufe zu stören: »Russki, Commie, dicklippiges Juden-Arschloch, verpiß dich doch dahin, wo du hergekommen bist.« Aber den Gefallen würde Nikolai ihm nicht tun. 1919, als Troys Vater, gut zehn Jahre älter als Nikolai, die Einbürgerung der Familie betrieb, da traf er diese Entscheidung für seine Frau, seine Töchter und sich selbst – sein jüngster Sohn war ja in Großbritannien geboren –, nicht aber für den jüngeren Bruder und den älteren Sohn. Sie mußten seiner Meinung nach eine eigene Entscheidung treffen, auch wenn er ihnen dringend zu diesem Schritt riet. Allerdings hatte keiner der beiden Anstalten dazu gemacht. Rod war in Wien geboren – die Troys hatten das imperiale Europa im Schneckentempo durchquert –, darum galt er bei Kriegsausbruch plötzlich als Österreicher und damit offiziell als Feind. Und für Nikolai kam es nicht in Frage, offiziell Brite zu werden, weil er damit eine Treueerklärung gegenüber einem Staat hätte abgeben müssen. So war fast fünf Jahre lang keinem der beiden die Einbürgerung gestattet worden. Doch Nikolai verstand sich als Brite. Großbritannien war seine Heimat. Troy bezweifelte zwar, daß er das je seinem Publikum würde vermitteln können, aber warum sonst hätte der alte Mann Woche für Woche auf die Rednertribüne klettern und über das endlose Thema Großbritannien sprechen sollen, wenn nicht aus Liebe zu diesem Land?

»*Uns*«, sagte er mit besonderer Betonung, »versprach man Heimstätten für Helden. Ein Versprechen, das sich – wie wir alle wissen – innerhalb weniger kurzer Jahre als hohl erwies. Diesmal heißt es, alles sei anders. Dieser Krieg ist ein totaler Krieg, er verlangt von den Briten ein solches Maß an Einsatzbereitschaft, daß sich die Regierung genötigt sieht, uns fast ebenso gut zu informieren und zu instruieren, wie sie uns zuvor getäuscht hat. Und als Höhepunkt ihres neuentdeckten Bewußtseins, daß wir alle in einem Boot sitzen, bringen manche Leute, wie etwa Sir William Beveridge, ein neues System aufs Tapet. Sie sprechen von einer Neuausrichtung unserer menschlichen Ressourcen mit dem Ziel, uns Schutz, Fürsorge und Bildung zu garantieren – von der Wiege bis zur Bahre. All das läuft unter dem Titel Wohlfahrtsstaat. Aber wie sollen wir das glauben? Sollen wir wirklich glauben, Churchill wird zulassen, daß dieser Vorschlag – in seinen Augen ein Freibrief für Schmarotzertum – zur Lebensregel, ja sogar zum Gesetz in diesem Land erhoben wird?«

Troy hörte ein Murren in der Menge aufkommen. Vor wenigen Jahren hatte Churchill ein sensationell schlecht organisiertes Mißtrauensvotum im Parlament überstanden, und seitdem war er mehr oder weniger unangreifbar. Er hatte gewaltige Fehlschläge überlebt und dem ständigen Drängen von Landsleuten wie Verbündeten widerstanden, eine zweite Front zu eröffnen. Doch für die breite Öffentlichkeit war er über jede Kritik erhaben, wie ein Mitglied der königlichen Familie – und dementsprechend verhielt er sich auch. Einen Angriff auf Churchill würden die Zuhörer bestimmt nicht wohlwollend aufnehmen.

Vorn machte sich ein Zwischenrufer eine Pause in Nikolais Ansprache zunutze: »Was willst du uns eigentlich erzählen? Stimmt für Labour? Ich brauch keinen, der mir das erzählt. Die lassen mich ja nicht wählen. Seit 1935 hat keiner von uns mehr seine Stimme abgeben können. Zehn Jahre lang haben wir nun schon dieselbe verdammte Regierung!«

»Mein Freund«, faßte Nikolai zusammen, »seit 1928 spreche ich nun schon von dieser Tribüne aus zu Ihnen. Wann hätte ich Ihnen während all dieser Zeit nahegelegt, für eine bestimmte politische Partei zu stimmen? Mr. Robinson nannte mich wiederholt einen Commie. Doch wann hätte ich Sie je aufgefordert, kommunistisch zu wählen oder der Kommunistischen Partei beizutreten? Während der vergangenen fünf Jahre wurden wir Zeugen des radikalsten Wandels, den die britische Gesellschaft jemals erlebte. Wir zogen alle an einem Strang, ja, an einem Strang, denn sonst wäre Hitler längst im Stechschritt in Whitehall einmarschiert. Wir lernten ein neues Ausmaß von Kooperation kennen – und damit einen neuen Begriff von Demokratie. Selbst der König braucht ein Bezugskartenheft!«

Troy fand diese Bemerkung albern. Als der königliche Palast während des »Blitz« von einer Bombe getroffen worden war, hatte Königin Elizabeth den berühmten Ausspruch getan, jetzt könne sie endlich wieder dem East End ins Auge schauen – doch eine solche Gleichheit war Illusion. Im Gegensatz zu seinem Onkel konnte er allerdings auch nicht behaupten, daß er sein Land aus vollem Herzen liebte.

»Was wird uns das Kriegsende bringen? Wird unsere neue Kooperation weiterwachsen, oder soll all das zunichte gemacht werden durch eine Rückkehr in die Sackgasse eines unsinnigen Zweiparteiensystems, das die grundlegende Ungleichheit in der Gesellschaft unangetastet läßt? Was kann der Vorschlag eines Wohlfahrtsstaates in den Händen von Labour, geschweige denn den Tories, schon bewirken außer einem Herumpfuschen an den ökonomischen Grundlagen dieser Ungerechtigkeit? Wie schnell soll wieder in Vergessenheit geraten, daß wir alle in einem Boot saßen und gemeinsam überlebten?«

Jetzt erst merkte Troy, daß Nikolai im alten Fahrwasser war und wohin dieser Exkurs führte – nämlich zu dem Grundgedanken, der all seine öffentlichen Reden während der letzten dreißig Jahre durchzog. Er beruhte auf den alten Ideen der russischen Anarchisten: basisdemokratisch organisierte Dezentralisierung aller Bereiche, die Fabrik als Dorf, der Acker als Werkstatt, die Gemeinde als Ausgangspunkt einer gesellschaftlichen Nicht-Ordnung, Ende der hierarchischen Gesellschaft. Alles frei nach Tolstoi, durch Kropotkin gefiltert, und damit wohl kaum als Vorbote des Bolschewismus zu deuten. Er hörte es wahrlich nicht zum erstenmal. Als er sicher war, daß der alte Mann ihn gesehen hatte, schlenderte er zu einer Parkbank weiter hinten und zog den *Manchester Guardian* vom Vortag aus der Tasche. Er wollte wissen, ob irgendwelche Nachrichten an der Zensur vorbeigeschlüpft waren oder ob die Briten an einem schönen Frühlingsmorgen wie diesem tatsächlich nur erfahren sollten, daß sorgloses Gerede durchaus Menschenleben kosten konnte.

Eine Viertelstunde später hatte Nikolai seine Rede beendet, und die Menge war von vierzig oder fünfzig auf das letzte Dutzend Getreuer zusammengeschmolzen – obwohl »Getreue« vielleicht nicht ganz paßte, da die Hälfte nur geblieben war, um ihr Mißfallen kundzutun – das nun auch aufbrach. Troy blickte von seiner Zeitung hoch. Der alte Mann stand ganz in seiner Nähe. Er fuhr mit den Fingern durch seinen Bart, als wolle er ihn auskämmen. Nikolai trug einen langen Mantel mit Persianerkragen, der Homburg saß weit hinten auf dem Kopf, so daß man leicht erkennen konnte, weshalb manche Leute ihn als Juden anpöbelten. Doch genau das brachte bei Nikolai jüdische Züge zum Vorschein. Hätte man ihn einen Assyrer genannt, dann hätte er sich mit dieser kleinsten aller kleinen Minderheiten identifiziert, eine assyrische Wendung von sich gegeben und sich zur Verteidigung dieses Völkchens aufgeschwungen. Aber vielleicht gehörte es ja zum Wesen des Anarchismus, sich nicht festnageln zu lassen, sondern willens zu sein, jede Identität anzunehmen.

»Junge, da hab ich für dich eine besondere Überraschung!« sagte Nikolai im Näherkommen.

»Wie wär's erst mal mit: ›Was führt dich zu mir, Neffe?‹.«

»Ach – soll ich mich wundern, dich zu sehen? Du bist doch Polizist. Die kreuzen überall auf. Aber jetzt laß das Schwatzen, und schau, was ich für dich habe.«

Nikolai erinnerte ihn oft an Kolankiewicz. Wenn Polen weniger ein Land, sondern eher eine Geisteshaltung war, dann war Rußland weniger ein Land oder eine Geisteshaltung als ein zum hysterischen Überschwang neigendes Gemüt. In raschem Schritt führte Nikolai ihn zur Park Lane. Dort war direkt neben der Fahrbahn etwas Riesiges, Gott weiß was, von einer großen Plane verhüllt.

»Voilà!« Nikolai zog an einer Ecke der Plane und riß sie herunter.

Zum Vorschein kam ein Ungetüm von Motorrad mit Beiwagen. »Was ist das?« fragte Troy.

»Das ist Poesie, das ist Ruhm, das ist der Himmel, gegossen in blitzendes Silber, die Räder von Menschenhand und dazu Engelsflügel. Eine Matchless Modell × 1000 Kubik V Twin, Baujahr 1936.«

»Wirklich wahr?«

»Letzte Woche war ich draußen bei deiner Mutter – übrigens findet sie, du könntest sie ruhig öfter besuchen –, und irgendwo hatte sie zwanzig Liter Benzin ergattert. Es war ein schöner Nachmittag, also haben wir den alten Crossley 6 –

du weißt, das Zwei-Liter-Modell von 1930 – von den Böcken runtergeholt und ›eine Landpartie‹ unternommen, wie deine Mutter das nennt. Zu dieser Jahreszeit kann Hertfordshire sehr schön sein. Wir kamen an einer Reihe von Gesindehäuschen vorbei, und vor einem bot eine junge Frau in Army-Transport-Uniform allerlei Dinge zum Kauf an. Braune Schnürstiefel, eine Angelausrüstung, zwei Gewehre, ein Grammophon und eben auch ein Motorrad Marke Matchless Modell mit Seitenwagen. Ich hab sie gefragt, warum sie die Sachen verkauft. Sie sagte, während sie weg war und fürs Vaterland Dienst schob, hat ihr Mann sich von einem Land-Army-Mädel trösten lassen, und das ist nun ihre Rache – ach, die Poesie der Rache! Für den Einfall bewundre ich die Frau! Während er da draußen den Winterweizen seines Herrn einfährt, verkauft sie alles, was ihm gehört, bis aufs letzte Stück an den ersten besten, der vorbeikommt – und dann ab zur Hölle mit dem Ehemann. Ich hab das Ding gekauft und eins von den Gewehren dazu. Die Stiefel waren leider viel zu groß. Und das Angeln hab ich schon vor Jahren aufgegeben.«

»Kannst du sie denn anwerfen? Die braucht doch sicher einen Tritt wie von einem wütenden Esel.«

»Ein richtig eingestelltes Motorrad mußt du nur ein bißchen kitzeln, wenn du startest, und weil ich ja nicht an billiges Benzin herankomme, hab ich es gestern auf Alkohol umgerüstet – den kann ich selber herstellen. Das Schätzchen startet schon, wenn ein Engel es bloß anhaucht!«

Nikolai packte die Griffe und schwang einen Fuß hoch. Troy tippte ihm auf den Arm.

»Warte mal – was ist denn da noch – die zweite Plane über dem Beiwagen?«

»Das ist die ganz besondere Überraschung.«

»Ich dachte, das Motorrad wäre deine Überraschung?«

»Schon, aber das hier ist für meine Leute!«

Troy fackelte nicht lang und zog mit einem Ruck die Plane vom Beiwagen. Darin steckte mit der Spitze nach unten – eine Bombe. Die Leitwerkflächen ragten in kühnem Winkel gen Himmel, von dem sie gefallen war.

»Nur ein Blindgänger.« Nikolai lächelte Troy beruhigend an.

»Was soll das heißen: nur ein Blindgänger? Worin besteht der Unterschied zwischen einem Blindgänger und einer Bombe, die noch nicht explodiert ist? Ja, bist du denn von allen guten Geistern verlassen, daß du so ein Ding mitten durch London kutschierst? Du wirst noch in die Luft fliegen und Hunderte anderer mit dir!«

»Nun reg dich mal wieder ab, Junge. Glaub mir, es ist wirklich ein Blindgänger. Eine von diesen neuen deutschen Hundertfünfzigpfündern. Ne sehr kleine Bombe, aber mit verheerender Sprengkraft. Schon seit Wochen wollen wir eine in die Hände kriegen, die noch intakt ist. Detonieren tun diese Dinger nämlich mit der Wucht von Fünfhundertpfündern. Wir vermuten, daß der Jerry an etwas völlig Neuem bastelt.«

Mit »wir« meinte Nikolai seine Arbeitsgruppe am Imperial College, wo er, Professor Troitsky, die Universitätsabteilung für Angewandte Physik leitete. Sie befaßte sich mit allem, was durch und in die Luft fliegen konnte.

»Gleich frühmorgens hab ich sie beim Bombenräumdienst abgeholt. Sie kam gestern nacht auf dem Islington-Friedhof runter. Aber glaub mir, sie ist so sicher wie ein Haus.«

Der Vergleich trug nicht gerade zu Troys Beruhigung bei. Viele Häuser in Islington waren inzwischen nur noch Schutt und Trümmer.

»Guck mal«, sagte der alte Mann. Er zog seine Bent-Pfeife

aus der Westentasche und klopfte mit ihrem Kopf gegen den Bombenkörper.

»Solange du eine Bombe mit Zündsystem im Beiwagen hast, kriegst du mich nicht auf dieses Motorrad. Wenn sie hochgeht, müssen sie uns mit dem Besen zusammenfegen!«

Als sie die Mitte der Park Lane erreichten, hatte Troy dann doch allen Grund, Nikolais Feineinstellung der Maschine zu bewundern. Er klammerte sich fest, als ginge es um sein liebes Leben, während der alte Mann die Gänge hochschaltete, war ihm doch, als hörte er die Bombe unter dem sanften Schnurren des Motors ticken. Sie fuhren mit einem Tempo von über fünfzig Meilen um Apsley House herum und schossen dann mitten durch Knightsbridge in Richtung Kensington Gore zum Imperial College, das gut getarnt hinter der Albert Hall lag. Den Homburg bis zu den Augenbrauen heruntergezogen, raunte ihm Nikolai über die Schulter zu: »Auf gerader Strecke macht sie garantiert ihre neunzig Sachen.«

21

Nikolai räumte einen Stuhl für Troy frei: Ein Stoß Papier, ein Stapel Zeitschriften und ein Haufen ölverschmierter Lappen, mit denen er wohl kürzlich das Motorrad geputzt hatte, mußten auf den Fußboden. Den Homburg warf er mit einer präzisen Drehung direkt auf den Hutständerhaken neben der Tür. Dann fuhr er sich vor dem Spiegel am Schreibtisch noch einmal durch den Bart und schimpfte dabei über den Mangel an guten Friseuren in Kriegszeiten: Sie hätten alle vollauf damit zu tun, den Soldaten in Aldershot die Köpfe kahlzuscheren. Während er noch in den Spiegel starrte, fragte er endlich, was seinen Neffen an diesem Sonntagmorgen zu ihm geführt habe. Troy hatte vorher lange überlegt, wie er das Thema anschneiden sollte. Doch nun griff er bloß in die Innentasche seines Mantels und zog die Schwarzweißfotografie von Herrn Hose heraus.

»Das hier«, sagte er einfach. Wozu lange um den heißen Brei herumschleichen? Der direkte Weg würde ihm viel eher die Aufmerksamkeit seines Onkels sichern.

Nikolai schüttelte seinen Mantel ab und ließ ihn hinter sich zu Boden fallen. Dann nahm er Troy das Foto aus der Hand, setzte sich auf den Rand seines Schreibtischstuhls und schaltete die grünbeschirmte Leselampe ein. Sie strahlte Troy direkt ins Gesicht, wie ein Scheinwerfer. Nikolai kramte in dem Riesendurcheinander auf seinem Schreibtisch herum und fischte eine halbrunde Lesebrille heraus, setzte sie auf, kniff die Augen zusammen, rückte den Steg zurecht und starrte. Troy sah, wie ihm zwei Tränen in die Augen traten und dann langsam die Wangen hinunterliefen. Mit einer solchen Reaktion hatte er überhaupt nicht gerechnet. Nikolai konzentrierte sich schweigend auf das Bild, länger, als Troy es ertragen konnte. Er wollte schon etwas sagen, nur um die Stille zu durchbrechen, als der alte Mann zu ihm hochsah. »Wann ist das passiert?« fragte er.

»Vor fast einem Jahr. Ich … Ich wußte nicht, daß du ihn gekannt hast …«

»Bist du denn nicht gerade deshalb gekommen?«

Endlich legte Nikolai das Foto aus der Hand. Er wischte sich ungeniert die Tränen ab und sah Troy dann gespannt an.

»Ich bin hier, weil ich rausgefunden habe, daß er auch so eine Art Eierkopf war. Ziemlich wahrscheinlich sogar einer aus deinem Fachgebiet. Ich hab keine Ahnung, wer er ist, und wußte schon gar nicht, daß du ihn kanntest. Sonst wäre ich …«

»Laß nur. Du brauchst dich nicht zu entschuldigen. Ich finde es nur logisch, wenn du annimmst, daß ich die meisten Leute aus meinem Fach einigermaßen kenne. Die Welt ist klein. War sie zumindest vor dem Krieg.«

Er setzte die Brille ab und lehnte sich auf dem Stuhl zurück. Wieder rieb er sich das rechte Auge mit dem Handrücken.

»Erinnerst du dich noch an die Zeit, als du etwa achtzehn warst – im Sommer 1933 – das Jahr, als dein Vater dich nach Oxford schicken wollte und du dich standhaft geweigert hast? Da arbeitete ich noch bei Handley Page an Kampfflugzeugen. Ich fuhr auf die letzte Konferenz an der Universität München. Die letzte, weil Hitler nicht mehr erlaubte, daß deutsche Wissenschaftler ihre Forschungsergebnisse mit Briten austauschten. Obwohl ich ehrlicherweise sagen muß, daß die Briten von mir vor der Abreise auch verlangt haben, die Richtlinien über geheime Verschlußsachen zu unterschreiben. Zu dieser Konferenz kamen spezialisierte Eierköpfe, wie du wohl sagen würdest, aus allen Ländern Europas, ein paar wenige in meinem Alter und viele, viele glänzende junge Wissenschaftler, die erst kürzlich ihr Studium abgeschlossen hatten. Zu der Zeit interessierte ich mich für die Entwicklung leichter Legierungen. Ich hielt darüber einen Vortrag – nachdem er von Handley Page durchgecheckt worden war, stand allerdings kaum noch etwas darin, das nicht jeder Zwölfjährige im Schulbuch nachlesen konnte. Für mich war es oft, wie soll ich sagen, eine starke Ermutigung, wenn ich junge Leute traf, die sich für dieselben Ideen begeisterten, für die ich mein Leben lang eingetreten bin … Ich habe ja keine eigenen Kinder. Plötzlich, mit über fünfzig, überdachte ich mein gesamtes Lebenswerk. Einige von diesen jungen Männern waren brillant. Und allen voran dieser junge Mann.« Er nickte in Richtung des Fotos.

»Du hast mir immer noch nicht erzählt, wer er war«, sagte Troy mit sanftem Nachdruck.

»Oh ... Gregor von Ranke. Ein Hesse. Sehr, sehr brillant. So undeutsch. Oder zumindest undeutsch in dem Sinne, daß wir heute ja den Preußen für den typischen Deutschen halten. Ewig zitierte er Gedichte; er hat Goethe für mich zum Leben erweckt. Wir verbrachten ganze Abende zusammen, er hat ihn mir auf deutsch laut vorgelesen und dann übersetzt. Und ich revanchierte mich mit Blake, der Geschichte von Orc... *feuerig der Engel fiel* ... Noch Jahre danach haben wir uns geschrieben. Ich verbrauchte pfundweise Papier, weil ich ihn überzeugen wollte, aus Deutschland wegzugehen, bevor es zu spät wäre. Er war ein sanfter Mensch. Die Nazis waren ihm ein Greuel. Ich habe nie verstanden, warum er dortblieb.«

»Weißt du, was aus ihm geworden ist?«

»Da könnte ich bloß herumraten. Wenn Speer ihn nicht für seine Organisation Todt rekrutiert hat, würde mich das sehr wundern. Dann wären die Deutschen ja noch viel dümmer, als ich dachte.«

»Organisation Todt?«

»Fritz Todt war Hitlers ›Reichsminister für Bewaffnung und Munition‹. Er leitete die Kriegsmaschinerie. Kam zweiundvierzig bei einem Flugzeugunfall ums Leben. Seitdem ist Albert Speer dafür zuständig. Das Ressort umfaßt alles vom Rohstoff bis zu den Eierköpfen, wie du sie nennst. Deutschland ist in vielerlei Hinsicht sehr wenig durchorganisiert. Einer der Gründe, weshalb wir diesen Krieg gewinnen werden. Für uns ist er total. Unsere gesamte Wirtschaft ist darauf ausgerichtet. Speer ist ein seltenes Beispiel für Hitlers vielbeschworene faschistische Tüchtigkeit. Der sorgt nicht bloß dafür, daß die Züge pünktlich fahren.«

Nikolai setzte die Brille ab und legte eine Schweigeminute ein, während er sie putzte.

»Er war ein so herzensguter Mensch – so unendlich herzensgut. Sag mir, Frederick, warum haben sie ihm das angetan? Wie bist du an dieses Bild aus Deutschland herangekommen?«

»Es ist nicht aus Deutschland. Er wurde am Tower Beach gefunden.«

Nikolai hob seine buschigen Augenbrauen: »Also ist er schließlich doch hergekommen.« Er dachte nach. »Aber wenn er hier umgebracht wurde ... wer könnte es ...?«

»Genau das ist das Problem. Was hat er hier gemacht? Wer hat ihn ermordet? Und warum? Es kann also nicht sein, daß von Ranke den ganzen Krieg über hier war?«

»Doch, durchaus. Aber ich bilde mir ein, dann hätte er sich mit mir in Verbindung gesetzt. Ich bin sogar sicher, daß er Kontakt aufgenommen hätte. Und außerdem wäre er 1940 interniert worden, und irgend jemand in den Vorzimmern von Whitehall hätte gemerkt, wer er ist, und so hätte ich davon erfahren. Ich habe ja selbst ein gutes Dutzend genialer Männer besucht, die wir auf der Insel Man festgesetzt hatten. Da war so ein armer Kerl, der für uns an U-Booten arbeitete – der brachte sich um, sobald er hörte, daß er interniert werden sollte. Ich glaube, wir würden selbst Einstein einsperren, wenn er hier wäre. Gregor wäre für unsere Kriegsanstrengungen von unschätzbarem Wert gewesen. Sogar allein, ohne den Rest seiner Arbeitsgruppe.«

»Welche Arbeitsgruppe?«

Nikolai zog die mittlere Schreibtischschublade auf und kramte darin herum.

»Hier irgendwo muß es sein«, sagte er, »das Bild, das wir in jenem Sommer in München aufgenommen haben. Ach ... da ist es ja.«

Troy ging um den Schreibtisch herum und betrachtete über die Schulter seines Onkels hinweg das bräunliche Foto unter der Leselampe. Der alte Mann fuhr mit dem Finger über das Gruppenfoto, es waren mindestens zwanzig Personen, und versuchte den Gesichtern Namen zuzuordnen.

»Da ist Gregor, siehst du. Und das bin natürlich ich, da am Rand. Also, er arbeitete mit zwei Kollegen zusammen. Da war noch ein Deutscher, aus München, soweit ich weiß ... Bertold ... verdammt ... in seinen Briefen nannte er sie nur beim Vornamen ... Er redete endlos von ihnen, aber immer nur in Vornamen oder Initialen ... Bertold war BB ... ach ja ... Brand, Bertold Brand. Den zweiten kannte ich nicht so gut. Ein Pole. Da ist er. Sein Name liegt mir auf der Zunge ... auf der Zunge ...«

Doch Troy hatte ihn schon auf den Lippen: »Wolinski«, sagte er leise. »Peter Wolinski.«

22

Troy fuhr mit der U-Bahn nach Stepney Green hinaus. Er hätte sich dafür ohrfeigen können, daß er zu Fuß zum Park gegangen war, anstatt den Morris zu nehmen. Und dafür, daß er erst vor zehn Tagen auf demselben Foto bei Wolinski an der Wand seinen eigenen Onkel nicht erkannt hatte. Nikolai war darauf zwar dicker und noch nicht so grau, aber trotzdem unverwechselbar. Vor seinem geistigen Auge sah er deutlich das Foto zwischen Wolinskis Porträt in akademischem Talar und dem gespenstischen Schnappschuß mit den Hakenkreuzen in der frühen Morgensonne. Doch schon an der Mark Lane wurden seine Selbstvorwürfe von der zunehmenden Besorgnis, ja beinahe schon Gewißheit, verdrängt, daß es sich nun nicht mehr um zwei, sondern um drei

Leichen handelte. Allerdings war Wolinskis Leiche bislang nicht gefunden worden. Aber vielleicht arbeitete der Mörder ja mit steigender Erfolgsquote: Leiche Nr. 1 – komplett aufgefunden, Leiche Nr. 2 – beseitigt bis auf den zufällig gefundenen Arm, Leiche Nr. 3 – überhaupt nicht mehr vorhanden? Verbrannt, in der Themse versenkt oder durch irgendeine neu ausgeheckte gruselige Methode völlig zum Verschwinden gebracht? Gleich morgen früh stand ihm die unangenehme Aufgabe bevor, Onions zu stecken, daß seit ihrem letzten Gespräch, simpel ausgedrückt, während eines ruhigen Wochenendes aus einem ungelösten Mordfall drei geworden waren.

Bonhams Eingangstür stand einen Spalt weit offen. Als Troy dagegendrückte, hörte er, wie direkt über ihm eine Tür zuklappte. Schnell schlich er sich in den Wohnungsflur, denn er hörte schon das energische Klacken hochhackiger Schuhe treppabwärts. Durch den Türspalt sah er eine hochgewachsene, schlanke Frau auf dem Etagenabsatz vorbeigehen und am Ende des Korridors verschwinden. Als ihre Schuhe die nächste Treppe hinunterklapperten, riß Troy Bonhams alten braunen Regenmantel vom Haken hinter der Tür und rannte ins Wohnzimmer. Bonham brütete in Hemdsärmeln und Hosenträgern über einem Aufklärungsblatt an die Bevölkerung, in dem die Zubereitung einer traditionellen Fleischpastete mittels Pappe und Teeblättern erläutert wurde. Er blickte überrascht hoch, fing aber den Mantel auf, den Troy ihm zuwarf.

»George! Gerade eben ist eine Frau aus Wolinskis Wohnung gekommen. Verfolg sie. Geh hinter ihr her und find heraus, wer sie ist und wo sie wohnt. Du kannst sie gar nicht verfehlen. Eins achtzig mit ihren hohen Absätzen, zweiteiliges schwarzes Kostüm, sieht ziemlich teuer aus, ein richtiges Klasseweib eben.«

Bonham war mit einem Satz auf den Beinen, riß seinen Mantel an sich und griff im Hinausgehen rasch nach seinem Helm.

»George, du kannst doch mit Helm niemanden verfolgen!«

Bonham schaute auf seine Polizeistiefel Größe vierzehn hinunter.

»Und bitte möglichst geräuschlos.«

Bonham nickte – verblüfft, aber fügsam – und stapfte schon im nächsten Moment die Betonstufen hinunter. Troy nahm den blinkenden Schlüsselbund, den McGee auf dem Kaminsims zurückgelassen hatte, und stieg zum oberen Stockwerk hoch. Wolinskis Tür war abgeschlossen. Also hatte er sich nicht getäuscht und doch Schlüsselklappern gehört, direkt nachdem die Tür zugefallen war. Er schloß auf. Der Vorderraum roch nach verbranntem Zimt, einem Parfüm, das ihm vertraut vorkam. Aber es war keines der Parfüms, die seine Schwestern benutzten – allerdings beklagten sie sich ständig, daß man seit dem Fall von Paris kaum noch Parfüm bekam und die meisten Frauen nicht bei ihrem gewohnten Duft bleiben konnten. Das Zimmer wirkte unberührt, genauso, wie er es beim letztenmal gesehen hatte. Er folgte der Duftspur in den mittleren Raum. Auch hier war alles am alten Platz – doch die Frau hatte eigentlich auch nicht so ausgesehen, als würde sie Zimmer durchwühlen. Wenn er seinen Augen trauen konnte, gehörte sie doch wohl zu den Damen, die eher lässig eine *Vogue* durchblättern als Schubladen oder Mülleimer auszukippen.

Vor sich hatte er die Wand, die Wolinski als Fotogalerie diente. Ein rechteckiger, heller Fleck stach jetzt gegen die verblaßten, undefinierbaren roten und grünen Blumen des Tapetenmusters ab. Zwischen dem sonnigen Morgen mit den Hakenkreuzen und dem jungen Mann mit der Urkundenrolle klaffte eine Lücke; hier hatte vorher das Foto mit seinem Onkel gehangen. Sonst fehlte nichts – nur das Gruppenfoto der Eierköpfe aus der Bomben- und Knallbranche von 1933. Er ging ins Schlafzimmer; die Duftspur riß ab. Hier war sie also nicht gewesen. Troy trat wieder vor die Fotowand. Offenbar war die Frau schnurstracks auf das Foto zugegangen, als sei sie extra gekommen, um es mitzunehmen. Aber sicher sein konnte er nicht, dazu mußte er die ganze Wohnung durchsuchen. Er sah sich um. Eine entmutigende Aussicht. Doch abgesehen vom Schlafzimmer war Wolinski ein ordentlicher und akkurater Mensch gewesen. Er würde mit dem Schreibtisch und dem Inhalt der Schubladen anfangen.

Eine Stunde später war Troy kein bißchen schlauer. Wolinski hatte nichts aufbewahrt. Der Sammelinstinkt, mit dem er die alten Nummern des *Manchester Guardian* in Bündeln hortete, bezog sich nur auf das Geistesleben. Die Schublade hatte nicht einmal eine Gasrechnung oder einen Scheckabschnitt erbracht – daß Wolinski das Leben eines Hafenarbeiters führte, konnte doch wohl nicht bedeuten, daß er sich ganz und gar dieser Lebensweise angepaßt hatte? Troys häuslicher Schreibtisch war vollgestopft mit den schriftlichen Belegen seines Lebens beziehungsweise des Lebens eines Mannes seiner Gesellschaftsschicht: Rechnungen vom Schneider, vom Schuhmacher und den üblichen Lieferanten. Aber auch Bonham besaß kein Bankkonto, und er kannte auch keinen Arbeiter, der eins hatte. Onions' Konto war nur seiner Stellung geschuldet, und selbst er verstand oft nicht, wozu es gut sein sollte. Aber wie kam Wolinski mit einem Leben von der Hand in den Mund, von der Lohntüte in die Hosentasche zurecht? Und das war ja nicht das einzig auffällige Manko: Es fehlten auch alle sentimentalen Erinnerungsstücke, die persönlichen Beziehungen schienen mit dem Exil abgebrochen zu sein. Keines der Fotos an der Wand war in Großbritannien aufgenommen worden. Er hatte weder Briefe noch Postkarten aufbewahrt. Im Bücherregal fand sich eine ganze Reihe mit Tagebüchern aus den späten Zwanzigern und frühen Dreißigern, doch das letzte stammte von 1933. Und kein einziges bezog sich auf Großbritannien. Wolinski war in England gelandet wie eine frisch vom Baum gefallene Nuß. Troy kratzte sein Schuldeutsch zusammen und kämpfte sich durch einen knappen Bericht über Wolinskis Begegnung mit Nikolai, welchen der Schreiber als »unsäglich exzentrisch, aber voll guter Absichten« bezeichnete. Wolinskis Arbeitsleben hätte ebensogut chiffriert sein können – Termine und Diskussionen waren stichwortartig zusammengefaßt als »Vormittags Labor mit B.« oder »Mit G. gestritten. Keine Einigung über Einzelheiten«. Selbst wenn Troy mit der physikalischen Terminologie vertraut gewesen wäre – alles Wesentliche hatte Wolinski im Kopf behalten, als habe er schon damals keine Spuren hinterlassen wollen. Er hatte ein heimliches Leben geführt, und nun schien es Troy, als sei er auch heimlich gestorben. Herr Hose – Troy fiel es noch schwer, den Mann bei seinem richtigen Namen Gregor von Ranke zu nennen – hatte die Etiketten aus seiner Kleidung entfernt. Peter Wolinski hatte sie aus seinem ganzen Leben entfernt.

23

Am nächsten Morgen um sieben Uhr erzitterte Troys Eingangstür unter Faustschlägen.

»Laß mich rein, Freddie, ich frier mich zu Tode«, rief Bonham von draußen.

Er kam hereingetaumelt, kaum daß Troy die Tür geöffnet hatte. Sein Regenmantel glitzerte von gefrorenem Tau, seine Haut sah grau aus, die Lippen waren fast blau und die Ringe unter den Augen tiefer denn je.

»O Gott«, sagte Troy. »Du siehst ja furchtbar aus.«

»Würdest du auch, wenn du die ganze Nacht draußen stehen müßtest.«

Troy trank gerade seine zweite Tasse Gerstenkaffee. Bonham riß sie ihm aus der Hand und nahm einen kräftigen, wärmenden Schluck.

»Iiih!«

»Ich weiß, es schmeckt gräßlich. Aber ich hab nur diesen Ersatzkaffee.«

»Nein«, meckerte Bonham. »Der verdammte Zucker fehlt!«

Da, wo Bonham herkam, waren so schaurige Höflichkeitsfloskeln wie die Frage »Nehmen Sie einen oder zwei Würfel?« noch nicht üblich. In den Cafés auf der Leman Street gab es nur eins, wenn man seinen Tee ohne Zucker wollte: die Tasse mit der Hand zuhalten, bevor sie welchen hineinlöffeln konnten. Solche Unsitten waren sicherlich der Hauptgrund für den schlechten Zustand britischer Zähne.

Bonham hockte sich auf die Sofakante und streckte seine Hände zum orangerot glühenden Gasfeuer aus. Troy rührte ihm einen Eßlöffel Zucker in den Ersatzkaffee und goß sich selbst eine weitere Tasse ein.

»Bis kurz vor Mitternacht ist sie nicht nach Hause gegangen. Also, die Frau hat kein Blut in den Adern. Fast den ganzen Nachmittag saß sie in Kensington Gardens, ohne Mantel, ohne alles, und las Zeitung – aber nicht bloß eine, o nein, Freddie, gleich ein halbes Dutzend. Dann spazierte sie nach South Kensington, wo sie sich in einem Café mit jemandem zum Tee traf …«

Troy unterbrach ihn: »Mann oder Frau?«

»Immer der Reihe nach. Es war eine Frau. Sah aus wie eine Nanny. Eine alte Frau in der Tracht, die sie anhaben, wenn sie 'n Kinderwagen durch den Park schieben. Von denen hab ich weiß Gott schon ne Menge in Kensington Gardens gesehen. War wohl ihr ehemaliges Kindermädchen. Und mit dem alten Faktotum hat sie dann ein richtiges feines Teekränzchen veranstaltet. So was würd' ich dir auch zutrauen.«

Dem konnte Troy nicht widersprechen.

»Danach ging sie zu nem Vortrag in der Wigmore Hall. Die Zukunft der Menschheit oder so was in der Art. Jede Menge Experten und Schlauköpfe. Der Eintritt kostete einen Shilling. Den möcht ich aber wiederhaben, wenn's recht ist. Um neun sah's so aus, als wär jetzt Schluß, aber dann fingen die doch tatsächlich noch an, untereinander zu quatschen, bis der Hausmeister kam und sagte, er hätte ein Zuhause und da möchte er jetzt gern hin, und vielleicht wär ihnen noch nicht aufgefallen, daß es schon halb elf ist. Dann hüpft sie in ein Taxi. Also muß ich mir auch eins schnappen und hinterherfahren. Und versuch du mal, einen Londoner Taxifahrer davon zu überzeugen, daß du ein Copper bist, wenn du keinen Helm aufhast! Egal, jedenfalls kostete das noch 'n Shilling Vierpence. In Chelsea ist sie dann ausgestiegen. Tite Street. Direkt am Embankment, Nummer fünfundfünfzig. Das Licht ging um Viertel vor zwölf aus. Aber ich wußte ja immer noch nicht, wer sie ist. Also hab ich mich auf die Stufen vor dem Haus gegenüber gesetzt und auf den Milchmann gewartet. Der kam dann auch um Viertel nach sechs. Ich hab ihm meine Stiefel, mein blaues Hemd und meine Hosenträger gezeigt, und er meinte, vielleicht bin ich ja doch keiner von der Fünften Kolonne, sondern wirklich ein waschechter Londoner Bobby, und dann erzählte er mir, daß sie Diana Brack heißt. B-R-A-C-K. Alleinstehend. Wohnt in

Nummer fünfundfünfzig mit einem Hausmädchen und einer Köchin. Der Diener ist einberufen worden.«

»Saubere Arbeit, George – ich schulde dir was.«

»Du schuldest mir nur meine zwei Shilling und Vierpence.«

Allmählich kroch etwas Wärme in Bonhams gepeinigte Knochen. Er schüttelte den Regenmantel ab und schlürfte sein Zuckerwasser mit Ersatzkaffeegeschmack.

»Sag mal«, begann Troy, »hat sie irgend jemandem etwas gegeben? Sie trug doch eine schwarze Handtasche unterm Arm. Hast du gesehen, ob sie sie aufgemacht hat?«

»Mehrmals sogar. Sie hat die Rechnung im Café bezahlt und das Taxi.«

»Aber sie hat nichts rausgenommen, ein Foto vielleicht?«

»Nicht daß ich wüßte. Aber ich konnte sie auch nicht die ganze Zeit im Auge behalten, sonst hätte sie mich entdeckt.«

»Ist dir sonst irgend jemand aufgefallen? Hast du mitbekommen, mit wem sie in der Wigmore Hall geredet hat?«

»Irgend so ein komischer Kauz stellte sich ihr vor und sagte, er käme von der BBC. Aber das war kein Name, der mir was sagte, deshalb hab ich ihn mir nicht gemerkt. Der Kerl, der den Vortrag hielt, hieß Strachey. John Strachey. Mit dem hat sie allerdings nicht geredet. Ich kam aber auch nicht nah genug ran. Ich stand da rum wie 'n Volltrottel. Es haben mich sogar ein paar Leute angesprochen. Ich sagte, ich würde zum Hausmeister gehören und müßte warten, bis abgeschlossen wird. Aber in Wirklichkeit sah ich wie ein Copper aus. Sogar in Zivil sieht man mir den Copper an.«

Bonham hielt inne und setzte die Tasse auf dem Fußboden ab. Er blickte Troy in die Augen, während der sich die Krawatte band.

»Freddie, könntest du mir vielleicht mal erklären, was da

eigentlich läuft? Warum sollte ich diese Frau beobachten? McGee kam Freitag nachmittag ins Revier und meinte, du hättest ihm gesagt, er soll Wolinski amtlich als vermißt melden. Ist er vermißt?«

»Nein, George. Er ist tot.«

Leise stieß Bonham sein »Herr im Himmel« aus. Er griff nach der Tasse, beugte sich darüber, neigte sie sacht und nippte daran. Dann richtete er sich langsam auf, nahm noch einen Schluck, ließ den Kopf nach hinten auf die Stuhllehne sinken und starrte an die Decke, beide Hände fest um die Tasse geschlossen, als wollte er sie zu Staub zermahlen. »Herr im Himmel«, wiederholte er. »Herr im Himmel.«

24

Troy traf mit Verspätung beim Yard ein, wo er feststellen mußte, daß sich ein anderer, beleibter Kollege in aller Gemütlichkeit an seinem Gasfeuer wärmte. Onions rekelte sich vor dem Kamin, paffte eine Woodbine-Zigarette und las die Vormittagspost. Wildeve saß an seinem Schreibtisch, sprang aber sofort auf, als Troy eintrat.

»Der Superintendent erwartet Sie schon, Sergeant«, preßte er in atemloser Förmlichkeit hervor. Troy stellte seine lederne Aktentasche auf Wildeves Schreibtisch ab. Wildeve steuerte zur Tür, um dem erdrückenden Schweigen zu entfliehen, das von Onions ausging. Troy legte ihm die Hand auf die Schulter und drückte ihn auf den Stuhl zurück.

»Nein, Jack. Bleib hier. Der Superintendent und ich würden gern hören, was du zu berichten hast. Guten Morgen, Stan.«

Onions stopfte sich die Briefe in die Jackentasche und wandte sich dem eigentlichen Thema zu.

»Wie ich sehe, sind Sie mit den Hühnern aufgestanden, Freddie.«

»Ja, das stimmt tatsächlich.«

Troy drehte den Besucherstuhl neben Wildeves Schreibtisch so, daß er sich Onions gegenübersetzen konnte.

»Ich hatte Ex-Inspector Malnick an der Strippe«, sagte Onions. »Er war, wie soll ich das ausdrücken ...?«

»Fuchsteufelswild?« schlug Troy vor.

»Fuchsteufelswild paßt ausgezeichnet. Er scheint anzunehmen, Sie hätten etwas, das ihm gehört.«

Troy griff in seine Aktentasche und reichte Onions das Foto hinüber.

»Aha ... der Tower-Beach-Fall.«

»Kodename Hose. Und ich weiß jetzt, wer er ist.«

»Er ist eindeutig identifiziert worden?«

»Ja, ich weiß, wer er ist. Gregor von Ranke.«

Onions nickte nur und nickte immer noch, als Troy ihm über sein Treffen mit Nikolai und die Verfolgung einer gewissen Diana Brack berichtete. Dann stellte er Troy genau die Frage, die Troy Nikolai gestellt hatte.

»Arbeitsgruppe? Welche Arbeitsgruppe?«

»Nach allem, was mir mein Onkel darüber erzählt hat, waren sie fast so etwas wie junge Genies. Sie arbeiteten an der Entwicklung neuartiger Legierungen – leicht, widerstandsfähig, korrosionsbeständig, dünn. Und dann befaßten sie sich auch noch mit etwas, das sich Staustrahltriebwerk nennt – ich weiß nicht genau, was das ist –, und mit chemischen Triebwerken. Also von den Dingern hab ich am Guy-Fawkes-Day schon selbst welche angezündet. Es sind schlicht und einfach Raketen. Ich habe Nikolai gefragt, wozu das alles gut sein könnte, und er erklärte mir, die militärischen Möglichkeiten seien gewaltig. Es ließen sich damit selbständig fliegende Bomben entwickeln.«

Onions zog eine Augenbraue hoch. Ein stummes »Wohin ist es mit der Welt gekommen?«.

»Und Hochgeschwindigkeitsraketen, bestückt mit Gefechtsköpfen, die von Energie aus der Atomspaltung gespeist werden. Aber sie haben über ihre Träume gesprochen, und nicht darüber, welchen Nutzen das Reich daraus ziehen konnte. Sie meinten, wenn man sie in Ruhe arbeiten ließe und mit den nötigen Mitteln ausstattete, dann könnten sie bis 1960 einen Menschen auf den Mond schießen.«

Onions starrte ihn einen Moment lang wortlos an. Troy wurde bewußt, wie sonderbar all das für einen Mann in seinem Alter klingen mußte. Die Welt, in die Onions hineingeboren worden war, hatte noch völlig anders ausgesehen. Er gehörte zu einer Generation, die mit den Romanen von H. G. Wells und Jules Verne groß geworden war. Als er sieben war, hatten zwei Fahrradhersteller in Kittyhawk, South Carolina, ihren Traum zum Fliegen gebracht. Bis dahin hatte das Fahrrad selbst als das Paradestück naturwissenschaftlicher Leistungen gegolten – das Auto war bloß eine lärmende Plage, die eigentlich niemand ernst nahm. Für Troy war es noch lange hin bis 1960. Für einen Mann in den Fünfzigern stand dieses Datum schon vor der Tür, und das Automobil war eine Erfindung, an die er sich erst vor kurzem gewöhnt hatte.

»Große Güte«, sagte er leise und dann: »Also sind Sie wirklich sicher, daß der Arm, wegen dem wir eingeschaltet wurden, zu diesem Herrn Brand gehört?«

»Es scheint mir logisch.«

»Aber was hat er hier gemacht? Was hatten Leute wie er hier zu suchen? Als Spione werden sie ja wohl kaum getaugt haben.«

»Ich glaube auch nicht, daß sie Spione waren. Zumindest Wolinski besaß offiziellen Flüchtlingsstatus. Wie geht's denn bei dir voran, Jack?«

Wildeve schreckte hoch. Seine Gedanken waren wohl woanders gewesen.

»Also ... ich ... hm ... Ich habe nicht den Eindruck, daß ich vorwärtskomme. Es ist einfach alles zu viel. Viel zuviel verdammter Papierkram. Ohne Namen, an die man sich halten kann, ist da wenig zu machen. Aber von Ranke und Brand zu überprüfen, das dürfte ziemlich leicht sein. Bloß – wenn ich da auch eine Niete ziehe, dann war's das endgültig.«

»Selbst wenn sie offiziellen Flüchtlingsstatus gehabt haben, weiß ich nicht genau, was wir damit anfangen können«, meinte Onions. »Sie kamen nach England, ließen sich registrieren und starben. Wir haben kein Motiv und keinen Verdächtigen. Diese Brack ist immerhin eine Spur, aber doch wohl kaum Ihre Hauptverdächtige.«

»Ich denke, das Tatmotiv muß irgendwie mit den Kenntnissen und der Tätigkeit dieser Männer zusammenhängen. Aber bestimmt sind sie nicht als Flüchtlinge hergekommen. Nikolai war damit befaßt, unter den internierten feindlichen Ausländern Leute herauszusieben, die für unsere Kriegsanstrengungen nützlich sein konnten. Wären sie als Flüchtlinge hergekommen, hätte man sie 1940 verhaftet, es sei denn, irgendwo wäre gepfuscht worden. Früher oder später hätte Nikolai von ihnen erfahren.«

»Und was ist mit Wolinski?«

»Gilt als befreundeter Ausländer. Er durfte folglich ein Leben nach Belieben führen. Und da er sich in den Docks und hinter seinen Büchern vergraben hat, dürfte es ein sehr unauffälliges Leben gewesen sein.«

»Also, was soll als nächstes passieren?«

»Ich hätte gern einen Termin beim MI-5. Wer ist der Verbindungsoffizier des militärischen Geheimdienstes zur Metropolitan Police?«

Onions zog ein Notizbüchlein aus der Innentasche seines Jacketts, leckte sich den Zeigefinger an und blätterte ein paar Seiten um.

»Pym. Fliegermajor Pym.«

»Neville Pym?«

»Hier steht nur N.A.G. Pym. Kennen Sie ihn?«

»Ich bin mit ihm zur Schule gegangen.«

»Ach du große Güte. Ihre alten Schulverbindungen werden Sie noch bis ins Grab verfolgen.«

»Ich will mit Pym reden.«

»Verraten Sie mir, warum?«

»Nur so eine Ahnung. Ich hab das Gefühl, daß dieser Fall vielleicht eher ihre Wiese ist als unsere.«

»Leichen auf den Straßen von London sind immer unsere Wiese«, sagte Onions.

Aus dem Augenwinkel bemerkte Troy, daß Wildeve mittlerweile in heller Aufregung war. Immer wieder schien er das Gespräch unterbrechen zu wollen und sich dann doch im letzten Moment zurückzuhalten.

»Spuck's aus, Jack. Egal, was es ist.«

»Na ja ... also ... du sagtest doch, die Frau, die du hast verfolgen lassen, heißt Brack. Diana Brack, sagtest du. Diana Ormond-Brack?«

»Schon möglich.«

»Also ... Ich glaube, ich kenne sie. Jedenfalls kannte ich sie früher. Sie ist die Tochter vom alten Fermanagh.«

»Soll ich etwa raten, was Sie damit meinen?« fragte Onions so scharf, daß Wildeves Gesicht die Farbe roter Bete annahm. »Die schöne Müllerstochter würde mir mehr sagen.«

»Jack meint den Marquis von Fermanagh«, erklärte Troy. »Er ist eine der grauen Eminenzen hinter dem Thron. Einer von diesen Königsmachern aus der Konservativen Partei. Es heißt, er hätte dabei mitgemischt, daß Churchill zehn Jahre lang kaltgestellt blieb.«

»Mein Bruder war früher mal mit ihr befreundet«, erklärte Wildeve und errötete wegen dieser beschönigenden Umschreibung der Liaison noch stärker.

»Ach ja«, sagte Onions, erhob sich vom Stuhl und drückte seine letzte Woodbine am Kaminsims aus. »Die Welt ist ein Dorf. Und da das ja nun mal die einzige Spur zu sein scheint, überlasse ich alles Weitere lieber Ihnen beiden. Bei so einem höfischen Menuett mit lauter Pyms und Fermanaghs möchte ich nicht allzu dicht hinter Ihnen hertanzen. Man weiß ja nie – womöglich würde ich noch meine braunen Stiefel zum blauen Anzug tragen und unangenehm auffallen.«

Als sich die Tür hinter Onions geschlossen und Wildeve wieder seine normale Gesichtsfarbe angenommen hatte, fragte er Troy leise: »Glaubst du, das war sarkastisch gemeint?«

»Wahrscheinlich«, antwortete Troy.

Wildeve stand auf. »Ich denke, ich geh mal wieder ins B 3.«

»Nein, Jack. Gib nur dem uniformierten Kollegen Anweisung, was er machen soll. Die Niete soll er mal ziehen.«

»Du scheinst dir ja sehr sicher zu sein.«

Troy zuckte die Schultern. »Meinst du, Diana Brack erinnert sich an dich?«

»Nur vom Namen her. Als wir uns zum letztenmal gesehen haben, war ich höchstens vierzehn oder fünfzehn.«

»Dann geh zur Tite Street, sobald du kannst. Beschatte sie, und dann komm hierher zurück und gib mir Bericht. Wen sie trifft, was sie unternimmt. Es ist noch zu früh, um reinzustürmen und ihr Fragen zu stellen.«

Wildeve langte quer über seinen Schreibtisch, sammelte einen Haufen loser Blätter ein und ließ ihn in Troys Eingangskorb fallen. Troy blickte auf die Themse hinaus, als er die Tür leise hinter Wildeve zuklicken hörte.

Hinter Onions' Bemerkung steckte mehr als Sarkasmus, mehr als der Widerwille gegen allen Snobismus. Troy hatte Onions gegenüber von einem Komplott gesprochen, das man förmlich mit Händen greifen konnte. Und solch ein Komplott erforderte einen oder zwei Verschwörer mit enormer Macht. Aber Mitglieder des Hochadels ließen nicht unbedingt Leute abmurksen, bloß um die Eskapaden einer kapriziösen Tochter zu kaschieren. Oder dachte Stan etwa in diese Richtung?

Troy rief beim MI-5 in der St. James's Street an und fragte nach Major Pym. Es dauerte eine ganze Weile, bis ihn die Vermittlung durchgestellt hatte. Mehrmals hörte er ein Knistern in der Leitung und vermutete schon, nun würde irgendein Sicherheitsgerät in Gang gesetzt, als schließlich ein lautes Klicken die zustande gekommene Verbindung ankündigte.

»Major Pym«, meldete sich eine laute, barsche Stimme.

»Guten Tag. Hier spricht Frederick Troy.«

Eine Pause entstand.

»Troy?«

»Frederick Troy.«

Eine eisige Stille trat ein, dann sagte Pym fast *sotto voce:* »Was willst du?«

»Ich denke, ich muß dich mal sprechen ...«

Doch bevor er den üblichen Spruch anbringen konnte, daß er Informationen benötige, die übliche Schmeichelei nach dem Motto »Nur Sie können mir weiterhelfen«, die übliche Lüge, es handle sich nur um »eine polizeiliche Routineangelegenheit«, wurde Troy das Wort abgeschnitten.

Noch leiser als vorher sagte Pym: »Nicht hier und nicht jetzt.«

»Tut mir leid«, meinte Troy. »Hab ich dich zu einer unpassenden Zeit erwischt?«

»Nun tu doch nicht so«, antwortete Pym. »Aber jeder andere Zeitpunkt wäre genauso unpassend.« Nach einer weiteren Pause fügte er hinzu: »Komm heute abend um sieben in meine Privatwohnung im Albany. E6.«

Und schon hatte er aufgelegt. E6 war keine Postleitzahl im East End, sondern die Apartmentnummer. Albany war, wie Onions sich ausgedrückt hätte, die »protzigste« aller möglichen Adressen für einen alleinstehenden Herrn und Connaisseur des Großstadtlebens: ein herrliches, exklusives Apartmentgebäude nördlich vom Piccadilly Circus. Diese Adresse hätte Berühmtheiten wie Dorothy Sayers Privatdetektiv Lord Peter Wimsey gut angestanden, doch soweit sich Troy an seine Lektüre aus Teenagerzeiten erinnerte, hatte ausgerechnet Raffles hier gewohnt – und Raffles, der Gentleman-Gauner aus Ernst Hornungs Feder, stand nun einmal auf der Gegnerseite. In ganz London gab es kein schickeres Apartmenthaus für Junggesellen als das Albany mit seinen livrierten Portiers und dem berühmten Laubengang. Pym hatte es schon gut getroffen. Von seinem Büro im MI-5-Hauptquartier waren es nur wenige Minuten Fußweg nach Hause. Und falls er wirklich zu einem Connaisseur des Großstadtlebens geworden war, dann konnte er sich gleich nach Dienstschluß in dieses Leben hineinstürzen – kaum daß er den Hemdkragen gewechselt hatte.

25

Ein Tag, der nur für Schreibtischarbeit draufging, strapazierte Troys Geduld gewaltig. Als der zylindertragende Portier im Albany ihn anhielt, zeigte er zwar seinen Dienstausweis vor, weigerte sich aber, seinen Namen und den Grund für seinen Besuch anzugeben oder sich anmelden zu lassen. Pym hatte so unwillig reagiert, daß er ihm keine Gelegenheit bieten wollte, ihn noch länger hinzuhalten.

Pym, der ihm im zweiten Stock die Tür öffnete, trug eine burgunderfarbene Hausjacke und rauchte. Er rauchte eine Passing Cloud – eine alberne, ovale Zigarette, die so aussah, als hätte sich gerade jemand darauf gesetzt. Nach Troys Meinung rauchten diese Sorte nur Blödmänner, die Eindruck schinden wollten.

»Du bist zu früh dran«, sagte Pym und schaute dabei so demonstrativ über seinen Kopf hinweg in den Flur hinaus, daß selbst Troy dachte, jemand stünde hinter ihm, und sich umdrehte.

»Bist du allein gekommen?« fragte Pym.

»Ja, natürlich«, antwortete Troy.

Als Troy an ihm vorbei in die Wohnung trat, spähte Pym noch einmal nach rechts und links den Korridor entlang, bevor er die Tür schloß. Dann führte er Troy in ein riesiges, pseudoantik eingerichtetes Wohnzimmer. Schon allein die Höhe des Raumes wirkte einschüchternd, und diese Wirkung hatte Pym durch die Ausstattung mit teuren Régence-Möbeln noch unterstrichen. Troy empfand das Übermaß an Rot und Gold als geradezu erdrückend; die Möbel wirkten auf ihn wie eine pompöse Zirkusdekoration – und außerdem waren sie auch noch unbequem. Pym goß ihm an der Anrichte ein kleines Glas Sherry ein. Troy hockte sich auf den

Rand eines glitzernden Zirkussessels, Pym lehnte sich gegen den Marmorkamin und nahm sein Glas vom Sims. Seit ihrer letzten Begegnung hatte er graue Schläfen bekommen, und sein Gesicht war weich und schwammig geworden – das Gesicht eines Mannes, der sich zu wenig bewegte und sein Freizeitvergnügen vor allem in Restaurants suchte. Pym schien frühzeitig rapide zu altern, und er wirkte, als wolle er jeden Augenblick dieses Prozesses in vollen Zügen genießen. Irgendwo auf dem Dachboden mußte ein Porträt von ihm hängen, auf dem er ewig jung blieb.

»Ich wüßte nicht, warum wir die Sache nicht wie zivilisierte Menschen hinter uns bringen sollten«, sagte er.

Er blickte mit nur dürftig kaschierter Arroganz auf Troy herab; das leichte Tremolo seiner rubinroten Portweinstimme erinnerte Troy an die Schulzeit – anstelle des unechten Air-Force-Bellens, mit dem er sich am Telefon gemeldet, und des ebenso unechten Bühnenflüsterns, mit dem er das Gespräch beendet hatte, redete Pym jetzt wieder in seinem typischen saftig-anzüglichen Ton. Allerdings hatte Troy nicht die leiseste Ahnung, wovon er redete.

»Du bist nicht der erste, der aus heiterem Himmel bei mir anruft und dann hier angekrochen kommt.«

Troy wußte noch immer nicht, worauf Pym hinauswollte, fand aber, daß dieses »angekrochen« doch etwas zu weit ging.

»Ich mach bloß meine Arbeit«, sagte er.

»Und was genau hältst du für deine Arbeit? Als nächstes wirst du wohl noch behaupten, mich zu belästigen wäre ein Dienst an der Allgemeinheit?«

»Na ja, von der Seite hab ich's bisher noch nicht betrachtet. Aber ich kann nicht sagen: Routinesache – das wäre gelogen. So wie's aussieht, handelt es sich um eine schwerwiegende polizeiliche Angelegenheit.«

Troy sah, daß Pym das Blut aus dem Gesicht wich, genau wie vor wenigen Tagen Driberg, als dieses Wort gefallen war.

»Du hast mit der *Polizei* darüber geredet? Du Idiot, du verdammter Vollidiot.«

Pym setzte sein Glas ab. Troy sah, daß Pyms Gesicht inzwischen kalkweiß war, und befürchtete schon, er würde gleich umkippen.

»Pym, ich hab zwar keine Ahnung, was für ein albernes Spiel du mit mir treibst oder welches Mißverständnis hier vorliegt, aber soweit ich weiß, bist du doch der Verbindungsoffizier des MI-5 zu Scotland Yard, oder etwa nicht? Wenn das nämlich nicht der Fall ist, dann sag's lieber gleich, und ich verzieh mich, und du kannst deinen verdammten Sherry alleine picheln. Aber dann sag mir wenigstens, an wen ich mich sonst wenden muß.«

»Du bist Polizist?«

Troy staunte. Hatte er wirklich vergessen, der Vermittlung beim MI-5 zu sagen, daß er von Scotland Yard anrief? Und wenn dem so war, welche Absichten unterstellte Pym ihm dann eigentlich? Aber dann dämmerte es ihm. Driberg hatte aus haargenau den gleichen Gründen ebenso reagiert. Die notorische Furcht des Homosexuellen vor der Sittenpolizei. In der Schule war Pym, der etwa vier Jahre älter sein mußte als Troy, ein Tyrann gewesen. Aber schließlich gehörte es dort zu den Aufgaben der älteren Jungen, die jüngeren zu schikanieren, und von all den Rüpeln war Pym bestimmt nicht der schlimmste gewesen. Er hatte keinen Geschmack an der Brutalität und den Prügeln gefunden, zu denen die Aufsichtsschüler gegenüber den jüngeren befugt waren. Gefürchtet war lediglich seine Zunge – er hatte großes Talent darin, andere zu kränken und zu demütigen. Troys engster Freund Charlie war Pyms Boy gewesen, und zwar nicht im Sinne des herumkommandierten Dienstburschen – eine

Zeitlang hatte Troy selbst diesen nicht gerade erstrebenswerten Posten innegehabt –, sondern als sein Geliebter. Troy hatte das nichts ausgemacht, und Charlie war als Pyms Liebling jener Schutz zuteil geworden, den ein Dreizehnjähriger mit dem Aussehen einer blonden nordischen Prinzessin in einem System brauchte, das zumindest während der Schulzeit von homophilen Tendenzen geprägt war. Charlie war dem inzwischen längst entwachsen. Daß es in der Welt außerhalb der Schule Frauen gab, hatte ihm eine Wahlmöglichkeit eröffnet, und er hatte seine Wahl getroffen. Auch Pym hatte seine Wahl getroffen, und als Troy ihn jetzt hektisch an seiner Passing Cloud ziehen und um Fassung ringen sah, da wurde ihm klar, daß Pym sich dafür entschieden hatte, so zu bleiben, wie er war.

»Aber Neville.« Troy riskierte, ihn mit dem Vornamen anzureden. »Ich bin beim Morddezernat. Mit der Sitte hab ich nichts zu tun.«

Pym kippte seinen Sherry hinunter, schenkte sich gleich einen großen Brandy ein und ließ sich dann in den Sessel gegenüber Troy fallen.

»Du glaubst ja nicht, wie viele von denen immer noch hier aufkreuzen. Leute, von denen man nie gedacht hätte, daß man sie je wiedertrifft, nachdem sie uns aus der Penne rausgelassen haben. Manchmal denke ich, unsere Eltern haben uns auf die falsche Schule geschickt. Unsere hat offenbar lauter Kerle produziert, die ständig in der Patsche stecken. Und die meisten geben sich dann als alte Freunde aus und schneien bei mir rein. Hätte nie gedacht, daß ich so viele Freunde hatte. In den letzten Jahren bin ich ein halbes dutzendmal angepumpt worden – und wenn ich das Geld hinblättere, heißt es bloß mufflig: ›Damit komm ich wohl erst mal über die Runden‹.«

»Wenn du erpreßt wirst, solltest du das melden.«

»In meiner Position?«

Troy zuckte die Achseln.

»Nun erzähl mir, was dich zu mir führt.«

»Es handelt sich um einen Mordfall. Ich halte das Opfer für einen Deutschen. Ich bin mir zu neunundneunzig Prozent sicher, daß er kein Flüchtling war. Und ich bin mir verdammt sicher, daß er hier erst kürzlich an Land gegangen ist.«

»Und?«

»Wenn er ein Spion war, wenn ihr einen Spion verloren habt, dann muß ich das erfahren.«

»Eine Leiche, sagst du. Bei dir auf der Türschwelle abgeladen, oder wie?«

»Erschossen, zerstückelt und verbrannt.«

»Troy, bei uns werden Spione nicht erschossen, sondern umgedreht. Und wenn wir sie nicht umdrehen können oder keine Verwendung für sie haben, stellen wir sie vor Gericht, und dann werden sie gehängt. Ich kann dir jetzt schon sagen, daß die Antwort nein lautet. Und bevor noch mehr Fragen kommen: Die Chance, daß die Deutschen Spione in London haben, zumindest solche, die sogar Scotland Yard als Deutsche enttarnt, und wir nichts davon wissen, ist praktisch gleich null.«

Mit dieser Antwort hatte Troy gerechnet. Er beobachtete, wie Pym das Brandy-Aroma aus seinem Ballonglas inhalierte, und formulierte in Gedanken seine nächste Frage. Das Thema, das er bisher weder mit Onions noch mit Wildeve hatte besprechen wollen.

»Es gibt noch eine Möglichkeit«, begann er. »Ich muß wissen, ob eure Leute jemanden aus Deutschland oder den besetzten Ländern rausgeholt haben, der dann später vermißt wurde.«

Pym nippte an seinem Brandy und dachte einen Moment lang nach. »Das ist ziemlich viel verlangt.«

»Finde ich nicht. Die Frage dürfte auch nicht schwerer zu beantworten sein als die letzte.«

»Es kommen Spione hierher. Sie werden geschnappt. Das weiß jeder. Die Deutschen sind bekannt dafür, daß sie arme Teufel aus Holland im Ruderboot rüberschicken, mit nichts weiter im Gepäck als einem Wörterbuch voller Nadelstichcodes zum Verschlüsseln ihrer Meldungen. Und die armen Schweine machen das mit, weil die ihre Familien als Geiseln halten. In dem Moment, wo sie losrudern, sind diese Männer praktisch schon tot. Eigentlich könnten die Deutschen sie auch gleich an die Wand stellen. Aber du willst ja etwas ganz anderes wissen. Du willst wissen, woran unsere Leute da drüben arbeiten. Und ich bin nicht befugt, darauf zu antworten. Auch nicht, wenn Scotland Yard fragt.«

»Aber du könntest dafür die Genehmigung einholen.«

Pym erhob sich, ganz beleidigte Würde und sichtlich pikiert, um ins Nebenzimmer zu verschwinden. Das Telefon rasselte, wie Telefone rasseln, wenn jemand an einem nicht ordnungsgemäß installierten Nebenanschluß wählt. Troy probierte den Sherry. Das Zeug hatte er schon immer ekelhaft gefunden. Und auch diese Sorte konnte ihn nicht umstimmen. Er sah sich nach einem Blumentopf um, in den er das Glas auskippen konnte. In den meisten englischen Haushalten wäre ein Blumenhocker mit einer Aspidistra zur Hand gewesen, aber Pym besaß keine Zimmerpflanzen. Jedes Tischchen, jede Nische war bestückt mit irgendwelchen Plastiken – eine atemberaubende Sammlung männlicher Akte. Neben der Tür, durch die Pym soeben verschwunden war, stand eine große Gipskopie von Michelangelos David. Es wurde gemunkelt, im Britischen Museum sei anläßlich des Besuchs von Queen Mary extra ein großes Feigenblatt angefertigt worden, um den anstoßerregenden Penis am dortigen Abguß der Statue züchtig zu verbergen. Doch auf soviel Züchtigkeit legte Pym keinen Wert. Der Penis prangte gut sichtbar am rechten Ort. Jeder »alte Freund«, der hier auftauchte und Pym um fünf Pfund anhauen wollte, konnte mit einem Blick erkennen, daß er auf eine Goldader gestoßen war. Forderte der Mann Erpressung nicht geradezu heraus? Schließlich hätte er Troy woanders hinbestellen können, wenn er ein Treffen beim MI-5 schon unbedingt verhindern wollte. Troy schoß durch den Kopf, daß Pym vielleicht das Risiko liebte.

Nach knapp fünf Minuten kam Pym zurück und nahm wieder seine Pose am Kamin ein.

»Ich habe mit der zuständigen Abteilung gesprochen«, sagte er. »Die Antwort lautet nein. Wir haben niemanden rausgeholt, von dem wir nicht mehr wissen, wo er abgeblieben ist. Aber das bedeutet selbstverständlich keinerlei Eingeständnisse unsererseits, daß wir überhaupt jemanden rausgeholt haben.«

»Selbstverständlich«, erwiderte Troy. Schließlich hatte Pym sogar auf dem Gipfel seiner kurzzeitigen Panik die Selbstbeherrschung bewiesen, nicht zuzugeben, daß er vom andern Ufer war. Das hatte unausgesprochen im Raum gestanden. »Es tut mir fast leid, daß ich dich damit behelligt habe.«

Troy stand auf und knöpfte sich den Mantel zu. Pym nahm ein riesiges Tischfeuerzeug aus Stein vom Kaminsims und steckte sich noch eine seiner gräßlichen Zigaretten an. Das »fast« in Troys halbherziger Entschuldigung war Pym entgangen. Er sonnte sich bereits wieder in seiner gewohnten selbstsicheren Hochnäsigkeit.

»Da wäre noch was«, sagte Troy beiläufig im Hinausgehen, als sei ihm die kleine Frage, die auf seiner Prioritätenliste ziemlich weit oben stand, erst nachträglich eingefallen – ein billiger Trick, den er dem Vater aller billigen Detektive, Porfiri Porfirjewitsch aus *Schuld und Sühne*, abgeguckt hatte. Pym stieß Rauch durch die Nasenlöcher aus. Troy hatte schon öfter gedacht, daß diese Technik zwar Eindruck machen, aber doch wohl kaum Genuß bereiten konnte.

»Wir sind ja nicht die einzige Armee auf dieser Insel.«

»Was soll das heißen?« Pym wirkte überrascht.

»Ich meine, es wäre doch genausogut möglich, daß die Amerikaner einen ausländischen Staatsangehörigen rausgeschleust haben, den sie brauchen.«

Pym gab keine Antwort; er wartete auf Troys nächste Frage, ohne sich aus der Reserve locken zu lassen.

»Von den Amerikanern brauche ich also auch eine Antwort.«

»Mal sehen, was ich für dich tun kann.«

»Ich brauche die Antwort ziemlich schnell.«

»Wie ich schon sagte, ich will mal sehen, was ich tun kann. Ich kann nicht für die Amerikaner sprechen, sondern höchstens bei ihnen nachfragen. Ich ruf dich morgen zurück.«

26

Pym hielt sein Versprechen peinlich genau ein und rief Troy schon am nächsten Morgen um halb zehn an. Der Regen rann in breiten Strömen am Fenster herunter; Troy saß mit dem Rücken zu diesem Sturzbach und ließ sich von einem gähnenden, unausgeschlafenen Wildeve über Diana Bracks Aktivitäten am Vorabend berichten, als das Telefon klingelte.

»Hör zu, Troy«, sagte Pym in herrischem Ton. »Die Amerikaner wollen dich empfangen. Weiß der Himmel warum, aber du hast einen Termin.«

»Das klingt ja so, als würden sie über dem Gesetz stehen«, erwiderte Troy.

»Troy, du kapierst einfach nicht, daß die Amerikaner jetzt den Laden hier schmeißen. Aber das ist kein Thema, über das ich mich mit dir rumstreite. Willst du nun dieses Treffen, ja oder nein?«

»Natürlich. Wann denn?«

»Leider geht es nur heute um elf Uhr oder gar nicht. Sie haben ein Büro am St. James's Square, im Norfolk House. Dort triffst du einen Mann namens Zelig – Colonel Zelig.«

»Wer ist das? So was wie dein Pendant bei den Amerikanern?«

»Weiß ich auch nicht. Für dich ist er einfach der Mann, der deine Fragen beantworten wird. Reicht das nicht?«

»Doch, natürlich. Danke für deine Hilfe, Neville.«

Die familiäre Anrede schien Pym mehr zu mißfallen als das dank der gemeinsamen Schulzeit obligatorische Duzen.

»Troy, wenn ich dir je einen Gefallen schuldig war, dann sind wir jetzt quitt. Vergiß das bloß nicht.«

Er hängte ein, bevor Troy noch ein Wort sagen konnte. Aber diese halbe Drohung ließ Troy kalt. Er sah zu Wildeve hinüber, der gerade versuchte, sich mit einem Pullover die Haare abzutrocknen, während sein Mantel über einem Heizkörper dampfte und seine Schuhe in den Papierkorb tropften.

»Heute vormittag treffe ich einen von den Amerikanern.«

»Wie paßt das eigentlich mit meinen Ermittlungen zusammen?« fragte Wildeve.

»Weiß ich auch nicht.«

»Äh ... wo war ich stehengeblieben?«

»Du und Lady Diana, ihr hattet euch gerade *Major Barbara* angeguckt.«

»Genau.« Wildeve nahm Troy gegenüber Platz und schob

sich eine feuchte braune Haarlocke aus den Augen. »Sie ging zu Fuß nach Hause. Ich hätte sie erwürgen können. Geld wie Heu, aber statt ein Taxi zu nehmen, läuft sie den ganzen Weg von der Shaftesbury Avenue bis nach Chelsea. Weißt du, wie lange das dauert, so 'n Fußmarsch von ...«

»Laß gut sein, Jack. Kommt es dir nicht komisch vor, daß eine Frau ihrer Klasse das alles allein unternimmt?«

»Hä?«

»Sie geht auf einen Drink ins Cri, sie geht ins Theater, aber sie geht mit niemandem aus. Oder meinst du, sie ist von jemandem versetzt worden?«

»Freddie, du hast Lady Di doch gesehen. Der Kerl, der Diana Brack versetzt, muß blind sein!«

»Und trotzdem absolviert sie ihre gesellschaftlichen Pflichtveranstaltungen nicht in Begleitung.«

»Wahrscheinlich gibt's hier momentan zu wenig Männer, die in Frage kommen. Die meisten Kandidaten sind derzeit bei irgendwelchen Elitetruppen. Ich sag dir, seinerzeit haben fast alle halbwegs akzeptablen Oberschichtknaben im Land unserer Diana den Hof gemacht – meine Brüder zum Beispiel, um nur zwei zu nennen –, und dazu ein feines Aufgebot an Lebemännern und Flaneuren. Eine Zeitlang wurde über ihr Verhältnis zu Jack Buchanan getratscht. Und Al Bowly soll durchgedreht sein, weil sie ihn nicht näher als eine Meile an sich ranließ.«

»Komm bitte zum Punkt«, murmelte Troy und verglich seine Armbanduhr mit der Wanduhr über Wildeves Kopf.

»Entschuldige – ich wollte nur sagen, von dem Schlag ist sie nicht. Sie ist ... wie soll ich sagen ... sie ist ein Blaustrumpf. Eine wilde Intellektuelle – mit Betonung auf beiden Wörtern. Als ich noch ein Junge war, hab ich mehrmals miterlebt, wie sie sich mit dem alten Fermanagh in die Wolle kriegte. Sie verabscheut die Rituale und Sitten ihrer sozialen

Klasse. Johnny Lissadel hat mal zu mir gesagt, sie würde eher einen Abend mit dem alten Sozi Sidney Webb verbringen als einen Tag mit dem Aga Khan.«

Troy mußte über diesen Vergleich lächeln. Weil ihm das alles so vertraut war – immerhin stammten Wildeve und er aus derselben Gesellschaftsschicht wie Diana Brack, und hätten sie beide die Sitten und Rituale ihrer Klasse nicht genauso verachtet, dann wären sie wohl kaum in den Polizeidienst eingetreten. Troy fragte sich, ob dies auch Wildeve bewußt war.

»Bis jetzt finde ich das alles nicht besonders überraschend«, setzte Wildeve seinen Bericht fort. »Ein bißchen langweilig, ein bißchen spartanisch. Eigentlich genau das, was man erwartet hätte.«

»Dann bist du ihr also nach Hause gefolgt?«

»Ja, natürlich. Sie hat mit niemandem geredet, bis wir zur Grünanlage nördlich der Tite Street kamen. Die ist jetzt in Parzellen aufgeteilt. Und da unterhielt sie sich kurz mit einem älteren Mann, der dort ein Schwein mästet.«

»Irgendwas Interessantes?«

»Purer Austausch von Höflichkeiten. Weiter nichts. Ein freundliches Wort zu einem Angehörigen der unteren Schichten.«

»Sollten wir mal ein Auge auf ihn werfen?«

»Das dürfte wohl nichts bringen. Er war in der Kluft der Zivilverteidigung. Räum- und Rettungsdienst Groß-London. Schätzungsweise um die sechzig. Ziemlich korpulent. Vollglatze. Egal, welche Einstellung sie heute hat, es steckt ihr wohl immer noch im Blut, bei den untertänigen Schichten ein bißchen Untertänigkeit zu genießen. Ich hab ein paar Worte mit ihm gewechselt. Lady Di hat die Parzelle direkt neben seiner – der letzte Nachklang ihres kurzen Gastspiels in der britischen Landwirtschaft – sprich bei der Land Army.

Soweit ich mich entsinne, haben sie sie einberufen und nicht mal sechs Monate später wieder rausgeschmissen.«

»Und dann ging sie schlafen?«

»Ganz recht. Aber ich bin bis ein Uhr geblieben, um zu sehen, ob sie nicht doch noch mal rauskommt.«

Troy stand auf und trat zum Fenster, wobei er wie üblich dem Balken auswich, der dafür sorgte, daß Scotland Yard ihm nicht auf den Kopf fiel. Ein Blick nach draußen bestätigte ihm, daß nach wie vor Arche-Noah-Wetter herrschte: kein einziger Fußgänger in Sicht, die Busse rollten randvoll beladen vorbei, und der Pegel der Themse an der Umfassungsmauer des Bazalgette-Kais stand hoch. Wildeve hielt den Kopf schief und versuchte, das Wasser in seinem Ohr mit einem großen, monogrammbestickten Taschentuch zu trocknen. Er ähnelte mehr einem verhinderten Morisken-Tänzer als einem Polizisten.

»Jack«, sagte Troy, »du kannst dir heute abend freinehmen. Ich werd sie beschatten.«

»Danke. Das ist wirklich nett von dir. Ich mag nämlich nicht gern ersaufen, während wir uns an einen Strohhalm klammern.«

Unter dem naiven Habitus der für die Oberschicht so typischen Manieriertheit verbarg sich bei Wildeve ein Verstand, der Troy immer wieder verblüffte, weil er Situationen so nüchtern und treffend zu erfassen vermochte.

»Aber es besteht doch ein eindeutiger Zusammenhang«, erklärte er. »Die Brack war in Wolinskis Wohnung. Sie hat ein Foto von unserem Mann gestohlen.«

»Genauer gesagt, Freddie, sie hat möglicherweise ein Foto gestohlen, auf dem jemand drauf ist, von dem wir meinen, daß er vielleicht unser Mann sein könnte. Aber du glaubst doch wohl nicht im Ernst, daß Diana Brack sich mit einem Mörder einläßt?«

27

Die Scheibenwischer am Bullnose Morris konnten den Regen kaum bewältigen. Troy fuhr mit heruntergekurbeltem Seitenfenster im Schrittempo um den St. James's Square und suchte nach den vertrauten Erkennungsmerkmalen eines amerikanischen Stützpunkts. An der Ostseite des Platzes standen zwei weißbehelmte MPs im Regencape vor dem Norfolk House. Als Troy hinter einem großen Packard mit Tarnanstrich einparkte, kam einer der beiden herüber und klopfte aufs Autodach. Troy stieg aus und stand gleich mitten im Wolkenbruch; der Soldat deutete auf den Packard und brüllte, um das Trommeln des Regens auf dem Autoblech zu übertönen: »Sie können hier nicht parken!«

»Es ist dienstlich«, sagte Troy und suchte sofort Schutz unter dem Vordach.

»Oh, yeah. Wer sind Sie?«

Der Nässe entronnen, hielt Troy seinen Dienstausweis hoch. Sein Kamerad hatte die Hand unter dem Regencape auf Hüfthöhe, als wolle er nach seiner Pistole greifen.

»Schon okay, Lou«, sagte der erste Soldat. »Is 'n Cop!« Er gab Troy seinen Dienstausweis zurück und fragte: »Wen wollen Sie denn sprechen?«

»Zelig. Colonel Zelig.«

Der MP winkte Troy, ihm zu folgen, und trat ins Haus. Dort nahm er ein Klemmbrett von der Wand, zog den Handschuh aus und fuhr mit dem Zeigefinger die Namenliste entlang.

»Elf Uhr, stimmt's?«

Troy nickte.

»Basement. Zweites Untergeschoß.« Er deutete auf die Treppe, die sich um das Messinggitter des Fahrstuhlschachts wand. »Unten weisen Sie sich bei der Wache im Korridor aus.«

Zwei Etagen tiefer und eine Prozedur später traf Troy in einem fensterlosen, warmen Raum zwölf Meter unter der Erde ein. Das Zimmer war leer. So viele Sicherheitsmaßnahmen bloß für einen Schreibtisch und eine Schreibmaschine, dachte er. Dann flog die Tür auf, und eine Frau in der Uniform des US-Armee-Frauencorps WAC trat rückwärts ein; sie drückte die Tür mit der Hüfte auf, drehte sich und stand Troy direkt gegenüber. In einer Hand trug sie eine Tasse Kaffee, in der anderen eine fettgetränkte, dampfende braune Papiertüte. Troy sah sich einer zierlichen, gut aussehenden Blondine mit maskuliner Kurzhaarfrisur gegenüber, die schon fast als der legendäre Bürstenschnitt durchgehen konnte.

»Sie wollen zu Zelly?« fragte sie mit tiefer, kehliger Stimme.

Troy nickte, immer noch damit beschäftigt, diese auffällige Erscheinung zu mustern. Ihre Uniform saß dank zahlreicher Biesen und Abnäher knalleng wie ein Handschuh und betonte die kurvenreiche Figur, den straffen runden Busen und den flachen Bauch.

»Sagen Sie mir Ihren Namen, und ich geb Bescheid, daß Sie da sind. Sie klatschen ihm mitten ins zweite Frühstück.«

»Eine sehr englische Sitte«, bemerkte Troy.

»Und sehr nach Zellys Geschmack«, erwiderte sie. »Noch ne Lizenz zum Futtern.«

Sie vollführte denselben Bewegungsablauf an der Zwischentür, drückte die Klinke mit dem Ellbogen herunter und schob dann ihre Hüfte dagegen. Troy trat vor und hielt ihr die Tür auf. Während sie sich duckte, um unter seinem Arm durchzuschlüpfen, lächelte sie ihn kurz an.

»Ihr Name!« flüsterte sie heiser.

»Troy«, flüsterte er zurück.

Troy blickte ihr nach und entdeckte den Colonel, der sich in diesem Moment hinter seinem Schreibtisch erhob und ein Rollo vor einer Italien-Wandkarte herunterzog.

»Verdammt! Können Sie nicht anklopfen?« quakte er.

Mit demonstrativer Heimlichtuerei verdeckte er auch die Frankreichkarte mit einem Rollo. Die WAC-Soldatin stellte Zelig sein zweites Frühstück auf den Schreibtisch.

»Ist schon okay, der mischt auf unserer Seite mit. Mr. Troy. Ihr Elfuhrtermin.«

Zelig ignorierte Troy und schnappte sich die Papiertüte. Krachend fiel die Tür hinter der blonden WAC-Frau zu. Zelig hatte bislang durch keinerlei Reaktion angedeutet, daß er Troys Anwesenheit überhaupt zur Kenntnis nahm. Er biß in seinen Hamburger und brüllte mit hör- und sichtbar vollem Mund:

»Tosca!!!«

Die Uniformierte steckte den Kopf durch die Tür.

»Wassis los?« Das war wohl kaum die Form, in der ein Sergeant einen Colonel anzusprechen hatte.

»Ist das etwa Mayo? Ich wollte Mayo. Ich will immer Mayo auf meinem Burger, verdammt noch eins.«

»Das ist englisch«, antwortete sie knapp.

»Englisch was?«

»Sie nennen's Salatcreme.«

Zelig zog ein angeekeltes Gesicht und starrte auf die Bescherung in seiner Hand hinunter.

»Das essen sie, glaube ich, wenn sie keine Mayo kriegen«, fügte sie hinzu. »Man könnt's Ersatz-Mayo nennen.«

Sie zog sich zurück und schloß die Tür. Zelig glotzte immer noch seinen Hamburger an, der so viel Fleisch enthielt wie die britische Durchschnittsration für eine Woche. Troy setzte sich auf den einzigen Stuhl vor dem Schreibtisch. Zum erstenmal schien Zelig ihn wahrzunehmen. Er nahm wieder Platz und biß ein großes Stück von seinem Hamburger ab. Trotz der eben noch beklagten geschmacklichen Einbuße schien er versessen darauf, ihn in drei Bissen hinunterzuschlingen. Troy dachte, wenn das Gespräch nicht bald losginge, würde er anfangen, die Doppelkinne des Colonel zu zählen oder die Haare auf seinem Kopf. Er war bestimmt fünfundneunzig Kilo schwer und kahl bis auf einen Stoppelkranz, der direkt oberhalb der Ohren um den Schädel lief.

»Alscho?« fragte Zelig mit vollem Mund und prustete dabei Brotkrümel quer über den Schreibtisch.

»Ich bin Sergeant Troy vom Morddezernat bei Scotland Yard. Major Pym von MI-5 hat mich an Sie verwiesen. Sie könnten uns wahrscheinlich in zwei oder drei Fragen weiterhelfen.«

»Glaub ich nicht.« Zelig schlang soviel auf einmal hinunter, daß man fürchten konnte, er werde daran ersticken, stopfte gleich den nächsten Bissen hinterher und spülte mit Kaffee nach. Der Hamburger war mittlerweile zu einem halbmondförmigen Scheibchen zusammengeschrumpft. Für einen so offensichtlich von Freßsucht befallenen Menschen schien Zelig der eigentliche Akt der Nahrungsaufnahme erstaunlich wenig Spaß zu machen.

»Ich wüßte gern, ob Ihre Leute jemanden aus Frankreich oder Deutschland rausgeholt haben ...«

»Meine Leute?« Zelig betonte »Leute«, als sei dies ein unbekanntes Wort aus einer Sprache, die er nicht verstand.

»Ihre ...« Troy suchte nach einem besseren Ausdruck, »... Agenten ... Haben Sie Agenten in Europa?«

»Kein Kommentar.«

Troy hätte Zelig eine knallen können. Bestimmt war er von Pym vorab informiert worden. Wieso sonst hätte er sich zu einem Gespräch bereit gefunden? Aber wieso zwang er

Troy dann trotzdem, sein Anliegen bis aufs I-Tüpfelchen genau vorzutragen?

»Sie scheinen nicht im Bilde zu sein, Colonel.«

»Dann schießen Sie mal los. Bin ganz Ohr.«

Wohl eher ganz Bauch, dachte Troy.

»Wir ermitteln in einem Todesfall – wahrscheinlich Mord – und nehmen an, daß das Opfer Deutscher war.«

»Das wäre ein Kraut weniger, um den wir uns kümmern müßten.«

Troy ignorierte diesen Einwurf. »Er war nachweislich kein Spion, und unserer Kenntnis nach war er auch kein Flüchtling. Daher erhebt sich die Frage, ob er ...«

Troy fand nicht das richtige Wort – es schien einfach kein Wort zu geben, das präzise und verständlich beschrieb, wofür Troy den toten Herrn Brand hielt. Aber Zelig hatte die Frage ohnehin schon verstanden.

»Nichts zu machen«, sagte er.

Wieder ging die Tür auf, die uniformierte Frau kam ins Zimmer gelaufen und legte Zelig eine Notiz vor.

»Hey, Moment mal, Sergeant.«

Sie blieb an der Tür stehen und sah ihn kokett über die rechte Schulter an. Troy folgte Zeligs Blick von ihrem Po bis hinunter zu den Stilettoabsätzen.

»Stammt der Rock aus Armeebeständen?«

»Ist doch grün, oder?« gab sie zurück.

»Das sind Dollarscheine und Äpfel auch. Der Rock ist verdammt noch mal zu eng – sitzt auf Ihrem Arsch wie festgeklebt. Sie laufen, als wären Ihre Knie zusammengenäht. Und erst diese Schuhe!«

»Was ist damit?«

»Genausowenig vorschriftsmäßig.«

»Sie können mich mal«, sagte Tosca und knallte die Tür zu.

Troy kam der Gedanke, daß dieses Geplänkel vielleicht einer festgelegten Regieanweisung folgte, daß ihm hier bestes Schmierentheater vorgespielt wurde – alles darauf abgestimmt, Zelig eine Antwort zu ersparen. Wenn es ihm, Troy, jetzt nicht gelang, die Initiative an sich zu reißen, konnte er die Sache gleich vergessen. Also schaltete er um auf seine Paraderolle, die des gewieften Coppers im Zeugenstand. Damit konnte er Zelig vielleicht doch noch aufs Thema festnageln.

»Haben Sie Deutsche herausgeholt, die dann später vermißt wurden?« fragte er präzise und knapp.

»Wie schon gesagt«, antwortete der dicke Mann lässig, »nichts zu machen.«

»Heißt das ja oder nein?« bohrte Troy nach.

»Das heißt, es geht Sie einen Scheißdreck an.«

Ein paar Sekunden saßen sie einander wortlos gegenüber. Die Stille wurde nur von Zeligs Kau- und Schluckgeräuschen unterbrochen, bis Hamburger wie Kaffee restlos vertilgt waren. Troy wog seine Chancen ab. Wenn der Mann tatsächlich so ein Hanswurst war, wie er sich gab, dann wußte er vielleicht wirklich nichts – schließlich gab es auch in der britischen Armee haufenweise Schreibtisch-Majore, die Papiere hin und her schoben, damit sie nicht in Versuchung kamen, eine Neuauflage des Angriffs der Leichten Brigaden zu produzieren, der damals im Krimkrieg zu einem so vernichtenden Sieg geführt hatte. Und wo wäre ein Etappenhengst der amerikanischen Armee besser aufgehoben als auf dem Posten des Verbindungsoffiziers zu den Briten? Oder spielte er Troy den Hanswurst nur so perfekt vor, damit er auch nicht ein Quentchen seines wirklichen Kenntnisstands preisgeben mußte? Ein Rätsel blieb in jedem Fall: Warum hatte Zelig ihn überhaupt zu sich bestellt? Nur weil es ihm Spaß machte, nein zu sagen?

Troy erhob sich, dankte Zelig mit den denkbar knappsten Höflichkeitsfloskeln für das Gespräch und wandte sich zur Tür.

»Gern geschehen«, hörte er Zelig noch quaken, bevor die Tür zufiel und er wieder Sergeant Tosca gegenüberstand.

Anscheinend war er mitten in eine Unterhaltung geplatzt. Ein großgewachsener, lässig wirkender Amerikaner in Majorsuniform hockte auf ihrer Schreibtischkante, schaukelte mit dem Fuß und neigte ihr den Kopf entgegen – eine Haltung, die zugleich Entspanntheit und Flirtbereitschaft signalisierte, vielleicht sogar ein gemeinsames Geheimnis. Er lachte leise vor sich hin. Sie lächelte zurück, und als Troy näher trat, wandten sich ihm beide Augenpaare zu.

»Fertig?« fragte sie.

Der Major nahm eine Zigarette aus einem großen Silberetui, ließ das Etui zuschnappen und klopfte sie auf der Schreibtischplatte aus.

»Haben Sie Feuer?« fragte er Troy und streckte ihm die Zigarette entgegen.

Troy schüttelte den Kopf und sah im nächsten Moment einen kleinen Blitz aufzucken, als Tosca das Rädchen eines Zippo-Feuerzeugs herunterriß, das sie dem Major hinhielt. Der beugte sich vor, machte einen Zug und murmelte dabei etwas, das Troy nicht verstehen konnte. Sie lachte, schaute aber Troy an, während sie dem Major weiter zuhörte.

»Ja, vielen Dank. Ich bin fertig«, sagte Troy.

Er ging mit dem Eindruck, daß seine Unterredung mit dem engsten Verbündeten Großbritanniens durch einen exklusiven Flüsterwitz auf den Punkt gebracht worden war. Dann saß er im Auto, lauschte dem prasselnden Regen, der sein Wagendach zu durchlöchern schien, und fragte sich, wieviel an diesem Fiasko er Pym und wieviel der natürlichen Sturheit von Zelig zuschreiben sollte. Hatte Pym sich nur deshalb so ins Zeug gelegt, um ihn als Idioten hinzustellen? Oder wollte Pym bloß den Schwarzen Peter weiterschieben und ließ Troy deshalb mit Fragen auf Zelig los, auf die er schon längst die Antworten parat hatte?

Der Army-Packard stand immer noch vor ihm. Die Fahrertür ging auf, die Fahrerin im Rang eines WAC-Leutenants zwängte sich zwischen dem Heck des Packard und dem Morris durch und nahm dann neben der Fondtür Haltung an. Troy warf einen Blick nach hinten zum Norfolk House. Einer der MPs lief quer über den Hof und klappte einen großen Schirm auf, der andere stand in Habachtstellung neben der Tür. Plötzlich wußte Troy, wen sie erwarteten. Er erreichte die Eingangstreppe in dem Moment, als Eisenhower unter den schützenden Schirm trat. Doch damit hatte er bereits eine unsichtbare Sicherheitslinie überschritten – ein Unterarm, zur Hälfte im ledernen Stulpenhandschuh versteckt, schwenkte quer vor seine Brust, und der MP sprach ihn leise an.

»Das reicht jetzt, Kumpel. Egal, worum sich's dreht, du bist jetzt nicht dran.«

Eine Sekunde lang standen sich Troy und Ike Aug in Aug gegenüber, dann stieg Eisenhower in das Stabsfahrzeug, das gleich auf den St. James's Square einbog.

»Tut mir leid. Sie sind doch nicht etwa gekommen, um ihn zu sprechen?« fragte der MP.

»Nein«, sagte Troy.

Der Regen durchweichte allmählich seinen Mantel. Er rannte zum Auto zurück. Hatte sich der Versuch gelohnt? Ein glatzköpfiger Amerikaner unterschied sich wahrscheinlich nicht sehr von jedem anderen glatzköpfigen Amerikaner. Abgesehen von der Menge Lametta an der Mütze. Obwohl Troy fairerweise davon ausging, daß Ikes Christbaumkerzen aus Wachs waren.

28

Die Frau am Empfang der MI-5-Zentrale in der St. James's Street sah sich Troys Dienstausweis an und rief nach oben durch.

»Major Pym ist in einer Besprechung«, erklärte sie Troy. Und auch am Telefon bekam er den ganzen Tag über immer dieselbe Auskunft von ihr zu hören, obwohl er zu den unterschiedlichsten Zeiten von Scotland Yard aus wieder anrief. Um sechs Uhr überlegte er, ob er Onions Bericht erstatten, Pym im Albany zur Rede stellen oder Wildeve wie versprochen in der Tite Street ablösen sollte. Aber dann probierte er es mit Pyms Privatnummer, die er sich am Vorabend gemerkt hatte.

»Ich versuch schon den ganzen Tag, dich zu erreichen.«

»Das sagte man mir. Troy, du weißt wohl nicht, wann es Zeit ist aufzugeben.«

»Ich wäre ja ein jämmerlicher Copper, wenn ich wegen so billiger Ausweichmanöver, wie Zelig sie veranstaltet hat, einfach aufgeben würde.«

»Damit habe ich aber nichts zu tun. Ich kann dir jetzt nicht mehr weiterhelfen.«

Troy hörte das Zittern in Pyms Stimme; sein Ton schwankte irgendwo zwischen Mutlosigkeit und Verärgerung.

»Wenn Zelig absolut keine Informationen rausrücken wollte, warum hat er mich dann überhaupt empfangen?«

»Das weiß ich nicht, und ich wünsch mir nur eins: daß du endlich mit der Fragerei aufhörst. Ich kann dir nichts sagen, versteh das doch endlich!«

Troy schwieg einen Moment. Er hörte einen tiefen Seufzer und wußte, daß Pym etwas herausgerutscht war, das er jetzt bereute. Und er fragte sich, was für eine Standpauke man

Pym den ganzen Tag lang gehalten hatte. Wer hatte ihm so sehr die Hölle heiß gemacht, daß er sich jetzt aus lauter Erschöpfung und Nervosität verplapperte? Und genau das herausposaunte, was er nicht verraten sollte?

»Weißt du, Neville, wenn ihr mich zum Aufgeben bringen wollt, dann habt ihr dafür gesorgt, daß ich garantiert weitermache: wegen dem, was du gerade gesagt hast. Also, wer hat dich dazu vergattert, nicht mehr mit mir zu reden?«

Pyms Stimme klang jetzt gedämpft; sein Ärger war verraucht, der Erschöpfung gewichen. »Troy, ich kann dir nicht helfen. Wirklich nicht. Wenn du nur wüßtest ... Wenn du nur eine Ahnung hättest ... wenn du ... um Gottes willen, laß die Sache sausen!«

»Das kann ich nicht.«

»Dann reiß mich nicht mit rein.«

Troy hörte, wie Pym den Hörer auflegte. Alle seine Zweifel, ob der Mord an von Ranke wirklich vertuscht worden war und aus welchen Motiven man ihn – ebenso wie Brand und Wolinski – umgebracht hatte, verflüchtigten sich wie Irrlichter. Das Gespräch mit Pym hatte seine Phantasie freigesetzt, und er fühlte das Kribbeln bis in die Fingerspitzen – pures Jagdfieber. Er nahm den Bus Richtung Chelsea Embankment, um Wildeve abzulösen.

29

An der Ecke Tite Street und Royal Hospital Road konnte er keine Spur von Wildeve entdecken. Aber das war ja auch gut so. Hätte Troy ihn gesehen, dann bestimmt nicht als einziger. Er ging Richtung Chelsea Embankment weiter.

»Psst«, hörte er, als er am Haus gegenüber von Nummer 55 vorbeikam.

»Psst.« Noch einmal. Und noch nachdrücklicher, soweit das bei einem Psst möglich war.

Troy blickte nach unten und sah Wildeves Hand, die von der Souterraintreppe nach seinem Knöchel griff.

»Hier unten!« flüsterte er.

Troy öffnete das Törchen und sah Wildeve auf den Stufen sitzen, das Straßenpflaster in Augenhöhe. Er hockte sich neben ihn.

»Die Leute hier haben anscheinend alles verrammelt und verriegelt, bis der Krieg vorbei ist«, flüsterte Wildeve. »Äußerst günstig. Ein bequemes Loch, wie?«

»Jack, warum flüstern wir, wenn sie gar nicht da sind?«

Wildeve riß den Mund auf, aber Troy schnitt ihm mit einer Handbewegung das Wort ab. »Was tut sich denn?«

»Absolut nichts. Ich bin seit Mittag hier. So lange hat's gedauert, bis ich wieder trocken war. Ich weiß, daß sie drin ist; ich hab sie mehrmals am Fenster im ersten Stock gesehen.«

»Allein?«

»Ich denke ja. Das Hausmädchen ging ein paarmal rein und raus. Und natürlich die übliche Handvoll Lieferanten an der Souterraintür. Wenn noch jemand bei ihr da oben sein sollte, dann schon seit dem Morgen. Ich hab niemanden kommen sehen.«

»Okay«, sagte Troy. »Du kannst jetzt nach Hause gehen und dich aufwärmen.«

»Ach, wie schön. Ich dachte schon, du würdest gar nicht mehr aufkreuzen.«

»Wer ist es denn heute abend?« fragte Troy.

»Noch eine Wren – Women's Royal Naval Service, du weißt schon. Alle netten Jungs mögen Matrosenhemdchen.«

Wie ein Kind, das die ihm eingebleuten Regeln der Verkehrserziehung genau befolgt, guckte Wildeve über die oberste Treppenstufe erst nach rechts, dann nach links und wieder nach rechts, bevor er in Richtung Fluß losmarschierte. Anderthalb Stunden später saß Troy steifgefroren und zutiefst gelangweilt in der pechschwarzen Dunkelheit. Wie hatte Wildeve das bloß sechs Stunden oder noch länger durchgehalten? Er stand auf, um einen Krampf im rechten Bein zu lösen, rieb sich die Narbe am Arm, die bei der feuchten Witterung wieder schmerzte, und klopfte sich die Hosen ab. Plötzlich drang ein Lichtstrahl aus dem Fenster im ersten Stock des gegenüberliegenden Hauses. Er sah ein Frauengesicht und eine Hand, die die Verdunkelung richtete. Es war zweifellos dieselbe Frau, die er in Stepney gesehen hatte, das erkannte er selbst bei einem so kurzen Blick. Dieses aufregende Gesicht vergaß man nicht so leicht.

Troy ging über die Straße und starrte zum Fenster hoch, aber jetzt war kein Lichtstrahl und keine Bewegung mehr zu sehen. Dann kam ihm eine Idee. Er ging zum Eingang und klingelte. Träge, müde Füße stapften die Treppe aus dem Untergeschoß hoch, die Tür öffnete sich einen Spaltbreit. Ein junges Hausmädchen mit schiefsitzendem Häubchen und Strümpfen, die so viele Falten schlugen, als hätte sie sie zu hastig angezogen, stand in der Tür.

»Ja?« fragte sie.

»Sergeant Troy«, sagte Troy und zeigte seinen Ausweis.

»Lieferanteneingang ist unten«, sagte das Mädchen und wollte die Tür wieder schließen. Troy klemmte einen Fuß dazwischen und drückte mit einem Arm nach. Lieferanteneingang! Liebe Güte, konnte die Frau ihm denn nicht den feinen Pinkel anhören? Hatten die paar Jahre Streifendienst bewirkt, daß man ihn mit dem Fleischerjungen verwechselte? Er griff in die Jackentasche und reichte ihr eine seiner privaten Visitenkarten aus der Vorkriegszeit mit der Anschrift seiner Eltern.

»Nehmen Sie meine Karte, und übergeben Sie sie Lady Diana. Sagen Sie ihr, Mr. Troy würde sie gern sprechen. Jetzt gleich!«

Das Mädchen griff nach der Karte und lief nach oben, Troy wartete im Flur. Eine Minute verging in völliger Stille; dann kehrte sie zurück.

»Die Gnädigste sagt, ich soll Sie raufbringen«, erklärte sie halb flüsternd. »Coppers sind immer Lieferanteneingang. Das hat die Köchin gesagt«, setzte sie dreist hinzu.

Diana Brack legte ihren Auftritt mit dramatischem Touch an. Sie durchschritt den Raum der Länge nach mit ausgestrecktem Arm und begrüßte ihn mit einem festen, männlichen Händedruck.

»Mr. Troy. Es tut mir so leid. Aber hier trifft wieder einmal das alte Klischee zu. Man bekommt heutzutage einfach kein geeignetes Personal.«

Sie war mindestens eins fünfundsiebzig und trug ein Ensemble im Stil des alten Music-Hall-Stars Vesta Tilley. Eine maßgeschneiderte Plissee-Ausführung der klassischen gestreiften Herrenhose umflatterte ihre langen Beine und lag eng an der Taille an – eine schwarze Seidenbluse mit silbernen Manschettenknöpfen fiel von den breiten Schultern über den kleinen Busen. Um den Hals trug sie eine einreihige Perlenkette. Aber das war wohl kaum ein femininer Akzent, denn ihre gesamte Erscheinung ironisierte die Weiblichkeit. Ihr Teint war porzellanweiß, glänzendes schwarzes Haar wellte sich eine Handbreit über den Schultern, eine Locke fiel ihr lässig ins rechte Auge. Als sie die Hand zurückzog, schob sie sich die Strähne aus dem Gesicht, und Troy blickte in tiefgrüne Augen. Das war eine Frau, dachte er, die auf die Mode pfiff, aber mit einer derartigen Extravaganz, wie er sie seit langem nicht mehr erlebt hatte. Eine überwältigende Studie in Schwarz und Weiß. Die Enttäuschung bei Wildeves Brüdern und dem seligen Al Bowlly konnte er sich gut vorstellen. Ein Gesicht, für das ein Mann schon töten oder sich töten lassen mochte. Diana Brack war zweifellos eine der schönsten Frauen Londons. Es mußte ihren Vater sehr quälen, dachte Troy, daß sie mit vierunddreißig immer noch unverheiratet war. Nicht, daß man ihr das Alter ansah. Er hätte sie auf Mitte Zwanzig geschätzt, nur war ihre Haltung dafür zu selbstbewußt.

»Setzen Sie sich doch bitte. Was darf ich Ihnen anbieten? Daisy sagt, Sie seien bei der Polizei. Was für eine Überraschung!«

Sie nahmen rechts und links von dem riesigen Eichenkamin Platz – sie auf einem Knole-Sofa, wo sie die Beine übereinanderschlug und leicht mit dem Fuß wippte, so daß am Knöchel ein kleines Stück schwarzer Strumpf sichtbar wurde; Troy auf einem Sessel. Er mußte sich alle Mühe geben, um der wohligen Trägheit zu widerstehen, die sie auszustrahlen schien. Den Fußboden zwischen ihnen bedeckte ein wildes Durcheinander von Zeitungen, und irgendwo dazwischen lag ein aufgeschlagenes Buch – Troy hob innerlich die Augenbrauen beim Anblick von Engels' *Lage der arbeitenden Klassen in England.*

»Kann ich Ihnen wirklich nichts anbieten?« fragte sie abermals, und wieder schien sie keine Antwort zu erwarten. »Draußen muß es doch schrecklich kalt sein.«

»Nein, vielen Dank. Nur ein paar Fragen, und dann mache ich mich wieder auf den Weg.«

»Fragen an mich? Großer Gott.«

Diese gespielt naive Unschuld war irritierend und schrie geradezu nach einem drastischen Schritt.

»Ich ermittle in einem Mordfall«, sagte Troy.

Diese Einleitung beeindruckte eigentlich jeden seiner Gesprächspartner und veranlaßte ihn zu einer kerzengeraden, aufmerksamen Haltung. Doch Diana Bracks Haltung veränderte sich nicht. Weder lächelte sie, noch sah sie besorgt aus. Ihre Empfindungen waren nur an der Stimme zu erkennen; in ihren grünen Augen konnte Troy nichts lesen.

»Und Sie wollen mich befragen?« fragte sie mit einem Anflug von Skepsis. »Wer genau soll denn ermordet worden sein?«

»Das kann ich Ihnen nicht sagen.«

»Dann dürfte es Ihnen schwer werden, mich auszufragen.«

»Weshalb waren Sie Sonntag abend bei Peter Wolinski?«

Diese Frage überraschte sie. Ein wenig. Ihre Haltung veränderte sich kaum merklich, sie senkte leicht den Kopf, so daß ihr die Haarlocke wieder ins Auge fiel. Aber dann schob sie sie nach hinten, blickte Troy an und umfaßte mit gefalteten Händen ihre Knie, so fest, daß sich auf ihrem Handrücken blaue Venen abzeichneten.

»Großer Gott. Sie wollen mir doch hoffentlich nicht sagen, daß Peter Wolinski ermordet worden ist?«

»Nein, ich sage nichts dergleichen. Warum waren Sie dort?«

»Nur aus Neugier. Ich hatte Peter eine Zeitlang nicht gesehen, nichts von ihm gehört. Ich dachte, ich schaue mal rein und sehe nach ihm.«

»Sie kamen also ganz zufällig vorbei?«

»Natürlich nicht. Man kommt nicht ganz zufällig nach Stepney Green. Man nimmt eine höchst umständliche Fahrerei in Kauf, um nach Stepney Green zu kommen. Aber woher wissen Sie, daß ich dort war? Ich streite es überhaupt nicht ab, aber wie haben Sie davon erfahren?«

»Man hat Sie gesehen.«

»Ach ja. Man hat mich gesehen. Spioniert man mir jetzt nach, Mr. Troy?«

Mischte sich da ein pikierter Ton in die Unschuldspose? Ein kleines Schmollen? Spielte die Frau mit ihm? Sie entspannte sich wieder, löste die langen Finger voneinander und lehnte sich zurück. Troy hatte den Eindruck, daß der leicht erhobene Ton ihrer Stimme keine angemessene Reaktion auf seine Andeutungen war. Bei Diana Brack fehlte die typische Entrüstung, die eigentlich jeder zeigte, wenn er merkte, daß die Polizei in sein Privatleben eindrang – und das galt vom Fassadenkletterer bis hinauf zum Lord. Bei ihr waren die Reaktionen zu raffiniert und zu spitzfindig, als daß sie ihre Unschuld hätten unterstreichen können. Sie spielte das Spiel zu gut. Aber ob sie oder er gewinnen würde, mußte sich erst noch erweisen.

»Natürlich nicht«, sagte er. »Aber Mr. Wolinski wurde als vermißt gemeldet. Wir hätten gern mehr über seinen Umgang erfahren.«

»Ja, ich habe ihn seit mehr als zwei Wochen nicht gesehen. Wenn Sie mich beobachtet haben, dann wissen Sie auch, daß er nicht zu Hause war, als ich bei ihm vorbeikam.«

»Als Sie Wolinski das letztemal trafen ...«

Sie fiel ihm ins Wort, weil sie die Frage schon erraten hatte. »Das war im Bricklayers Arms. Diesem Pub an der Ecke der Straße, wo er wohnt. Nein, er hat nichts getan, das mir verdächtig vorgekommen wäre. Er schien auch in keiner Weise besorgt. Und daß er türmen wollte, hat er mir jedenfalls nicht angekündigt.«

Troy änderte seine Taktik. Wenn sie glaubte, ihn mit einem Sperrfeuer von Worten loswerden zu können, dann würde sie sich noch wundern.

»Woher kennen Sie Wolinski?«

»Wir haben gewisse gemeinsame Anliegen.«

»Anliegen?«

»Politische Auffassungen.«

»Soweit ich weiß, ist Wolinski Kommunist.«

»Schön und gut, aber das ist ja wohl nicht verboten, oder? Ja – ich habe Peter durch die Kommunistische Partei kennengelernt. Vor etwa einem Jahr in Whitechapel.«

»Aber Sie selbst sind kein Mitglied?«

»Nein, Mr. Troy, ich bin kein Mitglied.«

»Dann sind Sie Sympathisantin.«

Sie lächelte breit. Ein prächtiges, gleichmäßiges weißes Gebiß, an dem keine Vorkriegs-Zahnmedizin herumgedoktert hatte. »Mr. Troy, höre ich da einen Unterton von Snobismus heraus? Ich glaube nicht, daß von mir verlangt werden kann, meine politische Haltung zu erläutern oder zu rechtfertigen. Manchmal ist der Trittbrettfahrer eben besser dran als der Passagier mit Fahrschein, denn er kann im richtigen Moment abspringen.«

Troy lächelte. Danach hätte er als nächstes gefragt. »Und Sie treffen ihn ab und zu?«

»Nein, ich treffe ihn häufig.«

»Aber in letzter Zeit nicht?«

»Ich glaube, das war der Ausgangspunkt unseres Gesprächs.«

»Und Wolinskis Apartment haben Sie nicht betreten?«

»Apartment?« Sie dehnte das Wort, betonte es durch mehrere zusätzliche Silben. »Peter war nicht zu Hause. Ich habe geklopft. Niemand hat aufgemacht. Dann bin ich gegangen. Ich habe keine Ahnung, wo er ist oder weshalb er sich nicht gemeldet hat. Es tut mir sehr leid, aber ich weiß wirklich nicht, wie ich Ihnen helfen könnte.«

Das war der Schlußsatz, nach dem der Gastgeber in einem Theaterstück von J. B. Priestley aufstand und nach dem Butler läutete, damit dieser dem Detective den Weg zur Tür und seinen Platz in der Gesellschaft weisen konnte. Doch Troy wußte, daß seine gesellschaftliche Stellung sich schon durch seinen Akzent verriet. Nur dem begriffsstutzigsten aller Dienstmädchen konnte das entgehen, aber gewiß nicht Diana Brack. Und er wußte, daß sie log. An das Geräusch des Schlüssels in Wolinskis Türschloß erinnerte er sich noch ganz deutlich. Außerdem lehnte sie sich in diesem Moment weit vor, verringerte die Distanz zwischen sich und ihm, und der Duft, jener unverwechselbare Geruch nach verbranntem Zimt, der ihn durch die beiden vorderen Zimmer begleitet hatte, wehte zu ihm herüber.

»Schauen Sie. Sie kommen hierher und erzählen mir, Sie ermitteln in einem Mordfall. Sie können mir nicht sagen, um wen es geht. Aber Sie können mir auch nicht sagen, daß es Peter ist. Sie sagen, man hätte mich gesehen, als sei es ein Geheimnis, daß wir miteinander befreundet sind. Offenkundig haben Sie mich hierher verfolgt. Also bitte – was ist Ihrer Meinung nach mit Peter passiert, und worin sehen Sie den Zusammenhang mit mir? Ich habe wohl ein Recht, das zu erfahren.«

»Ich weiß wirklich nicht, was ihm zugestoßen ist. Und ich bin ebenso besorgt wie Sie. Ich hatte gehofft, Sie könnten vielleicht Licht in sein plötzliches Verschwinden bringen. Das ist tatsächlich alles. Aber«, fügte Troy hinzu und zog sein Notizbuch aus der Manteltasche, »sollte Ihnen etwas einfallen, von dem Sie meinen, es könnte uns weiterhelfen, dann rufen Sie mich doch bitte an.«

Er kritzelte »Whitehall 1212« in sein Buch, eine Telefonnummer, die in Großbritannien jedes Kind auswendig kannte, und beobachtete Diana Brack dabei aus dem Augenwinkel. Sie warf einen kurzen Blick nach rechts auf die halbgeöffnete Tür zum Nebenzimmer. Einen ganz flüchtigen, kaum wahrnehmbaren Blick. Als Troy die Augen vom Papier hob, sah sie ihn wieder direkt an. Sie lächelte und nahm ihm den Zettel aus der Hand, und er wußte so sicher, wie dieser Tage Eier aus Pulver waren, daß sich im Nebenzimmer jemand verbarg.

30

Er wartete fünf Minuten ab, bevor er zur Souterraintreppe des gegenüberliegenden Hauses zurückschlich. Eine Viertelstunde später öffnete sich die Tür von Nr. 55. Diana Brack trat heraus, blieb auf dem Trottoir stehen, blickte die Straße auf und ab und kehrte zum Hauseingang zurück. Troy hörte ein geflüstertes »Alles in Ordnung«, dann kam ein großer, kräftiger Mann in einem braunen Gabardinemantel mit straff zugezogenem Gürtel die Treppe herab und schlang seine Arme um sie. Als die beiden sich voneinander lösten, neigte der Mann den Kopf nach vorn, um einen Filzhut aufzusetzen, und im Schein des Lichtes, das aus der offenen Tür fiel, konnte Troy ihn ganz deutlich erkennen: Es war der amerikanische Major, den er im Vorzimmer von Zeligs Büro gesehen hatte. Er war in Zivil, aber unverkennbar derselbe. Und nun lächelte er Diana Brack genau auf die Art an, wie er Sergeant Tosca angelächelt hatte. Auf die Art, wie der Wolf Rotkäppchen anlächelte.

Diana Bracks Blick folgte dem Amerikaner ein ganzes Stück die Straße entlang. Und dieser liebevolle Blick dauerte so lange, daß Troy schon nervös wurde. Als sie endlich die Tür geschlossen und die Verdunkelung heruntergezogen hatte, war Troys neue Zielperson schon außer Sicht. Aber er hatte die Schritte des Mannes bis zum Ende der Straße hallen gehört, und so rannte er jetzt über die Royal Hospital Road. An der Ecke Christ Church blieb er stehen. Der Amerikaner war nirgends zu sehen. Troy lief weiter Richtung Norden, bis er bei Tedworth Gardens ankam, einem öffentlichen Park, dessen Gitter längst durch ein Gewirr aus Stacheldraht und Brettern ersetzt worden war. Nun, da sich seine Augen allmählich auf die Dunkelheit einstellten, konnte Troy erkennen, daß der Park zu einem riesigen Stück Schrebergarten verkommen war, auf dem hie und da eine Nissenhütte oder ein Anderson-Schutzraum stand. Er beschloß, zwischen den Parzellen weiterzugehen. Aus der Dunkelheit sprach ihn eine Stimme an.

»Na, Kamerad, suchen Sie vielleicht den Major?«

Plötzlich glühte eine Zigarette auf, und in ihrem Schein wurde ein Gesicht erkennbar. Troy trat näher. Es war ein riesiger, kahlköpfiger, dicker Mann in der Uniform des Räum- und Rettungsdienstes, den er nach Wildeves Beschreibung sofort erkannte. Er hockte auf einem alten Stuhl, dem die Lehne und mindestens ein Bein fehlten, und zu seinen Füßen lag ein großes weißes Schwein.

»'n Abend«, sagte der Mann. Und das Schwein grüßte mit einem Grunzen. »Dann halten Sie sich mal rechts, Richtung St. Leonard's, dann biegen Sie links in die Smith Street, und schon sind Sie auf der King's Road. Is der schnellste Weg zur U-Bahn Sloane Square. Tja, Kamerad, wenn Sie sich ranhalten, dann können Sie den Major noch zu sehen kriegen. Aber aufgepaßt, daß er Sie nicht zu sehen kriegt. Ihnen sieht man den Copper doch schon von weitem an.«

Troy nahm sich nicht die Zeit, den Mann zu fragen, woher er Bescheid wußte. Möglich, daß der Alte mit irgend jemandem unter einer Decke steckte, der ihm diesen Spruch eingetrichtert hatte, aber für Troy zählte jetzt jede Minute und jede mögliche Spur, und daher lief er gleich los, Richtung Smith Street. Als er in die King's Road einbog, ließ er die kurze Szene noch einmal Revue passieren. Wenn der

Mann geblufft hatte, dann mußte er schon über magische Kräfte verfügen. Die Straße war voller Fußgänger, und die meisten von ihnen schienen Männer mit Filzhüten und Regenmänteln zu sein, aber bei diesem Wetter trugen praktisch alle Männer Filzhut und Regenmantel. Doch der Amerikaner würde zumindest durch seine Größe auffallen: Es gab nicht viele Engländer über eins neunzig. Also hielt sich Troy an den Rat des Alten, lief weiter Richtung Sloane Square und hoffte nur, daß er in der Dunkelheit dem Amerikaner nicht versehentlich auf die Hacken treten würde. Hinter der zweiten Querstraße glaubte er, in der kleinen Menschenmenge, die sich die King's Road hinunterbewegte, seinen Amerikaner ausgemacht zu haben. Beide überquerten den Platz in kaum zehn Metern Entfernung, und dann sah Troy, wie der andere die U-Bahn-Station betrat. Er blieb vor dem Eingang stehen, um dem Amerikaner Zeit zu lassen, sich eine Fahrkarte zu kaufen und zu den Gleisen hinunterzugehen. Dann folgte er ihm ins Gebäude und hielt auf die Treppe zu, die zum Bahnsteig Richtung Osten führte – also ins Stadtzentrum –, blieb aber auf dem mittleren Absatz stehen und spähte hinab auf den Bahnsteig. Am unteren Ende der Treppe standen ein halbes Dutzend Menschen, genug, um die Verfolgung unauffällig fortsetzen zu können. Er schloß von hinten zu der kleinen Gruppe auf, stellte seinen Mantelkragen hoch und bemühte sich, nicht in die naheliegende Richtung zu schauen. Wenn der Zug einfuhr, würde er nach vorn treten, aber so lange warten, bis der Amerikaner eingestiegen war, und dann möglichst einen Waggon weiter aufspringen. Er blickte über die Gleise zum anderen Bahnsteig hinüber, als er das Rattern eines nahenden Zuges in Gegenrichtung hörte. Die Menge auf der anderen Seite bewegte sich instinktiv vorwärts. Und dort, ganz vorn, stand der Amerikaner und drehte den Kopf dem Zug entgegen. Hätte er geradeaus über die Gleise geschaut, dann hätte er Troy direkt ins Gesicht geblickt. Gleich darauf verschwand der Amerikaner hinter dem einfahrenden Zug. Troy rannte die Treppe hoch, über die Brücke zur Schalterhalle und kam gerade noch rechtzeitig auf der anderen Seite an, um hineinzuspringen, bevor sich die Türen zischend schlossen. Die District Line lief nicht durchgehend unterirdisch, so daß für ihre Züge Verdunkelung angeordnet war – nur kleine, in die Stoffbahnen geschnittene Rauten ließen ein wenig Licht hinaus. Die Dunkelheit draußen war weitaus angenehmer als das schwül-schummrige Zuginnere. Troy hatte das Gefühl, einen ersten Kreis der Hölle zu betreten. Der Wagen war bis auf den letzten Platz besetzt. Troy sah sich um. An den Doppeltüren in der Mitte, also kaum mehr als fünf Meter entfernt, stand mit dem Rücken zu ihm der Amerikaner. Und schon fuhr der Zug mit lautem Quietschen in South Kensington ein – einer der oberirdischen Stationen. Der Amerikaner war unter dem ersten halben Dutzend, das hier ausstieg, und marschierte sofort in Richtung Fahrstuhl zur Piccadilly Line. Die Schlange vor dem Lift war so lang, daß Troy darauf setzte, zu Fuß über die Wendeltreppe schnell genug unten sein zu können. In denselben Fahrstuhl einzusteigen wie der Mann, den er beschattete, verbot sich von selbst; auf den nächsten zu warten hieß das hohe Risiko einzugehen, daß er ihm entwischte. Aber Troy gewann das Rennen; er kam in dem Moment unten an, als die Fahrstuhltüren aufgingen, blieb direkt neben dem Treppenschacht stehen und sah gleich darauf den Amerikaner herauskommen und in den Korridor zur U-Bahn Richtung Norden biegen, die ihn via Knightsbridge und Piccadilly direkt ins Zentrum Londons befördern würde.

Jeder Fahrgast, der hier unter der Erde den Bahnsteig entlangging, mußte sich zwischen einem Heer von Zufluchtsuchenden durchkämpfen. Da Troy nur selten U-Bahn fuhr und sich bei Fliegeralarm am liebsten im Freien aufhielt, hatte er schon fast vergessen, wie es hier allabendlich zuging: Um sich vor Hitlers Bomben in Sicherheit zu bringen, kampierten Tausende von Londonern mit ihren Feldbetten und Primuskochern dreißig Meter unter der Erde. Dieses »Blitz«-bedingte Leben im Untergrund war schon Bestandteil der Kriegsfolklore, aber seit den neuen schweren Luftangriffen, die im Februar begonnen hatten, plötzlich wieder ganz aktuell geworden. Viele Menschen warteten nicht mehr darauf, daß Sirenen den unmittelbar bevorstehenden Angriff der Luftwaffe verkündeten, sondern flüchteten sich vorsorglich und vorzeitig in die tiefgelegenen Höhlen des U-Bahn-Systems. Schon in den frühen Morgenstunden besetzten Kinder die Plätze für ihre Familien, obwohl der Aufenthalt für Nicht-Reisende zur Winterszeit offiziell erst ab vier Uhr nachmittags gestattet war. Wenn der letzte Zug durchkam, waren die Bahnsteige, die Korridore und sogar die über Nacht abgestellten Rolltreppen voll von schlafenden Menschen. Jetzt, bei der zweiten Angriffswelle, klappte die Organisation schon besser – lange Reihen von bis zu drei Etagen hohen Metallbetten säumten die Bahnsteige, an deren Enden chemische Toiletten aufgestellt waren. Doch trotz aller Verbesserungen – die Anwesenheit von über zweitausend Menschen auf engstem Raum schuf eine so bedrückende Atmosphäre, daß Troy den Aufenthalt im Freien allemal vorzog. Es war seine Entscheidung zwischen menschlichen Ausdünstungen – versetzt mit scharfen Desinfektionsmitteln – und dem Geruch nach Kordit, zwischen dem Risiko, den Tod zu finden, und der Sicherheit eines Ortes, der nichts weiter als ein besserer Kerker war. Die schiere Menge an Unterirdischen ließ denen, die noch unterwegs waren, die noch weiterwollten, so gut wie keinen Raum. Sobald er auf dem

Bahnsteig angelangt war, konnte Troy kaum noch einen Schritt tun, ohne Schutzsuchenden wie Passagieren in die Quere zu kommen. Er versuchte, sich so nah wie möglich an seinen Mann heranzuarbeiten, wenn auch jedes lautstarke »Passen Sie gefälligst auf!« die Gefahr barg, unerwünschte Aufmerksamkeit auf sich zu lenken. Aber er schaffte es, zu dem Grüppchen von Fahrgästen aufzuschließen, das direkt an den Gleisen stand. Von dem Amerikaner trennten ihn jetzt nur noch wenige Schritte. Hinter ihm versuchte eine Mutter, ihr kleines Töchterchen ins Bett zu bringen. Daneben hockte eine Greisin beim Teekochen. Ganz oben auf dem Etagenbett lag ein alter Mann, der bereits laut schnarchte. Troy richtete den Blick lieber auf die Reklametafeln, als das Privatleben anderer Menschen zu beobachten, das hier peinlicherweise öffentlich wurde. Wahrscheinlich, hatte er schon manches Mal gedacht, schickte die englische Oberschicht ihre Sprößlinge deswegen in Public Schools – und deswegen hießen sie auch »public«, also öffentlich, obwohl sie nur einer exklusiven Minderheit zugänglich waren: Sie wollte ihre Kinder vom hohen Wert der Privatsphäre überzeugen, indem sie sie zwang, ihre Entwicklungsjahre in der Öffentlichkeit zu verbringen. Öffentliche Körperpflege, öffentliche Schlafzimmer, öffentliche Züchtigungen. Aber dann konnte er es sich doch nicht verkneifen, den Kopf nach hinten zu drehen und einen Blick auf die Mutter mit dem Kind zu werfen. Die Kleine plapperte munter und unbefangen drauflos, während die Mutter mit sichtlicher Verlegenheit ihre Kleidung zusammenlegte und sie in einen Sirenenanzug steckte, wie die Schlafsäcke mit Reißverschluß neuerdings genannt wurden.

Als der Zug Richtung Zentrum losfuhr, saß Troy einen Waggon hinter dem Amerikaner. Die Schiebefenster zwischen beiden Wagen waren offen, um Luft hereinzulassen, und er konnte direkt nach vorne durchsehen. Sein Mann hatte sich den letzten Sitz an der Tür gesichert und gleich darauf in die Lektüre der aktuellen *Evening News* vertieft. Die Bahnhöfe sausten vorbei – Hyde Park Corner, Green Park, Piccadilly Circus –, und noch immer machte der Amerikaner keinerlei Anstalten auszusteigen. Er sah zwar hoch, als der Zug in Piccadilly einfuhr, aber nur, um das Schild zu lesen, und vertiefte sich gleich wieder in seine Zeitung. An den Stationen Leicester Square und Covent Garden hob er nicht einmal den Kopf.

Wohin wollte er? Troy hatte fest damit gerechnet, daß er entweder am Leicester Square oder am Piccadilly Circus aussteigen würde – den Haltestellen, von denen aus man direkt ins West End gelangte und ganz speziell zur Rainbow Corner, dem riesigen Club für amerikanische Militärangehörige. Doch erst als die U-Bahn in Holborn einfuhr, stand der Mann auf, schob die Zeitung in seine Manteltasche und stellte sich an die Doppeltür. Eine Sekunde, bevor sie sich öffnete, zupfte er noch schnell an seiner Hutkrempe, duckte sich dann und schlüpfte, sobald der Türspalt breit genug war, hinaus auf den Bahnsteig. In Holborn sah es noch schlimmer aus als in South Kensington. Dieser Bahnhof war so überfüllt, daß die Fahrgäste sich ihren Weg zum Ausgang fast erkämpfen mußten, und die Zubringerlinien spuckten immer noch neue Menschenmassen aus, die auf den Bahnsteig drängten. Voll darauf konzentriert, den Amerikaner nicht aus den Augen zu verlieren, trat Troy auf ein Bein. Das Bein trat zurück. Irgend jemand brüllte ihn an, er solle sich die Mühe sparen, sich zum Ausgang durchzukämpfen – es gebe sowieso Fliegeralarm.

Obwohl Troys Orientierungspunkt, der Rücken des Majors, allmählich in der Ferne verschwand, drängte Troy sich weiter durch die Menge. Dabei kam er an einer biederen, mütterlich wirkenden Frau vorbei, die offenbar ein hitziges Wortgefecht mit einem uniformierten amerikanischen Corporal führte. Er blieb nicht stehen. Sein Mann war besser vorangekommen – Troy hatte nur noch wenige Sekunden Zeit, um so weit aufzuholen, daß er ihn nicht ganz aus den Augen verlor. Da hörte er, wie der Streit hinter ihm explodierte: Jetzt war unverkennbar Gefahr im Verzug.

»Und ich sag Ihnen, Lady, die schnapp ich mir!«

»Nu hörnse schon auf, sie ist doch erst fünfzehn, wollnse mich veräppeln?«

Troy drehte sich instinktiv um. Der Corporal hielt ein junges Mädchen am Arm fest und drohte der älteren Frau mit der anderen, erhobenen Hand. Troy warf einen Blick zurück. Der Amerikaner war fast schon am Ausgang.

»*Ich* soll *Sie* veräppeln? Das Mädel hat mir fünf Pfund abgeknöpft, und dafür will ich jetzt auch was haben!«

»Dreckskerl! Ja sehnse denn nich, daß die noch viel zu jung is, um auf'n Strich zu gehen?«

»Hören Sie, Lady, das ist mir scheißegal. Und ob Sie's glauben oder nicht – die ist regelrecht über mich hergefallen.«

Der Amerikaner verschwand im Tunnel zum Ausgang. Troy drehte den Kopf gerade noch rechtzeitig, um zu sehen, wie der Corporal die Frau mit der geballten Faust ins Gesicht schlug. Und jetzt setzte er sich in Bewegung, ohne Rücksicht auf die Menschen, die am Boden lagen, und packte den Corporal an seinem freien Arm. Der Mann ließ das Mädchen los und stieß Troy rückwärts in ein kleines Grüppchen Schlafender. Als Troy sich hochgerappelt hatte, zerrte der Mann die Kleine bereits hinter sich her. Sie schrie.

»Mom! Ich hab's nicht getan! Ehrlich nicht!«

Troy machte einen Hechtsprung, packte den Mann an den Beinen, schaffte es aber nicht, ihn umzuwerfen. Er hatte eben nicht das nötige Gewicht für einen Rugby-Angriff auf einen eins achtzig großen und vielleicht neunzig Kilo schweren Mann. Gleich darauf merkte er, wie er hochgezogen wurde – sein Kontrahent hatte ihn am Kragen gepackt, nur um ihn rückwärts in eins der Etagenbetten zu stoßen. Troy landete einen Treffer direkt auf seine Nase. Damit war der Corporal einen Moment lang außer Gefecht gesetzt; er ließ Troy los und hielt sich beide Hände vors Gesicht. Ringsherum schrien Frauen. Bevor Troy sich ducken konnte, packte der Mann ihn an der Gurgel und zog ihn in den Seitentunnel, der zum Notausgang führte. Er stieß Troy gegen die Wand, griff wieder nach ihm, drehte ihn im Kreis herum, schlug ihn noch zwei-, dreimal, drehte ihn erneut im Kreis herum und knallte ihn mit voller Wucht direkt gegen die Wand gegenüber der Wendeltreppe. Dann ließ er ihn los und begann mit den Fäusten wild um sich zu schlagen. Troy sackte zusammen, zog aber ein Knie hoch, stieß es dem Corporal in die Hoden, und als dessen Arme herabsanken, streifte er ihm eine Handschelle über und ließ sie einschnappen. Dann legte er sich selbst die andere ums linke Handgelenk und schlug den Mann drei-, viermal kräftig ins Gesicht. Der Amerikaner brach auf ihm zusammen, und plötzlich war die ganze Welt schwarz und heiß und roch unerträglich nach Karbid. Und das Schreien verstummte.

31

Troy kroch. Es war ein großes, offenes, schlammiges Feld unter einem blutroten Mond. Auf dem Hügel in der Ferne stand eine Gestalt, die er nur als Silhouette wahrnehmen konnte, und Troy wußte, daß er sich darauf zubewegen mußte. Er versuchte aufzustehen, stellte aber fest, daß der Schlamm seine Hände nicht freigab, also kroch er weiter auf die winkende Gestalt zu. Sein klatschnasses Nachthemd klebte ihm am Rücken fest. Der Himmel erstrahlte im glühend-grellen Licht von Raketen. Ein Mann beugte sich über ihn. Und während der Mond ins Tageslicht davonzog und die Gestalt auf dem Hügel sich in nichts auflöste, wurde aus dem verschwommenen Fleck direkt über ihm ein Gesicht mit erkennbaren Zügen.

»Freddie?«

Es war Wildeve. Wildeve. Was zum Teufel wollte er hier?

»Jack. Was willst du hier?«

Hatte er da eben selbst gesprochen? Ihm war, als wären diese Worte nicht aus seinem Mund gekommen.

»Freddie. Weißt du, wo du bist? Du bist im Middlesex Hospital in der Mortimer Street. Man hat dich nach dem Luftangriff hierhergebracht.«

»Was?«

»Du bist von einer Bombe erwischt worden.«

Der Raum hinter Wildeve nahm von selbst Form an. Es war ein kleiner Krankensaal. Er konnte die Betten gegenüber erkennen. Wildeve saß neben ihm am Bettrand.

»Entschuldige, Jack. Ich war wohl nicht so ganz bei mir.«

»Du warst schon fast endgültig weg.«

»Erzähl mir, was passiert ist.«

»Du bist im U-Bahnhof Holborn gefunden worden, im Korridor zum Notausgang, direkt vor der Treppe. Erinnerst du dich daran, daß du dort warst?«

Troy nickte.

»Eine Bombe hat den Luftschacht getroffen. Sie ging direkt durch die Wendeltreppe – wie ein heißes Messer durch Butter. Muß etwa fünfzehn, zwanzig Meter über dir explodiert sein. Hat die Treppe in ein Schrapnell verwandelt. Wir haben dich zusammen mit einem Amerikaner gefunden. Mit Handschellen aneinander gefesselt. Er hat dir das Leben gerettet. Hat die Druckwelle komplett abgefangen. Von seinem Rücken war so gut wie nichts mehr übrig. Ein Stück von der Treppe hat sich in ihn gebohrt und ist erst knapp vor deinem Brustkorb steckengeblieben. Er war auf der Stelle tot. Die anderen auch.«

»Die anderen? Welche anderen?«

Wildeve warf einen schnellen Blick durch den Krankensaal, um sicherzugehen, daß ihnen niemand zuhörte, und beugte sich dann noch weiter zu Troy herüber.

»Die Menschen, die sich dorthin geflüchtet hatten.«

»Was ...?«

»Freddie, außer dir sind alle Menschen in diesem Korridor umgekommen. Und auch die meisten auf den Bahnsteigen. Die Jungs vom Rettungsdienst schätzen, um die sechshundertfünfzig Tote. Du hast ein Riesenglück gehabt. Als du gefunden wurdest, warst du an eine Leiche gefesselt!«

Wildeve unterbrach sich. Troy seufzte tief, aber vor Müdigkeit, nicht vor Schreck. Die Zahl blieb abstrakt, verband sich nicht mit Schicksalen, auch seinem eigenen nicht. Sein Hinterkopf dröhnte; es war ein dumpfes, betäubendes Dröhnen. Vor seinem geistigen Auge sah er, wie der junge Amerikaner ihn immer wieder gegen die Tunnelwand stieß, und dabei spürte er den Schmerz in Kopf und Schultern – einen Schmerz, der ihn so jäh überfallen hatte, daß er ihn überhaupt erst jetzt spüren konnte.

»Was hast du dort gemacht?«

»Den Amerikaner verfolgt. Er kam aus Diana Bracks Haus. Und ich hab ihn bis nach Holborn verfolgt.«

»Verdammt. Dann wird die Spur wohl mit ihm gestorben sein.«

»Nein, es war nicht derselbe Mann.«

»Was?«

»Nicht derselbe Mann. Ein anderer Amerikaner. Der Mann, bei dem ich gefunden wurde, war nicht der Mann, den ich verfolgt hatte. Der ist mir entwischt.«

»Ein echter Glückspilz.«

Troy tippte Wildeve mit einem Bein an. Sein Kollege stand auf. Troy schlug die Decke zurück und versuchte, die Beine aus dem Bett zu schwingen. Dann drehte sich alles, und der Raum nahm denselben blutroten Ton an, der seine Träume gefärbt hatte. Wildeve legte die Hände sanft auf Troys Schultern und schob ihn ins Bett zurück.

»Mach keine Dummheiten, Freddie. Du hast einen mordsmäßigen Schlag auf den Schädel abgekriegt. Die wollen dich noch einen Tag dabehalten – mindestens.«

»Noch einen Tag? Jack, wie lange bin ich schon hier?«

»Drei Tage.«

»O Gott.« Troy seufzte. »Jack, du mußt unbedingt in die Tite Street und nach ihm Ausschau halten.«

»Ich war fast die ganze Zeit in der Tite Street. Und jetzt bin ich nur deshalb nicht dort, weil Diana keine Frühaufsteherin ist. Wir haben erst sieben Uhr morgens, aber das kannst du ja kaum wissen. Wahrscheinlich weißt du noch nicht mal, daß heute Samstag ist. Also, wer ist dieser Bursche?«

Troy berichtete.

»Du hattest nur von diesem Zelig erzählt«, sagte Wildeve. »Von einem anderen Amerikaner war nie die Rede.«

»Ich dachte auch nicht, daß es wichtig wäre. Aber jetzt ist es sehr wichtig. Wir müssen rausfinden, wer er ist.«

»Wir – das heißt also ich. Du wirst eine Weile aus dem Spiel sein.« Wildeve machte eine Pause, hielt inne, versuchte, die Stückchen zusammenzusammeln, die Troy ihm in den

Schoß geworfen hatte. »Glaubst du, daß er dich gesehen hat?«

Troy erinnerte sich daran, wie der Amerikaner langsam und geräuschlos aus seinem Blickfeld entschwunden war, sah sich selbst bei der Verfolgung, dann die Szene, wie er losgerannt, über die Menschenleiber am Boden hinweggesprungen war, um zu diesem Mädchen zu gelangen, dem das Entsetzen im Gesicht stand. Ob sie überlebt hatte? Oder in Stücke zerfetzt, bei lebendigem Leibe verbrannt war? Wildeve drückte ihm sanft auf die Schulter, holte ihn ruckartig in die Gegenwart zurück.

»Was?«

»Ich sagte, glaubst du, daß er dich gesehen hat?«

»Nein. Da bin ich mir fast sicher. Er ist zwar auf x Umwegen in die Londoner Innenstadt gefahren, aber das dürfte eine instinktive Vorsichtsmaßnahme gewesen sein. Er hat sich nicht so verhalten wie jemand, der damit rechnet, beschattet zu werden.«

»Glaubst du, er ist unser Mann?«

»Ich weiß es nicht, aber er ist mittendrin in der Sache. Es kann doch kein Zufall sein, daß er in Zeligs Büro und in Diana Bracks Wohnung war. Und bei der Brack hat er sich vor mir versteckt. Er wollte nicht gesehen werden. Zelig hat mir jede Auskunft über mögliche Verbindungen zwischen unseren Deutschen und amerikanischen Operationen verweigert, aber irgend jemand hat Neville Pym dafür zur Minna gemacht, daß er mir bei meinen Ermittlungen nicht in die Parade gefahren ist. Und jetzt haben wir die Verbindung. Von dem Amerikaner, Diana Brack und Wolinski zu Brand und von Ranke.«

»Weißt du, Freddie, ich hab nicht die leiseste Ahnung, wohin das alles führen soll. Ich bin ja nicht mal mitgekommen, als du letzten Montag Stan Bericht erstattet hast, und ihm dürfte es kaum anders ergangen sein.«

Troy versuchte, etwas zu sagen, und spürte dabei, wie seine Kopfschmerzen schlimmer wurden, wie über seinem linken Auge eine rote, wirbelnde Wolke entstand, die durch die Schubkraft seiner Worte über sein Blickfeld geweht wurde.

»Ich … ich kann es dir im Moment noch nicht erklären, weil es mir selbst noch nicht klar ist. Überhaupt noch nicht klar. Verstehst du, was ich meine? Es gibt nur Bruchstücke, nur Bruchstücke.«

Er hatte keine Ahnung, ob Wildeve ihm glaubte, und betete nur, daß er jetzt nicht nachhaken würde.

Wildeve stand auf.

»Es wird wirklich Zeit für mich«, sagte er. »Morgen bring ich dir deine Sachen mit.«

»Meine Sachen?«

»Die mußten alle gereinigt werden. Dein Mantel sieht wieder ganz passabel aus, aber das Hemd ist hinüber. Das Blut ging nicht mehr raus. Ich habe schon ein neues bestellt, bei deinem Lieferanten in der Jermyn Street. Onions hat die Bezugsmarken springen lassen. Er sagt, du schuldest ihm was dafür, aber wie ich ihn kenne, verbraucht er in einem Jahr höchstens so viele Kleidermarken wie unsereins pro Monat. Er will dich übrigens nachher besuchen kommen.«

Troy seufzte noch einmal. Er freute sich nicht darauf, Onions zu sehen, der ihm bestimmt zehnmal mehr Fragen stellen würde als Wildeve und den er sicher nicht so leicht abspeisen konnte. Die große Wolke hing ihm noch immer im Augenwinkel. Er hielt eine Hand an die Stirn, versuchte sie wegzuwischen, rieb sich die Schläfen und ertastete die grobkörnigen Überreste der Explosion. In seinem Haar hingen lauter winzige Betonkrümel. Noch Tage später sollte er überall welche finden.

32

Er hatte so lange in der Kälte und Dunkelheit gestanden, daß er sich nur noch wünschte, mit den Füßen aufstampfen und seine Arme wie Dreschflegel kreisen lassen zu können, um die Blutzufuhr in Gang zu halten – aber damit hätte er sich als Beschatter schön lächerlich gemacht. Also lehnte er sich nur an die Mauer unter dem Vordach von St. James's Square 23. Er sah die letzten Besucher aus der British Library strömen und über den Platz gehen, sah dann die Angestellten herauskommen, die jetzt Feierabend machten, und mußte zwischendurch einem Constable seinen Dienstausweis zeigen.

Als der Mann auf dem Trottoir stehenblieb, um ihn in Augenschein zu nehmen, schoß Troy zum x-tenmal durch den Kopf, wie lächerlich so ein Bobby mit Umhang und Helm aussah und wie froh er selbst gewesen war, aus der Uniform herauszukommen. Doch dieser Wachtmeister – glitzernd vor Nässe und schlammbespritzt, wie er war – empfand offensichtlich nichts dergleichen.

Er blickte Troy direkt ins Gesicht und sagte in energischem Ton: »Na, der junge Mann wartet wohl auf jemanden?«

Weshalb, dachte Troy, weshalb nennt mich eigentlich nie jemand »Sir«? Aber er griff sofort nach seinem Ausweis. Der Bobby richtete eine abgedunkelte Laterne darauf. »Ich bin im Dienst«, erklärte Troy und steckte die Karte wieder ein. »Gehen Sie weiter.«

»Wie Sie wünschen«, erwiderte der Constable. »Und falls Sie mich brauchen sollten – ich bin in vierzig Minuten wieder hier.« Er stapfte gemächlich weiter; auch wenn er jeden Hauseingang mit einem genauen Blick bedachte, dröhnten seine Stiefel in ganz gleichmäßigem Rhythmus übers Pflaster.

Troy sah dem Mann vielleicht eine halbe Sekunde zu lang hinterher. Die Verdunklung schuf miserable Sichtverhältnisse, selbst bei Halbmond, und als er sich wieder auf dem Platz umblickte, registrierte er eine uniformierte Frau, die sich soeben aus seinem Blickfeld begab. Wenn sie es war, würde er laufen müssen, um sie nicht ganz aus den Augen zu verlieren. Als er am Norfolk House ankam, bog sie rechts in die Charles II Street ein. Er war sich nicht sicher, ob er überhaupt die Richtige verfolgte, aber er merkte, wie diese Aufholjagd all die Beschwerden vertrieb, die ihn beim Stillstehen und Warten geplagt hatten. Warum versteckte er sich eigentlich? Früher oder später würde er ja doch mit ihr sprechen müssen. Und was sollte er ihr sagen? Er war sich noch unschlüssig, aber im Augenblick schien das wichtigste zu sein, daß er sie überhaupt gefunden hatte. Aus unersichtlichen Gründen wechselte sie auf einmal die Straßenseite, warf einen Blick auf den Verkehr und kam wieder zurück. Ihre hohen Absätze schienen sie nicht zu behindern – sie bewegte sich mit einer solchen Sicherheit und Schnelligkeit zwischen den Häuserschatten, daß Troy ihr nur mit Mühe hinterherkam. Erst kurz vor der Lower Regent Street hatte er endlich bis auf zehn, zwölf Meter zu ihr aufgeschlossen – der für ihn günstigste Abstand bei einer Beschattung. Dann bog sie in die Lower Regent Street ein, und er verlor sie aus den Augen. Wenige Sekunden später erschien sie wieder. Sie hatte kehrtgemacht und marschierte nun mit schnellen Schritten in seine Richtung. Es gab keine Seitenstraße, in die er sich hätte zurückziehen können, und obendrein machte ihr Blick deutlich, daß sie ihn bemerkt hatte. Sie kam direkt auf ihn zu und blieb in höchstens zwei Metern Entfernung stehen. Ohne ihre Bleistiftabsätze konnte sie kaum größer als eins fünfzig sein. Nun plusterte sie sich in ihrer knapp sitzenden Uniform vor ihm auf wie eine kampflustige junge

Taube. Troy war um einiges größer als sie, aber diese Tatsache schien sie mitnichten einzuschüchtern.

»Sind Sie mir nachgegangen?«

Troy tastete nach seinem Dienstausweis. »Troy«, murmelte er verlegen, »Sergeant Troy.«

Sie besah sich den Ausweis nur flüchtig und schaute dann wieder zu ihm hoch. Ihr Blick war scharf und neugierig.

»Und warum sind Sie nicht in Uniform?«

»Nicht alle von uns tragen Uniform.«

»Aha.« Sie unterbrach sich. »Ich bin auch Sergeant.«

»Das hab ich bemerkt.«

Die drei knalligen Streifen auf den olivgrünen Ärmeln waren ja auch kaum zu übersehen. Sie machte eine halbe Drehung, als wolle sie weitergehen, drehte sich dann wieder zurück, musterte ihn erst von oben bis unten, hob dann wieder langsam die Augen und heftete sie auf sein Gesicht. Es waren klare kastanienbraune Augen, ohne jedes olivgrüne oder zimtfarbene Einsprengsel, und sie betrachtete ihn, als wolle sie an seiner Miene ablesen, was er vorhatte. Troy wußte es selbst nicht genau. Ihr voller rosiger Mund zuckte und verzog sich zu etwas, das er als Lächeln auffaßte.

»Na schön – von mir aus brauchen Sie nicht mehr wie ein billiger Schnüffler hinter mir herzuschleichen. Wir können genausogut zusammen weitergehen. Zu Ihnen oder zu mir?«

Troy sagte nichts. Er hatte keine Ahnung, wovon sie redete.

Sie sah ihn an, sie lächelte ihn an. Troy sagte immer noch nichts. Und dann marschierte sie los. Troys Blick folgte ihr bis fast zur nächsten Straßenecke. Zelig hatte doch recht gehabt: Der Rock war viel zu eng. Ihr Hintern bewegte sich wie zwei Straußeneier in einem Beutel. Sie machte kehrt.

»Also, was ist – wollen wir ficken oder was?« sagte sie.

»Ich ... äh ...« Troy verschluckte sich fast. Dieses Wort

hatte er noch nie außerhalb einer Polizeiwache gehört, und auch dort nur aus dem Mund von Betrunkenen.

»Das ist jetzt wirklich zu blöd. Oder Sie sind zu blöd. Ja, Herrgott noch mal, wir können's doch nicht auf dem Bürgersteig treiben. Also kommen Sie mal in die Puschen – oder wie heißt das bei Ihnen? Ich wohne ganz in der Nähe – Sie hätten mir nur noch ein kurzes Stück folgen müssen. Orrnnjj Street.«

Troy rätselte über dieses fremdländische Wort, bis ihm aufging, daß sie die Orange Street meinte – eine enge, gewundene Straße zwischen dem Haymarket und der Charing Cross Road – zwei Pubs, eine Kapelle und eine Häuserreihe in georgianischem Baustil. Fast im Gleichschritt überquerten sie die Lower Regent Street und den Haymarket. Ein-, zweimal sah sie Troy an, als hielte sie ihn für einen Volltrottel – und so ähnlich fühlte er sich auch. Als sie in die Orange Street einbogen, gingen die Straßenlichter schlagartig aus, und auf einmal wurde alles kalt und still. Er hörte nur das Klacken ihrer Absätze auf dem Trottoir. Sehen konnte er sie nicht mehr.

Plötzlich blieb sie stehen; er stolperte gegen sie und hörte sie leise fluchen. Dann rasselte ein Schlüsselbund, und mit der Tür schien sich ein Stück Nacht aufzutun und sie beide zu verschlucken.

»Halten Sie sich dicht hinter mir, okay? Oberster Stock, fünf Treppen, und es gibt kein Licht, weil es auch keine Verdunkelung gibt, okay?«

Er folgte ihr blind, tastete sich Hand über Hand am Geländer hoch. Auf dem Treppenabsatz der zweiten Etage fielen Regen und Mondlicht durch eine zerbrochene Fensterscheibe herein, und einen Moment lang sah er sie in diesem fahlen Licht stehen – eine Dame ohne Oberleib, dachte er, denn von ihrer schmalen Taille aufwärts blieb sie unsichtbar. Er stolperte und knallte mit einem Knie auf die nächste Stufe.

»Verdammt noch mal, ich hab Ihnen doch gesagt, Sie sollen sich dicht hinter mir halten, sonst brechen Sie sich noch den Hals, bevor wir halb oben sind.«

Sie beugte sich hinab ins Licht, so daß er ihr Gesicht sehen konnte, und ergriff seine rechte Hand mit ihrer linken.

»Du bist wahrscheinlich der trampligste, dußligste Hampelmann, der je versucht hat, mich abzuschleppen.«

Mit sanfter Kraft zog sie ihn zu einer schmalen Tür auf dem obersten Treppenabsatz. Wieder rasselten die Schlüssel.

»Warum hast du eigentlich die ganze Zeit im Regen gewartet? Du weißt doch, wo ich arbeite. Okay. Da wären wir.«

Sie knipste das Licht an und knallte die Tür zu. Troy stand in einem geräumigen Wohnschlafzimmer, das sich über die gesamte oberste Etage des Hauses erstreckte. An der Vorder- und Rückwand zog sich die Dachschräge bis fast zum Fußboden hinunter, aber in dem großen mittleren Bereich war mehr als genug Platz für ein breites Doppelbett, einen Eßtisch, ein ramponiertes Roßhaarsofa, ein Grammophon zum Aufziehen und den riesigen Kleiderhaufen.

»Erwarte bloß nicht, daß ich mich für das Durcheinander entschuldige. Nein, ich hab einfach zuviel zu tun. Also wenn du mich letzte Woche gefragt hättest, ob du vorbeikommen kannst, dann hätte ich dir gleich gesagt, daß ich nie vor neun freikriege.«

Sie schleuderte ihre Schuhe von sich und trat vor einen großen Kelvinator-Kühlschrank. Seit ihrer Ankunft hier oben war es das erste Mal, daß sie den Blick von Troy abwandte, aber nun folgte er ihr mit den Augen. Sie zog die Uniformjacke aus, warf sie in Richtung Sofa, wo sie auch landete, schenkte Troy ein Grinsen und riß die Kühlschranktür auf.

»Wie wär's mit Bourbon?«

Sie verschwand fast im Kühlschrank.

»Ich weiß nicht – hab noch nie welchen probiert.«

Sie war zu klein, um über die Kühlschranktür hinweggucken zu können. Also streckte sie den Kopf um die Ecke, nickte ihm zu und begann im Eisfach herumzuwühlen.

»Ich hab Eis da. Und irgendwo muß ich auch einen guten Tennessee Sour Mash rumstehen haben.« Die Tür flog zu und saugte sich mit einem schmatzenden Geräusch an der Gummidichtung fest.

Sie stellte zwei Gläser und eine Eisschale aus Aluminium auf den Tisch. »Der PX ist ziemlich gut. Es gibt zwar nicht immer Tennessee, aber ... verdammt, schließlich haben wir Krieg.«

Sie unterbrach sich, musterte ihn noch einmal von oben bis unten, nagelte ihn mit ihrem Blick an der Stelle fest, wo er stand – unsicher, schweigend, die Hände in den Hosentaschen vergraben wie ein bockiger Schuljunge.

»Ziehst du jetzt deinen Mantel aus oder was?«

Aus Gründen, über die er auch nicht von fern nachdenken wollte, erinnerte ihn schon das Aufknöpfen seines schmutzigen schwarzen Mantels daran, wie er sich mit elf oder zwölf Jahren vor seiner Mutter ausgezogen hatte – schon zu alt, um dabei unterstützt oder beaufsichtigt werden zu müssen, aber noch zu jung, um sie von seinem Bedürfnis überzeugen zu können, daß er dabei allein, ungestört sein wollte. Er drückte seine Handflächen gegen einen riesigen, lauwarmen, schmiedeeisernen Heizkörper und legte dann seinen Mantel zum Trocknen darauf. Als er sich umdrehte, hatte sie den Bourbon gefunden und übergoß jetzt zwei Häufchen Eiswürfel mit der großzügig bemessenen Ration von je vier Fingerbreit. Dann schob sie eins der Gläser über den Tisch zu ihm hinüber. Ohne Mantel und Schuhe wirkte sie sogar noch winziger. Dagegen kam sich Troy mit seinen knapp eins dreiundsiebzig geradezu riesig und ungeschlacht vor. Er hob das Whiskeyglas an, nur um seine Hände irgendwie zu beschäftigen.

Sie nahm einen großen Schluck und seufzte genußvoll – ihre Augen und Lippen lächelten ihn weiterhin an.

»Der erste Drink des Tages. Immer der beste.«

Eine Minute oder sogar noch länger sahen sie sich über den Tisch hinweg an. Sie wirkte höchst lebendig, selbst wenn sie jetzt stocksteif und stumm dasaß. Troy hatte das groteske Gefühl, daß er rot wurde und zu zittern anfing. Nur der Tisch trennte ihn von ihr, aber ihm war, als müsse es schon ein Erdbeben geben oder – realistischer gedacht – eine Bombenexplosion, bevor er sich von der Stelle rühren würde. Eine einzige Sechzig-Watt-Glühbirne erleuchtete den Raum, und selbst dieses Licht wurde durch den Lampenschirm und den Staub mehrerer Jahre gedämpft, aber Troy fühlte sich, als wäre er von einem Suchscheinwerfer erfaßt worden. Ihr Blick wirkte warm, offen, ehrlich – und durchdringend. Sie kippte den Rest ihres Drinks hinunter und knallte das Glas auf den Tisch. Troy schlürfte langsam an seinem. Mit einer raschen Bewegung zog sie ihre vorschriftswidrige Bluse aus, die mit einem gutgezielten Wurf auf ihrer Uniformjacke landete. Ihr BH war aus ebenfalls vorschriftswidriger schwarzer Seide, und als ihr Rock dann auf die Fußknöchel hinabglitt, konnte Troy sehen, daß der Slip genau dazu paßte – ein teures Ensemble, das ganz und gar nicht nach Dienstkleidung aussah, dafür aber um so mehr nach Schwarzmarkt. Selbst die Nylonstrümpfe waren echt und nicht aufgemalt.

»Wassis, Baby? Haste die Zunge verschluckt? Soll ich das Licht ausmachen? Isses das?«

»Ja.«

»Ja, was?«

»Ja, das wäre mir lieber.«

Während er sich in der Dunkelheit Richtung Bett tastete, hörte er das Rascheln der Decken, die mit einem Ruck aufgeschlagen wurden.

»Nur noch eins – wie heißt du eigentlich?«

»Troy.«

»Das weiß ich doch schon, Dummchen. Wie heißt du mit Vornamen?«

»Frederick.«

»Okay. Dann werde ich dich also Troy nennen. Und du kannst Lara zu mir sagen.«

Troy hörte zweimal kurz hintereinander ein Gummiband schnalzen, und dann quietschten die Bettfedern, als sie sich der Länge nach ausstreckte.

»Lara?« fragte er.

»Yeah. Kurzform für Larissa.«

»Klingt russisch.«

»Yeah. Das bin ich auch. Aber nur mütterlicherseits.«

Er zog einen Schuh aus und merkte, daß er bis auf die Haut durchnäßt war. Jetzt, befreit von ihrem intensiven Blick, schien es ihm eine Erleichterung, aus seiner Kleidung herauszukommen.

33

Kurz vor Morgengrauen wurde Troy von einer Bombe geweckt, einem dumpfen Krachen, das ihn aus dem Schlaf riß und ans Fenster trieb. Am Fußende des Bettes suchte er nach seinem Hemd, schlüpfte hinein und schlug die Ecke eines

Verdunkelungsrollos zurück. Jetzt konnte er die Nelson-Säule sehen, den ganzen Platz und noch ein gutes Stück weiter Richtung Charing Cross. Irgendwo im Süden, weit hinter Lambeth, züngelte eine orangegelbe Flamme am Horizont.

»Hey. Alles okay?«

Ihre Stimme erschreckte ihn.

»Ja, natürlich. Die Luftwaffe ist wieder mal aktiv. Ich hab nur rausgeschaut.«

»In der Nähe?«

»Nein. Bei New Cross oder Lewisham, glaub ich. Irgendwo in der Richtung.«

»Na, Gott sei Dank. Ich find's zum Kotzen, wenn ich mitten in der Nacht zur U-Bahn-Station runtergehen muß. Da stinkt es immer so furchtbar. Weißt du das eigentlich? Da stinkt es gewaltig!«

»Halb London übernachtet jetzt doch ständig da unten.«

Wieder das dumpfe Krachen, dann loderten Flammen am Horizont hoch – wahrscheinlich eine schwere Luftmine, gefolgt von mehreren kleinen Brandbomben. Er drehte den Kopf und schaute sie an. Das Licht, das durch die hochgeschlagene Ecke des Rollos hereinfiel, schien eine Käseecke aus dem Raum zu schneiden. Sie erwiderte seinen Blick.

»Warum hast du das Hemd angezogen?«

»Ich weiß nicht«, log er.

»Komm her.«

Troy ging langsam auf sie zu, trat dabei mitten in den Keil aus Licht.

»Zieh's aus. Kein Aber. Zieh's aus.«

Er setzte sich aufs Bett und warf das Hemd hinter sich.

»Ich beiß schon nicht. Zumindest nicht an den Stellen, die ich vorhin ausgespart hab.«

Sie fuhr mit den Fingern über seinen Brustkorb bis hoch zur linken Schulter und dann den Arm hinab.

»Baby, du bist ein einziger Narbenhaufen.«

»Berufsrisiko«, sagte er.

»Was bist du? Flieger? Soldat?«

»Ich verstehe nicht ...«

»Sergeant, das hast du gesagt. Aber was für ein Sergeant?«

»Ich bin Polizeibeamter.«

Sie riß den Mund auf, fuhr hoch. »Waaaas?«

»Ich hab dir doch meinen Ausweis gezeigt.«

»Na und? Kreuzas. Karobube – ich hab nicht hingeschaut.«

Sie ließ sich wieder in die Kissen fallen und begann, mit den Fäusten gegen ihre Schläfen zu trommeln. »Mein Gott! Mein Gott!« rief sie in gespieltem Entsetzen. »Ich hab einen Bullen gevögelt.«

»Es gibt für alles ein erstes Mal«, sagte Troy.

»Sieht ganz so aus.«

Sie setzte sich auf und küßte ihn auf die Lippen. »Okay. Dann erzähl mir jetzt mal von deinen Narben.« Ihre Finger streichelten einen Striemen über seinen Rippen, wenige Zentimeter unterhalb der Brustwarze.

»Das war ein Messerstich.«

»Klappmesser?«

»Nein ... Genaugenommen war's ein Kartoffelschäler.«

Er sah sie grinsen.

»Ich bin zwischen einen prügelnden betrunkenen Iren und seine verprügelte betrunkene Frau geraten. Den Stich mit dem Kartoffelschäler hat sie mir verpaßt.«

Sie biß sich auf die Unterlippe, um das Lachen zurückzuhalten, und fuhr mit den Fingern zu seinem Arm hinüber.

»Eine Kugel aus einer Webley, Kaliber 38. Ich wollte ein Mitglied der Gardekavallerie Seiner Majestät verhaften, und der gute Mann versuchte, mich mit seinem Dienstrevolver daran zu hindern.«

»Aber du hast ihn geschnappt?«

»Ich hab ihn geschnappt.«

»Also bist du doch kein Weichei.«

»Wie kommst du dazu, so was von mir zu denken?«

»Ach – du hättest dich mal vor ein paar Stunden sehen sollen.«

»Verstehe.«

Ihre Hand glitt über seinen linken Oberschenkel zum Knie hinab. »Und der Knubbel da?«

»Hat nichts mit dem Beruf zu tun. Als ich elf war, hat mich mein Bruder mal vom Fahrrad geschubst.«

»Und was sind diese frischen kleinen Dinger?«

»Wie bitte?«

»Na, die vielen Schorfstellen hier.«

Troy hob seine Hände mit der Innenseite nach außen hoch. Er konnte nichts sehen. Erst als er sie aneinanderrieb, fühlte er die Schnitte und Risse von den Beton- und Backsteinsplittern. Und als er daran dachte, wie er sich diese Verletzungen zugezogen hatte, fiel ihm wieder sein Auftrag ein – und er staunte ein bißchen, daß sein Pflichtbewußtsein für mindestens ein, zwei Stunden so komplett ausgeschaltet gewesen war.

»Das war eine Bombenexplosion in der U-Bahn. Übrigens habe ich da gerade einen Bekannten von dir verfolgt.«

»Einen Bekannten von mir?«

»Den Major. Den, der auf deinem Schreibtisch saß. Du hast ihm seine Zigarette angezündet.«

Troy merkte, wie sie sich unter dem Bettzeug wand, der impliziten Frage auswich, die Decken höher zog.

»Das heißt ... du bist doch im Dienst. Sag mal, fickst du eigentlich generell während der Arbeitszeit?«

»Ich dachte nur, du wüßtest vielleicht, wer er ist.«

»Natürlich kenn ich ihn. Aber du wirst schon bis zum Morgen warten müssen. Wenn ich's dir jetzt erzähle, verhaftest du mich vielleich noch, bevor ich meinen Schönheitsschlaf gekriegt hab.«

Troy ging ums Fußende des Bettes herum und schlüpfte auf der anderen Seite hinein. Ein, zwei Minuten lang lagen sie nebeneinander wie zwei Löffel im Besteckkasten, dann wälzte sie sich auf die andere Seite, drückte ihren Hintern gegen ihn und seufzte sich mit einem kaum hörbaren »elender Bulle« in den Schlaf. Kurz bevor auch er einnickte, war es Troy, als hörte er sie leise schnarchen.

34

Das Pfeifen eines vollen Wasserkessels auf dem eisernen Kaminvorsprung riß Troy aus dem Schlaf. Er blickte sich um. Tosca saß auf einem Stuhl vor dem Bügelbrett und las in einem zerfledderten Exemplar von *Huckleberry Finn*. Sie war bereits vollständig angezogen, bis auf den Rock, der ausgebreitet auf dem Bügelbrett lag, während das primitive elektrische Bügeleisen immer noch am Aufheizen war.

»Willkommen in der Welt, Sonnyboy«, sagte Tosca.

Sie kippte einen halben Liter Wasser in die Kanne. »Heute gibt's echten Bohnenkaffee.«

»Meine Güte.«

»Vom PX, wie alles andere auch. Halt dich an mich, Junge, dann kannst du allerhand Genüsse erleben.«

»Zu reich, zu geil und zugereist«, sagte er.

»Noch mal?«

»Eine neue Bedeutung für ein altes Klischee«, murmelte er.

»Zu geil, hä? Nix wie Sex im Kopf, hä?«

Sie nahm ihr Buch hoch und blinzelte ihn über den Rand hinweg an – eine Karikatur der verführerischen Sekretärin von Katherine Hepburn bis zu Barbara Stanwyck.

»Ich lese jeden Tag zehn Seiten Huck Finn. Konsequent. Das ist so was wie meine Bibel. Erinnert mich an daheim.«

»Stammst du aus Missouri?«

»So 'n Quatsch – ich bin eine echte New Yorkerin.«

Sie knallte das Buch hin und brachte zwei Tassen und die Kaffeekanne ans Bett. Eigenartig elegant in Olivgrün und hochhackigen Schuhen. Eigenartig nackt ohne ihren Rock.

»Ich komm aus Manhattan. Oder dachtest du, ich rede nur aus sportlichen Gründen so schnell?«

Troy setzte sich vorsichtig auf, wieder befangen im Bewußtsein seiner Nacktheit, der Blässe seiner Haut im Morgenlicht.

»Weißt du, es ist echt nicht das erste Mal, daß ich männliche Brustwarzen zu Gesicht kriege.«

Er ließ das Bettuch los, kämpfte gegen diese Befangenheit an.

»Also jetzt – Jimmy.«

»Wer? Autsch!«

Er hatte sich die Finger an der Kaffeetasse verbrannt und schob sie schnell auf den Tisch zurück.

»Jimmy. Jimmy Wayne. Der Kerl, über den du mich taktloserweise in einem höchst intimen Moment ausquetschen wolltest.«

»Der Major. Ja. Erzähl mir von ihm. In welchem Regiment … ich meine, in welcher Einheit ist er?«

»Beim OSS.«

Troy starrte sie verständnislos an.

»OSS – Office of Strategic Services. Schmutzige Tricks. Häßliche Jobs in Übersee – du weißt schon. Alles mögliche in der Art.«

»Und hier?«

»Hier? Hier sind sie nur stationiert, sonst nichts.«

»Arbeitet er für Zelig?«

»Irgendwie schon. Aber irgendwie auch nicht. Die zwei sind so was wie ... wie gleichgestellt.«

»Und für wen arbeitet Zelig?«

»Zelig? Sein direkter Vorgesetzter ist David Bruce, der hiesige OSS-Stützpunktchef, und um gleich deine nächste Frage zu beantworten: Der ganze Laden wird von Donovan geleitet. Besser bekannt unter dem Namen Wild Bill. Frag mich bitte nicht, warum.«

»Und der arbeitet für ...«

»Natürlich für Eisenhower. Verdammt, auf die eine oder andere Weise arbeiten wir doch alle für Ike. Aber wieso interessierst du dich für Jimmy? Was hat er angestellt?«

Sie goß Kaffee nach, der so heiß war, daß Troy immer noch befürchtete, sich daran zu verbrühen, und kehrte zu ihrer Bügelarbeit zurück. Nur drei-, viermal fuhr sie über den Rock, bis die Falten wieder richtig lagen, und war schon hineingeschlüpft, bevor Troy sich zurechtlegen konnte, was er als nächstes sagen sollte. Dann drehte sie ihm den Rücken zu und deutete nach hinten.

»Da sind ein Haken und eine Öse, an die ich nie rankomme – würdest du ...«

Troy beugte sich zu ihr vor, machte sich an ihrem Rückenausschnitt zu schaffen.

»Ich glaube, das ist der eigentliche Grund, warum Mädels heiraten. Einfach um jemanden zu haben, der ihnen die Verschlüsse hinten zumacht. Willst du mir immer noch nicht antworten? Junge, Junge, du erwartest echt ne Menge.«

Tosca zog sich die Uniform über, warf einen Blick in den Garderobenspiegel und malte ihren vollen Mund mit leuchtend rotem Lippenstift aus. Dann pustete sie ihm einen Kuß zu und wandte sich zur Tür.

»Wenn du gehst, Copper, dann schlag einfach die Tür hinter dir zu – aber fest. Und solltest du mir irgendwann mitteilen wollen, daß Jimmy Schmu mit Lebensmittelmarken gemacht hat, dann wüßt ich's gern bald. Vielleicht könntest du sogar meine Hilfe brauchen. Heut abend zur selben Zeit?«

Bevor er antworten konnte, war sie schon fort. Troy hörte ihre Füße die Treppen hinabtanzen, und als dann die Tür zur Straße zuschlug, schien das ganze Haus zu erbeben. Er griff nach seinem Kaffee, nippte vorsichtig daran, fragte sich, was er ihr erzählen sollte und wieso Huckleberry Finn irgend jemanden an New York erinnern konnte. Und dann spürte er, wie die altvertraute Mischung aus Schuld- und Glücksgefühlen von ihm Besitz ergriff.

35

Als Kind hatte Troy oft unter seinen Schwestern gelitten. Es war ihm unmöglich gewesen, diese Verdrehtheiten zu durchschauen, diese extremen Schwankungen in ihren Charakterzügen, denen er und die ganze Familie ausgesetzt waren. Erst als er – im reifen Alter von über achtzehn – P. L. Travers gelesen hatte, war ihm aufgegangen, daß Sascha und Mascha in ihrer zwillingshaften Untrennbarkeit die Tages- und Nachtseite von Mary Poppins verkörperten: Sie konnten total autoritär sein, eine gouvernantenhafte Humorlosigkeit an den Tag legen, aber auch ohne jede Vorwarnung – und nicht nur zur Schlafenszeit – ihren Schabernack treiben. Dann unterminierten sie ihre gestrengen Predigten mit einer fast anarchistischen Freude an Chaos, scharfem Witz und grenzenloser Phantasie.

Und nun, da nach der Tageshektik langsam der Abend anbrach, standen sie urplötzlich vor seiner Tür. Besorgt um sein Wohlergehen. Sie hatten beim Yard angerufen und erfahren, daß er krank gemeldet war. Kurze Zeit später fuhrwerkte Mascha schon in seiner Küche herum, riß alle Schränke auf und sorgte für dicke Luft. Derweil räumte Sascha sein Schlafzimmer auf, sammelte verstreute Kleidungsstücke zusammen, fand dabei auch das Hemd, das er zuletzt getragen hatte, äußerte ernste, allerdings mit Neugier gepaarte Besorgnis über den Lippenstift am Kragen und warnte ihn im selben Atemzug vor Frauen, die billiges Parfum benutzen. Und dann schlug die Stimmung um – es kam genau das, womit er am wenigsten gerechnet hatte.

»Wir gehen aus.«

»Was?«

»Wir gehen aus, mein Junge. Raus aus deiner Bude. Zu einem Konzert im Adelphi. Eine Aufführung des neuesten Werks von diesem Tippett, und du wirst uns begleiten.«

Diese ins Futur gekleidete Ausdrucksform, von jeher typisch für die beiden, ließ keinen wie auch immer gearteten Widerspruch zu. Draußen in Hertfordshire, wo die zwei bei ihrer Mutter im selbstgewählten Exil lebten, seit sich ihre Männer freiwillig gemeldet hatten – Hugh zur Navy, wo er mittlerweile ein Minensuchboot befehligte, und Lawrence zur Army, für die er irgendeine mysteriöse Arbeit direkt unter der Heeresleitung im Kriegsministerium verrichtete –, wurde ab und an mal die eine, mal die andere Schwester von dem Gefühl ergriffen, jeder Teilhabe an den gesellschaftlichen Aktivitäten ihrer Klasse beraubt zu sein. Dann machten sich die beiden auf nach London, ohne männlichen Geleitschutz, nur um zu erfahren, wo gerade was passierte und wo man die namhaften Leute antraf. Troy erwies sich in dieser Hinsicht als absolut ignorant. Also schleiften sie ihn mit zu ihren traditionellen Lieblingslokalitäten, dem Four Hundred am Piccadilly, dem Millroy am Berkeley Square oder dem Bon Viveur auf dem Shepherd Market, wo sie allerlei zweitrangigen Aristokraten zuwinkten und sich von beleibten Gestalten europäischer Exilanten in Beschlag nehmen ließen. Troy verabscheute diese Zeremonien. Er langweilte sich schnell in Gesellschaft des Grafen von X oder des Prinzen von Y. Er haßte fast schon aus Prinzip jedes Restaurant, jeden Club, von dem seine Schwestern schwärmten, und fand erst recht keinen Gefallen an ihrem neuesten Fimmel: zeitgenössische ernste Musik. Nicht selten riefen sie ihn aus der Wigmore Hall oder der National Gallery im Yard an und erwarteten von ihm, alles stehen- und liegenzulassen, aktuelle Mordfälle inbegriffen, um sich dem zweifelhaften Vergnügen einer Lunch-Verabredung mit Myra Hess hinzugeben. Meistens lehnte er solche Einladungen ab – wobei er immer riskierte, sich das Wohlwollen seiner Schwestern zu verscherzen, da die beiden zusammen über die doppelte Gedächtnisspanne eines durchschnittlichen Hundes verfügten. Von einem Komponisten namens Tippett hatte er noch nie gehört, aber ihm schwante, daß er sich auf einen unmelodischen Abend mit heftigem Kratzen auf Darmsaiten gefaßt machen konnte.

»Nein«, sagte er. »Ich hab was anderes vor.«

»Aha«, meinte Sascha. »Etwa mit Miss Lippenstift?«

Er hatte stillschweigend versprochen, um neun Uhr bei Tosca zu sein. Das wurde ihm jetzt klar, als er versuchte, sich eine Ausrede für seine Schwestern auszudenken. In seinem Schweigen zu Toscas Angebot hatte zweifellos Zustimmung gelegen. Er hatte keine Ahnung, was Tosca erwartete, wußte aber jetzt, daß er, sofern es nur irgend ging, um neun Uhr in der Orange Street erscheinen würde. Doch diese taufrische Erkenntnis konnte er nicht als Argument gegenüber Mascha und Sascha verwenden, denn er wollte um keinen Preis, daß sie sich in einen weiteren Bereich seines Lebens einmischten.

Sie kamen zehn Minuten vor Vorstellungsbeginn im Adelphi an. Sie hatten eine Loge genommen, von der aus sie alle ihre Freunde sehen und natürlich sich zeigen konnten. Ihre Exzentrizität war ihm zutiefst zuwider, obwohl er dieselbe Eigenschaft bei Nikolai und sogar bei Kolankiewicz schätzte – sie war einfach so unenglisch. Sie legten einen sehr russischen Gefühlsüberschwang an den Tag, Launenhaftigkeit, schwankend zwischen Arroganz und Schmus, und ihr Modestil war für ihn eigentlich nicht mehr als ein schlechter Witz. Sie sahen aus wie zwei Anna Kareninas, bis aufs I-Tüpfelchen gleich gewandet im kleinen Schwarzen mit Samtaufschlägen, hochgeschnürten Stiefelchen und winterlichem Muff. Er hatte weder Lust, den Anstandswauwau noch den unbeteiligten Dritten in der Mitte zu spielen, und daher setzte er sich links von Mascha an den Rand.

In der kurzen Zeit bis zum Beginn bemühte sie sich, ihm zu erklären, worum es bei diesem Werk ging.

»*A Child of Our Time* handelt von einem polnischen Juden, der vor den Nazis flieht.«

Der Gedanke, daß Musik *von* etwas handeln konnte oder vielleicht sogar sollte, war für Troy nicht einsichtig, aber er hörte dem Werk geduldig zu und merkte bald zu seiner eigenen Überraschung, wie sehr er innerlich mitging. Dann trat der Chor mit dem Refrain eines Negro Spiritual auf: »Steal Away.«

Er drehte den Kopf zu Mascha. »Ich dachte, es ginge um die Juden«, sagte er.

»Ganz recht. Und dieser Teil handelt irgendwie von Sklaverei und Freiheit. Die Neger repräsentieren hier irgendwie die Juden.«

»Repräsentieren?«

»Na ja, sie sind eben die Juden. Der Komponist sieht sie als Symbole dafür, wie eine Rasse eine andere versklavt. Ihnen ihren Status als menschliche Wesen nimmt.«

»So kann man eine Analogie überstrapazieren«, meinte Troy.

Mit der mittleren Loge im ersten Rang hatten ihm seine Schwestern eine beinahe vollständige Rundumsicht verschafft, und Troy ließ die Augen wandern.

Schräg gegenüber, ganz in der rechten Ecke, hatte sich eine Frau vorgebeugt; sie stützte ihr Kinn auf die Hände, die wiederum auf der Balkonbrüstung ruhten. Troy lehnte sich weit hinüber zu Sascha, nahm ihr das Opernglas aus dem Schoß und richtete es über den Orchestergraben hinweg auf die Frau. Ihre Augen waren geschlossen, ihr Lächeln so heiter, als wäre sie berückt von der Macht der Musik, dem dramatischen Anschwellen der Stimmen: »Steal away, now, steal away«. – Es war Diana Brack. Und direkt hinter ihr saß ein zigaretterauchender Mann im Halbschatten der Loge.

Das Licht im Zuschauerraum ging schon an, als der Schlußapplaus losbrach. Troy griff noch einmal zum Opernglas. Diana Brack lehnte sich zurück, und in der jetzt erleuchteten Loge erkannte er das Gesicht von Major Wayne, der mit ihr plauderte und dabei seinen Regenmantel zuknöpfte. Troy ließ das Opernglas fallen und rannte los. Er schätzte ab, daß die drittletzte Tür auf diesem Rang zu ihrer Loge führen mußte, und als er um die Ecke des Ganges bog, sah er schon, daß diese Tür offenstand. Er nahm drei Stufen auf einmal und kam in dem Moment im Foyer an, als die Parkettzuschauer in Massen hinausströmten. Er drängelte sich durch die Menge und lief hinaus auf die unbeleuchtete Straße. Sein Blick suchte sie in beide Richtungen ab, aber der Amerikaner war nirgendwo zu sehen. Eine Nadel in einem Heuhaufen wäre leichter zu finden gewesen. Er blieb auf den Stufen des Adelphi stehen, unschlüssig, ob und wie er die Verfolgung aufnehmen sollte. Das Publikum strömte links und rechts an ihm vorbei, überschwemmte die Straße mit seinem Stimmenwirrwarr. Dann kniff eine Hand ihn in den Oberarm, und Mascha zog ihn mit sanfter Gewalt Richtung Foyer zurück.

»Da bist du ja. Ich hab mich schon gefragt, wo du steckst. Also, du erinnerst dich doch sicher an Diana?«

Sie schaute über seine Schulter nach hinten. Er drehte sich um, und da stand Diana Brack, freundlich nickend und lächelnd, während Mascha weiterplapperte. Es war ein breites, offenbar an ihn gerichtetes Lächeln – wieder diese perfekten Zähne. Mascha übernahm die Kontaktaufnahme, indem sie ihr einfach dieselbe Frage stellte.

»Diana! Du erinnerst dich doch sicher an meinen kleinen Bruder?«

Diana Brack streckte die Hand aus. Er konnte sie nur ergreifen.

»Natürlich erinnere ich mich an Freddie. Obwohl es viele, viele Jahre her ist. Mein Gott, wie groß Sie geworden sind. Es muß bestimmt zwanzig Jahre hersein. Nein, nein. Jetzt weiß ich's. Es war das Jahr des großen Streiks, 1926. Ich war sechzehn, Sie müssen elf oder zwölf gewesen sein, und Sie hatten zum Geburtstag ein Fahrrad geschenkt bekommen. Die Zwillinge hatten mich eingeladen, in diesem Sommer zwei Wochen Schulferien bei Ihnen zu verbringen, und Sie mühten sich so schrecklich ab, Fahrradfahren zu lernen. Und dann fielen Sie runter und schürften sich das Knie auf, und Sie weinten so sehr, und ich hab die Wunde gesäubert und verbunden. Wissen Sie das noch?«

Er erinnerte sich an die Schmerzen. Was sie als »aufgeschürft« bezeichnete, hatte acht Stiche erfordert. Er erinnerte sich an eine junge Frau mit zarten Händen und exotischem Parfum, die die Wunde eigenhändig mit Wasser und Desinfektionslösung gereinigt, ihn mit ihrer Überfürsorglichkeit verlegen gemacht und ihn nicht auf die Wange, sondern auf den Mund geküßt hatte, wodurch aus Verlegenheit erotische Verwirrung geworden war. Er erinnerte sich an das Fahrrad und den Geruch der Karbidlampe, und dabei fiel ihm die stinkende Leichenhalle in Stepney und ihr durchdringender Geruch nach Karbidgas wieder ein. Nur an Diana Brack konnte er sich dabei nicht erinnern.

Er kam sich ziemlich dumm vor, als ihm klar wurde, daß sie von vornherein gewußt hatte, wer er war. Die Tatsache an sich konnte zwar keine größeren Auswirkungen auf seine Ermittlungen haben, aber er bekam doch immer mehr das Gefühl, daß ihre Ruhe und Selbstsicherheit während der Befragung nichts anderes gewesen war als die Kaltblütigkeit, die Arroganz einer Person, die ein Spiel mit ihm spielte und davon ausging, daß nur sie selbst die Spielregeln kannte. Wie weit reichte eigentlich ihre Arroganz? Über Recht und Gesetz hinweg? An eine Verfolgung war jetzt nicht mehr zu denken. Diana Brack hatte ihn im Visier, und sie durfte keinesfalls mitbekommen, daß er Wayne beschattete. Daß er überhaupt von Wayne wußte, war seine einzige Trumpfkarte. Und die durfte er nicht verspielen, indem er so diskret wie ein Elefant im Porzellanladen mitten durch die Menschenmenge trampelte, die überall hier in West End aus den Theatern strömte. Fürs erste hatte er Wayne verloren – wieder einmal. Er sah auf die Uhr. Es war kurz nach zehn. Wenn alles glattging, konnte er seine Schwestern per Taxi zum Stadthaus seines Vaters in Hampstead verfrachten und eine halbe Stunde später im Bett liegen. Der Gedanke, daß er in der Orange Street erwartet wurde, längst erwartet wurde, war total in Vergessenheit geraten.

36

Dank Troys Personenbeschreibung hatte Wildeve eine ganz gute Vorstellung davon, wie Major Wayne aussehen mußte – auch wenn er nicht recht wußte, was er mit der Aussage anfangen sollte, Wayne habe Schlafzimmeraugen, wo doch Verdunkelung angeordnet war. Aber solange er auf der Souterraintreppe des verrammelten Hauses in der Tite Street hockte, ging er von der Hypothese aus, daß jedermann, der aus Nummer 55 herauskam, der Amerikaner sein konnte. Und mit dieser wackligen Hypothese hockte er den ganzen Abend da, ohne überhaupt zu wissen, ob Diana Brack daheim oder ausgegangen war.

Von der Themse stieg Nebel auf, kam langsam die Straße hochgekrochen und ließ ihn nach und nach bis ins Mark erstarren. Gegen halb elf nickte er ein, nur um gleich wieder aufzuschrecken, als die Tür des gegenüberliegenden Hauses mit lautem Knall zuschlug. Er spähte hoch zum Trottoir. Ein Taxi fuhr los; einen Moment lang war Licht hinter der Tür zu sehen; dann wurde das Verdunkelungsrollo wieder zugezogen. Verdammt, dachte er, da war jemand hineingegangen, und er hatte nichts mitbekommen. Eine halbe Stunde später ging die Tür wieder auf. Ein großgewachsener Mann trat heraus und marschierte Richtung Fluß davon – ein Gespenst, das rasch im Nebel verschwand. Wildeve schlich zur Straße hoch. Wayne blieb an der Ecke Tite Street und Chelsea Embankment stehen. Solange er dort stand, konnte Wildeve sich praktisch nicht von der Stelle bewegen. Dann schoß Waynes Hand hoch. Wildeve sah ein Taxi links ranfahren; der Amerikaner stieg ein. Wildeve rannte hinterher, Richtung Embankment, aber der Wagen fädelte sich bereits wieder in den Verkehr ein. Es war reines Glück, daß unmittelbar danach ein weiteres Taxi dicht an ihm vorbeikam. Er hielt es an.

»Wohin soll's denn gehen, Meister?« fragte der Chauffeur.

»Folgen Sie dem Taxi vor uns«, sagte Wildeve.

Der Mann drehte sich zu ihm um, starrte ihn mit stummer, ungläubiger Verachtung an.

»Nun machen Sie schon. Ich bin Polizeibeamter«, erklärte Wildeve ohne rechte Überzeugungskraft.

Waynes Taxi bog in die Chelsea Bridge Road ab. Zu dieser nächtlichen Stunde herrschte kaum noch Verkehr, aber der Nebel, der von der Themse hochgeweht kam, wurde jetzt doch zu einer echten Londoner Erbsensuppe, und das Taxengespann quälte sich fast schon im Schrittempo über die Sloane Street nach Knightsbridge. Der Smog nahm die charakteristische gelbe Farbe einer Giftgaswolke an.

»Wissen Sie, so leicht geht das nicht«, sagte der Taxifahrer über die Schulter hinweg zu Wildeve. »Wenn man nicht mal mehr die Hand vor'n Augen sehen kann, wie soll man da noch ne andere Taxe erkennen?«

Wildeve antwortete nicht. Er kurbelte das Fenster herunter, um hinauszusehen, ließ damit aber lediglich eine Extraportion des stickigen Londoner Nebels herein. Doch trotz seiner gegenteiligen Beteuerungen schien der Taxifahrer Katzenaugen zu haben, während Wildeve nicht einmal mehr wußte, ob sie sich überhaupt noch in dem selbst unter normalen Lichtverhältnissen verwirrenden Straßendickicht der Innenstadt befanden. Der ansteigende Lärmpegel mochte zwar ein Indiz dafür sein, daß sie in die Park Lane eingebogen waren, aber als das Taxi dann im Zickzackkurs durch die engen Straßen von Marylebone auf den Marble Arch zusteuerte, hatte er jede Orientierung verloren und fühlte sich versucht nachzufragen.

»Wir sind doch noch dran, oder?« rief er vornübergebeugt durch die gläserne Trennscheibe.

»Wenn ja, können Sie von Glück sagen. Ich schätze, Ihr Mann sitzt in der Kutsche gleich da vorn, aber 'n Eid drauf schwören tät ich nicht.«

»Wissen Sie denn genau, wo wir sind?«

»Manchester Square, Meister. Also darauf tät ich schon 'n Eid schwören.«

37

Das Taxi rückte im Schrittempo zur nordwestlichen Ecke des Platzes vor und bremste dann mit lautem Knirschen ab, als der Verkehr ganz zum Erliegen kam. Der Smog war mittlerweile so dick, daß die meisten Autofahrer ihn wohl schweigend aussitzen wollten. Nur vereinzeltes, sinnloses Gehupe unterbrach die alles umhüllende Stille. Nervös geworden, schob der junge Polizist die Tür auf und lehnte sich hinaus, um zu sehen, was es überhaupt noch zu sehen gab. Ein paar Lichtpunkte zerliefen in der Dunkelheit wie Wasserfarben auf Löschpapier. Er konnte kein Bild daraus zusammensetzen. Dann wurde ihm die Tür aus der Hand gerissen, und während er noch nach Halt suchte, schleuderte ihn ein

Schuß auf den Sitz zurück. Er war tot, bevor er gegen die lederne Rücklehne prallte. Eine gelbe Zunge aus Smog kroch durch die offene Tür herein und leckte über seinen Leichnam.

38

Troy schlief tief und fest. Es war ein schmerzloser, wohligwarmer Schlaf, und so dauerte es eine Weile, bis das laute Klopfen an der Haustür zu ihm durchdrang, und zuerst klang es ja auch wie das Klappern getrockneter Erbsen auf einer Blechtrommel. Er stellte fest, daß er in Unterhosen und Socken eingeschlafen war, griff nach einer Decke, rannte los und wäre fast die Treppe runtergefallen. Dann zog er die Tür einen Spalt auf, nur um zu sehen, wie die Nacht die Gestalt einer senfgelben Wolke annahm, die einen bulligen uniformierten Polizisten vom Yard umhüllte.

»Mr. Troy. Am besten ziehen Sie sich gleich an. Auf dem Manchester Square hat es einen Mord gegeben. Draußen an der Straßenecke wartet ein Wagen auf Sie. Ich hab versucht, Sie per Telefon zu erreichen, aber Sie sind nicht rangegangen.«

»Tut mir leid«, sagte Troy, ließ die Tür zurückschwingen und war schon auf dem Weg zur Treppe. Während er in die Hosen schlüpfte, schrie er nach unten: »Wo genau am Manchester Square?«

»Direkt auf dem Platz. Soweit ich gehört habe, soll es mitten auf der Straße passiert sein. Die Einzelheiten kann ich Ihnen ja während der Fahrt erzählen.«

Troy wühlte in seinem Kleiderberg herum und fischte ein

leicht angeschmutztes Hemd heraus. Als er es sich über den Kopf zog, stieg ihm ein Hauch von Parfum in die Nase. Toscas Parfum? Es war das Hemd, das Sascha mit abfälliger Miene aufs Bett geworfen hatte. Seltsam, daß der Duft sich so hartnäckig darin hielt, so provozierend. Ein fremder Duft, den er nicht einmal mit Tosca verband, während Diana Bracks Parfum ihm so gegenwärtig war wie ein Gemälde. Er mußte nur daran denken, dann roch er es auch schon. Mußte es nur riechen und sah die Frau vor sich. Aber schließlich war Tosca für ihn ja auch keine Verdächtige – und bei Gerüchen kannte er sich fast so gut aus wie Kolankiewicz bei menschlichen Innereien. Dieser Gedanke riß ihn aus seinen Träumereien. Er sah auf die Uhr. Nach dem Konzert war er mit rasenden Kopfschmerzen heimgekommen und sofort ins Bett gefallen. Jetzt war es kurz vor Mitternacht. Also hatte er weniger als eine Stunde geschlafen, auch wenn es ihm vorkam wie fünf Jahre auf einem fremden Planeten.

Sie traten gemeinsam hinaus auf die Straße, und instinktiv zog Troy seinen Mantel enger um sich, schlug den Kragen hoch und schob die Hände tief in die Taschen. Unter seinen Fingernägeln fühlte er winzige Gesteinsbrösel, und einen Sekundenbruchteil lang erschien wieder die rote Wolke vor seinen Augen, und er zuckte vor Schmerz zusammen, bevor er sie im Geist über den Horizont schob.

»Ich weiß«, sagte der Sergeant, der Troys Gesichtsausdruck falsch auslegte. Sie waren schon fast an der St. Martin's Lane angelangt. »Ich weiß – und so was hab ich meiner Lebtag nicht gesehen. Das ist grausiger als alles, was die Luftwaffe heute nacht noch anrichten könnte.«

39

Ein uniformierter, in einen Regenumhang gehüllter Hilfspolizist stand an der offenen Tür eines Taxis. Troy bat seinen Begleiter um eine Taschenlampe und schickte den Wagen weg. Schon mit den zwei Uniformierten und dem Polizeifotografen würde das Durcheinander groß genug sein. Troy sah den Bobby an. Er lächelte. So absurd es auch sein mochte – er lächelte. Er war dick und über fünfzig, und er lächelte. Vielleicht lag es ja daran, daß einem freiwilligen Polizisten wohl nichts Besseres passieren konnte als ein richtiger Mord.

»Also?«

»Ich hab nichts angefaßt. Ich steh hier Wache, seit ich den Hilfeschrei gehört hab.«

Dieser Ausdruck klang wie ein malerisches Relikt aus der guten alten Gendarmenzeit. Troy war irritiert. Er drückte dem Mann die Taschenlampe in die Hand und stieg auf den Rücksitz der Taxe.

Der Hilfspolizist spähte über Troys Schulter. »Heiliger Strohsack«, murmelte er, als der Lichtstrahl auf das grausige Durcheinander aus Blut und Gehirnmasse fiel. »Heiliger Strohsack.«

Vom Gesicht des Toten war kaum etwas übriggeblieben. Eine Kugel hatte ihn in die Wange getroffen, eine andere in den Mund, und eine dritte war in die Stirn eingetreten und hatte ihm den Hinterkopf weggerissen. Sein Gehirn war bis zur Heckscheibe gespritzt, seine Kleidung war blutgetränkt. Der Leichnam hing schräg über der Rücksitzlehne, mit hintübergekipptem Kopf. Die leblosen Augen starrten zum Wagendach hoch.

»Halten Sie die verdammte Lampe gerade«, sagte Troy. »Ich will mal seine Taschen durchsuchen.«

Troy schloß die Augen, griff dem Toten in die Innentasche des Jacketts und zog eine Geldbörse sowie ein blutgetränktes Stück Karton hervor, das er mit dem Handballen säuberlich abwischte.

»Ein Kollege von uns«, murmelte Troy. »Das hier ist ein Dienstausweis der Metropolitan Police.«

»Heiliger Strohsack«, sagte der Hilfspolizist noch einmal.

Troy versuchte, den Namen auf dem Ausweis zu lesen, und zog dann den Kopf ein, um auszusteigen. Der Hilfspolizist lächelte immer noch. Erst jetzt ging Troy auf, daß dies sein natürlicher Gesichtsausdruck war – ebensowenig veränderbar wie das aufgerissene Maul eines ausgestopften Krokodils.

»Wo ist mein Constable?« fragte er.

»Hinter der Hecke«, antwortete der Hilfspolizist. »Kotzt gerade sein Abendessen aus. Den hat's wirklich schwer erwischt.«

»Holen Sie ihn.«

Troy kletterte zurück in die Taxe. Er klopfte die übrigen Taschen des Opfers ab, bemüht, dabei ganz flach zu atmen, um sich nicht dem Geruch des Todes auszusetzen. Er suchte nach dem Notizbuch des Polizisten. Es war nicht da.

»Freddie?«

Die Stimme, die ihn von draußen rief, klang fast weinerlich.

Troy drehte den Kopf und sah einen aschfahlen Wildeve auf dem Trottoir stehen.

»Wer war er, Freddie?«

»Melvyn Miller. Detective Sergeant Miller vom Sicherheitsdienst. Bist du so weit, daß du wieder reden kannst?«

»Ich glaub schon.«

»Dann erzähl mal, was passiert ist.«

Troy wies den Hilfspolizisten an, das Taxi zu bewachen, und ging mit Wildeve zum Parkrand hinüber.

»Tut mir schrecklich leid, Freddie, aber ich hab überhaupt nichts mitbekommen. Der Verkehr war total zusammengebrochen. Ich sagte mir, wart ein paar Minuten, aber dann kriegte ich den Drang, auszusteigen und rumzulaufen, und natürlich kam mir sofort der Gedanke, daß es Wayne wahrscheinlich genauso ging, also bin ich tatsächlich ausgestiegen, um zu sehen, ob er sein Taxi hatte stehenlassen und zu Fuß abgehauen war. Wir standen zwei Wagen hinter diesem. Ich dachte, es wäre Waynes Taxi. Mein Chauffeur dachte das auch. Er schwört, daß es das Auto ist, dem er von der Tite Street hinterhergefahren ist. Als ich hinkam, stand die Tür offen, der Kerl auf dem Rücksitz war tot und der Taxifahrer überm Steuer zusammengesackt – die Beule auf seinem Hinterkopf ist so groß wie 'n Hühnerei. Ich wäre fast umgekippt, das kann ich dir sagen. Ein paar Minuten lang wußte ich nicht, was ich machen sollte, dann bin ich zum nächsten Wachzimmer gelaufen und hab gesagt, die sollen dich anrufen. Der Hilfspolizist hier ist ziemlich schnell erschienen, aber dann kam der Verkehr plötzlich wieder in Gang, und ich hab Wayne verloren. Das heißt, falls ich überhaupt je an ihm dran gewesen war.«

»Und du hast keine Schüsse gehört?«

»Nein. Er muß einen Schalldämpfer benutzt haben.«

»Selbst das hätte jedenfalls ein bißchen Krach gemacht – aber der Nebel verschluckt ja die meisten Geräusche.«

»Freddie, du glaubst doch nicht etwa, Wayne hätte den anderen für mich gehalten?«

»An deiner Stelle würde ich mir darüber keine Gedanken machen.«

»Es kommt mir nur so ... so verdammt zufällig vor. Daß der arme Kerl das furchtbare Pech hatte, mitten im dicksten Nebel mit seinem Taxi zwischen mich und Wayne zu geraten.«

»Jack, er war Beamter beim Sicherheitsdienst, klingelt's da nicht bei dir?«

»Nein, wieso?«

»Ach, Mensch, das beste wäre, du würdest jetzt Feierabend machen und nach Hause gehen. Aber du kannst nicht. Ich möchte, daß du Onions aus dem Bett holst und ihm Bericht erstattest. Und dann setz dich ins Büro, bis wir nach dir schicken. Es ist schon nach Mitternacht. Onions braucht einen Wagen, der ihn in Acton abholt. Das dürfte mindestens noch mal anderthalb Stunden dauern.«

Troy beobachtete den Polizeifotografen bei der Arbeit. Dann wurde die Leiche von der Ambulanz weggebracht, und er stieg noch einmal in die Taxe, um nach den Projektilen zu suchen, die Miller umgebracht hatten. Um vernünftig sehen zu können, war die Taschenlampe viel zu schwach, also blieb ihm nichts weiter übrig, als die Flugbahn von der vormaligen Position der Leiche aus zu schätzen. Er tastete mit den Fingerspitzen über den blutverschmierten Sitz und entdeckte mehrere Risse im Leder. Also waren die Kugeln wahrscheinlich direkt durch die Karosserie gegangen. Er stieg aus, stellte sich an den Kofferraum, räumte ihn leer und fand dabei eine Kugel in der Pferdedecke, mit der der Taxifahrer bei Kälte den Motor umwickelte. Sie war mindestens sechsfach zusammengefaltet – ein Sandsack hätte keinen besseren Kugelfang abgeben können. Die beiden anderen steckten draußen im Asphalt. Er pulte sie mit seinem Taschenmesser heraus, aber sie waren so verformt, daß jede genauere Bestimmung aussichtslos schien. Doch die Ausbeute von eins zu drei war schon nicht schlecht. Er wußte, Kolankiewicz würde diese eine Kugel identifizieren können. Wahrscheinlich war es eine 45er. Wenn sie doch nur eine andere zum Vergleich gehabt hätten. Der Hilfspolizist kroch auf Händen und Knien übers Trottoir, tastete im Dunkeln nach den Geschoßhülsen. Troy hörte ihn ächzen und fluchen, während seine Finger alles mögliche zu fassen bekamen, von Zigarettenstummeln bis hin zu Glasscherben.

»Scheibenkleister«, murmelte er. »Scheibenkleister.«

Und dann: »Also doch!« – Ein halb geächzter, aber triumphaler Ausruf, und der Mann stand auf, die Fäuste um zwei Patronenhülsen geballt, und trug seinen Fund zu Troy hinüber. Das starre Dauerlächeln verlieh seinem Gesicht einen Ausdruck tiefster Befriedigung.

40

Onions hatte sich vor dem Herkommen rasiert. Nichts an seinem Äußeren verriet, daß er nach ein Uhr morgens aus dem Schlaf gerissen worden war, um sich dann im Schrittempo quer durch London kutschieren zu lassen. Als er in seinem Büro mit Troy zusammentraf, war es bereits kurz vor vier. Er saß im Mantel hinter seinem Schreibtisch – wie ein akkurater, hellwacher Mann, der auf einen frühen Pendlerzug wartet.

»Sie sehen ja schrecklich aus«, sagte er.

Troy schaute an sich herunter. Sein Mantel war schon wieder schmutzig, er hatte keine Krawatte um, seine Manschettenränder waren schwarz, die Schuhe durchnäßt. Wildeve, der neben ihm stand, sah kaum besser aus und roch zudem nach Erbrochenem. Offensichtlich hatte er große Mühe, sich wach zu halten – Troy beobachtete, wie er immer wieder gegen das verräterische Liderflattern ankämpfte.

»Ich hab noch von zu Hause aus beim Sicherheitsdienst angerufen«, erklärte Onions, »und mit Chief Inspector Charlie Walsh gesprochen, dem Vorgesetzten von Sergeant

Miller. Für ihn war es natürlich auch ein Schock, aber er läßt uns in der Sache weiterarbeiten.«

»Das wird ihn nicht davon abhalten, eigene Ermittlungen anzustellen. Daß die sich dort nicht um ihre eigenen Leute kümmern, wäre mir ganz neu.«

»Es passiert nicht so oft, daß ein Beamter des Sicherheitsdienstes in Ausübung seiner beruflichen Tätigkeit umgebracht wird. Ich jedenfalls kann mich an keinen derartigen Fall erinnern. Bei uns kommt so was ja leider häufiger vor. Ich denke, es ist am besten, wenn Sie ihm ein oder zwei Tage Zeit für die interne Abklärung lassen – für den Papierkram, wenn Sie so wollen.«

»Wie bitte?« Dieses Ansinnen klang in Troys Ohren geradezu ungeheuerlich. »Es geht immerhin um Mord. Da wird ein Copper mitten auf der Straße erschossen, und er will ein, zwei Tage Zeit?«

»Ich habe den Eindruck gewonnen, daß dieser Miller eher so etwas wie ein Einzelgänger war.«

»Um Gottes willen, Stan – das ist verrückt!«

»So etwas wie ein Einzelgänger.«

Onions' Tonfall hatte sich nur um eine Nuance geändert, aber um eine vielsagende Nuance. »Sie kennen doch solche Burschen. Halten ihre Vorgesetzten nicht auf dem laufenden. Marschieren auf eigene Faust los.«

Troy wußte, daß er zu weit gegangen war, als er seine Stimme gegenüber Onions erhoben hatte. Und jetzt kam sein Vorgesetzter um den Tisch herum, den armen Wildeve im Visier, der mit übereinandergeschlagenen oder vielmehr scherenartig abgespreizten Beinen auf seinem Stuhl eingeschlafen war. Onions trat ihm gegen den Fuß, und der knallte auf den Boden, wodurch Wildeves Haltung so wacklig wurde, daß er fast umkippte.

»Aufwachen, Junge«, schrie ihm Onions ins Ohr.

»Wasislos«, sagte Wildeve, während er den verzweifelten Versuch unternahm, mittels rasanter Kopfdrehungen seine Orientierung wiederzufinden.

Troy hielt Wildeve an der Schulter fest und warf ihm einen warnenden, beschwörenden Blick zu.

»Sie werden jetzt viel zu tun bekommen«, fuhr Onions fort.

»Ich kümmer mich schon darum. Die Projektile sind nach Hendon gegangen. Ich hab Thomson und Gutteridge aus dem Bett geholt. Einer behält die Tite Street im Auge, der andere das Norfolk House. Und ich habe zwei Uniformierte herangezogen, die die Taxenstände abklappern, um den Fahrer von Wayne zu finden. Millers Chauffeur liegt im Paddington Hospital. Sie wollen mich erst morgen zu ihm lassen. Ich seh zu, daß ich für alles gerüstet bin, was Walsh heut morgen um sieben Uhr vorzutragen hat.«

»Für Sie immer noch Chief Inspector Walsh. Und, wie ich schon sagte, geben Sie ihm ein bis zwei Tage Zeit.«

Troy versuchte noch einmal sein Glück. »Sie haben sich doch vergewissert, daß Miller auf Wayne angesetzt war?«

»Ein Zufall kann es ja wohl nicht gewesen sein, oder?«

»Aber hat Walsh Ihnen bestätigt, daß Miller Wayne beschattet hat?«

»Ich bin überzeugt davon, daß dem so war.«

»Und warum?«

Beide standen sich jetzt gegenüber, der eine vor, der andere hinterm Schreibtisch – wie zwei Boxer in Kampfstellung. Aber dann entschied sich Onions, die Situation zu entschärfen, nahm wieder Platz, strich sich mit einer typischen Geste die Haare nach hinten und wartete ein paar Sekunden, bis auch Troy sich wieder gesetzt hatte.

»Ich kenne Charlie Walsh seit fast zwanzig Jahren. Und wenn es bei ihm nun ein kleines Problem gibt ...«

Troy mußte sich auf die Lippen beißen, um bei dieser Formulierung nicht auszurasten.

»... und er, sagen wir mal, vierundzwanzig Stunden Zeit braucht, dann bekommt er die von mir. Wir wissen, daß Miller Wayne verfolgt hat. Das ist doch der entscheidende Punkt. Und um sieben Uhr werden Sie es mit dem MI-5 zu tun kriegen. Sie sind ja nun nicht der einzige, der die Ratten aus ihren Löchern holen kann. Ich hatte diesen warmen Bruder Pym an der Strippe und sagte ihm, ich wolle einen Termin mit ihm und Zelig und allen übrigen, die für diesen Schlamassel mitverantwortlich sind, und zwar dalli. Er schlug die Mittagszeit vor – geeinigt haben wir uns dann auf sieben Uhr früh.«

Um nichts in der Welt hätte Troy bei diesem Telefonat an Nevilles Stelle sein mögen.

»Ach so«, erwiderte er. »Ich verstehe. Walsh kann erst dann reden, wenn er den Instanzenweg abgeklappert hat.«

»Das hat er nicht gesagt.«

»Aber gemeint.«

Onions stützte die Ellenbogen auf den Tisch und beugte sich vor.

»Freddie, wir versuchen, ein Phantom festzunageln. Geben Sie ihm Zeit bis morgen abend oder vielmehr bis heute abend. Wenn sich nichts tut, dann rufen Sie ihn an. Und falls Sie so mit ihm reden wie mit mir, dann wird er Ihnen eins überbraten. Tja, wenn unser Pfiffikus hier seine Augen aufhalten kann, dann haben Sie zwei jetzt ein paar Stunden Zeit, um mir alles zu erzählen, bevor wir beide, Troy, losmüssen zur Geisterstunde. Und mit alles meine ich wirklich alles.«

Er griff in seine Jackentasche, holte ein Packung Woodbines und eine Schachtel Swan Vestas heraus, zündete sich eine Zigarette an und lehnte sich auf eine Art zurück, die sicherlich Geduld und Aufmerksamkeit signalisieren sollte, aber zugleich höchst respekteinflößend war.

41

Wenn Blicke töten könnten, dann wäre Troy schon in dem Moment tot umgefallen, als Pym ihm und Onions die Bürotür öffnete. Er sah bleich und abgespannt aus – das frühe Aufstehen bekam ihm offensichtlich nicht. Diesmal war er in Uniform; das gedämpfte Blau des RAF-Tuchs machte aus ihm einen ganz anderen Mann als die außerdienstliche Aufmachung bei ihrer letzten Begegnung.

Das Dienstzimmer bot kaum Platz genug für die vielen Menschen, die sich jetzt darin aufhielten. Direkt vor Pyms Schreibtisch hatte Zelig Platz genommen. Zu seiner Linken und damit fast schon in der Zimmerecke saß eine Frau in einem anthrazitgrauen Twinset. Pym nahm den Stuhl rechts von Zelig; die beiden Stühle gegenüber waren für Onions und Troy vorgesehen. Was bei dieser Sitzordnung herauskam, war ein enger Kreis, der die Gegenspieler miteinander konfrontierte.

»Ich werde hier niemanden vorstellen«, erklärte Pym. In seiner Stimme schwang Müdigkeit mit, aber auch die indirekte Botschaft, daß seine Toleranzfähigkeit fast erschöpft war.

Troy kannte alle Teilnehmer außer der Frau. Neben Onions war sie die einzige Person im Kreis, die zu dieser unchristlichen Stunde so wirkte, als sei sie mit sich und der Welt zufrieden. Sie war klein, schon hoch in den Fünfzigern, aber man sah ihr noch immer an, daß sie einmal eine Schönheit gewesen war. Die Zeichen des Alters zeigten sich am deutlichsten in den Falten rings um ihre Augen und Lippen, Augen, die lange Jahre mit klein geschriebenen Buchstaben unter Leselampen verbracht hatten, Lippen, die an zu vielen Zigaretten gezogen hatten. Und dieses Gesicht war nicht durch Lachfalten zerstört worden. Es hatte einen einschüchternden, humorlosen Ausdruck. Ihre Arme lagen verschränkt über einem kleinen Aktenbündel aus gelbbraunem Kanzleipapier, das sie an ihren Busen drückte, als wolle sie damit eine sichtbare Barriere errichten. Pyms einleitender Satz konnte eigentlich kaum etwas anderes bedeuten, als daß er die Identität einer bestimmten Person nicht preisgeben wollte – nämlich ihre. Zelig fing an zu husten und starrte auf den Fußboden. Er sah gelblich-fahl aus und so unglücklich wie jemand, der gegen seinen Willen in der falschen Veranstaltung gelandet ist.

»Colonel Zelig möchte eine Erklärung verlesen«, sagte Pym.

Zelig faltete das Blatt Papier auseinander, das er die ganze Zeit über krampfhaft festgehalten hatte. Er las mit abgehackter Stimme und so stockend, als hätte er den Text noch nie zuvor gesehen und wüßte nicht, worum es darin eigentlich ging. Außerdem mußte er immer wieder husten, und wahrscheinlich hatte er in der ganzen Hektik das Frühstück ausgelassen; jedenfalls knurrte sein Magen unentwegt.

»Wir sind vom Verbindungsoffizier des MI-5 darüber informiert worden, daß Scotland Yard einen Mord untersucht, der sich letzte Nacht gegen 23.15 Uhr auf dem Manchester Square zugetragen hat. Es ist zu unserer Kenntnis gelangt, daß Sie im Zusammenhang mit diesem Vorfall Major James Wayne vom Office of Strategic Services befragen wollen. Das Oberkommando der Alliierten Streitkräfte ist bestrebt, mit Scotland Yard in jeder Weise zusammenzuarbeiten, die den Interessen der Justiz dient. In der Nacht vom 19. zum 20. März war Major Wayne zwischen 22.30 Uhr und 3.00 Uhr bei einer Planungsbesprechung des Einsatzkommandos in General Eisenhowers Hauptquartier in der Chenies Street – London WC1; unter den weiteren Anwesenden befanden sich General Eisenhower und General Patton.«

Zelig faltete die Erklärung wieder zusammen. Er schaute auf und sah Onions zum erstenmal direkt ins Gesicht, brach den Blickkontakt aber schon nach einer knappen Sekunde ab. Als seine Augen zu Pym hinüberschossen, ergriff der das Wort.

»Meine Herren, ich hoffe, damit sind alle Ihre Fragen geklärt und wir können unsere Besprechung beenden.«

»Und damit ist der Fall erledigt?« fragte Troy. »Damit ist der Fall erledigt? Sie fabrizieren ein Alibi, ein komplettes Lügengespinst, und sagen, damit wäre der Fall erledigt? Nein, so einfach geht's nicht. Wo ist Wayne? Ich will Wayne sprechen.«

»Das dürfte nicht möglich sein«, antwortete Pym.

Troy beugte sich zu Pym vor und sagte langsam und leise, wobei er mit aller Kraft seinen Zorn zu unterdrücken suchte: »Ich habe einen Zeugen, der Wayne um dreiundzwanzig Uhr in Chelsea gesehen hat. Ich selbst habe ihn gegen zweiundzwanzig Uhr zehn im West End gesehen. Er war bei keiner Besprechung mit Ike, und das wissen Sie verdammt genau. Wenn Sie diesen Mann nicht beibringen, dann werde ich einen Haftbefehl wegen Mordes gegen ihn erwirken, und zwar durch eidliche Strafanzeige.«

»Das dürfte nicht möglich sein«, echote Zelig mit seiner quakenden Stimme. »Der Major ist nicht Ihr Mann. Sehen Sie das denn nicht ein? Er ist unschuldig. Das wird hierin bewiesen.« Er wedelte etwas hilflos mit dem Papier herum.

»Wird Eisenhower ein beeidigte Erklärung dieses Inhalts abgeben?«

»Seien Sie nicht albern«, sagte Pym.

Troy drehte ihm den Kopf zu. »Ich bin nicht hergekommen, um mir diesen Hanswurst anzuhören. Was soll das verdammte Theater? Hier geht es um Mord. Und nicht nur um einfachen, sondern um vierfachen Mord. Ein Mann wurde erschossen, ein anderer zerstückelt und verbrannt, ein dritter hat sich in Luft aufgelöst, und jetzt ist ein Londoner Polizist mit Kopfschüssen liquidiert worden. Nein, Sie werden diesen Mann hinter niemandem und nichts verstecken. Weil es nichts gibt, was groß genug wäre, um ihn dahinter zu verstecken.«

Onions saß schweigend und ausdruckslos da; nur sein Blick, der von einem Sprecher zum anderen weiterwanderte, ließ erkennen, daß er überhaupt bei der Sache war.

»Troy«, sagte Pym, »Sie werden sich wohl an den meinetwegen abgedroschenen Ausdruck ›eine Angelegenheit der nationalen Sicherheit‹ erinnern. Wie mir von unseren Alliierten versichert wurde, ist Major Wayne mit einer Angelegenheit der nationalen Sicherheit befaßt. Es wird nicht möglich sein, eine andere Einlassung von ihm zu erhalten als in der Form, die bereits verlesen wurde.«

Troy sprang auf.

»Herrgott noch mal, hier geht's um Mord! Sie können einen Mord doch nicht hinter nationalen Sicherheitsfragen verstecken!«

»Mister Troy.« Aus der Ecke meldete sich die Dame im Twinset zu Wort. Ihre tiefe, selbstsichere Stimme, die noch nicht einmal zu normaler Lautstärke erhoben war, vermochte es kraft der besonderen Betonung seines Namens, Troys Wut ins Leere laufen zu lassen und seine Aufmerksamkeit zu fesseln. »Wo wir nun schon einmal beim Thema nationale Sicherheit sind ...«

Pym warf ihr einen überraschten Blick zu. Zelig verrenkte

sich auf seinem Stuhl, um ihr Gesicht sehen zu können. Offensichtlich hatte keiner von beiden mit irgendeinem Kommentar aus dieser Ecke gerechnet. Sie machte sich das Überraschungsmoment zunutze und warf nacheinander alle ihre Papierbündel auf den Teppich direkt vor Zeligs Füße und damit genau in Troys Blickfeld. Jede Akte war mit einer Aufschrift in zwei Zentimeter hohen Buchstaben versehen: *Troy – Sir Alexej, Troizky – Nikolai, Troy – Rodion, Troy – Frederick*. Die Akte mit seinem Namen klatschte als letzte auf den Stapel; jeder der Anwesenden konnte sie sehen.

Zelig geriet sichtlich in Erregung; sein Ziehharmonikakinn wackelte, sein Blick irrte zwischen der Frau und ihren Akten hin und her. Pym seufzte leise – es war das müde Seufzen eines Mannes, der zusehen muß, wie seine besten Absichten und Pläne den Bach runtergehen. Auch Troy warf einen Blick auf die Akten, sah dann aber wieder die Frau an, ohne eine Miene zu verziehen. Natürlich hatte er schon lange den Verdacht gehabt, daß solche Akten existierten; die Überraschung war also nicht so groß, wie sie geglaubt haben mochte. Und obendrein ging er nicht davon aus, daß diese Demonstration in erster Linie für ihn gedacht war.

»Was läßt sich einem Namen entnehmen?« fragte sie. Das war alles.

Eine halbe Minute lang herrschte absolute Stille. Dann erhob sich Onions und machte die Tür auf.

»Guten Tag, Madam, Gentlemen«, sagte er, ganz so, als sei nichts geschehen, als habe er nicht die gesamte Besprechung über schweigend dagesessen, und schon marschierte er hinaus, ohne die Anwesenden noch eines Blickes zu würdigen. Troy sprang auf, lief ihm nach. Nur eine Sekunde, bevor irgend jemand die Tür hinter ihm schloß, hörte er Zelig sagen: »Verdammt noch mal, was geht hier eigentlich vor sich?«

42

Onions beugte sich zum Fahrerfenster seines Wagens hinab und sagte: »Ich möchte ein Stück zu Fuß gehen. Holen Sie mich vor der Treppe zum Carlton House ab.«

Sie gingen über die King Street und dann links herum um den St. James's Square. Aber erst als das Norfolk House und damit ein nicht gerade unauffälliger Constable Gutteridge in Sicht kam, brach Onions sein Schweigen.

»Wer war sie? Haben Sie eine Ahnung?«

»Muriel Edge«, sagte Troy. »Abteilungsleiterin von F4 beim MI-5.«

»Kennen Sie sie?«

»Nein. Ich hab sie heute zum erstenmal gesehen. Aber innerhalb der gesamten Organisation gibt es nur eine Frau in dieser Position, und wenn sie alle Unterlagen über meine Familie hat, dann kann sie eigentlich nur von F4 sein, der Abteilung, die die britische Linke observiert, und F4 heißt Muriel Edge. Ergo muß sie diejenige welche sein.«

»Wieso habe ich dann noch nie etwas von ihr gehört?«

Heikle Frage, dachte Troy. »Ich glaube, das ist einer der wenigen Nachteile eines hohen Dienstgrades. Sie in Ihrer Position kriegen eben nicht soviel Tratsch mit wie ein Sergeant.«

»Verstehe«, erwiderte Onions. »Aber weshalb dieses gottverdammte Theater?«

Sie überquerten die Pall Mall in Richtung Waterloo Place. Onions legte ein gleichmäßiges Tempo vor, vermied aber jeden Blickkontakt mit Troy. Er wartete auf eine Antwort, und Troy fragte sich, was er ihm sagen konnte.

»Ich weiß es nicht«, sagte er schließlich zögernd.

»Sie würden doch nichts vor mir verheimlichen, Freddie?«

»Es gibt nichts zu verheimlichen. Ich hab Ihnen alles gesagt. Die haben nur deswegen eine Akte über mich angelegt, weil sie schon eine über meinen Vater und meinen Onkel haben, deren politische Ansichten und Aktivitäten in der Öffentlichkeit bekannt sind. Bei mir ist das nicht der Fall. Wen ich wähle, geht niemanden was an und ist im übrigen auch nicht wichtig. Und da es seit 1935 keine Wahlen mehr gegeben hat, ist es sogar ohne jede Bedeutung.«

Sie kamen am Waterloo Place an, am oberen Ende der Treppe zum Carlton House. Unten auf der Mall wartete bereits der Streifenwagen. Onions blieb vor der Statue des Herzogs von York stehen.

»Die klammern sich an jeden Strohhalm«, sagte Troy, um das Thema abzuschließen.

»Da sind sie nicht die einzigen.«

Onions ging einen Treppenabsatz hinab, drehte sich dann zu Troy um, so daß die beiden sich Aug in Aug gegenüberstanden.

»Ihre Beweise sind dünn, das wissen Sie hoffentlich?«

»Ja.«

»Sie beantragen einen Haftbefehl, und den kriegen Sie auch, aber dann kreuzt sein Anwalt auf, und fünf Minuten später ist er wieder draußen.«

»Und ein Haftprüfungstermin?«

»Vergessen Sie's. Bereiten Sie die Anklage vor, oder lassen Sie ihn laufen. Ich verspreche mir nicht viel von Wildeves Aussage. Wenn er Ihren Yankee identifiziert haben will, und dazu noch in einer so nebligen Nacht, dann steht nun mal die Erklärung des amerikanischen Generalstabs dagegen. Zudem schließe ich aus Ihrem Bericht, daß er den Mann nie zuvor gesehen hatte. Und Sie haben ihn abends um zehn nach zehn gesehen. Damit wäre ihm gerade noch Zeit geblieben, um halb elf in Ikes Bunker zu erscheinen. Die haben wirklich Glück gehabt. Der Zeitrahmen paßt genausogut zu ihrer Version wie zur Wahrheit. Und sollte dieser wahnsinnige Pole in Hendon eine Übereinstimmung zwischen der Geschoßhülse feststellen, die Sie auf dem Manchester Square gefunden haben, und der vom Fundort in Stepney, dann besagt das nichts weiter, als daß Brand und Miller mit derselben Waffe getötet wurden. Wayne wird sein Schießeisen längst weggeworfen haben. Wir würden es nie schaffen, ihn festzunageln. Ja, wenn wir den Taxifahrer finden könnten, der diesen Schweinekerl letzte Nacht gefahren hat, dann sähe die Sache vielleicht anders aus. Aber bislang haben wir verdammt noch mal nichts in der Hand.«

Troy wußte nicht, wie er darauf reagieren sollte. Onions hatte beim Reden gekeucht, als wolle er seine Gefühle unterdrücken. Er spielte doch nicht etwa mit dem Gedanken, den Fall abzuhaken? Er redete sich doch nicht etwa in Fahrt, um Troy zum Aufgeben zu bringen?

»Aber ich lasse mir nicht gern irgendwelche Lügengeschichten auftischen. Schon gar nicht von einem Haufen Gespenster, die das, was nationales Interesse heißt, komplett im eigenen Interesse ausdeuten. Ich lasse mir nicht sagen, daß ich meine Arbeit und meine Pflicht ignorieren soll, nur weil irgend so ein hohes Tier mit nem Gabby-Hayes-Akzent einen Fetzen Papier vor mir herumwedelt und erklärt, ein gesuchter Mörder hätte ein hieb- und stichfestes Alibi, und ich sollte gar nicht erst versuchen, daran zu rütteln. Ich will verflucht sein, wenn die Metropolitan Police so mit sich umspringen läßt. Ich will verflucht sein, wenn ein Arschloch wie Zelig und eine Schwuchtel wie Pym einem Superintendent von Scotland Yard so frech ins Gesicht lügen können.«

Onions war kurz vor einem Wutausbruch. Sein Gesicht wurde mit jeder Sekunde röter, seine Stimme immer lauter.

Er machte eine weit ausholende Geste in Richtung der königlichen Parks und sah Troy scharf ins Auge.

»Niemand knallt in London Polizeibeamte auf offener Straße ab und erklärt mir dann, daß ich wegschauen soll. Niemand knallt hier Polizeibeamte auf offener Straße ab und erklärt mir dann, daß ich nichts dagegen unternehmen kann. Bleiben Sie dran. Liefern Sie mir diesen Dreckskerl!«

»Das heißt, ich soll nach Beweisen suchen?« fragte Troy und bereute schon im selben Moment seine halbherzige Reaktion. Schweigen wäre klüger gewesen.

»Suchen? Beibringen, Sergeant, und zwar sofort, und es interessiert mich einen Dreck, ob Sie welche erfinden müssen! Also gehen Sie schon und tun Sie Ihre Arbeit!«

Troy blickte Onions lange nach, den ganzen Weg die Treppe hinab bis zum Wagen – es war, als würde er einen feurigen Schweif aus Zorn hinter sich herziehen.

43

Troy klemmte sich den Telefonhörer zwischen Hals und Schulter und bekrakelte sein Löschpapier, während er darauf wartete, daß sich jemand meldete. Aber erst nach dem elften oder zwölften Klingeln wurde seine Geduld belohnt.

»Sicherheitsdienst.«

»Chief Inspector Walsh bitte.«

»Wer ist am Apparat?«

»Sergeant Troy.«

»Bleiben Sie dran.«

Troy hörte gedämpfte Stimmen – offenbar hielt sein Gesprächspartner eine Hand über die Sprechmuschel. Er hatte bereits Zelig – Wayne … Brand geschrieben und fügte jetzt noch ein paar Pünktchen sowie den Namen Edge mit Fragezeichen hinzu. Den Namen unterstrich er vorsichtshalber.

»Walsh am Apparat.«

Eine wesentlich tiefere, ältere, selbstbewußtere Stimme als die vorherige. Troy hatte das Gefühl, bereits aus diesen knappen Worten den Rang herauszuhören. Wenn ein Mann es sich leisten konnte, sich nur mit Nachnamen zu melden, dann mußte er sich seiner Stellung sehr gewiß sein.

»Sergeant Troy. Ich arbeite in Stanley Onions' Abteilung.« Er unterbrach sich, hoffte aber, daß Walsh nicht nachhaken würde. Und Walsh sagte tatsächlich nichts. »Hören Sie, ich bin nur zwei Stockwerke unter Ihnen und würde gern schnell mal hochkommen. Ich muß Sie nämlich dringend sprechen.«

»Ich habe bereits mit Ihrem Vorgesetzten gesprochen.«

Ja, und du hast ihm gesagt, er soll die Kurve kratzen, dachte Troy.

»Ich möchte gern persönlich mit Ihnen sprechen.«

»Na schön, junger Mann, aber nicht in diesem Haus.«

»Sondern?«

»Kennen Sie das Pub Princess Louise in Holborn?«

»Nein, aber ich werd's finden.«

»Heute abend um sechs. Sie bestellen. Für mich ein großes Dunkles.«

»Wie erkenne ich Sie?«

»Ich werde Sie erkennen, Sergeant Troy.«

Er legte auf. Dieses letzte »Sie« hatte nachdrücklich geklungen. Troy riß das oberste Blatt Löschpapier aus dem Heft, entschied sich dann aber, es nicht in den Papierkorb zu werfen. Wenn hier ganze Akten einfach verschwinden konnten, dann konnten mit Sicherheit auch Papierkörbe durchwühlt werden. Als er dann spätnachmittags am Victoria Embankment entlangging, zerriß er seinen Zettel in Fetzen und ließ sie vom Märzwind auf die Themse hinaustragen.

An einem Märzabend um sechs Uhr hatte das Princess Louise noch nicht verdunkelt. Es war ein klarer, wenn auch kühler Frühlingstag gewesen, und Troy sah mit Vergnügen die letzten Sonnenstrahlen von Westen her über die Milchglasscheibe mit der Aufschrift »Saloon« ziehen. Das Pub machte nicht den Eindruck, als hätte es viele Stammgäste – es lag zu weit im Westen, um noch ein Treffpunkt für das Viertel zu sein, und zu weit im Osten, um am Nachtleben von Soho teilzuhaben. Mit seinem viktorianischen Grün und Braun wirkte es direkt anonym. Vermutlich, dachte Troy, hatte Walsh es genau wegen dieser Eigenschaft ausgesucht, und weil es so leer war – also das genaue Gegenteil eines konspirativen Treffens, wie Troy es sich vorstellte: ein Vier-Augen-Gespräch inmitten einer lärmenden Menge. Aber vielleicht hatte Walsh dieses Pub aus einem viel banaleren Grund vorgeschlagen, nämlich wegen seines offenen Kamins. Wie dem auch sein mochte – der Gastraum war jedenfalls nur zu einem Drittel gefüllt, und mit den vielleicht fünf, sechs amerikanischen Fliegern, die um den Kamin herumstanden, hatte der Barkeeper gewiß nicht alle Hände voll zu tun. Als Troy hereinkam, schien er gerade in ein intensives Gespräch mit einem Hund verwickelt zu sein – einem Piratenhund, wie Troy diese Viecher mit den schwarzen Flecken rings ums Auge nannte –, der auf einem Barhocker thronte. Alles, was er sagte, war an den Hund gerichtet, obwohl der Bursche, der neben ihm am Tresen lehnte, darauf antwortete. Die beiden Männer blickten einander nicht ein einziges Mal an, sondern immer nur den Hund, so als müsse er zwischen ihnen vermitteln; aber der Hund blieb stumm, auch wenn er Troy böse anstarrte, während der seine Bestellung aufgab. Kaum hatte der Barkeeper ihm ein kleines Guinness und ein großes Dunkelbier serviert, als ein großer, fülliger Mann – unverkennbar ein Polizist – die Schwingtüren aufriß und sich kommentarlos auf den freien Stuhl gegenüber von Troy setzte. Er sah aus, als gehörte er zur selben alten Schule wie Onions: Melone, schwerer, abgetragener Mantel, Stiefel und ein angegrauter Schnurrbart, der seine Oberlippe fast ganz verdeckte.

»Meins?« Er deutete auf das größere Glas.

Troy fragte sich, ob er bekommen konnte, was er wollte, falls Walsh nur Satzbrocken von sich gab. Walsh klang sogar wie Onions; vielleicht würde die altbewährte nüchterne Herangehensweise ja auch dasselbe Ergebnis zeitigen, nämlich eine knappe Darstellung der Fakten, vorgebracht im selben breiten Lancashire-Akzent.

»Mr. Walsh«, begrüßte Troy ihn mit respektvollem Unterton. Walsh schlürfte die obersten Zentimeter von seinem Bier und wühlte in seinen Manteltaschen. Zwei Kleckse Bierschaum klebten wie Zuckerwatte an seinen Schnurrbartspitzen. Aus der einen Tasche förderte er eine Shagpfeife zutage, aus der anderen einen Beutel Tabak. Während er in aller Seelenruhe seine Pfeife stopfte, warf er immer wieder einen Blick auf Troy. Der empfand das Pfeiferauchen seit je als eine Methode, gedankliche Leere als Nachdenklichkeit auszugeben – die Methode geistloser Menschen, weniger geistlos zu erscheinen.

»Mr. Walsh, ich würde gern meine Notizen mit Ihren abgleichen.«

»Haben Sie Feuer?«

»Leider nicht.«

Walsh knöpfte sich den Mantel auf und legte seine Melone auf den dritten Stuhl. Unter dem Mantel wurde ein doppelreihiges graues Jackett sichtbar, darunter eine Strickjacke mit kleinen Lederknöpfen, die wie Makronen aussahen, und als Walsh tief hineingriff, um ein Streichholz herauszuholen, bemerkte Troy, daß er zu allem Überfluß auch noch eine Weste anhatte. Diese vielen Schichten Kleidung unterstrichen seine massige Gestalt, trugen zu dem Eindruck von Erdenschwere bei, den er offensichtlich zu vermitteln suchte. Aber vielleicht war er ja auch nur kälteempfindlich. Nun zündete er seine Pfeife an und begann zu reden, während er die ersten Züge paffte. Ein Schwaden von Burton's übelstem Shagtabak zog über den Tisch direkt auf Troy zu.

»Es gibt nix zu vergleichen – Sie haben ja nix.«

»Sie stehen also noch in Kontakt mit meinem Vorgesetzten?« Troy versuchte, das Offensichtliche wie eine Frage klingen zu lassen.

»Aber natürlich. Es sind Ihre Ermittlungen. Ja, glauben Sie denn, ich weiß nicht Bescheid darüber, was sich bei Ihnen tut, wenn's um einen meiner Leute geht?«

»Aber Sie führen Ihre eigenen Ermittlungen durch?«

Walsh nahm einen tiefen Zug und atmete geräuschvoll aus, bevor er antwortete. »Nein«, sagte er, »das tu ich nicht.«

Troy war so überrascht, daß er fast hochgefahren wäre. »Wie bitte? Ein Beamter vom Sicherheitsdienst wird erschossen, und Sie führen keine Ermittlungen durch?«

»Mord gehört in Ihre Abteilung. Ihr Superintendent Onions ist doch damit betraut, sämtliche Mordfälle innerhalb – und auf Anforderung auch außerhalb – Londons zu untersuchen, nicht wahr?«

Walsh schlürfte das zweite Fünftel aus seinem Glas, lehnte sich dann zurück und sah Troy auf eine Art an, daß dieser begreifen mußte, Walshs Geduld sei ein Entgegenkommen, das seine Grenzen hatte.

»Das ist doch Unsinn. Sie sind immer vorneweg, wenn es um Ihre Leute geht.«

»Immer? Na ja. Diesmal jedenfalls nicht.«

Walsh beugte sich vor, und während sein nikotinverfärbter Mittelfinger auf die Tischplatte klopfte, wurden sein Ton und seine Mimik einen Hauch vertraulicher. »Ich hab Bescheid bekommen. Von dieser Seite aus ist der Fall abgeschlossen. Anordnungen. Verstehen Sie? Und ich sag's noch mal: Sie haben nix. Sie haben den Taxifahrer nicht auftreiben können, mit dem Ihr Yankee gefahren ist – innerhalb von fast vierundzwanzig Stunden hat sich niemand gemeldet, Sie haben keine Zeugen, den Kerl selbst haben Sie schon gar nicht gefunden, und ich schätze, er hat sich ein Alibi verschafft. Selbst wenn ich eigene Ermittlungen anstellen könnte, wo sollte ich ansetzen? Es gibt ja nicht mal eine Spur. Wie lautet übrigens sein Alibi?«

»Der befehlshabende Offizier hat erklärt, er sei gemeinsam mit Wayne in einer Sitzung beim amerikanischen Oberkommando gewesen. Einer so geheimen Sitzung, daß er uns nicht sagen konnte, wo oder wie, sondern nur wann, und das war praktischerweise zur Tatzeit. Zu den Teilnehmern zählten auch Patton und Eisenhower, und natürlich wird niemand Ike fragen, ob er einem Mörder ein Alibi verschaffen will.«

»Die haben Sie in der Hand, junger Mann, sehen Sie das nicht?«

»Nein, verdammt noch mal. Ich sehe nur, daß ein Copper mitten auf der Straße erschossen worden ist.«

Walsh warf einen Blick durch die ganze Gaststube, um zu sehen, ob sich bei Troys lautstarkem Ausbruch vielleicht der eine oder andere Kopf gedreht hatte. Dann beugte er sich wieder vor. Seine Stimme wurde leiser, und der vertrauliche Ton schlug in einen autoritären um, der den Rangunterschied betonte.

»Hören Sie, Sergeant. Ich bin seit zweiunddreißig Jahren

bei der Polizei. Niemand pustet meinen Männern das Gehirn aus dem Schädel, wenn ich's irgendwie verhindern kann. Aber ich bin Polizeibeamter, genau wie Sie, und am Tage meines Eintritts in den Dienst hab ich gelernt, daß wir nur dann nicht vom geraden Weg abweichen, wenn wir bereit sind, Anweisungen entgegenzunehmen. Denn wenn diese Voraussetzung fehlt, wenn wir unsere Vorgesetzten nicht respektieren, dann sind wir nichts anderes als der Haufen …« Er deutete mit dem feuchten Mundstück seiner Pfeife in Richtung Straße. »Dann sind wir nichts als Pöbel, Abschaum.«

Er lehnte sich zurück, mit rotem Kopf und wütender Miene. Seine Pfeife war ausgegangen; jetzt machte er sich daran, sie mit viel Ziehen und Paffen wieder anzuzünden.

»Ich hab meine Anweisungen erhalten. Und Sie Ihre. Das ist alles.«

»Meine Anweisungen lauten weiterzumachen«, sagte Troy leise und deutlich.

»Dann wünsche ich Ihnen viel Glück. Nach allem, was ich höre, gehört das Befolgen von Anweisungen in letzter Zeit ja nicht gerade zu Ihren Stärken.«

»Ich möchte Millers Unterlagen über Wayne sehen.«

»Tut mir leid, aber da kann ich Ihnen nicht weiterhelfen.«

Walsh stürzte den Rest seines Glases in einem Zug hinunter. Troys Guinness stand noch unberührt da. Er hatte eigentlich gar kein Bier gewollt, hatte seit der Nacht mit Tosca keinen Tropfen Alkohol angerührt, aber kein Glas vor sich stehen zu haben hätte fast wie eine feindselige Geste gewirkt.

»Ich verstehe nicht ganz«, erklärte er. »Sie haben doch meinem Vorgesetzten gesagt, Miller sei hinter Wayne her gewesen.«

»Ich habe nichts dergleichen gesagt.«

»Ich muß diese Akte sehen. Wir haben sie nur deshalb nicht gleich gestern nacht angefordert, weil wir glaubten, Sie würden selbst Ermittlungen anstellen.«

»Ich habe die Akte nicht.« Walsh machte eine Pause, wie um die Bedeutung der nachfolgenden Worte zu unterstreichen. »Falls eine solche Akte je existiert hat.«

»Miller hat Wayne observiert. Da muß er sich einfach Notizen gemacht haben. Das tun wir doch alle – und diese Notizen sind jetzt hochwichtige Dokumente. Es muß eine Akte geben.«

Troy bot seine ganze Überzeugungskraft auf, nur um noch einmal mit demselben knappen Dementi abgespeist zu werden.

»Wie ich schon sagte, ich kann Ihnen nicht helfen.«

»Wenn Sie selbst keine Ermittlungen anstellen und auch die Akte nicht herausgeben, dann könnte dies als Zurückhalten von Beweismitteln gewertet werden. Wenn Sie mich dazu zwingen, dann werde ich höchst offiziell den Zugriff darauf beantragen. Es ist mir egal, welches Gentlemen's Agreement Sie über meinen Kopf hinweg erzielt haben ... wie gesagt, wenn Sie mich dazu zwingen, dann gehe ich den Dienstweg, um sie mir zu beschaffen ... und dafür schalte ich Onions ein.«

Troy rechnete fast damit, daß Walsh in die Luft gehen würde – er war bestimmt nicht daran gewöhnt, sich von Untergebenen bedrohen zu lassen. Doch statt dessen nahm er einen letzten tiefen Zug aus seiner Pfeife und klopfte sie im Aschenbecher aus. Dann holte er ein silbernes Pfeifenbesteck aus der Manteltasche und begann mit dem Ritual des Auskratzens – wobei er alle paar Sekunden zu Troy hinüberschielte.

»Sagen Sie mal, Sergeant, wissen Sie eigentlich, was eine Sicherheitsüberprüfung ist?« fragte er in unschuldigem Ton und zog dabei eine buschige Augenbraue hoch.

»So ungefähr schon.«

»Um diese ungefähre Vorstellung etwas zu präzisieren – Ihre letzte Sicherheitsüberprüfung haben Sie mit Ach und Krach bestanden. Ich weiß das, weil ich sie selbst vorgenommen habe – 1940, als die Panik wegen der fünften Kolonne ausbrach. Ein Haufen Unsinn, wie wir alle wissen. Aber sollten Sie weiterhin in dieser Richtung wühlen, dann werden Sie höchstwahrscheinlich irgendwann auf die Generalformel ›Angelegenheit von nationaler Bedeutung‹ stoßen – womit alles mögliche gemeint sein könnte, vom Eierpreis bis hin zu Geheimwaffen. Und das könnte unseren Herren und Meistern den Anlaß geben, diese Sicherheitsüberprüfung noch einmal unter die Lupe zu nehmen und als … sagen wir mal unzureichend einzustufen.«

»Sie sprechen von meiner Familie?«

»Unter anderem. Dieser Onkel von Ihnen, der im Imperial College arbeitet – also wenn man den mit seinem irren Geschwätz an der Speakers' Corner mal miterlebt hat – na, ich bitte Sie, der Mann ist doch ein Clown. Und Ihr Bruder – war der nicht mal interniert? Wissen Sie, da greift eins ins andere. Alles zusammen dürfte Ihnen nahelegen, sich persönlich nichts zuschulden kommen zu lassen.«

»Mein Bruder kriegt nächsten Monat vom König das Distinguished Flying Cross verliehen«, erwiderte Troy.

»Das macht aus Ihnen noch lange keinen Helden. Junger Mann, Sie wissen schon, was ich damit sagen will.«

»Das heißt, ich darf nicht nach den nicht-existenten Akten fragen?«

»Ich glaube, jetzt haben wir uns endlich verstanden. Tut mir leid, daß ich Ihnen keine größere Hilfe sein konnte, Sergeant.«

Walsh griff nach seiner Melone und verschwand genauso plötzlich, wie er erschienen war. Troy blieb eine halbe Minute sitzen, starr vor Ungläubigkeit, zutiefst verbittert, dann funkte es bei ihm. Er rannte aus dem Princess Louise und sah sich in beiden Richtungen um. Walsh marschierte mit forschem Schritt in Richtung Holborn-Viadukt – eine gebeugte Gestalt, die mit einer Hand den Hut festhielt, denn es war windig geworden. Troy rannte hinterher, packte Walsh am Ärmel und rief: »Sie können mir die Akte nicht geben, weil Sie sie nicht haben! Und Sie haben sie nicht, weil Miller nicht für Sie gearbeitet hat!«

Walsh schüttelte seine Hand ab und sah zu ihm hinunter. Mit seinen eins achtzig und der kräftigen Statur wirkte er, als könne er Troy wie einen Käfer zerquetschen.

»Haarspalterei, Mr. Troy, Haarspalterei.«

Troy gab sich alle Mühe, mit Walsh Schritt zu halten, bis der wieder stehenblieb.

»Wenn Miller nicht für Sie gearbeitet hat, für wen dann?«

Walsh seufzte tief, als würde er von einem unverbesserlich dummen Kind belästigt.

»Troy, Sie sind ein guter Polizist. Ich schätze Ihre Arbeit von jeher – wir alle sind voll des Lobes für Sie. Nicht viele von uns sind so schnell so weit gekommen. Aber Sie müssen lernen, Anordnungen zu akzeptieren, Befehle entgegenzunehmen. Wenn wir dazu nicht in der Lage sind, ist die Rechtsstaatlichkeit am Arsch, und wenn Sie das nicht kapieren, dann sind Sie keiner von uns. Ich wünsche Ihnen noch einen schönen Abend, Troy. Und wenn Sie weiter hinter mir herlaufen, dann lege ich Ihnen Handschellen an und kette Sie ans nächste Brückengeländer.«

Er fiel wieder in den typischen Polizistenschritt, marschierte in westlicher Richtung davon. Troy sah ihm nach, während der Wind an seinem Mantel zerrte, bis Walsh von der Menschenmenge verschluckt wurde, die wie jeden Abend zur U-Bahn strömte. So viel schoß ihm durch den

Kopf, daß er sich nicht von der Stelle rührte, bis ein Mann ihn anrempelte, ihn mit seiner Gasmaskenbüchse in den Rücken stieß und anraunzte, er solle gefälligst die Augen aufmachen. Vor seinen Augen war aus ein paar Pünktchen eine dicke, fortlaufende Linie geworden, fast schon mit Händen zu greifen. Edge.

44

Troy traf sich mit Wildeve zum Mittagessen im St. James's Park. Troy, der keinerlei Hunger verspürte, brachte nichts mit. Wildeve schleppte Sandwiches an, die ihm seine Hauswirtin gemacht hatte. Appetit erweckten sie nicht gerade: Zuteilungsbrot, bestrichen mit einer hauchdünnen Schicht Butter und vier Jahre alter Himbeermarmelade. Wildeve hätte sein letztes Hemd für ein Stück Kalbspastete mit Schinken oder eine Scheibe Roastbeef auf Weißbrot gegeben. Aber statt dessen hatte er seine Lebensmittelmarken der Hauswirtin anvertraut, was er nun bitterlich bereute.

»Ich krieg dieses ekelhafte Zeug nicht runter«, sagte er zu Troy. »Echt nicht. Und nehme an, du ...«

Troy stand auf, nahm die Marmeladenbrote und ging damit zum Teich. »Mal sehen, ob die Enten sie fressen.«

Wildeve schüttelte sich auf seiner Bank. »Und wir könnten vielleicht die Enten fressen. Obwohl wir wohl um keinen Preis der Welt eine Orange dazu kriegen würden. Weißt du eigentlich, daß es mittlerweile Kinder gibt, die noch nie eine Banane gesehen haben oder ein Ei, das nicht aus einem Tütchen kommt wie billiges Senfpulver?«

»Hör schon auf zu jammern, Jack. Wir befinden uns in einem königlichen Garten. Und diese Enten sind Eigentum des Königs. Was du vorschlägst, ist Hochverrat.«

Troy brach das pampige Brot in Bröckchen und verstreute sie zwischen der quakenden Entenschar, die sich vor ihm versammelt hatte.

»Es ist teuflisch kalt, Freddie. Warum mußten wir uns ausgerechnet hier treffen?«

Troy schleuderte ein Stück graues Brot Richtung Teichmitte; gleich ein halbes Dutzend Enten stürzte sich darauf. Wildeve rutschte zum Ende der Bank vor und drehte sich so, daß er der Straße den Rücken zukehrte. Troy suchte mit einem schnellen Blick den Spazierweg ab. Von seinem Platz aus konnte er mindestens dreißig Meter in jede Richtung sehen, und damit würde ihm niemand entgehen, der sich ihnen auch nur auf Hörweite näherte.

»Im Büro könnten irgendwelche Ohren an Trennwänden oder Schlüssellöchern hängen, und ich möchte nicht, daß jemand erfährt, was du vorhast.«

»Ich?« fragte Wildeve.

»Mach dir keine Sorgen, Jack. Es geht um eine offizielle Anweisung.«

»Wessen Anweisung?«

»Meine, Constable.«

»Und Onions?«

»Vergiß Onions. Er weiß von nichts und muß auch von nichts wissen. Falls du in der Scheiße landest, hast du nur meine Anweisungen befolgt; der Schwarze Peter bleibt bei mir hängen.«

»Aha.«

»Ich möchte, daß du Muriel Edge observierst, die Chefin der Abteilung F4 beim MI-5.«

Wildeve murmelte »Scheiße«, schob die Hände tief in die Hosentaschen, spazierte zum Weg vor und kickte mit der

Schuhspitze gegen einen Stein, der in hohem Bogen davonflog.

»Scheiße«, wiederholte er etwas lauter. »Scheiße, Scheiße, Scheiße.«

Es war vorbei mit der vorgespielten Naivität, dem kindlichen Gejammer. Er drehte sich zu Troy um, hellwach im Gesicht und mit scharfem, zynischem Blick.

»Ich möchte, daß sie beschattet wird, sobald sie ihr Büro in der St. James's Street verläßt, ich möchte, daß ihr Haus observiert wird, ich möchte wissen, wann und wie ich mit ihr sprechen kann, ohne daß auch nur einer ihrer Leute etwas davon mitkriegt. Höchstwahrscheinlich wird sich fast immer jemand vom Sicherheitsdienst in ihrer Nähe rumtreiben.«

»Scheiße!« sagte Wildeve noch einmal.

»Möglich, daß sie als Abteilungsleiterin so was wie einen ständigen Schatten hat. Was ich brauche, ist eine Lücke in der Überwachung, eine Zeit, in der ich sicher sein kann, daß sie von niemandem beobachtet wird.« Wildeve blickte hinüber zur Horse Guards Parade und dann weiter Richtung Whitehall, als müsse er die Bedeutung seiner Aufgabe erst noch abwägen.

»Freddie, du kannst mir sicher nicht sagen, warum ...«

»Das wollte ich gerade machen. Also: Gestern abend hab ich mich mit Walsh getroffen, dem Chief Inspector vom Sicherheitsdienst. Und dem ist unmißverständlich bedeutet worden, er soll die Mordsache Miller fallenlassen. Die Order kam direkt aus dem MI-5. Außerdem hat er mir gesagt ... und da glaube ich ihm ..., daß er die Miller-Akte über Wayne gar nicht hat.«

»Aber er muß sie haben. Miller war doch sein Mann.«

»Wenn dem so gewesen wäre, dann hätte Walsh sich in den Fall verbissen wie ein hungriger Alligator. Er ist genau der Typ dafür, das kannst du mir glauben. Anfangs hab ich noch gedacht, er würde mich genauso an der Nase rumführen wie Zelig – aber Walsh ist der ausgekochteste Bursche, dem ich je begegnet bin. Er hat mich auf die richtige Spur gesetzt, er hat mir zu verstehen gegeben, daß ich aufpassen muß, aber wenn uns jemand belauscht haben sollte, dann hat derjenige nur mitbekommen, wie ein Chief Inspector einen kleinen Sergeant runterputzt. Ihm sind die Hände gebunden, aber er hat dafür gesorgt, daß wir an dem Miller-Mord dranbleiben. Miller war nicht sein Mann; Miller hat direkt für diese Edge gearbeitet. Und wenn eine Akte existiert, dann hat Edge sie.«

»Demnach hat also sie Walsh gesagt, daß er die Sache fallenlassen soll?«

»Das glaube ich nicht. Ich glaube, diese Order ist von ganz oben gekommen.«

»Als da wäre?«

Troy antwortete nicht, denn in diesem Moment kam ein Mann mit Melone – offensichtlich ein höherer Staatsdiener – anspaziert, trat zum Teich, öffnete seine Gasmaskenbüchse, holte ein paar Brotkrumen heraus, die er den Enten zuwarf, und ging dann gemächlich weiter.

»Als da wäre?« wiederholte Wildeve.

»Ich weiß wirklich nicht – aber es muß jemand sein, der Walsh und sogar Madame Edge auf Kommando springen lassen kann. Ihr Vorgesetzter ist übrigens der Hauptabteilungsleiter Roger Hollis. Und der untersteht direkt Sir David Petrie. Also, wer auch immer sie hat springen lassen, sie sind jedenfalls gesprungen – sie haben sich aus dem Fall zurückgezogen. Du und ich sind die einzigen, die in der Mordsache Miller ermitteln.«

»Und warum sind wir dann nicht auch dazu verdonnert worden, die ganze Angelegenheit zu vergessen?«

»Aus dem einfachen Grund, weil wir keine Anweisungen vom MI-5 entgegennehmen. Nur Onions oder der Polizeipräsident persönlich könnten mir befehlen, die Ermittlungen einzustellen. Der Kontakt vom MI-5 zum Polizeipräsidenten läuft über den Innenminister, und ich kann mir nicht denken, daß diese Leute große Lust haben, sich vor Herbert Morrison für die zusätzlichen Leichen auf Londons Straßen zu rechtfertigen. Pym und die Amerikaner können zwar unsere Arbeit blockieren, indem sie keine Fragen beantworten oder gleich die nationale Sicherheit beschwören – aber wenn sie nicht zum Innenminister gehen und ihn dazu bringen, daß er dem Polizeipräsidenten Bescheid sagt, dann haben sie nichts in der Hand, womit sie uns zum Aufhören zwingen könnten.«

»Es sei denn, sie packen uns obendrauf auf den Leichenberg.«

»O nein. Das werden sie nicht tun. Jedenfalls vorerst nicht. Millers Tod hat alle ihre Pläne übern Haufen geworfen ... Ich weiß nicht, wieso, aber ich hab das Gefühl, sie werden nicht noch einen Mord riskieren.«

»Ich dachte, Petrie wäre selber mal Copper gewesen«, sagte Wildeve. »Da kann ich mir schlecht vorstellen, daß er einen Polizistenmord so einfach untern Teppich kehrt.«

»In dem Laden wimmelt's doch von ehemaligen Coppern. Wer weiß, ob alte Vertrauensverhältnisse überhaupt noch wen einen Dreck interessieren. Außerdem war die Edge nie bei der Polizei – Hollis übrigens auch nicht. Und vielleicht ist diese Sache gar nicht bis zu Petrie hochgegangen. Vielleicht fängt die Befehlskette ja erst unter ihm an.«

»Verstehe. Damit ginge es ihm genauso wie Onions?«

»Hör mal, Jack, von mir aus kann Stan ruhig alles wissen. Aber im Moment will er gar nichts wissen. Er will nur Ergebnisse. Und wenn ich ihm welche vorlege, dann wird er mir bestimmt nicht auf den Zahn fühlen. Aber ich kann die Edge nicht selbst beschatten. Sie kennt mich. Jeder Aufpasser, den die ihr zugeteilt haben, wird Anweisungen gekriegt haben, nach mir Ausschau zu halten. Also mußt du das übernehmen.«

Troy verstreute die letzten Krümel von Wildeves Broten und warf die Papiertüte aufs Wasser hinaus.

»Hast du ne Ahnung, wo diese Mrs. Edge wohnt?« fragte Wildeve.

»Edwardes Square 52.«

»Aber vermutlich darf ich nicht fragen, woher du das weißt?«

»Ganz recht, das darfst du nicht. Und ich muß schnell wissen, wie ich an sie rankomme.«

Drei Tage später wußte er es.

45

Der Edwardes Square liegt im Westen Londons, nur ein kurzes Stück südlich vom Holland Park. Ein ruhiges, grünes Eckchen von spätgeorgianischer Eleganz. Ruhig, weil es weit genug von den beiden Hauptstraßen Cromwell Road und Kensington High Street entfernt und nur auf drei Seiten bebaut ist. Grün, weil der eigentliche Platz aus einem großen Privatpark besteht, der den Anwohnern zuliebe lediglich durch hohe Eisengeländer eingezäunt ist. Zu Vorkriegszeiten wäre die Szenerie vor Troys Augen nur vom düsteren Schein altmodischer Gaslaternen erleuchtet worden, die – wenn auch schief und krumm – immer noch auf ihren gebogenen Stielen thronten. Es war wie das Hollywood-Klischee einer

Londoner Stadtidylle. Pelerinen, Zylinder und Einspänner – und der Detective, jeder Zoll ein Gentleman.

Der Copper in Zivil, der an der Tür stand, wurde langsam unruhig. Die Abstände, in denen er auf die Uhr schaute, wurden immer kürzer und verringerten sich schließlich auf eine knappe Minute. Von der dunklen Seite des Platzes aus, im tiefen Schatten der Mauer, die zwischen den Häusern und der High Street verlief, konnte Troy den Mann gut beobachten. Er kannte die Sorte Kollegen: um die Vierzig, mit Bierbauch, bei der Beförderung übergangen und bereits in aller Gemütsruhe die Pensionierung zum frühestmöglichen Zeitpunkt – ein baldiges Kriegsende vorausgesetzt – und ein warmes Plätzchen am Kamin anpeilend. Wenn Wildeve recht hatte, würde er demnächst zu dem Pub an der südöstlichen Ecke des Platzes abziehen und eine halbe Stunde verschwunden bleiben. Der Copper drückte seine Zigarette aus, legte den Stummel in eine Büchse und schob die Büchse zurück in seine Manteltasche – eine Geste, die sowohl ordentlich als auch kleinlich wirkte, aber neuerdings war es durchaus nicht mehr ungewöhnlich, daß sich jemand eine Zigarette aus einem Dutzend Stummeln drehte. Und nun stellte er seinen Mantelkragen hoch, warf einen flüchtigen Blick über den Platz und marschierte davon.

Das Parktor stand offen. Das Licht würde noch etwa zwanzig Minuten ausreichen. Troy konnte sogar von hier aus Mrs. Edge erkennen. Sie kniete vor einem gepflegten Blumenbeet – abgeschirmt von der Straße durch eine dichte Ligusterhecke. Irgend etwas knackte unter seinen Füßen. Er rechnete fast damit, daß sie hochschauen würde, doch sie jätete weiter, riß an Wurzeln, die offenbar nicht ins Beet gehörten. Aber ihr Hund, ein kleiner Pekinese, war hellhörig geworden, kam lustlos auf ihn zugewatschelt, machte dann kehrt und lief mit einem langgezogenen hohen Kläfflaut zurück, als wolle er Troys Erscheinen ankündigen. Mrs. Edge erhob sich, ein braunes verschrumpeltes Etwas in der Hand. Ohne sich umzudrehen, sagte sie: »Meine Fuchsien – die wollen einfach keinen einzigen englischen Winter durchstehen.«

Sie zerrieb die Wurzel zwischen ihren Händen. Während sie sich die Gartenhandschuhe auszog, sah sie Troy zum erstenmal direkt an.

»Wieso kommen Sie erst jetzt?«

Troy setzte sich auf die nächste Bank und sah zu, wie sie ihr Kopftuch abnahm und in die Tasche ihres rehbraunen Kostüms steckte. Ohne das Kopftuch sah sie gleich viel weniger wie eine Landadelige aus.

»Es gab noch etwas Klärungsbedarf«, erwiderte Troy. »Und natürlich den Mann vor Ihrer Tür.«

Mrs. Edge nahm neben Troy Platz – eine zarte Person mit kerzengerader Haltung. »Ja. Er ist schon recht lästig, nicht wahr? Aber ich sage mir immer, es geschieht alles nur zu meinem Besten.«

Sie griff in ihre Jacke und zog ein mehrfach gefaltetes, dickes Päckchen Papier hervor.

»Es ist leider recht zerknittert, aber ich denke, unser Freund da wäre doch mißtrauisch geworden, wenn ich den Hund mit einer Akte unterm Arm Gassi geführt hätte.«

Es war bereits zu dunkel zum Lesen. Troy fühlte nur nach, wie schwer das Papier war, und verstaute es dann auf seiner Innentasche.

»Natürlich beschränkt sich Sergeant Miller auf die reinen Fakten. Auf Fakten und Beobachtungen. Er spekuliert – spekulierte – nicht, aber er war wohl auch nicht zum Theoretisieren ausgebildet – oder lernt man das neuerdings in der Polizeischule?«

Troy überlegte, ob eine in die Frageform verpackte Beleidigung wirklich nach einer Antwort verlangte, und entschied sich für eine Gegenfrage. »Wieviel haben Sie Miller erzählt?«

»Genug, hoffe ich, um ihm deutlich zu machen, wonach er suchen sollte.«

»Aber nicht genug, um ihn davor zu bewahren, ermordet zu werden?«

Der leise Spott in ihren tiefblauen Augen war verschwunden, als sie ihn jetzt anfunkelte. Die Falten um ihren Mund vertieften sich. Sie sah aus wie ein bösartiger Raubvogel.

»Sie wußten, daß Wayne ein Mörder ist, nicht wahr?« setzte Troy nach.

»Ich hatte entsprechende Vermutungen. Aber Vermutungen gehören zu meinem täglichen Geschäft. Und Sergeant Miller wurde nur herangezogen, um herauszufinden, was an der Sache dran war und was nicht.«

»Dabei hat Wayne sein erstes Opfer schon im April letzten Jahres umgebracht.«

»Seinerzeit wußte ich noch nicht einmal von seiner Existenz. Nein, Mr. Troy. Ich wußte nicht, daß er ein Mörder ist. Ich habe erst letzten November einen Beamten vom Sicherheitsdienst angefordert. Sie werden ja selbst sehen – Sergeant Millers Aufzeichnungen beginnen überhaupt erst in der letzten Novemberwoche. Ich hatte einfach zu viele Berichte über diesen geheimnisvollen Amerikaner gelesen, der sich bei den Londoner Kommunisten engagierte. Sie sind so dumm gewesen, daß sie ihm unbesehen geglaubt haben – ich nicht. Mir war von Anfang an klar, daß er ein Spitzel sein mußte. Also ging es zunächst nur darum, herauszufinden, was er genau vorhatte, und ihm zurückzufolgen zu ...« Sie suchte nach dem richtigen Wort. »Zur Quelle.«

»Quelle?«

»Zu seinen Herren und Meistern. Zu den Männern, die der amerikanischen Einflußnahme zugestimmt haben.«

Troy spürte deutlich, wie der Zorn in ihr hochstieg. Sie konnte ihn nicht gut anschreien, ohne die Aufmerksamkeit zu erregen, die alle beide vermeiden wollten, aber ihre Schultern zuckten vor unterdrückter Erregung, und er hatte das Gefühl, ihre Blicke könnten ihn glatt in Stein verwandeln.

»Mr. Troy. Ich bin Abteilungsleiterin beim MI-5. Wissen Sie, was das bedeutet?«

Auch darauf erübrigte sich eine Antwort.

»Ich habe mein ganzes Erwachsenenleben lang für dieses Land gearbeitet. Ich liebe mein Land. Ich würde eher sterben wollen, als mit anzusehen, wie es bolschewistisch wird. Aber das heißt nicht, daß ich auch nur ein Stückchen davon einer fremden Macht ausliefern würde, bloß weil mir von dieser Macht versichert wird, daß wir Seite an Seite kämpfen. Ich erwarte nicht, daß Sie das verstehen – Sie sind ja nur Polizist. Aber Wayne gehört zum OSS. Und diese gemeingefährliche Organisation hat hier einen Standort. Einen, der ihr wegen des schieren Zwangs zur Zusammenarbeit bewilligt werden mußte – wegen der sogenannten besonderen Beziehungen.« Dieses Roosevelt-Zitat wurde mit einer Verachtung hervorgestoßen, die bestimmt nicht in der Absicht des Urhebers gelegen hatte.

»Dieser Krieg ist fast vorbei. Wir führen schon den nächsten. Und die Amerikaner tun das auch. Wir alle wissen, wer der nächste gemeinsame Feind sein wird. Aber diesen Krieg auf englischem Boden zu führen, mittels unberechtigter Eingriffe in unsere Souveränität, die Autorität, die uns zusteht ... das darf nicht sein. Es würde nichts weiter bedeuten, als den Teufel mit dem Beelzebub auszutreiben. Wenn ... wenn es dem OSS gelingt, die Verfolgung der Kommunisten für sich zu reklamieren ... was soll ihn dann daran hindern, dieses Geschäft auch noch in zwei oder in zwanzig Jahren zu betreiben? Verstehen Sie, was ich meine?«

Damit schloß sie ihre erregte Rede. Sie schien sich zu beruhigen und zum erstenmal ehrlich darum bemüht zu sein, eine Antwort von ihm zu hören.

»Was ...« Troy unterbrach sich. »Was wollen Sie von mir, Mrs. Edge?«

»Was ich von Ihnen will? Na, daß Sie ihn schnappen.«

»Sie haben mir gerade gesagt, das sei Ihr Vorrecht.«

»Nicht mein Vorrecht, Mr. Troy, meine Pflicht.«

»Dann tun Sie Ihre Pflicht, Mrs. Edge.«

Mrs. Edge seufzte. Ihre Haltung verlor etwas von der gouvernantenhaften Starre; sie lehnte sich zurück, als habe dieser Zornesausbruch sie über die Maßen erschöpft.

»Nein. Dafür brauche ich Sie.«

»Gehen Sie den Instanzenweg. Sie können mit Hollis reden, Hollis kann mit Petrie reden, Petrie kann mit dem Innenminister reden ...«

»Das kann ich eben nicht. Diese Angelegenheit wird nicht bis zum Innenministerium vordringen. Haben Sie mich verstanden?«

»Ja – aber ich frage mich, warum. Petrie ist ein ehemaliger Polizeibeamter. Er wird doch bestimmt nicht wollen, daß in London ein Mörder frei herumläuft – und noch dazu ein Polizistenmörder.«

»Und Ihr Polizeipräsident ist ein ehemaliger Soldat – nein, auf dieser Argumentationsschiene kommen Sie nicht weiter. Glauben Sie's mir. Es gibt einen Instanzenweg, aber der ist verstopft, und zwar durch Vereinbarungen auf höchster Ebene – einer Ebene, an die weder Ihr Arm noch meiner heranreicht. Glauben Sie mir, Troy, wenn ich könnte, würde ich sofort zum Telefonhörer greifen und Ihren Superintendent anrufen, aber damit würde ich mir selbst die Kehle durchschneiden. Es gibt Verfahrensregeln, und es gibt eine Verfahrensetikette, und wenn Sie das nicht begreifen, dann werden Sie ein Leben lang Sergeant bleiben.«

»Wenn ich schon benutzt werde, dann will ich wenigstens erfahren, wofür. Wissen Sie, Mrs. Edge, ich werde einfach das Gefühl nicht los, daß der Innenminister nichts von dieser Angelegenheit erfahren soll, weil niemand abschätzen kann, wen Mr. Morrison dafür deckeln würde.«

Mrs. Edge erhob sich und wischte Erdkrumen und Rindenbrösel von ihrem Rock. Der Hund reagierte sofort, indem er den Kopf von den Pfoten hochnahm – er hoffte wohl, die Qual der Warterei hätte nun ein Ende.

»Tun Sie Ihre Pflicht, Mr. Troy.«

Der Hund schaute erwartungsvoll zwischen Troy und Mrs. Edge hin und her.

»Furchtlos und unparteiisch?« fragte Troy.

»Ich verstehe nicht ...«

»Mein Polizisteneid, Mrs. Edge.«

Troy stand auf, wandte sich zum Gehen. Der Hund hüpfte selig zwischen den beiden herum.

»War es eigentlich notwendig«, hakte Troy nach, »Furcht hervorzurufen, um mich zur Parteilichkeit zu veranlassen?«

»Ach, ich verstehe. Sie lassen sich nicht gern an Ihre Wurzeln erinnern. Nun ja – sagen wir mal, es war notwendig, gleich zu Anfang Ihre Aufmerksamkeit zu gewinnen.«

»Und dafür war es notwendig, mich den anderen Anwesenden gegenüber ins Zwielicht zu rücken?«

»Meinen Sie nicht auch, daß Pym und Onions ohnehin über Sie im Bilde sind? Und Ihr Onkel ist leicht durchschaubar – berechenbar. Wenn ich auch nur den Verdacht hätte, er könnte in irgendeiner Hinsicht mehr sein als ein Rüpel aus der akademischen Zunft, dann hätte ich eine zehnmal so dicke Akte über ihn.«

»Und Zelig?«

»Zelig ist ein Hampelmann. Ein nützlicher Idiot für die Amerikaner. Er läßt Wayne freie Hand, und er läßt seine Sekretärin die meiste Zeit allein schalten und walten. Wenn Sie, Ihre Motive oder der Gang Ihrer Ermittlungen ihm in irgendeiner Weise verdächtig vorkämen, dann wäre das meines Erachtens schon ein kleines Wunder. Aber ein Hauch gesunder Animosität könnte ja auch nicht schaden, könnte Sie ein bißchen auf Zack bringen. Wenn Sie Millers Notizen durchgehen, werden Sie alle Beweise finden, die Sie brauchen. Das dürfen Sie mir glauben. Guten Abend, Mr. Troy, wir werden uns nicht wiedersehen.«

46

Sobald Troy wieder zu Hause war, nahm er sich das Resümee von Millers Ermittlungen vor: insgesamt fünfzehn unsauber getippte Seiten. Mrs. Edge hatte recht gehabt: Jeder Hang zum Spekulativen schien diesem Mann fremd gewesen zu sein. Er hatte Daten, Uhrzeiten und Orte mit penibler Sorgfalt notiert, aber nicht einen Gedanken über mögliche Zusammenhänge oder gar einen Deutungsversuch zu Papier gebracht. Ein grundsolider, zuverlässiger Polizeibeamter – Troy konnte sich lebhaft vorstellen, wie er seine Erkenntnisse im Zeugenstand vorgebracht hätte: Wiederaufnahme der Verfolgung des Verdächtigen um genau 11.37 Uhr. Schwere Stiefel auf Steinplatten. Aufrichtigkeit ohne Phantasie. Ein Mann, der nicht wußte, wann er seine Zeit vergeudete. Ein Mann, der nicht wußte, wann sein Leben in Gefahr war.

Der November brachte nichts. Abgesehen von der Tatsache, daß Wayne außer Diana Brack noch andere Freundinnen hatte und von Zeit zu Zeit auch Huren in Soho aufsuchte – sicherlich ausgerüstet mit etlichen Dutzend Kondomen aus Onkel Sams Regierungsbeständen, um sich im Dienst des Vaterlands nur ja keinen Tripper einzufangen.

Troy schätzte, daß Wayne spätestens seit Ende Dezember über Miller im Bilde gewesen war. Zwei Wochen lang hatte Miller ihn beschattet, ihn zu kleineren Versammlungen in Ost-Londoner Gaststätten verfolgt, darunter zweien im Bricklayers Arms in der Hannibal Road, nur wenige Schritte von Wolinskis Wohnung und einen kurzen Spaziergang vom Schauplatz des Mordes an Brand entfernt. Darüber hinaus war Wayne auch bei irgendwelchen privaten Zusammenkünften in der Jubilee Street und Jamaica Road gewesen; Miller hatte die entsprechenden Wählerlisten durchgeackert und die Namen der Wohnungsinhaber ausfindig gemacht – Edelmann, Sydney Lewis und McGee, Michael Eamonn. Kurz nach Weihnachten 1943 hatte Wayne damit angefangen, Miller in den größten Londoner U-Bahn-Stationen abzuhängen. »Verdächtigen aus den Augen verloren«, hieß es immer wieder in den Unterlagen – »... in Moorgate ... Holborn ... Liverpool Street ... Monument ...« Aber dann waren auch weniger unübersichtliche Stationen wie Earls Court, Hammersmith oder Paddington vermerkt, wo Wayne mit Miller ganz offensichtlich Katz und Maus gespielt hatte. Die nächsten zwei Monate hatte Miller damit vergeudet, über die großen gesellschaftlichen Ereignisse im Leben eines überbezahlten amerikanischen Offiziers zu berichten. Am 24. Februar, der Nacht des mutmaßlichen Todes von Brand – mutmaßlich, weil die Gerichtsmedizin aufgrund der Frosttemperaturen und der Tatsache, daß Kolankiewicz nur einen einzelnen Arm hatte untersuchen können, auf einem breiten Spielraum bei der Tatzeitfeststellung beharrte –, war Miller zumindest noch einmal ganz nahe an seinen Mann herangekommen. Wayne hatte zweimal versucht, ihn abzuhängen, zunächst im U-Bahnhof Baker Street, wo Miller ihm aber auf den Fersen geblieben war, und dann – mit Erfolg – in der Liverpool Station. Für Wayne mußte dies die letzte Gelegenheit gewesen sein, seinen Schatten loszuwerden, denn von dort aus konnte er zu Fuß nach Stepney gelangen. Aber Miller konnte das auch. In dieser Situation hatte er die lang vermißte Copper-Intuition gezeigt und war direkt zu Edelmanns Haus in der Jubilee Street marschiert, um auf ihn zu warten, allerdings wieder einmal umsonst: Wayne, der Unberechenbare, war dort gar nicht erst aufgetaucht. Wahrscheinlich hatte er sich mit Brand und Wolinski entweder bei Wolinski zu Hause oder in einer Gaststätte getroffen und die zwei oder zumindest den einen dann zum späteren Tatort, dem Trümmergrundstück, gelockt. Gelockt? Das klang doch ein bißchen arg nach billigem Klischee, dachte Troy, aber dann sah er wieder den toten Miller vor sich: seinen Hinterkopf, dessen Überreste jetzt in einer Zellophantüte lagen, die schwarzen Löcher in seinem Gesicht, seiner Stirn, die so schrecklich gut zu den Löchern in von Rankes Gesicht paßten, zu den Löchern in Brands Schädel. Ob Wolinski auch auf diese Weise zu Tode gekommen war? Millers Notizen wurden immer ungenauer, bruchstückhafter.

Im März war Wayne auffallend inaktiv gewesen. Tagelang hatte Miller nichts zu berichten gehabt. Aber vielleicht war Wayne auch immer raffinierter vorgegangen: In Millers Berichten stand nichts von seinem Besuch bei Zelig, nichts von Troys Erscheinen vor Diana Bracks Haus. Und über die letzten beiden Märzwochen gab es überhaupt keine Eintragungen. Anscheinend hatte er sein Notizbuch nicht mehr ausgewertet. Miller war nachlässig, ja schludrig geworden, hatte seine Notizen nur noch einmal pro Woche abgetippt, immer kurz bevor er Mrs. Edge Bericht erstatten mußte. Und diese Schludrigkeit hatte ihn das Leben gekostet. War der Mann zu beschränkt gewesen, um Waynes kleinen Ausflug ins East End am 24. Februar mit dem Fund des Armes am 27. zu verknüpfen? War ihm nicht bewußt gewesen, daß er es mit einem Mann zu tun hatte, der mordete und der Lust am Morden empfand? Gut möglich, daß er Wayne gar nicht mehr zu Gesicht bekommen hatte – bis er dummerweise zwischen ihn und seinen Beschatter Wildeve geraten war und Wayne ihn gesehen hatte.

Troy fragte sich, warum Wayne Miller gerade zu diesem Zeitpunkt umgebracht hatte. Warum nicht schon früher? Hatte er Miller vielleicht als zu unfähig eingestuft, um sich von ihm aus der Ruhe bringen zu lassen, bis … was? Bis Troy in Erscheinung getreten war? Aber Wayne hätte sicherlich nicht riskiert, Miller umzubringen, wenn ihm klar gewesen wäre, daß er von Troy oder Wildeve beschattet wurde. Nur ein Wahnsinniger wäre so ein Risiko eingegangen. Nein, Wayne konnte nicht gewußt haben, wie dicht ihm erst Troy und dann Wildeve auf den Fersen gewesen waren. Wahrscheinlich, ja höchstwahrscheinlich hatte er Troy an jenem Abend in Holborn überhaupt nicht gesehen. Und Miller war wegen seines Notizbuchs ums Leben gekommen. Wayne hatte beschlossen, sich Klarheit darüber zu verschaffen, wieviel Miller wußte, und sich dann ein erstklassiges Alibi verschafft – und aus Gründen, die Troy nicht einmal erraten konnte, hatten die Männer an den wahren Schalthebeln der Macht entschieden, sich hinter ihn zu stellen. Mit dem Ausschalten von Miller hatte Wayne sich den britischen Sicherheitsdienst endgültig vom Hals geschafft.

»Alle Beweise, die Sie brauchen«, hatte Muriel Edge gesagt. Aber in Wirklichkeit gaben Millers Aufzeichnungen nur zweierlei her: die Bestätigung, daß Wayne sich am fraglichen Tag zumindest in der Nähe des Tatorts aufgehalten hatte, und die Namen der Herren Edelmann und McGee.

»Zelig ist ein Hampelmann«, hatte sie gesagt. »Läßt seine Sekretärin allein schalten und walten.«

Troy erinnerte sich, daß er stillschweigend versprochen hatte, diese Sekretärin wiederzusehen – und zwar an dem Abend vor vier Tagen, als Miller ermordet worden war. Millers Tod hatte seine freiwillige Verpflichtung zu Makulatur gemacht – jetzt gab es andere Gründe, die Verabredung einzuhalten.

47

Tosca knallte ihm die Haustür gegen den Fuß.

»Du bist eine ganze Woche zu spät dran, du Dreckskerl!«

Was ihm in den Sinn kam, gehörte zu den eher schwächeren Formulierungen im Wortschatz eines Mannes.

»Ich kann dir alles erklären – ehrlich!«

Troy versuchte, die Tür aufzuschieben. Tosca drückte von der anderen Seite dagegen. In der Dunkelheit konnte er sie kaum erkennen, aber er sah, daß sie vom Busen bis zu den Knöcheln in ein Leintuch gewickelt war, unter dem ihre Armeebluse und über dem ein unversöhnlicher Gesichtsausdruck zu sehen waren. Plötzlich drehte sie sich um und rannte Richtung Treppe. Troy hörte ihre bloßen Füße aufs Holz klatschen, und als sie am Fenster auf dem ersten Etagenabsatz vorbeilief, sah er ein Stück weißes Bein. Leise schloß er die Haustür und tastete nach dem Geländer.

Ihre Wohnungstür stand einen Spaltbreit offen; ein dünner Lichtstrahl fiel in das spinnwebverhangene, düstere Treppenhaus. Er schob die Tür auf und betrat zögernd den Raum. Tosca, dachte er, war die geborene Werferin. Und vielleicht auch die geborene Gedankenleserin, denn sie hatte bereits den Arm hochgerissen und ein Kissen losgeschleudert – allerdings so schlecht gezielt, daß es ein paar Meter neben ihm fast geräuschlos an der Wand aufkam. Sie saß aufrecht im Bett, die Überreste eines Fest- oder vielmehr Trostmahls um sich verstreut: angebissene Doughnuts, das Silberpapier von Hershey-Schokoladenriegeln und Monate alte Zeitschriften – *Life, Saturday Evening Post.* Im Hintergrund lief leise das Radio: ein spätabendliches Big-Band-Konzert. Und gerade sang Elsie Carlisle ihre verführerische Schnulze »You got me cryin' again«.

»Ja glaubst du denn, daß du hier einfach so reinschneien kannst, wenn's dir gerade in den Kram paßt?«

»Ich … äh …«

»Und anrufen konntest du wohl auch nicht?«

»Nein, das konnte ich nicht. Hör zu, seit wir uns das letztemal gesehen haben, ist etwas passiert.«

»Also wenn's nicht gerade die Eröffnung der Zweiten Front ist – und davon würd ich wohl eher erfahren als du –, dann fällt mir echt kein Grund ein, den ich dir durchgehen lassen würde.«

»Major Wayne …« Troy schaffte es nicht, seinen Satz zu beenden. Sie brüllte los.

»Aaaaaaaaaaaaaaaiiiii!!!!! Untersteh dich, diesen Namen in meiner Gegenwart auszusprechen, du Dreckskerl!!!!! Wenn du glaubst, du kannst mich während der Arbeitszeit ficken …«

Troy stieß die Tür mit dem Fuß zu und lief ans Bett, um ihr den Mund zuzuhalten, bevor sie mit ihrem Geschrei die gesamte Nachbarschaft, den Luftschutz und die Feuerwehr alarmiert hatte. Sie biß ihn in den Daumen, und er riß seine Hand zurück.

»Wenn du meinst«, zischte sie, »du könntest zwei Fliegen mit einer Klappe schlagen, wie ihr euphorismenliebenden Engländer sagen würdet, du könntest mich aushorchen, einen Quickie hinlegen und dich gleich wieder verpissen, dann hast du dich geschnitten, Copper. Also, hüpf jetzt sofort aus den Klamotten oder verschwinde!«

Troy war verblüfft. Er wußte, wie direkt sie sein konnte, aber er war trotzdem verblüfft.

»Das kann doch wohl nicht dein Ernst sein?«

»Wollen wir wetten? Zeig's mir, geig's mir, oder die Musik spielt ohne dich.«

»Meine Güte«, sagte er fast unwillkürlich.

»Meine Güte«, äffte sie ihn nach, während sie sich, nur in Hemd und Strümpfen, auf die Knie hochrichtete und begann, an seinem Krawattenknoten zu ziehen. »Ihr Kerle bringt mich noch mal um.«

Und schon preßte sie ihre Lippen auf seine, schob sie mit der Zungenspitze sanft auseinander. Dann zog sie den Kopf zurück, grinste breit und lächelte strahlend mit ihren tiefbraunen Augen. Sie warf seine Krawatte beiseite und zog an seinen Mantelknöpfen.

»Wenn du die Arbeit – ob nun deine oder meine – vor morgen früh auch nur mit einem Wort erwähnst, bist du ein toter Mann. *Capisci?*« Troy nickte.

»Also, mein prüdes Londoner Schätzchen, leg dich zurück und denk an England.«

Sie zog ihn aus, und erst als er nackt vor ihr stand, fiel ihm auf, daß das Licht immer noch an war. Doch mit einemmal schien ihm das nicht mehr der Rede wert zu sein. Noch nie hatte er bei Licht mit einer Frau geschlafen. Und im übrigen auch noch nie bei laufendem Radio, zu den

Klängen von Musik – und das kam ihm nun so dekadent vor, daß er es nicht ertragen konnte, darüber nachzudenken. Besser, er hielt sich genau wie Tosca an das Motto: Es gibt für alles ein erstes Mal.

48

Er lag wach. Sie regte sich, griff in der Dunkelheit nach ihm.

»Woran denkst du?«

»An England.«

»Du mußt doch nicht danach an England denken, sondern nur *dabei* – das lenkt den Geist von der Verderbtheit des weiblichen Fleisches ab. Und woran denkst du, wenn du an England denkst? An Churchill? An den König? Hyde Park? Die Beefeater?«

»O nein, ich denke an was ganz anderes. An das Gelb der Schlüsselblumen im Frühling. An die pelzigen Falten der Buchenblätter, wenn sie in ihrer vollen flaschengrünen Pracht aufgehen.«

»Pelzige Falten, flaschengrüne Pracht, hä?«

»An die langen weißen Bänder des Hagedorns, wenn er im Frühjahr die Felder von Hertfordshire überzieht.«

»Hertfordshire. Da kommst du also her?«

»Ja. Und wo ich schon mal dabei bin – ich denke auch an Vanillepudding und verkochten Kohl.«

»Was? Was zum Teufel hat das mit Frühling zu tun?«

»Nichts. Ich hab an England gedacht, und früher oder später bringt mich dieser Gedanke zwangsläufig auf Vanillepudding ...«

»Und Kohl?«

»Logisch.«

»Weißt du was? Ich glaub, du hast Hunger.«

»Nicht auf Kohl, das nicht. Ich wär überhaupt nicht böse, wenn ich nie wieder Kohlsuppe serviert kriegen würde.«

»Ach ja, schon nach einer Woche ohne Vögeln kann ein Mädel glatt vergessen, wie sehr so 'n Samenerguß die Männer doch schwächt. Erst zucken sie vielleicht ne halbe Minute, und dann passiert nix weiter, als daß sie einpennen – und wenn sie dann wieder aufwachen, haben sie immer Hunger.«

Sie sprang nackt aus dem Bett und rannte zum Kühlschrank. Der leistete ein, zwei Sekunden Widerstand, seufzte dann tief und öffnete sich brummend, um seine Schätze preiszugeben.

»Ich hab genau das Richtige für dich. Eigentlich müßte es ja warm gegessen werden, aber ich mag's auch eiskalt.«

Dann kam sie zum Bett zurück. Troy hatte Mühe, seine Augen von ihren Brüsten loszureißen und auf den Teller zu richten, den sie ihm vorsetzte.

»Was ist das?«

»Probier mal.«

Es sah ausgesprochen unappetitlich aus. Ein unappetitlicher, wabbeliger Blutpudding, der allerdings nostalgische Erinnerungen an die alten Schilder der London Midland and Scottish Railway Company wachrief.

»Na los. Tu so, als wärst du ein Ami, und iß mit den Fingern.«

»Mmmh – nicht schlecht. Was ist das braune Zeug?«

»Anchovis.«

»Und diese Kleckse da?«

»Kapern – glaub ich jedenfalls.«

»Und die Wurst?«

»Salami.«

»Wirklich nicht schlecht. Und wie soll das Ganze heißen?«

»Pizza.«

»Pit Sir?«

»Ach was. Piizzaa! Frisch vom PX. Die haben irgendwo in der Walachei eine Bäckerei aus dem Boden gestampft, um echte New Yorker Spezialitäten herzustellen. Alles, was die Truppe bei Laune hält.«

»Haben die denn nichts Wichtigeres im Kopf?«

»Das ist noch gar nichts. Wir haben eine komplette Coke-Abfüllanlage, die wartet in Kisten verpackt auf den D-Day. Sobald der erste Landkopf eingenommen ist, fangen wir an, das Zeug für unsere Jungs abzufüllen!«

Troy verschluckte sich fast vor Lachen.

»Das ist kein Witz. Übrigens darfst du gar nichts davon wissen: Verschlußsache. Also, was ist – willst du noch mehr?«

Troy dachte an die Pizza und nickte.

»Heißt das, es geschehen doch noch Zeichen und Wunder? Ach Gott, was muß man in dieser Stadt nicht alles anstellen, bloß um flachgelegt zu werden.«

Sie griff mit einer Hand nach seinem Schwanz, während sie mit der anderen das Licht ausknipste. Und dann gab es um ihn herum nur noch Dunkelheit und Tosca.

49

Sie verschliefen zwar den nächtlichen Luftangriff, bekamen aber eine seiner üblichen Folgen gleich beim Aufstehen zu spüren.

»Verdammt, schon wieder kein Gas.«

Tosca lief auf Zehenspitzen im Raum herum und schimpfte leise vor sich hin.

»Kein Frühstück. Kein Kaffee. Was denkt sich dieser Hitler eigentlich dabei, mir dermaßen den Tag zu versauen?«

Troy rollte sich aus dem Bett. Dem Winkel nach zu urteilen, in dem die Sonne via Trafalgar Square – und gefiltert durch den Schmutz auf der Fensterscheibe – ins Zimmer fiel, war es immer noch früh. Also mußte er sich nicht hetzen. Er zog sein Hemd über.

»Was ißt du denn normalerweise zum Frühstück?«

»Eier, Toast, Kaffee. Englische Muffins, wenn der PX welche hat. Schon komisch, daß man die in England nicht kriegen kann. Ich meine – sind Wiener Würstchen eigentlich wienerisch? Essen Mexikaner Chili? Also für mich kann so was echt den Glauben an die Weltordnung erschüttern.«

Das klang alles so albern, daß er überhaupt nicht darauf einging. Er zog die Kühlschranktür auf. Vor ihm lagen ein Dutzend Eier und ein Pfund amerikanische Butter, originalverpackt. Seit der Vorkriegszeit war ihm kein so dickes Stück Butter mehr unter die Augen gekommen.

»Also schön. Setz dich.«

»Wohin?«

»Wo du's bequem hast.«

Immer noch nackt, aufregend nackt, hockte sie sich im Schneidersitz auf den Fußboden zwischen Kühlschrank und Bett. Troy machte sich an die Arbeit, suchte Messer, Teller und einen Bratenwender zusammen und stöpselte das elektrische Bügeleisen ein. Dann setzte er sich ihr gegenüber. Er drehte das Bügeleisen, so daß die Platte nach oben zeigte, und reichte es ihr.

»Es ist zwar schon ne Weile her, aber während dem Blitz hab ich bestimmt zwei Wochen lang auf die Art gekocht. Du mußt das Ding unbedingt ganz gerade halten. Und du hättest dir besser was angezogen.«

Sie wand sich, bis ihre Brüste wackelten, zog eine Schnute und pustete ihm einen Kuß zu.

»Wie du willst«, sagte er, riß einen Streifen vom Butterpapier ab, fettete damit die Eisenplatte ein und wartete, bis sich Bläschen bildeten.

»Das kann doch wohl nicht dein Ernst sein!«

»O doch. Und hampel bitte nicht rum.«

Sie hielt den Griff mit beiden Händen fest. Die heiße Bügelplatte schwebte dicht über ihren Schenkeln. Troy schlug an einem Tellerrand das erste Ei auf und ließ es auf die Eisenplatte fallen, wo es sofort zu zischen anfing.

»Mein Gott!« sagte sie. »Es brutzelt. Es brutzelt wirklich.«

»Aber eine Weile wird's schon dauern. Du mußt ein bißchen Geduld haben.«

»Kein Problem. Wir haben sowieso ne Menge zu reden.«

Troy sagte nichts, wartete darauf, daß sie anfing.

»Zum Beispiel, ob dieser Jimmy nun Brotmarken fälscht oder was.«

Troy schüttelte den Kopf, wandte seinen Blick aber nicht von dem Ei ab.

»Dacht ich's mir doch! Du kriegst diesen Blick, als wärst du das kollektive Menschheitsgewissen, also muß es was Ernstes sein.«

»Er hat vier Menschen ermordet.«

»Ääääää!!!!«

Ihr Griff lockerte sich, das Bügeleisen kippte zur Seite, und das Ei rutschte über den Rand. Troy fing es elegant mit dem Bratenwender auf, aber ein paar Tropfen heißes Fett landeten auf ihrem Oberschenkel.

»Aua, aua, aua.«

»Vielleicht ist es sicherer, wenn wir uns beim Frühstück über was anderes unterhalten.«

»Nein, es geht schon. Du kannst jetzt nicht das Thema wechseln. Und ich bin ziemlich robust. Ich hatte bloß nicht damit gerechnet, daß es was so Ernstes ist. Wen hat er denn umgebracht?«

Troy ließ das Ei wieder aufs Bügeleisen rutschen und begann Brot abzuschneiden.

»Zwei deutsche Flüchtlinge. Einen Polen, der im Hafen gearbeitet hat. Und einen Polizisten, der hinter ihm her war.«

»Ach, du Scheiße. Aber warum sollte er so was tun?«

»Ist sein Job. Schmutzige Tricks – das hast du selber gesagt.«

»Ich hab aber auch gesagt, nicht hier.«

»Welche Funktion hat er eigentlich genau in der Army?«

»Das darf ich nicht wissen.«

»Aber du weißt es.«

»Ach, Jimmy ist eben ein Aufschneider. Er kann die Klappe nicht halten. Wenn er was Aufregendes durchgezogen hat, fängt er früher oder später an, irgendwelche Andeutungen darüber loszulassen. Und seit letztem Jahr ist ziemlich klar, was er macht. Er ist einer von den Kerlen, die mit dem Fallschirm über dem besetzten Teil Frankreichs abspringen. Dort zieht er ein paar heroische Kunststückchen ab und läßt sich dann wieder rausholen. Er kann gut Französisch und Deutsch. Soweit würd's also schon passen.«

»Holt er auch selbst Leute raus? Franzosen, Deutsche, Résistancekämpfer, Leute, die unsere Kriegsanstrengungen unterstützen könnten?«

»Ja. So was machen wir oft, aber frag mich bitte nicht nach einzelnen Fällen. Ich weiß nur ganz allgemein, was da läuft. Und Zelly würde mir nie Material über eine konkrete

Operation zeigen. Er hält ja überhaupt nichts davon, Fakten auf Papier zu bringen.«

Troy ließ das Ei auf eine Brotscheibe rutschen, nahm ihr das Bügeleisen aus der Hand und stellte es hochkant auf den Teppich. Dann reichte er ihr das Brot. Sie biß in das Ei, und während ihr der gelbe Dotter über die Unterlippe lief, sah sie ihn mit verwirrtem Ausdruck über den Tellerrand hinweg an.

»Mist, daß wir keinen Kaffee haben.«

»Könntest du rauskriegen, ob er so um den Februar herum einen Deutschen rausgeholt hat?«

»Heißt das, ich soll Zelly ausspionieren?«

»Ja.«

»Ich glaub schon. Nicht, daß ich mich drum reiße – aber wenn ich nicht sowieso die halbe Zeit hinter ihm herspionieren würde, dann wüßte ich nur das, was in den Briefen steht, die ich für ihn tippe – und das sind hauptsächlich Beschwerdebriefe an den Proviantmeister, wenn es in den PX-Läden mal wieder keine Erdnußbutter und Mayonnaise gibt.«

Den Rest ihres Sandwiches aß sie schweigend. In Gedanken versunken.

»Wen hat er als letzten umgebracht?«

Troy reichte ihr wieder das Bügeleisen und machte sich an die Vorbereitungen für sein eigenes Frühstück.

»Den Polizisten. Letzten Dienstag abend.«

»An dem Abend, als du nicht gekommen bist.«

»Ich war am Manchester Square und hab menschliches Gehirn stückchenweise in Zellophanbeutel gefüllt.«

Sie wand sich und schnitt eine Grimasse, wich aber nicht aus. »Und am Mittwoch morgen war im Büro die Hölle los. Zelly war vor mir da, was es noch nie gegeben hat, und das Chiffriergerät am Telefon war die ganze Zeit an. Ich mußte mein Ohr ans Schlüsselloch halten, um überhaupt was mitzukriegen. Er redete mit Jimmy, er redete mit ein paar von den hohen Tieren, und er war in einer Stinklaune. Übrigens hat er auch mit ein paar Jungs aus eurem MI-5 telefoniert.«

»Er kam direkt von einem Treffen im MI-5, bei dem ich auch war.«

»Du hast ihn auf der Abschußliste, wie?«

»Ja, aber mich treibt viel eher die Frage um, wer mich auf der Abschußliste hat.«

»Was soll das heißen?«

Troy hatte schon angefangen zu essen. Sie legte ihm einen Finger auf die Lippen, wischte ein bißchen von dem kostbaren Eidotter ab und schob es sich selber in den Mund.

»Als wir uns zum erstenmal begegnet sind – wußtest du da, daß Wayne vorbeikommen würde?«

»Nein. Der läßt sich nur ab und zu blicken. Und an dem Tag hat bestimmt keiner mit ihm gerechnet, auch Zelly nicht. Du warst nämlich sein einziger Termin – und der hat seinen Blutdruck ganz schön hochgejagt. Er war ganz und gar nicht scharf darauf, dich zu sehen.«

»Ich hab mich selbst schon gefragt, warum ich überhaupt eingeladen wurde. Er hat nämlich absolut nichts verlauten lassen.«

»Da komm ich nicht mit.«

»Es sei denn, daß nicht er mich sehen wollte, sondern Wayne.«

»Hä?«

»Könnte doch möglich sein, daß Wayne nur gekommen ist, um einen Blick auf mich zu werfen. Er wußte, daß es einen Polizisten gibt, der ihn beschattet. Sergeant Miller vom Sicherheitsdienst. Und wenn dieser Mann mit Zelig Kontakt aufnahm, dann mußten bei Wayne alle Alarmglocken schrillen. Er kam, um mich zu sehen und um gesehen zu werden. Wäre ich der Mann gewesen, der – wie er ja bereits wußte – hinter ihm her war, hätte ich mich als dieser Miller entpuppt, dann wären alle seine Befürchtungen bestätigt worden. Miller war ihm zu dicht auf der Spur, und Wayne wußte, er würde ihn umbringen müssen. Aber ich war nicht der Polizist, den er kannte. Ich war bloß ich. Es gab keine Verbindung zwischen mir und Miller beziehungsweise dem, was Miller rausgekriegt hatte. Ich hab Wayne damals nicht erkannt – woher denn auch? Aber hätte ich ihn erkannt und das auch nur mit einem Wimpernzucken verraten, dann würde ich jetzt ebenfalls mit nem Kopfschuß in der Leichenhalle liegen. Sergeant Miller hat somit noch ein paar Tage geschenkt gekriegt. Wayne brachte ihn um, als die Situation dafür am günstigsten war. Aber mich hätte er genauso leicht umbringen können. Er wußte nur eins nicht: daß ich ihn am Abend nach unserer ersten Begegnung erkannt habe, als er aus dem Haus seiner Geliebten kam. Daß ich selbst einen Zusammenhang hergestellt habe. Das konnte er nicht ahnen. Hätte er gewußt, daß ich ihm auch auf die Schliche gekommen war, dann hätte er Miller womöglich erst mal nicht umgebracht.«

»Okay. Er kam ins Büro. Er plauderte belangloses Zeug. Aber was heißt: dicht auf der Spur? Du untersuchst diese Morde. Und was soll dieser Miller über Jimmy rausgekriegt haben?«

»Ich weiß es nicht sicher, aber ich glaube, Wayne hat eine kommunistische Zelle im East End unterwandert.«

»Unmöglich! Der wird doch ganz woanders eingesetzt. Nein, in London schlägt Jimmy bloß die Zeit tot – wenn er nicht gerade 'n Faß aufmacht. Weil er in England gar nichts zu tun hat.«

»O doch. Er bringt Leute um.«

»Commies? Er killt Commies? Hast du nicht eben gesagt, er hätte zwei Deutsche umgebracht? Jetzt versteh ich gar nix mehr.«

»Ich auch nicht.« Ein, zwei Minuten lang aß Troy schweigend weiter. Dann sprang Tosca auf und begann in der obersten Schublade ihrer Frisiertoilette herumzuwühlen. Sie warf einen Schlüssel auf den Teppich und setzte sich wieder, ein Stück weißen Pappkarton in der Hand.

»Nimm den mit«, sagte sie. »Mein Ersatzschlüssel. Bis heute abend müßte ich eigentlich was für dich haben.«

»Eins brauch ich jetzt schon. Seine Adresse.«

»Was? Du kennst seine Adresse nicht?«

»Ich hab keine Ahnung, wo er wohnt. Wir überwachen die Tite Street, und ...«

»Und ihr habt unser Büro überwacht. Der Kerl am St. James's Square ist übrigens ne Flasche. Nein – ich glaub nicht, daß Jimmy sich da blicken lassen wird. Seine offizielle Adresse ist der Wohnblock in der Curzon Street, den wir für Offiziere requiriert haben. Marriot House heißt das. Es ist 'n ganz geräumiges Apartment, aber anzutreffen ist er da nie. Wahrscheinlich benutzt er es als ne Art Hotel oder auch bloß als Postfach. Einmal mußte ich rein, dienstlich. Es roch überall muffig. Er hat zwar 'n Kleiderschrank drinstehen, aber meinem Eindruck nach übernachtet er da höchstens alle Jubeljahre mal. Wohnen tut er bei seinen Weibern. Wo die auch sitzen mögen. Aber was du im Moment wirklich brauchst, ist das hier.«

Sie legte das Papier mit der Vorderseite nach oben auf den Teppich. Es war ein Mosaik aus vielen winzigen Photographien, sechs oder sieben pro Reihe, insgesamt etwa dreißig: Miniaturen von Major Wayne, jede ein kleines bißchen anders. Als wären sie von einem Film abkopiert worden.

»So was nennt sich Polyphoto. Kamera mit Motor. Im Sommer vor dem Krieg waren die Dinger der letzte Schrei in Washington. Ich hab auch eins machen lassen, um es meiner Mom zu schicken. Bei dieser automatischen Knipserei wird man halt einfach lockerer, und 'n paar von den Bildchen werden mit Sicherheit süß. Wahrscheinlich findet sich sogar Jimmy süß, obwohl das weiß Gott sonst niemand von ihm sagen würde.«

Das Polyphoto war mit »Dein Jimmy« signiert. Eine volle, glänzende Ober- und eine ausgesprochen schmale Unterlippe; feuchte, lächelnde Augen. Immer neue Posen, immer strotzend vor Selbstbewußtsein.

»Ich hab ihn nicht drum gebeten. Er kam von sich aus eines Tages damit an. Ich weiß selber nicht, warum ich's aufgehoben hab.«

Den ganzen Rückweg zum Goodwins Court, wo er sich waschen und umziehen wollte, dachte Troy über Toscas Reaktion nach. Sie hatte sich seine Geschichte angehört, ohne zu widersprechen. Schockiert, aber widerspruchslos, ohne die zu erwartenden Fragen wie »Woher willst du das wissen?« oder »Bist du wirklich sicher?«. Also hatte Wayne den Auftrag, Menschen zu töten. Der ultimative schmutzige Trick und zugleich das Normalste der Welt für einen Soldaten im Krieg. Und natürlich hatte er ihr nicht ganz die Wahrheit gesagt, denn er kannte ja den Zusammenhang, wußte, warum Wayne sich die Mühe gemacht hatte, eine kommunistische Zelle im East End zu unterwandern. Verwunderlich fand er nur, daß es dafür keinen offiziellen Auftrag geben sollte. Aber wie dem auch sein mochte – er würde sich nur auf Beweise und nicht auf Meinungen verlassen. Und dann irritierte ihn, wie sehr sie ihre eigene Rolle im Norfolk House bagatellisierte. Das stand in so hartem Kontrast zur Darstellung von Mrs. Edge. Er fragte sich, ob sie ihm nicht eine Slapstickkomödie vorgespielt hatte. Schon möglich, daß das einfach die Art war, wie sie mit Männern umging. Aber paßten in so eine Manhattan-Slapstickkomödie eigentlich Wörter wie »aphorismenliebend«?

50

Kolankiewicz hockte vor dem Gasfeuer in Troys Dienstzimmer, halb versteckt hinter seinem *News Chronicle*. Wildeve kämpfte sich derweil heftig gähnend durch einen riesigen Papierberg. Troy ging an den beiden vorbei zum Schwarzen Brett an der hinteren Wand, hängte das Polyphoto auf und klopfte dagegen.

»Das ist unser Mann«, sagte er.

Kolankiewicz ließ seine Zeitung fallen, kam durchs Zimmer getrippelt und starrte schon zu Wayne hoch, während er sich noch die Brille geraderückte.

»Ein ganz übler Kunde«, murmelte er.

»Woran wollen Sie das erkennen?«

»Tückischer Gesichtsausdruck.«

»Auf welchem Bild?«

»Auf allen.«

»Na prima! Sie hätten Detective werden sollen.«

»Nun tun Sie mal nicht so großkotzig. Ich hab nämlich auch was für Sie auf Lager – da werden Sie platt sein.«

Er öffnete seine Aktentasche und stellte drei Zellophantüten auf Troys Schreibtisch.

»Ich hab ne gute Nachricht, und ich hab ne schlechte Nachricht. Die erste Geschoßhülse, die zweite und die dritte Geschoßhülse, die Kugeln vom Manchester Square. Behalten Sie sie bei sich. Was einmal verschwinden kann, das kann auch ein zweites Mal verschwinden. Die Kugeln sind Kaliber fünfundvierzig. Abgefeuert – wie Sie schon so richtig bemerkt haben – aus einer automatischen Waffe. Und hier sind auch Ladestreifenspuren zu erkennen, wie man sie bei einem Revolver nicht finden würde. Aber jetzt zu der guten Nachricht.«

Er holte zwei große Fotografien aus der Aktentasche und hängte sie direkt neben die vielen Gesichter von Major Wayne ans Schwarze Brett. »Ich hab alles untersucht, was man bei solchen Geschoßhülsen untersuchen kann, solange man keine Kugel zum Vergleich hat. An diesen Vergrößerungen können Sie erkennen, was ich meine. Betrachten wir das Ganze doch mal als Uhr. Und sagen wir, die Ladestreifenspuren zeigen auf neun Uhr, dann haben wir die Markierung des Schlagbolzens jedesmal bei zehn nach zwei – in der Schützensprache wär das 'n Volltreffer. So weit, so gut – oder sollte ich lieber so schlecht sagen? Ich bin ja nicht dafür da, Beweise zu werten. Es gibt einfach zuviel Spielraum für Zufälligkeiten. Aber ...« Er holte zwei weitere große Fotografien heraus und hängte sie über die ersten beiden.

»Schauen Sie sich die mal an. Fünfzigfach vergrößert. Erkennen Sie das Muster des Schlagbolzens auf der Patronenhülse?«

Troy kniff die Augen zusammen.

»Die beiden sind haargenau gleich.«

»Genau. Wenn man von der gleichen Zeigerstellung auf unserer gedachten Uhr ausgeht, dann tragen die beiden Geschoßhülsen – die aus Stepney und die vom Manchester Square – dieselben Spuren; das heißt, sie wurden von demselben Schlagbolzen getroffen – oder schlimmstenfalls von zwei Schlagbolzen mit haargenau den gleichen Abnutzungserscheinungen.«

»Das ist ... das ist brillant!«

»Die beiden Hülsen stammen also aus derselben Waffe. Es wäre zwar noch beweiskräftiger, wenn wir auch die Kugel hätten, die Herrn Manschettenknopf getötet hat, aber ... wissenschaftlich akkurat ist es allemal. Und jetzt die schlechte Nachricht ...«

»Schlechte Nachricht?«

»Vor Gericht kämen wir damit nicht durch. Jedenfalls ist bisher noch niemand mit so nem Beweismittel angetreten.«

»Scheiße«, murmelte Troy.

»Denken Sie bloß mal daran, wie viele Übereinstimmungsmerkmale Sie bei Fingerabdrücken brauchen. Und wie hoch die Wahrscheinlichkeit ist, daß Ihr Mann die Knarre weggeschmissen hat!«

»Wenn Sie sich da mal nicht täuschen. Das Verhältnis eines Killers zu seiner Waffe ist oft geradezu sentimental: Er hält sie noch fest in der Hand, wenn er schon längst die letzte Kugel auf einen abgeballert hat, obwohl er sich damit selbst an den Galgen liefert.«

Kolankiewicz zuckte die Achseln. »Na schön, wie Sie wollen. Aber meiner unmaßgeblichen Meinung nach haben wir bislang nur Indizienbeweise, und die sind in den Wind geschissen. Das hier, das ist was, womit ich vor Gericht gehen würde. Aber wir wären die ersten, die's versuchen.«

Troy beugte sich vor, um die Fotos noch genauer anzusehen. Plötzlich fühlte er, wie Kolankiewicz' Hände seinen Hinterkopf betasteten, ein paar Haarbüschel auseinanderzogen.

»Was machen Sie denn da?«

»Ich hab gehört, daß es Sie ganz schön erwischt haben soll. Sie haben immer noch ne ordentliche Beule. Wann ist das eigentlich passiert?«

»Das war ... das war ...«

Troy merkte, daß er sich nicht mehr daran erinnern konnte, wann er in der U-Bahn-Station Holborn gewesen war, wann die Bombe eingeschlagen hatte. Er erinnerte sich an den Schmerz in seinem Hinterkopf und an die blutrote Wolke, und allein der Gedanke daran ließ beides wieder höchst lebendig werden. Aber er hätte beim besten Willen nicht sagen können, ob sich das Ganze vor einer Woche oder einem Monat ereignet hatte, und ein, zwei Sekunden lang sah er Kolankiewicz nur durch einen roten Nebel, hörte ihn nur durch das Rauschen seines Bluts, das Klopfen einer Ader irgendwo über seinem linken Auge.

»Vorletzte Woche«, warf Wildeve ein.

»Erst vorletzte Woche?« Kolankiewicz inspizierte Troys Schädeldecke sorgfältig, murmelte dabei ein paarmal »Hm« oder »Ähä«, drückte ihm dann beide Hände gegen die Schläfen, drehte sein Gesicht zum Fenster und sah ihm tief in die Augen.

»Ihre Augen sind wie 'n polnisches Torfmoor«, sagte er. »Aber blöderweise haben die Sie zu früh entlassen.«

»Er ist nicht entlassen worden«, erklärte Wildeve. »Er ist einfach gegangen.«

»Troy, Sie sind wirklich ein Klugscheißer.«

»Das hör ich von Ihnen nicht zum erstenmal.«

»So 'n Schlag auf den Schädel kann ne Menge Ärger machen. Haben Sie manchmal Kopfweh?«

Troy antwortete nicht.

»Verstehe«, sagte Kolankiewicz. »Troy, gehen Sie zu Ihrem Arzt. Tun Sie mir den Gefallen. Bauen Sie jetzt bloß keinen Scheiß. Das Hirn liegt nämlich verdammt dicht unter der Schädeldecke.«

»Keine Sorge«, log Troy. »Ich werd hingehen.«

51

Das silberne Mondlicht hob jeden Riß, jedes Schlagloch der Cable Street hervor; doch wo die Teerdecke noch unbeschädigt war, glänzte sie so intensiv, als wäre sie mit Brillantine eingecremt. Sie schien die silbernen Strahlen zurückzuwerfen zum wolkenlosen Himmel, an dem der Mond langsam seine Bahn zog.

Troy und Wildeve hatten den Bullnose Morris am Postamt Leman Street stehenlassen und gingen nun die Cable Street parallel zur Hochbahn London-Tilbury entlang. Aus Richtung Shadwell kamen ihnen zwei Betrunkene entgegen – einer stumm und mit schwerer Schlagseite, der andere grölend und im Tänzelschritt.

»*By the light of the silvery moon, we'll sit and spoon, honeymoon* ... schubidu ...« Er war von Schlagloch zu Schlagloch gehüpft und jetzt mitten in einer Pfütze gelandet.

»George, ich hab vergessen, wie's weitergeht.«

George schien das nicht groß zu bekümmern. Er ließ einen fahren und sann laut über die Misere nach.

»Dann sing doch was anners. Sing das Lied von den Drosseln über den weißen Klippen von Scheiß-Dover. Hab's bestimmt schon seit heut früh nich mehr gehört. Wohin soll'n dieser Scheiß-Krieg eigentlich noch führn? Das frag ich dich. So 'n schöönes Lied, aber wenn man's nu schon mal hörn will, dann kommt's nie. Un die Scheiß-Coppers auch nich.«

»Du hast ja so recht, George. Und es kann nur noch schlimmer wer'n, das sag ich dir. Bald fliegen nämlich die Messerschmitts über die weißen Klippen von Dingsbums ...«

Troy und Wildeve traten ein paar Schritt auseinander, um an dem Sangesfreund vorbeizukommen, der an einer Pfütze vor einem bestimmt drei Meter tiefen Bombenkrater entlangtorkelte. Nun machte er einen Schritt vorwärts, rutschte aus und landete mit dem Hintern im Wasser.

»Iiih! Ich sitz in der Pisse! Mein ganzer Arsch is naß!«

Erst jetzt schien er die beiden anderen zu bemerken.

»Hilf mir mal hoch, Kumpel«, sagte er zu Troy.

Troy sah hinunter in die hilflos betrunkenen Augen. »Tut mir leid, Kumpel, aber es kommt eben nie 'n Copper vorbei, wenn man mal einen braucht.«

Der Mann begann loszujaulen. Voller Selbstmitleid und so laut wie eine Sirene. Troy und Wildeve machten einen großen Bogen um seinen Zechbruder und gingen rasch weiter, immer an den Brückenbögen entlang.

»Freddie, wonach suchen wir eigentlich?«

»Nach irgendeinem Lebenszeichen.«

»Du glaubst doch nicht im Ernst, daß da Leute drin wohnen.«

»Das nicht, aber Bonham meint, Edelmann hätte hier einen Bunker.«

Bei der ersten Welle der Luftangriffe hatte es hier katastrophal wenige Schutzräume gegeben. Sydney Edelmann, Kommunist und Stadtrat für diesen Bezirk, war deswegen auf die Barrikaden gegangen, hatte Parlamentsabgeordnete und die Presse mobilisiert und ihnen vorgeführt, unter welchen Bedingungen die Menschen im East End leben mußten. Um die Privilegierten auf ihrem ureigenen Terrain bis ins Mark zu treffen, hatte er sogar eine Kundgebung mitten im Savoy organisiert, einen Protestmarsch gegen die Privatbunker, die tief unter dem berühmten Hotel angelegt und ausschließlich den Gästen vorbehalten waren. Als die Sirenen losheulten, drängten sich Dutzende verärgerter Bürger aus Stepney ins Savoy und verlangten Zugang zu den Luftschutzkellern. Aber sie wurden bereits im Foyer von der Polizei erwartet. Troy mußte laut lachen, als er am folgenden Tag in mehreren Zeitungen las, daß Edelmann als Antwort auf diese staatliche Provokation ganze Passagen aus dem Gaststättengesetz zitiert hatte. Auf seine Art war er sicherlich einer der ausgefuchstesten Paragraphenreiter Englands. Und hätte er nicht unablässig die Propagandatrommel gerührt, dachte Troy, dann wären in diesem Stadtteil wohl nie ausreichend Luftschutzbunker gebaut worden und die Ärmeren müßten ihre Nächte weiterhin in stinkenden Kellern ohne Toiletten und Wasser zubringen. Doch nun, da er sein Anliegen durchgeboxt hatte, noch rechtzeitig bevor die Bomber zu dem »kleinen Blitz« über London erschienen, benutzte Edelmann selbst die neuen Bunker angeblich gar nicht, sondern blieb lieber für sich in seinem ausgebauten Eisenbahn-Brückenbogen.

Sie hatten mittlerweile mehr als ein Dutzend dieser Brückenbögen passiert. Die meisten waren mit Wellblech überdacht worden und dienten nun als Autowerkstätten oder Sammelstellen für Altmetall. »Helft alle mit beim Bau einer Spitfire«, stand in bereits abblätternder Farbe über der Behelfstür eines der Bögen – eine Parole aus der Zeit der Luftschlacht um England. Aus einer dieser Konstruktionen ragte ein dünner, gebogener Schornstein hervor, der weiße Rauchwolken in die mondhelle Nacht blies. Troy blieb stehen und zupfte Wildeve sacht am Ärmel.

»Ich glaub, wir haben's gefunden.«

Wildeve blickte verdutzt auf die Stahltüren. Der letzte Rauch war verpufft; er konnte kein Lebenszeichen erkennen.

»Können wir ihn nicht leichter bei sich zu Hause erwischen?«

»Wie ich Edelmann kenne, kommt dem kein Copper über die Schwelle, der nicht mindestens 'n Durchsuchungsbefehl dabeihat – aber guck mal, es geht wieder los.«

Der Schornstein blies ein Rauchwölkchen gen Himmel.

»Und du glaubst, die bleiben die ganze Nacht über in diesem Ding?«

Troy klopfte an. Sie hörten, wie Riegel umgelegt und Ketten losgemacht wurden, dann öffnete sich die Tür einen Spaltbreit.

»Wer ist da?«

»Der Iwan«, sagte Troy.

»Ich kenn keinen Iwan«, kam als Antwort.

Der Scherz war vielleicht wirklich zu blöd gewesen. »Sagen Sie Sydney, daß Sergeant Troy vom Yard ihn sprechen möchte.«

Die Tür schloß sich vor seiner Nase. Eine Minute verstrich, vielleicht mehr. Was drinnen im Bunker vor sich ging, wäre ohnehin nicht zu hören gewesen, aber dazu dröhnte auch noch ein Zug über ihre Köpfe hinweg. Doch dann öffnete sich die Tür wieder und diesmal einladend. Aus der Dunkelheit, die sich dahinter auftat, rief eine geisterhafte Stimme: »Ja, ist das denn die Möglichkeit – Mr. Troy!«

Eine dunkle, krumme Gestalt kam ins Mondlicht geschlurft: ein kleiner Mann mit einem riesigen Buckel und einer so schiefen Wirbelsäule, daß er den Kopf fast ganz zur Seite kippen mußte, um zu Troy und Wildeve hochzuschauen. Selbst sein Blick wirkte schief: ein Auge stand extrem weit hervor, das andere war fast geschlossen.

»Nun sieh einer an! Mein alter Freund Constable Troy!«

Edelmann machte eine weit ausholende Bewegung mit dem Arm und stieß die Tür auf; seine Fingerknöchel schwangen dabei nur eine Handbreit über dem Boden. Troy trat ein, Wildeve folgte, und beide rissen die Augen auf: Durch eine zweite Tür gelangten sie in einen riesigen viereckigen Eisenkäfig, der sich über die ganze Spannbreite des genauesten Bogens erstreckte. Etwa ein halbes Dutzend Menschen saß rings um ein Feuer: ein paar spielten Karten auf einer Kiste, andere sahen von ihren Büchern oder Zeitungen hoch. Die Wände waren mit Etagenbetten gesäumt, aus denen den Besuchern Augen entgegenstarrten – wie Füchse aus ihrem Bau. Der Bunker war mit Teppichboden ausgelegt; er wirkte sauber, ordentlich, geradezu behaglich. Jedes Geräusch verlor sich schnell in der Weite des Raums; eine in normaler Lautstärke geführte Unterhaltung wurde in dieser Kathedrale aus Stahl zu einem andächtigen Flüstern.

»Jetzt Sergeant Troy«, gab Troy auf Edelmanns Begrüßung zurück.

»Mein lieber Junge, da haben Sie's ja weit gebracht in der Welt. Aber ich wußte schon immer, daß aus Ihnen mal was wird.«

»Na, machen wir's kurz: Ich bin dienstlich hier.«

»'türlich, 'türlich. Horace, du holst Mr. Troy und seinem Freund hier ein Täßchen Tee. Ich setz mich mit dem Sergeant in mein Büro.«

Er schlurfte voraus. Das Büro erwies sich als ein Kabuff, das mittels hochgestapelter Kisten vom übrigen Raum abgetrennt war.

»Dienstlich, sagten Sie?«

Troy legte von Rankes Foto auf eine Kiste.

»Sieht mausetot aus, der arme Kerl«, bemerkte Edelmann.

»Sie kannten ihn nicht?«

»Nein.«

Troy legte ihm ein Foto des jungen Brand vor – eine Vergrößerung aus Nikolais Gruppenbild.

»Den auch nicht.«

»Sind Sie ganz sicher?«

»Wenn ich sie kennen würde, dann würde ich's Ihnen schon sagen. Da wär doch nix Schlimmes bei. Und auf die nächste Frage sag ich gleich: Sie können mich mal.«

Troy legte das dritte Foto hin. Ein vergrößertes Bild aus der Serie von Tosca. Edelmann schwieg. Er sah zu Boden, er sah zur Decke, und dann sah er wieder Troy an.

»Und was wäre Ihre nächste Frage? Auf die ich Ihnen praktisch schon ne Antwort gegeben hab?«

»Meine nächste Frage wäre: Wissen Sie eigentlich, daß Sie von der Gegenseite unterwandert worden sind?«

Edelmann atmete durch die zusammengebissenen Zähne ein. Er lehnte sich so weit zurück, daß er Troy ansehen konnte, ohne den Kopf schieflegen zu müssen. Auch das halb geschlossene Auge schielte nicht mehr.

»Nur mal angenommen, ich kauf Ihnen das ab – welche Beweise haben Sie dafür?«

Troy stieß mit dem Zeigefinger auf von Rankes Foto.

»Das hat er getan. Er hat ihm direkt ins Gesicht geschossen.«

»Gräßlich.«

»Und den hier hat er auch erledigt. In kleine Stücke zerhackt.«

Edelmann schob den Kopf langsam von einer Seite zur anderen. Troy war nicht klar, ob die Geste Ungläubigkeit oder Verzweiflung ausdrücken sollte.

»Und ich glaube, daß er auch diesen Mann umgebracht hat.«

Troy knallte ein vergrößertes Foto des jungen Wolinski auf den Tisch, als würde er einen Trumpf ausspielen. Edelmann stand auf und ging hinaus. Troy blieb still sitzen und hörte seine Stimme durch die Trennwand dröhnen: »Horace, wo bleibt der verdammte Tee?«

Troy hörte Edelmann nebenan auf und ab marschieren, soweit man das bei einem so schwer gehbehinderten Menschen überhaupt sagen konnte. Einige Minuten später erschien er mit zwei Bechern Tee und setzte sich Troy gegenüber.

»Ich höre«, sagte er. »Ich bin ganz Ohr.«

»Ich glaube, Wayne – Sie kennen ihn doch unter diesem Namen?«

Edelmann nickte.

»Ich glaube, Wayne ist ein Killer, ein Killer im Dienst der amerikanischen Armee. Ich weiß, daß er die beiden Männer umgebracht hat. Es waren alte Kollegen von Wolinski, noch aus der Vorkriegszeit. Den ersten hat er vermutlich ermordet, als er versuchte, an Wolinski ranzukommen – das ist etwa ein Jahr her. Den zweiten vermutlich dann, als er an Wolinski rangekommen war. Und dann hat er Wolinski ermordet.«

»Er hat sich schon einige Zeit nicht mehr blicken lassen«, sagte Edelmann. »Seit Wochen hat ihn niemand mehr gesehen. Und ja, er war immer ein Risiko. Ich hab's irgendwie geahnt – gewußt, wenn Sie so wollen. Ich konnte mir bloß nicht erklären, warum.«

»Das weiß ich auch nicht. Wann haben Sie ihn zum letztenmal gesehen?«

»Im Februar. Am vierundzwanzigsten.«

»Woher wissen Sie das noch so genau?«

»Weil wir uns da als Arbeitsgruppe getroffen haben. Jeden Monat zur gleichen Zeit. Ich hab Peter noch am Nachmittag gesehen. Er sagte, er würde kommen. Wayne war da. Er kam seit ungefähr einem Dreivierteljahr, wenn auch nicht regelmäßig.«

»Warum haben Sie ihn aufgenommen?«

»Das lief über Empfehlungen. Und die hatte er ja. Briefe vom Schwager meiner Schwester in Pennsylvania. Demnach wäre er in den dreißiger Jahren ein Mitglied der ›United Workers of the World‹ gewesen. Ehrlich gesagt, ich war ziemlich angetan. Unterstützung für die Bewegung aus einer Ecke, mit der man normalerweise nicht rechnet. Russen und Polen, die kriegen wir gleich dutzendweise. Aber ein Genosse mit Nachrichten aus Amerika – das machte uns Mut, gab uns das Gefühl, wir könnten es schaffen. Er hat uns erzählt, was sich da drüben bei den Gewerkschaften tat, was dieser

›New Deal‹ von Roosevelt für ein Beschiß war und so weiter und so weiter …«

Edelmanns Redefluß schien fürs erste erschöpft zu sein. Aber Troy hakte nach.

»Und Diana Brack?«

»Die kam mit ihm mit, und das war so gut wie 'n weiteres Empfehlungsschreiben. Ich kannte sie. Wir waren uns schon bei verschiedenen Versammlungen und Konferenzen übern Weg gelaufen. Bei so was tauchen ja immer auch 'n paar Sprößlinge der Großbourgeoisie auf – manche wollen nur Proletenmief schnuppern, andere meinen es ernst. Ob Sie's glauben oder nicht: H.G.Wells persönlich hat sie mir vorgestellt. Ich glaube, damit wollte er uns beiden auf den Zahn fühlen. Ein kurzes Hallo und 'n Händedruck. Wells stellt mich vor als den Quasimodo von Stepney. Sie lächelt. Also grien ich zurück. Dreckskerl, der.«

»Haben Sie Wayne denn nicht überprüfen lassen? Bei Ihren Kontakten …«

»Was denn für Kontakte? Denken Sie, ich hab nen direkten Draht zum Kreml? Ich hab noch nicht mal die Nummer vom Parteichef. Nein, so läuft das bei uns überhaupt nicht.«

»Hat Wayne sich mit irgendwem besonders angefreundet?« fragte Troy.

»Angefreundet? Wir sind doch kein Club für geselliges Beisammensein!«

Troy hütete sich, ihm zu widersprechen, obwohl er in dem Punkt seine Zweifel hatte.

»Ich meine persönliche Freunde. Oder Freunde von Diana Brack.«

»Zu Ihrer ersten Frage: nein, hat er nicht. Er meldete sich immer zu Wort, wenn's um ein Thema ging, von dem er was verstand. Aber eigentlich hat er nur zu Diana richtig Kontakt gehabt. Ich kannte ihn näher als die meisten anderen –

aber das heißt wirklich nicht viel. Diana ist da ganz anders. Die sucht sich jemanden aus und geht direkt auf ihn zu. So hat sie's mit mir gemacht, als wir uns das zweite Mal begegnet sind – sieht mich irgendwo stehen und steuert mich sofort an, ganz zielbewußt, mitten durchs Gewühl. Als ob die anderen Leute gar nicht da wären. Und wer sie unterwegs anquatscht, dem schenkt sie ein höfliches Lady-Lächeln, so von oben herab, und bei dem andern ist die Luft raus. Sie hat immer gern einen speziellen Freund, und in unserem Haufen war das nun mal Wolinski. Vermutlich hat sie schon bei der ersten Sitzung gemerkt, daß er der einzige war, von dem sie was lernen konnte.«

»Hatten die beiden ein Verhältnis miteinander?«

»Nicht daß ich wüßte. Aber schließlich sind wir nicht die Gedankenpolizei, auch wenn die Zeitungen so was schreiben, und schon gar nicht die Liebespolizei.«

»Diese besondere Beziehung – schloß die auch Wayne mit ein?«

»Nein, die beiden Männer haben kaum mal 'n Wort miteinander gewechselt. Wayne ist kein Eierkopf. Mit ihm wär Peter vor Langeweile eingeschlafen.«

»Und was war am Vierundzwanzigsten?« fragte Troy.

»Ach ja, der Vierundzwanzigste. Wayne war da. Wir treffen uns immer im Merchant, das ist in der Matlock Street. Zuerst trinken wir 'n Schluck an der Theke, dann gehen wir nach oben in unser Versammlungszimmer. Und wir hatten gerade mit der Sitzung angefangen, da kam Alf, der Wirt vom Merchant, zu uns hoch und sagte, Peter hätte angerufen und ausrichten lassen, daß er es nicht schaffen würde. So kenn ich ihn. Immer rücksichtsvoll. Und mit Lady Di hatte ich eigentlich auch gerechnet. Die kam nämlich ganz regelmäßig. Kaufte eine Menge von den einschlägigen Büchern für unsere Jungs. Und wenn die Bengel keine Lust hatten, das alles zu lesen, dann konnte sie denen sogar noch erzählen, was drinstand. Aber diesmal erschien sie auch nicht, und seither hab ich kein Wort von ihr gehört. Und jetzt kommt's: Kaum zehn Minuten, nachdem ich Peters Nachricht gekriegt hab, steht Wayne auf und meint, er müßte jetzt leider aus den und den Gründen gehen – weiß nicht mehr, was. Das war das letztemal, daß ich ihn gesehen hab – und Peter seitdem auch nicht mehr. Aber ich hab nicht zwei und zwei zusammengezählt. Jedenfalls nicht bewußt. Bis Sie hier reinspaziert sind. Wahrscheinlich hab ich im Hinterkopf mit Ihnen oder jemand anderem von Ihrer Truppe gerechnet. Sonst hätte ich Sie gleich achtkant rausgeworfen. So, und jetzt wollen Sie mir erzählen, daß Wayne aus unserer Versammlung rausgegangen ist, um Peter zu ermorden?«

»Ich glaub schon«, sagte Troy.

»Ojeojeoje«, seufzte Edelmann und nahm einen kräftigen Schluck Tee. »Und ich muß es Ihnen überlassen, für Recht und Gerechtigkeit zu sorgen. Ojeojeoje.«

»Dafür werd ich nun mal bezahlt.«

Edelmann entgegnete nichts. Schob nur den Teebecher in Troys Richtung. Über ihren Köpfen ratterte ein Zug vorbei. Beide schwiegen weiter.

»Ich hasse die Polizei«, sagte Edelmann schließlich mit leiser Stimme. »Und mag erst recht nicht auf sie angewiesen sein.«

Wieder fuhr ein Zug über ihnen vorbei, diesmal aus der Gegenrichtung. Troy hörte das Klicken der Räder auf den Schwellen, die rhythmisch ratternde Musik der Eisenbahn in der abendlichen Stille, und er hörte, wie Edelmann laut seinen Tee schlürfte, während er Troy mit stummem Haß bedachte. Troy merkte, daß es höchste Zeit war zu gehen. Er stand auf und sagte: »Ich melde mich wieder.«

»Wird sich wohl nicht verhindern lassen.«

Troy trat aus dem Kabuff in den Hauptraum und sah sich nach Wildeve um. Daß Wildeve unter den Männern war, die mit dem Rücken zu ihm ums Feuer saßen, merkte er nicht sofort, und als er es dann merkte, kam es ihm eigenartig vor. Er hätte nicht erwartet, daß Wildeve mit diesen Leuten so ohne weiteres ins Gespräch kommen würde. Und jetzt hockte er vornübergebeugt da, vertieft in eine halblaut geführte, offenbar ernste Unterhaltung, der die kirchenartige Akustik dieses Bunkers etwas zusätzlich Düsteres, Getragenes verlieh. Erst als sich neben ihm einige Köpfe hoben, drehte er sich um und sah Troy wartend dastehen. Der erkannte nun auch Michael McGee in der Runde, den Hafenarbeiter, der mit so überzeugender Naivität Wolinskis Verschwinden gemeldet hatte.

Troy ging vor, knöpfte sich draußen im Freien den Mantel zu, während er auf Wildeve wartete. Aber zuerst kam McGee heraus.

»Was werden Sie tun?« fragte er leise. In seiner Stimme schwang etwas Resignatives mit.

»Ich werde jemanden verhaften«, sagte Troy.

Wildeve kam gerade rechtzeitig heraus, um Troys Antwort noch zu hören. Ein verlegenes Schweigen trat ein: McGee wartete wohl auf weitere Erklärungen. Troy und Wildeve warteten darauf, daß McGee in den Bunker zurückkehrte, ohne auf weiteren Erklärungen zu bestehen. Schließlich marschierte Troy in Richtung Auto los. Wildeve lief ihm hinterher.

»Freddie – wen wollen wir eigentlich verhaften?«

52

Zwei Stunden später saß Troy auf seinem Schreibtisch, sah abwechselnd zum Fluß hinaus und auf den kleinen Zeiger der Uhr, der langsam der Zehn entgegenkroch. Onions hatte schon Feierabend gemacht, bevor sie aus Stepney zurückgekommen waren, was Troy ungemein erleichterte, denn für das, was er vorhatte, war so eine Galgenfrist von einem Tag oder auch nur einer Nacht schon unbezahlbar. Ein Geräusch an der Tür riß ihn aus seinen Gedanken. Er drehte den Kopf und sah Wildeve hereinkommen.

»Sie sind zurück«, sagte Wildeve.

Troy hatte es wohlweislich unterlassen, selbst hinzugehen oder Wildeve zu schicken. Diese Aufgabe war Thomson und Gutteridge zugefallen.

»Ich hab die Dame ins Vernehmungszimmer bringen lassen.«

Troy rutschte von der Schreibtischkante herunter und knöpfte sich den Mantel zu.

»Nein. Ich will, daß sie in eine Zelle kommt.«

»Was?«

»Sie ist nicht hier, um uns bei den Ermittlungen zu helfen. Sie ist festgenommen.«

»Und wo ist der Haftbefehl?«

Troy wühlte in seinen Manteltaschen und zog erst einen, dann einen zweiten Handschuh heraus. Daß er offensichtlich vorhatte, jetzt nach Hause zu gehen, schien Wildeve geradezu kirre zu machen.

»Es gibt keinen«, erklärte Troy. »Ich hab Thomson gesagt, er soll sie gemäß dem Gesetz über Notstandsmaßnahmen einkassieren. Dafür braucht man keinen Haftbefehl. Sorg nur dafür, daß sie über ihre Rechte belehrt wird, bevor du sie in die Zelle sperrst. Wenn sie ihren Anwalt will, stellst du dich taub. Wenn sie was zu essen will, läßt du ihr Brot und Margarine kommen. Wenn sie Tee will, läßt du ihr lauwarmen servieren. Ich bin morgen früh um sieben wieder hier. Schauen wir doch mal, wie ihr das zeitige Aufstehen bekommt.«

Mit diesen Worten marschierte Troy aus der Tür und auf den Korridor. Wildeve rannte hinterher.

»Verdammt noch mal, bist du denn völlig übergeschnappt? Notstandsmaßnahmen! Fermanagh wird uns in die Eier treten!«

»Fermanagh ist nicht hier. Nach dem Schock von Dünkirchen hat er sich auf seinen irischen Landsitz verzogen. Bis er seinen Senf dazugeben kann, haben wir mindestens ein paar Tage Zeit. Und eine Verhaftung nach den Notstandsverordnungen ist absolut legal. Wir haben zwei tote feindliche Ausländer und einen flüchtigen Amerikaner. Und eine mittlerweile offensichtliche Querverbindung zur Brack. Das decken die Verordnungen allemal ab.«

Im Treppenhaus schob sich Wildeve an Troy vorbei, stellte sich ihm in den Weg und zwang ihn stehenzubleiben, indem er ihm die flache Hand gegen den Brustkorb drückte.

»Du willst Diana also eine Nacht in der Zelle schmoren lassen – aber was zum Teufel versprichst du dir davon?«

»Denk doch mal an früher. Überleg mal, wie du auf so eine Behandlung reagiert hättest, bevor du sie als Polizist von der anderen Seite aus kennengelernt hast. Du und ich, wir wären uns doch verraten und verkauft vorgekommen, wenn man uns in so ne Zelle gesperrt hätte, mit kratzigen Decken und scheußlichem Essen. Betrachten wir das Ganze mal aus ihrer Sicht. Einschlägige Erfahrungen dürfte sie wohl kaum haben. Betrachten wir sie mal als Prinzessin auf der Erbse. Sie wird heut nacht bestimmt kein Auge zutun.

Und vielleicht ist ihr morgen früh ja danach, ein paar Fragen zu beantworten. Sie hat Wayne als letzte gesehen. Höchste Zeit, daß sie redet.«

»Und wenn sie nicht redet?«

»Ich schätze, daß wir drei Tage Zeit haben, bevor wir sie laufenlassen oder uns ganz konkrete Gründe für die U-Haft zusammenbasteln müssen. Aber wenn ich bis dahin nicht die Wahrheit oder wenigstens einen Teil der Wahrheit aus ihr rausgeholt hab, dann bin ich die längste Zeit Copper gewesen und du kannst von mir aus meinen Dienstausweis zerreißen.«

Wildeve seufzte, als könne er Troys Argumente nur mit großer Mühe nachvollziehen. Mittlerweile waren sie am Eingangsportal von Scotland Yard angelangt.

»Und jetzt?«

»Ich hab noch was anderes zu tun.«

»So spät am Abend?«

»Was soll denn das heißen?«

»Äh ... na ja, Kolankiewicz hat doch gesagt, du sollst dich schonen.«

»Gute Nacht, Jack.«

Troy marschierte los, Richtung Trafalgar Square und Orange Street.

Er schloß die Haustür mit dem Schlüssel auf, den Tosca ihm gegeben hatte, doch dann zögerte er, ihn wieder einzustecken, als müsse er erst abschätzen, wie schwer das wog, was er mit diesem Schlüssel auf sich genommen hatte. Aber schließlich stieg er die Treppe hoch. Ihre Wohnungstür war nur angelehnt; kein Licht drang heraus. Tosca stand am hinteren Fenster, schaute hinaus auf Pall Mall und den Trafalgar Square. In dem hellen Mondlicht sah er, daß sie ihre Uniformbluse anhatte, aber weder Rock noch Schuhe. Das war offenbar ihre Art, den Tag ausklingen zu lassen: Mit der Uniform legte sie auch die Arbeit, die Berufsrolle ab. Und dazu genehmigte sie sich dann stets den ersten Drink. Den hielt sie in der rechten Hand, während ihr linker Arm sich jetzt um seinen Hals schlang, seinen Kopf näher heranzog. Ein bestrumpftes Bein wand sich um sein Bein, ein Fuß stemmte sich in seine Kniebeuge. Sie legte ihren Kopf in den Nacken, grinste und begann, mit rauchiger Marlene-Dietrich-Stimme zu singen: »*Once upon a time, before I took up smiling, I hated the moonlight. Shadows of the night that* lalala *seemed flat as the* lalala. *Once I awoke at seven, hating the morning light. Now I awake in heaven and all the world's alright.*«

Sie brach ab, strahlte ihn an und ermutigte ihn mit rhythmischem Nicken, den Refrain aufzunehmen. Doch sosehr er sich anstrengte, er kam einfach nicht darauf, wie das verdammte Lied weiterging.

»Mein Gott, kennt denn niemand mehr die Texte zu unseren Schlagern? ›Blue Moon‹, Dummchen. Du weißt doch – Rodgers und Harts.«

»Tut mir leid, ich kenn nur die Stücke, die man pfeifen kann.«

»Aber es stimmt. Ich hasse das Mondlicht. Man kann sich nirgends verstecken.«

»Wieso mußt du dich denn verstecken?«

»Das sollte eine poetische Wendung sein. Aber offenbar hab ich mal wieder Perlen vor die Säue geworfen.«

»Es verwandelt den Fluß in ein silbernes Band.«

»Scheiße! Hast du nichts Besseres auf Lager? Oder ist das deine Vorstellung von Poesie?«

»Beim Fluchen würde ich mir jedenfalls mal was andres einfallen lassen.«

»Klappe!«

Sie gab ihm einen flüchtigen Kuß auf die Lippen und begann wieder zu singen. Leise, etwas heiser, aber gemessen an ihrer Sprechstimme erstaunlich melodiös. »*And then suddenly there appeared before me, the only one my arms will ever hold, I heard somebody whisper ›please adore me‹ ...*« Die letzten Worte hauchte sie ihm ins Ohr. Ihr Atem fühlte sich heiß an. »Das soll ne Art zarter Wink sein, verstehste?«

Er schwieg standhaft.

»Sing, verdammt noch mal!«

»Was soll ich singen?«

»Please adore me – lieb mich über alles!«

»Das geht nicht – ich kann nicht ...«

»Mein Gott, bist du immer bierernst, Copper!«

Sie ließ ihn los und stürzte sich aufs neue in den Kampf mit ihrem Kühlschrank.

»Zieh die Verdunkelung runter, und laß uns mal 'n bißchen Licht in der Bude machen.«

In der plötzlichen, blendenden Helligkeit stellte sie ihm ein großes Glas Bourbon auf den Tisch. Neben dem Glas lag eine Akte in grünem Pappdeckel. Tosca klopfte mit dem Zeigefinger darauf.

»Sieh zu, was du damit anstellen kannst. Morgen früh geht das Ding wieder zurück, sonst machen die Hackfleisch aus mir.«

Troy blätterte die Akte durch und nippte dabei an seinem Bourbon.

Sie stellte das Radio an. Leise rauschte Ambroses Orchester durch den Äther.

»Wo hast du die her?«

»Von derselben Quelle wie die hier.«

Eine zweite Akte – lederbrauner Pappdeckel, gelbes Kanzleipapier – flog über seine Schulter hinweg auf den Tisch. Er sah den Namen darauf und drehte sich zu Tosca um.

»Wer ist das?« fragte sie.

»Mein Vater.«

»Na, dann sieht's ganz so aus, als ob du mal 'n reicher Mann wirst – selbst wenn du nur 'n Bruchteil von dem erbst, was dein alter Herr zusammengetragen hat.«

»Das hab ich schon hinter mir. Er ist letzten November gestorben.«

»Tut mir leid. Die Akte ist also nicht auf dem neuesten Stand. Ich hab sie übrigens aus Zellys Safe. Es gab auch eine mit deinem Namen drauf. Aber die war leer.«

»Leer?«

»Leer. Ein nagelneuer Aktendeckel und nicht ein Stück Papier drin.«

Also hatte Mrs. Edge geblufft. Mit spitzen Fingern schlug er die grüne Akte auf.

»Wofür steht OHQ5?«

»Für unseren Stützpunkt Cockfosters. So 'n altes Herrenhaus auf dem Land, das die Tommys in unserem Auftrag requiriert haben.«

»Schön«, sagte er, »ich werd's mir morgen früh durchlesen«, und er klappte die Akte zu, während er mit der anderen Hand sein Whiskeyglas hob.

»Wie bitte? Hab ich mich da eben vielleicht verhört? Du willst dir diese Unterlagen nicht sofort zu Gemüte führen? Du kannst die Arbeit aufschieben? Du hast – Gott bewahre – andere Prioritäten?«

Troy schwieg. Sie stellte ihr Glas ab und näherte sich ihm auf Zehenspitzen, was sie immer noch rührend klein aussehen ließ. Sie nahm ihm das Glas aus der Hand, legte ihre Arme um seinen Hals und sah zu ihm hoch.

»Sieht ganz danach aus, als würdest du so langsam die Hausordnung kapieren.«

»Vielleicht solltest du sie drucken und an die Wand hängen. Wie in so ner Pension mit Meeresblick. Du weißt schon – Spucken verboten! Kein Damenbesuch nach zweiundzwanzig Uhr!«

»Kein Damenbesuch nach zweiundzwanzig Uhr! O Scheiße, was ist das bloß für ein verklemmtes Land!«

Sie gab ihm einen flüchtigen Kuß aufs Ohrläppchen.

»*Birds do it, bees do it, even* la-la-la-la …«

»*Educated fleas do it*«, soufflierte Troy.

»*Even educated fleas do it!*« Ihre Stimme erhob sich zu einem lauten Knurren. »Also – let's do it!!«

Sie stolperten seitwärts zum Bett, ließen sich darauf fallen. Sie küßte seine Augen, seine Ohren, seinen Hals und legte dann eine dramatische Pause ein, in der sie ihm mit einem Zeigefinger den Mund zuhielt.

»Weißt du«, sagte sie, »das ist das erste Mal, daß ich dich nicht ins Bett zerren mußte. Trotzdem – bevor hier so was aufkommt wie ungebührliche Hast – toller Ausdruck, wie? Ungebührliche Hast. Könnte direkt von Jane Austen sein! – hab ich für dich noch ne Überraschung auf Lager. Guck doch mal in den Eisschrank!«

»Was?«

»Na mach schon, guck in den Eisschrank!«

Troy fragte sich, was für eine Art Überraschung sie wohl parat haben mochte, schwang aber gehorsam die Beine über den Bettrand und tappte los. Der Kühlschrank war so gut wie leer; auf dem mittleren Regal stand ein cremefarbenes Glas mit Schraubverschluß. Er nahm es heraus und hielt es ins Licht. »Original J. P. Davidson's Mayonnaise«, stand auf dem Etikett, »hergestellt und abgefüllt in Baton Rouge, Louisiana. Zubereitet mit frischem Olivenöl und frischen Eiern. Nur echt mit J. P.'s Unterschrift.«

»Ich dachte, du könntest das Zeug nicht beschaffen.«

»Ich nicht – aber Zelly. Das hab ich auch in seinem Safe gefunden.«

»Ja, wird der denn nicht merken, daß ihm was von seinem kostbaren Aufstrich fehlt?«

»Ach was – da standen mindestens zwei Dutzend Gläser rum. Und wenn er die aufgefuttert hat, dann – dann gilt auch für ihn Marie Antoinettes weiser Spruch: Sollen sie doch Salatcreme essen!«

Troy setzte sich mit dem Rücken zu Tosca auf die Bettkante und schraubte den Deckel auf.

»Herrlich«, sagte er, während er die Nase ins Glas steckte. »Nur schade, daß wir nichts da haben, was wir damit bestreichen könnten.«

»Ich wüßte schon was«, sagte sie hinter ihm.

»Zum Beispiel?«

»Zum Beispiel ... mich!«

Er drehte sich um. Sie hatte die Bluse ausgezogen und hakte jetzt ihren BH auf, unter dem ein so prachtvoller Busen zum Vorschein kam, daß es jedem Betrachter die Sprache verschlagen konnte. Sie griff nach dem Mayonnaiseglas und stellte es auf ihren Bauch.

»Okay, Baby, dann leg mal los!«

53

Sie verschlief die ersten Strahlen der Morgensonne. Troy setzte sich im Bett auf. Die Akte verriet ihm, was er sich bereits gedacht hatte, und noch ein paar Dinge, auf die er nicht gekommen war. Sie listete Waynes Einsätze auf. Die meisten hatten ihn ins besetzte Frankreich geführt, aber es war auch ein Abstecher ins neutrale Schweden vermerkt und gleich mehrere in die Schweiz. Allein drei Reisen in die Gegend um

Lille. Treffen mit der Untergrundbewegung. Waynes Erklärung gegenüber dem OSS, daß seine Kontaktleute ein Treffen mit Brand organisieren würden – mit dem Mann, der sich am Ende als Arm im Maul eines Straßenköters materialisiert hatte, dem Mann, den Kolankiewicz Herr Manschettenknopf getauft hatte. Und auf der letzten Reise das mehrfach avisierte Treffen mit Brand und der Transport beider Männer nach England mit einer kleinen amerikanischen Militärmaschine, nach einer waghalsigen Nachtlandung auf einem französischen Acker. Allerdings gab die Akte keinerlei Auskunft darüber, warum die Amerikaner so großes Interesse an Brand zeigten. Aber Akten sollten wohl nur Fakten festhalten und keine Motive – eine Vorsichtsmaßnahme gegen potentielle Panzerschrankknacker wie etwa Tosca. Die Akte verzeichnete auch Waynes Kommentar, Brand habe sich bei der Einsatzbesprechung in Cockfosters als äußerst unkooperativ erwiesen. Direkt darunter folgte ein mit dem Kürzel B McK abgezeichneter, sehr skeptisch gehaltener Vermerk: »Haben wir überhaupt den Richtigen? Schon zweimal hintereinander. Muß ein Spitzel sein. Was denken sich die Franzosen eigentlich dabei?« Doch Troy wußte, daß Brand kein Spitzel gewesen war. Er hatte sich nur das genommen, was die Amerikaner ihm boten, und war dann am Morgen des 24. Februar aus Cockfosters verschwunden – auf Nimmerwiedersehen. In der Akte fand sich nichts über eine mögliche Verfolgung oder gar Gefangennahme. Aber derartige Informationen, dachte Troy, hätten hier ohnehin keinen Platz gehabt. Am 27. Februar wurde der Fall mit einem Stempel und einem dicken schwarzen Tintenklecks für abgeschlossen erklärt; diese Erklärung war mit dem Kürzel JW unterzeichnet.

Tosca begann, in dem Durcheinander von Decken und Laken herumzustrampeln, zog sich aber dann mit den Armen hoch wie eine Katze, die sich streckt. Sie gähnte und schnitt ihm eine Grimasse.

»Hm. Ja. Was? O Mann – klebrig wär die Untertreibung des Jahres. Meine Beine fühlen sich an wie aneinandergeschweißt, und was noch schlimmer ist« – sie lugte unter den Deckenhaufen –, »ich glaub, meine Titten sind zu einem Klumpen verschmolzen.«

»Als Kind hab ich oft Flugzeugmodelle aus dem Ersten Weltkrieg zusammengebaut. Und ich weiß noch, daß Mayonnaise einen prima Klebstoff abgegeben hat – jedenfalls für Balsaholz.«

»Das soll hoffentlich 'n Witz sein!«

Sie wankte aus dem Bett, griff nach einem Handtuch und öffnete die Tür. Auf der anderen Seite des Treppenabsatzes gab es ein Badezimmer. Troy setzte den Wasserkessel auf, zog Hemd und Hose an, ließ ihr Zeit, es sich gemütlich zu machen, und ging dann hinterher. Die grüne Akte nahm er mit. Tosca saß bis fast zum Hals im Schaum; das Dachfenster war so beschlagen, daß kein Frühlingssonnenstrahl hindurchdrang.

»Welche Wohltat«, sagte sie. »Ich hasse die Tage, an denen es kein Warmwasser gibt. Aber weißt du was? Ein echter Romantiker würde nicht auf dem Klo hocken bleiben, nein, der würde sich jetzt flugs entkleiden und mit in die Wanne steigen. Hast du schon Kaffeewasser aufgesetzt?«

Troy nickte. Sie schloß die Augen und seufzte wohlig.

»Über einen Mann namens von Ranke gab es nicht zufällig auch eine Akte?« fragte Troy. »So aus der Zeit um vergangenen April herum?«

»Nein. Nur ne Menge Mayonnaise, ne Menge Schokolade und 'n schwarzes Buch mit Telefonnummern und Frauennamen. Von der Schokolade hab ich auch ne Tafel mitgehen lassen – die, die wir um Mitternacht gefuttert haben, wenn du dich erinnerst. Und du triffst bei deiner Arbeit bestimmt so viele Huren, daß du Zellys Nachschlagewerk gar nicht brauchst, also hab ich's liegenlassen.«

Ihre Augen wurden für einen Moment ganz groß. »Glaubst du immer noch, daß Jimmy diesen Mann umgebracht hat?«

»Ja.«

»Und sind irgendwelche Beweise dafür in der Akte?«

»Nein. Was da drinsteht, verstärkt sicher die Indizien, wie man so schön sagt, aber das reicht nie und nimmer. Ich brauche einen Zeugen.«

»Tut mir leid, damit kann ich dir nicht dienen.«

»Was steckt eigentlich dahinter, wenn das OSS Wayne in ein neutrales Land schickt?«

»Ach, dafür kann es ne ganze Menge Gründe geben. Willst du auf irgendwas Bestimmtes raus?«

»Er war dieses Jahr schon in Schweden. Einmal. Und seit 1942 allein sechsmal in der Schweiz.«

»Wir haben jemanden in der Schweiz sitzen. Ist ja auch 'n prima Plätzchen, um die Krauts zu beobachten. Übrigens auch 'n prima Plätzchen, um Geschäfte mit den Krauts zu machen.«

»Geschäfte? Mit dem Feind?«

»Aber das gehört doch dazu. Wenn man keine Gelegenheit hat, mit ihnen zu reden, woher soll man dann wissen, wann sie bereit sind, das Handtuch zu werfen? Mit Schweden ist das was anderes. Da haben wir weit weniger Aktivitäten laufen, und die beschränken sich in der Regel darauf, Flüchtlinge rauszuholen. Aber wenn Jimmy dort höchstpersönlich aufkreuzt, dann muß es um jemand ganz Besonderen gehen. Der riskiert doch nicht seine Haut, bloß um irgendein Opfer des Faschismus zu retten. Nein, dieser Jemand müßte schon was haben, worauf er scharf ist. Übrigens gab's bei uns vor gar nicht so langer Zeit mal mächtig Aufregung wegen Schweden. Unsere Leute drüben hatten offenbar irgendwas Wichtiges zu fassen gekriegt – was, weiß ich allerdings nicht.«

»Irgend*was*? Meinst du nicht irgend*wen*?«

»Nein, da bin ich mir sicher. Es war zwar alles verschlüsselt, aber 'n bißchen was kann man sich immer zusammenreimen. Zelly hat wahnsinnig rumgeschimpft – ›Wo zum Teufel steckt Jimmy? Verschwindet ausgerechnet dann, wenn wir mal ins Gemenge kommen!‹«

»Ins Gemenge?«

»Genau.«

»Was soll das heißen?«

»Ich würd mal sagen, es ist ein ziemlich schillernder Begriff.«

Sie versank wieder im Schaum, drückte ihre Brüste zusammen, bis sich die weißen Seifenblasen in der Kuhle zu einem kleinen Berg aufgetürmt hatten, und pustete dann kräftig zu ihm hinüber. Der Schaum besprenkelte sein Gesicht und sein Hemd. Sie kicherte los, und da wußte er, daß die Audienz beendet war. Er machte Kaffee. Als er sich kurze Zeit später verabschiedete, fragte sie ihn nicht, wann er wiederkommen werde, aber für Troy signalisierte das Ausbleiben dieser Frage, daß sie die Antwort ohnehin kannte. Keine zehn Pferde oder vielmehr zehn Mörder würden ihn davon abhalten, am Abend zurückzukommen.

54

Troy ließ Diana Brack warten – vermutlich war sie es absolut nicht gewohnt, warten zu müssen. Gemäß seinen Anweisungen war sie in einen großen, zuvor fast leergeräumten Vernehmungsraum gebracht worden, wo sie sich jetzt bestimmt ganz einsam und verloren vorkam: allein mit einer Polizistin als Bewachung, die Anweisung erhalten hatte, sich nicht mit der Gefangenen zu unterhalten.

»Vermutlich wirst du mir jetzt erklären, das ist alles psychologische Zermürbungstaktik«, sagte Wildeve.

»Wenn du so willst, ja«, erwiderte Troy, ohne vom Schreibtisch hochzusehen.

Vier Stunden später, um die Mittagszeit, als der Papierberg vor ihm zusammengeschmolzen war und er davon ausgehen konnte, daß sie schon wie auf glühenden Kohlen saß, machte er sich auf den Weg zu ihr.

»Bitte hol mich in einer Stunde raus«, sagte er zu Wildeve.

»Was?«

»Hol mich aus dem Vernehmungsraum. Platz einfach rein. Denk dir irgendwas aus – einen Telefonanruf oder so.«

Als Troy eintrat, lief Diana Brack in dem Raum auf und ab. Offensichtlich hatte sie ihre Wut gut unter Kontrolle und nicht die leiseste Absicht, sich durch billige Polizeitricks kleinkriegen zu lassen. Sie sah sogar davon ab, sich bei dieser Gelegenheit über ihre Zelle oder den Tee oder den gräßlichen Fraß zu beschweren.

»Ich nehme an«, sagte sie, »Sie werden mir gleich erzählen, daß Sie gute Gründe für diese Maßnahme haben.«

Troy setzte sich an den einzigen Tisch, eine Sperrholzplatte auf Böcken, und deutete mit einer jovialen Geste auf den freien Stuhl gegenüber. Sie trat näher, nahm aber nicht Platz, sondern stellte sich dahinter. Die Nacht in der Zelle hatte ihr kaum zugesetzt: Sie sah immer noch frisch aus. Troy verbarg seine Enttäuschung hinter der routinemäßig ausdruckslosen Polizistenmiene. Nacheinander legte er eine Reihe von Akten auf den Tisch. Sie waren alle leer. Mrs. Edges Trick schien ihm einen Versuch wert.

»Und ich nehme an, Sie werden mir genau erklären, welches Gesetz Ihnen erlaubt, mich hierzubehalten.«

»Das Gesetz über Notstandsmaßnahmen (Verteidigung) aus dem Jahre 1939 samt nachfolgenden Zusatzbestimmungen«, sagte Troy. »Das Wort ›Verteidigung‹ steht dabei in Klammern. Aber wollen Sie sich nicht setzen, Lady Diana? Je eher Sie meine Fragen beantworten, desto eher kommen Sie hier auch wieder raus.«

Sie zögerte. Ihr Gesichtsausdruck verriet, daß sie ihm nicht glaubte. Doch dann setzte sie sich, zog ihren langen schwarzen Rock ein Stückchen höher, schlug die Beine übereinander und legte ihren Umhang über die Stuhllehne.

Troy begann mit der nervtötenden Abfolge von Fragen nach Uhrzeiten und Daten, Orten und Namen und stellte fest, daß ihre Erklärungen und Alibis plausibel klangen. Wenn sie sagte, sie sei am Abend des 24. Februar wegen einer Migräne früh zu Bett gegangen, dann war er geneigt, ihr zu glauben. Außerdem konnte er ihre Aussage mit der des Hausmädchens abgleichen, das – und wenn es seiner Herrschaft noch so treu ergeben war – schon nach wenigen Minuten Polizeiverhör nichts als die reine Wahrheit erzählen würde. In der Nacht von Millers Ermordung hatte er mit ihr und seinen Schwestern einen Spaziergang vom Strand zum Trafalgar Square gemacht und dort noch eine Weile im Nebel herumgestanden, während die drei Damen sich wortreich verabschiedeten. Dann hatte er selbst gesehen, wie Diana Brack – etwa zwanzig Minuten nach Waynes Verschwinden – ein Taxi anhielt, woran sie ihn unverblümt erinnerte. Aber ihre Antworten waren ihm genauso unwichtig wie seine Fragen. Wayne hatte bei seinen Morden bestimmt keine Augenzeugen brauchen können – und schon gar keine wie Diana Brack –, die sich durch die Erinnerung an das Grauen mittlerweile bestimmt selbst zerfleischt hätten. Er drang nicht weiter in sie. Wie abgesprochen, holte Wildeve ihn nach einer Stunde aus dem Raum. An der Tür blieb Troy noch einen Moment stehen und warf ihr mit einer halben Kopfdrehung die einzige Frage hin, die zählte.

»Wo ist Major Wayne?«

»Das wüßte ich auch gern«, erwiderte sie.

Und dann ließ Troy sie wieder allein, ließ sie weiter warten.

Am Nachmittag stellte Troy ihr immer wieder dieselben Fragen und versuchte sie damit allmählich an den Rand der Verzweiflung oder jedenfalls der Wut zu treiben. Aber es war ein langer Weg bis dorthin. Sie beantwortete seine Fragen in einem Ton, der genau wie ihre Mimik nichts als Langeweile ausdrückte. Troy wartete auf ein Reizwort wie »lästig« oder »ermüdend«, doch selbst diese kleine Genugtuung blieb ihm verwehrt. Und die geringfügigen Variationen in ihren Antworten trugen noch zu ihrer Glaubwürdigkeit bei, deuteten darauf hin, daß ihre Aussagen eben nicht einstudiert, ihre Angaben nicht erfunden waren. Als er sie um sechs Uhr abends in ihre Zelle zurückbrachte, hatte er ihr nur eine wichtige Frage gestellt und darauf keine Antwort erhalten.

»Wozu das Ganze?« fragte Wildeve.

»Sie weiß es.«

»Was denn?«

»Sie weiß, daß Wayne ein Killer ist. Sie verheimlicht ihr Wissen, aber sie lebt damit. Und das macht sie so hart. Härter als die allermeisten Menschen, mit denen ich es bisher zu tun hatte. Ich möchte, daß sie einknickt, wenn sie mir von Wayne erzählt – alles, was sie weiß.«

»Aber was soll sie denn erzählen? Du hast doch selbst gesagt, sie ist keine Zeugin.«

»Keine Tatzeugin – aber es geht ja auch um den Täter.«

Troy machte sich auf den Heimweg – zu Tosca.

55

Am späten Vormittag des zweiten Tages reagierte Diana Brack auf die immergleichen läppischen Fragen zum erstenmal mit einem Anflug von Ärger.

»Ich bin früh zu Bett gegangen, weil ich Migräne hatte; wie oft soll ich das eigentlich noch wiederholen?« fauchte sie.

Troy jubilierte innerlich. Endlich ein Riß im Eis. Er klopfte mit dem Bleistift auf die Tischkante. Stand auf, streckte sich, fuhr sich mit den Fingern durchs Haar: ein Mann, der allem Anschein nach nicht mehr recht weiterwußte.

»Also schön«, sagte er mit verdrossener Stimme. »Erzählen Sie mir vom Major.«

»Was soll ich Ihnen denn erzählen?«

Troy nahm wieder Platz, machte die Beine lang und gähnte ausgiebig, achtete aber auf jede Veränderung in ihrem Tonfall, in ihrem Atemrhythmus.

»Egal ... Erzählen Sie einfach ... Wie haben Sie sich kennengelernt?« fragte er langsam. »Ja. Das ist gut. Erzählen Sie mir, wie Sie sich kennengelernt haben.«

Einen Moment lang dachte Troy, sie würde den Köder nicht schlucken, aber dann seufzte sie und sah zur Decke hoch und fing an zu sprechen – ein bißchen atemlos und mit einem durchaus hörbaren Unterton der Erleichterung über den Themenwechsel.

»Ich kann mir beim besten Willen nicht vorstellen, wieso das für Sie von Interesse sein sollte, aber bittschön – wir haben uns in Bloomsbury kennengelernt, bei einer Diskussionsveranstaltung des Linken Buchclubs.«

»Verstehe. Also ich hätte den Major nicht für einen Intellektuellen gehalten.«

»Wie sollten Sie auch? Sie kennen ihn ja nicht. Und wenn Sie ihn kennen würden, dann wüßten Sie, daß diese Verdächtigungen absurd sind. Aber ich denke mir, Sie haben mit Edelmann gesprochen und wiederholen nun wortwörtlich seine Meinung. Nein, Jimmy ist kein Intellektueller. Na und? Er verfügt über eine Art von Intelligenz, die Edelmann niemals begreifen würde. Eine angeborene Intelligenz. Eine Wißbegier in allen möglichen Richtungen ... eine ... eine animalische Intelligenz, verstehen Sie, was ich meine?«

Troy verstand sehr wohl, was sie meinte. Animalische Intelligenz paßte genau zu dem Bild, das er sich von Major Wayne gemacht hatte.

»Unsere gemeinsamen Bekannten beschreiben Sie eigentlich unisono als einen Blaustrumpf. Und da will es mir nicht einleuchten, was eine Frau wie Sie an einem Mann wie ihm finden kann. Einem gewöhnlichen Soldaten.«

»Er ist ganz und gar kein gewöhnlicher Soldat – genauso wenig, wie Sie ein gewöhnlicher Polizist sind.«

»Und was ist ein gewöhnlicher ...?«

Eine innere Stimme riet ihm, diese Frage nicht zu stellen. Zu spät. Sie hätte in jedem Fall darauf geantwortet.

»Was ein gewöhnlicher Polizist ist? Ein Mann, der Stiefel Größe zehn und eine Melone trägt, der seine Anzüge von der Stange kauft und sich einen Zelluloidstreifen in den Hemdkragen schiebt. Ihre Schuhe aber kommen aus der Jermyn Street – für ein solches Paar müßte ein Bobby ein ganzes Monatsgehalt hinblättern. Ihr Maßanzug stammt von einem Herrenausstatter in der Savile Row, bei dem Ihr Vater vermutlich ein Kundenkonto eröffnet hat, sobald Sie alt genug waren, um lange Hosen zu tragen. Ihre Hemden sind eine Spezialanfertigung aus der St. James's Street oder Umgebung, und wenn Sie so konventionell wären, einen Hut zu tragen, dann würden Sie ihn sich in der Cork Street kaufen. All das trennt Sie vom Durchschnitts-Copper, wie Sie sehr wohl wissen.«

Es überraschte Troy, daß sie ihn sich so genau angesehen hatte. Er setzte eine gelangweilte Miene auf.

»Auf seine Art hebt sich Jimmy genauso vom Durchschnitt ab wie Sie.«

Sie unterbrach sich, als wäre sie unsicher, wie weit sie gehen konnte.

»Versuchen Sie doch einmal, sich in meine Lage zu versetzen. Ich habe einen Großteil meines Lebens in der Gesellschaft von Menschen verbracht, die nicht denken und die auch mir das Denken abgewöhnen wollten. Ich komme aus einer Schicht, die statt Denken das Hinnehmen von Ansichten kultiviert. Können Sie sich meine Kindheit vorstellen? Ich bin von einem der unbesungenen Tyrannen Englands erzogen worden. Von einem Mann, bei dem ab einem gewissen Zeitpunkt – damals war ich zwölf – die ganze Lebensenergie in die Verbitterung darüber umschlug, daß man ihm die Chance vorenthalten hatte, seine Versprechen einzulösen. Daß das Schicksal oder, schlimmer noch, die eigene Partei, sich gegen ihn verschworen hatte, um ihn mit unsauberen Methoden aus der Führung hinauszudrängen. Ich als sein erstgeborenes Kind habe ihm die schwere Kränkung zugefügt, nicht männlichen Geschlechts zu sein, und mich dann auch noch zusätzlich an ihm versündigt, indem ich mich als das lästige Kind oder vielmehr junge Mädchen erwies, das ständig Fragen stellte. Seine Reaktion bestand aus Züchtigungen. Er hat nicht nur mich gezüchtigt, sondern auch meine Brüder. Wir taten, was er verlangte, sonst gab's Prügel. Wir dachten, was er dachte, sonst gab's Prügel. Ist es da ein Wunder, daß meine beiden Brüder Säufer und Lebemänner geworden sind? Ich bin für meinen Vater ein stetes Ärgernis gewesen. Meine Brüder eine ständige Blamage. Allerdings kommt er mit Blamagen noch eher klar. Er zahlt ihre Geldstrafen, er zahlt die Mütter ihrer Bastarde aus, er zahlt hin und wieder den Aufenthalt in einer Entziehungsklinik. Mit Fragen dagegen konnte er noch nie gut umgehen. Mein Vater wollte mich nicht auf die Universität schicken. Das gehörte sich einfach nicht für Frauen. Wenn er gewußt hätte, wie es in Oxford zwischen den Kriegen so zuging, dann hätte er sich wohl kaum diese Sorgen gemacht. Es war, als wäre man in einem recht schicken und reichlich albernen Club. Hätte er Evelyn Waugh gelesen, dann hätte er das natürlich gewußt, aber Literatur gehört nun mal nicht zu seinen Steckenpferden. Als ich 1931 nach Oxford kam, hatte er, glaube ich, nur noch eine Hoffnung: daß ich standesgemäß heiraten und aus seiner Obhut entlassen würde – aber selbst die hab ich ihm zerschlagen.«

Troy wußte auch, wie. Wildeve hatte ihn mit reichlich Klatsch eingedeckt – ihre nie publik, aber doch sattsam bekannt gewordene Affaire mit H.G.Wells, einem Mann, der alt genug war, um ihr Großvater zu sein, mußte Fermanagh zur Verzweiflung getrieben haben. Verglichen mit Wells wäre so mancher halbseidene Salonlöwe das kleinere Übel gewesen.

»Ich habe Herausforderungen gesucht«, sagte sie.

»Sie wollen mir doch nicht erzählen, Sie hätten neben Ihrer Familie und Ihrer Klasse auch deren Lebensstil abgelehnt?«

»Nein. Und ich werde auch keine Stellung zu Klatschgeschichten nehmen. Ich habe nie großes Interesse an gesellschaftlichem Verkehr gehabt. Aber ich lebe nun mal nicht auf einer einsamen Insel. Sagen wir einfach, ab und an amüsiert es mich, das Spiel mitzuspielen. Immerhin ist der Druck zum Mitmachen so groß, daß es einen spürbar entlastet, wenn man ihm von Zeit zu Zeit nachgibt. Und ich fand es eigentlich nie schwierig, die Tafelrunde mit der politischen Runde zu verbinden. Die Behauptung, das eine wäre mit dem anderen unvereinbar, überrascht mich immer wieder. Wer's in der Politik gern grobschlächtig hat, der mag meinetwegen zu Formulierungen greifen wie ›Es zahlt sich immer aus, den Feind zu kennen‹ oder ›Man sollte wissen, wie die andere Hälfte lebt‹ – ich weiß, wie die andere Hälfte lebt. Ich bin die andere Hälfte. Ich kann in ihre Welt zurückkehren und tue es auch. Aber darum geht es nicht, es geht um diese Welt. Vielleicht mache ich mich in Ihren Augen lächerlich, wenn ich versuche, das zu erklären, aber bittschön: Ich glaube nicht, daß wir beide uns bislang in denselben Kreisen bewegt haben. Wenn dem so wäre, würden Sie mich sicher besser verstehen. Der Linke Buchclub, die Fabier, die Kommunisten – das sind alles Chancen zur Begegnung mit Menschen, die denken. Leider wimmelt London ja von solchen, die es nicht tun.«

Sie unterbrach sich, suchte wohl nach dem entscheidenden Argument.

»Sagen Sie, haben Sie je Sydney Webb kennengelernt?«

Troy hatte am Tisch seines Vaters so viele Menschen kennengelernt. Natürlich auch die Webbs.

»Er hat einen scharfen Verstand und die Energie eines wesentlich jüngeren Mannes. Aber mit Sydney zu diskutieren ist ein bißchen so, als würde man den Zustand der städtischen Kanalisation mit dem Ingenieur der Baubehörde diskutieren. Und von der Sorte gibt's so viele. Gesellschaftsplaner, für die Ideen Abenteuer sind, aus denen aber nie wirkliche Abenteuer werden. Das ist alles derart massiv konstruiert, daß es einen erdrückt. Ich hatte dem Sozialismus zehn Jahre meines Lebens gegeben, und ich spielte mit dem Gedanken, nein, ich stand kurz davor aufzugeben – nicht den Glauben, aber die Organisation. Dann traf ich Jimmy. Jimmy hat alles, was die Fabier nicht haben. Als er in unseren Versammlungsraum in Bloomsbury kam, da war ich ... wie elektrisiert. Er bewegte sich völlig anders als die anderen. Er demonstrierte eine Überzeugungskraft, die ganz unaufgeregt war, und er hörte mit derselben Beherrschung zu, mit der er auch redete. Es war wirklich eine neue Erfahrung. Das eigentlich Schlimme an der englischen Linken ist doch, daß sie schon seit so langer Zeit Empörung und unmittelbaren Veränderungswillen mit Effizienz und Überzeugungsarbeit verwechselt. Was hab ich nicht schon an Streitigkeiten um die richtige Linie erlebt. Und ich hatte das alles schon so satt, als ... als plötzlich ein Mann erschien, der, verdammt noch mal, lebendig war! Edelmann hat nur in einem sehr beschränkten Sinne recht. Jimmy aber ist intelligent, er hat die Gabe, mit wenigen einfachen Bewegungen, mit wenigen Fragen zum Kern einer Sache vorzudringen. Er hat eine neue Sichtweise in die Gruppe eingebracht, eine neue Art zu ... ich ... ich ...«

Sie brach ab und warf Troy einen halb wütenden, halb verzweifelten Blick zu.

»O Gott, Sie haben wohl nicht die leiseste Ahnung, wovon ich spreche?«

Troy meinte, sogar ziemlich genau zu wissen, wovon sie sprach, hielt es aber für taktisch klüger, sich nicht allzu verständnisvoll zu geben. In Wayne hatte sie einen Mann gefunden, der frischen Wind in die Mottenkiste der rührigen alten Sozialisten brachte. Es wurde auch Zeit: Für Troy waren sie von jeher nur ein läppischer Schnarchverein gewesen. Er verstand also nicht nur, was sie sagte, er stimmte ihr sogar zu – abgesehen davon, daß sie auf die Fassade hereingefallen war, die ein Mann errichtet hatte, in dem Troy einen meisterhaften Scharlatan sah.

»Was muß ein Mann haben, daß Sie für ihn lügen?«

»Wie soll ich das verstehen?«

»Sie haben das Foto an sich genommen. Und Sie haben Wayne versteckt, als ich im März bei Ihnen zu Hause vorbeikam. Was hat er Ihnen gesagt?«

»Nichts. Er wollte das Foto, und er wollte Sie nicht sehen. So einfach ist das.«

»Und Sie haben nicht nachgefragt?«

»Nein. Dazu hatte ich keine Veranlassung.«

»Sie haben Ihr Leben damit verbracht, Fragen zu stellen, aber Sie haben Wayne nicht einmal gefragt, wieso er der Polizei aus dem Weg geht?«

Es war reiner Trotz, daß sie ihm nicht antwortete, seinen Blick aber standhaft erwiderte. Doch die Ruhe war weg, die Selbstsicherheit angeknackst.

»Er hat drei Menschen umgebracht, wahrscheinlich sogar vier. Lady Diana, Sie sind bei weitem zu klug, um sich selbst derartig in die Tasche zu lügen.«

Ihr Gesicht rötete sich. Gleich wird sie in Tränen ausbrechen, dachte Troy.

»Wo ist er?«

»Ich weiß nicht«, sagte sie zum x-tenmal, aber diesmal war die Zermürbung durch die ganze Wiederholung und Verstellung zu spüren. Diana Bracks Stimme klang schwach; ihren Worten fehlte es an Überzeugungskraft: Troy wußte, daß sie log.

Am nächsten Morgen ließ er sie um halb sieben aus dem Bett holen; sie schien froh, ihn zu sehen. Welche Gedanken sie auch immer in dieser schlaflosen Nacht gepeinigt hatten – jede Unterhaltung mit Troy mußte dagegen die reinste Erholung bedeuten. Er vermutete, daß die bloße Erwähnung ihres Vaters eine Schleuse geöffnet hatte. Sie redete und redete und redete. Immer dasselbe alte Lied: Verstehen Sie meine Lage, versetzen Sie sich in meine Lage. Wenn ihm das gelänge, wenn er Wayne durch ihre Augen sehen könnte, dann würde er diese unsinnigen Nachstellungen aufgeben.

Troy ließ ihre Lebensgeschichte über sich ergehen, ihre Geschichte der britischen Radikalenbewegung aus der Sicht einer interessierten Mitläuferin. Wieder legte er die Akten vor sich auf den Tisch, aber diesmal waren sie nicht leer.

Sie kam von sich aus auf das zurück, was sie gestern noch als Klatsch abgetan hatte, und fing an, den abwesenden Major mit H. G. Wells zu vergleichen, von der Denkweise bis zur Ausstrahlung. Troy warf ein, daß Wells die Gesellschaft zwar mit vielfältigen Methoden provoziert habe, aber sicherlich nicht mit Mord. Doch dann kam sie von Wells' Schwächen auf die ihres Vaters zu sprechen – und nun sprang sie auf den verschiedensten Ebenen zwischen allen drei Männern hin und her, so daß es Troy schwerfiel, ihr zu folgen. Zeitweilig hatte er das Gefühl, Wayne und Fermanagh und Wells würden nur unterschiedliche Seiten eines einzigen Mannes verkörpern – eines von ihr selbst erschaffenen prometheischen Wesens.

Während sie sich gerade wieder einmal über ihren Vater ausließ, klappte Troy eine der Akten auf und schob ein Foto von Brands zertrümmertem Schädel zu ihr hinüber. Sie unterbrach sich.

»Was ist das?«

Troy antwortete nicht, nahm aber auch von Rankes Foto aus der Akte.

»Warum zeigen Sie mir das?«

Troy sah sie an. Sie schaute die Fotos an.

»Sind das die Männer, die Jimmy umgebracht haben soll?«

Troy nickte. »Wissen Sie eigentlich«, sagte er, »daß die beiden Männer auf dem Foto abgebildet waren, das Sie mitgenommen haben?«

»Nein, nein, da war doch Wolinski drauf.«

»Und Brand und von Ranke – und ich rechne damit, daß eines Tages auch noch Wolinskis Leiche auftaucht. Oder vielleicht können Sie mir ja sagen, wie der Major sie beseitigt hat?«

Das Blut war aus ihrem Gesicht gewichen. Ungläubig starrte sie die Fotos an, dann irrten ihre Augen zu Troy hinüber.

»So was könnte Jimmy nie tun. So was könnte Jimmy niemandem antun.«

Troy legte ihr das Foto von Detective Sergeant Miller vor, wenige Minuten nach seinem Tod aufgenommen – ein besonders gräßliches Bild. Sie schnappte nach Luft. Ein, zwei Minuten lang schien ihr die Stimme wegzubleiben. Sie hielt den Kopf gesenkt, die Augen auf das Bild fixiert. Als sie dann zu ihm hochsah und sich das Haar aus der Stirn strich, da meinte er, Tränen in ihren Augenwinkeln zu sehen.

»Nein«, flüsterte sie, »das hat er nicht getan.«

»Er hat allen drei Männern ins Gesicht geschossen. Ich glaube, das ist eine speziell amerikanische Technik. Ein Ritual der Unterwelt. Auf Sergeant Miller wurden drei Schüsse aus kürzester Entfernung abgegeben. Einer in den Mund, einer in die Wange, und die tödliche Kugel riß ihm den Hinterkopf weg. Ich selber hab sein Gehirn vom Autorücksitz abgekratzt.« Troy knallte seinen Zeigefinger nacheinander auf jedes Einschußloch. Ihr Mund öffnete sich zu einem

Schrei, aber er blieb stumm, und sie hielt sich schnell die Hand davor, während sie nach Worten rang.

»Das hat er nicht getan! So was hätte er nicht fertiggebracht!«

Troy erhob sich und begann, seine Akten einzusammeln. Das Foto von Miller ließ er vor ihr auf dem Tisch liegen.

»Ich glaube, Sie wissen verdammt genau, daß er's getan hat. Ich glaube, daß der Mann, den Sie mir nun zwei Tage lang als bewundernswert und aufregend anders beschrieben haben, für Sie genau deshalb so anders ist, weil er dazu imstande ist.«

Sie holte ein paarmal tief Luft; dann klang sie wieder einigermaßen gefaßt.

»Was soll das heißen? Ich weiß nicht, wovon Sie reden.«

»Ich lasse Sie jetzt mit dem toten Sergeant Miller allein, damit Sie darüber in Ruhe nachdenken können.«

Als er an der Tür angelangt war, hatte sie wieder genug Kraft, um zu rufen: »Ich weiß, daß er das nicht getan hat! So glauben Sie mir doch! Bitte, Troy!«

Nach dem Mittagessen wurde Diana Brack noch einmal in den Vernehmungsraum geführt. Troy hatte kein Licht angemacht. Er stand am anderen Ende des Raums, vor dem Südfenster, dessen Rolladen heruntergelassen war. Die Tür schloß sich hinter Diana Brack. Ein, zwei Minuten lang blieb sie still stehen, doch als Troy sich nicht von der Stelle rührte, ja sich nicht einmal zu ihr umdrehte, ging sie wie automatisch los, auf ihn zu. Er zählte ihre Schritte, und als sie nahe genug war, hakte er die eiserne Zugstange aus, die den Rollladen hielt, und ließ sie mit einem Ruck los, so daß sie wie ein Pendel gegen den Holzrahmen knallte. Er klappte eine Lamelle hoch, und Sonnenlicht drang in den Raum. Er klappte eine zweite hoch, doch bevor er sich zu Diana Brack umdrehen konnte, fing sie schon an zu kreischen. Und es klang, als könne nichts auf der Welt sie zum Verstummen bringen.

Der schmale Sonnenstrahl wurde zu einem breiten Lichtband, das direkt auf die blutverkrusteten Einschußlöcher in Gesicht und Schädeldecke der Leiche auf dem Rolltisch am Fenster fiel. Diana Brack schlug sich die Hände vor den Mund, während sie weiterschrie, aber ihr Blick hing an Millers Gesicht, und sie versuchte nicht einmal, ihre Augen zu bedecken, bis ihre Beine nachgaben und sie zu einem Häufchen Elend zusammensackte.

Minuten vergingen. Aus dem Schreien wurde Wimmern. Immer wieder hörte er zwischen halb ersticktem Geschluchze ein »Nein«. Troy rührte sich nicht von der Stelle, stand da wie eingerahmt von dem Fenster, durch das die helle Mittagssonne hereinströmte. Sein Schatten fiel über ihr Gesicht. Dann öffnete sich die Tür, und Onions stand auf der Schwelle. Er drehte den Kopf zu dem Constable, der dicht hinter ihm stand, und sagte mit gedämpfter Stimme: »Schaffen Sie das hier raus, und holen Sie eine Kollegin.«

Onions trat, beide Hände in den Taschen, beiseite, als der Rolltisch hinausgeschoben wurde. Dann blickte er Diana Brack an, ohne eine Miene zu verziehen, ging mit langsamen Schritten zu Troy hinüber, stellte sich neben ihn vors Fenster und schaute hinaus wie ein Hobbygärtner, der in aller Ruhe durch die Balkontür seine Rosen betrachtet.

»Ich kann nur hoffen, daß es sich gelohnt hat«, sagte er leise, ohne den Blick von der sonnenbeschienenen Themse abzuwenden. »Kriegen Sie denn was aus ihr raus?«

»Lügen«, erwiderte Troy. »Nichts als Lügen.«

Diana Bracks Schluchzen übertönte fast ihr Gespräch.

»Sie haben nicht mehr viel Zeit. Ihr Vater wartet draußen – mit Anwalt. Extra aus Irland eingeflogen«, erklärte Onions in nüchternem Ton.

»Damit hab ich gerechnet. Können Sie ihn noch eine Weile hinhalten?«

»Ich hab ihn schon fast eine Stunde lang hingehalten.«

»Will er mit ihr sprechen?«

»Nein. Er will mit Ihnen sprechen.«

»Dann sollte ich wohl zu ihm gehen.«

Beide Männer wandten sich vom Fenster ab und gingen zur Tür. Keiner warf einen Blick auf das Kleiderhäufchen am Boden, das Diana Brack war, aber beide machten automatisch einen großen Bogen um sie wie um einen aufdringlichen Bettler. Als sie den Raum verließen, kam eine Polizeibeamtin herein. Sie sah Diana Brack an, drehte sich auf dem Absatz um und fragte Troy: »Was soll ich mit ihr machen?«

»Sie machen gar nichts«, erwiderte er. »Und vor allen Dingen sprechen Sie nicht mit ihr.«

Onions ging voraus. Troy beschleunigte seine Schritte, um ihn einzuholen. Es war Teil seines Plans, Diana Brack damit allein zu lassen; durchaus möglich, daß Onions' Intervention zum richtigen Zeitpunkt erfolgt war.

Der Marquis von Fermanagh wartete in einem kleinen Besucherraum. Er stand leicht gebeugt vorm Fenster und sah hinaus, aber bei ihrem Eintreten drehte er sich langsam um und richtete sich zu voller Höhe auf. Mit seinen zwei Metern war er genauso groß wie Bonham, aber höchstens halb so schwer – ein Skelett von einem Mann, mit einer scharfen, spitzen Nase und vollem, glänzendem, aus der Stirn gekämmtem Haar. Troy schätzte ihn auf Mitte Siebzig. Er hatte dieselben tiefgrünen Augen wie seine Tochter, aber seine Lippen waren schmal, wirkten wie aufgemalt auf dieses ausgemergelte Gesicht. Troy mußte bei seinem Anblick sofort an den Schauspieler Ernest Thesiger denken, der das verrückte Genie in *Frankensteins Braut* gespielt hatte. Er fand ihn impulsiv abstoßend – als würde dieser Mann etwas

Giftiges absondern: aber nicht als Horrorfilmfigur, sondern als Politiker, als Machtmensch. Und das machte ihm bewußt, daß er den Mann nur durch die Augen seiner Tochter zu sehen vermochte oder vielleicht sogar nur als ein Gespenst, das seit drei Tagen gemeinsam mit Wayne im Dunstkreis von Diana Brack herumschwebte.

Als Fermanaghs Anwalt den Versuch unternahm, die Parteien einander vorzustellen, schnitt ihm sein Mandant sofort das Wort ab, indem er mit dem Silberknauf seines Spazierstocks auf den Tisch klopfte.

»Schon gut! Schon gut! Halten Sie den Mund, Pumphret! Der Sergeant weiß sehr wohl, wer ich bin! Und ich will nur wissen, was er zu sagen hat!«

Onions nahm die Pose eines neutralen Beobachters ein. Er hockte sich auf die Heizung und heuchelte Gleichgültigkeit. Fermanagh setzte sich an den Tisch, Troy nahm ihm gegenüber Platz, und der Anwalt ruckelte nervös an der Lehne des letzten freien Stuhls, unschlüssig, ob er ihn nehmen oder stehenbleiben sollte. Ein Nicken von Fermanagh gab ihm die Erlaubnis, und da wußte Troy, daß dies kein Dreiergespräch werden würde, sondern ein Zwiegespräch. Mr. Pumphret war mitgebracht worden, um die Aktentasche und die Melone vorzuführen und dem Ganzen einen Anstrich von Rechtmäßigkeit zu verleihen, aber verhandeln würde Fermanagh selbst, wenn er denn überhaupt zum Verhandeln gekommen war – Männer wie Fermanagh waren ja wohl eher ans Befehlen gewöhnt.

Troy sagte sein Sprüchlein auf: »Ich halte Ihre Tochter gemäß polizeilicher Vollmachten unter Berufung auf die gesetzlichen Notstandsmaßnahmen fest. Ich ermittle in einem Fall, der die Aktivitäten feindlicher Ausländer betrifft. Ich habe Grund zu der Annahme, daß Lady Diana über diesbezügliche Informationen verfügt. Und sie wird auch weiterhin festgehalten – es sei denn, Sie haben eine Verfügung erwirkt, der zufolge Ihre Tochter einem Haftrichter vorgeführt werden muß.«

Er machte eine Pause, lange genug, um dem Anwalt Gelegenheit zu einer Stellungnahme und dem Marquis Gelegenheit zu einem Wutausbruch zu geben, aber keiner der beiden sagte auch nur einen Ton.

»Dann darf ich davon ausgehen, daß Sie diese Verfügung nicht vorlegen können?«

»Scheiß auf die Verfügung!« polterte Fermanagh los. »Ich will Fakten! Wenn Sie meine Tochter hierhergeschleift haben, dann müssen Sie ja wohl irgendwelche Beweise für Ihre Behauptungen haben.«

Troy spürte, wie Onions ihn über den Kopf des Marquis hinweg ansah. Fermanaghs Ton war für ihn nicht leicht zu deuten – einen Moment lang klang es fast, als wäre es ihm recht, wenn Troy einen Fall hatte. Warum schrie er nicht einfach Zeter und Mordio, warum ließ er kein Donnerwetter los? Seit wann interessierten sich Leute wie Fermanagh für Fakten, wenn sie doch im vollen Bewußtsein ihrer Macht auf den Putz hauen konnten?

»Lady Diana wurde dabei beobachtet, wie sie das Haus eines Mannes verließ, der in den Fall verwickelt und verschwunden ist – höchstwahrscheinlich wurde dieser Mann ermordet. Ihre Tochter betrat seine Wohnung, nachdem er als vermißt gemeldet worden war, und nahm eine Fotografie an sich, auf der dieser Mann sowie zwei ebenfalls in den Fall verwickelte feindliche Ausländer abgebildet sind.«

»Und dafür haben Sie einen Zeugen?«

»Ja.«

»Der meine Tochter eindeutig identifizieren kann?«

»Ja.«

»Und wer ist das?«

Troy hatte nicht die Absicht, ihm preiszugeben, daß er selbst dieser Zeuge war.

»Das kann ich Ihnen nicht sagen.«

»Und diese Person hat meine Tochter in der Wohnung des Vermißten gesehen?«

Troy hatte Diana Brack nicht sehen müssen – er hatte sie ja gerochen. Doch solche Feinheiten wären an Fermanagh verschwendet gewesen.

»Ja«, log er.

»Aber dieser Vermißte – Ihr dritter Mann – ist kein feindlicher Ausländer?«

Bislang hatte Fermanagh sich gut gehalten, hatte es geschafft, mit zwei knappen Fragen die Schwächen in Troys Beweisführung hervorzuheben. Onions würde ihn sicherlich unterstützen, wenn er sich weigerte, seine eigene Rolle in dem Fall preiszugeben, aber eine glatte Lüge würde er gewiß nicht decken.

»Nein«, räumte Troy ein. »Der dritte Mann nicht.«

»Aber ein Ausländer?«

»Ja.«

»Bitte antworten Sie so präzise wie irgend möglich, Sergeant.«

»Ein Pole.«

»Aha. Das wäre dann also ein Alliierter?«

Troy schwieg. Fermanagh nickte und raunte ein paarmal »aha«, so als würde er alles bisher Gesagte sorgfältig abwägen. Pumphret beäugte derweil seine Melone.

»Das ist ziemlich dünn. Das ist sogar verdammt dünn, oder was meinen Sie, Pumphret?«

Pumphret meinte gar nichts.

»Feindliche Ausländer. Faule Geschäfte. Schmutzige Geschäfte. Fünfte Kolonne. Nazis mitten unter uns.«

Fermanagh schien laut vor sich hin zu denken. Troy erinnerte sich an einen Zeitungsartikel aus den dreißiger Jahren und natürlich aus dem Hause seines Vaters, dem zufolge Fermanagh Mitglied einer Gruppe von einflußreichen britischen Konservativen gewesen war, die Gespräche mit Hitler gefordert und Chamberlains »Frieden für unsere Zeit« als »eine angemessene Vereinbarung mit unseren natürlichen Verbündeten« bewertet hatten statt als die offensichtliche Verschleppungstaktik, die es war. Aber davon wollte er sein Denken jetzt nicht beeinflussen lassen. Patriotismus war eine letzte »saubere« Ausflucht für Gauner wie Fermanagh. Troy wußte genau, worauf seine Argumentation hinauslaufen würde.

»Aber es gibt keine direkte Verbindung zwischen meiner Tochter und diesen Leuten?«

Troy starrte ihn an, fest entschlossen, diese Frage nicht zu beantworten, sofern er nicht dazu gezwungen wurde.

»Und ohne eine solche Verbindung ... gibt es auch keine Anklage ... keine Haftgrundlage nach Paragraph 18 b ...«

Paragraph 18 b, der Inhaftierung ohne Gerichtsverfahren erlaubte, war angewandt worden, um Hunderte von Ausländern und Dutzende von verdächtigen Briten, Faschisten wie Mosley, zu internieren, und Troy wollte sich keineswegs auf ihn berufen, was Fermanagh wohl ahnte. Pumphret mochte wie ein Idiot aussehen, aber er hatte seinen Mandanten gut instruiert.

»Sie werden ...«, der Marquis kam zum entscheidenden Punkt, »Sie werden sie freilassen müssen.«

Troy wartete, solange er konnte, hoffte, daß Fermanagh die Gesprächspause ausfüllen würde. Und das tat er auch – allerdings nicht, weil ihn der starre Blick und das beharrliche Schweigen von Troy störten, sondern aus schierer Überheblichkeit: Lächelnd und dabei seine fleckigen Wolfszähne bleckend, schob er ein höchst überflüssiges »Früher oder später« nach.

»Genau«, erwiderte Troy blitzschnell. »Später. Wenn *Sie* Ihre Verfügung haben.« Und das Kartenhaus, das Fermanagh so sorgfältig aufgebaut hatte, war in sich zusammengefallen, bevor er sein Lächeln abstellen konnte.

Troy sah Fermanagh deutlich an, daß der keineswegs die Absicht hatte, diese Verfügung zu beantragen. Jetzt begann er, den Mann zu verstehen und das Spiel, das er spielte. Fermanagh war nicht gekommen, um seiner Tochter beizustehen, sondern um den Familiennamen unbefleckt zu halten. Wie es ihr ging, interessierte ihn offenbar einen Dreck. Jeder halbwegs normale Vater hätte sich vor diesem Katz-und-Maus-Spiel erst einmal nach ihrem Befinden erkundigt, aber wie dieses »Früher oder später« bewies, fand der Alte es wahrscheinlich gar nicht mal so übel, wenn seine widerspenstige Tochter, die er vor zehn Jahren fast enterbt hätte, mal ein paar Tage im Kittchen verbrachte. Troy wußte, daß er nicht genug in der Hand hatte, um Diana Brack festzuhalten, daß Fermanagh mitsamt seiner Tochter aus Scotland Yard hinausmarschieren konnte, daß er nur mit dem kleinen Finger zu winken brauchte, um die entsprechende Verfügung zu erwirken. Aber er wußte auch, daß Fermanagh nicht darauf eingestellt war, die Sache vor Gericht auszutragen. Er hatte darauf gesetzt, Troy mit der Macht seiner Klasse und seines Titels so weit einschüchtern zu können, daß der den Bluff nicht durchschaute. Und er hatte verloren. Troy erhob sich. »Wenn Sie mich jetzt entschuldigen, Sir«, sagte er zu Onions; dann verließ er den Raum. Noch auf dem Korridor draußen konnte er Fermanagh seinen Namen bellen hören.

Troy löste die Polizistin ab, nahm einen Stuhl und setzte sich ein paar Meter von Diana Brack entfernt hin. Sie nahm seine Anwesenheit zur Kenntnis, indem sie einmal hochsah. Die Wimperntusche lief ihr in schwarzen Bächen über die

Wangen. Ihr Schluchzen war viel leiser als vorher, aber noch immer deutlich vernehmbar, und während er auf den richtigen Moment wartete, um weiterzumachen, schien es sich langsam zu verstärken, bis es den ganzen Raum erfüllte.

Es war ein Laut, der von bodenlosem Schmerz kündete und vielleicht fünf Minuten lang anhielt. Dann sah sie wieder hoch.

»*Das* hat er nicht getan«, flüsterte sie. »*Das* hätte er nie tun können.«

Troy erwiderte ihren Blick, ohne mit der Wimper zu zucken. »O doch«, sagte er im selben Flüsterton. »Und Sie und ich sind die einzigen lebenden Menschen, die das wissen. Die einzigen, die ihn so kennen, wie er wirklich ist.«

Ihre grünen Augen blitzten auf. Aber dann neigte sie den Kopf und begann wieder mit ihrem langsamen rhythmischen Schluchzen, bis Onions den Kopf durch die Tür steckte und Troy nach draußen rief.

Troy zog die Tür leise hinter sich zu. »Was sagt Fermanagh?«

»Eine Menge Blödsinn: daß er den Rechtsweg respektiert, und dazwischen immer wieder mal, daß er ein guter Bekannter des Premierministers ist …«

»Churchill würde keinen Finger für Fermanagh krumm machen.«

»… sowie des halben Kabinetts, ganz zu schweigen von unserem Polizeipräsidenten – ›aber Gesetz ist Gesetz – ohne Abstriche!‹ Er faselt ziemlich viel von ›einerseits, andererseits‹. Ich glaube, er würde Sie liebend gern erwürgen, aber noch lieber wär's ihm, wenn ich das für ihn erledigen würde. Er macht furchtbar viele Andeutungen, ohne irgend etwas auszusprechen.«

»Glauben Sie, daß er den Polizeipräsidenten anrufen wird?«

»Nein, das sicher nicht. Aber ...« Onions unterbrach sich. »Ich werde sie laufenlassen müssen.«

»Das kann ich noch nicht ...«

»Sie haben mich nicht richtig verstanden, Sergeant. Ich werde sie laufenlassen.«

»Aber Stan, das wäre wirklich voreilig. Fermanagh blufft doch nur. Er wird noch nicht mal diese Verfügung beantragen, weil es schon reicht, wenn er ein Höllenspektakel veranstaltet und dabei auf seinen Namen verweist; dann kann er nämlich mit ihr rausmarschieren, Verfügung hin oder her, und das weiß er auch ganz genau. Und in Wahrheit will er sie nicht mal sehen. Er genießt es, über den Kopf seines Anwalts hinweg juristische Finessen mit mir durchzuhecheln. Aber diese Verfügung wird er nicht mal beantragen.«

»Und wieso nicht?«

»Weil er verdammt genau weiß, daß ich nur zum Telefonhörer greifen muß, damit in mindestens einer Zeitung meines Vaters ein mehrteiliger Bericht darüber erscheint, daß die Tochter des alten Fermanagh aufgrund der Notstandsmaßnahmen festgehalten worden ist, mit allem, was das bedeutet, ohne daß er oder sein Team von Rechtsverdrehern auch nur irgend etwas dagegen unternehmen könnte. Er kam hierher in der Hoffnung, wir würden bei der ersten Angriffswelle einknicken, beim ersten Wedeln mit Titel und Ruf. Wahrscheinlich hat das sein Leben lang so funktioniert – ich könnte mir jedenfalls vorstellen, daß ein Polizeichef auf dem Lande losspringt, sobald er auch nur einmal hustet. Aber ich tu's nicht und Sie auch nicht. Also hat er sich entschlossen, seinen Bluff samt der darunterliegenden Drohung mit ein paar Fakten und einem bißchen Verhandlungsbereitschaft zu übertünchen, aber er hat sich in der Mischung vertan: Die Tünche ist zu dünn, zu durchsichtig. Er hat offenbar nicht den Mumm, ja nicht mal den Willen, sich für seine eigene Tochter ins Zeug zu legen. Er kennt sie gut genug, um zu wissen, daß sie was ausgefressen hat, aber was das auch gewesen sein mag – er will auf keinen Fall, daß es publik wird. Also ist er nicht hierhergekommen, um sie freizukriegen, sondern um rauszufinden, was wir wissen. Das heißt, sein Ruf ist ihm wichtiger als sie. Und was sind auch schon ein paar Nächte im Kittchen, wenn man es als erzieherische Maßnahme ansieht, sein Kind mit dem Lederriemen halb bewußtlos zu prügeln und dann über Nacht im Kohlenkeller einzusperren.«

»Woher wollen Sie das wissen?«

Troy konnte sich nicht mehr entsinnen, ob sie es ihm in diesen letzten Tagen erzählt hatte oder ob ihm da eine vage Erinnerung an vor langer Zeit belauschte Gespräche zwischen seinen Schwestern und Diana Brack hochgekommen war.

»Das ist doch gar nicht wichtig. Wichtig ist, daß wir sie noch so lange in unserem Gewahrsam haben, bis der Alte uns zwingt, sie laufenzulassen. Und das hat er bisher nicht mal probiert.«

»Was glauben Sie, was Sie noch aus ihr rausholen können?«

Troy wußte, daß er diese Frage nicht ehrlich beantworten konnte. Daß er nicht die leiseste Ahnung hatte, was sie als nächstes erzählen würde. Onions hielt nicht viel von so wenig untermauerten Gewißheiten wie der, daß Diana Brack über Wayne und seine Taten Bescheid wissen mußte, daß man sie dazu bringen konnte, das zuzugeben, mit welchen Konsequenzen auch immer. Und daher antwortete Troy mit einer Platitüde. »Ihre und Waynes Aktivitäten in der Nacht von Millers Ermordung.«

»Sie weiß, wo Wayne war?«

»Da bin ich mir verdammt sicher.«

Onions schob die Tür auf. Diana Brack hatte sich nicht von der Stelle bewegt. Sie lag immer noch da wie der sterbende Schwan, ein schwarzer, langsam zerlaufender Fleck.

»Na ja, es gibt wohl mehr als eine Methode, jemanden bewußtlos zu prügeln, und ich glaube nicht, daß Sie so noch irgendwas aus ihr rausholen«, sagte Onions mit leiser, fester Stimme. »Das ist meine Meinung, und danach handle ich. Sie kann gehen.«

Wieder rief er nach der Polizistin. Troy und Onions sahen zu, wie sie Diana Brack auf die Beine half. Selbst in diesem verzweifelten, jämmerlichen Zustand wirkte sie noch anmutig und zugleich kräftig. Die Polizistin gab sich alle Mühe, sie zu stützen und auf den Korridor hinauszulotsen, zurück zum Schalter am Eingang, wo ihre persönliche Habe bereitlag.

Diana ging mit gesenktem Kopf an Troy vorbei, machte noch zwei Schritte, riß sich dann mit einer halben Drehung vom Arm der Polizistin los und versetzte ihm einen rechten Haken, der ihn direkt unterm linken Ohr traf und umwarf. Sie richtete sich zu ihrer vollen Größe auf, holte tief Luft und starrte durch tränennasse Augen auf ihn hinunter. Der Schlag war gekonnt ausgeführt worden, wie von einem geübten Mann, nur mit weniger Kraft. Troy lag perplex, aber unverletzt am Boden und sah sie über den Korridor verschwinden. Onions gab keinen Kommentar ab, streckte aber auch keine Hand aus, um ihm aufzuhelfen. Das hieß für Troy so etwas wie: »Hab ich's nicht gesagt?« Er blieb auf dem Boden liegen, reckte seine müden Glieder und verfluchte Onions, weil der ein so unberechenbarer anständiger Kerl war und weil diese beiden Eigenschaften eine so teuflische Mischung ergaben.

56

Später, als ihm lieb war, machte Troy sich auf den Heimweg. Am Eingang zum Goodwins Court sah er Ruby, die Hure, Posten stehen – zurück von einem Fronteinsatz und neue Aufträge erwartend. Sie stemmte ein nylonbestrumpftes, laufmaschenfreies Bein gegen die Mauer und blockierte so die schmale Gasse.

»Also brauchst du mich heut abend nicht, Fred?«

Das tat Troy nie. Er sparte sich das »Nein« und wartete nur stumm darauf, daß sie das Bein herunternahm und ihn durchließ. Nichts auf der Welt hätte ihn dazu bewogen, es in die Hand zu nehmen und aus dem Weg zu hieven. Doch nun wechselte sie von der Lili-Marleen- zur Soldatinnenpose; sie streckte sich, schlug die Hacken zusammen, machte einen Schmollmund und pustete ihm einen Kuß zu. Ein paar Schritte weiter blieb er stehen. Irgend etwas an ihrer Varieté-Parodie war anders als gewohnt: die Frage. Diesmal war es keine Frage gewesen, sondern eine Feststellung.

Er drehte sich zu ihr um. »Was soll das heißen?«

»Na, daß das 'n echtes Klasseweib is!«

»Wer?«

»Weiß nicht. Aber sie hängt seit gut anderthalb Stunden vor deiner Tür rum.«

Es gab kein Licht. So leise, wie das mit Ledersohlen überhaupt möglich war, schlich er durch das stockdunkle Gäßchen auf seine Haustür zu, doch obwohl er die Ohren spitzte, konnte er außer seinen Schritten kein Geräusch hören. Als er den Schlüssel ins Schloß steckte, legte sich eine Hand um seine.

»Ich muß mit Ihnen reden«, sagte sie. Er spürte ihren Atem an seinem Ohr.

»Sie hatten drei Tage Gelegenheit, mit mir zu reden. Reicht das denn immer noch nicht?«

Ihre Hand verstärkte den Druck, so daß ihm nichts anderes übrigblieb, als den Schlüssel zu drehen, wenn er sie nicht mit Gewalt abschütteln wollte. Die Tür schwang auf.

»Ich muß mit Ihnen reden«, sagte sie noch einmal.

Troy schwieg, blieb auf der Schwelle stehen, drehte sich nach ihr um und sah, wie sie in der Dunkelheit allmählich Form annahm. Die Stimme wurde zur Silhouette, die Silhouette zum Schatten, und als der Schatten sprach, blitzten für einen winzigen Moment weiße Zähne auf. Die Augen konnte er nicht sehen, aber er wußte, daß sie direkt auf ihn gerichtet waren.

»Er ist weg.«

»Natürlich ist er weg, sonst würden sich ja nicht soundsoviel Copper seit Tagen dumm und dußlig nach ihm suchen.«

»Nein. Ich meine richtig weg. Fort. Auf und davon. Er war in unserem Apartment im Savoy. Aber da ist er nicht mehr. Jetzt ist er wirklich verschwunden.«

Troy murmelte »Herrgott«, ging ins Haus, hockte sich vor den Gasofen im Wohnzimmer und zündete ihn mit einem Streichholz an. Er hörte sie leise hinter sich eintreten und drückte auf den Lichtschalter. Es blieb dunkel.

»Das ganze West End hat Stromausfall«, sagte sie, während sie aus der Dunkelheit auftauchte und vor der rosa züngelnden Flamme des Gasofens reale Gestalt gewann. Sie kniete nieder und hielt ihre Hände vors Feuer.

»Ich bin bis ins Mark durchgefroren – ich hab eine Ewigkeit draußen gewartet.«

»Das ist mir ehrlich gesagt scheißegal. Mich interessiert nur, warum Sie mir heute nachmittag nichts vom Savoy erzählt haben.«

»Denken Sie denn, ich hätte überhaupt kein Loyalitätsempfinden?«

»Gegenüber einem Mörder?«

»Er ist keiner!«

»Und warum erzählen Sie's mir jetzt?«

»Weil ich nicht weiß, wo ich jetzt bleiben kann.«

Sie zog den Umhang von ihren Schultern und hockte sich im Schneidersitz auf den Boden. Troy blieb stehen. Im Mantel. Ihn auszuziehen, sich hinzusetzen oder überhaupt nur die Hände aus den Hosentaschen zu ziehen hätte die Deutung nahegelegt, daß sie mit seinem Einverständnis da war und nicht gegen seinen Willen.

»Sie haben eine noble Villa in der Tite Street, ein Häuschen auf dem irischen Gut Ihres alten Herrn und ein Cottage in Schottland.«

»Aber ich weiß nicht, bei wem ich jetzt bleiben kann.«

Das Schweigen, das daraufhin eintrat, währte sehr lange. Troy war nicht bereit, auf den Inhalt ihrer Worte einzugehen, er spielte mit dem Gedanken, sie hochzuziehen und hinauszuwerfen. Sie seufzte ein paarmal tief. Falls sie mit den Tränen kämpfte, so würde er sich davon zu Hause auch nicht mehr beeindrucken lassen als im Yard.

»Mein Vater«, begann sie schließlich, »mein Vater hat sich die Suite im Savoy 1938 zugelegt. Er hatte furchtbare Angst vor dem Krieg – wie wir alle. Er sah London schon in Schutt und Asche liegen. Und das Savoy hat nun mal einen der stabilsten Luftschutzkeller der Stadt. Als er 1940 nach Irland zurückkehrte, ließ er den Vertrag auf mich überschreiben. Nicht aus Großzügigkeit – er konnte sie auf die Schnelle nicht losschlagen. Ich hab diesen Luftschutzkeller ehrlich gesagt nie benutzt. Wenn Fliegeralarm war, blieb ich immer da, wo ich gerade war; ich machte überall das Licht aus und stellte mich ans Fenster und beobachtete die Bomber auf der anderen Flußseite. Und dann ging ich eine ganze Weile nicht ins Savoy. Bis ich Jimmy kennenlernte und wir einen Ort brauchten, wo wir zusammensein konnten, ab und zu jedenfalls, einen Ort für uns allein. Und als Sie dann mit Ihren albernen Beschuldigungen ankamen, schien es der perfekte Ort zu sein. Niemand sonst wußte, daß ich diese Suite habe. Nicht einmal das Hauspersonal.«

»Nicht einmal die Amerikaner?«

»Ganz recht, gerade die nicht. Er blieb dort, solange Sie nach ihm fahnden ließen. Ich konnte ihn nur besuchen, wenn Ihre Leute nicht aufpaßten, was allerdings mit schöner Regelmäßigkeit der Fall war.«

Sie unterbrach sich, holte tief Luft.

»Natürlich bin ich von Scotland Yard aus direkt hingegangen. Auf dem kürzesten Weg – immer am Fluß lang. Niemand ist mir gefolgt, und es ist ja auch nur ein kurzer Spaziergang. Aber er war schon fort.«

Troy spürte eine fast verzweifelte Wut in sich hochsteigen. Er ließ sich in den Sessel am Feuer fallen. Sie hockte mehr oder weniger zu seinen Füßen.

»Jetzt werden Sie mich für ein falsches Luder halten. Aber das ist der einzige Punkt, in dem ich Sie belogen habe. Wenn ich Ihnen gesagt hätte, wo er war ...«

Troy beugte sich mit ausgestreckten Händen vor, als wolle er sie erwürgen; seine Stimme überschlug sich fast. »Wenn Sie mir gesagt hätten, wo er war, dann hätte ich diesen dreckigen Killer sofort verhaftet! Ja, sehen Sie denn nicht, in welcher Gefahr Sie selbst schweben?«

Sie ergriff seine Hände. Er war zu weit gegangen, hatte die dünne Linie übertreten, die sie voneinander trennte. Sie legte ihre Stirn in seine Hände. Er hörte das rasche, zittrige Atmen, das auf Tränen hindeutete, und während sie seine Finger über ihr Gesicht zog, fühlte er auch schon dicke heiße

Tropfen auf seinen Händen. Er befahl seinen Armen, sich zurückzuziehen, aber sie rührten sich nicht. Er befahl seinen Fingern, sich aus diesem Netz zu befreien, aber sie waren wie gelähmt. Er befahl seinen Beinen, sich zu erheben, aber sie verrieten ihn, ließen ihn vornüberkippen und auf dem Boden landen. Mit der Nase fast direkt an ihrer Nase, wie ein Hund, der einen anderen beschnüffelt. Sie ließ die eine Hand los und fuhr ihm mit den Fingern durchs Schläfenhaar. Er hatte die Linie überschritten.

»Schon als junges Mädchen hat mich das Dunkle an diesem Knaben fasziniert. Diese schwarzen, dicken Haare, bis tief in die Stirn. Es fasziniert mich bis heute. Und das noch tiefere Schwarz deiner Augen. Die Dunkelheit, das Nichts, die Kraft der Stille. War dieses Kind vielleicht doch nur eine Ausgeburt der Phantasie? Durch die Augen kann man in einen Menschen hineinsehen. Aber deine Augen reflektieren nur den Betrachter, sie verraten nichts. Ich sehe dir in die Augen, und ich sehe mich in einem Spiegel. Ein Phänomen, das einen gerade bei einem Kind sehr verwirren kann. Ich hatte das Gefühl, irgendeine Reaktion aus dir herauspressen zu müssen, aus diesen stummen Augen.«

Der verwirrende Kuß. Troy mußte an die klaren braunen Augen von Tosca denken, die ihn immer anlächelten, selbst wenn ihr Mund ernst blieb, an Wildeves blaßblaue, kindlich-unschuldige Augen, Dianas flaschengrüne Augen. Und ihm wurde klar, daß er nie in den Spiegel sah, außer beim Rasieren. Er wußte, was sie meinte, wenn sie von einem »Nichts« sprach, aber er hatte sich nie groß Gedanken darüber gemacht, was er damit bei anderen Menschen auslösen mochte.

»Der verwirrende Kuß«, sagte er laut, und das mußte für sie wie eine Aufforderung klingen. Sie drückte ihre Lippen auf seine. Ihre Blicke trafen sich, und dann schloß sie die Augen, und die Vergangenheit schwappte über in die Gegenwart, und der Duft ihres Parfüms beschwor die Angst vorm Ertrinken herauf und eine Flut von anderen Assoziationen wie den schrecklichen, unentrinnbaren Gestank nach Karbidgas und das Bild von aufwirbelndem Knochenstaub, bevor sein überreiztes Hirn all diese Sinneseindrücke ausblendete und er in der Berührung versank.

Seine Hand griff nach ihrer Brust, die so klein war, daß er sie ganz umfassen konnte. Ihre Zunge fuhr über seine Lippen, schob sie auseinander. Er tastete nach ihren Waden, raffte ihr Kleid, zog es bis zu den Oberschenkeln hoch und fuhr unter den lose fallenden seidenen Slip, bis seine Hand ihre warme, nasse Scham gefunden hatte. Dann riß er an dem Höschen, zog es bis zu ihren Knöcheln hinab. Sie legte den Kopf zurück, schlug noch einmal die Augen auf, starrte ihn an, nahm die Knie hoch, zog an ihrem Höschen und warf es hinter sich.

»Ich kann dich nicht sehen«, sagte sie.

Troy, dessen Beine schon fast eingeschlafen waren, ging schwerfällig in die Hocke, pellte sich aus dem Mantel, fummelte an den Hosenknöpfen, bis er endlich seinen Schwanz herausholen konnte, und als sie ihre Hände in seinen Nacken legte und ihn zu sich hinabzog, stürzte er sich auf sie und in sie.

»Gleich, gleich«, stöhnte sie. Aber dann kam er, viel zu schnell, kaum daß er in sie eingedrungen war. Ergoß sich in sie. Und noch einmal und noch einmal.

Danach stützte er sich auf einen Ellbogen und drehte den Kopf zum düsteren Schein des Feuers hin. Diana Brack lag auf dem Rücken, ein Bein angewinkelt. Er sah ihr Profil als Silhouette vor dem Gaslicht. Lächelte sie? Er hatte sie nicht mehr lächeln sehen seit jenem Abend im Adelphi – seit der kleinen, so mokant vorgetragenen Anekdote von dem Jungen und seinem Fahrrad. Sie hatte keinen Grund gehabt zu lächeln. Jetzt schlief sie – sie atmete so regelmäßig, daß sie einfach schlafen mußte. Es schien eine Ewigkeit zu dauern, bis sie die Augen aufschlug. Wieder schloß. Noch einmal aufschlug. Den Kopf zu ihm hindrehte. Mit einem Finger seinen Wangenknochen nachzeichnete und ihre Hand unter sein Haar schob.

»Es gibt hier doch sicher ein Bett?«

»Natürlich. Oben.«

»Hilf mir hoch.«

Troy stand auf. Seine Hosen rutschten ihm auf die Fußknöchel – das lächerlichste Bild, das ein Mann abgeben kann. Er streckte eine Hand aus, um sie hochzuziehen. Sie ging an ihm vorbei die Treppe hinauf. Er hörte ihre Schritte im Schlafzimmer, hörte das Knallen, als sie ihre Schuhe von sich schleuderte. Er band seine auf, zog sie aus und dann die Hosen. Im selben Moment schoß ihm durch den Kopf, daß er keine Ahnung hatte, wieviel und was er ausziehen sollte, ob er die Treppe voll- oder halbbekleidet hochsteigen sollte, denn ganz nackt, also mit bloßem Hintern – nein, das war undenkbar. Er zog versuchsweise Jackett, Strümpfe und Krawatte aus und blieb dann eine Weile so stehen – in Hemd und Unterhose. Als er meinte, das Unvermeidliche nicht länger hinauszögern zu können, gönnte er sich noch eine kurze Gnadenfrist, indem er pflichtschuldig das Gasfeuer ausmachte. Dann ging auch er nach oben.

Sie hatte eine Kerze am Bett angezündet und war gerade dabei, sich auszuziehen. Die Flamme tanzte in der Zugluft des alten Hauses. Sie stand da, mit dem Rücken zu ihm, trat aus ihrem Rock und zog sich die Bluse mit gekreuzten Armen über den Kopf – eine Technik, die nur Frauen zu beherrschen scheinen. Sie langte mit den Armen nach hinten, um ihren BH aufzuhaken, und plötzlich war sie nackt. Das dürftige Licht ließ nur ihre Silhouette erkennen – die lange, geschwungene Taille, die breiten Schultern, die schlanken Beine und die knabenhaft schmalen Hüften –, aber schon dieser Anblick war erregend. Sie blieb stocksteif stehen. Er wußte nicht, ob sie wartete. Ihre Schultern hoben und senkten sich leicht beim Atmen, und ihr Seufzer schien den ganzen Raum zu erfüllen, obwohl er kaum hörbar war. Er trat hinter sie und küßte sie auf den Nacken. Sie drehte den Kopf, drehte den ganzen Körper, küßte ihn auf den Mund und schlang die Arme um seinen Hals. Ohne Schuhe war sie immer noch sieben, acht Zentimeter größer als er, ein Schatten, der sich vor ihm auftürmte und das tanzende Licht verdeckte. Sie neigte den Kopf, um an seiner Unterlippe zu knabbern. Er schob die Hände zwischen ihre Oberschenkel und erfühlte die rauhe Stelle, wo sein Samen auf ihrer Haut angetrocknet war. Als er mit dem Finger über ihre Spalte fuhr, biß sie kräftiger zu. Er streichelte sie sanft. Sie trat von einem Bein aufs andere. Dann ließ sie seine Lippe los, und erst jetzt spürte er den stechenden Schmerz darin. Sie legte sich mit gespreizten Beinen aufs Bett, sah ihn unverwandt an. Wie lächerlich er sich vorkam – ein Mann in Hemd und Unterhosen. Das schüchterne Kind, das man zum Gemeinschaftsduschen zwingen mußte. Das immer bei Kerzenlicht einschlief, aber sich nur auszog, wenn seine Mutter ihm den Rücken zudrehte. Er knöpfte sein Hemd auf, ließ es zu Boden fallen. Einfach lächerlich. Ein Mann in Unterhosen. Er spürte, wie sich ihre Augen auf dieses letzte Kleidungsstück richteten. Auf die Erektion, die den Stoff spannte wie eine Zeltstange. Sie würde kein Wort sagen. Sie würde ihn nicht mit einem halb aufreizenden, halb scherzhaften »runter damit« aus dieser Lächerlichkeit erlösen. Er schaffte es auch so, und als er dann ins Bett stieg, kam er sich nicht mehr lächerlich vor. Sie winkelte einen Arm an, kratzte sich träge am Busen. Er hörte das Schaben von Nägeln auf Haut und schob sich auf Händen und Knien ein Stück über sie. Sie hob den Oberkörper, schlug ihre Zähne in den Muskel über seiner rechten Brustwarze, griff mit beiden Händen nach seinem Schwanz, der wuchs, und dann brannte sein ganzer Körper vor Schmerz und Lust. Er drückte sie aufs Kissen zurück, griff mit den Fäusten in ihr dichtes schwarzes Haar und nahm sie; stieß immer wieder hart zu, während sie sich ihm entgegenbäumte und zugleich wand, um ihm in die Finger zu beißen. Der Wind rüttelte an der Fensterscheibe, brachte die Kerze zum Flackern und blies sie mit einemmal aus. In der Dunkelheit schrie Diana auf.

57

Als er aufwachte, hörte er ein Klatschen. Der Gedanke an Beifall war ebenso naheliegend wie albern. Es mußte kurz vor Sonnenaufgang sein. Er war allein. Das Verdunkelungsrollo vor dem offenen Schlafzimmerfenster klapperte in der frischen Brise. Er schlich nach unten. Auch die Haustür stand offen und schwang sanft hin und her. Er fand seine Hose und zog sie an. Ohne Hemd und Schuhe trat er hinaus auf den Hof. Irgendwie erwartete er fast, sie dort einfach stehen zu sehen – es hätte so gut zu ihr gepaßt. Der Himmel war noch tiefdunkel. Er drehte den Kopf nach links und blickte den Verbindungsweg zur St. Martin's Lane entlang. Und dann traf ihn etwas, das sich anfühlte wie eine geballte Faust – hoch angesetzt, blitzschnell, traf es ihn zwischen Augenbraue und Ohr an der Schläfe und warf ihn zu Boden. Er sah etwas Grünes und dann gar nichts mehr, aber er blieb noch einen Moment bei Bewußtsein. Beinahe lange genug, um zu merken, daß ihm jemand ein paar ganz üble Tritte verpaßte; in die Nieren, die Rippen. Gegen den Kopf. Dann wurde das Grün zu Rot. Blutiger Nebel, blutiger Mond. Und das war vertraut. Fast auf angenehme Weise vertraut. Er hatte die Linie überschritten.

58

Wieder wachte er auf. Ausgestreckt auf der Wohnzimmercouch. Mit einem Plaid zugedeckt. Ruby, die Hure, saß im Schaukelstuhl und trank Tee. Troy stellte fest, daß er sprechen konnte. Der Faustschlag hatte sein Kinn verschont.

»Wie lange ...?«

»Vielleicht zehn Minuten. Ich war am hinteren Ende von unserm Gäßchen, als ich den Krach gehört hab. Aber bis ich bei dir angekommen bin, isser schon weg gewesen.«

Troy stöhnte auf. Schmeckte Blut. Als er Luft holte, spürte er stechende Schmerzen im Brustkorb. Er beugte den Kopf über den Sofarand und erbrach sich.

»So isses gut, Freddie, kotz es nur alles aus. Dann geht's dir bestimmt gleich viel besser. Also ich hab ja im Leben schon so einiges gesehen, ich würd sagen, das war 'n echter Profi, der dich zusammengedroschen hat.«

Troy hievte seinen Oberkörper zurück aufs Sofa und fühlte den feurigen Schmerz durch seinen ganzen Körper schießen.

»Wie spät?«

»Ungefähr halb sieben.«

»Ruf Bayswater 6242 an. Frag nach Jack.«

Dann erbrach Troy sich noch einmal über den Sofarand. Bevor er das Bewußtsein verlor, hörte er, wie Ruby die Wählscheibe drehte. Als er wieder zu sich kam, stand Wildeve über ihm. Er stützte sich auf einem Ellbogen hoch. Wildeve runzelte die Stirn.

»Wie fühlst du dich?«

»Beschissen.«

»Du brauchst einen Arzt.«

»Nein. Hilf mir bloß auf die Beine.«

»Verdammte Scheiße, Freddie, irgendwer hat dich halb zu Brei gehauen!«

»Irgendwer? Irgendwer? Ich weiß verflucht genau, wer das war!«

»Du mußt zum Arzt.«

»Nein.«

»Und warum nicht?«

»Wenn Onions Wind davon kriegt, schickt er mich doch sofort ins Bett. Und dabei sind wir jetzt ganz nah dran ...«

»Nah dran? Woran?«

»Er ist hier. Sie glaubt, daß er sich abgesetzt hat, aber er ist hier.«

»Was heißt ›sie‹?«

»Die Brack.«

»Freddie, was faselst du da eigentlich?«

Troy ließ sich aufs Sofa zurückfallen.

»Wayne ist wieder da«, sagte er.

»Wayne soll dich so zugerichtet haben?«

»Was fragst du da noch?«

»Weil ... weil mir das doch ziemlich unwahrscheinlich vorkommt. Warum sollte er so ein Risiko eingehen? Also, ich ruf jetzt mal einen Arzt. Die Platzwunde auf deinem Kopf blutet immer noch ganz ordentlich.«

»Dann hol Kolankiewicz. Ich kann mich doch jetzt nicht von irgend so nem überängstlichen Quacksalber aus dem Verkehr ziehen lassen. Nein, wir müssen gleich wieder raus. Er ist hier, er ist hier!!!«

Der Ausdruck auf Wildeves Gesicht, der stumme Austausch von Blicken zwischen ihm und Ruby machte Troy klar, daß er brüllte, daß die beiden ihn für einen hysterischen Irren hielten, der einen Schlag zuviel auf den Schädel gekriegt hatte. Er holte tief Luft, bemühte sich, Herzschlag wie Gedankenflut unter Kontrolle zu bringen. Ruby trat ans Sofa, zog ihm stumm die Decke hoch, legte ein Kissen unter seinen Kopf, so daß er Wildeve ohne große Mühe ansehen konnte, und tupfte ihm das Blut aus den Augenwinkeln. Wildeve beugte sich einmal über ihn, machte ein leicht angeekeltes Gesicht und drehte ihm dann den Rücken zu. Einige Momente lang hörte er nur eine Ader in seinem Kopf pochen. Das Zimmer schwankte ein bißchen und stabilisierte sich dann wieder, wie ein Schiff sich aus der Schräglage aufrichtet. Troy hörte Wildeve am Telefon zu Kolankiewicz sagen, er wisse sehr wohl, wieviel Uhr es sei, aber und nochmals aber.

»Er ist schon unterwegs. Liegst du jetzt bequem?«

Troy nickte.

»Dann erzähl mir mal die ganze Geschichte. Langsam.«

»Aber keinen Ton zu Onions. Abgemacht?«

»Abgemacht. Ich deck dich, bis du wieder auf den Beinen bist.«

»Also gut: Wayne hat sich die ganze Zeit über im Savoy versteckt. Und wahrscheinlich ist er da jetzt wieder.«

»Ach, du Scheiße«, sagte Wildeve. »Nur 'n Katzensprung von uns entfernt!« Er unterbrach sich und fügte dann mit einem leisen Unterton von Skepsis hinzu: »Und woher weißt du das?«

In diesem Moment wurde Troy klar, daß er Wildeve nicht sagen konnte, wie er an die Information gekommen war – und dann fiel ihm noch nicht einmal eine passende Lüge ein.

59

Ruby schlief ausgestreckt vor dem Gasfeuer. Wildeve trank Tee und tat ansonsten, als wäre er nicht da. Und Kolankiewicz tobte.

»Was hab ich Ihnen gesagt? Was hab ich Ihnen gesagt!«

Er leuchtete ihm mit seiner Arztlampe in die Augen und zog ihm an den Lidern. Troy zuckte zusammen – halb vor Schmerz, halb wegen Kolankiewicz' Mundgeruch. Welcher auch nur halbwegs normale Mensch aß schon Knoblauchleberwurst zum Frühstück? Und wo mochte es so was überhaupt geben? Doch sicher nicht auf Lebensmittelmarken.

»Wie viele Finger halte ich jetzt hoch?« fragte Kolankiewicz.

Es waren Dutzende, die vor Troys Augen herumtanzten wie die Besenstiele in der Mickeymausversion vom »Zauberlehrling«. Er zögerte.

»Ich will jetzt wirklich mal ne ehrliche Antwort hören!«

»Zwei«, riet Troy.

»Herrgottsakrament! Alle fünfe, du verlogener Hund! Ja, was denkst du dir eigentlich, wie ich dir helfen soll? Ich bin Arzt, verfluchte Scheiße, und entweder du vertraust mir jetzt, oder ich tret dir in die Eier!«

»Zu viele zum Zählen.«

»Ach ... ach ... Klugscheißer. Hören Sie, Troy, Ihr Sehnerv wird durch ein geplatztes Äderchen hinterm Auge gequetscht. Also nichts Ernstes. Sie brauchen nichts weiter als Ruhe und Dunkelheit. Sowie die Schwellung abklingt, geht auch der Druck auf den Nerv zurück. Aber wenn Sie jetzt Scheiße bauen, dann riskieren Sie, daß daraus was Ernstes wird. Haben Sie mich verstanden?«

»Was soll das heißen – was Ernstes?«

»Na was wohl? Daß durchaus ein Risiko besteht.«

»Was meinen Sie damit?«

»Ich meine, Sie könnten blind werden.«

Kolankiewicz durchwühlte seine Tasche und förderte eine gebogene Nadel aus rostfreiem Stahl zutage.

»Sie müssen genäht werden – zwei, drei Stiche am Kopf und genauso viele auf der Brust. Ich hab kein Betäubungsmittel dabei, und ich hoffe sehr, daß es weh tut. Vielleicht überlegen Sie sich's in Zukunft dann zweimal, bevor Sie sich verdreschen lassen. Andernfalls rechne ich Ihnen eine gute Chance aus, daß Sie schon bald zu meinem üblichen Patientenstamm dazustoßen.«

Es tat weh. Troy schrie auf. Wildeve verzog sich in die Küche. Ruby schreckte aus dem Schlaf hoch und marschierte gleich hinterher. Kolankiewicz zog den letzten Knoten fest und wühlte noch einmal in den Tiefen seiner Arzttasche. Troy sah ein paar Tropfen in die Luft schießen, als er die Injektionsnadel ins Licht hielt.

»Dreckskerl! Sie hatten also doch was zum Betäuben dabei!«

»Nichts zum Betäuben«, sagte Kolankiewicz, »nur was zum Ruhigstellen.«

Und bevor Troy protestieren konnte, hatte er ihm die Spritze in den Oberarm geknallt.

»Ihnen bleiben etwa fünf Minuten, um die Treppe hoch und ins Bett zu marschieren. Was Sie intus haben, reicht aus, um 'n Brauereigaul einzuschläfern. Und sollten Sie innerhalb der nächsten Woche im Yard aufkreuzen, erfährt Onions alles. Verstehen Sie mich? Gut. Also, wenn Sie mich jetzt entschuldigen wollen – meine Toten warten.«

Er knallte die Tür hinter sich zu. Troy spürte, wie ihm ganz schwindlig, leicht und heiter zumute wurde, und rief nach Wildeve. Der schob ihm einen Arm unter die Achseln und zog ihn die Stufen hoch. Die Treppe drehte sich, Troys Beine gaben nach, und er wurde von einer köstlichen, benebelnden Hochstimmung ergriffen. Die Welt war ein sorgen- und schmerzfreier Ort. Wildeves Stimme drang gerade noch durch die Kristallkugel dieser Euphorie.

»Freddie – was zum Teufel soll ich Onions erzählen? Wo bist du die nächste Woche?«

Troy dachte so schnell nach, wie sein träges Gehirn es noch zuließ.

»Norfolk«, murmelte er. »Suffolk. 'ne Menge ... Menge Luftwaffenstützpunkte. Ich bin hin, um den ... den ...«

Er wehrte sich gegen die Wolke aus warmem rosa Licht, die ihn umhüllen wollte, und kämpfte mit einem letzten Gedanken. Da gab es noch etwas, das er Jack sagen mußte. Etwas unheimlich Wichtiges. Wenn er nur ...

»Savoy«, lallte er. »Die Suite. Wayne. Brack. In der Suite nachsehen.«

Er sank aufs Kissen zurück. Ruby schob Wildeve zur Seite und zauberte ein Paar gestreifte Flanellpyjamas hervor. In seinem letzten wachen Moment sah Troy, wie sie ihm die Hosen herunterzog und versuchte, seine Beine in die des Pyjamas zu stecken.

60

Er erwachte aus einem Flugtraum. Er war ein Drachen gewesen und hoch über Hampstead Heath geflogen, festgebunden an Wildeve, der ihn hoch über den Wolken umhertrudeln ließ. Der Blick auf die Stadt war spektakulär. Dann brach die Nacht wie im Zeitraffer herein, wie in einem Trickfilm, und ganz London erstrahlte wie eine seiner Prachtstraßen zur Weihnachtszeit. Kein Bomber war in Sicht. Er setzte sich auf, überlegte, woher er wohl dieses Bild von der Stadt haben mochte, wollte sich schon selbst für seine Einbildungskraft bewundern, bis ihm einfiel, daß er vor Jahren einmal von Primrose Hill aus die Stadt zu seinen Füßen hatte liegen sehen, in einer Nacht während des Blitz, mit Brandbomben, die aufflammten wie die Düsen eines Gasbrenners. Und plötzlich stimmte sein Traumbild mit dem Blick von Primrose Hill überein – eine immer noch aufregende Vision, aber nicht das Ergebnis überschäumender Phantasie. Er schwang die Beine aus dem Bett. Spürte nur ein Ziehen, keinen wirklichen Schmerz. Er zog die Pyjamajacke hoch. Fünf Zentimeter unterhalb der rechten Brustwarze entdeckte er drei schwarze Stiche. Flickwerk, dachte er. Flickschneiderei. Er fuhr sich mit den Fingern durchs Haar und betastete die Blutkruste über dem rechten Ohr. Er stand auf. Ein Gefühl mehr wie Schwäche als Schwindel. Seine Füße schoben sich, wohin sein träges Gehirn sie kommandierte.

Am oberen Treppenabsatz blieb er stehen und sah hinunter. Ruby war gerade dabei, einen Mann zu verabschieden, und schob ihn jetzt mit sanfter Gewalt ins Freie. Die Tür ging wieder zu, sie lehnte sich dagegen und steckte sich einen 10-Shilling-Schein in den Strumpf. Dann erst spürte sie Troys Blick.

»Nu komm mir bloß nicht auf die moralische Tour. Ich muß schließlich auch meine Brötchen verdienen. Und wenn ich das an meinen üblichen Plätzen tät, dann hättest du niemand, wo auf dich aufpaßt.«

Troy sagte nichts. Er ging ein paar Schritte weiter und hockte sich auf eine Treppenstufe. Sie lächelte.

»Ich könnte dich natürlich beteiligen, aber damit würdest du von sittenwidrigen Einkünften leben.«

Sie streckte eine Hand zu ihm aus. Troy erhob sich und stieg vorsichtig die restlichen Stufen hinunter. Er war immer noch im Pyjama.

»Wie spät ist es?«

»Kurz nach acht. Morgens. Sonntag. Du hast seit Freitag durchgepoft. Gestern abend rief dieser nette Mr. Klankiwitsch an und fragte, wie's dir geht. Der schläft süß und selig, hab ich gesagt.«

Troy nahm sich vor, Kolankiewicz zu fragen, was in der Teufelsspritze gewesen war, die er als Beruhigungsmittel bezeichnet hatte. Ruby zog die Vorhänge auf. Troy konnte sich nicht erinnern, wann er zum letztenmal das Tageslicht gesehen hatte; es schien in einem früheren Leben gewesen zu sein. Jetzt, wo die Morgensonne in den Hof fiel, sah es nach Frühling aus. Verlockend nach Frühling.

Er badete, er zog sich an, er ging aus. Bevor er die Tür hinter sich zuschlug, warf er einen Blick auf Ruby, die ihn über den Rand einer Zeitschrift hinweg ansah. Er hatte keine Ahnung, wie lange sie noch zu bleiben gedachte, konnte aber jetzt keinen Gedanken darauf verwenden, was es heißen mochte, wenn er eine Prostituierte in seinem Wohnzimmer ihrem Gewerbe nachgehen ließ. Er mußte grinsen, als er sich vorstellte, wie Onions darauf reagieren würde. Die Wirkung von Kolankiewicz' Hammerdroge konnte noch nicht ganz verflogen sein, sonst wäre ihm die komische Seite der Situation bestimmt entgangen. Er hielt sich in westliche Richtung. Wenn er es bis zum Green Park schaffte, würde er weitersehen.

Am Piccadilly Circus blieb er stehen und schaute zurück in die Richtung, aus der er gekommen war. Der Himmel über dem Leicester Square war tiefblau und praktisch wolkenlos – einen so vollkommenen Frühlingstag hatte er in London wohl nie zuvor erlebt. Und er trug seinen schwarzen Mantel, als wären seine Blessuren in gewisser Weise nichts anderes als früher die Kinderkrankheiten und eine mütterliche Stimme in seinem Kopf hätte ihm gesagt, er solle nicht ohne Mantel ausgehen. Am Fuß der Eros-Statue saßen zwei junge Frauen – in Blusen mit hochgekrempelten Ärmeln, um möglichst viel von der Sonne abzukriegen – und teilten sich schwesterlich eine Zigarette.

Er ging weiter durch Piccadilly, schaute zu, wie ihm sein Schatten voraustanzte. In diesem hellen Licht wurde der Kontrast zwischen Wetter und Stadt nur allzu deutlich. London taute auf. London blühte auf. London stöhnte auf. Wie Muskeln, die zu lange zu sehr strapaziert wurden, sehnte die Stadt sich nach Entspannung. Gerade weil das Ende der Strapaze fast schon greifbar war. Und Troy stellte sich vor, daß mit diesem ersten Frühlingshauch auch die Stadt ihren Geist aushauchen könnte, wie ein alter Mann, der seine ganze Energie darauf verwandt hat, den Winter zu überstehen, und jetzt, wo das Leben eigentlich viel einfacher wird, keine Reserven mehr hat. Was die Sonne enthüllte, waren abbröckelnder Putz, zerbrochene, mit Brettern vernagelte Fenster, eingestürzte Mauern und offene Dächer, waren vier Jahre Behelfslösungen und Provisorien. In diesem gleißenden Frühlingslicht wirkte London vernarbt und verkohlt, verlumpt und verschlissen.

Auf Höhe der Half Moon Street bog er zum Green Park

ab. Eine Gruppe amerikanischer Militärpolizisten in weißen Helmen und Gamaschen war in Grundstellung aufgebaut. Von irgendwo aus dem Park erklang die Melodie des »Star-Spangled Banner«. Er ging der Musik nach, und noch bevor er die Militärkapelle sah, stimmte sie schon »Little Brown Jug« an, und die Soldaten rührten sich, um zu Glenn Millers Melodien zu exerzieren; sie schwangen ihre Gewehre von der Schulter zu Boden und dann mit einem Drehwirbel wieder hoch zur anderen Körperseite. Die perfekte Choreographie einer militärischen Übung.

Troy setzte sich auf eine Bank, durchaus fasziniert von der Ästhetik des Schauspiels, ohne sich die zynische Frage zu verkneifen, welchen Nutzen all das wohl in wenigen Wochen an einem französischen Strand haben würde. Er war sogar so zynisch gewesen, mit Onions um zehn Shilling zu wetten, daß die zweite Front in der Normandie eröffnet würde. Onions hatte die Wette angenommen und seinerseits fest auf den Pas de Calais gesetzt – niemand sonst, nicht einmal die paar Belgier, die Troy kannte, glaubten daran, daß es an der französisch-belgischen Küste losgehen würde. Floskeln wie »im Geist von Dünkirchen« waren ja gut und schön, aber wer würde dieses Risiko noch einmal einzugehen wagen?

Die Soldaten formierten sich jetzt zur Kolonne und marschierten zu den Klängen von »Chattanooga Choo Choo«. Über hundert Leute hatten sich inzwischen versammelt, und ein riesiges Hurrageschrei brach aus, als die Soldaten Dreierreihen bildeten und im Chor »Pardon me Boy« anstimmten.

Überall um sich herum sah er frische Blätter sprießen – den dunklen Hagedorn, das hellere Grün von Eichen und Kastanien. Und die allerersten Triebe der Ulme und sogar der Esche – des Nachzüglers, der sich erst im Mai belaubt, aber dafür bis in die Vorweihnachtszeit hinein trotzig an seinen Blättern festhält. Eine Mischung aus den verschiedensten Frühlingsdüften durchströmte den Park. Weißdorn – den konnte Troy deutlich herausriechen. Flieder? War es nicht zu früh, zu optimistisch, um an Flieder zu denken? Aber wie bei einem Parfüm ließ sich der Duft ja nach verschiedenen Noten unterscheiden: Es war tatsächlich Flieder. Und dann vermischten sie sich wieder zu einer Gesamtkomposition, und der zarte Fliederduft wurde überlagert von dem eher strengen des Weißdorn, der selbst in der lauschigsten Nacht immer noch ein bißchen nach Katzenpisse riecht.

Ein Pärchen kam Arm in Arm vorbeispaziert. Eine junge, fröhlich schwatzende Frau, untergehakt bei einem amerikanischen Oberleutnant. Und als sich nun auch noch ihr Parfüm in der leichten Brise mit dieser Blütenmelange verband, wußte Troy plötzlich, wohin er wollte. Er lief aus dem Park bis zum Straßenrand, hielt so ruckartig an, daß ihm leicht schwindlig wurde und er ins Stolpern kam, und winkte ein Taxi heran.

»Tite Street«, sagte er.

Aber in der Tite Street sagte er dem Taxifahrer, er solle weiterfahren – vorbei an der Straßenecke, wo Constable Gutteridge Wache stand und heimlich eine Zigarette rauchte, bis zu den Tedworth Gardens, wo er bezahlte und ausstieg. Er war, wie so oft, wenn er anders nicht weiterkam, einer Eingebung gefolgt, und wieder einmal zu Recht: In ihrem Schrebergarten stand, über ein Beet gebückt und Unkraut hackend, Diana Brack, endlich einmal in Räuberzivil: Reithosen, Gummistiefel und ein mottenzerfressener Shetlandpullover; das Haar hatte sie mit Gummiband zu einem Pferdeschwanz gebunden.

Troy stieg durch ein Loch im Zaun, schob die Hände in die Hosentaschen und trat auf sie zu. Wenige Schritte von ihr entfernt kniete der Dicke in der Uniform des Räum- und Rettungsdienstes vor einer großen Zinkwanne, in der sein

Schwein hockte. Das Schwein sah zu Troy hoch, grinste, zwinkerte ihm zu, grunzte und wand sich vor Vergnügen unter den Bürstenstrichen.

»Was gibt's, Kamerad?« fragte der Dicke.

Diana Brack drehte den Kopf, um zu sehen, wer da gekommen war. Dann richtete sie sich auf und musterte ihn von oben bis unten.

»Was ist denn mit Ihnen passiert? Sie sehen aus, als wären Sie von einer Dampfwalze überrollt worden.«

»So was Ähnliches«, sagte Troy.

»Lassen Sie mir ein paar Minuten«, bat sie und verschwand in einer Nissenhütte am Rand ihrer Parzelle.

Troy sah zu, wie der Mann das Schwein abschrubbte, fragte sich, ob es ihm wirklich zugezwinkert hatte, und beschloß, Kolankiewicz dafür umzubringen, daß er ihm eine Droge verabreicht hatte, dank der man Schweine zwinkern sah.

»Hübsches Veilchen, das Sie sich da geholt ham«, sagte der Dicke.

Troy rieb sich vorsichtig am Auge.

»Als ich hier kürzlich im Dunkeln vorbeikam«, fragte er, »woher wußten Sie da, daß ich Polizist bin?«

»Ist doch logisch, Kamerad. Sie ham den Major verfolgt, und daß das 'n falscher Hund ist, hab ich schon seit Monaten spitz. Und im übrigen hatt ich oft genug mit Ihrer Truppe zu tun. Und irgendwann kriegt man 'n Blick dafür, wer dazugehört. Vorm Krieg hab ich viel für nen Detektiv gearbeitet – nen Privaten, verstehnse, nen Gentleman –, und das tät ich heut noch, wenn er sich nicht zum Militär gemeldet hätte, zu nem ganz geheimen Auftrag. Aber der kommt wieder. Und dann kriegen wir sicher neue Spuren zu verfolgen, müssen neue Mordfälle lösen und neue Verbrecher vorn Kadi schleifen.«

Der Mann knuffte das Schwein, das daraufhin aus der Wanne kraxelte und sich wie ein Hund schüttelte. Es schob sich an Troy vorbei, hielt einen Augenblick, um sich an seinen Hosenbeinen zu reiben, und trabte dann mit gesenktem Rüssel weiter bis zum Ende der Parzelle. Der Dicke ließ das Wasser aus der Wanne und hängte sie an einer Wand der Nissenhütte auf.

»Werfense da mal 'n Blick drauf«, sagte er und führte Troy über den schmalen Pfad zwischen seiner und Diana Bracks Parzelle. »Wissense, was das is?«

»Blumenkohl«, riet Troy.

»Brokkoli«, erklärte der Mann mit unendlichem Stolz auf sein Geheimwissen. »Weißköpfiger Winterbrokkoli.«

»Also doch eine Art Blumenkohl«, meinte Troy.

»Könnte ähnlich süß duften, wär aber nicht halb so groß. Den hier hab ich letzten Mai gepflanzt. Und diesen Mai, sagen wir mal in zehn Tagen, werde ich den dicksten, reifsten Brokkoli ernten, den Sie jemals mit nem Blumenkohl verwechselt haben. Bis dahin dürfte er schätzungsweise fünfzehn Pfund wiegen. Ich krieg den Kopf, und mein Schwein kriegt die Blätter. Wir teilen immer ganz gerecht!«

Troy blickte auf den halb kahlen, halb von Unkraut überwucherten Flecken Erde, der Diana Brack gehörte.

»Nicht gerade ne Gartenfee, oder was würden Sie sagen?«

»Ach, Kamerad, sie gibt sich ja alle Mühe. Im letzten Winter hat der Major für sie umgegraben. Von dem vielen Frost war die Erde aber auch richtig schön aufgebrochen. Und wenn sie jetzt das Unkraut rausholt, dann findet sie auch den vielen Porree, den sie im Februar gepflanzt hat – die Zwiebelchen liegen da unten so warm und weich wie Tannennadeln in nem Heuhaufen. Knoblauch ist auch welcher dazwischen. Keine Ahnung, warum sie den anbaut. Ausländischer Schietkram, wenn Sie mich fragen – aber sie wollte's ja unbedingt.«

»Warum halten Sie den Major für einen falschen Hund?«

Doch bevor der Dicke antworten konnte, trat Diana Brack aus der Nissenhütte, jetzt wieder in schwarzem Kostüm und mit frisch gebürstetem Haar. Sie war gerade dabei, ihre Handschuhe anzuziehen.

»Verstehen Sie etwas von Gärtnerei, Mr. Troy?« fragte sie im unverbindlichsten Plauderton.

»Früher schon«, erwiderte er. »Aber jetzt habe ich ein Haus in Goodwins Court – und das ist leider ohne Garten.«

»Ach ja«, sagte sie, offensichtlich gewillt, das Spiel weiterzuspielen, solange der Dicke zuhörte. Dann ging sie langsam davon, den Weg entlang, auf dem das Schwein verschwunden war und der zum nördlichen Parkausgang führte. Doch der Dicke machte nicht den Eindruck, als wäre er auf das eine wie das andere kleine Täuschungsmanöver hereingefallen. Er nahm eine Hacke und stapfte zu seiner Parzelle zurück, um Unkraut zu jäten.

»Daß er ein falscher Hund ist«, erklärte er, »riecht man schon an der Art, wie er Ihrer Ladyschaft den Hof macht. Ach ja, sie gerät eben immer an die Falschen. Je schräger, je besser. Lassense sich von der nich einwickeln, Kamerad. Die macht Sie kaputt.«

Troy holte Diana Brack am hinteren Ausgang des Parks ein.

»Wir können nicht zu mir gehen«, sagte sie nach einer Weile. »Einer von deinen Leuten steht vor meinem Haus Wache.« Sie unterbrach sich. »Natürlich könntest du ihn wegschicken.«

»Nein. Das könnte ich nicht. Ich bin offiziell noch nicht mal in London.«

»Dann muß ich wohl zu dir kommen.«

»Ja«, sagte er.

»Du willst also, daß ich zu dir komme. Ja?«

»Ich glaub schon.«

»Dann komme ich.«

Sie gingen ein Stück um den Park Richtung Tite Street.

»Was ist passiert? Ich meine, was ist mit deinem Kopf passiert?«

»Ich bin überfallen worden. Vorgestern morgen.«

»Überfallen?«

»Von ihm.«

»Nein. Das kann nicht sein. Ich hab dir doch gesagt, daß er fort ist.«

»Warum bist du dir da so sicher?«

»Wenn er noch hier wäre, hätte er Kontakt mit mir aufgenommen. Irgendwie. Und davon hätte ihn auch euer Mann vor meiner Haustür nicht abhalten können.«

An der Straßenecke Tite Street blieb sie stehen. Noch einen Meter weiter, und Troy wäre in Gutteridges Blickfeld gelangt.

»Heute abend«, sagte sie.

»Ja«, erwiderte Troy.

»Sobald es dunkel ist.«

61

Es war kurz vor Sonnenuntergang. Er war den ganzen Tag herumgewandert. Ziellos. Seit vielleicht neun, halb zehn Uhr morgens. Diana Brack hatte er etwa eine Stunde später getroffen, aber über die Zeit danach hätte er keine Rechenschaft ablegen können. Gegen vier Uhr nachmittags war er in der russischen Teestube auf der Davies Street gelandet. Er war schon lange nicht mehr da gewesen, bestimmt seit Weihnachten nicht mehr. Das Lokal wurde von ein paar Russinnen betrieben, die den Tee aus dem Samowar servierten. Troy ging nicht wegen des Tees hin – er fand ihn zu bitter, obwohl die Kuchen ganz passabel waren –, sondern wegen der heimischen Laute, dem zischenden Säuseln russischer Stimmen. Russisch sprechender Stimmen, von denen keine einzige an alte Bindungen appellierte, wie seine Familie das tat. Hier konnte er einfach dasitzen und Russisch hören. Und dieser akustische Genuß wurde nicht getrübt durch die moralischen Erpressungsversuche seiner Schwestern – oder die Verachtung, mit der Kolankiewicz ihm gelegentlich einen Satz an den Kopf warf. Hier wurde ihm wieder vorgeführt, aus welcher ethnischen Vielfalt Nordamerika bestand, als nun auch Kanadier und US-Amerikaner in Uniform auftauchten und in fließendem, wenngleich nicht akzentfreiem Russisch ihren Tee bestellten und mit den Frauen hinter der Theke plauderten. Vielleicht war ihm seine eigene Herkunft ja doch nicht so deutlich anzusehen – jedenfalls begannen die zwei Soldaten, die ihm gegenübersaßen, auf russisch loszuschwatzen, als würden sie nicht damit rechnen, daß er sie verstand: Sie unterhielten sich über die Rückständigkeit der Engländer und insbesondere über die geringe Verbreitung von Kühlschränken im Lande sowie die fragwürdige Qualität des einheimischen Biers. Stell dir mal flüssige Wolle vor, sagte der eine, dann weißt du, wie englisches Bier ist. Aber was Milwaukee berühmt gemacht hat, könnte den Briten bestimmt nicht schaden.

Er hörte zu, ohne hinzuschauen, und erfuhr in der Sprache seiner Kindheit, daß er zu einem Mitglied der stursten Rasse der Welt herangewachsen war. Doch das wußte er schon länger. Tosca ließ es ihn in fast jedem zweiten Satz spüren. Tosca. Der Name tanzte den ganzen Heimweg über in seinem immer noch leicht betäubten Hirn herum, aber irgendwie abstrakt, ohne Bezug zur Gegenwart. Solange dieser euphorische Zustand anhielt, fühlte er sich auf seltsame Weise frei von Begehren. Benebelt und geschlechtslos. Er konnte seine Verbindung zu ihr als Bild fassen, sie erschien ihm als eine flatternde Papierschlange, aber Tosca selbst sah er nicht vor sich; er konnte mit ihrem Namen kein Gesicht heraufbeschwören.

Zu Hause fand Troy eine Nachricht von Ruby auf dem Kaminsims. »Hab schon verstanden! Bin heim, um ein bißchen zu pennen. Falls du mich brauchst – du weißt ja, wo du mich findest: am Ende der Straße, ab kurz vor der Polizeistunde. Aber warte lieber, wenn es so aussieht, als hätte ich Kundschaft. Du siehst halt doch immer wie ein Copper aus, und Copper sind nun mal Gift fürs Geschäft. Gruß R. PS.: Klankiwitsch war stinksauer, als ich ihm sagte, du wärst ausgegangen.«

Jetzt war es dunkel. Er setzte sich im Mantel vor den unangezündeten Gasofen und starrte die Tür an. Und als er sie so lange angestarrt hatte, wie er nur konnte, schloß er sie auf, zog Mantel und Schuhe aus, schlich nach oben und legte sich im Dunkeln aufs Bett. Dann hörte er die Türklinke klicken. Hörte bloße Füße leise die Treppe hochkommen. Und sah Diana Brack im Türrahmen stehen, sich den schwarzen Umhang von den Schultern ziehen, die ewig widerspenstige Haarlocke aus dem Gesicht streichen. Die Lust fuhr ihm stechend scharf in den Unterleib. Der Nebel verflüchtigte sich mit dem aufkommenden Begehren, doch damit kehrten auch all die scheußlichen Schmerzen zurück.

Sie trat vors Fenster, das das letzte Zwielicht einrahmte, und zupfte an den Knöpfen ihrer Bluse. Troy stand auf und stellte sich hinter sie. Sie zog ihren Rock bis zu den Hüften hoch, lehnte sich ans Fensterbrett und spreizte die Beine. Er drang in sie ein und stieß zu, bis sein Körper sich anfühlte, als würden sich alle Muskeln auf einmal voneinander losreißen, und er zusammensackte.

Er war sich nicht sicher, aber es kam ihm so vor, als würde sie ihn in die Arme nehmen, hochziehen und zurück aufs Bett legen. Und dann beugte sie sich über ihn, küßte ihn auf die Lippen, überschwemmte ihn mit dem ach so vertrauten Duft.

»Was ist das?« fragte er.

»Was ist was?«

»Dein Parfüm.«

Sie setzte sich auf den Bettrand, zog sich nackt aus.

»Je Reviens«, sagte sie fast flüsternd. »Sehr teuer. Sehr pariserisch. Und seit der Besetzung von Frankreich fast unmöglich zu beschaffen. Mittlerweile dürfte es ein bißchen altmodisch sein. Ich hab es schon als junges Mädchen benutzt.«

Troy wußte das. Der Duft gehörte zu dem Sturz mit dem Fahrrad, dem aufgeschlagenen Knie und dem ersten verwirrenden Kuß.

Sie beugte sich über ihn, stützte seinen Oberkörper mit einer Hand, zog mit der anderen sein Hemd herunter, damit auch er nackt war. Dann streckte sie sich aus, küßte ihn hinters linke Ohr. Er fühlte ihre Brustwarzen über seinen Oberkörper streichen, und schon schoß die alte Flamme wieder in seinen Schwanz hinab. Er hatte keine Ahnung, woher dieses Begehren je die nötige Energie nehmen sollte.

62

Als er erwachte, war es hell, und er war allein. Er schlüpfte in die Hosen und ging nach unten. Die Haustür war verschlossen. Auf dem Kaminsims lehnte ein Zettel. »Bald« stand darauf, und unterzeichnet war er mit »D«.

63

Kurz nach dem Mittagessen rief Wildeve an.

»Ich hatte gerade ne Amerikanerin am Telefon. Sie wollte dich sprechen, hat aber keinen Namen hinterlassen. Ist das vielleicht eine Sache, die ich für dich übernehmen kann?«

»Nein, wirklich nicht. Gibt's sonst noch was?«

»Nur Scheiße. Ich komm nirgendwo weiter. Aber diesmal kann ich ehrlich sagen, daß deine Anwesenheit daran auch nichts ändern würde. Im Savoy war keiner – jedenfalls kein Wayne und keine Brack. Der Portier erkannte ihn aber auf dem Verbrecherfoto, das du mal mitgebracht hast. Meinte, Wayne wäre oft dagewesen, aber seit letztem Dienstag hätte er ihn nicht mehr gesehen – das ist der Tag, an dem wir Lady Diana eingebuchtet haben.«

»Und Onions?«

»Schwirrt irgendwo in der Gegend rum. Aber bisher hat er sich noch nicht nach dir erkundigt, also mußte ich auch noch nicht lügen.«

Troy bezweifelte nicht, daß Onions sich nach ihm erkundigen würde. Und daß Wildeve dann für ihn lügen würde.

An diesem Abend wartete er ruhig und still auf Diana

Brack. Er hörte sich ein Konzert im Radio an, während sich das Zwielicht über ihn senkte, spürte die Schmerzen langsam aus seinen Muskeln weichen und schob gelegentlich die rote Wolke beiseite, die ihm immer wieder ins Blickfeld schwamm.

An diesem Abend kam sie nicht.

Am nächsten auch nicht.

Am Morgen darauf fühlte er sich kräftiger und entsprechend unruhiger. Nachmittags fand er, daß er so lange herumgesessen hatte, wie er überhaupt konnte, daß das Radiohören fad wurde und das Zeitunglesen noch zu anstrengend war, und so zog er seinen Mantel an und marschierte los, Richtung Bloomsbury, ohne ein bestimmtes Ziel vor Augen. Er ging durch High Holborn und weiter bis zur Kreuzung Theobald's Road und Clerkenwell Road. Dort erwischte er die Elektrische Nummer 65, die rumpelnd und funkenschlagend nach Osten, Richtung Limehouse hinaus fuhr. Aber erst auf Höhe der U-Bahn-Station Aldgate East wurde ihm klar, wohin er eigentlich wollte. Er stieg am unteren Ende der Jamaica Road aus und ging schnurstracks zum Union Place, zu Bonhams Wohnung. Eigentlich wollte er nichts weiter als eine Tasse Tee schnorren und dann mit der Tram denselben Weg zurückfahren. Und es bestand ja durchaus die Chance, daß Bonham daheim war. Aber er war es nicht. Troy lehnte sich erschöpft an die Wohnungstür. Es hatte urplötzlich und heftig zu regnen begonnen. Troy schob die Hände in die Manteltaschen, bereit, so lange zu warten, bis sich der Frühlingssturm gelegt hatte, was genauso schnell passieren konnte, wie er aufgekommen war. Zwischen dem Staub, den Splittern und Krümeln, die sich als offenbar ewige Andenken an die Bombenexplosion in den Ecken der Manteltaschen festgesetzt hatten, ertasteten seine Finger den Schlüsselbund, an dem sein Hausschlüssel hing – und der von Wolinski.

Die Wohnung roch trocken und staubig und nach abgestandener Luft. Nach Leere. Troy blieb einen Moment im vorderen Zimmer stehen, das düster und schwer wirkte, wie niedergedrückt vom Gewicht der Bücher. Halb auf Zehenspitzen ging er dann vorbei an den langen Reihen gesammelter Werke ins mittlere Zimmer. Er setzte sich auf einen Stuhl, der noch genau da stand, wo er ihn hatte stehenlassen, als er gekommen war, um Wolinskis Schreibtisch zu durchsuchen. Mit einemmal taten ihm die Beine weh. Er begann sich zu fragen, ob Kolankiewicz' überängstliches Getue vielleicht doch eine gewisse Berechtigung hatte, und schob die rote Wolke noch einmal über den Horizont. Der Regen rann an der Fensterscheibe herab, der Nachmittag ergraute zu einem vorzeitigen Abend, das Licht tröpfelte langsam weg. Lange Zeit saß er einfach nur da und starrte durchs Halbdunkel auf die Fotos, die die Wand bedeckten, dieses zusammengestückelte Porträt Mitteleuropas, das ihn so sehr an die Familienalben erinnerte, die seine Mutter noch immer aufbewahrte – die Wiener Phase der Troys, mit den neugeborenen Zwillingen im Arm und Rod als Kleinkind, eine Zeit, die ihm und jedem Gedanken an ihn vorausging. Troy war, wie seine Mutter damals jahrelang im Scherz gesagt hatte, ihr kleiner Engländer. Er starrte auf die anständigen, wohlmeinenden Gesichter mit ihren anständigen, wohlmeinenden Mienen, die schon untergegangen waren in dem Chaos, das ihre so erbärmlich anständige Gesellschaft in Schach zu halten suchte. Patisserie Demokratie. Ein Schokoladeneclair im Schutzwall Europa. Es gab nur eine Lücke in der Wand aus Gesichtern – da, wo das Foto von Nikolai mit Brand und von Ranke gehangen hatte. Troys Augen wanderten von dem leeren Fleck zum Boden hinunter. Und dort, direkt vor der Fußleiste, lag etwas Glänzendes, Helles. Er hob es auf und mußte sich sofort wieder hinsetzen, so schwindlig war ihm vom Bücken geworden. Es war ein einzelner Perlohrring mit einer silbernen Schraube zur Befestigung – für Frauen gemacht, die keine durchstochenen Ohrläppchen haben. Er legte ihn in die linke Hand und starrte darauf. Bei seinem letzten Besuch war er bestimmt noch nicht dagewesen. Bestimmt nicht? Nein, er hatte die Wohnung gründlich durchsucht, und da wäre ihm selbst ein so kleiner Gegenstand aufgefallen. Er schloß die Hand um den Ohrring und sah hoch zu den Bächen von schmutzigem Wasser, die an der Fensterscheibe herunterrannen – und wieder kam das Rot, und das Rot wurde zu Lila, das Lila zu Schwarz, und dann konnte er nichts weiter sehen als die endlosen, immergleichen Reihen von mitteleuropäischen Gesichtern, die sich in seine Netzhaut eingegraben hatten.

Und so blieb er eine Ewigkeit sitzen, in absoluter Stille, ohne jedes Zeitgefühl. Dann ging die Eingangstür auf, und er hörte Schritte im vorderen Raum. Die Schritte näherten sich, und eine Stimme sprach seinen Namen aus.

»Wer ist da?« fragte er zurück.

»Ja, kennen Sie mich denn nicht mehr? Ich bin's doch, Sydney Edelmann.«

»Wie spät ist es?«

»Etwa acht Uhr, würd ich sagen. Seit wann hocken Sie denn schon hier im Dunkeln?«

Und da wußte Troy, daß es wirklich eine Ewigkeit gewesen war. Eine Ewigkeit aus monotoner Stille. Aber seltsamerweise voller Ruhe, trotz der erschreckenden Dunkelheit.

»Vielleicht fünf Stunden. Ich hatte Angst, mich zu bewegen.«

»Sie hatten Angst, sich zu bewegen?«

Er spürte eine Hand auf seiner Schulter. »Angst, sich zu bewegen? He, Mann, was ist denn mit Ihnen los?«

Edelmann führte Troy die Treppe hinunter zu Bonhams

Wohnung. Troy klammerte sich ans Geländer, er war nicht in der Lage, den Abstand zwischen den einzelnen Stufen abzuschätzen, von der Anzahl der Stufen oder den Treppenabsätzen ganz zu schweigen. Er hörte Edelmann an die Tür klopfen. Hörte Bonhams »Immer mit der Ruhe!« und merkte, daß er ins Wohnzimmer geführt wurde, während unzählige Fragen auf ihn einprasselten.

»Er kann nichts sehen«, sagte Edelmann. »Wie ich da oben reingekommen bin, saß er im Dunkeln und stierte vor sich hin. Blind wie ne Fledermaus!«

64

Troy bekam von Edelmann eine Tasse Allheilmittel in die Hand gedrückt – der leicht ranzige Geruch dieses speziellen heißen Milchtees ließ ihn fast würgen.

»Du bist wirklich ein verdammter Idiot«, sagte Bonham, aber es klang ziemlich hilflos. »Ein sturer Bock.«

Nur das Klopfen an der Tür hielt ihn davon ab, eine Rede *in loco parentis* zu schwingen. Bonham war mit einer Handvoll Pennys zur nächsten Telefonzelle gerannt, um einen Arzt anzurufen. Und der war überraschend schnell gekommen.

Troy hörte, wie der Mann hereinkam und sogleich Edelmann und Bonham mit Fragen bombardierte – als wäre er selbst nicht nur blind, sondern auch taub. Er nippte an seiner ranzigen Brühe, bis er spürte, wie Hände sich auf seine Wangen legten und seinen Kopf nach hinten bogen und ihm der Geruch von altem Pfeifentabak in die Nase stieg. Der bleistiftdicke Strahl einer Arztlampe pikste einen Nadelstich aus Licht in die Dunkelheit.

»Können Sie irgendwas sehen?«

»Ja. Einen hellen Punkt.«

»Sie haben ganz schön was abbekommen, Sergeant Troy. Bombenexplosion, richtig?«

»Ja, mich hat's am Kopf erwischt.«

»Gehirnerschütterung?«

»Ich war 'n paar Tage bewußtlos.«

»Was? Und dann sind Sie einfach entlassen worden?«

An dieser Stelle schaltete sich Bonham ein. »Auf eigenen Wunsch entlassen worden. Hat sich für oberschlau gehalten.«

Jetzt erschien der Lichtpunkt vor seinem anderen Auge – ein winzig kleiner Zug am Ende eines langen Tunnels. Dann untersuchten die Hände seinen Schädel, betasteten die Beulen und Narben und die drei Stiche von Kolankiewicz.

»Die hier sind aber frisch. Höchstens ein paar Tage alt. Mit der Bombe können die nichts zu tun haben.«

»Nein. Ich bin letzten Freitag überfallen worden. Und da hab ich ein paar wüste Treffer eingesteckt«, sagte Troy fast entschuldigend.

Er hörte den Arzt tief Luft holen. Es klang, als würde er den Kopf schütteln.

»Haben Sie jemals mit dem Gedanken gespielt, Versicherungsvertreter zu werden, Sergeant? Wenn Sie nämlich so weitermachen, dann bringt Ihr derzeitiger Beruf Sie mit Sicherheit bald ins Grab. Eigentlich müßten Sie stationär behandelt werden, aber vermutlich werden Sie nicht ins Krankenhaus zurückgehen. Daß Sie sich nur eine Erblindung eingehandelt haben und dazu nur eine zeitweilige, das grenzt schon an ein Wunder. Jede Menge Ruhe, und der Sehnerv wird sich höchstwahrscheinlich wieder ganz regenerieren. Ich mach Ihnen jetzt einen Verband um die Augen. Die nächsten paar Tage werden Sie nichts sehen, und Ihre Augen werden sich zwangsläufig erholen. Aber wenn Sie sich nicht an meine Anweisungen halten, werden Sie nie wieder sehen können. Haben Sie mich verstanden? So, und jetzt muß ich Ihnen erst mal die Fäden ziehen.«

Er spürte einen stechenden Schmerz, und dann umwickelten geschickte, feinfühlige Hände seinen Kopf. Essig und Packpapier, dachte Troy.

»Und jetzt«, sagte der Arzt, »nennen Sie mir noch den Namen Ihres Chefs.«

»Was?« fragte Troy.

»Den Namen Ihres Vorgesetzten, Ihres Superintendent.«

Troy ahnte das Schlimmste. Das Aus für all seine wohldurchdachten Pläne.

»Wer sind Sie?« fragte er.

»Wer ich bin? Polizeiarzt in diesem Bezirk, Mr. Troy.«

Bonham begleitete Troy im Taxi zurück zur St. Martin's Lane.

»Er ist mir einfach als erster eingefallen. Ich bin gar nicht auf die Idee gekommen, daß es vielleicht unklug sein könnte.«

»Schon in Ordnung, George. Woher hättest du das auch wissen sollen?«

»Ich meine, mir ging's in erster Linie um die Zeit. Es mußte ja schnell gehen, und er war ganz in der Nähe. Leman Street. Ich fand es nur logisch, einen von unseren Leuten anzurufen.« Bonham unterbrach sich. »Vielleicht«, sagte er dann nachdenklich, »vielleicht schickt er dem Yard ja gar keinen Bericht.«

»George, bitte!«

Es war gar nicht so leicht, Bonham davon zu überzeugen, daß er nicht dableiben mußte. Troy beteuerte immer wieder, wie gut er allein daheim zurechtkam. Was sollte ihm schon in seinen eigenen vier Wänden passieren? Er kannte das

Haus wie seine Westentasche. Schließlich ging Bonham, und Troy knallte gegen alle möglichen Hindernisse auf dem Weg zwischen Wohnzimmer und Küche und hätte sich beim Teemachen fast die Hand verbrüht.

Beim fünften Versuch schaffte er es, das Gasfeuer anzuzünden, und ertastete sich seinen Weg zum Sofa. Das Radio würde er später suchen. Jetzt war er erst einmal ziemlich erschöpft; er tauchte in seine Dunkelheit zurück und fragte sich, wie er so je zurechtkommen sollte.

65

In seine Dunkelheit kam:

Der Polizist.

»Freddie. Ich bin's. Jack. Wie geht's dir? Du hast ja ne Ewigkeit gebraucht, um ans Telefon zu kommen.«

»Ich mußte im Dunkeln danach suchen. Und bei der Gelegenheit hab ich mir die Schienbeine am Klavier angeschlagen und mich fast auf die Schnauze gelegt.«

»Ja klar. Tut mir leid, ich hab im Moment nicht dran gedacht. Freddie ...«

Er unterbrach sich. Troy hörte ihn tief Luft holen. Es klang, als käme gleich ein längerer Redeschwall.

»Als ich heute morgen reinkam, war Onions in deinem Büro. Aufgebaut vorm Kamin, ne Woodbine in der Hand – du weißt schon. Er wollte einen ausführlichen Bericht. Ab dem Tag, als Miller erschossen wurde. Ich hatte wirklich keine große Wahl, Freddie. Zumal auch der Arztbrief gekommen war.«

»Schon gut, Jack. Du kannst doch nichts dafür.«

»Er wurde nicht mal wütend. Dabei wäre das vielleicht besser gewesen. Manchmal kann ich sein Schweigen zwischen den einzelnen Fragen kaum aushalten. Ach ja, ich hab so das Gefühl, daß er bei dir vorbeischauen wird, sobald er einen Moment Zeit hat. Und noch was – deine Schwester hat angerufen. Welche von den beiden, weiß ich nicht; sie sagen's ja nie. Ich hab ihr erzählt, du wärst in Norfolk. Norfolk wird für dich jetzt wohl so was wie deine Alibi-Adresse.«

Troy brauchte tatsächlich dringend eine Alibi-Adresse. Wenn es etwas gab, das ihm im Leben fehlte, dann war es eine gute, seriöse Alibi-Adresse.

Troy wartete. Hörte den Tritt von Onions' nagelbeschlagenen Stiefeln auf dem Hof. Das langgezogene Quietschen der Türangeln.

»Nicht besonders klug, die Tür unverschlossen zu lassen.«

Troy drehte den Kopf in Richtung von Onions' Stimme. »Jedenfalls erspart's mir ne Menge blauer Flecken. Schon komisch, wie schlecht manche Leute ihr eigenes Zuhause kennen.«

»Was haben Sie denn erwartet?«

Troy hörte es rascheln, als Onions seinen Mantel ablegte.

»Jetzt könnte ich ne Tasse Tee brauchen. Bleiben Sie, wo Sie sind. Ich mach uns welchen.«

Onions klapperte in der Küche herum. Troy hörte das leise Puffen, mit dem der Gasbrenner anging, und dann Schritte zurück ins Wohnzimmer, das Quietschen des Sofas, als Onions mit seinem vollen Gewicht darauf Platz nahm, das Kratzen eines Streichholzes, als er seine übliche Woodbine anzündete, das genußvolle Ausatmen des Rauchs, der Troy gleich darauf in die Nase stieg.

»Ich hab mich kurz mit Ihrem jungen Kollegen unterhalten. 'n echt intelligentes Kerlchen. Jedenfalls intelligent genug, um zu wissen, wann man mit dem Lügen aufhören sollte.«

»Wenn ich Ihnen gleich alles gesagt hätte, dann hätten Sie mich suspendiert. Dann wäre ich von dem Fall abgezogen worden.«

»Ganz recht. Für vielleicht vier, fünf Tage. Aber wie's jetzt aussieht, sind Sie auf unbestimmte Zeit weg vom Fenster.«

»Bis meine Augen verheilt sind«, warf Troy schnell ein.

»Und das heißt doch auf unbestimmte Zeit, nicht?«

Troy gab keine Antwort.

»Der Arzt aus Stepney wollte sich jedenfalls nicht genau festlegen, als ich ihn fragte, wie lange ich auf Sie verzichten muß. Und dummerweise kann ich derzeit eigentlich gar nicht auf Sie verzichten.«

Troy wollte sich schon entschuldigen, aber dann sagte ihm sein Gefühl, daß Onions auf etwas anderes hinauswollte. Er war nicht gekommen, um seine Anteilnahme zu bekunden oder sich irgendwelche Entschuldigungen anzuhören.

»Sie sind der Detective mit der besten Spürnase, den ich kenne.«

»Diesmal hat mir meine Spürnase aber nichts Gutes eingebracht.«

»Ach Gott, dann haben Sie halt auch mal den Dummen gespielt – aber das ist jetzt Nebensache. Nein, als Sie den Fall übernahmen, hatten Sie so gut wie keine Anhaltspunkte, aber Sie sind drangeblieben. Sie hatten praktisch nichts in der Hand, aber Sie haben das Opfer identifiziert und sogar den Mörder. Spielen Sie diese Leistung jetzt nicht herunter.«

»Wir sind ganz nah dran.«

Darauf trat eine lange Pause ein. Onions zog geräuschvoll an seinem Glimmstengel.

»Nein. Nein. Das sind Sie nicht. Und das meine ich auch nicht. Mal ganz ehrlich, Freddie: Sind Sie auch nur einen

Schritt weiter als an dem Tag, als wir beide beim MI-5 waren? Haben Sie auch nur irgend etwas anderes als Indizien? Hat irgend jemand Wayne auch nur von weitem gesehen, seit Miller ermordet wurde?«

Troy gab keine Antwort.

»Sie haben die beste Spürnase von allen«, sagte Onions noch einmal. »Und ich brauche Sie jetzt. Aber leider kann ich Sie nicht einsetzen. Ich kann nur Gutteridge und Thomson einsetzen.«

Troy hörte die leise Abschätzigkeit heraus, mit der Onions von Gutteridge und Thomson sprach.

»Ich hab zwei frische Mordfälle aufzuklären«, fuhr Onions nach kurzer Pause fort. »Einen von gestern, einen von heute. Und eigentlich kann ich überhaupt nicht auf Sie verzichten.«

Troy widerstand noch einmal dem Impuls, sich zu entschuldigen.

»Ich kann nur Gutteridge und Thomson einsetzen.«

»Heißt das, Sie haben die zwei von meinem Fall abgezogen?«

»Mir ist nichts anderes übriggeblieben. Obwohl sie sich auch dabei wieder saublöd anstellen werden. Die zwei sind doch nur deswegen noch bei uns, weil ich niemand anders kriegen kann. Und weil sie zu alt für die Armee sind. Tja, damit muß ich nun leben – mit zwei verschnarchten Kerlen, von denen nicht mal die Armee was wissen wollte. Zu alt und zu langsam. Und irgendwie hab ich 's ja so kommen sehen. Deshalb hab ich Sie nicht zur Armee gehen lassen.«

»Wie bitte?«

»Die wollten Sie 1940 einziehen. Das hab ich verhindert.«

»Sie haben meine Einberufung verhindert? Ohne mir einen Ton davon zu sagen?«

»Ja, wären Sie denn gern Soldat geworden?«

»Darum geht es nicht.«

»O doch. Sie haben nie ein Hehl daraus gemacht, wie Sie zur Armee stehen. Und ich hab Sie behalten, weil ich Sie brauchte. Genau wie Sie Ihren jungen Kollegen behalten haben. Wenn Sie da nicht mit dran gedreht hätten, wäre der doch schon vor Monaten eingezogen worden. Ich brauche Sie. Ich brauche Sie beide. Aber Sie fallen aus, und ich muß Gutteridge und Thomson einsetzen.«

»Das haben Sie jetzt schon ein paarmal gesagt.«

Der Kessel fing an zu pfeifen. Onions erhob sich. Troy wartete stumm, bis er eine Hand auf seiner Schulter fühlte, Onions sagen hörte: »Aber verschütten Sie ihn nicht«, das Plopp von drei Zuckerwürfeln und das Klappern eines Löffels beim Umrühren hörte. Troy ließ seine Tasse stehen. Onions kochte einen grauenvollen Tee. Tiefbraun, durch kaum einen Spritzer Milch aufgehellt, sicherlich bestens geeignet zum Färben von Wildleder.

»Ich hab es ein paarmal gesagt, weil es mich schon ganz wahnsinnig macht. Ich bin wirklich in der Bredouille. Junges Mädchen – besser gesagt höheres Töchterchen – aus Golders Green tut Rattengift in die Teekanne und putzt ihre ganze Familie weg. Jedenfalls sieht's ganz so aus.«

»Was meinen Sie damit?«

»Sie hat die Biege gemacht. Also konnten wir sie ja schlecht vernehmen, nicht? Und dann hab ich auch noch einen typischen Fall für Troy: Zwei Matrosen von der Kriegsmarine streiten sich um eine Nutte, und kurz darauf wird einer von den beiden abgemurkst im Hyde Park gefunden, und der zweite streitet alles ab. Verstehen Sie mich jetzt? Solche Nüsse würden Sie in ein, zwei Tagen knacken. Aber dummerweise fallen Sie aus.«

»Und Sie müssen Gutteridge und Thomson einsetzen«, brachte Troy den Satz zu Ende.

»Das ist aber noch nicht alles. Ich werd auch den Jungen brauchen.« Troy wußte, daß er jetzt ganz ruhig bleiben mußte. Onions verlangte keine großen Respektbekundungen von seinen Untergebenen – man konnte ihm unverschämte Fragen stellen, offen widersprechen, aber nie im Zorn.

»Stan, wenn Sie das tun, geht uns Wayne durch die Lappen.«

»Das ist doch schon längst passiert.«

»Wenn Sie Wildeve von dem Fall abziehen, komm ich wirklich in Teufels Küche.«

»Ich habe Wildeve schon abgezogen. Ich habe ihn vor einer Stunde auf die beiden neuen Fälle angesetzt. Ich mußte es tun. Er wird Tom Henrey zuarbeiten. Tom hat nun wirklich mehr als genug am Hals.«

Henrey war zwar Detective Inspector, stand aber innerhalb von Onions' Team etwa auf der gleichen Stufe wie Troy – ein anständiger, ehrlicher Malocher. Ein Mann, der Onions wenig Ärger machte, aber nicht gerade ein Vordenker.

Jetzt stand nur noch die eine Frage an. »Und was ist mit mir?«

»Wir werden sehen. Solange Sie nichts sehen können, nutzen Sie mir verdammt wenig. Und wenn Sie sehen könnten, würde ich Sie jetzt auch auf meine neuen Fälle ansetzen. Sollten Sie bei Ihrer Rückkehr der Meinung sein, daß der Stepney-Mord immer noch heiß ist, dann werden wir sehen. Vielleicht schafft Jack es ja, Golders Green oder Hyde Park aufzuklären. Vielleicht aber auch nicht. Verstehen Sie mich nicht falsch, Freddie. Wenn wir mal für einen Moment außer acht lassen, daß Sie versucht haben, mir Sand in die Augen zu streuen, haben Sie wirklich gute Arbeit geleistet – aber es zahlt sich immer aus zu wissen, wann man aufhören muß.«

»Mir ist, als wäre es gar nicht lange her, daß Sie zu mir gesagt haben ...«

»Ich weiß sehr wohl, was ich zu Ihnen gesagt habe. Sie brauchen mir nicht meine eigenen Worte vorzuhalten. Also noch einmal: Wir werden sehen.«

Wir werden sehen. Der klassische väterliche Spruch. Zu vage, um sich darauf berufen zu können. Mit anderen Worten: Nein. Wir werden sehen. Das genaue Gegenteil zu dem ewigen »Wenn du so willst« seines eigenen Vaters.

»Wir werden sehen«, wiederholte Troy ironisch. »Na, hoffentlich werde ich sehen. Stan, ich hab mir das hier doch nicht selbst zugefügt!«

»Na bitte – noch ein ungeklärtes Verbrechen.«

»Ach, Sie wissen doch verdammt genau, wer das war!«

»Sagen Sie mir nicht, es wäre Wayne gewesen. Er war's nicht. Er ist seit Millers Ermordung nicht mehr gesehen worden. Er war nicht im Savoy – laut Wildeve seit dem Tag nicht mehr, als Sie Diana Brack verhaftet haben. Und er wird den Teufel tun und noch mal aus dem hübschen Versteck auftauchen, das ihm die Yankees irgendwo organisiert haben, nur weil er scharf darauf ist, Ihnen den Buckel vollzuhauen!«

Es trat eine peinliche Pause ein. Troy machte sich darauf gefaßt, daß Onions ihn gleich fragen würde, warum das Savoy in keinem seiner Berichte über Diana Bracks Vernehmung erwähnt war. Aber Onions begann mit dem Löffel gegen seine Teetasse zu schlagen, und dieses monotone Geräusch machte Troy klar, daß das Gespräch vorüber war. Stan hatte ihm die Meinung gesagt, und er wollte nicht darüber diskutieren. Er hörte das Quietschen der Couchfedern, als Onions sich erhob, das Rascheln, als er sich in seinen Tweedmantel zwängte.

»Ich muß mal wieder los. Haben Sie einen Arzt, der nach Ihnen sieht?«

»Ja. Kolankiewicz will den Verband in fünf, sechs Tagen abnehmen.«

»Na, viel Vergnügen. Ich würde ja eher zu einem Schweineschlachter gehen als zu diesem Verrückten. Also dann – ich laß die Haustür einfach einschnappen, ja?«

Onions stapfte hinaus. Nur der Geruch nach Woodbines blieb noch in der Luft hängen.

In seine Dunkelheit kam:

Die Hure.

Die jeden Abend zwischen sieben und acht vorbeischaute. Die für zwei schwatzte und für zwei kochte. Troy reagierte, wie von ihm erwartet wurde – mit »Aah« und »Hmm« und anderen Ausdrücken der Zustimmung, es fehlte bloß noch das traditionelle »Also was sagt man dazu?«. Seine Blindheit sprach sie nicht ein einziges Mal an, weder direkt noch indirekt. Nur ihre neue, selbstgewählte Rolle wies auf seine momentane Hilflosigkeit hin. Sie ging immer eine Stunde vor der Polizeistunde und immer mit den Worten »Die Pflicht ruft«, manchmal in der Variante, daß sie ihren Beitrag zu den Kriegsanstrengungen leisten müsse.

In seine Dunkelheit kam:

Die Beinahe-Ärztin.

»Troy?«

Er fuhr aus einem leichten Schlaf hoch. Im Hintergrund murmelte das Radio. Eine Stimme, die er nicht erkannte, sagte seinen Namen.

»Troy. Ich bin's!«

Noch immer hatte er keine Ahnung, wer sie sein mochte.

»Anna Pakenham.«

»Äh?«

»Kolankiewicz schickt mich. Er meint, es wäre Zeit, daß Ihr Verband runterkommt.«

Er versuchte aufzustehen und spürte sogleich ihre flache

Hand auf seinem Brustkorb, die sanften Gegendruck ausübte.

»Kommt nicht in Frage. Bleiben Sie ganz ruhig liegen und lassen Sie mich machen.«

»Wo ist Kolankiewicz?«

»Beim Knochensägen. Buchstäblich. Als ich gegangen bin, war er gerade dabei, irgendeinem armen Kerl die Schädeldecke wegzufräsen. Ich soll Ihnen seine brüderlichen Grüße ausrichten sowie tausend ›Hab ich's nicht gesagt!‹.«

Das klirrende Geräusch von Stahl auf Stahl, als sie in den Verband schnitt.

»Ich hab so was seit dem Medizinstudium nicht mehr gemacht, also rühren Sie sich lieber nicht, wenn Sie Ihre beiden Ohren behalten wollen.«

»Ich wußte nicht, daß Sie Ärztin sind.«

»Bin ich auch gar nicht. 1940 war ich im vorletzten Jahr, und mein Kerl war bei den Fliegern. Tja, und er dachte, für uns wär's demnächst ausgestanden, also könnten wir alle Vorsicht in den Wind schießen und gleich heiraten. Ich hab ihm geglaubt. Und rausgekommen ist dabei, daß ich mich 41 ein halbes Jahr lang als Witwe fühlen durfte – die Deutschen lassen sich gern viel Zeit, bis sie einem mitteilen, wen sie in Kriegsgefangenschaft sitzen haben. Jedenfalls ging damals mein Konzentrationsvermögen futsch, und ich hab mir ein Freisemester genommen. Und jetzt – jetzt kann ich nicht mehr zurück, bis alles vorbei ist. Also arbeite ich für den polnischen Grobian. Und Angus sitzt in Colditz fest.«

Sie stand hinter ihm, während sie redete, und wickelte vorsichtig die Verbände ab. Er hatte Anna seit Ewigkeiten nicht gesehen. Schon merkwürdig, daß er nun ausgerechnet sie als erste wiedersehen würde.

»Ich kann nicht sehen«, sagte Troy. »O Gott, ich kann immer noch nicht sehen!«

Sie faßte ihn am Kinn, sprach ihn direkt an. »Können Sie irgend etwas erkennen, Troy? Umrisse, Licht, irgend etwas?«

»Nein, verdammt, nicht das geringste!«

»Sie werden Geduld brauchen, Troy. Jede Menge Geduld.«

In seine Dunkelheit kam:

Die Geliebte.

Er war als Kind ein recht guter Klavierspieler gewesen, aber als Jugendlicher hatte er zuwenig geübt, und mittlerweile spielte er höchstens alle zwei Wochen einmal, aus Pflichtgefühl oder aus Langeweile. Nun, am siebten Tag seiner Blindheit, vergaß er die blauen Flecken an den Schienbeinen, vergab dem viktorianischen Wandklavier, das seine Mutter ihm ostentativ zum Einzug geschenkt hatte, und entschloß sich auszuprobieren, wie viele von Debussys »Préludes« er noch aus dem Gedächtnis spielen konnte. Aber weniger aus nostalgischen Gründen – lange vor dem Krieg hatte seine Mutter ihn einmal nach Hannover zu einem Konzert mit Walter Gieseking mitgenommen –, sondern weil er an den blinden Pianisten George Shearing denken mußte, der zur Zeit mit einem Debussy-Programm auftrat. Und es war dieses beflügelnde Das-kann-ich-auch-Gefühl, mit dem er sich zum Klavier vortastete und stümpernd mit den »Danseuses de Delphes« begann. Etwa beim fünften Präludium packte ihn der alte Ehrgeiz, und die »Cathédrale Engloutie« schaffte er schon fehlerfrei. Abends um halb acht unterbrach er sein Spiel, um sich Rubys Geplauder anzuhören, aß dankbar, was sie ihm gekocht hatte, und merkte, daß er sich so wohl fühlte wie seit Tagen nicht. Er erfüllte ihr den Wunsch nach etwas, das sie kannte – »Was zum Mitsummen« –, und haute »The Lambeth Walk« und »Any Old Iron« in die Tasten, während sie vor Vergnügen kreischte, wechselte dann aber einer Eingebung folgend zu Gershwins »Somebody to Watch Over Me«. Sie schien zu verstehen, was er damit ausdrücken wollte – jedenfalls ließ sie ein deutliches Schniefen vernehmen, und als der letzte Ton verklungen war, sagte sie »Herrlisch« und erklärte, jetzt müsse sie aber los. Erfreut über das, was er zuwege gebracht hatte, nahm er die Melodie wieder auf. Er spielte sie immer noch, als sich Minuten später die Tür öffnete. Zuerst dachte er, es müsse Ruby sein, die eine gute Ausrede gefunden hatte, um noch einmal zurückzukommen, doch als die Abendbrise durch die offene Tür den Duft von Je Reviens hereintrug, da wußte er, daß es Diana Brack war.

Ihre Finger begannen an seinem Ohr und fuhren sanft über den Wangenknochen hinab. Mit der Spitze ihres kleinen Fingers schob sie seine Lippen auseinander, während ihre Zunge über sein Ohr tanzte. Er brach das Spiel ab, wie gelähmt von der Lust, die durch seinen Körper schoß. Seine Finger klebten auf den Tasten, hielten den letzten Akkord. Er drehte sich auf dem Klavierhocker, um seinen Kopf in ihrem Kleid zu vergraben, um in ihrem Duft zu schwimmen.

»He Baby. Nicht aufhören. Ich bin 'n echter Gershwin-Fan.«

Er schrie laut auf, schoß vom Hocker hoch, kippte nach hinten und knallte im Fallen mit voller Wucht gegen die Wand. Die riesige Welle Je Reviens näherte sich.

»Wassis los, Baby? Hab ich dich erschreckt?«

Ihre Hände zupften an seinen. Sie hatte nicht das nötige Gewicht, um ihn hochziehen zu können.

»Schön langsam. Na komm zu Mamma.«

Er stand auf, zitterte vor Schreck. Tosca schlang die Arme um ihn, küßte ihn zart auf die Lippen, stürzte ihn mit ihrem Duft in noch tiefere Verwirrung.

»Du hast ein neues Parfüm«, sagte er schließlich.

»Und ich dachte schon, du würdest es nie merken. Weißt du, wir haben gerade einen von unseren Jungs aus Paris rausgeholt. Die Abwehr war ihm schon auf den Fersen. Und das hat er mir als Geschenk mitgebracht. Er meint, hier kann man es nirgendwo mehr kriegen, selbst wenn man sich auf den Kopf stellt.«

»Da hat er recht«, keuchte Troy. »Aber hör mal, du mußt jetzt gehen.«

»Jetzt? Ich bin doch grad erst gekommen. Und ich hab dich über zwei Wochen nicht gesehen. Allmählich dachte ich schon, dir wäre was zugestoßen. Du bist wirklich nicht leicht zu finden. Wieso hast du mir eigentlich nie erzählt, wo du wohnst? Wenn ich gewußt hätte, daß wir so gut wie Nachbarn sind ...«

»Nein! Nein!« Er schrie fast. »Du mußt sofort gehen. Es ist nicht ... es ist nicht ... nicht sicher!«

»Nicht sicher? Ja wovor denn nicht? Ach so. Verstehe. Du meinst doch nicht etwa Scotland Yard?«

»Ganz genau. Mein Superintendent, der kommt jeden Abend vorbei.«

»Heißt das, du würdest Ärger mit ihm kriegen, nur weil ich da bin? Könnte ich denn nicht deine Kusine Katie aus Kalamazoo sein?«

»Nein. Glaub mir, du mußt fort, bevor ...«

Er spürte eine Luftbewegung. Sie wedelte mit einer Hand dicht vor seinen Augen herum.

»Gottverdammt! Du kannst nicht sehen – richtig?«

Troy gab ihr keine Antwort. Spürte, wie zwei Hände seinen Kopf packten und hinunterzogen. Demnach sah er jetzt wohl in ihre Augen und sie höchstwahrscheinlich in seine.

»Hatte ich also doch recht! Dir ist wirklich was zugestoßen! O Gott!«

»Es ist nur vorübergehend. Ehrlich. Der Verband ist erst gestern abgenommen worden. Das Sehvermögen kommt wieder, aber das dauert einfach ein bißchen.«

Wenn er gewußt hätte, in welcher Richtung sich die Haustür befand, dann hätte er sie dorthin gelotst.

»Bitte«, sagte er und hoffte dabei, sie würde nicht noch mehr wissen wollen. Insbesondere nicht, was genau mit seinen Augen passiert war.

Sie küßte ihn noch einmal.

»Okay, okay ... aber sobald du wieder sehen kannst, kommst du als erstes bei mir vorbei.«

Wieder küßte sie ihn. Dann hörte er sie resigniert seufzen und wußte, daß sie ihm die Lüge abnahm, die sie ihm selbst in den Mund gelegt hatte. Er hörte die Tür quietschend aufgehen. Sie blieb stehen.

»Troy? Du liebst mich doch noch, oder? Ich meine, es sind doch bloß die Augen? Und sonst gibt es nichts, was ich wissen müßte?«

»Nichts«, log er. »Überhaupt nichts.«

In diesem Moment kam es ihm vor, als hinge sein Leben neuerdings in einem Netz aus Lügen fest, das er selbst geknüpft hatte. Er wußte, warum der Duft von Je Reviens ihn zutiefst erschreckt hatte. Er wußte, daß er bei dem Gedanken, sie könnte noch dasein, wenn Diana Brack erschien, in solche Panik geraten war – aber die Heftigkeit seiner Empfindungen speiste sich aus etwas, das weit in die Kindheit zurückreichte. Und außerdem hatte er schon Tage vor seiner Fahrt nach Stepney vergeblich auf Diana Brack gewartet.

Keine Stunde später ließ die Tür wieder ihr langgezogenes Quietschen vernehmen. Noch ein Schwall von Je Reviens. Sein Puls raste. Er hielt ewig lang den Atem an. Das Yaleschloß schnappte ein.

»Ich hatte schon fast das Schlimmste befürchtet«, sagte Diana schließlich.

66

Nachher. Sie rollte von ihm – fast ein bißchen zu früh. Sie küßte ihn sanft auf beide Augenlider, als wolle sie sie gesundküssen, und kuschelte sich dann in seine Armbeuge. An ihren regelmäßigen Atemzügen merkte er, daß sie schon halb schlief, und kurz darauf döste auch er ein.

Es war hell, als er aufwachte. Und sie war immer noch da. Zum erstenmal. Er hatte ein paar Sekunden lang doppelt und dreifach gesehen und entnervt dagegen angeblinzelt, bis ihm aufgegangen war, daß er tatsächlich wieder sehen konnte.

Er stellte fest, daß er bei allergrößter Anstrengung einen Gegenstand etwa zehn Sekunden lang fixieren konnte. Er nahm sich das Fenster vor, sah es erst vierfach und dreifach und dann tatsächlich scharf, doch als er seinen Augen einen Moment Ruhe gönnte, löste sich das Bild auf. Er versuchte, Diana Brack zu fixieren, und langsam löste sich eine Haarsträhne, die sie sich hinters Ohr geschoben hatte, dicht vor seinen Augen auf. Er berührte das Ohr. Sie murmelte im Schlaf, bewegte sich aber nicht. Er fuhr mit den Fingerspitzen zu ihrem Ohrläppchen hinunter und versuchte noch einmal, das Bild scharf einzustellen. Was seine Finger ertastet hatten, war ein kleiner goldener Ohrring, wie er getragen wird, um das Zuwachsen des Lochs zu verhindern. Der Perlohrring mit der Silberschraube lag noch in der Brusttasche seines Mantels. Wer ihn auch immer in Wolinskis Wohnung verloren hatte, Diana Brack war es jedenfalls nicht gewesen. Dabei hatte er das beinahe gehofft – es hätte die Sache enorm vereinfacht. Aber was war neuerdings noch einfach?

Sie machte Frühstück für zwei. Gehüllt in seinen alten seidenen Morgenmantel, hantierte sie zu leisem Radiogebrumm am Herd. Ein bißchen munteres Geplauder wäre genau das richtige gewesen, um der Situation das Peinliche zu nehmen, aber Plaudern paßte so gar nicht zu ihr. Sie stellte ihm ein gekochtes Ei hin, das leicht wacklig auf seinem Eierbecher mit Hühnermuster thronte, und er sah sie vielfach, aufgefächert, wie Spiegelstücke in einem Kaleidoskop. Wieder fixierte er sie mit den Augen. Sie beugte sich vor, um sein Ei feinsäuberlich zu köpfen. Als sie sich zurücklehnte, konnte er deutlich sehen, wie sie lächelte – dieser herrliche breite Mund, die geraden weißen Zähne – und die widerspenstige Haarsträhne hinters Ohr schob. Außer in der Unkontrollierbarkeit des Schlafes hatte er sie seit dem Abend, als sie sich im Adelphi begegnet waren, nicht mehr lächeln sehen. Erst jetzt entdeckte er vertraute Züge in ihrem Gesicht: eine verblüffende Ähnlichkeit mit der Schauspielerin Judy Campbell, die in so vielen Stücken von Noël Coward spielte – und Miss Campbell ihrerseits war ja eine Greta Garbo, wie Modigliani sie gemalt hätte.

»Was starrst du so?«

»Ich starre aus schierer Freude darüber, daß ich das wieder kann.«

Er beobachtete sie beim Essen, aß selber nichts, so berührt war er von der Grazie, die er in all ihren Bewegungen entdeckte. Sie löffelte nur ein Ei aus, aber nach Troys Empfinden hätte sie ebensogut ein japanisches Teezeremoniell abhalten können. Streng und schön und unverständlich.

»Iß dein Ei«, sagte sie.

Er fing an zu frühstücken. Fragte sich, was es war, das er in ihr sah, ohne es in Worte fassen zu können. Ein Gesicht, für das ein Mann töten oder sich töten lassen mochte – das hatte er an jenem Abend in der Tite Street spontan gedacht. Aber dieser Gedanke gehörte in eine andere Welt, ein anderes Leben; er war ihm überhaupt nicht mehr nachvollziehbar.

»Hast du heute schon in den Spiegel geschaut?« fragte sie, als er den letzten Bissen aufaß. »Du bist schon mehr als stachlig.«

Troy legte eine Hand auf sein Kinn. Er hatte nicht versucht, sich zu rasieren, ja nicht einmal daran gedacht, wie er wohl aussehen mochte.

»Morgen«, sagte er. »Heute schaff ich das noch nicht.«

Sie ging hoch ins Badezimmer und kam mit seinem Streichriemen, Rasiermesser und Dachshaarpinsel zurück. Am Spülbecken schlug sie Rasierschaum und stellte dann eine Schale mit heißem Wasser vor ihn hin. Doch erst als das Handtuch um seinen Hals festgesteckt war, äußerte sie, was sie vorhatte: »Ich werde dich rasieren.«

»Hast du so was schon mal gemacht?«

»Ja.«

Sie schäumte sein Gesicht ein. Troy schloß die Augen und schnüffelte dem letzten Hauch von verbranntem Zimt nach, der noch an ihr haftete. Fühlte das sanfte Kratzen der Klinge auf seinem Hals langsam aufwärtsfahren, zuerst die eine Wange hoch, dann die andere, und zwischendurch vorsichtig über seine Oberlippe gleiten. Sie sagte nicht einen Ton. Troy hörte überdeutlich ihren Atem, der langsam und gleichmäßig ging, beruhigend und zugleich verführerisch. Sie wischte ihm das Gesicht ab. Einen Moment lang blieben ihre Finger auf seiner linken Wange liegen, ein paar Zentimeter unter dem Auge; ihr Daumen fuhr immer wieder über dieselbe Stelle. Noch einmal berührte der Stahl die Haut, verharrte auf dieser Stelle und schnitt dann scharf in seine Wange. Er machte die Augen auf, spürte, wie ihm das Blut schon übers Gesicht lief, sah, wie sie sich vorbeugte, um die Wunde zu küssen.

Sie trat einen Schritt zurück, leckte sich über den Mund. Etwas von seinem Blut klebte noch an ihrer Unterlippe. Sie lächelte, aber er wußte, daß es Absicht gewesen war.

67

Als drei Tage später seine Augen wieder normal funktionierten, der Schnitt auf seiner Wange ein winziger Streifen Schorf und die rote Wolke nicht mehr als eine lästige Erinnerung war, kehrte Troy zur Arbeit zurück.

Es war noch zu früh für Wildeve. Auf seinem Schreibtisch türmten sich ordentlich geschichtete Papierberge. Troys Schreibtisch sah sogar noch ordentlicher aus: Er war leer bis auf seinen Tintenlöscher und seinen Kalender. Troy machte den Arm lang, nahm den Kalender, der wie eine stehengebliebene Uhr auf das Datum verwies, an dem er Diana Brack zum letztenmal vernommen hatte. Er riß den dicken Stapel Kalenderblätter mit einem Ruck heraus, und als sie in seinen Papierkorb flatterten, hörte er jemanden an den Rahmen der Tür klopfen, die er hatte offenstehen lassen.

»Wurde aber auch Zeit. Allmählich glaubte ich schon, ich hätte Sie mir nur eingebildet.«

Onions lehnte seinen schweren Leib gegen den Türpfosten. Er lächelte, soweit man bei ihm überhaupt von Lächeln reden konnte.

»Heute kommen Sie mir nun wirklich wie gerufen.«

»Ärger?« fragte Troy erwartungsvoll und spürte etwas Heißes durch seine Adern schießen.

»Kennen Sie den Black Swan in der East India Dock Road?«

Troy schüttelte den Kopf.

»Da wurde einer tot in seinem Zimmer aufgefunden. Überall Blut. Tür war von innen verschlossen. Ein echter Sherlock-Holmes-Fall. Fahren Sie hin, bevor die Bobbys dort alle Spuren zertrampeln – die Nachricht ist um 7 Uhr 44 eingegangen. Der Kollege vor Ort schätzt, daß er gegen

6 Uhr 30 gefunden wurde. Der Polizeiarzt erwartet Sie am Tatort.«

Troy brannte die Frage auf der Zunge, wo Wildeve war, wann er selbst sich wieder an Wayne dranmachen konnte und ob Henrey seine Fälle gelöst hatte. Nur die letzte Frage schien ihm opportun. Doch Onions kam ihm zuvor.

»Nehmen Sie Wildeve mit – oder lassen Sie dem Jungen eine Nachricht da. Er ist im Moment für nichts anderes eingeteilt.«

Troy sah noch einmal auf den Papierberg.

»Hat Tom Golders Green und Hyde Park gelöst?«

»Also eigentlich«, sagte Onions, »hat das Ihr Junge erledigt. Tom ist heilfroh, aber auch leicht betreten, wenn Sie verstehen, was ich meine.«

Troy verstand ganz genau, was er meinte.

Die Batterie seines Bullnose Morris war leer. Troy saß wartend im Wagen, während er sich Starthilfe geben ließ. Als der Motor ansprang und stotternd warmlief, kam Wildeve in die Garage gerannt und sprang auf den Beifahrersitz.

»Tut mir leid. Verschlafen.«

»Schlaf der Gerechten, was?« bemerkte Troy im Hinausfahren.

»Hast du's also auch schon gehört? Irgendwie werd ich das Gefühl nicht los, daß ich mich damit ganz schön in die Nesseln gesetzt hab.«

»Ach was. Die Aufklärung von Verbrechen ist nun mal unser Beruf. Dafür brauchen wir uns nun wirklich nicht zu entschuldigen. Wenn jemand ein Problem hat, dann Tom. Du mußt dir erst ab dem Tag Sorgen machen, an dem du mich in die Tasche steckst.«

»Das soll wohl 'n Witz sein, Freddie.«

68

Troy erkannte die Stimme sofort wieder. Vor ihm stand genau der Polizeiarzt, der ihm in einem anderen Leben die Augen verbunden und die Fäden gezogen hatte.

»Ich hoffe, Sie haben sich gut erholt, Sergeant«, sagte er.

»Ja, danke.«

»Jedenfalls sehen Sie verdammt viel besser aus als bei unserem letzten Zusammentreffen.«

Troy zog an dem schmuddligen weißen Tuch, das die Leiche bedeckte. Ein Mann etwa zwischen zwanzig und dreißig lag mit dem Gesicht nach unten in einer klebrigen, klumpigen Blutlache. Seine Hände waren vom Oberkörper verdeckt, die Ellbogen standen heraus. Er war barfuß; die Herndsärmel waren hochgekrempelt. Wenn überhaupt, dann hätten sich seine Füße wohl nur in Pantoffeln wohl gefühlt, so wundgescheuert waren die Ballen.

Troy sah sich im ganzen Zimmer um. Doch was ihm zuerst auffiel, war das Geräusch des tröpfelnden Wasserhahns überm Waschbecken. Langsam wanderten seine Augen zum Polizeiarzt zurück.

»Sie können weitermachen«, sagte er.

Troy setzte sich auf einen Stuhl neben der Tür und schaute zu, wie der Arzt die Leiche umdrehte. Die Leichenstarre hatte bereits eingesetzt. Der Raum war erfüllt von den verschiedensten Geräuschen, die sich wie Schichten überlagerten: dem eher spür- als hörbaren Wassertröpfeln, dem unentwegten Knarren eines hölzernen Gasthauses, das an diesem Platz seit Jahrhunderten im Wind geschwankt hatte, dem theatralischen Geflüster vom Treppenflur und einem Donnern, das tief in ihm selbst zu ertönen schien.

»Noch nicht lange tot, oder was meinen Sie, Sergeant?«

»Können Sie den Zeitpunkt eingrenzen?«

»Frühestens um Mitternacht. Spätestens um vier.«

Troy warf einen Blick auf seine Uhr. Es war halb neun.

Wildeve stand wartend im Türeingang. Hinter ihm drängten sich mindestens ein Dutzend Menschen, alle begierig auf den schaurigen Anblick einer Leiche. Troy sagte ihm, er solle die Leute nach unten bringen und schon einmal mit der Befragung anfangen oder sonst irgendwas tun, um sie vom Tatort fernzuhalten. Dann sah er sich noch einmal die Leiche an, die jetzt mit dem Gesicht nach oben dalag wie ein aufgespießter Käfer; Arme und Beine in der allerletzten Bewegung erstarrt. Der Arzt begann, das Hemd über der Brust aufzuschneiden.

»Stichwunde«, erklärte er. »Direkt ins Herz. Der Tod ist auf der Stelle eingetreten, würde ich sagen.«

»Irgendwelche anderen Verletzungen?«

»Schwer zu sagen. Man kommt ja nicht richtig ran, solange sie in dem Zustand sind, und ich kann ihm ja wohl kaum mit'm Holzhammer aufs Knie schlagen.«

Der Arzt stand auf, wischte sich die Hände ab. Das Handtuch ließ er in seine geöffnete Tasche fallen.

»Ich muß ihn ins Labor mitnehmen, obwohl ich damit ehrlich gesagt lieber warten würde, bis er wieder locker ist. In dem Zustand wird er mir nämlich nicht auf die Bahre passen. Sie können ihn sich gern noch mal ganz genau ansehen, aber Sie werden auch nicht mehr sehen als ich.«

Troy wußte ganz genau, daß es noch viel mehr zu sehen gab. Wenn der Tod auf der Stelle eingetreten war, warum lagen seine Beine dann so verdreht da? Nein, der Mann war noch zwei, drei Schritte durchs Zimmer gegangen, bevor der Tod ihn ereilt hatte. Was war das weiße Zeug in seinem Ohr? Und warum lief immer noch der Wasserhahn? Er ging zum Waschbecken und drehte ihn zu. Plötzlich war der Raum frei von diesem unterschwellig-dominanten Geräusch, und er konnte hören, wie der Arzt leise ächzte, während er sich mit dem Druckschloß seiner Gladstone-Tasche herumplagte, konnte unter dieser akustischen Oberfläche das Trommeln seines eigenen Blutes hören, das für ihn klang wie eine einzelne, fortwährend wiederholte Silbe. Er fuhr mit der Hand um den Waschbeckenrand und betrachtete die braunen Fusseln, die an seinen Fingerspitzen klebenblieben.

Unten mußte Wildeve fast schreien, um sich verständlich zu machen, aber er hatte offenbar schon etwas herausgefunden.

»Der Kerl dort – der Schankkellner – hat Alarm geschlagen, als er Blut durch die Decke tröpfeln sah. Er und der Wirt – das ist der kleine Dicke, der da hinten in der Ecke die Brandys kippt – haben dann die Tür aufgebrochen. Beide schwören, der Schlüssel hätte von innen gesteckt und es wäre einmal umgeschlossen gewesen. Das Problem ist nur, daß in dieser Art von Herbergen keine Fragen gestellt und keine Meldezettel ausgefüllt werden – die haben hier nicht die leiseste Ahnung, wer er sein könnte. Glaubst du, es war Selbstmord?«

Troy lotste Wildeve aus der Gaststube in den kleinen Nebenraum und schloß die Tür. Der Lärm wurde erträglicher. Wildeve, fasziniert von dem rätselhaften Vorfall, kam jetzt erst richtig in Fahrt. Mit leuchtenden Augen und aufgeregter Stimme.

»Ich sag dir, Freddie, das hier ist 'n ganz harter Brocken.«

»Das finde ich nicht.«

»Tür abgesperrt. Leiche mitten im Zimmer auf dem Fußboden. Mann, Mann – das ist doch der reinste Sherlock Holmes!«

»Das hat Onions auch gesagt. Aber ihr habt beide unrecht.«

Wildeve machte ein perplexes Gesicht und wollte sofort widersprechen, aber Troy schnitt ihm mit einer Handbewegung das Wort ab.

»Der Doktor meint, daß er zwischen Mitternacht und vier Uhr morgens umgekommen ist. Gehen wir mal vom letztmöglichen Zeitpunkt aus. Er ist etwa um fünf gestorben. Und er ist ermordet worden. Es ist schon verdammt schwierig, sich selbst ins Herz zu stechen. Und er wurde mit einem Schwert erstochen.«

»Was?« Wildeve riß ungläubig den Mund auf.

»Mit einem Schwert. Während er sich rasierte, vor dem Waschbecken. Durch die getäfelte Wand zwischen seinem und dem Nachbarzimmer. Er hat Rasierschaum in den Ohren, der Wasserhahn lief, und er war wohl gerade dabei, das Becken sauberzuspülen, als jemand ein Schwert oder einen anderen, genauso langen Gegenstand durch einen Spalt zwischen den Brettern geschoben hat, den Spalt direkt unterhalb vom Spiegel. Er trat zwei Schritte zurück, faßte sich mit beiden Händen an die Brust und verhinderte damit, daß das Blut herausspritzte, drehte sich um, wollte zur Tür und fiel mit immer noch verschränkten Armen tot um. Er war Matrose bei der Handelsmarine. Und er wollte mit der Sechs-Uhr-Tide auslaufen. Sieh mal im Gezeitenkalender nach – wenn zur Zeit nicht zwischen sechs und sieben Uhr Flut ist, freß ich 'n Besen. Und wenn du seine Siebensachen durchgehst, findest du bestimmt Papiere oder zumindest sein Seefahrtsbuch. Dann versuch rauszukriegen, wer im Nebenzimmer logiert hat. Er wird längst auf und davon sein, aber zumindest könnten wir ne Beschreibung von ihm kriegen. Und die gibst du – wenn wir Pech haben, eben ohne Namen – an die Wasserschutzpolizei weiter. Die sollen jedes Schiff anhalten, das heut morgen ausgelaufen ist. Opfer und Mörder haben sich gekannt. Falls du mich noch brauchst – ich bin dann wieder im Yard.«

Troy stand auf und griff nach der Türklinke.

»Freddie – das kannst du nicht machen – du kannst doch nicht ne Lösung aus dem Handgelenk schütteln und dich dann verpissen. Ganz so einfach wird's ja nun doch nicht sein.«

»Glaub mir, Jack, genau so ist es passiert. Und ich hab nicht gesagt, es wäre einfach.«

Er ging.

Wildeve rief hinter ihm her: »Freddie, ich weiß zwar nicht, was du beweisen willst, aber mir mußt du's jedenfalls nicht beweisen!«

Doch das einzige Wort, das Troy hören konnte, war »Wayne«, ein Laut, der wie im Stakkato durch seine Adern hämmerte und in seinen Ohren dröhnte.

69

Troy saß den ganzen Tag in seinem Dienstzimmer. Er starrte die Aktenberge auf Wildeves Schreibtisch an, aber ohne einen Finger zu rühren. Er schaute den glitzernden Sonnenstrahlen auf der Themse zu, die den nahenden Sommer ankündigten. Nahender Sommer? Sein Papierkorb war mit abgerissenen Kalenderblättern gefüllt. Nahender Sommer? Es war der 1. Juni. Der Sommer hatte schon begonnen. Großer Gott – wie lange war er in der finsteren Grube gewesen?

Um fünf Uhr ging er zum Savoy, legte seinen Ausweis vor und wurde eingelassen in Lady Diana Bracks Suite mit

Themseblick, die leer und sauber war und immer noch leicht nach Je Reviens duftete. Er saß auf der Bettkante und atmete tief ein – im Zweifel, ob sie tatsächlich da war oder ob seine Phantasie ihm einen Streich spielte. So blieb er bis zur Abenddämmerung sitzen; dann durchsuchte er rasch und oberflächlich die Schubladen und Schränke. Seide und Satin quollen auf den Teppich, bildeten einen schimmernden See aus Kleidern, Strümpfen und Unterwäsche. Einen Strumpf ließ er sich durch die Finger gleiten, in einem Slip vergrub er sein Gesicht, spürte das Rascheln der Seide auf seinen Fünfuhrbartstoppeln. Er suchte nach Vertrautem und roch doch bloß Seifenflocken.

Nirgends war Männerkleidung zu finden. Wayne hatte keine Spuren hinterlassen.

Wieder zu Hause wartete er auf sie. Aber sie kam nicht.

Am nächsten Morgen sichteten er und Wildeve beim Achtuhrtee gemeinsam den Berg von Papier. Troy hatte den Eindruck, daß sein Kollege still vor sich hin schmollte. Aber schließlich machte Wildeve doch den Mund auf.

»Natürlich. Du hattest vollkommen recht, aber darum geht's doch gar nicht, oder?«

»Nein?«

»Nein, verdammte Scheiße.«

»Was hast du rausgekriegt?«

»Alan Bone, Heizer – hat sich auf der SS Good Hope nach Lagos eingeschifft. Schäumt vor Wut, streitet alles ab und ist natürlich unser Mann. Aber darum geht's doch auch nicht!«

»Wo haltet ihr ihn fest?«

»In Wapping Old Stairs, bei den Jungs von der Wasserschutzpolizei. Freddie, hör doch mal auf, den Boß rauszukehren, und spiel fünf Minuten lang bloß den Copper, ja?«

»Natürlich, Jack. Also?«

»Ich meine ...«

»Ja?«

»Ich meine ... was würde Onions jetzt sagen?«

»Er würde mir gratulieren, weil ich die Arbeit so gut delegiert habe, und dir, weil du den Fall so schnell aufgeklärt hast.«

»Aber ich hab den verdammten Fall doch gar nicht aufgeklärt. Das warst doch du. Aber ...«

»Aber?«

»Aber ... nicht auf die richtige Art.«

»Jack, ich glaub, das ist mir zu hoch. So was wie ne richtige oder falsche Art gibt's nicht. Das einzige, was zählt, ist das Ergebnis. Aber solltest du nicht mal nach Wapping rüberfahren und Mr. Bone ein bißchen in die Zange nehmen?«

Wildeve ging. Troy fand, daß sein Abgang schon eher einem beleidigten Hinausstürmen glich.

Er betrachtete den Berg von Schreibkram auf Jacks Platz und wußte, daß er sich auch heute nicht damit befassen würde.

Er verließ das Gebäude durch den Whitehall-Ausgang und nahm den Bus nach Kensington Gore. Bei der Albert Hall, also ganz in der Nähe vom Büro seines Onkels im Imperial College, stieg er aus.

70

Am frühen Abend saß er zu Hause und sehnte die Dunkelheit herbei, um die er sich jetzt, an den langen Juniabenden, fast betrogen fühlte. Er hatte nicht einmal das Jackett abgelegt, nicht einmal das Radio eingeschaltet. In seinem Kopf schwirrten Hunderte von Fakten und Vermutungen herum, die er den ganzen Tag über mit Nikolai diskutiert hatte. Gegen neun – noch immer zeigte sich nicht der leiseste Anflug von Dämmerung – wurde die Eingangstür sachte aufgeschoben, und Diana Brack erschien im Türrahmen.

»Wo steckst du? Hier drinnen ist es ja stockduster«, sagte sie.

»Hier, beim Kamin.«

Er konnte sie ganz deutlich sehen. Sie hatte sich in Schale geworfen. Ein schwarzes, schulterfreies Kleid, Crêpe de Chine oder etwas Ähnliches, das ihren langen Hals, die schlanke Taille und die breiten Schultern betonte, darüber ein frivoler Akzent, der eigentlich nicht recht zu ihr paßte – eine Straußenfeder-Boa. Sie legte ihren Umhang auf den Stuhl neben der Tür und drehte sich lächelnd vor ihm im Kreis, in Erwartung eines Kompliments.

»Du siehst umwerfend aus.«

»Nein. Um jemand umzuwerfen, brauche ich mich nicht so aufzudonnern. Aber fürs Berkeley schon.«

»Gehen wir denn ins Berkeley?«

»Ganz recht.«

»Ich ... Ich hab nicht die richtigen Klamotten. Ich meine, ich hab keinen Smoking mehr – den haben die Motten gefressen.«

»Troy, wann bist du eigentlich zum letztenmal richtig ausgegangen? Seit 1940 sieht man keinen Abendanzug mehr. Jackett reicht völlig. Zieh dir bloß ein sauberes Hemd an, und dann besorgen wir uns ein Taxi.«

»Ich hab aber nichts, was zu deinem Kleid passen würde. Das hat bestimmt ein Vermögen gekostet.«

»Ja, natürlich hat es ein Vermögen gekostet! Was glaubst du denn, weshalb wir ausgehen? Sechs Monate mußte ich auf dieses Kleid warten. Dabei hatte ich es schon vor Weihnachten bei Victor Stiebel in Auftrag gegeben. Ich wäre schön blöd, wenn ich mich damit jetzt nicht sehen lassen würde.«

»Und genau das beunruhigt mich«, sagte er und ging nach oben, um ein frisches Hemd anzuziehen.

Als er die Tür hinter sich zuwarf, fiel ihm ein, daß sie sich noch nie zusammen in der Öffentlichkeit gezeigt hatten. Er erwog das Risiko und wußte gleichzeitig, daß er es eingehen mußte. Sie lief zur St. Martin's Lane vor, um ein Taxi anzuhalten. Er folgte ihr leise. An der Stelle, wo die Gasse einen Knick machte, hörte er hinter sich ein Geräusch. Er drehte sich um, und schon drückten ihn zwei Hände hart gegen die Wand, und ein großer Mann richtete sich vor ihm auf.

»Freddie, du Idiot. Du verdammter Vollidiot!«

»Laß mich los, Jack«, flüsterte er zurück.

»Was zum Teufel soll das?«

Aber Wildeve wartete seine Antwort nicht ab. »Wußt ich's doch! Wußt ich's doch! Verdammt noch mal, warum hab ich's bloß nicht schon früher gemerkt? Ja, hast du denn total den Verstand verloren?«

Jetzt konnte Troy sein Gesicht sehen. Er sah hoch in die taubenblauen Augen, ohne mit der Wimper zu zucken. Wildeve lockerte den Griff. Dann hörte Troy das vertraute Quietschen von Taxibremsen auf der St. Martin's Lane.

»Troy«, rief sie von der Straße her, »beeil dich!« Er kehrte Wildeve den Rücken und ging weiter.

»Freddie, das kannst du nicht machen. Das kannst du einfach nicht machen.«

Troy wandte sich nicht um. Wildeve folgte ihm nicht. Und jetzt sah er Diana Brack neben der offenen Taxitür. Sie konnte kaum stillstehen. Sie hüpfte von einem Fuß auf den anderen. Aus der dunkelsten Ecke der Gasse hörte er Rubys Stimme: »Na, so ein Glückspilz!«

Troy setzte sich auf den Rücksitz des Taxis. Sie nahm seine

Hand in ihre und legte den Kopf an seine Schulter. Während der Wagen Piccadilly Circus umrundete, lauschte er auf seinen eigenen Herzschlag. Der Platz war fast menschenleer: Ein paar Leute, die offensichtlich bummelten, und – abgesehen von der üblichen Ansammlung vor dem amerikanischen Club – nur sehr wenige in Uniform. Ein Gedanke drängte sich ihm auf, ein Gefühl ließ seinen Puls rasen – vor seinem geistigen Auge hatte er, als Jacks Hände nach ihm griffen, einen Sekundenbruchteil lang Wayne statt Wildeve vor sich gesehen. Seit Wochen redete er sich nun schon ein, er sei jederzeit auf Major Wayne vorbereitet. Und nun hatte er sich völlig überrumpeln lassen. Doch noch schlimmer als dieser Gedanke war der Zweifel an ihr, der in diesem Sekundenbruchteil aufgetaucht und wieder ins Unterbewußtsein versunken war.

»Wann warst du zum letztenmal da?« fragte sie.

»Im Berkeley? Noch nie.«

»Warst du wirklich so ein alter Langweiler, Troy?«

»Ich schätze, ja«, sagte er, um nicht noch genauere Auskunft geben zu müssen.

Durch seinen Eintritt in den Polizeidienst hatte er sich auf bequeme Weise den gesellschaftlichen Verpflichtungen seiner Klasse und Kaste entzogen. Sein Bruder hatte akzeptiert, was sich ihm bot, und war nach Cambridge gegangen. Seine Schwestern waren bei Hof eingeführt worden; hinterher kicherten sie über die Verwirrung, die sie hervorgerufen hatten, indem sich jede als die andere Zwillingsschwester ausgab, und waren einhellig der Meinung, Queen Mary sei »eine alte Zimtziege«. Eines Morgens im Jahre 1931 hatte sein Vater von dem Pult hochgeblickt, auf dem er immer seine Morgenzeitung ausbreitete – »seine«, dachte Troy, »seine« war immer die der anderen, der Opposition – und den jungen Troy gefragt: »Na, mein kleiner Engländer, wirst du bei diesem Spiel auch den Engländer spielen?« Es klang, als wisse er, daß Troy das nicht tun würde. Als akzeptiere er, daß sein jüngstes Kind irgendwie anders war als die älteren Geschwister. Es lag nicht in seiner Art, seinen Kindern irgend etwas aufzuzwingen, doch in diesem Fall hatte er wohl schon geahnt, was kommen würde.

»Weiß nicht«, hatte Troy erwidert und es etliche Jahre dabei belassen – bis zu dem Tag, als er verkündete, daß die Metropolitan Police ihn angenommen hatte.

»Bist du dir auch ganz sicher?« hatte sein Vater gefragt. Weiter nichts. Und nun fragte sich Troy, was er dem alten Mann damit angetan haben mochte. War es das, was Driberg mit seiner Bemerkung gemeint hatte?

Es ging nicht um das Spiel; es ging um die gesellschaftlichen Pflichten, von denen er sich damit befreit hatte – das öde Herumgelatsche auf dem Parkett der feineren Londoner Gesellschaft. Er konnte tun und lassen, was er wollte; seit Jahren war er in keinem Nachtclub mehr gewesen. Copper zu sein bot einem wirklich die beste aller denkbaren Ausreden für eine egoistische Lebensführung.

Das Taxi hielt an der Ecke Piccadilly und Berkeley Street, direkt gegenüber dem Hotel Ritz. Der Oberkellner des Berkeley erkannte Lady Diana Brack sofort und nannte sie beim Namen. Er begrüßte sie wie einen hochgeschätzten Gast, der sich leider viel zu selten blicken läßt, und versicherte, er werde sich darum kümmern, daß sie ihren üblichen Tisch bekäme. Sie wurden zu einer grüngepolsterten Bank geleitet.

»Danke, Ferraro«, sagte sie. »Meinen Sie, daß Sie uns vielleicht eine Flasche Champagner besorgen könnten?«

Er verschwand mit ihrem Umhang über dem Arm und der Bemerkung, er werde sein möglichstes versuchen. Sie lächelte Troy über die Speisekarte hinweg an.

»Gibt es einen speziellen Anlaß für das hier?« fragte er.

»Ja und nein. Ich wollte einfach gern ausgehen. Ich wollte schrecklich gern ausgehen. Mir kommt's vor, als wären wir ein ganzes Leben lang nicht rausgekommen.«

»Ein ganzes Leben lang?« hakte er nach.

Sie vergrub sich hinter der Speisekarte.

»Natürlich gibt es in dem Sinn keine Auswahl. Ein Fünf-Shilling-Menü ist eben ein Fünf-Shilling-Menü. Ich wollte vor allem wegen der Musik hierher. Vor dem Krieg gab es so wundervolle Musik. Wundervolle Musik.«

Troy blickte zum leeren Podium hinüber. Auf den Notenständern stand in geschwungener Schrägschrift »Romero«. Troy sagte der Name nichts. Er hatte die Bands von Lew Stone und Harry Roy gekannt, aber kaum andere. Der Club war voll – und wie sie gesagt hatte, trugen nur wenige Männer Abendanzug. Die meisten waren in Uniform; Marineoffiziere und Flieger mochten etwa gleich stark vertreten sein, die paar Army-Soldaten verliefen sich dazwischen.

Die fünf Shilling wurden zu Suppe und Fisch. Die Suppe fiel so wäßrig aus, daß sie als Oliver Twists Haferschleim hätte durchgehen können. Der Fisch war gut, frische Bachforelle, aber es fehlte die passende Beilage, die eben nicht aufzutreiben war: frische Jersey-Kartoffeln. Der Champagner machte jedoch alles wett. Während er die emporperlenden Bläschen in seinem goldschimmernden schlanken Glas beobachtete, kam es Troy vor, als würde auch Diana sprudeln. So hatte er sie noch nicht erlebt.

Sie erzählte ihm, wie sie die Woche verbracht hatte. Ihr Geplauder grenzte schon an Gesellschaftsklatsch. Sie war zu einer Veranstaltung mit H. G. Wells gegangen. Weil ihm dazu kein passender Kommentar einfiel, fragte Troy einfach: »Und wie war er?«

»Alt«, antwortete sie.

»Natürlich. Er muß ja bald achtzig sein.«

»Siebenundsiebzig, um genau zu sein. Aber ich meine wirklich alt. So lange Zeit ist er jung geblieben. Ich dachte schon, das Alter würde ihn nie einholen. Und jetzt fürchte ich, daß er das Kriegsende nicht mehr erleben wird.«

»Aber der Krieg ist doch fast vorbei.«

»Meinst du wirklich? In letzter Zeit hab ich so oft daran gedacht, was nach dem Krieg sein wird.«

»Na, einiges wird sich bestimmt ändern. Zum Beispiel diese Sätze, die mit ›vor dem Krieg‹ anfangen – hängen die dir nicht auch schon zum Hals raus?«

Sie grinste und hob die Hand, als wolle sie einen Eid schwören.

»Nie wieder soll diese Wendung über meine Lippen kommen!«

Dann lachte sie. Und Troy schaute sie an, als käme sie von einem anderen Planeten. Noch nie hatte er sie lachen sehen. Es war so überwältigend wie das erste Lachen der Garbo in »Ninotschka«. Seine Gefühle schoben sich übereinander, wie Öl auf Wasser schwebt. Ihr Lächeln, ihr Grienen, ihr Lachen, all das bezauberte ihn vollständig, und zugleich brachte ihm die Eindringlichkeit, die überzeugende Betonung, mit der sie sprach, die drei Tage im Yard wieder in Erinnerung, die er damit zugebracht hatte, sie »bewußtlos zu prügeln«, wie Onions sich ausdrückte.

Sie lächelte ihr vollkommenes Lächeln, griff nach der widerspenstigen Haarlocke, hielt sie aber einen Moment vor dem Auge fest.

»Ich wollte dich fragen, was nach dem Krieg sein wird«, sagte sie und ließ die Strähne wieder ins Gesicht fallen. »Darüber habe ich eigentlich nie richtig nachgedacht.«

»Ich auch nicht«, sagte Troy.

»Was wollen wir machen?«

Die Frage verblüffte ihn. Bestimmt hatte er sich verhört.

»Nach dem Krieg. Was wollen wir da machen?« wiederholte sie, und diesmal achtete er darauf, ob der Tonfall ihm verraten würde, was sie mit der Frage meinte.

Nun kündigte vereinzelter Applaus die Rückkehr der Band an. Romero war ein rundlicher Südamerikaner schon jenseits der besten Jahre mit einem aufgemalten Menjoubärtchen und aus der Stirn nach hinten gekämmten, dick pomadisierten Haaren. Nach einer leichten Verbeugung wandte er sich zur Band und ließ Cole Porters »Night and Day« anspielen. Sofort strömten Paare auf die Tanzfläche, um sich langsam in der öffentlichen Umarmung zu wiegen, die als Gesellschaftstanz durchging.

»Ein wunderbarer Song. Wollen wir tanzen?«

»Wie? Ich meine ... Ich weiß nicht mal, was für ein Tanz das ist!«

»Langsamer Foxtrott, du Dussel!«

Sie stand auf und streckte ihm einen Arm entgegen. Dieses strahlende Lächeln, dieses schwarze Haar, dieses Grün ihrer Augen zogen ihn vom Sitzplatz. Er nahm ihren Arm und ließ sich auf die Tanzfläche ziehen.

»Nicht meine Stärke«, murmelte er.

Mit ihren hohen Absätzen maß sie fast eins achtzig – ihr Kinn schwebte vor seinen Augen, so daß er ständig nach oben blicken mußte. Er tappte herum zu den schmelzenden Klängen der Musik und war schon froh, daß er ihr nicht auf die Füße trat. Dann begriff er: Sie tanzte zwar rückwärts, aber sie führte ihn unmerklich. Sie lag in seinen Armen, aber er war natürlich in ihren Händen.

Als der letzte Akkord verklungen war, applaudierte die Menge. Diana nahm seinen Kopf in die Hände und küßte ihn auf den Mund. Es war ein so leidenschaftlicher Kuß, daß er meinte, sein eigenes Blut zu schmecken. Dann bog sie den Kopf zurück. Er rieb sich die Wange, spürte die kleine

Narbe, die der Schnitt mit dem Rasiermesser hinterlassen hatte.

»Was wollen wir machen?« fragte sie noch einmal, doch bevor Troy etwas entgegnen konnte, platzte sie dazwischen, jetzt müsse sie aber dringend ein Wort mit Romero wechseln, und verschwand in Richtung Musikpodium.

Troy ging zu seinem Platz zurück. Er nippte am Rest des Champagners.

»Was wollen wir machen?« – das konnte sie doch nicht so gemeint haben, wie es klang. Aber ihr Tonfall und der Ausdruck in ihren flaschengrünen Augen waren ganz und gar aufrichtig gewesen.

Am anderen Ende der Tanzfläche erschien sie wieder. Eine solch überirdische Grazie lag in jeder ihrer Bewegungen – sie war eine Frau ohne eine einzige linkische Geste. Er erhob sich noch einmal. Die Band spielte die ersten Takte von »Smoke Gets in Your Eyes«. Er streckte ihr die Hand entgegen und hoffte, sie auf ihren Sitzplatz locken zu können, bevor sie ihn wieder auf die Tanzfläche zog, aber sie blieb ein paar Meter entfernt stehen, schien direkt durch ihn hindurch zu blicken. Er wandte sich zum Eingang um. Auf der untersten Stufe stand Wayne mit ihrem Umhang überm Arm. Auch er sah durch Troy hindurch, als hätte er seine Anwesenheit gar nicht bemerkt. Er breitete den Umhang aus wie Fledermausflügel. Es war eine einladende, eine magische Geste. Troy drehte sich um. Diana stand wie erstarrt. Das Lächeln, das den ganzen Abend über auf ihrem Gesicht gelegen hatte, war verschwunden. Dann setzten sich ihre Füße in Bewegung, schienen weniger loszugehen, als zu schweben, und als sie an ihm vorbeikam, ergriff er ihre Hand. Es war eine ganz leichte Berührung, und sie blieb nicht stehen, aber sie drehte den Kopf und sah hinab in seine Augen. Und dann schwebte sie weiter, und einen Moment lang hielten beide den Arm ausgestreckt, bis einer von ihnen loslassen mußte. Er spürte, wie ihre Hand seiner entglitt, spürte ihre Fingernägel quälend langsam über seine Haut fahren, bis sich schließlich nur noch die Fingerspitzen berührten. Sie zögerte, sah ihn ein letztes Mal an, ließ ihre Hand hinabgleiten und floh.

Er drängte sich quer über die Tanzfläche und hinaus auf die Straße. Überall wimmelte es von Menschen. Das Ritz stieß gerade einen Schwarm amerikanischer Soldaten aus, die meisten stockbetrunken. Sie überschwemmten die Straße, drängten die Bürgersteige hinauf Richtung Berkeley Square und hinunter zum Piccadilly Circus; sie sangen und grölten. Er sah, wie Wayne vor dem Ritz ein Taxi anhielt, und wollte gerade die Fahrbahn überqueren, als ein Schwall von Soldaten die Berkeley Street heruntergeströmt kam und ihn mitriß wie die ablaufende Flut einen hilflosen Schwimmer. Das letzte, was er von ihr sah, war ein flüchtiger Blick nach hinten, als Wayne in das Taxi abtauchte und sie hinter sich herzog. Dann schlug die Menschenwoge um ihn zusammen und drückte ihn gegen eine der Säulen vor dem Ritz. Er sank aufs Trottoir, und tausend Füße trampelten über ihn hinweg.

Das Tosen ließ nach. Die Menschenmassen hatten sich zerstreut wie Nebelschwaden nach einer kräftigen Bö. Troy saß auf dem Straßenpflaster. Er bewegte sich nicht und spürte, daß er sich nicht bewegen konnte. Seine Beine waren taub, und er konnte nichts weiter fühlen als ein Prickeln auf der Hand, da wo ihre Fingernägel entlanggestrichen waren. Dann näherten sich Schritte, klapperten über den Asphalt.

»Steh auf!«

Er sah ein Paar hochhackige Schuhe und blickte an den Seidenstrümpfen entlang nach oben. Da stand sie, aufgeplustert vor Wut wie eine junge Taube.

»Steh auf!« befahl Tosca, und als Troy es nicht schaffte

hochzukommen, hielt sie ihm die Hand hin. Er griff danach, und sie zog ihn auf die Füße. Dann ließ sie seine Hand los, ballte die ihre zur Faust und schlug ihm damit gegen die Wange. Er schmeckte Blut.

»Du Dreckskerl!«

Sie drehte sich auf dem Absatz um und marschierte davon. Ein junger Soldat trat auf sie zu und sagte: »Hi, Kleine.« Bei ihm schlug sie weitaus kräftiger zu als bei Troy. Wie von der Axt gefällt landete er auf dem Straßenpflaster. Troy ging an ihm vorbei, murmelte »Tut mir furchtbar leid« und beschleunigte dann seinen Schritt, um Tosca einzuholen. Den ganzen Weg bis zur Orange Street sprach sie kein einziges Wort, fand es aber anscheinend selbstverständlich, daß er ihr folgte. Er wagte nicht, sie zu überholen.

71

Sie schenkte sich einen doppelten Bourbon ein. Ihm bot sie keinen an. Er stand ihr gegenüber am Tisch und beobachtete ihre üblichen Bewegungen – wie sie die Schuhe von den Füßen streifte und die Uniform abwarf –, nur daß diesmal durch ihr eisiges Schweigen jeder Handgriff verändert wirkte und der Anschein des Vertrauten verflogen war.

»Weißt du«, sagte sie schließlich und sah dabei in ihr Glas, »ich hab dich gesucht, um dir zu sagen, daß Jimmy wieder da ist. Ich dachte, das interessiert dich. Ich war bei dir zu Hause, aber die Nutte, die da rumsteht, die meinte, ich bräuchte nicht zu warten. Sie hätte dich mit ner ›vornehmen Zicke‹ in ein Taxi einsteigen sehen, sagte sie, und du hättest dem Fahrer gesagt, ihr wolltet ins Berkeley. Also geh ich zu

Fuß zum Berkeley, und ob du's glaubst oder nicht, bevor ich sie mit Jimmy gesehen hab, hatte ich noch keinen Gedanken daran verschwendet, wer die ›vornehme Zicke‹ wohl sein könnte. Ich meine ...«, ihre Stimme wurde etwas schriller, »ich meine ...«, und auch lauter, »für wie blöd hältst du mich eigentlich? Du bist ein Arschloch, Troy. Ein verdammtes Arschloch!«

Sie setzte sich an den Tisch, schenkte sich noch mal ein, kippte das Glas in einem Zug runter und füllte es zum drittenmal.

»Ich kann's dir nicht erklären«, murmelte er.

»Gott sei Dank. Ich hätte auch keine Lust, rumzusitzen und mir deine Lügen anzuhören.«

»Ich muß gehen«, sagte er verlegen.

»Wie lange treibst du's schon mit Diana Brack? Das war doch die Brack, oder?«

»Ja«, seufzte er.

»Und du treibst es doch mit ihr?«

»Ja.«

»Also, wie lange?«

»Das kann ich dir nicht genau sagen.«

»Du Arschloch«, sagte sie, aber ihre Stimme klang schon nicht mehr ganz so scharf. Eher kehlig-rauh, traurig. »Du Arschloch, du gemeines Arschloch.«

»Ich muß gehen«, sagte er noch mal und ging zur Tür.

Tosca schoß quer durchs Zimmer, schlug die Tür mit voller Wucht zu und ging davor in Kampfstellung; barfuß und anderthalb Meter klein, mit den Schultern gegen die Tür gestemmt, die Augen auf Höhe seines Kinns, funkelte sie ihn herausfordernd an.

»Troy, wenn du jetzt gehst, kommst du mir hier nie wieder rein. Kapierst du: Nie wieder!«

»Ich kann nicht bleiben. Wayne ist im Savoy.«

»Doch, das kannst du sehr wohl – er haut nämlich nicht ab.«

»Was?«

»Er hat 'n Termin mit Zelly. Sonntag morgen um sechs. Und er hat auch den ganzen Montag zu tun.«

»Den ganzen Tag?«

»D-Day.«

»Was?«

»Montag ist D-Day. Und das wiederhol ich nicht noch mal. Selbst für dich begeh ich kein drittes Mal Hochverrat. Jimmy läuft dir nicht weg. Jimmy haut nicht ab. Den Sonntagstermin mit Zelly wird er einhalten. Wahrscheinlich ist das der wichtigste Termin seines Lebens. Mir macht viel mehr Sorgen, was er am Samstag anstellt.«

»Da komm ich nicht mit.«

»Setz dich hin, Troy. Wir müssen miteinander reden.«

Wieder kämpfte sie mit der Kühlschranktür und brachte dann eine Pizza zum Vorschein, so groß wie ein Wagenrad.

»Mehr hab ich nicht. Dem PX geht der Nachschub aus. Schätze, heiß hast du das noch nie probiert?«

Troy schüttelte den Kopf. Sie zündete den Backofen an und schob die Pizza samt Metallfolie hinein.

»Erinnere mich bloß nachher dran!«

Sie nahm ein zweites Glas aus dem Abtropfkorb, besah sich mißbilligend die Schmierflecken und schob es zusammen mit der Flasche quer über den Tisch zu ihm hinüber.

»Ich bin bloß froh, daß ich endlich rauskomme. Langsam fühl ich mich hier wie in nem Loch.«

Troy schaute sich um.

»Du könntest es mal mit Saubermachen probieren«, schlug er vor.

»Treib's nicht zu weit, Troy. Ich verzeihe nie. Hier geht's bloß um was Dienstliches.«

»Was Dienstliches? In deinem Dienst oder meinem?«

»Weiß ich nicht. Ich weiß bloß, daß Jimmy was vorhat. Irgendein ziemlich dickes Ding.«

»D-Day dürfte ein ziemlich dickes Ding werden, meinst du nicht?«

»Irgendwas ... irgendwas, was ihm ähnlich sieht. Irgendein typisches Jimmy-Ding. Heute war er total aufgekratzt. Es steigt ihm schon zu Kopf. Er ist wieder auf irgendeiner Mission. Hat sich aufgespielt wie immer, wenn irgendwas Besonderes ansteht. Dann tut er ganz großspurig und steckt mit Zelly die Köpfe zusammen, und Zelly kriegt wieder diesen dußligen, sorgenvollen Gesichtsausdruck, als ob er meint, Jimmy reitet sie beide in die Scheiße. Und passieren tut's auf jeden Fall am Samstag. ›Samstag kümmer ich mich darum‹, hat er zu Zelly gesagt. Und Zelly meint nur: ›Aber klar doch, klar‹ und schwitzt die ganze Zeit wie 'n Schwein.«

Sie starrte wieder auf den Grund ihres Glases, statt ihn anzublicken. Ihre Stimme wurde immer leiser. »O Gott, Troy – ich hab Angst.«

Troy zog Mantel und Schuhe aus, tappte leise um den Tisch herum und ließ sich auf den Knien nieder. Er hob ihr Kinn an. Es überraschte ihn, daß ihre Augen trocken waren; sie wirkte zwar sehr beunruhigt, schien aber ihre Gefühle im Griff zu haben – jedenfalls noch. Er hatte keine Ahnung, wozu sie notfalls fähig sein mochte.

»Er wird jemand umbringen. Das weiß ich einfach.«

»Weißt du auch wen?«

»Lieber Gott, Troy, wenn ich's wüßte, hätte ich's dir schon vor fünf Minuten erzählt! Aber ich weiß es nun mal nicht!«

»Weißt du wenigstens, wo?«

»Auch nicht – ich weiß bloß, daß es morgen nacht passiert.«

Troy dachte kurz nach. Er hätte ihr gern etwas Beruhigendes gesagt, wußte aber nicht, mit welchen Worten oder Gesten er zu ihr durchdringen könnte.

»Ich kümmer mich drum. Mach dir keine Sorgen«, sagte er und legte eine Hand auf ihr bestrumpftes Knie.

»Ach, Himmeldonnerwetter – die ganzen letzten zwei Monate erzählst du mir jetzt schon, der Kerl wär ein Killer. Du hast gesagt, daß er Spaß daran hat. Daß er aus Spaß Leute umbringt!«

»Das stimmt auch«, antwortete er sachlich.

»Und was willst du machen, verdammte Scheiße???«

»Ihn festnehmen. Das ist mein Beruf.«

Sie seufzte verzweifelt, und er hauchte ihr einen leichten Kuß auf das linke Ohr, während seine Hand unter ihren Rock und den Oberschenkel hoch glitt.

»Laß das sein!«

Sie schüttelte den Kopf so wild, als hätte sich ein Insekt in ihrem Haar verfangen.

»Gehört das auch zu deinem gottverdammten Beruf, auf einen Irren loszugehen?«

»Es wär nicht das erste Mal.«

Vorsichtig näherte er seine Hand ihrem Slip, obwohl er fand, daß jetzt eigentlich nicht die richtige Zeit war, um vorsichtig zu sein.

»Was machst du da, verdammt noch mal?«

»Nichts. Gar nichts.«

Dann nahm er ihr Ohrläppchen zwischen die Zähne. Sie wand sich, stampfte mit den bestrumpften Füßen auf.

»Verdammt noch mal, Troy! Als du zum erstenmal hier warst, konntest du 'n Slipgummi nicht von ner Lakritzstange unterscheiden! Und jetzt denkst du, alles wird wieder gut, wenn du mich bloß ins Bett kriegst. Verdammt noch mal, ich werd überhaupt nicht schlau aus dir.«

Troy antwortete nicht, sondern ging das Wagnis ein, ihren Slip Richtung Knie zu zerren.

»Ist doch so. Ich wußte nicht mal, daß du Klavier spielst.«

»Du hast mich ja nie danach gefragt.«

»Was hätte ich denn machen sollen? Etwa alle Orchesterinstrumente einzeln abfragen – hey, Süßer, wie bist du denn bei den Holzblasinstrumenten? – spielst du jetzt Gummibandgitarre? Verflixt und zugenäht, laß das doch endlich!«

Er hörte nicht auf sie. Der Raum füllte sich mit dem Geruch von schmelzendem Käse. Einem so alten, traditionell englischen Vorkriegsduft, daß schon das allein verführerisch gewirkt hätte, und dann auch noch gepaart mit dem zarten Aroma von Basilikum und diesem Hauch von Exotik, diesem Hauch Mittelmeer, mit Knoblauch und schwarzen Strümpfen, diesem Hauch von Verbotenem.

»Die Pizza ist gleich fertig«, sagte sie.

Troy antwortete nicht. Sie hob ihr Hinterteil vom Stuhl hoch, und das Gummiband schnellte gegen seine Hand wie ein zurückschnippendes Jojo, und der Seidenslip bauschte sich, als er ihn herunterzog.

»Willst du sie vorher oder nachher?« fragte sie.

72

Sie las ihre zehn Seiten *Huck Finn,* während er Rühreier mit Toast machte. Seit sie ihn kannte, las sie das Buch schon zum drittenmal, wie sie verkündete. Sie saßen sich zum Morgenkaffee auf dem Fußboden gegenüber, beide weniger als halbbekleidet.

»Wie weit bist du jetzt?«

»Der Herzog von Bridgewater wird schon wieder geteert und gefedert. Da steht allerhand, was man wissen sollte, wenn man in Gefahr gerät.«

Sie ergriff ihre Tasse mit beiden Händen und nahm einen kräftigen Schluck.

»Aaaah, mmmmm!«

»Arbeitest du heute?« fragte er.

»Wenn in zwei Tagen Armageddon ist, wie sollte ich da nicht arbeiten? Natürlich arbeite ich heute! Fast alle haben Urlaubssperre. Die Arschlöcher, die gestern Piccadilly verstopft haben, hatten sicher Befehl, auszugehen und sich zu besaufen, damit's so aussieht, als wär London immer noch voller Yankees. Ist dir nicht aufgefallen, wie leer die Stadt seit letzter Woche ist? Alle sind unten an der Südküste. Wetten, daß du in Dorset keinen Tee mehr serviert kriegst, und wenn du dich auf den Kopf stellst?«

»Also die Normandie?«

»Hast du je was anderes gedacht?«

»Eigentlich nicht.«

»Utah, Omaha, Juno, Gold, Sword.«

»Hä?«

»Die Strände. So nennen wir die Strände. Juno hab ich mir ausgedacht. Ich fand, der Krieg bräuchte dringend ne weibliche Note. Ike wollte nicht, daß seine Jungs an nem Strand namens Fanny landen – das war nämlich mein erster Vorschlag –, also hab ich mir statt dessen ne Göttin ausgesucht. Mein Beitrag zur Geschichte, nicht schlecht, was?«

Sie hielt ihm die Tasse zum Nachschenken hin. Er goß ihr ein.

»Du mußt mir was versprechen«, sagte sie.

»Ja?«

»Daß du nicht allein auf Jimmy losgehst – so wie gestern

abend. Du gehst mit ner ganzen Truppe Copper zum Savoy und kassierst ihn, ja? Versprochen?«

Troy dachte einen Augenblick nach. Mit so etwas hatte er fast gerechnet. »Das kann ich nicht.«

Sie knallte ihre Kaffeetasse hin, und heißer Kaffee spritzte über sein nacktes Bein.

»Verdammt, Troy!«

»Das kann ich nicht, weil ich keinen Grund habe, ihn zu verhaften.«

»So ein Blödsinn – du versuchst doch schon zwei Monate lang, diesen Scheißkerl zu verhaften!«

»Nein«, sagte er. »Ich hab die letzten zwei Monate versucht, genug Beweise zu sammeln, damit ich ihn verhaften kann. Ich hab versucht, sein Alibi zu knacken. Aber ich konnte es nicht erschüttern. Die Aussage von Ike steht nach wie vor. Weshalb denkst du denn, daß mich niemand unterstützt? Weil der Oberkommandierende der alliierten Streitkräfte als Lügner dastehen würde, wenn ich Erfolg hätte.«

»Wir alle machen mal Fehler. Und Ike ist wirklich ganz okay, wenn man ihn näher kennt. Ich meine, nicht miesepetrig oder so, und übrigens auch nicht allzu helle. Also ganz okay für nen General – aber als Präsident oder so ne glatte Niete. Wahrscheinlich hat ihm jemand eingeredet, das läge alles im nationalen Interesse – wie ihr Jungs euch hier ausdrückt –, und ich schätz mal, dieser Jemand war Jimmy.«

»Egal, was Jimmy heute abend vorhat, ich muß ihn in flagranti erwischen.«

»Hä?«

»Ich muß ihn auf frischer Tat erwischen. Ich brauch einen Beweis.«

Sie guckte entgeistert. Ihr Mund öffnete sich, aber es kam kein Wort heraus. Dann atmete sie tief ein und stieß undefinierbare Geräusche aus, die schließlich so etwas ergaben wie »Troy, Troy, Troy, leg dich bloß nicht allein mit Jimmy an!«

»Ich hab keine andere Wahl.«

»Bitte – Troy, du weißt ja nicht – du kannst dir ja nicht vorstellen – kassier ihn bloß ein – irgendein Verkehrsdelikt, egal was – Hauptsache, er ist weg von der Straße, bevor es dunkel wird. Troy, geh bloß nicht allein auf ihn los.«

Troy sah sie schweigend an.

»Dann besorg dir zumindest eine Waffe. Ich weiß, ihr Bobbys mögt das nicht so gern, aber hol dir bitte ne Waffe. Das geht doch, oder? Ich meine, das ist doch wohl nicht zuviel verlangt?«

Sie zogen sich an. In jedem zweiten Satz nannte sie ihn einen Dummkopf. Schließlich stellte Troy seine Erklärungsversuche ein, und dann sah sie auf ihre Armbanduhr und fluchte.

»Baby, ich muß sofort los. Keine Zeit mehr. Komm heut abend vorbei. Zeig mir, daß du noch heil und ganz bist.«

Sie stand vor der Frisierkommode, adrett in Olivgrün, rieb sich am Ohr, guckte in ihr Schmuckkästchen, knallte irgend etwas hin und murmelte: »Warum passiert mir so was immer?«

Sie drehte sich zu Troy um. Küßte ihn auf die Lippen, trat einen Schritt zurück, lächelte, küßte ihn noch mal, sagte: »Komm heil wieder!« und schoß los.

Troy suchte nach dem Telefon und fand es nach einigen Minuten Herumkramerei unter dem Bett neben einem Hügel abgelegter Strümpfe und amerikanischer Zeitschriften. Er pustete den Staub herunter und rief Wildeve an. Wildeve explodierte fast vor Wut und Sorge.

»Freddie, wo zum Teufel hast du gesteckt?«

»Ich bin daheim. Hör mal zu ...«

»Wie lange bist du da schon?«

»Was soll denn die Frage?«

»Ich hab die ganze verdammte Nacht lang vor deinem Haus gewartet!«

Nur Ruby, so schien es, hatte verhindert, daß Jack Tosca begegnet war.

»Ich bin erst vor ner Stunde gekommen.«

»Herrgott noch mal, hör endlich auf, mich anzulügen! Ich war bis vor zwanzig Minuten bei dir. Wo steckst du?«

»Kann ich dir nicht sagen.«

»In der Tite Street?«

»Nein.«

»Du bist ein Vollidiot, Freddie.«

»Schon möglich. Aber der Vollidiot hat Wayne gefunden.«

Einen Moment lang kam kein Ton aus der Leitung. Troy konnte fast hören, wie Wildeve nachdachte.

»Ich brauch wohl nicht zu fragen, wie du das geschafft hast?«

»Nein, laß es lieber.«

»Aber wenn du mir jetzt einreden willst, das würde auch rechtfertigen ...«

»Jack, ich will doch gar nichts rechtfertigen. Ja gut – ich hab mich wie ein Idiot benommen. Aber Major Wayne schläft sich jetzt im Savoy von seiner anstrengenden Nacht aus!«

»Ich werd Thomson und Gutteridge drauf ansetzen.«

»Vorder- und Hintereingang?«

»Klar doch. Wann kommst du?«

»In ein paar Stunden. Ich muß mich erst noch rasieren und umziehen.«

»Und wenn Wayne in der Zwischenzeit ausgeht?«

»Der geht jetzt nicht aus. Da ist was Besonderes im Busch.«

»Was Besonderes? Was zum Teufel soll das ...? Ach ja, vergiß es. Woher weißt du das? Hat sie ...?«

»Das braucht mir keiner zu erzählen, Jack. Das ist sein *modus operandi*. Er arbeitet nachts.«

»Heißt das, er ist zurückgekommen, weil er noch mal so was vorhat?«

»Er ist zurückgekommen, weil ...« Troy suchte nach Worten, aber ihm fiel nur ein, was Tosca gesagt hatte. »Weil er eine Mission hat.«

»Mission? Mission? Was soll denn der Quatsch? Freddie, woher willst du das wissen?«

»Kann ich dir nicht sagen.«

»Hör endlich auf mit diesem Spruch!«

»Jack, wir treffen uns um halb drei am Schießstand.«

Troy hängte ein. Ein Haufen staubiger Strümpfe lag zu seinen Füßen. Die einzige freie Fläche war auf der Frisierkommode. Er ruckelte am Kabel und stellte das Telefon neben dem Schmuckkästchen ab. Es stand offen. Im Deckel lag ein einzelner Perlenohrring mit einer Silberschraube.

73

Der Ex-Regiment-Sergeant Major Peacock hatte flüchtige Ähnlichkeit mit dem verstorbenen Lord Kitchener – flüchtig deshalb, weil fast jeder mit einem Walroß-Schnurrbart dem verstorbenen Lord Kitchener ähnlich gesehen hätte. Er hielt das Revers seines braunen, fleckigen Uniformmantels mit beiden Händen fest und rieb mit den Daumen darüber, während er Wildeve mit Blicken taxierte.

»Ich glaub, Sie hab ich noch nie gesehen, Junge«, sagte er.

»Detective Constable Wildeve«, erwiderte Troy. »Meine rechte Hand.«

»Ist der nicht noch 'n bißchen arg jung?«

»Ich bin ...«, begann Wildeve wie ein trotziger Schuljunge, aber Troy stieß ihn so fest in die Seite, daß er nicht weiterredete.

»Mr. Peacock.«

»Mr. Troy.«

»Eine Waffe bitte.«

Peacock heftete seinen Blick nun auf Troy. Troy empfand für Peacock persönlich weder Sympathie noch Antipathie, aber diese stillschweigende Mißbilligung machte ihn wütend, weil sie so typisch für eine ganze Generation war. Dieses ernsthafte Getue, gepaart mit einem vorgespiegelten Urteilsvermögen in Situationen, die schlichtweg Reaktion und Handeln erforderten, war in seinen Augen die typische Manier, hinter der alte Männer nur ihre eigene Hohlheit versteckten. Alte Männer – Peacock konnte kaum über fünfzig sein, aber ein Dutzend Jahre als Regiment-Sergeant hatten ihm die Bedeutung seiner eigenen Banalität unauslöschlich aufgeprägt. Er war, dachte Troy, aus demselben Holz geschnitzt wie der alte Obergärtner oder der Butler im Haus seines Vaters. Auf jede Frage, die Troy als Junge gestellt hatte – egal wie trivial –, reagierten sie mit einer Wichtigtuerei, die unterstreichen sollte, daß es Dinge gab, die Männer wußten und Jungen besser noch nicht wissen sollten. Und in dieses Mysterium war Troy weder als Jugendlicher noch als Erwachsener eingeweiht worden. Sein Vater hatte dieses Verhalten weniger dem Alter seiner Bediensteten zugeschrieben als vielmehr der Mentalität der Engländer. Doch was auch immer nach dieser höchst unnötigen Pause herauskommen mochte – wenn Peacock jetzt oder irgendwann in den nächsten zehn Minuten erklärte, er müsse los, um jemanden wegen eines Hundes zu sprechen, dann konnte es gut passieren, daß Troy die Hand ausrutschte.

Peacock zupfte sich an seinem großen Schnurrbart.

»Wie lange ist es schon her, Mr. Troy?«

»Was?«

»Daß Sie Schießübungen gemacht haben?«

»Ich bin nicht zum Tontaubenschießen hier. Es geht um einen Einsatz, bei dem Bewaffnung erforderlich ist. Wir haben Grund zu der Annahme ...«

»Schon klar. Schon klar. Ein Fall von Selbstverteidigung. Sie wären ja nicht hier, wenn da draußen nicht so 'n Kerl mit nem Ballermann rumlaufen würde. Das versteht sich von selbst. Mich interessiert nur eines – können Sie damit auch umgehen?«

Scheiße, Scheiße, Scheiße, dachte Troy.

»Kommen Sie doch mal mit rüber zum Schießstand. Bloß um zu sehen, wie's klappt. Der Junge kann auch gleich mit. Sofern ihm klar ist, daß er hier keinen Teddy kriegt, wenn er trifft.«

Peacock fand seinen eigenen Witz wohl wahnsinnig komisch. Glucksend stapfte er in seinen großen braunen Stiefeln voraus zum Schießstand. Troy und Wildeve folgten ihm.

»Den Kerl bring ich um«, flüsterte Wildeve Troy zu.

»Nicht, wenn ich ihn zuerst vor die Flinte kriege«, erwiderte Troy.

Peacock trat zu der Vorrichtung aus Eisen und Draht, mit der die Zielscheiben zwischen der Absperrung und den Sandsäcken hin und her bewegt wurden. Er steckte zwei neue Scheiben auf und kurbelte sie in die Anfangsposition zurück.

»Ich dachte, wir würden auf Pappkameraden schießen«, sagte Wildeve.

»Sie waren wohl zu viel im Kino. Was glauben Sie denn, wer wir sind – das FBI?« versetzte Peacock.

Mit genießerisch-elegantem Schwung hakte er einen Schlüsselbund unter seinem Mantel ab und schloß die Doppeltüren eines großen Mahagonischranks auf. Zwanzig bis dreißig Handfeuerwaffen steckten dort wie Weinflaschen in akkuraten Aussparungen auf einem Holzbord, alle mit dem Griff nach vorn. Peacock langte hinein und zog eine glänzende schwarze Automatik heraus. Er lud das Magazin mit Munition aus der Schublade unten im Schrank – es waren flinke, geübte Bewegungen, wie von einem Varietézauberer, der mit seiner Schnelligkeit das Auge überlistet – und übergab Troy die Pistole. Sie war schwer und fühlte sich falsch an.

»Liegt nicht richtig in der Hand«, sagte Troy kläglich.

»Bloß anders«, entgegnete Peacock. »Sie soll ja auch anders in der Hand liegen. Leichter. Besseres Verhältnis zwischen Gewicht und Durchschlagskraft.«

Besseres Verhältnis zwischen Gewicht und Durchschlagskraft. Das war der erste wirklich fachkundige und respektgebietende Satz, den Peacock bislang von sich gegeben hatte.

»Liegt trotzdem nicht richtig in der Hand«, protestierte Troy.

»Ist aber das Allerneueste, was es an Kanonen gibt. Amerikanisch. Die erste, die wir gekriegt haben. Firma Colt. Automatik Kaliber fünfundvierzig. Legt selbst einen Elefanten um.«

Troy betrachtete die Pistole, und sofort war ihm klar, weshalb sie nicht richtig in der Hand lag. Es war das gleiche Modell wie die Mordwaffe. Er legte sie auf die Absperrung, überrascht von der Macht des Aberglaubens, aber nicht gewillt, das Schicksal herauszufordern.

»Und was spricht gegen die alten Webleys?«

»Sie haben's ja grad selbst gesagt – die alten Webleys.«

»Ich würde lieber eine nehmen, die ich kenne.«

»Ganz wie Sie wollen. Aber wenn Sie wüßten, was ich alles anstellen mußte, bis ich die Colts gekriegt hab, würden Sie sie mit etwas ...«

»Ich probier mal den Colt, wenn ich darf«, mischte sich Widleve ein.

Peacock würdigte Wildeve einer Zehnsekundenkurzversion seines prüfenden Blicks.

»Recht haben Sie, junger Mann. Ganz schön mutig von Ihnen.«

Er übergab Wildeve die Waffe, nahm eine 38er Webley vom Ständer, hielt sie waagerecht in der linken Hand und lud mit der rechten Patronen in die Kammer. Ein Dreh mit dem Daumen an der Trommel, und er händigte Troy die Waffe aus, mit dem Griff nach vorn.

»Mr. Wildeve rechts. Mr. Troy links. Ernsthaft und konzentriert. Feuer frei nach Belieben.«

Wildeves Arm flog vom Rückstoß zur Seite, und der erste Schuß traf den Außenring der Scheibe. Beim zweiten paßte er besser auf und traf den inneren Ring und dann mit atemberaubender Geschwindigkeit viermal hintereinander ins Schwarze.

Er grinste seinen Kollegen an. Troy spürte das Gewicht der Webley. Der alte Knacker wußte schon, wovon er redete, und er selbst hatte vergessen, daß sie eine Tonne wog. Ihm war, als hätte man ihm einen Schusterleisten ans Handgelenk gebunden. Er streckte den Arm aus, der wie ein Ast im Sturm schwankte, und bemühte sich zu zielen – erfolglos. Schließlich drückte er ungefähr in Richtung Scheibe ab und kugelte sich dabei fast den Arm aus. Peacock schnalzte mißbilligend mit der Zunge.

»Ganz nett, Mr. Troy. Direkt auf den Sandsack. Gut einen Meter vorbei.«

Troy verschoß die übrigen fünf Kugeln und verfehlte jedesmal das Ziel.

Peacock lud beide Waffen nach. Seine Haltung gegenüber Wildeve wurde freundlicher. Eine gewisse Schießfertigkeit vermochte ihn offensichtlich zu beeindrucken. Er zog für Wildeve eine neue Scheibe auf und meinte, die von Troy auszuwechseln sei nicht nötig, denn sie sei noch »unberührt von Menschenhand«. Troy erwog, ob er nicht lieber auf Peacock statt auf das Ziel schießen sollte.

»Mr. Wildeve rechts. Mr. Troy links. Ernsthaft und konzentriert. Feuer frei nach Belieben«, spulte Peacock seine Ansage ab.

Dann klingelte das Telefon auf seinem Schreibtisch, und er verschwand, um den Anruf entgegenzunehmen. Wildeve und Troy tauschten Blicke aus, als Troy den Arm hob und versuchte, die Waffe geradezuhalten. Er ließ sie wieder sinken. Wildeve tat dasselbe.

»Freddie«, begann er in einem Ton, der einen Schwall von Fragen ankündigte. »Könntest du mir vielleicht mal erklären, was los ist? Weil ich es nämlich verdammt toll von mir finde, daß ich dich bis jetzt noch nicht danach gefragt habe. Als du nach der Bombe in Holborn im Krankenhaus lagst, da hast du mich noch abwimmeln können, und vielleicht war das damals sogar gut so, aber jetzt weißt du, was anliegt, und mir würd 's verdammt viel bessergehen, wenn ich's auch wüßte.«

»Es ist aber ziemlich kompliziert.«

»Das hab ich mir schon gedacht.«

Troy sah sich nach Peacock um, aber der war immer noch am Telefon. Er gab wieder einen Schuß ab, der mit dumpfem Klatschen weitab vom Ziel in den Sandsack einschlug.

»Ich glaube, es findet so ne Art Wettrennen statt: Die Yankees versuchen, sich die deutschen Eierköpfe zu schnappen, bevor die Russen sie kriegen. Oder bevor die Royal Air Force sie alle in die ewigen Jagdgründe bombt. Sie nutzen ihr Auslandsnetz und den Widerstand in Frankreich und Deutschland, um die hellsten Köpfe rauszuholen. Aber irgendwas ist dabei furchtbar schiefgelaufen.«

Er nickte Wildeve zu, der wieder mehrere Schüsse direkt ins Schwarze abgefeuert hatte. Troy schoß noch einmal, genauso weit daneben wie vorher.

»Sie haben den ersten – von Ranke – umgebracht und sich dabei so ungeschickt angestellt, daß die Leiche gefunden wurde. Dann haben sie ihre Spuren verwischt, so gut es ging, und noch mal von vorn angefangen. Knapp ein Jahr später passiert dasselbe mit Eierkopf Nummer zwei – Brand. Aber diesmal treffen sie Vorsichtsmaßnahmen mit der Leiche. Wenn der Köter nicht gewesen wäre, hätten wir nie davon erfahren.«

Wildeve schoß wieder.

»Meiner Meinung nach geht es Wayne speziell um das deutsche Raketenprogramm. Ich hab erfahren, daß er im März in Schweden war. Es mag ja Zufall sein, aber genau zur gleichen Zeit kam ein deutscher Prototyp wahnsinnig weit vom Kurs ab und ging in Schweden runter. Der norwegische Widerstand hat es offenbar geschafft, die meisten Trümmer einzusammeln. Ich vermute, daß Wayne nach Schweden geschickt wurde, um Teile davon nach England zu holen. Und ich glaube, deshalb gab es in Millers Notizbuch auch so viele leere Stellen.«

»Woher weißt du das bloß alles?«

»Das kann ich dir nicht sagen. Aber es ist so sicher wie das Amen in der Kirche. Nikolai hat meine Quelle bestätigt. Ich war gestern fast den ganzen Tag bei ihm. Er hat ein Stückchen von dieser Jerry-Rakete in seiner untersten Schreibtischschublade.«

»Das klingt wie aus nem Science-fiction-Roman.«

»Nikolai meint, es ist ne Art fliegende Zigarre. Massiver Sprengkopf – und vor allem ganz, ganz leise.«

»Leise? Wie zum Teufel kann eine Rakete leise sein?«

»Sie fliegt schneller als der Schall. Man kriegt nicht mit, daß sie kommt, bis sie einschlägt. Nikolai wußte sogar den Namen von dem verfluchten Ding – die Jerrys nennen es Vergeltungswaffe.«

»O Gott«, sagte Wildeve und dann noch einmal: »O Gott. Das klingt alles so gespenstisch. Dagegen ist mir ein normaler altmodischer Mord tausendmal lieber.«

»Und trotzdem ist es Mord, Jack, so modern und ausgefeilt er auch sein mag.«

»Weißt du, eine Sache paßt nicht rein. Finde ich. Wayne ist doch schrecklich wichtig, nicht wahr? Und wir schnüffeln rum und verursachen sofort eine Riesenaufregung, ja?«

»Wie ich schon sagte. Trotzdem ist es Mord.«

»Richtig. Coppersache. Ganz klar. Aber ... verdammt noch mal, Freddie, es paßt doch einfach nicht zusammen!«

»Da komm ich nicht mit.«

»Er ist so wichtig, daß unsere hohen Tiere bereit sind, seine Spuren zu verwischen. Das verstehe ich noch. Was ich nicht verstehe – weshalb hat er überhaupt Spuren hinterlassen?«

»Sie sind getürmt. Abgehauen. Erst von Ranke, dann Brand. Beide waren Kommunisten. Zwar sehr dankbar für ihre Rettung, aber überhaupt nicht begeistert, daß sie sozusagen Gefangene von Onkel Sam und dem Kapitalismus wurden. Sie sind zu dem einzigen Menschen geflüchtet, den sie kannten – Peter Wolinski. Aber nach dem Fiasko mit von Ranke waren die Amerikaner bei Brand vorbereitet und bei Wolinski auch und haben gleich beide umgebracht.«

»Ich weiß. Soweit hab ich's mir auch schon zusammengereimt. Aber genau da stimmt doch was nicht. Warum sollten sie sie umbringen? Das war doch völlig überzogen. Das war unnötig. Und wenn Wayne so wichtig ist, wie du sagst, weshalb sollten sie das Risiko eingehen, daß die Metropolitan Police auf ihn aufmerksam wird? Das paßt nicht zusammen. Das steht in keinem Verhältnis zueinander. Irgendwas fehlt da noch. Irgendwas, das wir noch nicht wissen.«

»Überzogen.« Troy spielte mit dem Wort, bedachte es.

»Drei Menschen erschossen, einen davon in kleine Stücke zerhackt. Hältst *du* das denn nicht für überzogen?«

Wildeve feuerte den Rest des Magazins aufs Ziel ab, sah aber immer noch Troy an. Für seine Zielscheibe machte das keinen Unterschied. Das Echo hallte einen Augenblick nach und verklang. Dann verstummte Peacocks dröhnende Stimme im Hintergrund mit einem leisen Klicken von Bakelit, und es trat eine plötzliche Stille ein. Nacheinander verschoß Troy seine letzten fünf Patronen. Er gab sein Bestes. Wildeve hatte mit allen sechs Schüssen ins Zentrum getroffen. So dicht nebeneinander, daß die sechs Einschüsse kaum größer als ein einzelnes Loch waren. Troy hatte viermal vorbeigeschossen, aber mit dem fünften das äußere und mit dem sechsten das innere Feld getroffen. Doch die Versuchung, über diese kleine Genugtuung zu grinsen, wurde im Keim erstickt, als Peacock erneut mit der Zunge schnalzte und die Zugdrähte auf den Metallrollen losquietschten. Peacock griff beide Zielscheiben und schaute von einer zur anderen, als sei ein gründlicher Vergleich erforderlich und das Ergebnis schwer zu ermitteln.

»Entschuldigen Sie meine Offenheit, Mr. Troy, aber Sie würden wohl nicht mal 'n Scheunentor treffen, wie?«

Troy schwieg.

»Ich glaube nicht, daß es Gottes Wille ist, wenn Menschen zwei linke Hände haben. Ihr seid alle gräßliche Schützen, die ganze Truppe. Mir wär's mehr als lieb, wenn ihr regelmäßig auf den Schießstand kommen würdet, aber ich schätze, wenn ich das von euch verlange, heißt es bloß, das Verbrechen schläft nicht, also will ich nur folgendes sagen ... der Kerl, der da draußen auf Sie wartet, der sollte am besten unbewaffnet sein, aber wenn er ne Waffe hat, dann beten Sie zu Gott, daß er noch schlechter schießt als Sie.«

»Danke«, erwiderte Troy tonlos. »Ich nehme die Webley, wenn's geht. Jack?«

»Mir gefällt der Colt ganz gut.«

»Recht so. Dann bräuchte ich noch Ihren Schein.«

Troy zog den doppelt gefalteten Waffenausgabeschein aus der Brusttasche. Peacock wieselte zum Schreibtisch zurück und entfaltete ihn unter der Lampe.

»Furchtbares Gekrakel«, meinte er nach längerer Musterung der Unterschrift. »War wohl ziemlich in Eile, was?«

Troy schwieg.

»Ich leg die Waffen schon raus, aber Sie müßten Mr. Onions bitten, noch mal zu unterschreiben, wenn's recht ist.«

Er gab Troy den Ausgabeschein zurück. Troy sagte immer noch nichts. Wildeve nahm das Papier.

»Kein Problem«, erklärte er. »Bin gleich wieder zurück. Ist ja erst drei Uhr. Da ist er bestimmt noch in seinem Büro.«

Wildeve drehte sich zur Treppe um. Troy riß ihm den Zettel aus der Hand.

»Nein«, sagte er. »Das geht schon klar. Ich mach das.«

Troy und Peacock starrten einander an. Peacock gab als erster nach und senkte die Augen auf seinen Schreibtisch. Troy marschierte zur Treppe. Wildeve ging hinterher.

»Freddie«, sagte er, »das macht mir nun wirklich keine Mühe. Und du könntest ja noch dableiben, ein bißchen weiterüben ...«

Er langte nach dem Zettel. Troy knüllte ihn zusammen

und stopfte ihn in die Manteltasche. Sie kamen ins Erdgeschoß.

»O Gott«, sagte Wildeve, »manchmal bin ich wirklich ein Trottel.«

»Ganz recht, Jack. Ich weiß, daß es ne Fälschung ist. Peacock weiß, daß es ne Fälschung ist. Peacock weiß, daß ich weiß, daß er es weiß. Und dabei sollten wir's belassen.«

»Fälschst du öfter die Unterschrift vom Superintendent?« fragte Wildeve.

»Ja. Wenn ich glaube, daß er nicht unterschreiben wird. Bloß – diesmal hab ich Pfusch gebaut.«

74

Vier Stunden später traf sich Troy in einem Café in der Old Compton Street mit einem pickligen jungen Mann, den er aus gewissen Gründen nicht mit seinem wohlbekannten Spitznamen »Danny der Deserteur« anredete, sondern Herbert nannte, und erwarb von ihm gegen das Versprechen, irgendwann später zwanzig Pfund zu zahlen, sowie gegen ein stummes Nicken auf die Bemerkung »Dafür sind Sie mir mal was schuldig« einen kleinen Revolver Kaliber 22 aus italienischer Fabrikation, bei dem die Seriennummern herausgefeilt worden waren.

Troy schob die Waffe in die linke Manteltasche, trat auf die Straße und schlug den Kragen zum Schutz vor dem leichten Nieselregen hoch, der den Abendhimmel verdüsterte – die sommerliche Verheißung eines warmen Regens.

Es war immer noch nicht dunkel – ein endloser Juniabend –, als er mit Wildeve zusammen Thomson am Embankment ablöste. Der freudige Ausdruck auf Thomsons Gesicht wich allerdings gleich einer verdrießlichen Miene, als Troy ihn zur Verstärkung für Gutteridge an den anderen Hotelausgang schickte.

»Ich mach Hackfleisch aus ihm, wenn er Wayne rausschlüpfen läßt, ohne uns Bescheid zu sagen«, sagte Troy.

»Weißt du – ich hab noch mal nachgedacht.«

Troy starrte zum Fenster von Diana Bracks Apartment hoch. Rosafarbene Beleuchtung, ein flüchtiger Schatten, als jemand zwischen Fenster und Lichtquelle vorbeiging. Das Pochen in seinem Blut – der Wunsch, sie am Fenster zu sehen, und zugleich der Drang, Wayne zu sehen, zu wissen, daß er dort war, in Reichweite.

»Du hast von einer Mission gesprochen ...«

»Der Ausdruck stammt nicht von mir«, sagte Troy und biß sich sofort auf die Zunge – aber Wildeve hatte offenbar nicht mitbekommen, was ihm da schon halb herausgerutscht war.

»Freddie, willst du Wayne ernsthaft losziehen lassen?«

Nichts bewegte sich im dritten Stock. Troy sah Wildeve an.

»Ich hab wohl keine andere Wahl.«

»Aber es ist doch ein wahnsinniges Risiko.«

Troy sagte nichts.

»Er ist bewaffnet. Und wir nicht.«

Troy legte seine Hand um den Griff des kleinen silbernen Revolvers und beschloß, Wildeve lieber doch nichts davon zu sagen.

75

Eine Stunde später war es fast dunkel. Aus dem Schatten der Bäume am Victoria Embankment schaute Troy zum Himmel hoch und fragte sich, ob der fahle Mond, der sich nur ab und zu zwischen einer Masse grauer Regenwolken sehen ließ, wohl genug Licht abgeben würde, um Wayne zu verfolgen. Dann wanderte sein Blick wieder zum Savoy, die Fassade hinunter, vorbei am Fenster des dritten Stocks zum gläsernen Vorbau. In diesem Augenblick trat Wayne durch den Hotelausgang. Er hielt einen Regenmantel und einen weichen Filzhut in der Hand, und auch er blickte zum Himmel auf, zögerte und blieb stehen. Er setzte den Hut auf, ruckte an der Krempe und strich seinen Regenmantel glatt, wobei er ein paar freundliche Worte mit dem Portier wechselte. Er zog den Mantel über, ohne ihn zuzuknöpfen, knotete aber modebewußt den Gürtel. Dann ließ er die Hände in den Manteltaschen verschwinden und zog eine Schachtel Zigaretten und ein Streichholzbriefchen heraus. Er wölbte die Hände zu einem Windschutz und steckte sich eine Zigarette an. Im kurzen Auflodern der Flamme konnte Troy sein Gesicht recht gut erkennen. Dies war erst das dritte Mal, daß er sein Zielobjekt so deutlich sah, fiel ihm ein, auch wenn sich die Gesichtszüge schon vor Wochen in sein Gedächtnis gegraben hatten – die weiche, pralle Oberlippe, das wäßrige Blau der Augen, die selbst jetzt zu lächeln schienen, wie damals in Toscas Büro. Ein zufriedenes Lächeln, von dem Troy sich sofort provoziert fühlte – es konnte so vieles bedeuten. Wayne schüttelte energisch das Streichholz aus und schaute wieder zum Himmel hinauf.

»Was meinst du, in welche Richtung er geht?« flüsterte Wildeve.

»Zur U-Bahn. Das gehört zu seinem *modus operandi.*«

»Aber vielleicht geht er gar nicht los.«

»O doch!«

Wayne trat unter dem Vordach heraus, wandte sich nach links und marschierte mit schnellem Schritt ostwärts, zum Embankment.

»Er geht Richtung Temple. Schnell zum Vordereingang, Jack!«

»Ja, bleiben wir denn nicht zusammen?«

»Jack, Beeilung – um Himmels willen, tu, was ich dir sag – sieh zu, daß diese Dösköppe nachkommen.«

»Freddie, wie sollen wir ihn verfolgen, wenn ...«

Aber Troy war schon weg. Wieder einmal hinunter in den Kaninchenbau.

Wayne zahlte am Automaten und ging zum Bahnsteig der District- und Circle-Linie Richtung Osten. Troy wartete auf der Treppe, bis der Zug einfuhr – District-Linie nach Plaistow. Als er sicher war, daß Wayne drin saß, rannte er zum nächsten Wagen und quetschte sich in letzter Sekunde durch die Tür. Hinter der Glasscheibe sah er Wayne neben einer schwarzgekleideten älteren Dame sitzen und die *Daily Mail* lesen. Er blickte nicht auf und hatte sich nach Troys Eindruck auch vorher nicht umgedreht, um zu kontrollieren, ob ihm jemand folgte. Das zeugte von einer gewissen Großspurigkeit, bewies aber noch etwas anderes: Diana Brack hatte Wayne also nicht verraten, daß sie Troy von dem Versteck im Savoy erzählt hatte. Darüber freute sich Troy – immerhin bewies dies eine gewisse Loyalität ihm gegenüber, und dabei war er sich wirklich nicht sicher gewesen, ob sie das Geheimnis wahren würde, ja ob sie überhaupt ein Geheimnis wahren konnte.

Wayne achtete nicht auf die Stationen, sondern vergrub sich hinter seiner Zeitung, bis der Zug Mark Lane erreichte, wo sich District- und Circle-Linie gabeln. Wenn er hier umstieg, was sich geradezu anbot, mußte Troy sehr vorsichtig sein, um unentdeckt zu bleiben. Wayne warf einen Blick hinaus zum Bahnsteig, als wolle er den Namen der Haltestelle lesen, und widmete sich dann wieder seiner Zeitung. Als der Zug weiterfuhr, kam Troy der Verdacht, Wayne wolle vielleicht nach Stepney. Aber das war absurd. Absurd, daß der Mörder an den Tatort zurückkehrte. Ein Klischee aus Trivialromanen. In Whitechapel stieg Wayne aus. Also wollte er doch nicht nach Stepney? Aber dann wandte er sich an der Mile End Road nach links, überquerte beim Blind Beggar Pub die Straße und bog auf der Jubilee Street scharf nach rechts ab.

Troy hielt den größtmöglichen Abstand, doch als Wayne nach links ins Adelina Grove einbog, rannte er bis zur Straßenecke hinterher. Wayne, gut fünfzehn Meter vor ihm, marschierte in raschem Tempo Richtung Stepney Green. Er drehte sich nicht ein einziges Mal um. Troy kam nur langsam vorwärts, von einem Hauseingang zum nächsten, und hatte das Gefühl, daß seine Schritte in der leeren, stillen Straße wie Pferdehufe klapperten. Als er die Ecke Hannibal Road und Jamaica Street erreichte – beziehungsweise das, was von der Jamaica Street noch übrig war –, merkte er, daß er Wayne verloren hatte. Er war ganz in der Nähe der Cressy Houses, ganz in der Nähe von Wolinskis Wohnung, aber in Millers Aufzeichnungen stand nichts davon, daß Wayne je in dieser Wohnung gewesen wäre – dafür hatte er von mehreren Treffen im Bricklayers Arms berichtet, vor dem sich Troy jetzt befand. Vorsichtig schob er die mit Krug und Flasche gekennzeichnete Tür auf und gelangte in den Raum, der für den Verkauf außer Haus reserviert war, ein winziges Kabuff mit kaum genügend Platz, um Krug oder Flasche zu schwenken. Der Wirt hatte alle Hände voll zu tun, denn bis zur Sperrstunde blieb der Samstagabendmeute nur noch eine knappe Stunde zum Trinken. Abwechselnd schnauzte er die junge Kellnerin an, sie solle schneller machen, und brüllte seinen Gästen zu: »He, he, Gentlemen, nicht so drängeln!« Troy trat vom Tresen zurück, aus dem Licht, und ließ seinen Blick über die Menge in der Schankstube dahinter schweifen. Wayne mußte den durchschnittlichen Londoner um mehr als einen Kopf überragen, also konnte es nicht allzu schwierig sein, ihn zu entdecken. Aber er war nirgendwo zu sehen. Dann trat die Kellnerin im selben Moment wie der Gastwirt von der Bar zurück und drehte sich zu den Flaschenreihen an der hinteren Wand um, so daß Troy endlich über den Tresen hinweg bis zum anderen Ende des Schankraums schauen konnte, der in einem Bogen auslief und mit einer Scharnierklappe an der Wand abschloß. Und dort stand Wayne, auf seine Ellbogen gestützt und dadurch seine Größe kaschierend, vor einem Glas Stout. Er war in ein Gespräch mit einem kleinen Mann vertieft, der auf einem Barhocker saß und Troy den Rücken zudrehte. Der gekrümmte Rücken kam ihm irgendwie bekannt vor, fast wie ein Buckel, oder lag das nur daran, daß er sich vornüberbeugte, um Wayne zuzuhören? Dann drehte er den Kopf, und Troy sah, daß es Edelmann war. Edelmann sprach den Wirt an, schob ihm eine halbe Krone über den Tresen, gab seine Bestellung auf und ließ die Augen müßig durch den Raum schweifen, müßig, bis sein Blick auf Troy fiel – und weder er noch Troy konnte wegschauen, und Major Wayne mußte das zwangsläufig auffallen. Er hob gerade sein Glas zum Mund, doch als er aufsah, um herauszufinden, wohin Edelmann schaute, erstarrte er, setzte das Glas wieder ab und ergriff die Flucht.

»Scheiße!« entfuhr es Troy. Er drehte sich um, stieß gegen einen alten Mann, der gerade mit einem Krug zum Bierholen hereinkam, und sah sich eingekeilt, vom Ausgang abgedrängt. Er schubste den alten Mann auf die Straße zurück. Der fiel stöhnend hin, schrie »Arschloch«, als sein Krug auf dem Pflaster zertepperte, und Troy rannte los. Wayne hatte einen großen Vorsprung und war schon fast am hinteren Ende vom Union Place – ein rascher Blick zurück zu Troy, und er lief Richtung Stepney Green und verschwand auf einem Trümmergrundstück, wo ein einsamer Fabrikschornstein hochragte wie ein Leuchtturm.

Troy verfluchte sein Pech. Warum hatte Edelmann ausgerechnet in dem Pub sein müssen? Warum hatte er Troy bemerken müssen? Warum hatte er mit Wayne wie mit einem alten Kumpel beim Bier zusammengehockt – nach allem, was er über ihn wußte? Und warum rannte Wayne jetzt vor ihm weg? Warum rannte er hinterher? Wayne konnte sowieso nichts mehr unternehmen – bloß weiterrennen, bis beide außer Puste waren. Die Verabredung war geplatzt. Wen hatte Wayne bloß treffen wollen – wen hatte Wayne bloß umbringen wollen – wen bloß, wen, wen – diese Frage hallte Troy durchs Hirn. Würde er es je erfahren?

Er sprang über die Trümmer einer Hauswand und stand wieder auf dem freigelegten Küchenfußboden in der zerbombten Cardigan Street, zwischen den Brennesseln und Brombeersträuchern des »Gartens«, wo die Jungen mit Kreide ihr Hinkepinke aufgemalt hatten. Wayne war nicht zu sehen. Troy rannte zum Schornstein weiter. Plötzlich tauchte Wayne hinter einer Mauer auf, die gerade hoch genug war, um ihn zu verbergen – aber er rannte nicht weg, sondern ging auf ihn zu. Troy mußte stehenbleiben, um ihm nicht in die Arme zu laufen. Was für eine idiotische Situation – Troy fühlte sich wie ein Idiot; erst als er die Hände in die Taschen schob und den silbernen Revolver ertastete, wurde ihm ein bißchen wohler. Er stand im Schatten dieses hohen Schornsteins, der Mond kam hinter einer Wolke hervor, und der leise Regen mischte sich mit den Schweißbächen auf seinem Gesicht. Zehn Meter vor ihm blieb auch Wayne stehen – die Hände tief in den Taschen vergraben. Der Regen rann ihm von der Hutkrempe. Irgendwo weit entfernt heulte klagend eine Sirene – der übliche Fehlalarm; schon seit Wochen gab es keine Luftangriffe mehr. Troy war es, als wäre der Regen lauter als die Sirene, als ginge Waynes Atem lauter als sein eigener Herzschlag. Dann hörte das Geheul auf, und das Brummen eines Motors zog über den Nachthimmel heran, mit der ganzen Macht einer Illusion.

»Ich dachte, es wäre Zeit, daß wir uns mal wieder begegnen«, sagte Wayne.

Troy schwieg. Ihm fiel keine Antwort ein. Er beobachtete Waynes Hände und überlegte, in welcher Manteltasche wohl der Colt steckte, versuchte sich zu erinnern, ob Wayne Rechts- oder Linkshänder war.

»Wie ich höre, haben Sie's während meiner Abwesenheit ja richtig nett gehabt?«

Er machte eine Pause, damit Troy antworten konnte, aber Troy blieb stumm.

»War sie gut?«

Troy faßte nach dem Revolvergriff und tastete mit dem Zeigefinger nach dem Abzug.

»War sie gut?« wiederholte Wayne. »Ich finde, sie kann ja so gut sein, so unheimlich gut, aber wenn sie schlecht ist – oh, Mann, dann ist sie noch besser.«

Und er nahm beide Hände aus den Manteltaschen und legte Daumen und Zeigefinger in einer keck-obszönen Geste zu zwei geflügelten Nullen zusammen, bevor er die Hände überm Bauch faltete.

Im Rückblick – als er endlos viel Zeit hatte, um unter endlosen Schmerzen die Lektion zu lernen, daß man hinterher immer klüger ist – ging Troy diese Bewegung noch tausendmal durch. Was hatte ihn dazu gebracht, die Waffe loszulassen, die Hände aus den Taschen zu nehmen und sie genauso zu falten wie Wayne? Was sollte das? Was sollte das bedeuten? Die Geste eines Gentlemans? Die offenbar latente, schrecklich englische Mentalität, laut der es unfair gewesen wäre, die Waffe auf einen Mann zu richten, der selber keine in der Hand hielt?

Und dann – er hätte schwören können, daß er das laute Dröhnen eines Flugzeugmotors hörte, als der Schuß knallte und ihn zu Boden warf. Ein furchtbarer, brennender Schmerz links im Bauch und ein Gefühl, als würde warmer Tee durch sein Hemd sickern. Er lag mit dem Gesicht im Schlamm. Der Schlamm lief ihm in die Augen, als er zu Wayne hochsah, der noch immer mit gefalteten Händen dastand und unter seiner durchweichten Hutkrempe auf ihn hinabstarrte.

Dann nahm Wayne die Hände auseinander und wandte sich nach links.

»Mach ihn fertig«, sagte er leise.

Troy konnte nichts sehen. Er lag auf der Seite, wo sich die Kugel in ihn gebohrt hatte. Er kniff die Augen zusammen, drehte den Hals und fummelte in der linken Manteltasche nach seinem Revolver. Ein großer Mann in Schwarz, schwarzen Schuhen, schwarzer Nadelstreifenhose, einem glänzenden schwarzen Regenmantel und einem breitkrempigen schwarzen Hut, trat aus dem Schatten – eine große Automatikpistole locker in der rechten Hand. Troy konnte das Gesicht nicht erkennen, nicht einen einzigen Gesichtszug. Er zerrte an seinem Revolver, während der Mann langsam auf ihn zukam. Er zerrte mit aller Kraft, glitschte durch Schlamm und Blut, aber er lag mit dem ganzen Körpergewicht auf der Waffe, und der Hahn hatte sich im Mantelfutter verfangen. Noch einmal verdrehte er den Hals, um über die Schulter zu schauen. Der Mann war stehengeblieben und hob nun langsam die Pistole und zielte auf Troys Kopf. Troy zerrte an seinem Revolver. Er riß ihn mit solcher Gewalt los, daß sein ganzer Körper herumflog, und in einer einzigen fließenden Bewegung hatte er die Waffe ausgerichtet und abgedrückt. Er hatte vorbeigeschossen. O Gott, er hatte vorbeigeschossen!

Der Mann zielte immer noch auf Troy. Warum schoß er nicht? Dann sank der Arm – der Mann wankte leicht, als hätte ihm eine unsichtbare Hand einen Stoß versetzt, kippte hintenüber und fiel ausgestreckt zu Boden, in den hochspritzenden Dreck, und immer noch hielt er die Pistole umklammert.

Troy quälte sich auf die Beine. Es schien eine Ewigkeit zu dauern, bis er sich aus dem zähen Schlamm befreit und aufgerichtet hatte. Wayne stand da wie versteinert. Troy wollte seine Waffe heben, doch der Schmerz war zu stark. Wayne bewegte sich immer noch nicht. Hoch oben näherte sich dröhnend das Flugzeug. Troy spannte seine Muskeln mit aller Kraft an und schaffte es, die Waffe geradezuhalten. Wayne streckte die Arme aus und hob die Hände – als wolle er um Gnade bitten oder aber instinktiv die Kugel abwehren. Das Dröhnen kam jetzt direkt von oben, durchdringend, ohrenbetäubend, markerschütternd und so trügerisch – die Macht der Suggestion. Hinter Wayne schienen sich Formen aus der Dunkelheit herauszuschälen, schienen sich Steine zu dehnen und Ziegel zu sprechen, und ihr Gemurmel mischte sich mit dem Dröhnen von oben. Die Formen wurden zu Gestalten, das Murmeln wurde zu Stimmen, das Dröhnen wurde zu einem Donner, einem tiefen Baßgebrüll, das durch seine Adern toste, die Welt vor ihm krümmte sich, während er sich bemühte, Wayne im Visier und seinen Finger am Abzug zu halten. Er zielte, aber der Finger wollte sich nicht bewegen. Er konnte nicht abdrücken. Dann explodierte überall um ihn herum der Donner, und Troy war es, als hätte die Erde sich aufgetan und ihn verschlungen.

76

»Sie sind wirklich ein Glückspilz«, sagte die Krankenschwester, als er zum erstenmal aufwachte, aber diese erste Wachphase dauerte nur ein paar Minuten, dann glitt er wieder in einen schmerzlosen Schlaf und Träume, in denen Diana Brack ihn gesundküßte, wie sie es ausdrücken würde, und ihn küßte und lächelte, wie sie nie gelächelt hatte.

Als er das nächste Mal aufwachte, erfuhr er von einer anderen Krankenschwester, daß er im London Hospital war und bald wieder gesund sein würde, und auch sie nannte ihn einen Glückspilz. Troy fragte nach dem Wochentag, aber mit der Antwort Mittwoch konnte er nichts anfangen, weil er sich nicht erinnerte, welcher Tag gewesen war, als er noch aufs Datum geachtet hatte. Er lag im London Hospital, in einem Einzelzimmer, und es war Mittwoch. Es war 1944 – beziehungsweise, es war 1944 gewesen, als er zum letztenmal daran gedacht hatte. Über den Monat war er sich überhaupt nicht sicher. Er schlief und träumte von dem Keller, in dem er mit Bonham die Leichenteile von Brand gefunden hatte – aber jetzt waren es Teile von ihm selbst, und er lag wie eine Flickenpuppe auf dem stinkenden Haufen aus verfaulten Latten und Putz, roch den Hauch des Todes, der sich mit dem Geruch von Karbid mischte, nur daß sein Traum den Karbidgeruch in den Duft von Je Reviens verwandelt hatte, aber er konnte sie nicht sehen, obwohl sie dort sein mußte. Er reckte den schmerzenden Hals – da drüben an der Ofentür stand eine große Gestalt, und als sie sich umdrehte, war es Bonham, und Bonham duftete nach Je Reviens.

Am nächsten Tag kam der Schmerz wieder – und mit ihm die Erinnerung. Er hatte einen Menschen getötet. Ganz bestimmt hatte er einen Menschen getötet. Die Waffe war auf den Kopf gerichtet gewesen, und er hatte nicht vorbeigeschossen – dank irgendeines glücklichen Zufalls hatte er nicht vorbeigeschossen.

Nach dem Frühstück lag er eine Stunde wach. Draußen auf der Straße brummte der Verkehr, eine Krankenschwester kam, um die Fenster zu öffnen, erzählte ihm, es sei ein heller, sonniger Morgen und die frische Luft werde ihm guttun, und dann war Wildeve da. Stand in der Tür.

»Jack – wer war das? Wen hab ich ...?«

Onions kam an Wildeve vorbei hereingeschritten, seinen Homburg fest in der Hand. Onions haßte Hüte. Es konnte nichts Gutes verheißen, wenn er einen Hut dabeihatte. Die Krankenschwester hastete aus dem Zimmer, nachdem sie die Besucher angewiesen hatte, den Patienten nicht aufzuregen. Er habe eine schlimme Verletzung und sei wirklich ein Glückspilz ...

Onions legte seinen Hut auf den Nachttisch, starrte einen Augenblick aus dem Fenster und strich sich mit beiden Händen über die Schläfen nach hinten, während er seine Gedanken sammelte.

»Ich weiß wirklich nicht, womit ich anfangen soll.«

Er wandte sich Troy zu. Fixierte ihn mit seinem Blick.

»Sie mißachten Befehle, geben einen Fall eigenmächtig ab, fälschen meinen Namen auf einem Waffenausgabeschein, kaufen sich illegal einen Revolver, zetteln eine Schießerei an – ach, die Liste ist endlos!«

Onions lehnte sich über das Fußende des Betts und umklammerte die Stange mit beiden Händen.

»Ohne den Jungen wären Sie jetzt tot. Ist Ihnen das eigentlich klar? Hätte er nicht so schnell geschaltet und jedenfalls noch versucht, Sie abzufangen, dann lägen Sie jetzt in der Leichenhalle. Warum haben Sie das bloß gemacht, Freddie? War Ihnen denn nicht klar, in welche Gefahr Sie sich begeben?«

Er hielt eine Hand hoch. Er erwartete von Troy keine Antwort. Troy hätte ihm auch keine geben können.

»Der Junge erzählt, Sie hätten gesagt, Wayne sei auf irgendeiner Mission. Stimmt das? Eine Mission! Ach was – er kam zurück, weil er noch was zu erledigen hatte. Weil er noch jemanden zu töten hatte. Haben Sie wirklich nicht kapiert, wen?«

Jetzt schien er eine Antwort zu erwarten, aber Troy starrte ihn nur schweigend an.

»Waynes einzige Mission war es, Sie zu töten – eine private Vendetta. Er hat Ihnen eine Falle gestellt – zusammen mit diesem Weib da –, und Sie sind direkt reingetappt. Wildeve hatte die Sache durchschaut. Aber Sie – ja, waren Sie denn blind?«

Troy sah Wildeve an. Sein ganzer Gesichtsausdruck, selbst seine Körperhaltung sagten »Tut mir leid« – aber Jack brauchte sich nicht zu entschuldigen. Troy wußte, daß er ihm das Leben gerettet hatte. Als die Ziegel plötzlich zum Leben erwacht waren, hatte er zwischen all den Formen und Geräuschen ein Geräusch und eine Form erkannt – und das war Jack gewesen. Wildeve schüttelte den Kopf. Er hatte Onions nichts von Diana Brack und Troy erzählt. Troy sah wieder Onions an – hätte der von seiner Affäre mit »diesem Weib« gewußt, dann wäre das bestimmt der erste Punkt auf seiner endlosen Liste gewesen.

»Und nicht nur das – Wayne war gar nicht Ihr Mann. Zwölf Wochen lang beschäftigen Sie sich mit dem Fall – behaupten mir gegenüber noch, er hätte eine Killernatur, das Töten würde ihm Spaß machen, und nun stellt sich raus, daß es irgendein anderer Scheißkerl war. Er selbst war sich zu fein, um sich die Hände schmutzig zu machen. Wayne hat weder Brand getötet noch von Ranke oder Wolinski. Das hat jemand anderes für ihn erledigt. Es gab also noch einen miesen Kerl, von dessen Existenz Sie keinen blassen Schimmer hatten.«

Besagten miesen Kerl hatte Troy totgeschossen. Das war die einzige Gewißheit in dem Wust widerstreitender Gedanken und Gefühle – aber wer war dieser Mann? Hatten sie ihn schon identifiziert?

»Wer war es?« fragte er kaum hörbar.

»Sagen Sie's ihm!« bellte Onions Wildeve an.

»Ähem ... wir wissen es nicht ... wir haben die Leiche nicht. Wayne ist damit abgehauen. Er hatte einen Fluchtwagen am Green geparkt. Er hat die Leiche reingepackt und ist uns entkommen. Die Waffe ist alles, was wir haben.«

»Zufrieden?« blaffte Onions in Troys Richtung. »Sind Sie stolz auf dieses Ergebnis? Das ist nämlich schon alles!«

»Nein«, flüsterte Troy.

»Nein?« brüllte Onions.

»Wir haben Wayne als Mittäter bei versuchtem Mord – an mir.«

»Sie sind nicht auf dem laufenden, Freddie. Es ist Mord, verdammt noch mal. Mord. Edelmann ist tot.«

Troy war verwirrt. Was sollte Edelmann damit zu tun haben? Er hatte ihn doch noch höchst lebendig im Bricklayers Arms gesehen.

»Edelmann?«

»Tot. Mit derselben Waffe erschossen, die Sie die halbe Niere gekostet hat.«

Troy wartete ab. Er war sich nicht sicher, wie Onions reagieren würde.

»Aber dann haben wir ihn doch«, flüsterte er.

»Haben ihn! Haben ihn! Sie sind nicht auf dem neuesten Stand, mein Junge. Wissen Sie, welcher Tag heute ist?«

»Donnerstag«, sagte Troy. »Donnerstag, der ...«

»Donnerstag, genauer gesagt der zweite Tag nach D-Day. D-Day war am Dienstag. Die Normandie sieht aus wie 'n Schrottplatz, der Boden vollgespickt mit Stahl. Wayne wurde gleich am ersten Tag nach Frankreich geschickt. Wir kommen nicht an ihn ran!«

»Was?«

»Wir hatten nur so lange eine Chance, wie er in unserem Rechtsgebiet war. In Frankreich müßten wir erst das Militär bearbeiten – und die haben mehr Alibis zu vergeben als Fleischmarken! Er ist weg, Freddie, auf und davon!«

Troy ließ den Kopf zurückfallen und schloß die Augen.

Onions senkte die Stimme – jetzt schwang fast ein bißchen Mitleid darin mit. »Ich sollte Sie suspendieren – schon aus Prinzip. Aber die Medizinmänner haben gesagt, Sie wären drei Monate dienstunfähig – vielleicht noch länger –, also werden wir die Sache auf sich beruhen lassen und keine schlafenden Hunde wecken, und Schlaf sollten Sie sich jetzt auch gönnen.«

Er griff nach dem verhaßten Homburg.

»Am Wochenende schau ich noch mal vorbei«, sagte er in neutralerem Ton, und dann war er auch wieder verschwunden.

Wildeve kam an sein Bett und setzte sich. Minuten vergingen. Nur das Brummen des Straßenverkehrs drang durch die Stille.

»Schon gut«, sagte er. »Die meinen, das kommt wieder alles in Ordnung.«

»In Ordnung?« fragte Troy.

»Du hast ein Stück Niere verloren, aber man kann sogar eine ganze Niere verlieren, und trotzdem funktioniert's noch wie geschmiert.«

»Geschmiert«, wiederholte Troy verständnislos.

Wildeve setzte zum Unvermeidlichen an.

»Ich weiß nicht recht, wie ich's dir sagen soll – aber ich hatte mir schon gedacht, daß Wayne nach Stepney wollte. Für mich sah das alles sehr nach ner unerledigten Arbeit aus. Ehrlich gesagt hatte ich mich schon seit Wochen darauf eingestellt. Ich bin mit Edelmann in Kontakt geblieben – die ganze Zeit, seit wir zusammen in diesem Brückenbunker waren. Ich glaube, er mochte dich wirklich gern – das konnte er als alter Bolschewik bloß nicht durchblicken lassen.«

Das war verwirrend – und ging alles viel zu schnell. Worüber redete Jack? Woher hatte er gewußt, daß er nach Stepney mußte? Troy war doch selbst erst darauf gekommen, als ...

»Wie bist du darauf gekommen? Copper-Spürsinn?«

»Wenn du so willst.«

Troy war, als hörte er sich selbst reden – seine Wortwahl, seine Tonlage aus Wildeves Mund.

»Aber eigentlich sollte ich eher sagen, daß Wayne für meinen Geschmack zu viele Fragen nach all diesen irregeleiteten Helden gestellt hatte – und das brachte mich auf den Gedanken, da wäre noch was. Ich hab mich getäuscht. Dich umzubringen konnte kaum das fehlende Mosaiksteinchen sein – also gibt es doch noch was anderes, wenn du verstehst, was ich meine.«

Das klang für Troy noch mehr nach Troy.

»An dem Samstag habe ich dann einfach nicht das getan, was du mir gesagt hattest. Ich ging ins Savoy und rief Edelmann an. Dann nahm ich ein Taxi und fuhr direkt nach Stepney. Es war ziemlich viel Verkehr, sonst wäre ich schon vor dir angekommen. Edelmann wartete mit seinen Revoluzzern auf mich. So war's verabredet. Er wollte Wayne möglichst lange aufhalten, aber der Plan ist ja schiefgegangen. Dann hat Wayne mich niedergeschlagen, als er aus dem Pub rausrannte. Ich war vielleicht eine Minute außer Gefecht – Edelmann hat sich um mich gekümmert, und das war ein Fehler, wirklich, wir haben zuviel Zeit verloren. Dafür haben wir teuer bezahlt. Als du hinter ihm herranntest, sind wir gefolgt, aber wir konnten nicht mehr aufholen. Dann hörte ich, wie der andere Kerl auf dich ballerte, aber es war, als würde der aus dem Nichts kommen – damit hatte ich nun überhaupt nicht gerechnet. Dann hast du ihn niedergeschossen, und als ich zu dir rüberrannte, schlug die Bombe ein und …«

»Die Bombe? Eine Bombe hat mich getroffen?«

»Nein. Nicht getroffen. Die kam hundert Meter weiter runter, aber du standest doch auf der Decke von diesem verfluchten Keller, und den hat die Druckwelle zum Einsturz gebracht. Es sah wirklich so aus, als hätte sich die Erde aufgetan und dich verschluckt.«

Die Erde hatte ihn verschluckt. An das Gefühl erinnerte er sich – und an den Traum, das erklärte den Traum. Er hatte wirklich in diesem verdammten Keller gelegen – es war also nicht bloß ein Traum.

»Und dann hob Wayne die Knarre auf und schmiß sich den toten Kerl über die Schulter wie nen Kartoffelsack. Ich konnt's kaum glauben. Mir war ja klar, daß Wayne ein ziemlicher Brocken ist, aber es sah aus, als würde der andere überhaupt nichts wiegen. Aber dann hat er uns gesehen und fing an rumzuballern.«

Wildeve zupfte an seinem Jackenärmel, steckte den Finger durch ein Einschußloch.

»Schwein gehabt«, sagte Troy leise.

»Ich ja, aber Edelmann nicht. Die Kugel, die mich verfehlt hat, hat ihn getötet – armer Kerl. Ich hab Wayne mit nem zerbrochenen Ziegel erwischt, worauf er die Waffe fallen ließ, aber er lief weiter – mit der Leiche über der Schulter rannte er weiter. Ich kann's immer noch nicht fassen. Warum hat er nicht einfach die Leiche fallen lassen und fertig?«

Troy dachte darüber nach. Er glaubte, die Antwort zu wissen.

»Aber die Waffe habt ihr?«

»O ja – und jede Menge Fingerabdrücke drauf. Wenn wir jetzt noch offiziell welche von Wayne hätten, dann würde er hängen.« Er unterbrach sich. »Sag mal, Freddie, wußtest du wirklich nicht, daß er wiedergekommen war, um *dich* zu erledigen?«

»Nein. Wußtest du's denn?«

»Ach was. Statt dessen ...« Er zuckte die Schultern.

»Statt dessen hat er Edelmann umgebracht«, sagte Troy.

Wildeve nickte mit Tränen in den Augenwinkeln.

»Wo sind meine Klamotten, Jack?«

»Was?«

Troy schwang die Beine aus dem Bett, spürte den brennenden Schmerz im Bauch und riß den Nachtschrank auf.

»Freddie, was soll das?«

Seine Kleidung lag ordentlich zusammengefaltet im Schränkchen – er langte nach den Hosen.

»Wir haben jede Menge Arbeit.«

»Freddie!«

»Du hast doch gehört – ich bin nicht suspendiert. Ich hab immer noch meinen Dienstausweis. Bist du mit dem Wagen da?«

»Ja – dein alter Morris steht vorn – aber wir können doch nicht ...«

»O doch, wir können. Hilf mir mal mit dem Hemd.«

Wildeve stand da, wie vom Donner gerührt.
»Jack! Nun mach schon!«

77

Sie brausten am Embankment entlang. Und weiter nach Chelsea. Bis zur Tite Street.

»Ich sag's dir doch, die Tite Street hab ich schon durchsucht. Sie ist nicht da. Seit Freitag abend hat das Mädchen sie nicht mal von weitem gesehen. Find dich damit ab, Freddie, sie ist getürmt. Der arme Gutteridge hat Tag und Nacht draußen gestanden!«

Troy fiel das Atmen schwer. Er hatte sich zu rasch bewegt, und der Schock über die fünfzehn Zentimeter lange Naht am Bauch mit mehr als einem Dutzend Stichen hatte seinem ersten Energieschub einen Dämpfer verpaßt. Irgendwie war er davon ausgegangen, er sei ganz intakt – und hätte höchstens ein winziges Loch an der Stelle, wo die Kugel eingedrungen war.

»Nicht das Haus«, flüsterte er. »Die Grünanlage.«

»Sag das noch mal.«

»Die Grünanlage. Wo der alte Mann das Schwein hält.«

Sie sausten an Constable Gutteridge vorüber, der die Kunst, mit offenen Augen im Stehen zu schlafen, perfektioniert hatte, und hielten vor dem geflickten Zaun rings um den ehemaligen Park. Beim Aussteigen verschlug es Troy die Puste – Wildeve mußte ihn vom Sitz ziehen. Doch dann führte Troy ihn zwischen Kartoffel- und Blumenkohlbeeten bis zu der Nissenhütte, in der Diana Brack ihre Gartengeräte aufbewahrte. Das Schwein stand in seinem Koben, steckte den Rüssel durch das verrostete Metallgatter und grunzte vergnügt in der Morgensonne.

Die Hütte war mit einem Vorhängeschloß zugesperrt. Wildeve brach es auf, knipste die Taschenlampe an und trat ein.

»O Gott«, sagte er. »O Gott!«

Troy fing die Lampe auf, als sie seinem Kollegen aus der Hand rutschte. Wildeve knickte in den Knien ein, stolperte hinaus ins Tageslicht und erbrach sich über einer adrett gepflanzten Reihe smaragdgrüner Tomaten, die sich ungerührt von diesem kläglichen Schauspiel im Wind wiegten.

Troy knipste die Taschenlampe noch einmal an. Er wußte, was er gesehen hatte, aber im Gegensatz zu Wildeve mußte er sich den Anblick für immer einprägen und deshalb noch einmal hinschauen.

Sie lag nackt in der Zinkwanne, beschwert mit einem abgebrochenen Stück Marmor von einem Kamin, das quer über ihrem Bauch lag. Ihre Augen standen offen; ein schwarzer Punkt, genauso klein wie der, den er sich in seinem eigenen Körper vorgestellt hatte, markierte die Stirnmitte. Die Wanne war voll, und doch ragten Nase und Fingerspitzen über die Wasseroberfläche wie Unkrautranken aus einem Fluß. So eigentümlich ist das menschliche Hirn beschaffen, daß Troy sofort an Millais' Ophelia dachte, die umringt von ihren Blumensträußchen mit der Strömung treibt, im Tod noch schöner als im Leben.

Obwohl das Wasser den Leichengeruch abmilderte, hing er schon in der Luft. Das hatte er beim Hereinkommen sofort gerochen. Er ging wieder hinaus und lehnte sich gegen die Blechwand. Wildeve hatte aufgehört zu kotzen und schien stumm zu schluchzen.

»Warum konnte Wayne nur so was tun?« fragte er. »Warum – ich meine … hat er sie erschossen oder ertränkt oder was?«

»Er hat sie nicht ertränkt. Das war nur ein Versuch, den

Geruch zu unterdrücken. Und er hat sie auch nicht erschossen. Ich war's.«

Wildeve sah hoch und wischte sich mit dem Ärmel etwas Speichel von den Lippen. Der dicke Mann lief den Weg entlang, ihnen entgegen, die Sonne blinkte auf seiner Glatze, und das Schwein grunzte erwartungsvoll.

»Ja hallo! Sie kommen mir wie gerufen. Stellen Sie sich mal vor, irgend so 'n Bengel hat mir meine Zinkwanne geklaut – die, die ich immer nehm, um das Schwein zu schrubben, wissen Sie!«

»Ich hab sie gefunden«, sagte Troy.

»Na Gott sei Dank. In der Hütte?«

Troy kippte vornüber. Er spürte, wie ihm das Blut aus dem Kopf wich. Der Dicke fing ihn auf und zog ihn in seine Arme, wie ein Vater ein kleines Kind.

»Na, Kamerad, wird's denn gehen? Sie sind ganz schön blaß um die Nase.«

Er trug ihn zu dem alten Bullnose Morris zurück und bettete ihn sanft auf den Beifahrersitz.

»Passen Sie auf die Hütte auf«, sagte Troy. »Und an Ihrer Stelle würde ich nicht reingehen.«

»Alles klar, Kamerad. Ganz wie in alten Zeiten. Sie kommen doch wieder, ja?«

»Ja«, murmelte Troy, »ich komm wieder.«

Wildeve legte die Stirn aufs Lenkrad. Sein Atem ging immer noch schwer und schnell.

»Ich versteh das nicht, Freddie. Ich versteh das einfach nicht.«

»Fahr mich zur Orange Street«, sagte Troy leise.

»Ich sollte dich lieber wieder ins Krankenhaus bringen.«

»Orange Street«, wiederholte Troy.

Wildeve drückte den Anlasser und legte den ersten Gang ein.

»Wo soll das bloß alles enden?« fragte er.

»Orange Street«, sagte Troy noch einmal. »Es endet in der Orange Street.«

78

Troy ließ Wildeve im Wagen warten. Auf dem ersten Treppenabsatz war ihm, als würde es seinen Körper in Stücke reißen. Solche Schmerzen hatte er noch nie zuvor erlebt. Er zwang sich, die Treppe weiter hochzusteigen, denn er wußte, Wildeve würde nachkommen und nach ihm sehen, wenn es zu lange dauerte. Er preßte eine Hand flach gegen die Wundnaht und spürte wieder, wie warmer Tee durch sein Hemd sickerte. Toscas Tür im obersten Stockwerk war abgesperrt. Er fummelte in der Jackentasche nach seinem Schlüsselbund und fand den Schlüssel, den sie ihm gegeben hatte. Langsam schob er die Tür auf, ließ sie zurückschwingen. Dann trat er ein, lehnte sich mit dem Rücken gegen die Wand und besah sich keuchend das Durcheinander. Die Kaffeekanne stand halbvoll auf dem Tisch, als hätte sie Kaffee für zwei gekocht, als hätte ihr Unterbewußtsein nicht akzeptiert, daß er nicht wiedergekommen war. Eine halb aufgegessene Pizza zierte den Eßtisch. *Huck Finn* lag aufgeschlagen auf dem Bügelbrett. Ihre Strümpfe trockneten an einer Wäscheleine über der Spüle, Kleidungsstücke hingen liederlich wie immer auf Stuhllehnen oder gleich haufenweise auf dem Sofa – und überall war Blut. Blut auf den Bettlaken, Blut an den Wänden, Blut auf dem Fußboden. Geronnen und getrocknet und braun. Eine Schlachtbank auf dem Dachboden. Blut, so viel Blut, daß er es schmecken konnte – es war auf seiner Zunge und auf seinen Lippen –, aber es war sein eigenes Blut, was er schmeckte, sein Blut und nicht ihres, das Blut, das ihm zwischen den Fingern durchtröpfelte, am Bein hinunterlief und zu seinen Füßen eine Pfütze bildete.

79

Troy schlief. Eine Ewigkeit zog vorüber.

In seinen Schlaf, in seine wachen Phasen kam ... ein Besucherstrom.

Seine Mutter – arthritisch, gestützt auf zwei Spazierstöcke und zwei Töchter – zum erstenmal nach dem Tod ihres Mannes wieder zu Besuch in London. Sie weigerte sich, mit ihm englisch zu reden – und die russische Sprache kennt tausend Wörter für Dummkopf.

Sein Bruder Rod – mit ordensgeschmückter Brust, der heimgekehrte Held, das Oberhaupt der Familie – kam und sagte, alles wäre in Ordnung, für das Zimmer würde bezahlt, und es solle ihm an nichts fehlen. Ob Troy das interessierte? Natürlich interessierte es ihn. Er wünschte sich nichts sehnlicher, als allein zu sein.

Bonham – hielt seinen Helm zwischen den Knien und schälte darüber eine außerordentliche Rarität – eine Orange. Der Duft erfüllte die Luft. Beide sogen ihn schweigend ein und dachten an früher. Bonham steckte den Kopf in den Helm, hielt die Nase in die Schalen, weigerte sich aber, auch nur ein einziges Stückchen von seinem Geschenk für Troy zu probieren. Statt dessen atmete er tief ein und sagte: »Weihnachten.«

Eines Tages wachte Troy aus dem Mittagsschlaf auf und

sah Kolankiewicz und Anna und einen Jungen im Zimmer. Anna stand mit dem Rücken zu ihm am Fenster und betrachtete das Spiel der gleißenden Junisonnenstrahlen an den Häusern gegenüber. Kolankiewicz spielte Karten mit dem Jungen. Und jetzt erkannte Troy ihn auch wieder: Es war Shrimp Robertson. Er brachte Kolankiewicz gerade »Monty mit drei Karten« bei. Kolankiewicz gestand, von diesem Spiel noch nie etwas gehört zu haben. Troy schaute zu, wie Shrimp Kolankiewicz zweimal gewinnen ließ, und freute sich an dem überraschten Gesicht des Jungen, als Kolankiewicz meinte, jetzt sei er dran, und ihm anschließend mehr als eine halbe Krone abknöpfte. Anna drehte sich um und sah, daß er wach war.

»Hallo, Fremder«, sagte sie.

Kolankiewicz und der Junge blickten von ihrem Kartenspiel auf.

»Mr. Robertson möchte Ihnen gern was mitteilen, Troy. Nicht wahr, Mr. Robertson?«

Sie blickte den Jungen direkt an, während sie den Satz beendete. Der machte zwar ein etwas verlegenes Gesicht, wurde aber nicht rot. Er kam herüber und stellte sich vor Troys Bett.

»Erst ham wir Sie für ’n blöden Wichser gehalten«, erklärte er nüchtern.

»Jaaa?« fragte Troy, dem nicht so recht klar war, worauf diese Unterhaltung hinauslaufen sollte.

»Aber dann hat mein Alter in der Zeitung gelesen, daß Sie hinter dem Kerl her warn, der wo den umgebracht hat, den wir in kleinen Teilen gefunden ham. Bloß daß es gar kein Kerl war, sondern ne piekfeine Pute, die Sie dann in Chelsea in ner Hütte gefunden ham. Also hat die piekfeine Pute den Macker umgelegt?«

»Ja«, antwortete Troy. »Die piekfeine Pute war’s.«

»Und den Stoppelmann wohl auch?«

»Wen?«

»Den Stoppelmann. So ham wir Wolinski genannt. Na ja – mein Alter nennt ihn so. Der ist der Friseur bei uns in der Gegend, in der Mile End Road. Und mein Alter sagt, egal, um welche Zeit er reinkommt, immer hat er Fünfuhrstoppeln im Gesicht.«

»Ach so«, meinte Troy.

»Und dann ham wir gemerkt, daß Sie kein Wichser sind, sondern ein Held.«

»Wann habt ihr das denn festgestellt?«

»Na – Sie sind doch angeschossen worden.«

»Und deshalb bin ich ein Held?«

»Ach wo! Aber wir ham nen Hut rumgehn lassen und ham n halben Taler zusammengekriegt. Bloß, daß ich jetzt alles an den hier verloren hab.«

Was würde der Junge von seinem Heldentum halten, dachte Troy, wenn er wüßte, daß er die schlimmsten Schläge seines Lebens auf seiner eigenen Türschwelle kassiert hatte – von einer Frau, die er so euphemistisch »piekfeine Pute« nannte?

»Würde es denn deinen verletzten Stolz besänftigen«, begann Troy, »wenn ich dir sage, daß du's mit einem Meister seines Faches aufgenommen hast? Kein Polizist von der Metropolitan und den ganzen umliegenden Grafschaften würde sich mit diesem Gentleman auf irgendein Kartenspiel einlassen!«

Der Junge guckte ihn verdattert an.

»Gestatten Sie«, sagte Kolankiewicz und überreichte Troy eine halbe Krone in Penny- und Halfpenny-Münzen – oder ließ sie vielmehr auf die Bettdecke runterrieseln.

Dann trat die Krankenschwester ein und sagte, Troy brauche jetzt Ruhe. Anna küßte ihn, strich ihm durchs Haar und sagte, sie habe immer gewußt, daß er ein verrückter Kerl sei. Und Troy konnte nur vermuten, wieviel sie wußte.

In der Tür, die ihnen die Krankenschwester demonstrativ aufhielt, drehte der Junge den Kopf zurück. Offenbar ging ihm noch etwas im Kopf herum.

»Hey. Dann war das auch die piekfeine Pute, wo auf Sie geschossen hat, stimmt's?«

»Ja«, sagte Troy.

Er schlief. Eine Ewigkeit zog vorüber.

Die Krankenschwester brachte ihm eine Visitenkarte. Draußen warte jemand, der ihn besuchen wolle. Troy nahm die Karte in die Hand. Auf der Vorderseite stand: »Frederick, Marquis von Fermanagh« und eine Adresse in Irland. Auf der Rückseite stand handschriftlich: »Ich möchte Sie sehr gern sprechen.«

»Sagen Sie ihm nein«, wies Troy die Schwester an.

Immerhin hatten sie denselben Vornamen. Aber er erinnerte sich nicht, daß sie ihn jemals ausgesprochen hätte.

80

Ungefähr eine Woche, nachdem er wieder im Krankenhaus lag, war ihm, als ob ein Auto, furchtbar knatternd und stotternd, über den Himmel fegte. Das Geräusch war so deutlich, daß er den Wagen vor seinem geistigen Auge sehen konnte – eine klapprige alte Schrottkiste, noch schlimmer, viel schlimmer als sein alter Morris, der auf der Straße eine schwarze Qualmwolke hinter sich herzog. Aber dieser Wagen fuhr nicht auf der Straße – sondern oben am Himmel. Dann setzte der Motor aus, und er hörte ein Rauschen wie von herabfallenden Ästen im Sturm, und dann einen Knall, als würden die Tore der Hölle zugeschlagen, und alle Fenster im Zimmer verwandelten sich in Kristall und überschütteten sein Bett mit glitzernden Splittern. Er war nicht verletzt, nur eingepudert. Die Krankenschwester kam hereingelaufen. Sagte »Ach Gottchen, ach Gottchen«, trat den Bremshebel unter seinem Bett los und schob ihn auf den Korridor.

Er hatte sie gehört, er hatte sie gehört! Worauf es ankam, hatte Nikolai gesagt: daß man sie nicht heranfliegen hörte!

»Wenn du sie hörst, bist du schon tot!«

Dezember 1948

81

Es war ein schrecklicher Krieg gewesen. Er hatte ihn gehaßt. Doch sobald er aus war, fehlte ihm etwas.

Im Oktober ging er wieder arbeiten. Onions' Zorn war anhaltendem Schweigen gewichen. Es hieß, Troy könne seine Beförderung in den Wind schreiben. Wildeve wurde Sergeant. Verdientermaßen. Er hatte während Troys Abwesenheit hervorragende Arbeit geleistet und die »Badenixen-Affäre«, wie der Fall Yard-intern grausamerweise getauft worden war, ohne einen Flecken auf der Weste überstanden. Soweit Troy wußte, hatte Jack niemandem etwas von seiner Beziehung zu Diana Brack erzählt, und als Troy den Mord an Master Sergeant Larissa Tosca von der US-Army gemeldet und sie als »Informantin« bezeichnet hatte, waren von Jack weder Fragen noch Mutmaßungen gekommen. Eine Zeitlang teilten sich die beiden außer dem Büro nun auch noch den Rang, und dann, im Sommer 1945, zwei Tage nach dem Sieg über Japan und drei Tage vor seinem dreißigsten Geburtstag, kam Troys Beförderung durch. Er war Inspector geworden. Onions hatte nachgegeben.

Und doch – der Gedanke, den Dienst zu quittieren, schoß Troy mindestens einmal pro Woche durch den Kopf. Selbst die rapide ansteigende Nachkriegskriminalität konnte ihn mit seinem Beruf nicht aussöhnen. Er haßte den Frieden noch mehr, als er den Krieg gehaßt hatte.

Seinem Bruder Rod ging es ganz anders – er war als hochdekorierter Held aus dem Krieg zurückgekommen und bei der erstbesten Gelegenheit ausgestiegen. Er hatte öffentlich angekündigt, fürs Parlament zu kandidieren, sobald Churchill die Koalition aufgelöst hatte. Tatsächlich war er dann im Sommer für South Hertfordshire aufgestellt und, wie die langsame und langwierige Auszählung ergab, auch gewählt worden, womit außer ihm niemand gerechnet hatte. Und so saß er im Jahre 1948 für die Labour Party im Parlament: Sir Rodyon Troy, Baronet, Oberstleutnant (Reserve) der RAF, Träger des zweimal verliehenen *Distinguished Service Order* sowie des *Distinguished Flying Cross*, Nummer zwei im Luftfahrtministerium. Rod liebte den Frieden. Der Frieden war für ihn so gut wie zuvor der Krieg. Es gab nur wenig, was ihm die Ruhe nehmen konnte.

»Warum erkundigt sich Tom Driberg bei mir nach deiner Privatnummer?« fragte er ziemlich beunruhigt.

»Ich weiß nicht«, erwiderte Troy. »Aber wenn du sie ihm gibst, werden wir's ja bald wissen.«

Troy hörte gedämpfte Stimmen – Rod redete mit seiner Sekretärin und hielt dabei eine Hand über die Sprechmuschel.

»Troy, ich weiß ja nicht, was bei dir gerade ansteht, aber mit Driberg sollte man sich nicht zu weit einlassen. Er hat einen gewissen Ruf. Schlimm genug, daß er mir in die Teestunde reinplatzt.«

»Ich hab nichts am Wickel, das dir Sorgen machen müßte. Aber wenn er aus irgendwelchen Gründen nicht Whitehall 1212 anrufen kann, dann gib ihm halt meine Nummer zu Haus.«

»Ich wußte nicht mal, daß du ihn kennst.«

»Er war doch oft genug bei unserem alten Herrn – zum Knabber- und Laberstündchen, wie du das immer genannt hast. Weißt du nicht mehr?«

»Nein, wirklich nicht. Dabei ist er doch sicher keiner, den man so leicht vergessen würde – es muß wohl zu der Zeit gewesen sein, als ich nicht mehr zu Hause war.«

Er legte auf. In Troy regte sich leise Neugier. Er hatte Driberg seit dem Tag nicht mehr gesehen, als er an die Küste gefahren war, um Inspector Malnick aufzusuchen. Nach seinen Artikeln zu urteilen, verbrachte Driberg viel Zeit im Ausland. Und Troy wußte von Rod, wie gut sich das Reisen mit parlamentarischen Funktionen vereinbaren ließ.

Zu Hause in Goodwin's Court setzte Troy sich ans Klavier. Er hatte gerade erst Thelonius Monk entdeckt und hörte sich jetzt in eine Musikrichtung ein, die ihm merkwürdig reizvoll und zugleich völlig fremdartig vorkam. Was, fragte er sich, war in Debussy vorgegangen, als er – für *Children's Corner* – zum erstenmal Ragtime-Elemente verwandt hatte? Dann klingelte das Telefon. Es war Driberg.

»Ich muß mit Ihnen reden. Könnten Sie zu mir in die Wohnung kommen?«

»Könnten Sie nicht hierher kommen?«

»Besser nicht. Die Sache ist privat, und es dürfte sich nicht so gut machen, wenn ich einen Polizeibeamten zu Hause aufsuche.«

»Aber wenn ein Polizeibeamter Sie zu Hause aufsucht, ist das weniger unangenehm?«

Driberg biß nicht an, sondern nannte Troy eine Adresse in Knightsbridge. Troy sagte, er werde in einer Stunde dasein. Er hoffte, daß Driberg nicht schon wieder Krach mit der Polizei gehabt hatte, denn dagegen konnte er nun wirklich nichts unternehmen.

Es war ein ungewöhnlich kalter Dezember mit Dauerfrost, der durch den Engpaß an Lebensmitteln noch unerträglicher schien. Selbst dieses graue, pampige Etwas, das sich Brot nannte, war mittlerweile rationiert. Für die Fahrt nach Knightsbridge zog Troy zwei Mäntel und eine Kapuzenmütze über, und trotzdem hätte er sonst etwas dafür gegeben, eine Heizung im Auto zu haben. Doch dann kam ihm ein Schwall anheimelnd warmer Luft entgegen, als Driberg die Tür aufschob und ihn hineinwinkte. Seine Schläfen waren mittlerweile fast kahl, doch das Haupthaar stand ihm immer noch wie Wellpappe vom Kopf und verlieh ihm mehr denn je das Aussehen eines aufgescheuchten Hundes.

»Sehr freundlich von Ihnen, Troy«, sagte er. »Wirklich sehr freundlich von Ihnen.«

Driberg zog ihm die Mäntel vom Leib, und Troy fühlte sich gleich zehn Kilo leichter.

»Sie sagten, Sie wollten mich in einer privaten Angelegenheit sprechen – mein Besuch hätte demnach also nichts mit der Tatsache zu tun, daß ich Polizist bin?« fragte er leicht provokativ.

Driberg machte die Tür zum Wohnzimmer auf.

»Hab ich privat gesagt? Ich meinte selbstverständlich delikat.«

Das war Troy natürlich klar.

Ein Mann saß mit dem Rücken zur Tür in einem hohen Ohrensessel. Troy konnte nichts weiter von ihm sehen als das oberste Stück seines Kopfes. Bei ihrem Eintreten erhob er sich nicht etwa, sondern rutschte noch weiter herunter, als wolle er sich verkriechen. Driberg huschte an die Bar und bot Troy einen großen Scotch an. Troy ging langsam die paar Schritte zum Kamin und drehte sich, um den anderen Gast in Augenschein zu nehmen. Schon komisch, wieviel man allein an einem ausgedünnten Haarkranz erkennen kann.

»Neville?« fragte er leise und ein bißchen ungläubig.

Pym schaute von seinem Glas hoch, das er mit beiden Händen festhielt. Er war bleich und sah aus, als hätte er schon tagelang kein Auge zugetan. Die viereinhalb Jahre seit ihrer letzten Begegnung im MI-5 hatten mehr als deutliche Spuren bei ihm hinterlassen.

»Hallo, Troy. Nett von dir, daß du so schnell gekommen bist.«

Driberg stand plötzlich neben ihm, um seinen Rücken an dem prasselnden Feuer zu wärmen, und drückte Troy einen großen Scotch in die Hand.

»Hättest du denn nicht selbst anrufen können?« fragte Troy.

»Ich dachte, dann würdest du vielleicht gleich wieder auflegen«, erwiderte Pym. »Unsere letzte Begegnung fand ja nicht gerade unter den günstigsten Vorzeichen statt.«

»Irgendwie hab ich das Gefühl, daß es diesmal nicht anders ist.«

»Es geht um eine heikle Sache«, warf Driberg ein.

»Das konnte ich mir denken.«

»Nun setzen Sie sich doch erst mal, Troy. Ich glaube, am besten erzählt Pym Ihnen alles mit seinen eigenen Worten.«

Troy hockte sich auf die lederbezogene Kaminbank, nippte an seinem Whisky und entschied sich, erst einmal abzuwarten, was Pym zu sagen hatte. Was es auch sein mochte, es war bestimmt nicht privater Natur, und er war höchstwahrscheinlich in seiner Eigenschaft als Polizeibeamter gefragt.

Pym lehnte sich zurück. Er brauchte eine Weile, um sich zu sammeln. Driberg starrte in die Ferne. Troy genoß den Geschmack eines erstklassigen Single Malt.

»Ich war letzte Nacht im Gefängnis«, platzte Pym plötzlich los.

Troy nickte verständnisvoll, brach aber den Blickkontakt ab und sah statt dessen in sein Glas.

»Ich bin in der Holloway Road festgenommen und zur Revierwache gebracht worden ... zur Revierwache Holloway Road, wo ich ... äh ... ich ...«

»Neville«, sagte Troy in energischem Ton, »nun spuck's schon aus, bitte.«

»O Gott«, stöhnte Pym. Er nahm einen großen Schluck Whisky und setzte noch einmal an.

»Ich war auf einer Toilette in der Holloway Road. Es wird etwa eine halbe Stunde nach der Sperrstunde gewesen sein. Das ist normalerweise die beste Zeit. Die Betrunkenen sind alle schon pinkeln gewesen und längst abgezwitschert, und man weiß ganz genau, daß jeder, der sich jetzt noch auf ner Herrentoilette rumtreibt, auf das gleiche aus ist wie man selbst. Und dieses spezielle Örtchen bietet so einiges Ausgefallene, auch ganz junges Gemüse – also, ich bin ziemlich oft dort. Hin fahr ich vom West End mit der Piccadilly-Linie und zurück mit dem Taxi, falls ich jemanden kennengelernt habe, den ich guten Gewissens mit nach Hause nehmen kann. Gestern abend war es ausgesprochen nett – wir dürften ein halbes Dutzend gewesen sein – niemand, den ich näher kannte – haben uns gegenseitig einen runtergeholt – alle reihum – man mußte richtig aufpassen, was zu wem gehört. Und dann ist es passiert. Ein Copper in Uniform, ein Kerl wie ein Schrank, kam reingeplatzt – ›Hab ich euch, ihr Dreckschweine!‹ –, und alle rannten auf und davon.«

Pyms Stimme war kurz vorm Überschnappen. Er brach ab. Zitterte.

»Und warum bist du nicht auch weggelaufen?«

»Ich konnte doch nicht – genausowenig wie der Junge, mit dem ich zusammen war.«

Wieder unterbrach er sich, kippte den Rest seines Whiskys. Driberg nahm ihm das Glas aus der Hand und brachte es ihm sofort wieder, fast bis zum Rand gefüllt.

»Ich war ... ich war auf den Knien, weil ich dem Jungen grad einen geblasen hab.«

»Einem Jungen?«

»Ach, was soll ich sagen – er sah aus wie sechzehn. Mindestens.«

»Also bist du festgenommen worden.«

»Ja«, krächzte Pym.

»Von einem Constable?«

»Sergeant – aber spielt das eine Rolle?«

»Mit nem Constable wäre die Sache vielleicht einfacher zu regeln. Wie alt war er dann?«

»Etwa vierzig, würde ich sagen.«

Troy rechnete sich keine großen Chancen aus, einen Polizeibeamten bearbeiten zu können, der mit vierzig noch Uniform trug, genug Erfahrung hatte, um sich nichts vormachen zu lassen, und dem die Einmischungsversuche eines zehn Jahre jüngeren Detective Inspector zweifellos überhaupt nicht gefallen würden.

»Er hat uns beide ins nächste Kittchen verfrachtet. Keine Ahnung, was mit dem Jungen passiert ist. Heut morgen um sechs haben sie mich rausgeholt und der Unzucht in einem besonders schweren Fall beschuldigt. Ich hatte einen falschen Namen angegeben – aber sie haben mir die Taschen ausgeräumt und meinen Führerschein samt ein paar Briefen gefunden. Ich sagte, ich sei Journalist. Das haben sie mir wohl abgenommen.«

»Und was machst du jetzt eigentlich beruflich?« fragte Troy.

»Ja, Herrgott noch mal, hast du denn nicht begriffen, was der springende Punkt bei der Sache ist? Ich bin immer noch beim MI-5!«

Auf diese Eröffnung hin entstand ein Schweigen, in dem Troy nur das Ticken der Uhr und Pyms schweren, rasselnden Atem hörte.

»Verstehen Sie jetzt, weshalb ich Sie hergebeten habe?« fragte Driberg. »Neville hat sich an mich gewandt. Daraufhin hab ich Sie angerufen. Ich dachte, Sie wären vielleicht … *simpatico.*«

»Ja, ja, ich verstehe nur zu gut – aber was zum Teufel denken Sie, daß ich in der Sache unternehmen könnte?«

»Ich wäre Ihnen für alles dankbar«, erklärte Driberg in verbindlichem Ton.

»Das darf nicht rauskommen«, sagte Pym. »Wenn das rauskommt, bin ich erledigt. Meine Unbedenklichkeitsbescheinigung wäre futsch – die würden sagen, ich wäre erpreßbar –, selbst wenn die Anklage niedergeschlagen würde und ich eine offizielle Entschuldigung von der Polizei bekäme – meine Unbedenklichkeitsbescheinigung wäre futsch, und die würden mich auf der Stelle rauswerfen.«

»Für den MI-5 wäre es ein Klacks, die Sache aus der Welt zu schaffen – jedenfalls viel leichter als für mich«, sagte Troy. »Gibt's denn dort niemanden, dem du traust?«

»Ach Troy, es geht doch nicht darum, wem ich traue oder nicht – der Punkt ist, daß niemand einer Schwuchtel trauen würde!«

»Und ich hatte mir gedacht«, warf Driberg ein, »Sie könnten vielleicht dafür sorgen, daß Pym mit, sagen wir, einer polizeilichen Verwarnung davonkommt – auf die Art würde man vielleicht nicht einmal herausfinden, daß er kein Journalist ist, und die Presse müßte auch nicht unbedingt Wind davon kriegen.«

Troy sah vom einen zum anderen. Er konnte sich beim besten Willen nicht vorstellen, weshalb sie gerade auf ihn verfallen waren, abgesehen von der Tatsache, daß sie ihn beide kannten – weshalb sie anscheinend meinten, er wäre auf irgendeine Art, wie Driberg es formuliert hatte, *simpatico*. Allerdings war er das tatsächlich.

Er zog sein schwarzes Notizbüchlein aus der Tasche und schlug eine leere Seite auf.

»Also – wie hieß dieser Sergeant?«

82

»Und ich sage Ihnen«, erklärte er in überaus entrüstetem Ton, »er hatte das Glied des Jungen im Mund und saugte daran!«

»Das bezweifle ich ja gar nicht«, erwiderte Troy.

»Ich hab's mit eigenen Augen gesehen! Ich hab dieses Dreckschwein mit eigenen Händen von ihm weggezogen!«

»Kannten Sie den Jungen?«

»Nein – also bei uns ist er nicht registriert.«

»Haben Sie ihn auch über Nacht dabehalten?«

»Nein, ich hab ihn durch die Hintertür rausgebracht und ihm den Arsch versohlt!«

Troy fragte sich, was sie mit dem Jungen ausgehandelt hatten. Einstellung der Strafverfolgung für eine Aussage gegen Pym?

»Und wie alt war er?«

»Sechzehn. Wär er nur einen Tag jünger gewesen, dann hätt ich auch Ihrem Kameraden den Arsch versohlt.«

Pym hatte Glück gehabt: das Glück, daß ihm die Prügel erspart geblieben waren – obwohl so ein Vorfall Troys Verhandlungsposition vielleicht gestärkt hätte –; das Glück, daß er es mit einem Jungen im richtigen Alter getrieben hatte –, obwohl Troy bezweifelte, daß Pym sich in der Situation darüber Gedanken gemacht hatte.

»Er ist nicht mein Kamerad.«

»Ach nein? Spielen Sie etwa den Laufburschen für warme Brüder, die Sie noch nicht mal kennen?«

Wenn Troy je die Illusion gehabt hatte, die Autorität eines höheren Rangs könnte für diesen Mann eine Rolle spielen, dann kam er spätestens jetzt auf den Boden der Realität zurück. Dieser Mann ließ nicht vernünftig mit sich reden, er ließ sich nicht beschwatzen, und Troy bezweifelte, daß er sich unter Druck setzen lassen würde.

»Ich weiß, warum Sie hier sind«, fuhr er fort. »Ich hör's Ihnen an. Sie haben denselben Akzent. Er ist einer von Ihnen, ja? Und was genau, 'n alter Schulfreund? Eton oder was?«

»Harrow«, sagte Troy überflüssigerweise.

»Und das erhebt ihn über das Gesetz, ja? Ne schnieke Ausbildung ganz unter euch Brüdern, und schon meint ihr, es gibt ein Recht für die Reichen und ein anderes für den Rest von uns? Ist es das? Aber so läuft das nicht, verdammt noch mal. Ich kenne Sie, Mr. Troy – und ich kann mir kaum vorstellen, daß es in ganz London auch nur einen Copper gibt, der Sie nicht kennt – Sie gelten ja als einer der Besten von uns – es gab mal ne Zeit, wo Sie in aller Munde waren – gegen Kriegsende, genau, da waren Sie direkt schon legendär – da waren mehr Geschichten über Sie und die Badenixen-Affäre in Umlauf als über Dr. Crippen und die Edinburgher Leichenschänder zusammen. Sie sind bekannt, Mr. Troy – Sie sind eine Persönlichkeit – aber hier können Sie nix dran drehen, und ich sag Ihnen ins Gesicht, daß Sie was Besseres mit Ihrer Zeit anfangen sollten, als sich vor den Karren von irgendwelchen warmen Brüdern spannen zu lassen. Er wird eingelocht werden, Mr. Troy, und mehr gibt's dazu nicht zu sagen.«

83

»Neville, hier spricht Troy. Ich hab leider keine guten Nachrichten. Der Mann will sich nicht einen Millimeter von der Stelle rühren. Wenn er Constable wäre, könnte ich ihn vielleicht einfach übergehen, aber kein Inspector würde es riskieren, sich über einen seiner Sergeants hinwegzusetzen, denn damit wäre der Zusammenhalt im Revier zum Teufel.«

»Verstehe«, sagte Pym in entnervtem, erschöpftem Ton. »Also soll lieber ich zum Teufel gehen?«

»Wir könnten es mit einem Spitzenanwalt versuchen.«

»Gerade die Spitzenanwälte nehmen solche Fälle doch gar nicht gern in die Hand. Nein, nein, vielen Dank, Troy« – und jetzt schlich sich etwas Beleidigtes in seine Stimme –, »aber ich glaube nicht, daß *wir* in dieser Sache noch viel tun können.«

Pym hängte ein, und Troy blieb eine Weile mit dem Hörer in der Hand sitzen. Dieses »wir« hatte sehr betont, sehr scharf geklungen. Troy fand das sich gegenüber nicht besonders fair.

Einige Tage vergingen. Troy hatte Pym zwar nicht vergessen, merkte aber, daß ihn die ganze Sache wütend machte – und verbannte sie in seinen Hinterkopf. Eine knappe Woche vor Weihnachten rief Pym ihn unter seiner Privatnummer an.

»Sag mal, könntest du vielleicht zu mir ins Albany kommen?«

»Nein, Neville, ich glaube nicht.«

»Bitte, Troy. Es ist wichtig.« Er unterbrach sich. »Sagen wir heut abend um neun. Es ist das letzte, worum ich dich je bitten werde.«

Troy hätte das Alarmsignal heraushören müssen.

Die Tür war nur eingeklinkt. Troy fand Pym im Kamin; sein Gehirn war über die gemauerte Öffnung verteilt. Er hatte sich den Lauf seines Dienstrevolvers in den Mund geschoben und abgedrückt. Ein blutbespritzter Briefumschlag mit Troys Namen darauf lehnte an der Uhr auf dem Kaminsims. Mit einer Ecke des Umschlags schnipste Troy etwas Kleines, Graues von einem der zirkusroten Stühle und setzte sich hin, um den Brief zu lesen. Er war mit dem Datum 19. Dezember 1948 und sicherheitshalber auch noch mit der Uhrzeit 20.35 versehen.

Lieber Troy,

ich gehe den leichteren Weg und vertraue darauf, daß Du ihn nicht für den Abgang eines Feiglings halten wirst. Ich habe einen Brief an Driberg und einen an meinen Vater abgeschickt. Könntest Du bitte dafür sorgen, daß die Nachricht von meinem Tod sie nicht eher erreicht als diese Briefe?

Es gibt nur eins, womit ich Dir – wenn überhaupt – für Deine Bemühungen danken kann: Waynes richtiger Name ist John Baumgarner. Er ist Colonel bei der Central Intelligence Agency – so heißt das OSS heutzutage. Seine Leute waren mächtig sauer auf ihn, weil er dieses irre Weibsstück mit einem Freibrief zum Morden rumlaufen ließ, aber sie konnten ihn Dir nicht überlassen – dafür war er ihnen doch zu wichtig. Er hat die strikte Weisung, nie wieder einen Fuß auf britischen Boden zu setzen. Derzeit ist er einer der Organisatoren der Luftbrücke in Berlin.

Alles Gute für Dich
Pym

84

»Du mußt mir einen Platz in einem Flugzeug nach Berlin besorgen.«

»Was?«

»Rod – ich muß nach Berlin.«

»Sag mal, spinnst du? Stalin hat die Stadt zunähen lassen wie einen Kamelarsch!«

»Was glaubst du, warum ich gerade dich anrufe?«

»Verdammt noch mal, Freddie – das einzige, was die noch nicht aus der Luft kriegen, ist Leitungswasser! Wir fliegen sogar Kohle ein!«

»Deshalb mußt du das ja auch für mich tun. Bei den zivilen Flügen ist kein Platz mehr zu kriegen. Du mußt mich in ner RAF-Maschine unterbringen.«

»Dienstlich, ja?« fragte Rod.

»Würde ich dich um so was bitten, wenn es nicht dienstlich wäre?« fragte Troy zurück.

»Na schön, na schön, ich kümmer mich drum. Ich kann dir nichts versprechen, aber ich werd sehen, ob sich da was machen läßt.«

Troy legte den Hörer auf die Gabel zurück. Wildeve starrte ihn an. Schlug sich mit einem Bleistift gegen die Zähne und starrte ihn an.

»Ich hab nachgedacht.«

»Das seh ich.«

»Was denkst du, unter wessen juristischer Hoheit Deutschland steht?«

»Ich hab einen Haftbefehl. Unterschrieben von einem britischen Oberrichter. Ein Teil von Deutschland ist britisch. Ein Teil von Berlin ist auch britisch.«

»Ja, aber unter militärischer Hoheit. Die zivile Gerichtsbarkeit greift da nicht. Und außerdem – wie gut sind deine Chancen, Wayne im britischen Sektor zu schnappen?«

»Ziemlich beschissen, würde ich sagen«, raunzte Troy.

»Ganz recht. Und während du mit Staatsanwaltschaft und Flugverbindungen beschäftigt warst, hab ich das ganze noch mal juristisch prüfen lassen. Freddie, du hast keine Handhabe gegen Wayne ...«

»Baumgarner!«

»Baumgarner«, fuhr Wildeve fort. »Jedenfalls nicht, so lange er in Deutschland ist.«

»Aber ich muß es versuchen, Jack. Verstehst du das nicht?«

»Doch, natürlich. Ich denke, du kannst schon von Glück sagen, daß du die Spur überhaupt wiedergefunden hast. Und nicht zu vergessen, daß Onions beschlossen hat, Weihnachten in Warrington zu verbringen, um die Wonnen von Blutwurst und Eintopf auszukosten.«

»Wenn ich damit baden gehe, wird er es nie erfahren. Aber wenn ich's schaffe, dann gilt wieder die alte Weisheit: Nichts ist erfolgreicher als der Erfolg!«

»Ganz recht«, sagte Wildeve noch einmal. »Ich denke bloß, daß wir außer jeder Menge Glück auch noch 'n bißchen Hilfe brauchen könnten.«

»Als da wäre?«

»Ich hab einen Kumpel, der gerade Verbindungsoffizier zu Interpol geworden ist. Mal sehen, ob der mir nicht mit nem richtigen Kontaktmann aufwarten kann. Was wir brauchen, ist jemand bei der Berliner Polizei. Jemand mit dem Funken Phantasie, auf den wir beide uns in letzter Zeit was einbilden dürfen, der aber leider, wie wir nur allzugut wissen, dem gewöhnlichen Streifenbeamten ganz und gar abgeht.«

Wildeve grinste breit. »Laß mich mal machen.«

85

Rod machte das Unmögliche möglich und organisierte für seinen Bruder einen Platz in einer RAF-eigenen Douglas Dakota, die am späten Nachmittag des 22. Dezember vom Stützpunkt Brize Norton aus via Hannover nach Berlin-Gatow flog.

Rod begleitete Troy bis zur Maschine. Es war schon dunkel, als sie über den schwarzen Asphalt des Rollfelds marschierten. Das weite Feld, nur erhellt von den Lichtern entlang der Start- und Landebahnen, über das ein bitterkalter Wind strich, löste bei Troy den Gedanken an Weihnachten aus – als wären die vielen hundert Lichter, die diesem Wind geheimnisvollerweise trotzten, ohne auch nur zu flackern, Christbaumkerzen. Er fühlte sich ausgesprochen dick verpackt in der RAF-Fliegerjacke aus Schaffell über seinem eigenen Mantel und Jackett – wie ein rundlicher schwarzer Weihnachtsmann, der zum wartenden Schlitten hinauswatschelt. Die Zwillingspropeller der Dakota drehten sich schon, als Rod ihm half, in den riesigen Frachtraum zu klettern, und ihm einen Platz auf einer der harten Holzbänke ganz hinten im Rumpf anwies. Es war kaum möglich, sich verständlich zu machen, aber Rod wollte unbedingt mit ihm reden.

»Wird verdammt kalt werden, wenn ihr erst mal in der Luft seid.«

»Es ist schon jetzt verdammt kalt! Und wir sind immer noch am Boden!«

»Nun tu doch nicht so blöd, Freddie – ich meine kälter, als du's dir je hättest träumen lassen. Nach meiner Erfahrung kommt es vor allem darauf an, Hände und Ohren dick einzumummeln. Der Pilot wird dich direkt vor dem Start auffordern, den Helm aufzusetzen, damit er mit dir in Kontakt treten kann, und das Ding ist noch ne zusätzliche Dämmschicht.«

»Warum sollte er mit mir in Kontakt treten wollen?«

»Das hier ist kein Passagierflugzeug, Freddie. Er redet mit seiner Crew. Und technisch gesehen gehörst du auch dazu. Damit mein ich nur, daß du tun sollst, was man dir sagt. Übrigens«, brüllte Rod, »ist das hier noch für dich gekommen. So etwa vor zehn Minuten, per Telefon über das Büro des Kommandeurs!« Er stopfte Troy einen kleinen braunen Umschlag in die Hand. Troy riß ihn auf. Die Nachricht darin lautete: »Dieter Franck. Kommissar, Polizeiwache Uhlandstraße. Brit. Sektor. Spricht gut Englisch. Absolut ehrliche Haut. Erwartet dich heute abend. Gruß Jack.«

Ein Hauptfeldwebel der Luftwaffe streckte den Kopf durch die Tür und salutierte.

»Es gibt eine kleine Verzögerung, Sir. Etwa sechs, sieben Minuten.«

»Danke«, sagte Rod. »Weißt du, Freddie, im Unterbewußten ist wohl immer noch diese Erwartung da, daß einem salutiert wird. Ich glaube, solche Gewohnheiten aus dem Krieg sind nicht so leicht abzuschütteln.«

»Ich weiß. Das hast du mir schon gesagt. Für dich war der Krieg ja auch gut – oder vielmehr, die Geschichte hat's gut mit dir gemeint«, erklärte Troy.

»Und mit dir nicht.«

»In meinem Gewerbe macht das so oder so keinen großen Unterschied.«

Rod schien über diese Bemerkung nachzudenken. Die Motoren wurden langsamer. Troy konnte sich endlich wieder denken hören.

»Ich dachte immer«, meinte Rod, »daß der Krieg für dich ziemlich übel war.«

Troy erwiderte nichts. Die Achseln zu zucken war sinnlos, wäre unter den x Schichten Kleidung, die ihn umhüllten, nicht einmal zu sehen gewesen. Statt dessen bemühte er sich, eine höchst gleichgültige, neutrale Miene aufzusetzen.

»Danach, also wohl noch 45, dachte ich, du würdest total durchdrehen. Aber dann hab ich mir ein paar Gedanken dazu gemacht und mal angesehen, wie es für mich gelaufen war, und ich glaube, du hast recht: Ich glaube, für mich war der Krieg wirklich gut.«

»Von den Engländern eingesperrt, von den Jerrys abgeschossen und zum Trost 'n bißchen mit Lametta behängt ...«

»O nein. Die Internierung hat mich nicht fertiggemacht. Und der Abschuß genausowenig. Ich bin 'n paar Stunden in der großen Pfütze rumgepaddelt und dann rausgefischt worden. Dicht an der Küste. Ohne einen Kratzer. Insgesamt bin ich sehr glimpflich davongekommen. Der Krieg war, wie du es formuliert hast, gut für mich. Und ich glaub fast, ich hab ihn genossen. Aber du nicht, oder? Du wurdest angeschossen ...«

»Zweimal.«

»Mit dem Messer verletzt?«

»Viermal.«

»Von einer Bombe getroffen.«

»Auch zweimal.«

»Zusammengeschlagen.«

»Öfter, als ich zählen kann. Aber hör mal, Rod, worauf willst du eigentlich hinaus? Du willst mir mit diesem ganzen Quatsch doch nicht etwa durch die Blume sagen, ich hätte mich lieber freiwillig melden sollen?«

»Ich fand einfach, daß du furchtbar viel mitmachen mußtest ...«

»Na klar – der Krieg ist ja auch ein gottverdammtes Super-Picknick! Millionen werden abgeschlachtet, damit die

Überlebenden in nostalgischen Erinnerungen schwelgen können ...«

»Das hab ich nun wirklich nicht gemeint. Eine Zeitlang dachte ich, es hätte dich auf jede erdenkliche Weise erwischt. Aber dann, im nachhinein, mußte ich an mein erstes Kommando denken. Meine erste Staffel – einundvierzig. Meine Kameraden dort haben mich immer wieder erstaunt: wie sie zu ihren Kisten rannten, wie scharf sie darauf waren, endlich reinzuspringen, endlich was zu tun. Ich hab mich gefragt, ob ich selbst so gewesen war. Und die Antwort lautete nein. Ich erkannte, was sie waren und ich nicht. Was sie hatten und ich nicht. Sie hatten den Killerinstinkt. Und ich wußte das, weil ich ihn auch in dir gesehen hatte. Ich hatte ihn in dir schon gesehen, als wir noch Kinder waren. Du hast mich jahrelang dafür gehaßt, daß ich dich mal vom Fahrrad geschubst hab und für ein paar andere Dinge, die eigentlich ganz unwichtig sein sollten. Aber das war bei dir keine kleinlich-gehässige, momentane Gefühlsaufwallung, sondern reiner Haß. Mit einem unnachgiebigen, unversöhnlichen Drang nach Genugtuung.«

»Man könnte auch Gerechtigkeit dazu sagen. Und das ist nun mal mein Beruf.«

»Von mir aus. Ich fände es allerdings furchtbar, wenn du nur nach Berlin fliegen würdest, um eine alte Rechnung zu begleichen.«

»Rod, ich bin Polizist. Und der schönste, der süßeste Satz unserer Sprache lautet: ›Im Namen des Gesetzes – Sie sind verhaftet!‹ Ich muß ihn nicht umbringen. Ich muß niemanden umbringen. Das Gesetz ist das Gesetz, und das sollte genügen.«

Rod knuffte ihm freundschaftlich in die Seite. Gegen die Manteltasche. Dahin, wo Troy seinen Revolver stecken hatte.

»Das wollte ich ja nur von dir hören.«

Die Maschine war startbereit. Die Propeller drehten sich wieder schneller, verschluckten die Worte. Rod lächelte und kletterte die Stahlleiter zum Rollfeld hinunter. Troy legte seine Hand um die Waffe und fragte sich, warum Gott die Welt so eingerichtet hat, daß ältere Brüder immer allwissend sein müssen.

86

Ein beleibter, kummervoll dreinblickender Corporal in einem riesigen Uniformmantel erwartete ihn auf dem Flugplatz Gatow.

»Ich hab 'n Jeep da, und der Kommandeur sagt, ich soll Sie hinfahren, wo Sie wollen«, nuschelte er trübsinnig.

»Danke, äh ...« Troy warf einen Blick auf die Streifen an seinem Ärmel. »Corporal ... äh ...«

»Clark. Kanonier Clark, Sir. Artillerie. Man nennt mich auch Wiesel.«

Troy machte ein fragendes Gesicht.

»Weil ich mit meinen eins achtundsechzig gut fünfundneunzig Kilo drauf hab. Ich bin Dolmetscher. Alles, was Sie zu sagen haben – lassen Sie's einfach über mich laufen. Ich spreche fließend Deutsch.«

Na hoffentlich, dachte Troy. »Kennen Sie die Polizeiwache Uhlandstraße?«

»Jawohl, Sir.«

»Ich bin mit einem Kommissar Franck verabredet.«

»Ich weiß. Er läßt Ihnen ausrichten, daß er schon heimgegangen ist.«

Troy seufzte.

»Sie sind mit zwei Stunden Verspätung gelandet, Sir. Er sagt, er erwartet Sie morgen mittag gegen zwölf.«

Troy seufzte noch einmal. Schon ein halber Tag verloren.

»Dann sollte ich mich vielleicht erst mal nach einem Quartier umsehen«, sagte er.

»Alles bereits erledigt, Sir. Sie sind im Offiziersclub am Kurfürstendamm untergebracht.«

87

Gegen zwölf Uhr mittags warteten Troy und Clark auf Kommissar Franck in dessen Büro. Drinnen war es kaum wärmer als draußen. Troy legte eine Hand an den Heizkörper – er war eiskalt. Clark klappte den Deckel eines gußeisernen Ofens hoch.

»Da ließe sich vielleicht was machen, Sir. Der Heizkessel dürfte außer Betrieb sein – kein Sprit mehr zu kriegen. Aber mit ein bißchen Gebastel könnte man das Ding hier vielleicht zum Laufen bringen.«

»Was glauben Sie – werden wir diesen Spruch bis zu unserem Lebensende hören müssen?«

»Tja, wenn wir jetzt ein bißchen Holz hätten ...«

Troy sah aus dem Fenster. Eine Armee von zerlumpten Arbeitern räumte weg, was von dem Gebäude auf der anderen Straßenseite übriggeblieben war. Ein fülliger Mann in rehbraunem Mantel kam in Sicht; er sammelte einen Armvoll Holz zusammen und huschte dann über die Trümmer davon. Die Tür ging auf, und ein uniformierter Polizist brachte zwei Tassen Kaffee herein. Er sagte etwas zu Troy. Der sah Clark an.

»Er meint, das wird Sie aufwärmen, Sir.«

Troy nippte an seinem Kaffee – heiß war die Brühe zwar, aber sie schmeckte, als wäre sie tagelang immer wieder aufgegossen worden, um auch noch das letzte Quentchen Aroma aus den Bohnen zu pressen. Er verzog das Gesicht.

»Ich weiß«, sagte Clark. »Willkommen in Berlin.«

Die Tür flog auf, und der füllige Mann, den Troy in den Ruinen auf der anderen Straßenseite beobachtet hatte, trat ein, seine Beute in beiden Händen. Er ging schnurstracks zum Ofen, klappte den Deckel mit einem Ellbogen hoch und stopfte soviel Holz hinein, wie überhaupt hineinging.

»Es wird natürlich eine Weile brauchen«, sagte er in vorzüglichem Englisch, »aber nach und nach verheizen wir Alt-Berlin in unseren Kanonenöfen, jedenfalls größtenteils. Das ist nun schon das dritte Haus in dieser Straße, das wir seit Beginn der Blockade komplett abgetragen haben.«

Mit den flachen Händen klopfte er sich den Staub vom Mantel.

»Dieter Franck«, lächelte er und streckte eine Hand aus. »Aber bitte nennen Sie mich Dieter.«

Troy stellte sich selbst vor, ohne seinen Vornamen zu nennen, und dann Clark, den er als seinen Fahrer bezeichnete.

Jetzt begann der Ofen loszubullern, und Kommissar Franck hielt seine Hände davor, um sich aufzuwärmen. Er mußte ungefähr in Troys Alter sein, obwohl er weniger gut beieinander war. Um die Hüfte herum setzte er Fett an, und sein Stirnhaar war schütter, aber das breite, pausbäckige Gesicht trug einen Ausdruck von entwaffnender Ehrlichkeit. Selten bei einem Polizisten, dachte Troy.

»Nun aber zum Dienstlichen. Ihr Kollege, Sergeant …«

»Wildeve«, soufflierte Troy.

»Ja, genau. Sergeant Wildeve rief mich gestern morgen an.

Wenn ich ihn richtig verstanden habe, sind Sie hinter Colonel Baumgarner her.«

»Ich hab einen Haftbefehl gegen ihn erwirkt.«

»Ach ... Sie Glücklicher.«

Kommissar Franck trat den Ofenplatz an Clark ab, ging zum Aktenschrank und holte eine dicke, mit Schnur zusammengebundene Akte heraus. Er zog die Schnur ab und ließ den Stapel Papier demonstrativ auf seinen Schreibtisch klatschen. Ein paar Schwarzweißfotos rutschten heraus. Baumgarner war rundlicher als Wayne, zeigte erste Ansätze eines Doppelkinns und Tränensäcke. Er mußte um die Vierzig sein – aber kein Zweifel, es war derselbe Mann.

»Baumgarner kam vor ziemlich genau zwei Jahren hierher – im Januar 47. Im Juni darauf hörten wir erste Gerüchte über ihn – Klatsch aus der Unterwelt –, und dann bekam ich Informationen oder meinetwegen auch Beweise in die Hand, die diese Gerüchte bestätigten. Der Colonel ist ein Mann, der nicht nur seiner offiziellen Tätigkeit nachgeht, sondern offenbar immer etwas nebenher laufen haben muß – und hier in Berlin sind das Waffen und Drogen.«

»Drogen!?!«

»Morphium. Gestohlen oder – bei der Position, die Baumgarner innehat – von legalen Lieferungen abgezweigt und an die Unterwelt weitergeleitet, die das Zeug dann zu Wucherpreisen auf dem Schwarzmarkt verhökert. Das allein fand ich schon höchst beunruhigend – aber es kam noch schlimmer. Sie können sich vorstellen, daß Deutschland zu Kriegsende mit Waffen überschwemmt wurde. Jeder kleine Ganeff, der eine Knarre haben will, kann sich auch eine besorgen, aber am allerbegehrtesten sind die amerikanischen Waffen – sozusagen die Souvenirs des Sieges und damit viel wertvoller als irgendein deutsches Schießeisen. Und der Jugendliche, der seinem Feind mit einem Colt oder einer Smith and Wesson unter der Nase rumwedeln kann, schindet damit mehr Eindruck als etwa mit einer alten Luger. Und Baumgarner beliefert diesen Markt. Er versorgt eine bereits gut ausgerüstete illegale kleine Armee mit noch besseren Waffen. Das heißt, er rüstet für einen Krieg der Unterwelt auf.«

»Welche Beweise haben Sie dafür?«

»Junge Ganeffs, die mit solchen Waffen aufgegriffen wurden. Immer neue Gerüchte über einen geheimnisvollen Lieferanten. Und seit letztem Herbst ein halbes Dutzend Bandenmorde, die sich allesamt mit Waffen- und Drogenhandel in Verbindung bringen lassen. Nichts, womit man Baumgarner festnageln könnte, aber vieles, was diese Gerüchte bestätigt. Unsere Informanten sagen, die Quelle sei ein Ausländer. Einige sprechen direkt von einem Amerikaner. Ein, zwei nennen ihn sogar beim Namen, aber keiner hat ihn je ein Verbrechen begehen sehen. Die meisten meinen, er wäre Deutscher, aber er spricht ja auch so gut Deutsch wie ich. Es ist Baumgarner – da bin ich mir ganz sicher. Ich hab schon viel Zeit mit dem Colonel verbracht. Ich hab ein Profil von ihm erstellt, und ich glaube, ich verstehe ihn recht gut – nicht daß ich ihn je persönlich getroffen hätte.«

Troy lehnte sich zurück, hörte ganz konzentriert zu. Die Idee, von Baumgarner ein »Profil« zu erstellen, klang faszinierend, obwohl diese Methode zur Zeit als das Neueste in der Polizeiarbeit galt und Troy noch nicht so recht wußte, wieviel daran Humbug war.

»Stellen Sie sich einen Mann vor, der von etwas getrieben wird – von seinen Hormonen, seiner inneren Natur, weiß Gott was –, um bestimmte Bedürfnisse zu befriedigen, und zwar durch physischen Einsatz. Ein Mann, den es immer nach einer Gefahr verlangt – der sozusagen auf Messers Schneide leben muß. Ein Land, das sich im Krieg befindet, braucht solche Menschen – es sucht sie aus, es setzt sie ein.

Allein die Engländer haben Hunderte davon antreten lassen, Männer wie Frauen, haben sie mit Fallschirmen über dem besetzten Frankreich abspringen lassen, wo sie sich gegen einen absolut gnadenlosen Feind bewähren mußten. Aber die Legitimität der Aufgabe verzerrt die Situation. Das Extreme erscheint weniger extrem, wenn es positiv sanktioniert wird. Für jemanden wie Colonel Baumgarner bieten sich OSS oder CIA sozusagen als natürliche Betätigungsfelder an – aber die Bedürfnisse, von denen ich sprach, werden durch solche Institutionen ja kanalisiert, nutzbar gemacht, und das macht irgendwann die Befriedigung zunichte, also suchen sie sich einen anderen Weg. Menschen wie Baumgarner brauchen immer eine Nebenbetätigung – und zwar unbedingt eine illegale. Ich vermute, eine Zeitlang hat er die Befriedigung, von der ich sprach, darin gefunden, in die Berliner Unterwelt einzudringen, sie sozusagen in seinen Privatmarkt zu verwandeln – aber im Grunde ist so was doch harmloses Zeug nach dem Krieg, den er mitgemacht hat. Er braucht die ultimative Grenzüberschreitung – und früher oder später kann das nur Mord heißen. Also wird der Tag kommen, wo einer dieser jungen Ganeffs den guten Colonel zu bescheißen oder erpressen versucht, und dieser Junge wird dann das erste Opfer einer ganzen Serie, der löst den Domino-Effekt aus, und dann werden wir überall in der Stadt Leichen auftauchen sehen.«

Dieter unterbrach sich. »Sie sagen ja gar nichts, Inspector Troy. Klingt das denn nicht nach dem Mann, den Sie kennen? Ich gebe zu, ich hatte nicht ganz zwei Jahre, um ihn zu studieren, verglichen mit Ihren …«

»Ich hatte nicht mal vierzehn Wochen. Und bevor Sie anfingen zu sprechen, hätte ich mir nicht vorstellen können, wie ein Profil von Baumgarner überhaupt aussehen sollte. Ich bin ihm nur dreimal begegnet. Beim erstenmal bat er mich um Feuer, beim zweitenmal sah er durch mich hindurch, und beim drittenmal versuchte er, mich umzubringen.«

Dieter lachte auf, und Troy fragte sich, was daran so komisch sein sollte, bis der Kommissar wieder das Wort ergriff.

»Tja, damit wäre eine meiner schönen Theorien geplatzt. Ich sollte eben nicht rumphilosophieren. Da wollte ich Ihnen doch gerade die Hypothese vorstellen, nach der der Schlüssel zu Baumgarners Persönlichkeit darin liegt, daß er nicht selbst tötet. Daß ihm das zu einfach ist. Wenn ich den Gerüchten glauben soll, hat er nämlich einen Handlanger, einen jungen Rabauken oder vielmehr Psychopathen, der ihm aus der Hand frißt und für ihn auf den Abzug drückt. Daraus hatte ich gefolgert, daß der Kitzel beim Töten für Baumgarner in der Kontrolle liegt, in der Manipulation eines anderen Menschen. Daß er sozusagen über eine menschliche Knarre verfügt, mit der er zielen und der er sagen kann: ›Töte!‹ Aber vielleicht hab ich ja auch zuviel aus diesen Gerüchten herausgelesen.«

Troy zögerte. Dem Yard gegenüber hatte er kein Detail des Mordanschlags auf sich ausgelassen, aber wenn er daran zurückdachte, dann immer in einer Art geistiger Kurzfassung. Indem er sagte, Baumgarner habe versucht, ihn umzubringen, blendete er ein Stück Wahrheit und Erinnerung aus, auch wenn diese Darstellung sich mit seiner Empfindung deckte. Baumgarner hatte versucht, ihn umzubringen. Der sachliche, gleichgültige Ton, in dem er gesagt hatte: »Mach ihn fertig«, hallte ihm noch immer in den Ohren nach.

»Nein, nein, Sie haben vollkommen recht. 1944 hat er in London vier Menschen genauso umbringen lassen, wie Sie es gerade skizziert haben. Ich sollte der fünfte sein, und auch bei mir hat er nicht selbst abgedrückt.«

»Ein Handlanger also? Ein Psychopath?«

»Ein ... ääh ... eine Frau«, sagte Troy und wußte, daß er das Thema nicht würde vertiefen können, ohne zu lügen.

»Merkwürdig«, meinte Dieter. »Aber grundsätzlich ändert das doch nichts am Muster, oder?«

»Nein, überhaupt nicht. Und ich nehme an, Sie würden ihn gern aus dem Verkehr ziehen.«

»Ja, natürlich – nur brauche ich dafür hieb- und stichfeste Beweise.«

»Die hab ich.«

Dieter machte ein skeptisches Gesicht.

»Ich hab eine Pistole mit seinen Fingerabdrücken darauf. Einen kriminaltechnischen Bericht, der die Waffe den Kugeln zuordnet, die aus seinen Opfern rausgeholt wurden, und ein halbes Dutzend Zeugen, die gesehen haben, wie er in London einen Menschen erschossen hat.«

»Er persönlich?«

»Er war sozusagen eingekesselt. In die Enge getrieben. Es macht Ihre Theorie doch nicht hinfällig, wenn ein in die Enge getriebener Mann, ganz gleich, wie gut er andere manipulieren kann, selbst zur Waffe greift?«

»Nein. Ganz und gar nicht. Es ... es ist mir sogar ein ausgesprochen angenehmer Gedanke, daß er sich auch mal vertut und daß wir eine echte Chance haben, ihn zu schnappen.«

»Ich muß ihn nach England zurückbringen.«

»Das weiß ich. Das hab ich auch Ihrem Sergeant gesagt. Wenn Ihr Haftbefehl hier gültig wäre, dann würde ich den Schweinehund mit Freuden ins Revier schleifen und Ihnen in Handschellen übergeben, aber ...« Dieter beendete den Satz nicht. Er stand auf und streckte sich.

»Sagen Sie, hätten Sie Lust, mal nen Blick auf unseren Kandidaten zu werfen?«

»Ja natürlich. Wissen Sie denn, wo er steckt?«

Dieter klappte die dicke Akte auf und breitete Dutzende von Blättern auf dem Schreibtisch aus.

»Sie können kein Deutsch, oder?«

Troy schüttelte den Kopf. »Nur das bißchen aus der Schulzeit, und selbst damit geht's ständig bergab.«

»Das hier ist auf englisch.«

Die Blätter, die er über den Tisch schob, waren abfotografierte Dokumente.

»Die stammen aus seinem Notizbuch. Wo zum Teufel haben Sie sie her?«

»In Berlin gibt es keine Geheimnisse. Zumindest keine, die man lange für sich behalten kann. Ich hab bei ihm im Büro ›einbrechen‹ lassen. Leider sind alle seine Treffen mit der Unterwelt in einer Art Code verfaßt, aber seine regulären Termine stehen auf englisch da, und heute mittag verteilt er auf dem Fredericksplein im französischen Sektor Weihnachtsgeschenke an Kinder. Es ist Teil der großangelegten Goodwill-Aktion unseres guten neuen Onkels Sam aus Amerika.«

»Hüten Sie sich vor diesem Onkel«, sagte Troy. »Es gibt Verwandtschaft, die nistet sich bei einem ein, wenn man sie nur mal zum Mittagessen eingeladen hat.«

Dieter beugte sich vor und pikste mit dem Zeigefinger auf den 23. Dezember.

»Mit Ihrem Jeep können wir in zwanzig Minuten dort sein.«

88

Für Troy sahen sich die Trümmergrundstücke, an denen sie vorbeikamen, zum Verwechseln ähnlich. Die RAF hatte kaum einen Stein auf dem anderen gelassen, und wo doch noch etwas stehen geblieben war, dachte er, hätte nur ein russischer Soldat vorbeikommen und einmal dagegentreten müssen, um Berlin den Rest zu geben. Aber für Dieter waren es Orientierungspunkte. Troy saß auf dem Rücksitz des Jeeps; die Verdeckplane flatterte wild um seinen Kopf, während Dieter sich vorbeugte und Clark auf deutsch Instruktionen zubrüllte. Und da, wo sie irgendwann mit einem Ruck anhielten, sah es für Troy genauso jwd aus wie überall.

Dieter wandte sich an Troy. »Es ist weniger auffällig, wenn wir das letzte Stück zu Fuß gehen. Würde es Herrn Clark etwas ausmachen, hier zu warten?«

Clark schlug seinen Uniformmantel auf und holte ein eselsohriges Exemplar von *Penguin New Writing* aus der Kartentasche an seinem linken Uniform-Hosenbein.

»Machen Sie sich um mich keine Sorgen«, sagte er. »Mir wird schon nicht langweilig.«

Ein paar Minuten später stießen sie zu einer recht großen Menschenmenge auf einem Gelände, das früher einmal ein Platz gewesen sein mußte – vielleicht nicht gerade ein eleganter Platz, denn das wäre wohl unpreußisch gewesen, aber doch einer mit Stil und Ausstrahlung.

Den Mittelpunkt des von Erwachsenengemurmel und kindlichem Freudengeschrei eingerahmten Geschehens schien ein Armeelastwagen zu bilden.

Von der Ladefläche dieses Lastwagens aus hielt eine hutlose Gestalt in einem braunen Gabardinemantel hof. Troy drängte sich näher heran. Dieter folgte ihm, Entschuldigungen murmelnd. Schließlich zupfte er Troy am Ärmel.

»Seien Sie vorsichtig, Troy. Wir wollen doch nicht unangenehm auffallen. Wenn es hier Ärger gibt, wird es uns überhaupt nichts nutzen, den Dienstausweis zu zücken. Für diese Leute ist das heute der große Tag. Sie würden kein Hindernis zwischen sich und der Ladung dieses Wagens dulden. Es sind Leute, die ihren Kindern seit Jahren nichts mehr schenken konnten. Also treten Sie niemandem auf die Füße – weder im übertragenen noch im wörtlichen Sinne.«

»Tut mir leid«, sagte Troy. »Aber ich muß ihn sehen. Das ist er doch, oder?«

»Ja, ganz recht. Und wenn ich jetzt versuchen würde, ihn festzunehmen, dann würden sie uns in Stücke reißen.«

Troy sah noch einmal in Richtung Lastwagen. Da stand Baumgarner und verteilte Schokolade, Obst und bunt verpackte Geschenke an kreischende Kinder und gerührte Erwachsene. Er spielte mit der Menge wie der Zirkusdirektor in der Manege oder die komische Alte im Weihnachtsmärchen, indem er ihre Vorfreude herauskitzelte, mit der Belohnung lockte – alles in einem Deutsch, das Troy nicht verstand, das aber in Tonfall und Geschwindigkeit wie das Geschrei eines Straßenhändlers klang. Baumgarner war tatsächlich dicker geworden – die Fotografien hatten also nicht getäuscht. Er setzte um den Bauch herum Fett an. Die schmale, füchsische Gestalt hatte sich zu etwas Gröberem weiterentwickelt, etwas, das noch mehr an ein Raubtier erinnerte. Aber sein Blick war derselbe geblieben. Seine Augen wanderten über die Menge, blieben einen Moment sogar an Troy hängen, ohne die Spur eines Wiedererkennens: blau, klar und sorglos, als wäre die Welt im großen und ganzen nicht so wichtig, als würden seine Worte und seine Gedanken ganz unabhängig voneinander existieren, und während der dickliche Straßenhändler die Menschenmenge bearbeitete, lauerte hinter den lächelnden Augen der magere, hungrige Wolf, der diese Menge als Schafe ansah. Troy schaute sich um. Die Deutschen hier waren schlecht genährt und schlecht gekleidet; die schmuddligen, durchgescheuerten Mäntel hatten zu viele Winter mitgemacht, die grauen, eingefallenen Wangen und die vortretenden starren Augen zeugten von zu vielen Jahren unter der eisernen Faust. Troy merkte, wie sich ein durch und durch unerwünschter Vergleich aus seinem Unterbewußtsein emporarbeitete – er fand sich an Fotos aus den letzten Kriegswochen erinnert, als Bergen-Belsen eingenommen wurde und die ersten britischen Soldaten jenseits der Grenze auf diese lebenden Toten trafen. Doch schon im nächsten Moment schien der Gedanke absurd – die Deutschen hier waren höchst lebendig und verhältnismäßig gut beieinander; sie hatten keine allzugroßen Entbehrungen zu tragen, und ihre Bäuche knurrten, waren aber nicht ständig leer – und wenn doch, hatten sie das nicht auch verdient?

Ihre Augen leuchteten auf, Lachen und Beifall erhob sich, wenn Baumgarner einen Scherz machte – denn das mußte es sein, was er ganz besonders laut hinausbrüllte, damit es bis zum hinteren Ende des Platzes vernehmbar war. Und jedesmal, wenn er etwas von der Ladefläche des Wagens hinabwarf, entstand ein riesiges Gedränge und Geschubse. Ein Hershey-Schokoladenriegel kam in Troys Richtung geflogen und landete zwei Reihen vor ihm – ein Dutzend oder noch mehr Kinder fielen darüber her wie Piranhas. Etwas Derartiges hatte Troy in England den ganzen Krieg über nicht erlebt.

»Ich hab genug gesehen«, murmelte er.

Dieter lotste ihn zurück durch die Menge.

»Er kriegt es hin, daß diese Idioten ihm aus der Hand fressen«, sagte Troy.

»Sie müssen eins verstehen: Dieser Mann ist ein Held.«

»Wie bitte?«

»Für diese Menschen ist er ein Held, weil sie so dringend Helden brauchen.«

Sie blieben vor einem knapp mannshohen Haufen Backsteinschutt stehen.

»1945 waren wir ein geschlagenes Land – ein Volk, indoktriniert in dem Glauben, unbesiegbar zu sein –, aber wir hatten den Krieg verloren. Und da war es ganz wichtig, psychologisch gesehen wichtig, daß wir uns irgendwie mit den Siegern identifizieren konnten. Ich war noch nicht lange wieder hier, als Churchill beschloß, Berlin einen Besuch abzustatten. Was ich Ihnen jetzt erzähle, habe ich von einem halben Dutzend Leuten gehört, die dabei waren: Er wurde durch die zerstörte Stadt gefahren, durch eine Trümmerlandschaft wie diese hier, als sein Wagen und seine Eskorte plötzlich von Deutschen umringt waren – die Menschen kamen so dicht an sein Auto heran, wie sie nur konnten, und zwei oder drei schafften es sogar, ihre Gesichter gegen die Fensterscheiben zu drücken. Und da dämmerte es Churchills Leibwächtern, daß diese Leute gar keine feindseligen Absichten hatten. Der Alte bestand darauf, auszusteigen. Sie hielten vor einem Schutthügel wie diesem hier.«

Dieter kletterte die paar Schritte auf den Haufen.

»Churchill stieg also aus und kraxelte mit seinem Stock den Berliner Trümmerhaufen hoch. Er zündete sich eine seiner Havannazigarren an, spreizte die Finger zum Siegeszeichen und winkte der Menge; er hängte den Hut auf die Spitze seines Stocks, hielt ihn hoch in die Luft und blies einen Rauchkringel zum Himmel empor, und sie jubelten wie die Verrückten.«

Dieter machte das churchillsche V-Zeichen, legte noch eine Kurzimitation von Churchills berühmtem Gegrummel über die »Narzis« hin und verneigte sich tief vor seinem imaginären Publikum.

»Am Ende mußten seine Leibwächter ihn anflehen, wieder herunterzukommen. Und als er es tat, fiel die Menge über ihn her, nur um dem alten Mann einmal auf den Rücken klopfen zu können, nur um ihn einmal berühren zu können. Ich sage Ihnen, Troy, so einen Empfang hätte selbst der Papst nicht bekommen. Churchill war für sie wie ein Heiliger.«

»Ein Heiliger, der im eigenen Land nichts gilt«, sagte Troy. »Wir haben ihn aus dem Amt gejagt.«

Dieter hüpfte wieder aufs Pflaster hinunter.

»Eine Nebensächlichkeit, wenn ich so sagen darf. Churchill ist Weltbürger. An jenem Tag war er ein Deutscher. Ein Eroberer, der diesen Menschen mehr bedeutete als Karl der Große, Bismarck und Hitler zusammen. Heute ist Baumgarner ein Deutscher. Baumgarner ist ein Symbol des Sieges. Diese Menge eben war nicht mehr als ein Ausschnitt vom Ganzen. Baumgarner ist unantastbar.«

»Vor nicht mal einer Stunde haben Sie gesagt, wenn Sie könnten, würden Sie ihn in Handschellen aufs Revier schleifen.«

»Wenn ich könnte, würde ich das auch liebend gern tun, aber ich kann nicht. Sollte es allerdings gelingen, ihn aus Berlin rauszuschaffen, dann wäre das eine ganz andere Chose. Es hat wirklich keinen Sinn, daß wir uns den Kopf darüber zerbrechen, wie wir ihn in dieser Stadt schnappen könnten. Es ist seine Stadt. Er hat sie gekauft – mit Sack und Pack. Die Guten, die harmlosen Bürger, die Sie gerade gesehen haben, und eben das Pack. Ich weiß nicht, was wir tun können, aber ich weiß, daß wir es nicht in dieser Stadt tun können.«

Clark fuhr sie zurück zum Polizeirevier. Troy war innerlich so aufgewühlt, daß Berlin an ihm vorbeiflog, ohne eines Blickes gewürdigt zu werden.

89

»Was meinen Sie mit ›Code‹?« fragte Troy.

Dieter beugte sich über den Schreibtisch, zog eines der dunklen, grobkörnigen Fotos von Baumgarners Notizbuch heraus und fuhr mit dem Finger eine Spalte entlang.

»Schauen Sie selbst. Letzten Mittwoch – JPB, 2200 in KG.«

»Das sieht mir nicht nach einem Code aus; das dürften simple Abkürzungen sein.«

»Aber genauso unverständlich. Wir wissen nicht, wer JPB ist, und KG könnte einer von zig Orten sein. Schauen Sie hier«, Dieter zog das Foto der Kalenderseite für die letzten Dezemberwochen heraus. »Home Run. 55 K. Also, wer ist Home Run, und ist 55 K nun ein Gewicht oder eine Geldsumme oder was?«

Troys Blick fiel auf den siebenundzwanzigsten Dezember – den ersten Tag ab dem heutigen, an dem es überhaupt wieder eine Eintragung gab. Er tippte mit dem Finger auf das Datum, und das schien Dieter als Stichwort aufzufassen.

»Sehen Sie. Schon wieder. Wer ist LH 133? Wo will er um 10.00 Uhr sein? Was ist Id 2200? Schreibt er jetzt auch noch lateinisch? Und hier, am folgenden Tag, DC 0145. Und wenn wir dann schon mal einen Namen im Klartext haben, kann's natürlich nur ein ausgedachter sein: George Town.«

»Dieter – sagten Sie nicht, Sie hätten Ihr Englisch in England gelernt?«

»Ja – ich war von 1938 bis 1941 da.«

»Also bevor die Amerikaner kamen. Und in den USA waren Sie nie?«

»Kommen Sie zur Sache, Troy. Wenn ich was Dummes gesagt habe, dann möcht ich's lieber gleich wissen.«

»LH 133 sieht mir ganz nach so einer Abkürzung aus, wie Fluggesellschaften sie neuerdings verwenden. Id könnte sehr gut Idlewild sein – der internationale Flughafen von New York. DC ist bestimmt Washington. Und in George Town haben Sie viel zuviel hineingelesen, sogar eine Lücke, wo gar keine ist. Nein, Georgetown ist keine Person, sondern ein Stadtteil von Washington. Das heißt, der Scheißkerl fliegt nach Hause!«

»Aber wieso sollte er mit einer zivilen Fluggesellschaft reisen? Bei seinen Möglichkeiten?«

»Na, wenn ich die Wahl hätte, dann würde ich auf keinen Fall mit einer Militärmaschine über den Atlantik fliegen. Ich bin in einem Flugzeug der RAF hergekommen – und ich sage Ihnen, unter Komfort stelle ich mir was anderes vor. Nein, Baumgarner fliegt auf die bequeme Tour nach Hause zurück.«

Dieter riß Troy die Fotografie aus der Hand und fing an, laut zu fluchen. Er griff nach dem Telefonhörer und sprach mit der Vermittlung. Troy drehte den Kopf zu Clark um und fragte sich, ob er ihre Unterhaltung wohl verfolgt hatte, aber der Mann hockte gemütlich mit offenem Mantel und ausgestreckten Beinen vor dem Ofen, die Nase tief in sein Buch vergraben – offensichtlich nicht nur mit der Diskretion des Dolmetschers ausgerüstet, sondern auch mit dem dicken Fell des Desinteresses.

Wenige Minuten später legte Dieter den Hörer auf, sah Troy ins Gesicht und ließ einen anerkennenden, wenn auch tonlosen Pfiff los.

»Ich hab einen alten Freund bei der Fluggesellschaft. Am Siebenundzwanzigsten um zehn Uhr morgens gibt es tatsächlich einen Flug nach New York, und Baumgarner steht auf der Passagierliste.«

»Mit Zwischenlandung wo?«

»Hannover und Shannon.«

»Scheiße«, sagte Troy.

»Shannon liegt in Irland, stimmt's? Und Ihr Haftbefehl gilt nicht in Irland?«

Troy zögerte einen Moment, seufzte dann tief und sprach das Unvermeidliche aus. »Wir können nicht zulassen, daß dieses Flugzeug in Shannon landet«, sagte er leise.

»Aber Troy – das sind doch Phantastereien! Wie wollen Sie denn ein Flugzeug vom Kurs abbringen?«

Dieter schob seinen Stuhl zurück und stand auf. Er stellte sich vor den Ofen und wärmte seine Hände darüber. Clark sah hoch, als der Schatten auf sein Buch fiel, ließ sich aber nicht weiter bei der Lektüre stören.

»Troy, vielleicht habe ich Ihnen einen falschen Eindruck von dem vermittelt, wie wir hier operieren können. Ich habe mir mit Hilfe eines Tricks Fotos von Baumgarners Notizbuch beschafft – aber auf eigene Faust, auf eigene Verantwortung. Eine rechtlich höchst fragwürdige Angelegenheit. Wenn Sie meinen, wir könnten veranlassen, daß dieses Flugzeug ohne offizielle Genehmigung in London zwischenlandet, dann haben Sie sich getäuscht. Hier in Berlin können Sie zwar an jeder Straßenecke eine Knarre kaufen, aber keinen Bürokraten dazu bringen, daß er den Instanzenweg für Sie abkürzt. Verstehen Sie, was ich meine?«

»Kann Ihr Freund den Namen des Piloten herausfinden?«

»Troy, bitte!«

»Ja oder nein?«

»Ja.«

»Gut. Ich habe nicht vor, irgendwen um einen Gefallen zu bitten, ich habe nicht vor, irgendeinen Bürokraten damit zu behelligen. Treiben Sie nur jemanden auf, den man bestechen kann!«

90

Clark und Troy gingen zurück zum Jeep.

»Zeit totzuschlagen, Sir?« fragte Clark. »Hätten Sie Lust, 'n bißchen was von der Stadt zu sehen?«

»Ich hab schon soviel Schutt gesehen, daß es mir fürs Leben reicht.«

»Ja, aber Berlin hat auch noch was anderes zu bieten. Da gibt es das Brandenburger Tor, den Reichstag – wenn das der London County Council wäre, würde ein blaues Schild an Marinus van der Lubbe erinnern, aber da wir in Berlin sind, steht sein Name eben nur mit Kreide an der Mauer.«

Sie saßen nebeneinander im Jeep. Clark mochte nicht einmal den Zündschlüssel drehen, bevor er wußte, wohin die Fahrt ging.

»Ich will keine Touristentour. Bringen Sie mich zu einem Café – irgendwohin, wo Sie's nett finden«, sagte Troy.

»Ich glaube, im Tiergarten gibt's so ne Art Café auf Rädern.«

»Bißchen frisch, um im Freien rumzustehen, meinen Sie nicht?«

»Ja, schon, aber der Tiergarten müßte Sie als Polizisten eigentlich interessieren. Die Trambahnfahrer sagen den Tiergarten nicht mal mehr an, die rufen nur noch ›Schwarzmarkt‹.«

Der Kaffee von der Kantine auf Rädern stellte einen höchst erfreulichen Gegensatz zu dem in der Uhlandstraße dar – er war frisch, er war aus echten Bohnen gebrüht, und er war höchstwahrscheinlich gestohlen. Troy blickte über den Tassenrand hinweg auf das Gewimmel von menschlichen Vogelscheuchen – Strichmännchen mit in Packpapier eingeschlagenen Gegenständen, Strichweibchen mit Kinderwagen, in denen keine Kinder lagen. Das alles sah nur zu vertraut aus – wie die Vorkriegs-Wochenschaubilder eines Volkes auf dem Rückzug: der Typus des Flüchtlings. Nur daß diese Menschen nirgendwohin flüchteten. Sie bewegten sich im Kreis, sie stießen zusammen und prallten voneinander ab wie Billardkugeln.

Clark entfaltete eine unerwartete Redseligkeit.

»Der Kommissar hat 'n bißchen was von nem Philosophen, meinen Sie nicht auch, Sir?«

»Ich hab keine Hoffnung mehr, von ihm auf irgendwas ne kurze Antwort zu kriegen, aber ich denke mal, er weiß, wovon er spricht.«

»O ja. Von der Wiederherstellung des Ansehens der deutschen Nation. Kein schlechtes Thema für ne Doktorarbeit oder vielleicht auch ne Rede vor der Fabian Society.«

Troy warf einen schnellen Blick auf Clark, nicht sicher, was sich hinter dieser Fassade aus Trübsinnigkeit verbergen mochte.

»Nur daß er damit falschliegt«, fügte Clark hinzu.

»Inwiefern?«

»Na ja, Sir, es läuft doch alles auf eine Frage raus. Da gibt's vielleicht 'n Dutzend Variationen, aber im Grunde nur die eine Frage: Wessen Seele willst du kaufen? Wessen Großmutter? Wessen Säuglinge möchtest du gern zu einer Hostie verbacken und mit Jungfrauenblut runterspülen? In dieser Stadt, Sir, ist alles käuflich, was nicht festgenagelt ist – ich kann ja verstehen, daß der Kommissar alles ins beste Licht rücken will – schließlich ist es sein Land –, aber ich glaube, er irrt sich. Wenn's Ihnen nichts ausmacht, daß ich frage, Sir – aber wieviel Geld haben Sie mitgebracht?«

»Zweihundertfünfzig – Pfund Sterling.«

»Tja, Sir, ich denke, dafür könnte man einen Erzbischof kaufen und hätte immer noch 'n paar Pfund für 'n Gros

Jungfrauen übrig. Und so ein Flugzeugpilot dürfte kein Problem bedeuten. In diesem zugesperrten Berlin macht doch jeder krumme Geschäfte – und ich meine, wirklich jeder.«

»Jeder?« fragte Troy nach.

Clark senkte die Stimme und fügte gespielt vertraulich hinzu: »Sagen Sie, Sir, sind Sie verheiratet?«

»Warum fragen Sie?«

Clark schlug seinen Armeemantel auf – an einer Schnur hingen, feinsäuberlich mit Sicherheitsnadeln festgesteckt, Nylonstrümpfe, seidene Schlüpfer und rüschenbesetzte Strumpfhalter.

»Wenn ja – dann hab ich bestimmt was in der passenden Größe.«

Die Demonstration war gelungen. Er machte den Mantel wieder zu.

»Übrigens bin ich derjenige, der dem Burschen hier den Kaffee verkauft. Beste britische Armeekantinenqualität, dunkle Röstung. Nicht übel, oder?«

91

Troy machte ein erstes Geschäft mit Clark: Er tauschte seinen *Manchester Guardian* vom Vortag gegen dessen *Penguin New Writing* und zog sich mit dieser Lektüre in sein kümmerlich geheiztes Zimmerchen am Kurfürstendamm zurück. Aber es fiel ihm schwer, sich zu konzentrieren. Jacks »absolut ehrliche Haut« hatte natürlich eine Empfehlung sein sollen, aber Troy begann doch, sich zu fragen, ob daraus nicht vielleicht eine Belastung werden könnte. Er glaubte nicht ganz an Clarks Theorien über Berlin – darin steckte für seinen Geschmack zuviel Folklore. Andererseits hatte Clark ihn darauf hingewiesen, daß es in den meisten Polizeirevieren der Stadt anständigen Kaffee zu trinken gab.

Es war schon dunkel, als Dieter ihn anrief.

»Troy, ich hab den Namen des Piloten für den Flug LH 133. Er heißt Marius von Asche, und er ist zur Zeit in Berlin – er hat zwei freie Tage vor dem Flug nach New York.«

»Können wir uns mit ihm verabreden?«

»Ich hab mit ihm gesprochen. Er ist bereit, mich zu treffen, aber Sie nicht. Noch nicht.«

»Wie bitte?«

»Alles lief glatt, bis ihm klar wurde, daß Sie Engländer sind. Es gibt unter uns eben auch noch ganz Verbohrte – und ich sehe das als ein schlechtes Zeichen an.«

»Was meinen Sie damit?«

»Nur, daß ich eine böse Vorahnung habe.«

»Um Himmels willen, Dieter, spucken Sie's schon aus!«

»Ich kann nicht, ich kann wirklich nicht.«

»Dann lassen Sie mich mitkommen.«

»Troy, das geht jetzt auf keinen Fall.«

»Dann müssen Sie mit ihm ins Geschäft kommen.«

Dieter schwieg – genau wie Troy es erwartet hatte.

»Ich ... ääh ... ich kann das nicht machen.«

»Dieter, ich hab das Geld. Und ich werd mir diese Gelegenheit nicht durch die Lappen gehen lassen!«

»Troy, bitte. Sie können im Moment nichts tun. Aber wenn er mit mir spricht und merkt, daß ich kein fauler Kunde bin, dann erklärt er sich vielleicht auch bereit, Sie zu treffen.«

Er legte auf. Dieter, dachte Troy, war womöglich der letzte ehrliche Kunde in dieser Stadt der Geschäftemacher.

92

Als Dieter Franck am nächsten Morgen ins Dienstzimmer kam, wartete Troy bereits auf ihn. Das unentwegte Brummen der Flugzeuge ließ die Fensterscheiben vibrieren. In Berlin schien nicht eine Minute Ruhe am Himmel zu sein: ständig starteten oder landeten Flugzeuge. Londons Geräuschkulisse war viele Jahre lang das Klagegeheul der Sirenen gewesen. Jetzt, im Frieden, schien es durch unentwegtes Plappern ersetzt worden zu sein, das lauter war als jeder Verkehrslärm. Aber das Berliner Grundgeräusch war ein betäubendes Rattern von Kolbenmotoren und Propellern. Man schlief damit ein, man wachte damit auf, man lebte damit. Clark schien es nicht einmal mehr zu hören; er machte es sich jetzt wieder vorm Ofen gemütlich und steckte die Nase in Graham Greenes *Orient-Express;* Holz und Kaffee hatte er vorausschauend schon mitgebracht. Als Dieter schließlich ankam, gab der Ofen bereits so viel Hitze ab, daß der Deckel auf der Kaffeekanne klapperte.

»Meine Güte, riecht das gut!«

Clark sah von seinem Buch auf.

»Greifen Sie zu, Sir. Ein Geschenk der britischen Truppenbetreuung.«

Dieter stellte den Begriff »Geschenk« nicht in Frage; er goß sich eine Tasse ein, setzte sich an seinen Schreibtisch und atmete das Aroma so genießerisch ein wie jemand, der lange darauf verzichten mußte. Als er die Tasse zum Mund führte, wanderte sein Blick zu Troy, der ihn unverwandt ansah. Troy stand der Sinn nicht nach den kleinen Freuden des Morgens.

»Und?« sagte er.

Dieter setzte die Tasse ab.

»Erzählen Sie doch mal – was haben Sie im Krieg gemacht?«

»Hat das irgendwas mit von Asche zu tun?«

Dieter nahm noch einen Schluck Kaffee.

»Ja. Tun Sie mir den Gefallen und erzählen Sie.«

»Ich war Polizist.«

»Warum?«

»Warum? Weil es das ist, was ich getan habe, das, was ich immer noch tue, weil ich daran glaube.«

Dieter nickte auf eine verständnisvolle Art, die Troy fast rasend machte.

»Schön, schön. Ich hab den Krieg in England und Norwegen zugebracht – auf ›Sondereinsatz‹. 1945 bin ich dann mit den Amerikanern nach Berlin zurückgekommen.«

So etwas hatte Troy sich schon gedacht.

»Es ist, wie Sie's formuliert haben, was ich getan habe. Woran ich geglaubt habe. Von Asche war in der Luftwaffe.«

»Und?«

»Er flog die allerletzten Einsätze über London mit. Er brüstet sich, er habe London noch bis zum D-Day bombardiert. Das ist es, was er getan hat. Das ist es, woran er ...«

»Woran er geglaubt hat? Und was hat das mit unserem Geschäft zu tun? Kein Mensch kann heutzutage noch an so was glauben!«

»Genau«, sagte Dieter in einem so entschiedenen Ton, daß selbst Clark aufsah und damit indirekt zugab, gelauscht zu haben.

»Also ist der Mann ein Nazi! Und da das als Ideologie unmöglich geworden ist, glaubt er jetzt an – an was? An Geld?«

»Ich würde sagen, an Geld, Geld und noch mehr Geld. Und leicht wird er's uns bestimmt nicht machen. ›Ich hoffe, Ihr Freund hat genug‹ – mit diesen Worten hat er sich von mir verabschiedet. Wieviel haben Sie eigentlich?«

Troy nannte ihm die Summe. Dieter pfiff leise durch die Zähne.

»Das sind drei Monatsgehälter oder noch mehr, Dieter.«

»Ich weiß. Und ich hoffe, es ist genug für jemanden, bei dem kein Appell etwas fruchten würde. Er hat sich bereit erklärt, Sie zu treffen. Um zwei Uhr in der Empfangshalle des Hotels Wilhelm I.«

Clark sah wieder von seinem Buch hoch.

»Kennen Sie es?« fragte Troy.

»Schicker Laden, Sir. Soweit in Berlin überhaupt noch was Schickes übriggeblieben ist. Ein bißchen Gold, ein bißchen Samt zwischen den Ruinen, könnte man sagen. Für 'n Polizisten vielleicht noch wichtig zu wissen, daß es mehr Ausgänge hat als 'n Kaninchenbau und mehr als hundertfünfzig Sitzplätze. Was sich auch immer dort abspielt – es spielt sich in aller Öffentlichkeit ab. Ich würde sagen, Ihr Kunde hält sich den Rücken frei. Ach ja, und der Kaffee ist auch gut, wenn Sie verstehen, worauf ich hinauswill.«

Er hielt sein Buch hoch und zwinkerte Troy ostentativ zu. Es schien ihm ein seltsames Vergnügen zu bereiten, in Gegenwart von zwei Polizisten Andeutungen über sein Alternativeinkommen zu machen. Troy fragte sich, ob er in Berlin auch nur eine Tasse Bohnenkaffee bekommen konnte, an der Clark nicht mitverdiente.

93

Junge Kellner in mottenzerfressenen kastanienbraunen Jäckchen flitzten durch den großen Saal, um zwei Zentimeter hohe Portionen Apfelstrudel und hauchdünne Scheiben Teekuchen zu servieren. Ab und an erschien einer von ihnen mit Handfeger und Kehrblech, um den aussichtslosen Kampf mit dem Stuck fortzuführen, der sich wie leichter Schneefall um und auf die Gäste legte. Schick, mit ein bißchen Gold und Samt war gar keine so schlechte Beschreibung gewesen: Das Blattgold blätterte zwar ab, Decke und Wände zeigten Risse, und der Teppich war fadenscheinig – aber auf Gesimshöhe prangte das kaiserliche Wappen, wo auch immer ein Meter Wand intakt geblieben war, und der preußische Adler reckte den Schnabel überall aus dem verschlungenen Muster rings um die Löcher im Teppich. Dieselbe schäbige Eleganz zeichnete auch einen Großteil der Gäste aus. Es war so kalt, daß die meisten dick eingemummelt in muffig-feuchte Wolle und Astrachan dahockten, aber das trübte nicht ihr offensichtliches und unüberhörbares Vergnügen an der Vorspiegelung einer Welt, in die die zwanziger und dreißiger Jahre nie Eingang gefunden hatten. Sie klatschten und klapperten dabei mit dem Porzellan, als wollten sie so den letzten Frost aus den Knochen vertreiben, und stimmten sich heiter auf ein Weihnachtsfest ein, das angesichts der allgemein herrschenden Not nur noch heiterer und festlicher erscheinen mußte. Unter den neuen politischen Vorzeichen erinnerten diese Deutschen Troy an die Engländer, für die der Blitzkrieg damals den Hauch eines goldenen Zeitalters gebracht hatte – eine Mischung aus Bonhomie und Kameradschaftlichkeit angesichts tödlicher Bedrohung. Einen Moment lang fühlte er sich fast wie zu Hause.

Von Asche war ganz anders, als er ihn sich vorgestellt hatte: blaß, asketisch, ein bißchen manieriert und dezent parfümiert. Ein schmales, spitzes Gesicht mit einer Adlernase; zarte, langgliedrige Finger mit sorgfältig manikürten Nägeln. Seine Handrücken, seine Wangen und die Stirn waren unnatürlich straff und glänzend – Spuren von kosmetischer Chirurgie nach Verbrennungen. Aus der Kälte im Saal schien er sich nichts zu machen: Ein alter schwarzer Mantel mit abgewetztem Pelzkragen hing über der Stuhllehne, während er in seinem schwarzen zweireihigen Anzug den herrschenden Temperaturen trotzte. Aber natürlich wäre unter dem Mantel seine knabenhaft schmale Taille nicht zur Geltung gekommen, und in den dicken, schweren Ärmeln hätten die Gesten seiner schmalen Hände mit den überlangen mandelförmigen Fingernägeln bestimmt weniger eindrucksvoll gewirkt.

Er hatte sich erhoben und Troy die Hand gereicht. Troy nahm sie, Dieter übersah sie und setzte sich. Ein junger Kellner in kurzem Jäckchen erschien wie aus dem Nichts, ein Tablett hoch in der Luft balancierend, stellte ein Kaffeekännchen und drei winzige Tassen vor sie hin und entschwand. Von Asche zog eine silberne Zigarettendose aus der Innentasche seines Anzugs. Der Verschluß dieser Dose bestand aus einem weißen Knopf – einem Halbedelstein in ovalem Silberkranz, in den ein kleines schwarzes Hakenkreuz eingelassen war. Nachdem Troy und Dieter die offerierte Zigarette abgelehnt hatten, zündete er sich selbst eine an und nahm einen genußvollen Zug. Dann griff er nach dem Aschenbecher und schnipste die Asche hinein, indem er mit dem angewinkelten Zeigefinger auf seine amerikanische King-size-Zigarette klopfte. Alle drei saßen vor ihrem obligatorischen Schwarzmarktkaffee und warteten die obligatorische Pause ab.

»Gleich zwei Polizisten«, sagte von Asche schließlich. »Ich weiß auch nicht – soll ich mich jetzt geschmeichelt fühlen oder Angst bekommen?«

Der offensichtliche Gefallen, den er an der Situation empfand, ließ sich offensichtlich dadurch steigern, daß er das Ganze noch einmal auswalzte.

»Na, wie dem auch sei. Vermutlich ist das alles schrecklich wichtig für Sie. Wer ist eigentlich dieser Mann, dieser Passagier, den Sie so unbedingt nach England bringen wollen?«

»Das kann ich Ihnen nicht sagen«, erklärte Troy.

»Nun kommen Sie schon, Herr Troy. Legen Sie die Karten auf den Tisch.«

Troy schwieg. Von ihm aus konnte dieser Dreckskerl auch an seinen Sportsgeist appellieren; Troy wollte nichts weiter, als daß er seinen Preis nannte.

»Dieser Mann ist doch sicher kein Deutscher, sonst würde Ihr Kollege ihn bestimmt hier auf der Straße verhaften? Reden wir über einen britischen oder einen amerikanischen Staatsbürger? Sie können nun nicht erwarten, daß ich überhaupt nicht neugierig bin.«

»Es handelt sich um einen Amerikaner«, räumte Troy ein.

»Aha, aha!«

Von Asche blies einen Rauchring aus und schien sich an diesem Moment zu erfreuen. Troy spürte, wie Dieter zornig wurde, und hoffte, er würde sich an sein Versprechen halten und nicht eingreifen.

»Also hackt die eine Krähe der anderen jetzt doch ein Auge aus. Ach, ich kann Ihnen gar nicht sagen, wie sehr es mich freut, daß sich die Sieger untereinander zerstritten haben – obwohl das, was Sie wollen, dadurch auch nicht billiger wird.«

Endlich waren sie beim Thema.

»Sie machen es also?«

Von Asche dehnte die Pause aus. Troy beschwor Dieter im Geiste, nichts zu sagen – wer in das Schweigen eines anderen hineinredete, weil er es nicht aushielt, konnte sich nur zu leicht verplappern.

»In England landen?«

»Ja.«

»Wegen einem Notfall – Maschinenschaden oder ähnlichem?«

»Was Sie wollen.«

»Und wo soll ich landen?«

»In Westlondon. Da wird gerade ein neuer Flughafen gebaut, direkt hinter Hounslow. Heath Row soll er heißen.«

»Aha.« Wieder machte er eine Pause, zog gemächlich an seiner Zigarette und fügte dann hinzu: »Ich wollte schon immer mal London sehen.«

»Sie machen es also?«

»Die Hoffnung hatte ich ja schon früher – sagen wir um 1940 herum, aber leider sollte es nicht sein. Trotzdem würde es mir Spaß machen, London zu sehen.«

Der Mann lächelte – er verhöhnte Troy, forderte ihn dazu heraus, das ganze Geschäft durch ein primitives Bekenntnis zum Patriotismus platzen zu lassen.

»Sie machen es also?« wiederholte Troy.

»Wieviel Geld haben Sie?«

»Ich zahle Ihnen einhundert Pfund Sterling in bar«, sagte Troy.

Von Asche warf den Kopf zurück und lachte.

»Nein, nein, nein, Herr Troy. Sie haben doch viel mehr. Wieviel haben Sie mitgebracht? Zweihundertfünfzig?«

»Zweihundert.«

»Wie bitte?«

»Zweihundertfünfzig. Und das ist mein letztes Wort.«

Von Asche drückte seine Zigarette aus und zündete sofort eine neue an. Er blies Troy den Rauch ins Gesicht und lächelte.

»Ihr letztes Wort also. Meinen Sie nicht, daß ich das letzte Wort haben sollte?«

Er beugte sich halb über den Tisch und senkte die Stimme

zu einem theatralischen Flüstern. »Und mein letztes Wort heißt ›tausend‹.«

Troy merkte, daß Dieter sich vom Stuhl erheben wollte, und streckte einen Arm aus, um ihn daran zu hindern.

»Das kann ich nicht zahlen«, sagte er leise, fast tonlos.

»Dann ist dieser Amerikaner vielleicht doch nicht so wichtig, wie Sie denken.«

Dieter ließ sich nicht länger bremsen.

»Troy, das ist Wahnsinn. Dieser Mann ist ein Gauner.«

»Ganz recht«, sagte von Asche, offensichtlich unbeeindruckt von Dieters Ausfall. »Und was Sie verlangen, ist ein Gaunerstück. Deswegen haben Sie sich doch an mich gewandt, oder? Und wenn Sie dieses Gaunerstück von diesem Gauner durchgezogen haben wollen, dann kostet Sie das eintausend Pfund in bar.«

»Zweihundertfünfzig in bar. Über den Rest stelle ich Ihnen einen Scheck aus.«

Von Asche schüttelte bedächtig den Kopf.

»Nein, nein, nein, Herr Troy. In bar. Ich fände es scheußlich, wenn ich feststellen müßte, daß Ihr Scheck platzt oder Ihr Kollege hier mit Handschellen auftaucht, sobald ich ihn einlösen will.«

Er ließ den Blick zu Dieter wandern, lächelte ihn an, spöttisch, als würde er sich an seinem Unbehagen weiden. Die glänzende Hautpartie um seine Augen sah aus wie zerknittertes Zellophan.

»Troy«, sagte Dieter, der kaum noch an sich halten konnte, »das können Sie nicht machen!«

Troy ignorierte ihn. »Also in bar«, sagte er.

Dieter sprang auf, zog Geld aus der Tasche und knallte es neben seine Tasse auf den Tisch.

»Mir reicht's. Ich warte im Jeep.«

Von Asche sah zu ihm hoch. Ein Schweigen breitete sich

aus, in dem auf einmal der Lärm an den Nachbartischen zu hören war, während sie darauf warteten, daß Dieter verschwand.

»Er scheint Ihre Leidenschaft nicht zu teilen«, sagte von Asche schließlich. »Aber was hat der Mann eigentlich getan, daß Sie ihn so unbedingt haben müssen?«

Troy erhob sich und legte sein Geld auf das von Dieter.

»Der Preis beträgt tausend Pfund. Und das ist dann alles, was Sie bekommen.«

»Wie Sie wollen. Ich werde morgen mittag hier mein Weihnachtsmahl einnehmen. Von zwölf bis zwei Uhr. Mein Vorschlag wäre, daß Sie dazustoßen. Und falls eine derartige Transaktion der Berliner Polizei auf den Magen schlagen sollte, kommen Sie vielleicht besser allein.«

Er blies einen riesigen Schwall Rauch aus und lächelte Troy an.

»Ich komme«, sagte Troy.

94

Dieter stampfte mit den Füßen auf. Ob aus Wut oder wegen der beißenden Kälte, konnte Troy nicht ausmachen. Clark saß im Jeep und las; er war fast bis zu den Augenbrauen hoch eingemummelt. Dieter drehte sich um, als er Troy ankommen hörte.

»Mein Gott, Troy, was haben Sie da gemacht? Was haben Sie da bloß gemacht? Eintausend Pfund? Das ist Wahnsinn, schierer Wahnsinn! Sie haben doch gar keine tausend Pfund!«

»Besorgen Sie mir ein Telefon, und ich treib das Geld auf.«

Dieter schien ein, zwei Sekunden nachzudenken und seufzte dann tief.

»Also schön, also schön. Wir müssen zurück aufs Revier und Ihr Gespräch anmelden.«

Es war nach sechs Uhr abends, als die Vermittlung zurückrief, um das Auslandsgespräch zu Troys Elternhaus in Hertfordshire zu bestätigen, und wieder einmal gab es Stromausfall. Doch abgesehen von dem gelegentlichen Krachen in der Leitung war die Verbindung gut. Rod hörte sich an, was Troy zu sagen hatte, ohne ihn ein einziges Mal zu unterbrechen.

»Also, wenn ich dich richtig verstanden habe, Freddie«, lauteten seine ersten Worte, und da wußte Troy, daß es Streit geben würde, »soll ich jetzt, um halb sieben an einem pechschwarzen Heiligabend, zur Bank gehen, nachdem ich den alten McCrimmon aus seinem Club geholt habe – oder aus irgendeinem anderen Schlupfwinkel, in dem sich ein Witwer zu Weihnachten verkriecht. Ich soll ihn dazu bringen, eine Zahlungsanweisung auszustellen und selbige an eine Bank in Berlin zu kabeln, die extra öffnen muß, damit du das Bargeld abholen kannst, mit dem du einen deutschen Piloten bestechen willst, eine Notlandung in London vorzutäuschen, so daß du mit deinem richterlichen Haftbefehl anrücken und dieses Arschloch festnehmen kannst, von dem du seit dem Krieg besessen bist – hab ich im großen und ganzen richtig wiedergegeben, was du an diesem Weihnachtsfest von mir verlangst?«

»Ja« klang fast etwas unangemessen als Antwort.

»Sag mal, bist du denn von allen guten Geistern verlassen?« legte Rod jetzt los. »Um Himmels willen, Freddie, es ist Heiligabend. Meine Kinder schütteln ihre Weihnachtspäckchen unterm Baum, um es klappern zu hören, deine Schwestern sind oben im Schlafzimmer und tauschen Kleider und unanständige Geschichten aus, meine Frau gießt die ersten Sherrys ein, und deine Mutter stellt peinliche Fragen, zum Beispiel, wann du dieses Jahr einzutreffen gedenkst und warum du eigentlich keinen Sinn für Pünktlichkeit hast. Was soll ich ihr sagen – daß du jetzt total übergeschnappt bist?«

»Ich weiß, was ich tue.«

»Herrgott noch mal. Du bist Polizist. Du kannst keine so krummen Dinger drehen.«

»Rod – bitte hilf mir. Es ist wichtig. Du kannst mir helfen. Und es ist nicht viel, worum ich dich bitte.«

»Natürlich kann ich. Aber ich tu's nicht. Ich werde McCrimmon heut abend nicht mehr rausjagen ...«

»Rod – wir haben Millionen auf dieser verdammten Bank liegen!«

»Darum geht's nicht. Er ist ein alter Mann. Er hat das Recht, in Frieden gelassen zu werden. Ich tu ihm das nicht an, und ich laß auch nicht zu, daß du dir das antust. Es ist eine fixe Idee – siehst du das nicht selbst? Um Himmels willen, Freddie, steig jetzt aus. Es ist vorbei. Es ist schon seit Jahren vorbei. Du kannst nicht ewig mit diesem alten Schmerz weiterleben.«

Es klirrte laut, als Clark die Ofenklappe hochschob und ein weiteres Stück Alt-Berlin hineinwarf. Im roten Schein der Flammen sah Troy Dieter am Schreibtisch sitzen, Kinn in den Händen, Ellbogen aufgestützt, Augen auf ihn gerichtet. Rods Tirade war offenbar im ganzen Raum vernehmbar gewesen. Dann hörte er einen geflüsterten Wortwechsel am anderen Ende der Leitung, Bakelit klapperte, und eine tiefere Stimme meldete sich, eine Stimme mit Akzent.

»Freddie – hier spricht Nikolai. Komm heim, mein Junge, es ist vorbei. Ein kluger Mann weiß, wann er aufgeben muß.«

»Ich kann nicht.«

»Doch, doch, du kannst – oder diese Sache bringt dich noch um.«

Troy legte den Hörer auf die Gabel. Dieter sah ihn immer noch an. Jetzt hob er das Kinn und lehnte sich zurück.

»Es ist Heiligabend«, murmelte er.

»Ich weiß. Ich hab's nun schon x-mal gesagt bekommen.«

»Meine Frau wird gleich das Essen kochen. Ich sollte nach Haus, meine Töchter ins Bett bringen. Hätten Sie nicht Lust mitzukommen? Das Fleisch ist dünn geschnitten, aber Wein haben wir genug. Und wer weiß – vielleicht verwandle ich mich noch in einen echten Preußen und hol den Schnaps raus.«

Troy sah zu Clark hinüber. Der Mann war von der Hüfte aufwärts unsichtbar, aber Troy konnte hören, wie er die Seiten umblätterte, sich durch sein Buch arbeitete.

»Können Sie mir einen Flug besorgen?« fragte er.

»Heut abend leider nicht mehr.«

»Schon klar. Morgen wäre mir recht.«

Clark beugte den Kopf, blätterte im Schein des Ofenfeuers sein Notizbuch durch.

»Vormittags könnte es schwierig werden. Jede Menge RAF-Leute, die nach Hause wollen. Am späten Nachmittag ginge es schon eher. Etwa um sechs Uhr gibt's eine Chartermaschine, die direkt nach England fliegt. Sie müßten nicht mal in Hannover zwischenlanden.«

»Sehr schön«, sagte Troy leise und fühlte die erste Welle von Resignation über sich hinwegrollen. »Sechs Uhr würde mir passen. Und Touristenklasse klingt gar nicht übel.«

»Kann ich die beiden Herren irgendwo absetzen?« fragte Clark.

Troy wandte sich an Dieter. »Wie weit ist es bis zu Ihrer Wohnung?«

»Eine gute halbe Stunde zu Fuß.«

»In dem Fall brauchen wir Sie nicht mehr. Vielen Dank, Mr. Clark, nehmen Sie sich den Abend frei. Es ist doch Heiligabend.«

Clark erhob sich und schob das Buch in seine Kartentasche.

»Das hör ich nun auch schon den ganzen Tag.«

Er griff tief in seinen Uniformmantel und knallte ein Päckchen vor Dieter auf den Schreibtisch.

»Kleines Mitbringsel für die Frau Gemahlin, Sir. Was wäre ein Weihnachtsessen ohne ein Glas Brandy und eine schöne Tasse Kaffee? Mit dem Brandy kann ich leider nicht dienen. Also dann, meine Herren, ich wünsche Ihnen eine gute Nacht, und wir sehen uns morgen in Gatow, Mr. Troy.«

Er ging. Die Lichter flackerten ein, zwei Sekunden, dann floß der Strom, sämtliche Birnen platzten, und man saß wieder im Dunkeln. Troy hatte das Gefühl, als sei dies das absolut passende Symbol für sein Leben seit mindestens einer Woche.

95

Dieter ließ deutlich anklingen, daß er zu Hause nicht über die Arbeit reden wolle. Er genieße es, ein Leben außerhalb des Berufs zu haben. Troy konnte sich nicht vorstellen, wie so ein Leben aussehen mochte. Er hatte zu lange nur in einer Welt gelebt.

Dieter zog zwei kleine Mädchen in seine Arme, die ihn schon auf der Türschwelle erwartet hatten, erklärte ihnen, daß sie Herrn Troy gute Nacht sagen sollten, und brachte sie dann zu Bett.

Frau Franck – Cosima – war klein, blond, gesprächig und im Englischen ebenso gewandt wie ihr Mann. Sie nahm ihm den Mantel ab, bot ihm ein Glas weißen Rheinwein an und führte ihn in das schmale, hohe Wohnzimmer, das mit selbstgemachten Dekorationen geschmückt war, einschließlich eines selbstgemachten Christbaums am Fenster. Dieter hatte auch dieses Kunstwerk aus Stücken Alt-Berlins zusammengebastelt, hatte die hölzernen Äste im rechten Winkel zum Stamm angenagelt und ein paar Spritzer grüne Farbe darübergegeben. Das Ganze sah aus wie Weihnachten bei Surrealisten. Unterhalb der Äste, um den Zinkeimer herum, in dem der Baum stand, lagen Dutzende von verpackten Geschenken. Der Anblick erinnerte Troy daran, wie geschickt sein Bruder Rod den Gedanken an Weihnachten eingesetzt hatte, um ihn zum Heimkommen zu bewegen.

Nachdem Dieter den Kindern vorgelesen und sie trotz der Vorfreude auf die Bescherung zum Schlafen gebracht hatte, kam er wieder ins Wohnzimmer, und er, Cosima und Troy teilten sich die knapp dreihundert Gramm Schweinefleisch, die für zwei Portionen sicher gereicht hätten. Aber Wein gab es dafür zur Genüge. Und statt Schnaps fand Dieter einen Rest Vorkriegs-Armagnac, der englische Bomben und russische Infanterie überstanden hatte.

Dieter war tatsächlich anders in dieser anderen Welt. Er plauderte auf eine ruhige, gelassene Art. Die Tendenz, aus allem eine These zu machen, schien er vor der Haustür abgelegt zu haben. Und er ging ausgesprochen zärtlich mit seiner Frau um. Oft legte er seine Hand auf ihre, hielt sie nicht nur, sondern drückte sie – eine offenbar gewohnheitsmäßige Geste, die eheliche Vertrautheit und gefühlsmäßige Bestätigung vermittelte. Cosima hatte den gesamten Krieg in Berlin verbracht. Sie hatte miterlebt, wie sich die Welt auf den Kopf stellte, in Staub auflöste und wie sie beinahe vollständig fortgeweht worden wäre. Troy beobachtete die Gesten der beiden, während er sich die Geschichten aus der Hölle anhörte. Seit dem Tod von Ethel Bonham hatte er nichts Derartiges mehr mit angesehen. Obwohl die Bonhams sich – jedenfalls vor anderen – nur sehr selten berührt hatten, während Dieter immer wieder nach Cosimas Hand griff und sie immer wieder mit dem Kopf gegen seine Schulter puffte wie ein junges Kätzchen – fand er dafür dasselbe Bild: Die paßten einander wie angegossen. Ihr Umgang miteinander war faszinierend natürlich, war gelassen, warm, lustvoll und ästhetisch. An diesem Abend kam ihm in den Sinn, daß dies eine Art Leben war, das er immer abgelehnt oder nicht wahrgenommen hatte und das ihm mit dreiunddreißig höchstwahrscheinlich auch nicht mehr angeboten werden würde. Und das ihm nicht im geringsten abging.

Es schlug Mitternacht. Alle Glocken, die der Stadt noch geblieben waren, läuteten jetzt. Troy hatte das Gefühl, sich verabschieden zu müssen. Das Gefühl, sie einer Intimität überlassen zu müssen, die faszinierend zu beobachten war, ihn aber letztlich ausschloß.

»Soll ich Ihnen ein Taxi rufen?« fragte Dieter.

»Ich möchte lieber zu Fuß gehen.«

»Aber es sind drei Kilometer!«

»Um so besser«, erwiderte Troy. »Die frische Luft wird mir guttun.«

Er bedankte sich bei Dieter noch einmal für alles und marschierte dann durch die leeren Straßen Richtung Kurfürstendamm. Und dabei fragte er sich, ob das angenehme Gefühl, das sich langsam in ihm ausbreitete, Erleichterung war, Erleichterung darüber, daß diese Verfolgungsjagd nun ein Ende hatte – oder nur der Rheinwein und der Armagnac. Es ist vorbei, sagte er sich. Es ist vorbei.

Dabei war es schon erstaunlich, dachte Troy, wo er beinahe gelandet wäre. Seine Enttäuschung über Dieter hatte einem Gefühl Platz gemacht, das fast der Dankbarkeit gleichkam – Dankbarkeit dafür, daß Dieter sich an einem Punkt beharrlich gezeigt hatte, als Troy bereit gewesen war, Regeln zu übertreten, Recht zu beugen. Es schneite sanft; Flocken, so groß wie Geldstücke, segelten an ihm herunter; es war der Zauber einer weißen Weihnacht. Die ganze Welt war weiß. Und dann hörte er irgendwo hinter sich in dem weichen Schnee etwas platschen – als würde ein Fuß in eine Pfütze tappen – und drehte sich danach um, und auf einmal wurde die ganze Welt grün. Es war ein angenehmes Grün, ein viktorianisches Grün, das Grün eines guten Billardtisches. Sein Vater hatte einen in genau diesem Ton besessen.

96

Troy lag in einem unruhigen Halbschlaf auf der langen weißgestrichenen Veranda seines Elternhauses in Hertfordshire. Er konnte sich nicht erinnern, wieso er dort war. Es schien Jahre herzusein, daß er so dagelegen hatte, und doch war ihm ganz klar, daß er sich in der langwierigen Rekonvaleszenzphase von einer seiner vielen Kinderkrankheiten befand. Er war warm eingepackt, fast bis zum Hals, und lehnte mit dem Kopf an einem alten Handwagen aus Eichenholz und Eisen – wie ein Gepäckstück, das auf Abholung wartet. Die Sonne schien von Westen her. Am hinteren Ende des riesigen, ungepflegten Rasens sah er die gebeugte Gestalt seines Großvaters. Rodion Rodionowitsch, weit über siebzig, immer noch slawophil, ein Anhänger des einfachen Lebens und Freund des verstorbenen Grafen Tolstoi, in einer Art russischer Bauerntracht, schwang die schwere Sense so stolz durch das lange Gras, als wäre es guter russischer Weizen.

Im Spätsommer 1910 hatte Troys Vater dieses Haus gekauft – nur weil die lange Veranda bei ihm leise Erinnerungen an daheim wachrief. Lachend nannte er das bröckelnde georgianische Gemäuer seine Datscha. Und als einer der Einheimischen einmal scharfsinnig bemerkte, daß es zwischen diesem englischen Dörfchen und dem Ural keine höhere Erhebung gebe, fühlte sich sein Vater vollends an diesen Ort gebunden. »Nichts«, erklärte er mit fast schon hysterischer Stimme, »nichts liegt zwischen mir und Moskau!«

Im November desselben Jahres war Tolstoi in der ländlichen Abgeschiedenheit eines Bahnwärterhäuschens bei Astapowo gestorben, von niemandem weiter beachtet als von seiner Familie, seinen Anhängern, dem Bischof von Tula und der Weltpresse. Nun wußte Rodion Rodionowitsch, daß es Zeit war, das Land zu verlassen. Nur das internationale Ansehen des alten Mannes hatte die Geheimpolizei in Schach gehalten. Ohne ihn gab es für einen Tolstoianer keine Zukunft in Rußland. Noch vor Weihnachten traf er in Hertfordshire ein, wo er den Rest seines Lebens verbrachte, in den groben Leinenhemden der russischen Bauern herumlief, sich weigerte, auch nur ein Wort Englisch zu lernen, lange Briefe an die Times schrieb (die seine Schwiegertochter für ihn übersetzen mußte), seine Enkelkinder mit Geschichten aus der alten Heimat unterhielt und riesige Mengen Bordeaux vertilgte.

Der alte Mann hatte seine Sense fallen lassen und kam näher gestapft. Nun ruhten seine riesigen Hände auf der Verandabrüstung – Troy konnte die Haare auf seinen Fingerrücken zählen –, und er beugte sein bärenhaftes Gesicht über seinen Enkel.

»Bist du wach?« fragte er auf russisch. Dabei sah er über

Troys rechte Schulter hinweg. »Ich glaube nicht, daß er schon wach ist.«

Troy versuchte mit aller Macht, die Augen aufzuschlagen, und stellte fest, daß sie verbunden waren. Dann registrierte er irgendwo weiter weg das Geräusch von tropfendem Wasser und den Geruch nach Moder und Schimmel.

»Nimm sie ihm ab«, sagte eine Frauenstimme auf russisch.

Troy blinzelte in das Licht einer nackten Glühbirne, die über ihm von der Decke herabhing. Und dann sah er eine kleine Frau, die von zwei riesigen Männern flankiert oder vielleicht eher eingerahmt wurde. Er befand sich in einem Keller.

»Wassislos, Baby? Is dir das Licht zu hell? Ham dich meine Jungs zu hart angefaßt?«

Troy sah die beiden Männer an. Groß, dunkel, anonym in ihren schweren schwarzen Mänteln. Breite slawische Gesichter. So ähnlich, daß sie austauschbar schienen.

»Brauchen wir die?« fragte er.

Mit einer Handbewegung schickte sie die beiden Männer hinaus. Als die Tür hinter ihnen zuknallte, schoß Troy hoch und packte Tosca an der Gurgel.

»Ich dachte, du wärst tot!«

»Langsam, langsam«, keuchte sie.

Sein Griff wurde fester.

»Ich dachte, du wärst tot!«

Er drückte sie mit dem Rücken gegen die Backsteinmauer. Der Zorn gab ihm eine Kraft, die er gar nicht einschätzen konnte.

»Ich dachte, du wärst tot! Die Wohnung war voller Blut!«

»Laß mich los, dann erklär ich's dir!«

Troy lockerte seinen Griff. Er spürte, wie ihm die Beine wegknicken wollten, blieb aber stehen und sah hinunter in die klaren braunen Augen.

»Ich dachte, du würdest es merken.«

»Was merken?«

»Du weißt schon. Es ist doch ein alter Trick. Ich war mir ganz sicher, daß du's kapieren würdest. Ach komm, Baby – als du das erstemal bei mir warst, haben wir uns über das verdammte Buch unterhalten. Weißt du denn nicht mehr? *Huck Finn?*«

»Es war deine Blutgruppe. Ich hab's bei der Army überprüfen lassen. Ich dachte wirklich, du wärst tot! Und Huck Finn benutzt Schweineblut!«

»Na, hör mal – wo zum Teufel hätte ich fünf Minuten vom Trafalgar Square entfernt an ein lebendes Schwein rankommen sollen? Und außerdem hab ich weniger als einen halben Liter gebraucht. Wenn man das richtig in der Gegend rumspritzt, sieht es gleich nach nem Massaker aus.«

»Eine falsche Spur?«

»Na, was denn sonst.«

»Im Auftrag vom NKWD?«

»Der hat jetzt 'n neuen Namen und ne neue Abkürzung.«

»Und vermutlich sind wir hier auch im Osten.«

»Keine Sorge, Baby – bis nach Sibirien ist es noch weit.«

97

Die Erschöpfung danach brachte Troy nicht den schnellen Schlaf der Sättigung. Tosca schlief, aber er fühlte sich, als würde er nie wieder schlafen können – so verwirrt, wie er war, so überwach vor Zorn. Dazu dröhnte ihm der Hinterkopf. Er warf sich das Hemd über und stolperte in Richtung des Lichtstrahls, der durch den Spalt zwischen den Jalousien hereindrang. Das Licht fiel auf den rissigen Linoleumboden, ein Stück Tonscherbe zu seinen Füßen. Wie oft war er in ihrem Zimmer herumgetappt, ins Licht und wieder hinaus, bemüht, die Scherben zusammenzusetzen, die sie ihm immer wieder mit demonstrativer Beiläufigkeit hingeworfen hatte, wie man einem Kind bunte Puzzlestücke zum Spielen gibt.

Wie immer schlug sie die Augen sofort weit auf. Kein Flattern der Lider, kein allmählicher Abschied vom Schlaf. Sie war sofort hellwach, konzentriert, ganz da.

»O Gott, Troy. Schläfst du denn nie?«

»Ich hab gewartet.«

»Ja, worauf denn?«

»Darauf, daß du mir erzählst, was für ein Idiot ich gewesen bin.«

»Okay. Du bist ein Idiot gewesen. Das größte Rindvieh auf Gottes Erdboden. Und jetzt komm wieder ins Bett.«

»Wie lange hast du mich abgeschöpft? Und mit Bröseln gefüttert, um mich hinzuhalten? Von Anfang an?«

»Ach, laß doch – soll ich dir das wirklich auseinanderklamüsern?«

»Du hast mich zum Narren gehalten. Dafür hab ich doch wohl eine Erklärung verdient.«

»Ach herrje, willst du mir jetzt auch noch schwülstig kommen?«

Er hatte nicht aufgepaßt, nicht den nötigen Sicherheitsabstand zum Bett gewahrt. Eine kräftige Hand zog ihn näher; ihr linker Fuß schoß heraus, puffte ihn in den Bauch und schob ihn zum Kopfende hoch, wo er sitzen blieb. Die Hand ließ seinen Arm nicht los. Dann richtete auch Tosca sich auf und sah ihm direkt in die Augen.

»Du willst es wirklich wissen? Also schön. Aber es wird eine lange Geschichte. Ich muß nämlich ziemlich weit ausholen.«

»Ich hab eine Hiobsgeduld«, sagte Troy leise.

»O nein, Troy, das glaub ich nicht. Du hast viel eher die scheiß märtyrerhafte Haltung von einem dieser langweiligen christlichen Heiligen.«

Es war der komplizierteste Vergleich, den er je aus ihrem Mund gehört hatte.

»Okay, okay. Also stell dir mal folgendes vor, du Nervtöter. Wir haben 1905. Mein Dad verabschiedet sich genau wie dein Dad von der Revolution. Er verläßt Rußland. Er glaubt, sie wird nie mehr stattfinden. Also schifft er sich nach Amerika ein. Läßt sich in New York nieder, auf der Lower East Side, wo die Spaghettis und die Juden leben, oft mit zehn, zwölf Leuten in einem Zimmer. Und da lernt er meine süße kleine italienische Mamma kennen, die erst siebzehn ist, als er sie 1910 heiratet – 1911 komm dann ich. Als Amerikanerin geboren, als Amerikanerin aufgewachsen. Und dann passiert sie doch, die Revolution, und der Alte kann's kaum erwarten, in die Heimat zurückzukehren – er verzehrt sich geradezu danach, aber er kommt nicht hin. In Europa kämpft jeder gegen jeden. Es wird 1919, bis er endlich sein Schiff nach Petrograd besteigen kann. Wir reisen alle drei zusammen. Zwei Wochen lang hab ich jeden Tag gekotzt. Aber der Alte ist glücklich – er lädt uns in einer miesen kleinen Wohnung in Moskau ab, wedelt mit seinem Parteiausweis und ist plötzlich verschwunden – wir sehen den Schweinehund fast zwei Jahre nicht wieder. Er kämpft für Mütterchen Rußland und ist bestimmt der röteste Soldat in der Roten Armee. Nach Kriegsende bepflastern sie ihn mit so vielen Medaillen, daß sie sie schon übereinander feststecken müssen. Und dann kommt er nach Haus: ein Auge weg, drei Finger weg, aber die Brust voller Orden. Er sieht aus wie ne Geisterbahnfigur. Ich bin mittlerweile so elf, zwölf und sprech fließend Russisch – ein Glück auch, denn meine Mamma kann sich nur in ihrem italienisch-englischen Kauderwelsch verständlich machen, das allerdings lautstark. Und jetzt kreischt sie bloß noch, daß sie nach Hause will. Aber wir fahren nicht nach Hause. Wir bleiben für immer hier, erklärt er ihr. Und um das zu bekräftigen, nutzt er mal seine Privilegien, besorgt ihr ne elegante Wohnung und schreibt mich in der Jugendorganisation der Partei ein. Und sie weint sich jede Nacht in den Schlaf.«

Troy öffnete den Mund, um etwas zu sagen, aber während er noch Luft holte, schoß Toscas Hand hervor, und ihre Fingerspitzen legten sich auf seine Lippen.

»Was es auch ist – behalt's für dich. Du wolltest doch alles hören, also laß mich in Ruhe ausreden, oder ich brech sofort ab.

Wir haben jetzt 1924. Lenin ist gerade mal ein Vierteljahr tot. Trotzki verliert den Kampf um die Macht. Die Maiparade ist vorbei. Die Trottel steigen vom Podium runter, und irgendein Verrückter brüllt: ›Lang lebe die Heilige Mutter Rußland!‹ und zielt mit ner Knarre auf Trotzki. Und was macht mein Vater? Der blöde Kerl stürzt los und wirft sich vor Trotzki. Und läßt sich die Brust durchlöchern. Natürlich kriegt er ein Heldenbegräbnis. Wir wußten ja, daß er ein Held war, aber für meine Mamma bedeutet das nicht viel. Sie hat nur einen einzigen Gedanken: Er ist an drei verschiedenen Orten begraben – ein Auge blieb in Sibirien, und die drei Finger verwesen irgendwo in der Ukraine. Am Tag nach seiner Beerdigung bittet sie um die Ausreiseerlaubnis – wie ein Mädchen, das die Schule nicht ausstehen kann, fragt sie ganz brav: ›Darf ich jetzt nach Hause?‹ Weil sie die Union der Sozialistischen Sowjetrepubliken einfach dicke hat. Und wie's nicht anders zu erwarten ist, sagen die nein. Und die sagen auch weiterhin nein – bis 31, als man mich eines Tages in die Parteizentrale bestellt. Die haben sich nämlich 'n ganz tollen

Plan ausgedacht. Ob ich ein loyales Mitglied der Partei bin? Natürlich, sag ich. Denn wenn ich das nicht sage, kann ich gleich die Koffer packen, für die Salzbergwerke. So schlau bin ich auch schon mit zwanzig. Wie ich die Zukunft Europas einschätze? Die Frage bringt mich ins Schwitzen. Ich stotter mir einen zusammen über den unausweichlichen Zusammenbruch des britischen Imperialismus mit seiner teuflischen Fratze, wenn sich erst mal die Arbeiterklasse auf diesen kleinen verregneten Inseln erhebt, um machtvoll und so weiter. Hör schon auf mit dem Scheiß, sagt einer von diesen hohen Tieren. Die Engländer interessieren uns jetzt nicht. Sollen die doch ihren Tee trinken. Aber was ist mit den Deutschen? Tja, ich war wirklich ne clevere Maus mit zwanzig. Dieser Hitler, sag ich. Der ist euer Problem. Ein, zwei Jahre, vielleicht auch fünf, und der kleine Gefreite könnte Kanzler dieser lächerlichen Republik werden. Und das war die richtige Antwort. Der Schuß ins Schwarze. Der Jackpot. Was ich davon halten würde, in die Vereinigten Staaten zurückzukehren? Ein, zwei Sekunden lang bin ich platt – da diskutieren wir grade über Deutschland, und auf einmal geht's um Amerika. Aber die Botschaft kommt an. Mamma kann nach Hause, wenn ich mit ihr gehe, und zwar als Agentin der Sowjetunion.

Sagte ich nicht, es war ein toller Plan? Also, sie haben uns ne Legende verpaßt, um die zwölf Jahre in Rußland zu erklären – Zitronenpflücken in den Hügeln bei Neapel oder so was in der Art. Und da wir beide amerikanische Staatsbürger sind, haben wir auch keinerlei Probleme mit der Wiedereinreise. Ich laß mich anwerben. Absolvier meine Grundausbildung in Virginia, um Onkel Sam zu dienen, aber in Wirklichkeit dien ich natürlich Onkel Joe, denn wenn der Krieg kommt – und daß er kommt, daran haben die Russen keinen Zweifel –, fürchten sie, daß die Vereinigten Staaten neutral bleiben, daß sie Europa untergehen lassen und Rußland gleich mit. Und daher werden Leute dort im Apparat gebraucht. Ich denk mal, ich war eine von zehn, fünfzehn Personen, die sich da hochgearbeitet haben, immer näher ran. Ich hatte nicht die leiseste Ahnung, was passieren würde, nicht die leiseste Ahnung, woran ich glauben sollte.

Und dann, ein paar Monate nach der Grundausbildung, wurde ich zu einem Schreibtischjob nach Washington abkommandiert. Das war im April oder Mai 32. In dem Frühjahr marschierten Tausende und Abertausende von Armen, größtenteils Veteranen aus dem Ersten Weltkrieg, nach Washington und kampierten in einem riesigen Slum vor den Toren der Stadt. Sie forderten nichts weiter als eine Prämie – eine rechtmäßige Kompensation für das, was sie mit ihrem Kriegsdienst geleistet hatten. Und weißt du, was ›die Heimat der Tapferen und das Land der Freien‹, wie es so schön in unserer Hymne heißt, seinen Armen angetan hat? Es hat ihre Hütten und Baracken mit Bulldozern platt gewalzt, und MacArthur, Ike und der wahnsinnige Patton haben die Kavallerie auf diese wandelnden Gerippe losgelassen. Ich war dabei, ich hab's miterlebt. Troy, vielleicht hab ich vorher nicht an das geglaubt, was ich tat – aber nach dieser Erfahrung todsicher! Leben, Freiheit und das Streben nach – Geschwafel.«

»Und woran glaubst du jetzt?«

»Was? Was? Was zum Teufel gibt *dir* das Recht, mich zu fragen, woran ich glaube?«

Tosca sprang aus dem Bett und knallte mit den Beinen auf den Fußboden. Ihre Fäuste schlugen an die Jalousien, ließen sie gegen die Scheiben krachen. Sie drehte sich um, knallrot im Gesicht, die Arme hoch in der Luft. Ihr ganzer Körper zitterte vor Zorn.

»Troy, Troy, Troy. Und woran glaubst du? Nein, antworte nicht. Ich kann's dir auch so sagen. Troy, du glaubst an gar nichts.«

Sie kniete vor seinen Füßen nieder, nahm seine Hände in ihre und zog ihn zu sich herunter. Sie hielt seinen Kopf fest, so daß er ihr ins Gesicht sehen mußte, daß sich ihre Nasen fast berührten. Mit einer Hand umfaßte sie die Beule auf seinem Hinterkopf und den Schnitt an seiner Schläfe, die andere Hand lag über seinem Wangenknochen.

»Troy«, flüsterte sie heiser, »wenn du an irgend etwas glauben würdest, dann an die Gerechtigkeit – oder wie auch immer du dazu sagen magst, meinetwegen auch an den Rechtsstaat. Obwohl mir die Gerechtigkeit ja lieber wäre. Und anfangs dachte ich auch, das ist es, was dich antreibt. Gerechtigkeit. Aber es stimmt nicht. Ob die Kerle, die du schnappst, hinterher baumeln oder davonkommen, ist dir eigentlich egal – du liebst nur eins, nämlich die Verfolgung. Du hast ein Gespür für die Mittel, aber nicht für den Zweck. Und über dieses direkte Ziel, die Verfolgung, blickst du nicht hinaus. Du bist so was wie ein fünfter Reiter der Apokalypse. Nach Krieg und Hungersnot kommt der Racheengel. Fragt nie, wo das alles hinführen soll, gibt aber auch nie auf. Es ist, als wärst du kein Teil des Systems, auf das sich alles bezieht und in das alles hineinpaßt. Ich schon. Ich weiß, was ich tue. Ich weiß, was womit zusammenhängt. Du nicht. Du wolltest es nie wissen. Also kannst du auch nicht fragen, woran ich glaube.«

Vom Heiligen über den Märtyrer zum handlungswütigen Racheengel, dachte Troy. Ihr Mund legte sich auf seinen. Als sie dann den Kopf zurücknahm und ihn anschaute, schossen ihm vier Jahre Wut und Schmerz in die Augen.

Tosca leckte die Tränen ab, küßte Troy auf beide Augenlider, auf die Stirn und überall aufs Gesicht. Während seine Nase gegen ihre Wange drückte, während ihm ihr Geruch fast die Luft nahm, sagte er, so deutlich er konnte: »Ich dachte wirklich, du wärst tot.«

»Na, dann wird's höchste Zeit für nen kleinen Fick mit dem Geist.« Und sie riß ihm das Hemd herunter.

98

Die Heizung in der Ecke knackte und gluckste, und zwischendurch knallte sie so laut, daß einem der Schlag in den Ohren nachhallte. Troy stand am Fenster und sah hinaus. Ein bleigrauer Tag. Die Straßen menschenleer. Eine unfrohe Weihnachtsstille, nur unterbrochen vom gedämpften Brummen der Flugzeuge. Tosca war seit einer Ewigkeit im Bad. Er hatte sich angezogen, die Hände in die Manteltaschen gesteckt. Wartete wieder. Und dann klopfte es leise an der Tür. Troy machte auf – einem kleinen Mann in einem riesigen grauen Mantel, das Gesicht halb verborgen unter einem Schal, den er sich ums Kinn gewickelt hatte, und einem tief in die Augen gezogenen Filzhut.

»Entschuldigen Sie«, sagte er mit fast perfektem englischen Akzent und schwang seine Aktentasche vor, wie um anzuzeigen, daß er gern hereinkommen wollte. Troy trat einen Schritt zur Seite. Der Mann stellte den Koffer aufs Bett und drehte sich dann zu Troy um. Troy fragte sich, ob Tosca eine Pistole hatte und was er machen sollte, falls dieser Mann plötzlich eine Waffe zog. Aber der wickelte nur ein Stück von seinem Schal auf und legte ein Gesicht frei, das schon um diese Morgenstunde Fünfuhrstoppeln trug, und schob seinen Hut ein Stück zurück. Troy schätzte ihn auf Mitte Vierzig.

»Endlich«, sagte er.

»Endlich?« fragte Troy. »Was meinen Sie damit?«

»Endlich begegnen wir uns doch noch mal. Ein bißchen spät, aber ich glaube, nicht zu spät, um Ihnen meine Dankbarkeit auszudrücken.«

Troy starrte ihn an. Er konnte das Gesicht nirgendwo unterbringen, auch den Akzent nicht. Ein Tscheche, ein Pole, einer dieser Flieger, von denen es vor wenigen Jahren in England noch gewimmelt hatte?

»Sie konnten ja nicht wissen, wieviel Sie für mich getan haben – aber es hat mir den Glauben an die Menschheit bewahrt, daß mein Tod doch nicht unbeachtet blieb. So seltsam es klingen mag: Es hat mir wider meinen Willen einen Respekt für die Metropolitan Police eingeflößt – den ich all die Jahre in London nicht empfunden habe.«

Ein sepiafarbenes Foto, ein heller Fleck auf einer Tapete, wo es einst gehangen hatte, ja selbst das banale Muster dieser Tapete – all das kam binnen einer Sekunde zurück.

»Sie sind Peter Wolinski«, stellte er fest.

Der Mann warf einen ungeduldigen Blick in Richtung Badezimmertür.

»Ja«, sagte er, »und Sie werden mir verzeihen, daß diese Begegnung so kurz ausfällt. Wenn Sie so gut wären, Major Toskewitsch auszurichten, daß ich vorbeigekommen bin?«

»Toskewitsch?«

»Falls Sie sich je einen Decknamen zulegen müssen, Inspector Troy, dann werden Sie feststellen, daß man sich um so leichter an ihn gewöhnt, je näher er dem eigenen Namen ist. Aber ich nehme an, daß sich Ihr verstorbener Herr Vater genau dieser Logik bedient hat. Er ist ja doch immer einer der Unseren geblieben, wissen Sie, obwohl er Ihnen das sicher nie sagen konnte. Nun, dann will ich mich also verabschieden.«

Er öffnete die Tür, aber Troy packte ihn am Ärmel.

»Und mein Onkel auch?«

»Großer Gott, nein. Ein totaler Einzelgänger. Welches Land, das noch halbwegs bei Trost ist, kann schon einen Agenten brauchen, der die Wahrheit von einer Seifenkiste aus im Hyde Park verkündet? Nein, nur die wildesten Paranoiker im Geheimdienst konnten je glauben, er wäre einer von uns.«

Und mit diesen Worten war er verschwunden. Troy warf einen neugierigen Blick auf die Aktentasche. Er hörte das Wasser im Bad laufen. Und dann schnipste er den Riegel der Tasche hoch und klappte sie auf. Sie war leer bis auf ein dickes Bündel knisternder neuer Fünf-Pfund-Scheine. Er sah noch einmal zur Badezimmertür. Sie hatte sich geräuschlos geöffnet. Tosca stand auf der Schwelle. Angezogen, geschminkt, zurechtgemacht. Sie bückte sich, um in die Schuhe zu schlüpfen, und sagte: »Nur zu. Das ist für dich.«

Troy hob das Bündel Banknoten hoch und blätterte die oberste Schicht durch.

»Sind die echt?« fragte er.

»Natürlich nicht – ja, glaubst du denn, ich würde tausend Pfünder an einen Scheiß-Nazi verschwenden? Nein, die haben wir im Krieg waggonweise gedruckt. Sind leider nie zum Einsatz gekommen. Ich hab selbst nur ne Handvoll auf die Seite geschafft.«

»Und Dieter meinte, in Berlin gebe es keine Geheimnisse«, seufzte Troy.

»Von Asche wird den Unterschied nie merken. Das ist Spitzenware. Zahl den Kerl aus, nimm deine Chance wahr. Der Plan ist doch echt gut. Könnte direkt von mir stammen.«

»War der Überbringer auch deine Idee?«

»Nein, ich glaube, Peter war einfach bloß neugierig. Ich glaube, er hatte das Gefühl, dir was beweisen zu müssen. Vermutlich wollte er dich jetzt, nach immerhin fast vier Jahren, zumindest wissen lassen, daß er noch am Leben ist. So was in der Art. Du kennst doch die Polen – die sind nicht wie du und ich. Die sind doch schon von vornherein halb verrückt.«

»Du und ich – zwischen uns soll's Ähnlichkeiten geben?«

Troy teilte das Bündel in zwei Hälften und stopfte in jede Manteltasche einen Packen. Tosca schlüpfte in ihren Mantel und erklärte ihm, es sei Zeit zu gehen. Unten auf der Straße fragte Troy, wie er in den Westen zurückkommen sollte.

»Kein Problem. Das hier ist die Schadowstraße. Eine Ecke weiter, und du bist wieder Unter den Linden. Und von dort aus kannst du praktisch durchs Brandenburger Tor spukken.«

»Aber was mache ich da?« fragte er unsicher. »Geh ich da einfach so durch?«

Tosca hakte ihn unter und puffte mit dem Kopf gegen seine Schulter; so spazierten sie wie ein junges Liebespaar durch die beißende Kälte.

»Ja, natürlich«, sagte sie. »Wenn du mit mir gehst, glaubst du, da fragt dich irgendwer? Du spazierst einfach rin in den Britischen Sektor. Ich bin in dieser Gegend bekannt. Glaub mir, Baby – ich bin hier wirklich bekannt.«

Sie lockerte ihren Griff und marschierte in einem drolligen Stechschritt neben ihm her.

»Ich glaube nicht, daß irgendwer das lustig findet«, sagte Troy.

Am Brandenburger Tor standen vier Soldaten gelangweilt und frierend herum. Troy fragte sich, ob sie vor Tosca salutieren oder ihnen den Weg verstellen würden. Und sie schauten tatsächlich herüber, aber ihre Gesichter zeigten weder einen Funken von Wiedererkennen noch Interesse, und als Tosca unter den Torbogen trat, schulterten zwei von ihnen das Gewehr in einem Anflug von Pflichtbewußtsein und marschierten davon. Der Torbogen war pockennarbig vor lauter Einschüssen und sah aus, als werde er sogleich in Stücke fallen – zerbröckeln zu dem Staub eines Tausendjährigen Reichs.

»Also bis heute nachmittag in Gatow«, sagte sie und gab ihm einen schnellen Kuß auf die Wange – ganz die junge Ehefrau, die ihren Mann an den 8-Uhr-10-Pendlerzug nach London bringt.

»Was?«

»Ich denke, die RAF setzt dich heute in die Nachmittagsmaschine?«

»Ja, schon. Aber wie zum Teufel willst du in einen britischen Stützpunkt reinkommen?«

»Ach Baby, nichts einfacher als das. Zwei plus zwei macht vier, wenn du verstehst, was ich meine? Also, Gatow ist ein Flugplatz. Das heißt, daß dort Flugzeuge landen, richtig? Und wie landen Flugzeuge – ja, ich weiß, daß sie dafür Piloten haben –, aber warte doch mal, mein dummes Engelchen, die brauchen auch die Flugsicherung, denn sonst würden sie sich gegenseitig in den Arsch fliegen wie Truthähne in nem Blizzard! Und wer, meinst du, ist verantwortlich für die Flugsicherung? Wir. Nicht ein einziges Flugzeug käme mehr heil durch den Luftkorridor runter, wenn wir den Krauts auf dieser Seite sagen würden, sie sollten die Flugsicherung abziehen.«

»Eure Welt«, sagte er, »kennt so viele Nuancen von Grau, daß ... daß man einfach nicht draus schlau wird.«

»Wie du willst – aber Onkel Joe und Onkel Sam haben ein paar kleine Geschäfte laufen – glaub mir das einfach, okay? Ich werde dasein. Bezahl du nur deinen alten Kraut, und sieh zu, daß du nach Gatow rauskommst. Und bau keinen Scheiß. Ich hab nicht den ganzen Tag Zeit. Heut abend tritt nämlich Bob Hope in Tempelhof auf. Und den möcht ich auf keinen Fall verpassen.«

Sie gab ihm noch einen Kuß auf die Wange, machte kehrt und marschierte in einem fast hüpfenden Gang Richtung Unter den Linden davon. Troy sah zu den Wachen hinüber. Einer winkte, deutete nach Westen und drehte ihm dann den Rücken zu. Troy spazierte durch den Torbogen. In der weiten Stille dröhnten seine Schuhe auf den Steinplatten – als wäre er der letzte Mensch in ganz Berlin. Der Schnee der vergangenen Nacht hatte die Trümmerhaufen in glänzende weiße Hügel verwandelt, doch nichts auf der Welt konnte diese Ruinen als etwas Natürliches erscheinen lassen. Eine Landschaft in Weiß, zerrissen in Krater und Stümpfe. Der Anblick erinnerte Troy an den Tag vor fast genau fünf Jahren, als er zusammen mit Bonham hinter der Armee der kleinen Strolche von Stepney in die Trümmerstraße hinausmarschiert war. In eine andere, blendend-weiße Landschaft aus Kriegsschutt. Und jetzt wurde die Stille erschüttert; Flugzeuge tauchten am Himmel auf. Aber keine Heinkels, keine Dorniers mehr: Douglas Dakotas brummten und schnurrten. Sie waren über Tempelhof aufgestiegen.

99

Clark führte Troy zu einer Sitzecke im Casino von Gatow. Der Raum war zu drei Vierteln leer, aber die zehn, zwölf Männer an der Bar schienen ganz versessen darauf, diesen Umstand dadurch wettzumachen, daß sie so laut und so betrunken wie möglich Weihnachten feierten. Es wirkte wie eine freudlose Form von Fröhlichkeit.

»Nur die unverheirateten Männer, die keinen Urlaub gekriegt haben, Sir. Die Familienväter sind alle auf und davon, und wer Ausgang hat, weiß auch was Besseres, wo er hingehen kann. Also keine Überfüllung zu befürchten, Sir.«

Troy sah aus dem Fenster im oberen Stock hinaus auf das Schneetreiben und hinab zu den Schneepflügen, die sich mühten, die Start- und Landebahn freizuhalten.

»Aber ich an Ihrer Stelle würd mich nicht darauf verlassen, daß heut irgendwas nach Zeitplan läuft, Sir.«

»Macht nichts«, erwiderte Troy. »So eilig hab ich's ja nicht. Und Sie können ruhig schon gehen.«

»Tut mir leid, daß das alles nun doch nur Zeitverschwendung war, Sir.«

Troy sah Clark an. Das war nicht einfach nur Höflichkeit. Der Mann meinte, was er sagte.

»War's auch nicht. Ich hab von Asche heut mittag das Geld gegeben.«

Clark machte ein überraschtes Gesicht, und dann überstrahlte ein Lächeln die Fassade aus Trübsinnigkeit.

»Haben Sie das auch schon Kommissar Franck erzählt, wenn ich fragen darf, Sir?«

»Nein, ich glaube, er sollte das besser nicht wissen, finden Sie nicht?«

Clark wirkte fast ein bißchen verlegen, als er Troy dann die Hand schüttelte.

»War mir 'n Vergnügen, Sir.«

»Für mich war's eher eine Lektion, Mr. Clark.«

Clark marschierte davon. Er war gerade bei der Tür angelangt, als Tosca rückwärts eintrat. Sie trug ihre Uniform eines Master Sergeant und einen Mantel, von dem sie den Schnee abklopfte. Fast wäre sie mit Clark zusammengestoßen, aber nun grinste sie ihn an, rief »Hallo, Wiesel« und lief auf Troy zu, strahlend, wenn auch außer Atem.

»Mannomann, guck dir bloß mal das Wetter an.«

Sie ließ sich auf den Platz ihm gegenüber fallen. Es war

dieselbe Uniform, dasselbe Gesicht – nur eine andere Frisur. Er mochte seinen Augen kaum trauen.

»Ich dachte schon, ich schaff's überhaupt nicht mehr.«

»›Hallo, Wiesel‹?« fragte Troy. »Hallo, Wiesel! Du kennst Clark?«

»Na sicher. Und umgekehrt. Was glaubst du denn, wo der Kaffee her ist, den du heute zum Frühstück getrunken hast? Ich sag dir doch, ich bin in dieser Gegend bekannt. Ich komm sogar ziemlich oft hierher. Obwohl die gottverdammte Uniform mit jedem Anziehen enger wird. 'n Wunder, daß sie mir überhaupt noch paßt, nach all den Jahren.«

Sie holte Luft, tätschelte sich den Bauch.

»Gibt es eigentlich überhaupt jemanden, den du nicht kennst?«

»Was soll denn das heißen? Ach ja, ich ahne's schon!«

»Seit wann kennst du Wolinski?«

»Bestimmt nicht so lange, wie du wahrscheinlich denkst.«

»Aber er war russischer Agent in London, oder?«

»Er war jedenfalls nicht zum Balalaikaspielen dort.«

»Und du hast ihn nicht gekannt?«

»Nun laß das doch, Herrgott noch mal! Ich hab ihm ja gesagt, es wär eine blöde Idee, jetzt plötzlich aufzukreuzen. Er würde dich nur auf dumme Gedanken bringen. Nein. Ich kannte ihn nicht. Also, können wir jetzt über was anderes reden?«

»Als du aus London verschwunden bist. Als du deinen Tod vorgetäuscht hast – was sollte ich da glauben?«

»Na, daß ich tot bin. Ich mußte das tun. Ehrlich.«

»Du hast also alles im Stich gelassen?«

»Natürlich. Ich mußte dich ja von der Fährte abbringen. Ich wußte, du würdest nachsehen kommen, sofern du überhaupt noch am Leben warst. Und ich wußte, du würdest nicht aufgeben, solange du dachtest, ich wäre noch am Leben. Es bestand also die ganz reale Gefahr, daß durch dich meine Tarnung aufflog. Mein Job war getan, ich war nicht da, um Jimmy zu beobachten, ich hatte ja nicht mal ne Ahnung, wohinter er her war, bis du's mir erzählt hast, und ich war nicht da, um Wolinski zu finden – ich meine, ich hab den Kerl 1946 zum erstenmal gesehen. Nein, ich war nur im Norfolk House, um dafür zu sorgen, daß keine Informationen über die Eröffnung der Zweiten Front zurückgehalten wurden. Mit dem D-Day war diese Aufgabe erledigt. Ich schätze, normalerweise hätten die mich nicht so schnell rausgezogen, aber nach deiner Schießerei mit Jimmy war bei uns ja der Teufel los. Zelly lief dunkelrot an – wer weiß, ob das je wieder weggegangen ist –, und Jimmy haben sie am Tag Zwei per Schiff nach Frankreich verfrachtet.«

»Dem Yard haben sie erzählt, es wäre am ersten Tag gewesen.«

»Ja natürlich – so was mußten sie auch sagen. Tag Zwei war schon schlimm genug. Und so unbedingt wollten die Jimmys Hals nun doch nicht riskieren. Ich meine, selbst Churchill durfte am Tag Eins nicht rüber!«

»Also hast du alles stehen- und liegenlassen?«

»Na sicher – es wäre ja kein sehr überzeugender Mord gewesen, wenn ich erst noch die Koffer gepackt hätte! Nein, nein, ich hab schon 'n paar schöne Sachen verloren. Wenn ich nur an dieses süße kleine Seidenkleid denke ... Und meinen Schmuck hätte ich auch brauchen können.«

Troy mußte nicht extra an ihren Schmuck erinnert werden.

»Ich hab noch was von dir«, sagte er leise.

»Ein Souvenir?«

»Ja. Den *Huckleberry Finn.*«

»Schon okay – den kannst du behalten.«

»Und ich hab ein Paar Perlenohrringe mit Silberschraube.«

Sie sah ihn an, fragend und zugleich süß lächelnd, als wäre sie verblüfft darüber, daß er sich von all ihrer zurückgelassenen Habe ausgerechnet das ausgesucht hatte – aber Sekunden später dämmerte es ihr. Sie vergrub das Gesicht in den Händen, beugte den Kopf vor, sprach durch die Finger.

»O Gott. Wo hast du den denn gefunden?«

»In Wolinskis Wohnung. Nicht beim erstenmal, als ich dort war, und auch nicht beim zweitenmal. Beim drittenmal. Du hast ihn im Mittelzimmer verloren – wahrscheinlich irgendwann im Mai. Du bist hingegangen, als wir beide uns schon kannten, als wir schon über den Fall gesprochen hatten – über den du damals nichts gewußt haben willst.«

»Ich wußte auch nichts darüber. Ja, glaubst du denn, ich hätte zugeschaut, wie du dich mit Jimmy einläßt, ohne dir alles zu erzählen?«

»Ich weiß nicht mehr, was ich glauben soll. Aber am ehesten glaube ich noch, daß du mir nach und nach kleine Bröckchen vorgeworfen hast, daß du mich verarscht hast, daß du mich benutzt hast.«

»Das ist nicht wahr! Ich kannte Wolinski doch gar nicht! Ich hatte nie was mit dem zu tun, was er im East End aufgezogen hat. Daß sich seine und Jimmys Wege überhaupt gekreuzt haben, war nichts weiter als ein beschissener Zufall. Aber jeder von uns bekam eine Nummer, die er im Notfall anrufen sollte, und nachdem Brand ermordet worden war – und glaub mir, ich wußte nicht, daß das der Auslöser war –, rief Wolinski mich an. Er mußte sofort raus aus London. Ich hab ihn ins Netz eingeklinkt und ihm das Geld besorgt, das er zum Verschwinden brauchte. Aber begegnet bin ich ihm nie. Ich hab das Geld in einen toten Briefkasten geworfen. Und dann kamst du. Ich bildete mir ein, ich würde nie mehr irgendwas mit der ganzen Sache zu tun haben. Dann ruft er mich aus Schottland an. Er hat sein Codebuch in der Wohnung liegenlassen – irgend so ’n verdammtes Mathelehrbuch. Ich sag ihm, er soll sich keine Gedanken deswegen machen. Niemand wird es entdecken, und wir werden die Codes auch nie mehr verwenden. Aber er hört nicht auf mich. Der blöde Hund erklärt mir, daß er selbst zurückkommen will, um es zu holen. Also übernehm ich das in Gottes Namen. Es hat ne Ewigkeit gedauert, bevor ich es gefunden hab. Wahrscheinlich war ich über zehn Minuten in der Wohnung, und den Ohrring dürfte ich verloren haben, als ich seine verfluchten Bücherregale hochgekraxelt bin. Das einzige, was ich dir verheimlicht habe, war die Tatsache, daß Wolinski noch lebte. Aber wie hätt ich dir das auch sagen sollen? Verdammt, Troy, wenn du glaubst, ich hätt dich benutzt, dann frag dich das doch auch mal mit Blick auf die anderen Frauen in deinem Leben! Hab ich dich als Soldat in meinem Privatkrieg benutzt, weil ich selbst bei diesem Kampf unter Männern nicht mithalten konnte? – denn dafür hat Muriel Edge dich benutzt. Hab ich dich am Schwanz hinter mir hergezogen, bis es Zeit war, dich wegzupusten – denn dafür hat dich dieses irr…«

»Nein!!!«

»Tut mir leid«, sagte sie zum erstenmal, seit er sie kannte.

»Warum nennen alle sie irres Weibsstück?«

»Vielleicht war sie das ja auch«, erwiderte Tosca vorsichtig.

Eine heikle Stille trat ein; das Grölen der Betrunkenen und das Dröhnen der Motoren war um so lauter vernehmbar.

»Soll ich dir die Ohrringe schicken?«

»Ach was. Die hol ich mir ab, wenn ich das nächste Mal in England bin.«

»Wenn du das nächste Mal in England bist?«

»Klar.«

»Falls du je wieder nach England kommen solltest, wäre ich verpflichtet, dich zu verhaften – als Feind der Krone.«

»Junge, Junge, du solltest dich mal reden hören: ›Feind der Krone‹!«

»Ich mein's ganz ernst.«

»Oioioi. Aber mich wirst du doch nicht verhaften!«

»Und warum nicht?«

»Weil du, wenn du mich verhaftest, nicht mehr mit mir schlafen kannst, Dummerchen!«

»Also eins muß ich dir lassen«, sagte Troy. »Dein Vokabular hat sich deutlich verbessert.«

100

Heathrow wurde als Flug*hafen* bezeichnet. Troy vermutete, daß die hochtrabende Bezeichnung dieses Fleckchen Erde von vergleichbaren unterscheiden sollte, etwa von Croydon, das von jeher Aerodrom genannt wurde, oder von Brize Norton, das einfach ein Flugplatz blieb. Doch die sprachliche Adelung war nichts weiter als ein absichtlich falscher Zungenschlag. Denn in Wirklichkeit handelte es sich um eine Barackensiedlung zwischen Bulldozern und Bergen aus gefrorenem Matsch am äußersten Stadtrand Londons – so weit draußen, daß man sich schon wie in einem anderen Land vorkam. Und bei diesem Wetter, dachte Troy, hätte das auch direkt der Nordpol sein können.

Der Wind wirbelte den Pulverschnee auf, klatschte ihn gegen die Beine der ersten Passagiere, die die Fluggasttreppe hinab auf die frisch gefegte Rollbahn traten, lauthals ihrem Schöpfer dankten, daß sie sicher gelandet waren, und sich gegenseitig fragten, was es wohl für ein technisches Problem gegeben hatte. Troy stand zwischen der einladend erleuchteten Ankunftshalle und der kleinen Ansammlung von Menschen, und sie teilten sich vor ihm wie ein Fluß um einen Felsen, strömten auf beiden Seiten an ihm vorbei, ohne ihn eigentlich zur Kenntnis zu nehmen. Baumgarner war nirgends zu sehen. Doch dann meinte Troy, über die Köpfe hinweg ganz weit hinten einen ungewöhnlich großen Mann erspäht zu haben. Er zog seinen Revolver und hielt ihn in der linken Hand, die Waffe zu Boden gerichtet. Ganz plötzlich war er nicht mehr zu übersehen. Irgend jemand schrie und deutete auf ihn, und die Menge hastete ängstlich links und rechts an ihm vorbei. Und nun befand sich niemand mehr zwischen ihm und dem Mann, der mittlerweile am unteren Ende der fahrbaren Treppe stand.

Baumgarner hatte eine unangezündete Zigarette im Mund und klopfte seine Taschen nach Streichhölzern ab. Seine rechte Hand fuhr in die rechte Manteltasche. Troy richtete die Waffe auf seinen Kopf. Als hätte Baumgarner diese lautlose Bewegung gehört, blickte er in diesem Moment auf und bemerkte Troy. Er zog die Hand aus der Tasche, riß ein Streichholz an und hielt es an die Zigarette, wobei er die Hände zum Windschutz wölbte. Er inhalierte tief und blies einen einzelnen Rauchring himmelwärts, ohne Troys Blick auszuweichen. Die feuchten, nüchternen Augen, die provozierend hochgeworfene Oberlippe – es war die Andeutung eines Lächelns. Seine rechte Hand schob das Streichholzbriefchen wieder in die Manteltasche und blieb darin stecken, zur Faust geballt. Dann nahm er die Zigarette aus dem Mund und begann, in dem schleppenden, lässigen

Weststaaten-Akzent zu sprechen, der Troy so lange in den Ohren geklungen hatte.

»Schon komisch, nicht wahr, Troy? Man braucht nur einmal zu töten, und schon kommt man auf den Geschmack.«

Troy spannte den Abzugshahn, einfach um dieses herrliche Geräusch zu hören.